KNAUR

Über die Autorin:
Anna Husen, geboren 1996, ist ausgebildete Medienkauffrau, arbeitet als Marketing-Managerin in einer Digitalagentur und lebt an der wunderschönen Ostseeküste. Schon früh hat sie die Begeisterung fürs Schreiben gepackt, da sie das Lesen schon immer geliebt hat und gerne selbst eigene Geschichten erschaffen wollte. Die Autorin ist aktiv auf ihrem Instagramkanal @annahusen, wo sie sich mit anderen Lesebegeisterten über ihre Leidenschaft fürs Schreiben und die Liebe zu Büchern austauscht.

ANNA
HUSEN

DIE FRAUEN DER
VILLA SOMMERWIND

DAS GLÜCK AM HORIZONT

Roman

KNAUR

Besuchen Sie uns im Internet:
www.knaur.de

Aus Verantwortung für die Umwelt hat sich die Verlagsgruppe Droemer Knaur zu einer nachhaltigen Buchproduktion verpflichtet. Der bewusste Umgang mit unseren Ressourcen, der Schutz unseres Klimas und der Natur gehören zu unseren obersten Unternehmenszielen. Gemeinsam mit unseren Partnern und Lieferanten setzen wir uns für eine klimaneutrale Buchproduktion ein, die den Erwerb von Klimazertifikaten zur Kompensation des CO_2-Ausstoßes einschließt. Weitere Informationen finden Sie unter: www.klimaneutralerverlag.de

MIX
Papier aus verantwortungsvollen Quellen
FSC® C014496

Originalausgabe April 2023
Knaur Taschenbuch

Ein Imprint der Verlagsgruppe
Droemer Knaur GmbH & Co. KG, München

Redaktion: Silvia Kuttny-Walser
Covergestaltung: buxdesign | Lisa Höfner
Coverabbildung: Collage von buxdesign
unter Verwendung von Motiven von Alamy und Shutterstock
Satz: Adobe InDesign im Verlag
Druck und Bindung: GGP Media GmbH, Pößneck
ISBN 978-3-426-52972-0

2 4 5 3 1

Für Sascha.
Weil du die Liebe meines Lebens bist.
Weil alles mit dir an meiner Seite besser ist.
Weil selbst die Dunkelheit mit dir mir keine Angst macht.
Weil du mir die Welt bedeutest.

TEIL 1

KAPITEL 1

HENRIETTE

Timmendorfer Strand, April 1903

Du wirst deinen Platz in dieser Welt finden, meine kleine Henni. Auch ohne mich.

Die Worte zuckten wie ein greller Blitz durch ihre Gedanken, und ruckartig öffnete Henriette die Augen. Sie blinzelte gegen das Sonnenlicht, als die Kraftdroschke mit einem dumpfen Rumpeln zum Stehen kam.

»Sind wir schon da?«, murmelte ihr kleiner Bruder Hermann, der mit dem Kopf auf ihrem Schoß eingeschlafen war.

Sein dunkler Lockenschopf umrahmte das blasse Gesicht wie ein Kranz. Schläfrig öffnete der Junge die Augen. Er war nun schon acht Jahre alt, aber ihre frühe Abreise aus Hamburg, der Abschied von seinen Schulkameraden und die Aufregung, bald ein neues Zuhause zu haben, schienen ihn völlig geschafft zu haben. Liebevoll lächelnd strich Henriette ihm über die Stirn.

»Ja, das sind wir. Komm, steh auf.« Sie half ihm hoch, und neugierig schaute Hermann aus dem Fenster.

Henriettes Blick fiel auf ihre Schwester Sibylle, die ihr gegenübersaß – Stricknadeln und Wolle in der Hand – und den Kopf zur Seite neigte.

»Du hast nicht geschlafen«, bemerkte Henriette und streckte ihre verkrampften Glieder.

Sie war dankbar für ihr Korsett, denn immerhin hatte sie nicht völlig krumm dagesessen, sodass nur ihr Nacken sich ein wenig steif anfühlte.

Sibylle wackelte grinsend mit den Augenbrauen und schlug die Beine übereinander. »Ich habe über euch gewacht.«

Henriette unterdrückte ein Seufzen und griff nach der Hand ihrer kleinen Schwester. »Du bist ein Engel, Sibylle«, wisperte sie und erkannte in den fein geschwungenen Gesichtszügen immer mehr eine junge Frau, denn Sibylle war nun auch schon vierzehn Jahre alt. Und doch sah sie in den hellblauen Augen ihrer Schwester immer noch das Mädchen, das die Mutter viel zu früh verloren hatte.

»Einen Engel kannst du mich nennen, wenn ich hiermit fertig bin.« Sibylle hielt den Stoff direkt vor Henriettes Nase, sodass die zurückzuckte und ihre Augen zusammenkniff, um zu erkennen, was ihre Schwester gestrickt hatte.

»Ist das …« Henriette betrachtete den fliederfarbenen Stoff eingehend. »… eine Strickjacke?«

»Sehr gut kombiniert, Watson.« Sibylles Stimme troff nur so vor Ironie, und Henriette verdrehte die Augen.

Sibylle hatte einen regelrechten Narren an den Büchern des Meisterdetektivs Sherlock Holmes gefressen, die ihre Tante dem Mädchen von ihren Besuchen im Vereinigten Königreich mitgebracht hatte. Henriette verstand diese Passion nicht wirklich, aber sie freute sich, dass Sibylle eine zweite Leidenschaft neben dem Stricken gefunden hatte.

»Und diese Jacke ist für …?«

»Können wir endlich aussteigen?«, unterbrach Hermann seine Schwestern ungeduldig und tippelte von einem Bein auf das andere.

Henriette sah ihn mit einem Grinsen an. Er sah adrett aus in seinem neuen Matrosenanzug, den ihre Tante Martha ihm vor der Abreise geschenkt hatte.

»Ja«, sagte Henriette und schob ihren Bruder sanft zur Tür der Kraftdroschke, »wir steigen jetzt aus, du ungeduldiges Kind.«

Hermann verzog das Gesicht zu einer spitzbübischen Grimasse und streckte seiner Schwester die Zunge heraus, bevor er die Tür öffnete und ins Freie sprang. Henriette schüttelte den Kopf und folgte ihrem Bruder, nur um im nächsten Augenblick scharf die Luft einzuziehen und wie angewurzelt auf dem Gehweg stehen zu bleiben.

»Wie schön ...«, murmelte sie voller Ehrfurcht, und ihre Augen streiften über die schneeweiße Fassade des Hotels vor ihr. Golden glänzten die Fensterläden im Licht der Sonne, und die Dachterrasse wurde rechts und links von blauen Dachschindeln umrahmt, die wie das Meer funkelten. Mehrere kleine Fenster zierten die Front des Gebäudes, wogegen im Erdgeschoss meterhohe Fenster prangten, die den Blick auf eine wunderschöne Halle freigaben. Die Simse und Bögen waren mit Schnörkeln und kleinen Figuren im nautischen Stil verziert, die Henriette jedoch eher kitschig als schön fand.

»Ist das unser neues Zuhause?«, fragte Hermann plötzlich neben ihr und strahlte Henriette an.

»Ja ...« Sie legte eine Hand auf seine Schulter und kniete sich neben ihn. »Das ist die *Villa Sommerwind*.«

Ein Schauer lief über ihren Rücken, als sie diese Worte aussprach. Ihr Herz klopfte vor Aufregung beinahe schmerzhaft gegen ihre Rippen.

»Habe ich dir zu viel versprochen?«, erklang der raue Bariton ihres Vaters hinter Henriette, und sie wirbelte herum. Eberhart Hohnhold lächelte und schloss seine älteste Tochter in die Arme.

»Nein«, wisperte Henriette an seiner Brust und löste sich dann zaghaft von ihm.

Die schwarzen Haare ihres Vaters glänzten im Sonnenlicht, nur einige wenige silberne Strähnen zogen sich durch die dichte

Haarpracht. Genau wie alle Mitglieder ihrer Familie hatte ihr Vater blaue Augen und dunkles Haar. Man sah ihm kaum an, dass er schon vierzig Jahre alt war, nein, der Glanz in seinen Augen und dieses sanfte Lächeln ließen ihn um Jahre jünger erscheinen.

»Du wirst begeistert sein, wie wunderschön alles im Inneren geworden ist. Die Empfangshalle ist exquisit, das Restaurant modern und stilvoll eingerichtet und auch …«

»Vater«, unterbrach Henriette seinen Redefluss und drückte seine Hand. »Ich bin sicher, dass es wunderschön ist. Und es ist unsere gemeinsame Zukunft.«

Für einen winzigen Augenblick funkelte eine Träne in seinem Auge. Seine Mundwinkel verzogen sich leicht nach unten, und die Hand, die Henriette noch hielt, zitterte etwas. Dann jedoch, als wäre diese Sekunde wie weggewischt in der Zeit, strahlte ihr Vater sie wieder an und küsste Henriette auf die Stirn.

»Das ist es. Unsere Zukunft in diesem herrlichen Kurort. Wenn du genau hinhörst, kannst du sogar von hier das Rauschen der Wellen hören.«

Henriette spitzte die Ohren und schloss die Augen, schnupperte die Luft und roch das Salz, lauschte dem Geschrei der Möwen und den rauen Wellen, die am Strand brachen. Sehnsuchtsvoll öffnete sie die Augen, am liebsten wäre sie sofort ans Wasser hinuntergelaufen, aber sie hatte noch einiges zu tun.

Ihr Blick fiel auf den Karren, auf den soeben vom Fahrer und von einem Jungen ihr letztes Gepäck gehievt wurde. Alles andere hatte ihr Vater im Laufe der letzten Wochen von Hamburg schon hierherbringen lassen. Sie drehte sich einmal um die eigene Achse und schaute die kleine Straße auf und ab. Noch geschlossene Restaurants und kleine Kaffeehäuser, die gerade ihre Türen öffneten. Prächtige Villen im ländlichen Stil mit verschnörkelten Fensterläden und einladenden Treppenaufgängen säumten den Weg. Noch herrschte Ruhe im Kurort, denn sie waren in aller Herrgottsfrühe aus Hamburg mit dem Zug nach Lübeck aufgebrochen und von dort mit der Kraftdroschke bis in den Kurort gefahren.

»Du möchtest dich bestimmt umsehen«, riss der Vater Henriette aus ihren Gedanken, und sie sah lächelnd zu ihm hin.

»Ja, aber dafür habe ich später Zeit. Ich sollte Sibylle und Hermann in ihre Zimmer bringen, mit der Gouvernante sprechen, die du eingestellt hast, mit den Zimmermädchen und Hausangestellten. Und dann möchte ich mit dir die Belegungspläne durchgehen … ach, und wir wollten noch mit Ernst Damm, dem Strandfotografen, sprechen und …«

»Henriette.«

Sie hielt abrupt inne, denn die Stimme des Vaters ließ keinen Widerspruch zu. Zaghaft fuhr er mit der Hand über ihre Wange und lächelte sie an. »Du hast so viel von deiner Mutter, mein Kind, aber bitte übernimm dich nicht. All diese Dinge haben noch Zeit.«

Wie ertappt biss Henriette sich auf die Unterlippe und schenkte ihrem Vater ein zaghaftes Lächeln. Er hatte recht. In dieser Hinsicht war sie tatsächlich wie ihre Mutter, sie übernahm gern Verantwortung und dachte wenig an sich selbst. Aber das hatte sie im Laufe der Jahre auch lernen müssen.

»In Ordnung«, murmelte Henriette, »aber bitte lass mich nachher trotzdem mit dir die Belegungspläne durchgehen, und die Zimmer möchte ich auch gleich sehen.«

Ihr Vater nickte und fuhr sich mit der Hand übers Kinn. »Dann zeige ich euch am besten gleich eure Zimmer.«

Henriette nickte und sah sich nach ihren Geschwistern um. Sibylle stand im Schatten und strickte selbst jetzt im Stehen. Und Hermann … Henriette kniff die Augen zusammen und schirmte das grelle Sonnenlicht mit der Hand ab. »Wo ist er nun schon wieder?«

Dann entdeckte sie ihren Bruder am Rand der Promenade, er lief zusammen mit zwei anderen Jungen über eine Wiese. »Dieser kleine Wirbelwind! Hermann! Komm her!«, rief Henriette und schüttelte mit einem matten Lächeln den Kopf.

Ihr Bruder drehte den Kopf zu ihr und schaute einen Augenblick in ihre Richtung. Es war, als könnte sie sein Seufzen hören, dann aber hob er die Hand und verabschiedete sich von seinen neuen Spielkameraden. Rasch lief er zu Henriette und blieb, die Hände auf die Knie gestützt, vor ihr stehen.

»Sollst du denn immer weglaufen?«

Ihr Bruder hob den Kopf, und ein Grinsen huschte über seine Lippen. Seine Wangen waren gerötet, und seine blauen Augen glänzten voller Freude. »Das sind Thomas und Siegfried! Sie sind die Söhne des Dorfschullehrers.«

Henriette konnte ihre strenge Fassade kaum noch aufrechterhalten und zauste ihrem Bruder den dunklen Haarschopf. »Es freut mich, dass du Freunde gefunden hast, Hermann. Aber nun lass uns unser neues Zuhause erkunden, was hältst du davon?«

Hermann schaute über die Schulter zurück zu den zwei Jungen. »Ich darf aber wieder mit ihnen spielen, oder?«

»Natürlich darfst du das.« Henriette legte den Arm um seine Schulter und führte ihn zum Eingang des Hotels. Ihr Vater öffnete die Glastür, und Henriette stockte der Atem, als sie eintrat.

»Wie schön«, flüsterte sie entzückt.

Das Innere der *Villa Sommerwind* übertraf jede ihrer Vorstellungen. Ein dunkelblauer Teppich führte zum Empfang, der aus schwarzem Holz gebaut war und glänzte wie poliert. Rechts und links vom Empfang waren einige kleine Sitzecken mit Chaiselongues und Sesseln angeordnet, die mit feinsten Stoffen in verschiedenen Blautönen bezogen waren, sodass sie perfekt zur Farbe des Meeres passten.

Henriette konnte kaum glauben, was ihr Vater aus dem Haus gemacht hat. Aus dieser überraschenden Erbschaft ihres Großvaters, der in einem Anflug von jugendlichem Tatendrang dieses Gebäude in Timmendorfer Strand gekauft, aber niemals renoviert hatte. Nun würde ihre Familie die obere Etage des Hotels bewohnen und die weiteren Zimmer an Gäste vermieten.

Rechts führte eine Tür in einen großen Raum, der, wie Henriette erkannte, der Speisesaal für die Gäste sein sollte. Tische mit weißen Leinendecken standen versetzt im Raum, alle aus demselben dunklen Holz wie der Empfang gezimmert. Sie musste zugeben, dass ihr Vater wahrhaftig ein gutes Auge für die Einrichtung hatte. Er wusste, welche Farben und Materialien man kombinieren musste, um eine gemütliche, aber ebenso edle Atmosphäre zu erschaffen. Das war auch in ihren Pensionen in Hamburg so gewesen, aber die *Villa Sommerwind* war etwas ganz Besonderes.

»Das scheint das Personal zu sein.«

Henriette zuckte zusammen, als Sibylle plötzlich neben ihr auftauchte und mit dem Kopf zum Empfang wies, vor dem sich in Reih und Glied einige Personen versammelt hatten.

»Es scheint so.« Henriette verschränkte die Arme vor der Brust und betrachtete sie eingehend.

Zwei Männer in schwarzen Anzügen, die Haare ordentlich zurückgekämmt, und eine junge Frau in einem ebenfalls schwarzen Kleid, die gemeinsam etwas abseits des übrigen Personals standen.

»Empfangsmitarbeiter«, raunte Henriette Sibylle zu.

Sibylle neigte den Kopf zur Seite und deutete auf zwei Herren in weißer Kleidung und drei Knaben, die vor ihnen standen. »Die Köche und Küchenjungen.«

»Und das sind Kellner«, mischte Hermann sich ein, stellte sich grinsend zwischen seine Schwestern und zeigte auf drei Männer in ebenfalls schwarzen Anzügen mit weißen Schürzen.

»Sehr gut, Hermann. Du bist ein guter Beobachter geworden«, lobte Henriette ihren Bruder.

Sie hatten sich in den Pensionen schon immer ein Vergnügen daraus gemacht, zu raten, welchen Berufen ihre Gäste nachgingen oder welche Position ein neuer Mitarbeiter bekleiden würde.

Eberhart führte seine Kinder zu den Bediensteten des Hauses und stellte ihnen diese nacheinander vor. Henriette bemühte sich zwar darum, sich alle Namen zu merken, aber sie würde ohnehin viel mit diesen Menschen zusammenarbeiten und sie rasch näher kennenlernen.

»Und dies ist Elise, die euer Zimmermädchen sein wird, liebe Töchter. Einar hingegen wird sich um dich kümmern, mein Sohn.« Eberhart zeigte auf ein Mädchen mit hellbraunen Haaren und einem scheuen Lächeln auf den Lippen, das vermutlich nicht älter war als Sibylle. Sie knickste artig und senkte dann den Kopf.

Der Mann – Einar – hingegen verneigte sich höflich vor Hermann und schenkte ihm ein Lächeln. »Es freut mich, Ihre Bekanntschaft zu machen, junger Herr. Sie sehen sehr elegant aus in Ihrem Matrosenanzug.«

Hermann lächelte stolz und straffte die Schultern. »Vielen Dank.« Ehrfürchtig strich er über den feinen Stoff.

»Möchtet ihr jetzt unsere Privatgemächer sehen?«, fragte Eberhart Hohnhold.

»Sehr gerne, Vater«, antwortete Sibylle an Henriettes Stelle und berührte sie sanft an der Schulter. »Dann können wir auch gleich die Gouvernante kennenlernen, und du und Henriette könnt euch mit den wichtigen Belangen des Hotels beschäftigen.«

Dankbar schenkte Henriette ihrer kleinen Schwester ein Lächeln, denn es juckte ihr in den Fingern, endlich dieses Hotel zu eröffnen und den Kurort mitsamt all seinen Bewohnern kennenzulernen.

»Das ist eine gute Idee, meine liebe Tochter.« Eberhart küsste Sibylle auf die Stirn und führte seine Kinder links vom Empfang zu seiner breiten Treppe, die ebenso mit Teppich ausgelegt war wie die Eingangshalle.

Einar und Elise folgten ihnen in einigem Abstand. Wie Schatten liefen sie hinter ihnen her. Ihre Schritte hallten im weiten Flur wider, und ein Frösteln lief plötzlich über Henriettes Rücken. Als sie in der obersten Etage angekommen waren, blieb Henriette am Treppenabsatz stehen, ließ Einar und Elise an sich vorbeigehen. Ihre Finger glitten über das Geländer, und der vertraute Geruch von frisch gewaschener Wäsche drang in ihre Nase. Kurz schloss sie die Augen, lauschte in sich hinein. Hörte ihr hämmerndes Herz, und ein flüchtiges Lächeln glitt über ihre Lippen.

Dies war der Traum ihrer Mutter gewesen. Ein eigenes Hotel zu führen und Gäste zu bewirten. Und nun … nun war es auch Henriettes Traum. Sie würde das Vermächtnis ihrer Mutter fortführen und gemeinsam mit ihrem Vater die *Villa Sommerwind* zu einem der exquisitesten Häuser in Timmendorfer Strand machen.

»Siehst du mich, Mama?«, flüsterte sie leise und öffnete die Augen. »Siehst du uns? Was wir erreichen können …«

»Henriette?« Die Stimme ihres Vaters schreckte sie auf. Henriette fuhr zusammen und wandte den Kopf zu ihrer Familie. »Kommst du?«

»Ja … natürlich.« Henriette raffte das Kleid und lief zu ihrer Familie, die am Ende des Flurs stehen geblieben war.

»Ganz hinten befindet sich mein Büro.« Eberhart zeigte auf eine dunkle Eichentür am Ende des Ganges und drehte sich dann wieder nach links. »Hier sind der Salon und das Speisezimmer, dies dort ist mein Zimmer, daneben deines, Hermann, und diese zwei Türen führen zu euren Zimmern, meine liebsten Töchter.«

Henriette ließ den Blick über die zwei Türen schweifen und schaute dann kurz zu Sibylle, die sich langsam auf die linke Tür zubewegte. Doch bevor sie die Klinke drückte, drehte sie sich noch einmal zu ihrem Vater. »Gibt es eine Verbindungstür?«

Eberhart legte den Kopf schräg, dann nickte er lächelnd. »Natürlich, mein Schatz.«

Erleichtert entließ Sibylle die angestaute Luft aus ihren Lungen und legte eine Hand auf die Brust. Sie sah erst noch zu Henriette, bevor sie endlich ihr Zimmer betrat.

Immer hatten sie nebeneinander liegende Zimmer bewohnt, und immer waren diese Räume auch durch eine Tür miteinander verbunden gewesen. Weil Sibylle nach dem Tod der Mutter von schrecklichen Albträumen geplagt gewesen war. Weil Henriette jede Nacht im Bett ihrer jüngeren Schwester gelegen hatte, deren Tränen getrocknet hatte und später gemeinsam mit ihr in einen tiefen, traumlosen Schlaf gefallen war.

Es war nicht etwa so, dass Sibylle immer noch Albträume hatte, aber diese Tür, das Wissen, dass Henriette immer an ihrer Seite war, gab ihr Hoffnung und Sicherheit.

»Wie schön!«, rief Sibylle entzückt.

Henriette trat ebenfalls ein und betrachtete das Zimmer aufmerksam. Es war riesig und mit viel mehr Komfort ausgestattet als ihre Räume in Hamburg. Eine weite Fensterfront gab den Blick auf die Promenade und das Meer frei. Linker Hand an der Wand stand ein prächtiges Bett mit Baldachin, eine blaue Tagesdecke und mehrere Kissen darauf drapiert. Rechts vom Bett säumten mehrere Regale mit Büchern, kleinen Andenken und Strickzeug die Wand, in einer Ecke beim Fenster stand eine Kommode und daneben noch ein Frisiertisch mit Spiegel in glänzendem Weiß. Die Wände waren in einem hellen Roséton gestrichen; die Farbe fand sich in beinahe jedem Einrichtungsgegenstand wieder. Das Zimmer war wie ein Spiegelbild von Sibylles Charakter.

»Gefällt es dir?«, fragte Eberhart seine jüngste Tochter.

Sibylle wirbelte mit einem strahlenden Lächeln zu ihm herum. »Es ist bezaubernd, Vater!«

Sibylle ergriff Henriettes Hand und zog sie mit zu der Verbindungstür, die neben dem Bett in die Wand eingelassen war. Bevor Henriette noch etwas erwidern konnte, riss Sibylle die Tür auf und stürmte in das benachbarte Zimmer.

Mit langsamen Schritten folgte Henriette. Der Raum war ein wenig schlichter eingerichtet als der von Sibylle. Die Farben gedeckter, die Wände in Beige gestrichen, und statt einer Kommode stand an der linken Seite des Zimmers ein Schreibtisch aus dunklem Eichenholz.

Überrascht schaute Henriette sich zu ihrem Vater um und musste wegen des Funkelns in seinen blauen Augen grinsen.

»Wenn du mit mir dieses Hotel leiten willst, solltest du wenigstens einen eigenen Schreibtisch haben, wo du alle wichtigen Unterlagen verstauen und Briefe und Belegungspläne schreiben kannst.«

Henriette schlang die Arme um den Hals ihres Vaters. »Ich danke dir«, wisperte sie leise in sein Ohr. »Vielen Dank, Vater.«

Sie wusste, es war nicht selbstverständlich, dass sie mit ihm dieses Hotel führen würde, auch wenn sie schon großjährig war. Dass er sie in alle Belange einbeziehen und ihr Verantwortung übertragen würde. Sie kannte die Blicke der anderen Menschen nur zu gut, wenn ihr Vater voller Stolz erzählte, dass seine Tochter eine wissbegierige junge Frau war, die sich gemeinsam mit ihm um die Pensionen in Hamburg kümmerte.

Eine Frau, die sich in der geschäftigen Welt der Männer zurechtfand, war für die meisten Menschen immer noch ein Phänomen. Ungewöhnlich und vielleicht sogar ein wenig merkwürdig.

Aber das scherte Henriette nicht. Ihre Mutter war so eine Frau gewesen, und sie selbst würde ihren Weg finden, die Dinge tun, die sie liebte. Und sie hatte gelernt, mit den Blicken der Menschen, mit den getuschelten Worten zu leben.

Sie löste sich von ihrem Vater und ließ den Blick über die restliche Einrichtung schweifen. Ihr Bett hatte ebenfalls einen Baldachin in dunklem Blau, ebenso viele Bücherregale säumten die Wände in ihrem Zimmer – nur waren sie, anders als bei Sibylle, nicht nur mit Werken der Literatur, sondern auch mit Sachbüchern gefüllt. Vorsichtig schritt Henriette zur gepolsterten Fensterbank und schaute nach draußen. Auch von ihrem Zimmer konnte sie weit über die Straße hinweg bis zur Strandpromenade sehen. Bäume säumten den Weg und spendeten angenehmen Schatten, sie erkannte einige kleine Gebäude nahe dem Strand, mutmaßlich kleine Verkaufsstände für Strandutensilien. Das strahlend blaue Meer glitzerte in der Sonne, und als Henriette das Fenster öffnete, konnte sie sogar von hier oben das Rauschen der Wellen hören, sah, wie eine Möwe im Sturzflug ins Wasser schoss und im nächsten Augenblick mit einem Fisch im Schnabel wieder auftauchte.

Sie schaute von der Promenade hinab zum Kurpark, der sich davor erstreckte. Ein großes Hotel zu ihrer Linken stand mitten im Grünen, hochherrschaftlich und mondän.

»Das ist das *Denkers Kurhotel*«, ertönte die Stimme des Vaters hinter ihr.

Nachdenklich drehte Henriette sich zu ihm um. »Es passt perfekt mitten ins Grüne, obwohl es beinah so hoch ist wie unser Hotel und eine eher kastenförmige Bauart aufweist … aber durch die vielen kleinen Fenster und die hell gestrichene Fassade wirkt es nicht einschüchternd, nein, es heißt seine Gäste beinahe mit Gemütlichkeit willkommen.«

Ihr Vater schüttelte lächelnd den Kopf und strich Henriette über den Arm. »Mach dir keine Gedanken, hier gibt es viele Hotels, wir werden kaum Probleme haben, Stammgäste zu gewinnen. Außerdem habe ich schon ein Abendessen mit der Inhaberfamilie des Kurhotels organisiert, denn …«

»… man muss immer eine gute Beziehung miteinander pflegen«, unterbrach Henriette ihren Vater und verdrehte lächelnd die Augen.

Das war vermutlich eine der Lehren, die sie zuallererst aufgenommen hatte: Dein ärgster Konkurrent sollte zugleich dein bester Verbündeter sein, denn wenn alle Stricke reißen, muss man sich aufeinander verlassen können.

»Sehr richtig.« Eberhart Hohnhold nickte und drehte sich zu seinen anderen beiden Kindern um. Da klopfte es an der Tür, und Elise trat ein.

»Bitte entschuldigen Sie die Störung, die Herrschaften. Ich soll ausrichten, dass Frau Nolte, die Gouvernante, gerade eingetroffen ist. Außerdem wartet unten eine junge Dame namens Mareike Baltmund. Sie ist die Tochter der Schneiderin und sagte mir, dass Sie, Herr Hohnhold, mit ihr korrespondiert hätten.«

»Sehr richtig. Seien Sie bitte so gut und führen Frau Nolte in mein Büro.« Er wandte sich zu Sibylle und Hermann um. »Ihr beide kommt bitte mit, dann könnt ihr Frau Nolte gleich kennenlernen.«

Sibylle seufzte schwer und schaute sehnsüchtig zur Verbindungstür, die in ihr Zimmer führte. Henriette konnte sich vorstellen, dass ihre kleine Schwester viel lieber in eine ihrer vielen Geschichten abgetaucht wäre, als nun die Gouvernante kennenzulernen.

»Und du, Henriette, gehst hinunter und lernst Mareike Baltmund kennen.«

»Wie bitte?«

»Ich habe mit ihrer Mutter einige Nachrichten ausgetauscht, denn wir werden in der nächsten Zeit bestimmt etliche Aufträge für sie haben, es gibt sicher vieles zu schneidern, zum Beispiel die neuen Kleider für Sibylle, die bald nicht mehr in ihren Mädchenkleidern herumlaufen kann …«

Eberhart unterbrach sich, denn aus Sibylles Mund kam ein leises Quieken, und sie starrte ihren Vater ungläubig an. »Ich bekomme mein erstes richtiges Kleid?«

Ein Kloß bildete sich plötzlich in Henriettes Kehle, denn eine Erinnerung schoss ihr durch den Kopf, die dafür sorgte, dass sich brennende Tränen in ihren Augen sammelten.

Das erste Kleid als Frau muss perfekt zu dir passen. Du zeigst damit, dass du nun kein kleines Mädchen mehr bist. Dass du nun bereit bist, in die Gesellschaft der Erwachsenen eingeführt zu werden.

Das waren die Worte ihrer Mutter gewesen, als Henriette selbst ihr erstes Damenkleid anziehen durfte. Ihre Mutter hatte es mit ihr ausgesucht, und Henriette hatte auf den Tag hingefiebert, an dem sie es tragen durfte. Doch dieser Tag war nie gekommen. Denn ihre Mutter war bei Hermanns Geburt gestorben und hatte Henriette allein gelassen an diesem einen Tag, an dem sie ihre Mutter so sehr gebraucht hätte. Sie war genauso alt wie Sibylle in diesem Augenblick gewesen, vierzehn Jahre, noch ein Kind im Herzen, das viel zu schnell hatte erwachsen werden müssen.

»Ja.« Eberhart sah Sibylle mit einem winzigen Lächeln an. Auch seine Stimme bebte. »Du bekommst dein erstes richtiges Kleid, das Kleid einer jungen Frau.«

Sibylle klatschte begeistert in die Hände und sah an sich hinunter. Sie trug ein hellblaues, beinahe noch kindliches Kleid mit Rüschen und niedlichen Applikationen. Ein Grinsen zog über ihr Gesicht. »Auf Wiedersehen, Kinderkleider!«, rief sie und fiel ihrem Vater stürmisch in die Arme. »Ich danke dir, Vater!«

Schmunzelnd betrachtete Eberhart seine Tochter, strich ihr über den dunklen Haarschopf und legte dann seine Hand unter ihr Kinn. »Sehr gerne. Aber nun sei ein gutes Mädchen, nimm deinen Bruder mit, und dann geht in mein Büro, in Ordnung?«

Sibylle nickte und nahm Hermanns Hand. Sie zog den kleinen Jungen mit hinaus, der anscheinend lieber bei seinem Vater geblieben wäre und schmollend die Unterlippe vorschob. Die Tür fiel mit einem dumpfen Knall ins Schloss, und Henriettes Vater wandte sich wieder seiner Ältesten zu.

»Nun … wir wurden unterbrochen. Die Schneiderin Frau Baltmund hat mir angeboten, dass ihre Tochter Mareike dich ein wenig im Kurort herumführt, und ich habe mir gedacht, dass es schön für dich wäre, wenn du eine andere junge Dame kennenlernst. Vielleicht könnte sie sogar deine Freundin werden.«

Nur mit Mühe schluckte Henriette den Kloß in ihrem Hals hinunter und blinzelte die Tränen weg. Sie lächelte ihren Vater liebevoll an und griff nach seiner Hand.

»Danke, Vater«, murmelte sie mit heiserer Stimme. »Danke, dass du so sehr an uns alle denkst.«

Schweigend schloss Eberhart seine Tochter in die Arme und hielt sie, als ihr Körper von einem Zittern ergriffen wurde und die Tränen sich nun doch ihren Weg über ihre Wangen bahnten. Sie schmeckte Salz auf ihren Lippen, und die Stimme ihrer Mutter hallte in ihren Gedanken wider.

Deinen Platz in dieser Welt finden …

Ja, dachte Henriette, *das werde ich, Mutter.*

KAPITEL 2

HENRIETTE

Der Wind pfiff eine leise Melodie und wirbelte den Stoff von Henriettes Kleid um ihre Knöchel. Sie schaute sich suchend um und entdeckte bei einem kleinen Springbrunnen eine junge Frau, die mit den Händen durchs Wasser fuhr. Sie schaute auf und sah Henriette, und schon im nächsten Augenblick lief sie winkend auf sie zu.

»Moin!«, rief die junge Frau, die Mareike Baltmund sein musste. »Sie sind bestimmt Henriette Hohnhold.«

Verdattert sah Henriette die junge Frau an und betrachtete sie neugierig. Mareike trug ein schillerndes Kleid aus dunkelrotem Stoff, der sich ab der Hüfte in mehreren Lagen aufbauschte, was wie die verschiedenen Schattierungen eines Sonnenuntergangs wirkte. Die Ärmel des Kleids lagen eng an, und um die Taille herum passte sich das Kleid perfekt an Mareikes schlanken Körper an.

»Genau, mein Name ist Henriette Hohnhold«, antwortete Henriette und konnte den Blick kaum von dieser strahlenden jungen Frau abwenden.

Mareike ergriff stürmisch ihre Hände und lächelte sie an. Ihre weizenblonden Haare waren zu einem hohen Dutt geschlungen, der von mehreren Spangen und Bändern gehalten wurde, aber trotzdem eifrig auf und ab hüpfte. Augen so grün wie eine Sommerwiese musterten Henriette aufgeregt. »Ich freue mich sehr, Sie kennenzulernen! Mein Name ist Mareike Baltmund«, rief sie überschwänglich.

»Die Freude ist ganz meinerseits, aber bitte, du musst nicht so förmlich sein.«

Mareike neigte den Kopf zur Seite und schaute Henriette fragend an. »Wirklich nicht? Meine Mutter hat gesagt, ihr seid feine Herrschaften aus Hamburg, vor denen man sich gut benehmen muss.«

Henriette starrte die junge Frau verblüfft an, musste dann aber grinsen, als sich Mareikes Gesicht zu einer spöttischen Grimasse verzog. Sie machte eine wegwerfende Handbewegung und lachte hell auf.

»Ich hatte schon gehofft, dass du es mit der Etikette nicht so streng nimmst«, sagte Mareike und ließ Henriettes Hände los. »Ich tue das nämlich nie, und das macht meine Mutter schier wahnsinnig!«

Henriette konnte nicht genau sagen, was es war, aber Mareike Baltmund war ihr sofort sympathisch. Diese lockere, leichte Art, das bezaubernde Lachen und ihr verschmitztes Grinsen – all das sorgte dafür, dass es Henriette sofort warm ums Herz wurde.

»Es ist schön, dass du mich willkommen heißt und mich ein wenig herumführen möchtest, denn ich gebe es nur ungern zu, aber im Moment würde ich mich hier heillos verirren.«

Mareike hakte sich bei Henriette unter und musterte sie mit hochgezogenen Augenbrauen. »Du veräppelst mich, oder? Du stammst aus Hamburg, die Stadt ist riesig, da wirst du dich doch wohl hier nicht verlaufen.«

Ein Lächeln huschte über Henriettes Gesicht. »Ich habe das Orientierungsvermögen eines verwirrten Vogels«, gab sie leise zu und schaute noch einmal zur *Villa Sommerwind* zurück. »In Hamburg habe ich mir alle Straßen sorgsam eingeprägt, damit ich mich bloß niemals verlaufe.«

Mareike öffnete den Mund, aber kein Laut drang über ihre Lippen, stattdessen schenkte sie Henriette ein schiefes Grinsen. »Und ich dachte, meine gute Tat wäre ganz umsonst.«

»Nein, ich bin dir dankbar, dass du mir Timmendorfer Strand und seine Sehenswürdigkeiten zeigst.«

»Ach, so toll ist es hier gar nicht. Die meiste Zeit ist es sogar ziemlich langweilig. Vor allem im Winter«, erwiderte Mareike trocken und mit so viel Ehrlichkeit, dass ihre Worte Henriette erneut zum Lachen brachten.

Denn ihre neue Freundin hatte recht. Das eigene Zuhause erschien einem unweigerlich irgendwann langweilig, man kannte jede Straße und jeden Einwohner. So war es Henriette im Herzen Hamburgs auch ergangen. Das Einzige, was ihre Langweile mindern konnte, waren die Arbeit und die unterschiedlichsten Gäste, die Geschichten aus aller Welt in ihre Pension trugen.

Sie gingen noch ein Stück schweigend nebeneinanderher, und Henriette betrachtete ihre Umgebung neugierig. Villen und kleine Häuschen säumten den Weg vom Hotel aus. Einige Dächer waren mit Reet gedeckt, meterhohe Fenster zierten die Front der Häuser, und die gemütlichen kleinen Gärten davor sahen gut gepflegt aus, der herrliche Duft von frischen Blumen kitzelte Henriettes Nase.

Als die Frauen gemeinsam am Ende der Straße um die Ecke bogen, erreichten sie einen belebten Platz, auf dem reges Treiben herrschte. Eine Kutsche, auf der mehrere Säcke und Kisten standen, fuhr rumpelnd an ihnen vorbei, eine Kraftdroschke stand vor einem prächtigen Haus, das eine Gästevilla zu sein schien, denn aus der Droschke stiegen einige Personen in feinsten Kleidern. Ein Kutscher hievte mehrere Koffer hinunter, Schweißperlen glänzten auf seiner Stirn, und sein Gesicht war gerötet.

»Dies ist unser Platz an der Uhr!«

Mareikes Stimme zuckte durch ihre Gedanken, und Henriette schaute ihre neue Freundin an. »Platz an der …?« Sie verstummte, als sie die große Normaluhr vor der Villa entdeckte. »Ich verstehe.«

Mareike kicherte leise. »Der Baum dort verdeckt die Uhr im Frühling und Sommer immer ein wenig. Keine Sorge, du bist nicht die Erste, die es nicht gleich verstanden hat.«

Henriette nickte und sah sich auf dem Platz um. Mehrere Häuser säumten die Straße – alle prächtig erbaut, mit verschnörkelten Fenstersimsen und weißen Fassaden. Links von ihr jedoch war kein Gästehaus, so schien es jedenfalls.

»Was ist das für ein Gebäude?« Henriette zeigte auf das große, imposante Haus, aus dessen Eingang gerade einige Kinder lachend herausliefen.

Das Gebäude war schneeweiß gestrichen, es verfügte über drei Stockwerke, breite Fenster säumten die Fassade, links und rechts schienen sich zwei kleinen Türme in den Himmel schrauben zu wollen – zwei goldene Kugeln an deren Spitze glänzten im Licht der Sonne. Eine Flagge wehte in der Mitte des Gebäudes, und zwischen der ersten und zweiten Etage entdeckte Henriette ein Messingschild mit der Aufschrift Olgaheim.

»Das ist ein Kindererholungsheim, das vom Hamburger Paulsenstift errichtet wurde. Die Kinder, die hier ankommen, sind meistens schwächlich oder kränklich, sie haben keine guten Familienverhältnisse oder sind Waisen. Hier im Olgaheim ermöglicht man ihnen ein wenig schöne Zeit am Meer«, klärte Mareike sie auf und gab Henriette einen raschen Überblick über die Geschichte des Hauses, das durch die großzügige Spende einer reichen Witwe namens Laura Beit erbaut werden konnte.

»Herr im Himmel, du bist ein wandelndes Geschichtsbuch«, bemerkte Henriette anerkennend.

Mareike zuckte unbekümmert mit den Schultern. »In der Schule habe ich mich viel gelangweilt, also habe ich meistens unter dem

Tisch Geschichtsbücher gelesen, weil ich es spannend finde, wie die Welt früher war. Außerdem bekommt man viel Inspiration für neue Schnittmuster von Kleidern, wenn man sich ansieht, was die feinen Damen der Gesellschaft früher getragen haben.«

»Du bist wirklich eine spannende Person, Mareike.«

»Findest du?« Ehrlich erfreut glänzten Mareikes Augen, und sie drückte Henriettes Arm. »Ich mag dich auch.«

Erleichtert ließ Henriette den Blick erneut über den Platz schweifen. Sie war nicht gut darin, Freundinnen zu finden. Das war immer schon so gewesen. Aber mit Mareike fühlte es sich unbeschwert an, ganz einfach über alltägliche Dinge zu reden und sie näher kennenzulernen. Ohne dass Henriette sich verstellen müsste oder jemand Fragen stellte, warum ihr Vater sie eigentlich in die Geschäfte des Hotels einbezog.

Trotz der Tatsache, dass reges Treiben auf dem Platz an der Uhr herrschte, fühlte Henriette sich geborgen. Hier war selbst die Geschäftigkeit ruhig, nicht so wie in Hamburg, wo alles hektisch zuging und man in den Straßen an der Alster aufpassen musste, dass man nicht niedergetrampelt wurde. Nein, Timmendorfer Strand fühlte sich für Henriette an wie ein beschauliches Fleckchen Erde, das zwar belebt, aber dennoch entspannt war. Balsam für ihre Seele, Ruhe für ihr aufgewühltes Herz.

»Was sollte ich noch kennenlernen?«, fragte sie Mareike.

Mareike schaute sie nachdenklich an, dann führte sie Henriette an der Villa vorbei, vor der die Uhr stand. »Dies ist die *Villa Hollandia,* sie ist bei Kurgästen sehr beliebt.«

Henriette verstand sofort, wieso. Die Villa im gemütlichen Stil eines Landhauses erstreckte sich über vier Etagen. Kleine Erkerzimmer und Fensterchen schmückten die helle Fassade. Vor der Villa war eine sauber gepflegte Grünfläche zu sehen, auf der gerade einige Zimmermädchen eine Decke ausbreiteten und für ein Picknick aufdeckten. Die Villa war genau am Puls der Zeit, mitten im Kern des Kurortes, und doch konnten die Gäste in ihren Zimmern Ruhe und Entspannung genießen, ohne sich gestört zu fühlen.

Henriette wandte den Blick hastig von der Villa ab und bemühte sich darum, das dumpfe Gefühl in ihrem Magen zu ignorieren. Ob sie mit der *Villa Sommerwind* gegen all diese Pensionen und Hotels in Timmendorfer Strand bestehen konnten? Ob die Dorfbewohner sie alle genauso freundlich willkommen heißen würden, wie Mareike es tat?

»Ich bin mir sicher, dass euer Hotel viel schöner und luxuriöser ist«, sagte Mareike neben Henriette, als hätte sie ihre Gedanken gelesen.

Sanft zog Mareike sie mit sich zur gegenüberliegenden Seite der *Villa Hollandia*. Dort stand ein kleines Häuschen mit breiter Fensterfront und einem leuchtend roten Dach.

»Hier wirst du bestimmt öfter hingehen«, eröffnete Mareike ihr mit einem schelmischen Grinsen. »Denn dies ist das Friseurgeschäft der Familie Sint.«

Sie blieben vor dem Fenster stehen und schauten ins Innere des Ladens. Eine elegante Dame und ein kleiner Junge saßen auf den Frisierstühlen. Der Junge baumelte mit den Beinen und bewegte immerzu den Kopf neugierig hin und her, sodass er damit die Friseurin hinter sich schier in den Wahnsinn trieb. Sie musste seinen Kopf immer wieder in eine gerade Position bringen, um sich nicht zu verschneiden. Die prächtig gekleidete Dame schüttelte den Kopf und sagte etwas zu dem Jungen, der mit einem Mal still saß und sich nicht mehr bewegte.

Mareike kicherte leise. »Nun, *du* wirst dich bestimmt zu benehmen wissen, wenn du dorthin gehst. Ich verspreche dir, Frau Sint wird dir eine schicke Frisur zaubern.«

Kritisch betrachtete Henriette sich im Fenster des Geschäfts und fuhr sich durch die pechschwarzen Haare, die sich wie Schatten über ihre Schultern ergossen. »Ich bin mir nicht sicher, ob ich das möchte.«

»Papperlapapp! Vertrau mir, du wirst es nicht bereuen.« Mareike hakte sich erneut bei ihr unter und führte sie vom Platz weg und hin zu einem kleinen Laden, der etwas abseits des Trubels lag.

Henriette las die Buchstaben auf dem Messingschild und die Texte an der Fassade aufmerksam. »Ein Gemischtwarenladen«, stellte sie fest.

»Genau, dies ist der Gemischtwarenladen von Herrn Harms, hier bekommst du alles von Spielzeug über Tabak bis hin zu Reiseandenken.«

Henriette wollte gerade etwas erwidern, als ein Mann aus dem Laden trat. Er trug einen schwarzen Anzug mit passendem Jackett und zündete sich eine Pfeife an. Seine braunen Locken kringelten sich widerspenstig im Wind.

»Moin, Mareike!«, rief er, als er die beiden Frauen erblickte. »Wer ist denn die junge Dame an deiner Seite?«

»Moin, Herr Harms, das ist Henriette Hohnhold, ihre Familie eröffnet die *Villa Sommerwind* auf der Fußgängerpromenade vor dem Kurpark!«

Henriette trat vor und streckte die Hand aus. »Es freut mich, Sie kennenzulernen, Herr Harms.«

Hastig legte Herr Harms seine Pfeife zur Seite und ergriff Henriettes Hand. Sie konnte Schwielen auf seiner Haut fühlen, und der Händedruck war kräftig. Der Mann schenkte ihr ein höfliches Lächeln und lupfte seinen Hut.

»Es ist mir ebenfalls eine große Freude. Ihr Herr Vater wird die Villa leiten, nehme ich an?«

»Gemeinsam mit mir, ja.«

Irritiert ließ Herr Harms Henriettes Hand los und zog die Augenbrauen zusammen. Die Lippen hatte er zusammengepresst, und es schien, als wisse er nicht, was er sagen sollte. Doch dieses Verhalten war nicht neu für Henriette. Sie erlebte es jeden Tag. Sie hatte es in Hamburg an der Hotelfachschule erlebt, auf die ihr Vater sie für ein Jahr geschickt hatte, nachdem sie ihren Abschluss am Lyzeum, dem Gymnasium für Mädchen, gemacht hatte. Fast nur junge Männer hatten die Schule in Hamburg besucht, sie war eine von ganz wenigen Frauen gewesen, und natürlich hatte der Spott der Männer sie und ihre Freundinnen dort ereilt.

Aber in diesem Jahr hatte Henriette sich bewährt, ihr Wissen über die Führung eines Hotels erweitert und viel gelernt, was sie heute noch im Alltag begleitete. Deswegen machte der merkwürdige Blick von Herrn Harms ihr fast gar nichts mehr aus.

»Haben Sie etwa noch nicht genug Personal, das Ihren Vater unterstützen kann bei der Leitung des Hotels?« Es hatte eine kleine Ewigkeit gedauert, bis Herr Harms seine Sprache wiedergefunden hatte, und Henriette unterdrückte den Impuls, mit den Augen zu rollen.

»Wir haben bereits genug Personal, Herr Harms. Ich leite das Hotel mit meinem Vater zusammen, weil ich auf die Hotelfachschule in Hamburg gegangen bin und mit Zahlen und Belegungsplänen vertraut bin. Außerdem hat meine Mutter ebenfalls mit meinem Vater zusammen unsere Pensionen in Hamburg geleitet.«

»Aha …«, machte Herr Harms und verzog das Gesicht, als hätte er auf eine saure Zitrone gebissen.

»Ist das nicht großartig, Herr Harms?«, mischte sich nun Mareike ein. »Eine Frau, die ein Hotel leitet? Ich bin mir sicher, dass die *Villa Sommerwind* zu einer der besten Adressen in Timmendorfer Strand werden wird. Henriette bringt bestimmt viele neue Ideen mit für die Leitung und natürlich auch für die Inneneinrichtung, so ein Hotel muss ja auch etwas hermachen, oder nicht?«

»Ja … natürlich.« Herr Harms straffte die Schultern und lächelte Henriette an. »Ich bin mir sicher, dass dem scharfen Auge einer Frau kein Fehler in der Ausstattung der exquisiten Zimmer entgeht und dass Sie mit viel Feingefühl die Wünsche der Gäste erfüllen werden.«

Henriette seufzte leise und fuhr sich mit der Zunge über die Lippen. Natürlich entging ihr kein Fehler, aber nicht, weil sie eine Frau war, sondern weil sie gescheit und aufmerksam war. Aber sie wollte mit dem Gemischtwarenhändler keinen Streit vom Zaun brechen, deswegen zwang sie sich zu einem höflichen Lächeln.

»Das tue ich in der Tat, und jetzt weiß ich auch, welchen Gemischtwarenladen ich meinen Gästen empfehlen kann, wenn sie etwas benötigen.«

Herr Harms nickte zufrieden und griff wieder nach seiner Pfeife. »Das freut mich, Fräulein Hohnhold. Ich wünsche Ihrem Vater und Ihrer Familie einen erfolgreichen Start mit der *Villa Sommerwind!*«

»Vielen Dank.«

Noch einen Augenblick blieb Henriette mit Mareike bei Herrn Harms stehen, dann verabschiedeten sie sich eilig, und Henriette war froh, als sie endlich genügend Abstand zwischen sich und den Mann gebracht hatte.

»Nimm ihm seine Worte nicht krumm …«, versuchte Mareike sie aufzumuntern, aber Henriette zuckte mit den Schultern.

»Schon in Ordnung, ich kenne es nicht anders, und meiner Mutter ist es vor Jahren bestimmt noch übler ergangen.«

»Deine Mutter ist tot, oder?«

Die Worte schnitten wie ein Messer in Henriettes Herz, und sie zuckte jäh zusammen.

»Oh, verflixt! Ich bin so ein doofes Huhn, manchmal denke ich nicht vorher über meine Worte nach. Bitte verzeih mir, Henriette, das war taktlos!«

»Bitte entschuldige dich nicht, Mareike …« Henriette presste die Lippen zusammen und seufzte leise. »Du hast recht, meine Mutter ist gestorben.«

Henriette hakte sich bei Mareike unter und führte sie ein Stück die Straße hinauf, dann setzte sie sich mit ihr auf eine Bank.

Schweigend saßen sie nebeneinander, jede schien ihren eigenen Gedanken nachzuhängen.

Henriette streckte die Beine weit von sich und sah in den strahlend blauen Himmel. Die Sonne wärmte ihre Haut, und mit jeder Sekunde erwachte der Kurort etwas mehr zum Leben. Wie ein Herz, das immer kräftiger schlug.

»Meine Mutter …«, begann Henriette nun zögerlich, denn die Worte verhakten sich schmerzhaft auf ihrer Zunge.

Sie sprach nicht gern über diesen dunklen Schatten in ihrer Familiengeschichte. Nicht mal mit den wenigen Freundinnen in Hamburg hatte sie je wirklich darüber gesprochen. Und doch wollte sie Mareike ihr Herz öffnen.

»Vor etwas mehr als acht Jahren ist meine Mutter im Kindbett bei der Geburt meines jüngeren Bruders Hermann gestorben. Die Ärzte konnten nichts mehr für sie tun …« Ihre Stimme zitterte. Betroffen sah Mareike Henriette an.

»Ich musste stark sein … für meine Geschwister. Meine Schwester Sibylle war gerade mal sechs Jahre alt, sie hat gar nicht verstanden, dass sie plötzlich keine Mutter mehr hatte. Mein ganzes bisheriges Leben lang habe ich ihnen die Mutter ersetzt, habe meinen Vater bei der Arbeit in der Pension unterstützt und versucht, irgendwie das Leben meiner Mutter weiterzuleben …«

Henriette wischte sich rasch übers Gesicht und straffte die Schultern. »Bitte verzeih, ich wollte dich nicht mit meiner traurigen Geschichte bekümmern, Mareike.«

Mareike lachte leise auf, aber es war kein glückliches Lachen.

»Mich bekümmern?«, wiederholte Mareike. »Du sprichst von Kummer, dabei bist du es, die die Mutter verloren hat und die stark für ihre Geschwister sein musste …«

Ein lautes Dröhnen unterbrach Mareike. Ein Automobil fuhr ruckelnd an ihnen vorbei und hielt am Platz der Uhr an. Staunend betrachtete Henriette das Gefährt. Natürlich hatte sie einige dieser neumodischen Fortbewegungsmittel schon in Hamburg gesehen, aber nur bei Gästen in der Pension, die über ein stattliches Vermögen verfügten. Hier in Timmendorfer Strand hatte sie ein Automobil nicht erwartet.

»Wer ist das?«, fragte Henriette und beobachtete, wie ein junger Mann in ihrem Alter und ein weitaus älterer Mann mit schütterem grauem Haar aus dem Automobil stiegen.

Mareike neigte den Kopf zur Seite und verschränkte die Arme vor der Brust. Henriette überraschte diese abweisende Haltung, denn bis jetzt war Mareike ihr wie der fröhlichste und freundlichste Mensch auf der Welt vorgekommen.

»Das ist Hubert Graff und sein Sohn Eduard.«

Henriette hob eine Augenbraue. »Ich brauche ein wenig mehr Hintergrund, Mareike.«

Mareike schnaubte undamenhaft. »Hubert Graff ist einer der angesehensten Architekten in unserem kleinen Kurort. Er ist mit den Herrschaften der *Villa Gropius* befreundet.« Sie verdrehte die Augen und zeigte auf Eduard Graff. »Und das ist sein arroganter Sohn.«

Henriette kam nicht umhin, Eduard Graff näher zu betrachten. Seine rotbraunen Locken wippten heftig auf seinem Kopf, seine Gesichtszüge waren markant, mit hohen Wangenknochen und einer hellen Haut wie Porzellan. Als er sich umdrehte und sein Blick bei Henriette und Mareike hängen blieb, da war es, als würde sie im Schwarz seiner Augen ertrinken. Henriette zog scharf die Luft ein, denn Eduard Graff sprach kurz mit seinem Vater und kam dann mit gemächlichen Schritten über die Straße zu ihnen herüber.

»Na großartig …«, murmelte Mareike verdrossen und schaute sichtlich genervt zur Seite, als Eduard Graff vor ihnen stehen blieb.

Henriette spürte, wie ihr Herz zu rasen begann, und erhob sich langsam von der Bank. Eduard Graff trug einen hellgrauen Anzug, der wie maßgeschneidert aussah. Der Stoff schimmerte und sah unfassbar teuer aus. Seine Statur war muskulös. Ohne Scheu ergriff er Henriettes Hand und hauchte einen Kuss darauf.

»Meine Dame«, sagte er charmant, und ein Lächeln spielte um seine vollen Lippen. »Ich habe Sie noch nie hier im Ort gesehen. Darf ich fragen, ob Sie im Urlaub sind?«

Henriette räusperte sich und schenkte dem fremden jungen Mann ein gezwungenes Lächeln. Sie hatte nicht viel Erfahrung in solchen Dingen, hatte sich lieber hinter Bilanzen und Fachbüchern versteckt, als mit einem jungen Mann über die Promenade in Hamburg zu flanieren.

»Henriette Hohnhold, es freut mich, Ihre Bekanntschaft zu machen. Meine Familie eröffnet hier in Kürze die *Villa Sommerwind.*«

Einen Moment lang meinte Henriette wahrzunehmen, dass sich Eduard Graffs Gesichtsausdruck verfinsterte, doch dann kehrte dieses ungewöhnliche Strahlen in seine schwarzen Augen zurück.

»Die *Villa Sommerwind* nahe dem Kurpark? Wie schön, davon habe ich von meinem Vater gehört. Es ist mir eine Ehre, Ihre Bekanntschaft zu machen, Fräulein Hohnhold. Ich hoffe, Sie bald wiederzusehen.« Er küsste erneut ihre Hand und neigte den Kopf zur Seite, wobei er seinen Blick auf Mareike richtete.

»Wie schön, dass du sie herumführst. Wie immer mit gutem Herzen unterwegs.« Spott schwang in Eduards Stimme, und Mareike sprang wütend von der Bank auf.

»Ach, sei still, Eduard!«, fauchte sie und tippte mit dem Finger an Eduards Brust.

Henriette war erschrocken, wie ungezogen Mareike sich benahm, aber es sollte sie eigentlich nicht überraschen. Mareike war nicht die Frau, die sich den Mund verbieten ließ.

Eduard lachte herzlich und grinste auf Mareike hinab, denn er war mehrere Zentimeter größer als die Frauen.

»Es ist immer wieder schön, mit dir zu sprechen, kleine Mareike.« Er nickte den Frauen zu und drehte sich um. »So Gott will, sieht man sich wieder.«

»Besser später als früher«, murrte Mareike schnippisch und ließ sich wieder auf die Bank fallen.

Henriette starrte zwischen ihrer neuen Freundin und Eduard Graff hin und her. Sichtlich verwirrt setzte sie sich wieder zu Mareike und schaute sie abwartend an.

»Er ist ein gemeiner, arroganter Kerl, aber lass dich ruhig von seinem Charme einlullen«, wisperte sie leise und wich Henriettes Blick aus.

»Seid ihr zusammen auf die Schule gegangen?«

Mareike zeigte die Straße hinauf. »Herrn Harms' Gemischtwarenladen ist in der Von-Sydow-Straße, und die Straße, die sie kreuzt, ist die Bergstraße. Dort oben ist die Schule des Dorfs.«

Henriette wertete dies als Ja auf ihre Frage und blieb ein wenig hilflos neben ihrer neuen Freundin sitzen. Sie wusste nicht, was sie zu Mareike sagen sollte, denn Eduard Graff war freundlich gewesen. Nicht mehr und nicht weniger.

»Möchtest du, dass ich dir noch Niendorf, das kleine Fischerdorf, zeige?«, fragte Mareike nach einiger Zeit des Schweigens.

Henriette schüttelte lächelnd den Kopf. »Ein anderes Mal, ich denke, ich habe für heute genug gesehen.«

»Dann bringe ich dich gerne zurück.« Mareike erhob sich in einer fließenden Bewegung, und das freundliche Lächeln lag wieder auf ihrem Gesicht. Als wäre nichts gewesen. Als hätte diese Begegnung mit Eduard Graff gar nicht stattgefunden. Henriette erhob sich ebenfalls, und gemeinsam gingen sie über die Straße zurück zum Platz an der Uhr. Auch wenn sich ihr die Frage aufdrängte, was zwischen Eduard Graff und Mareike vorgefallen war, hielt sie den Mund. Vielleicht war es auch nur eine kindische Fehde aus der Schulzeit – ein Zwist, der schon ewig währte.

»Das ist die Schneiderei deiner Mutter, oder nicht?« Henriette hatte das kleine weiße Häuschen bei ihrem ersten Spaziergang gar nicht bemerkt. Es stand in der Nähe des Friseursalons Sint. Im Schaufenster erkannte sie Modepuppen, die prächtige Kleider in verschiedenen Farben trugen. Die Schnittmuster waren modisch und zum Teil sehr extravagant, aber das gefiel Henriette irgendwie.

»Ja, genau. Aber im Moment haben wir noch geschlossen, weil meine Mutter in Lübeck ist und neue Kleiderstoffe kauft. Aber komm gerne mit deiner kleinen Schwester ein anderes Mal vorbei, dann schneidern wir euch etwas Schönes.«

Henriette hakte sich bei Mareike unter und schmiegte sich mit der Schulter an die neue Freundin. »Das werde ich machen, Mareike. Vielen Dank für das Angebot, und dass du mir Timmendorfer Strand gezeigt hast.«

»Sehr gerne … und wenn du möchtest, zeige ich dir demnächst auch noch alles andere. Ich wünsche mir, dass wir noch viel Zeit miteinander verbringen.«

»Das tun wir, immerhin sind wir doch jetzt Freundinnen«, versprach Henriette und fügte mit einem Grinsen hinzu: »Außerdem musst du mir alles über den schrecklichen Eduard Graff erzählen.«

Mareike hielt sich kichernd die Hand vor den Mund und nickte begeistert. Henriette stimmte in das Lachen ein, und das erste Mal, seit sie Hamburg verlassen hatten, war es, als hätte ihr Herz wieder einen Platz in dieser Welt gefunden. Als wäre sie nicht mehr allein mit all ihrem Schmerz.

KAPITEL 3

HENRIETTE

September 1903

Die Sonne schien durch einen winzigen Spalt im Vorhang ins Zimmer. Blinzelnd öffnete Henriette die Augen. Der Geruch von frisch gewaschener Wäsche kitzelte sie in der Nase. Langsam erhob sie sich, tappte zur Fensterbank und zog den Vorhang zur Seite. Weit öffnete sie das Fenster und sog gierig die salzige frische Meeresluft ein.

»Guten Morgen, wunderschönes Timmendorf«, flüsterte sie und verharrte einen Augenblick in der Kälte, bis sich eine Gänsehaut auf ihren nackten Armen bildete und sie das Fenster rasch wieder schloss.

Noch war es ruhig in den Privaträumen der Familie Hohnhold, und Henriette genoss die Stille in vollen Zügen. Sie hatte sich schneller im Kurort eingelebt, als sie es für möglich gehalten hatte. Trotz ihrer anfänglichen Skepsis hatten die Dorfbewohner sie mit offenen Armen aufgenommen, ihr sogar Willkommensgeschenke gemacht, und der Besitzer von *Denkers Kurhotel* hatte sie zu einem Bankett eingeladen.

Henriette zog sich ein blaues, eng geschnittenes Kleid an, das Mareike ihr geschneidert hatte. Sie strich hingerissen über den seidigen Stoff, der wie in Wellen über ihren Körper floss. Gerade wollte Henriette ihr Zimmer verlassen, da hörte sie im Flur ein leichtes Knacken und lauschte aufmerksam. Leise schlich sie zur

Tür und öffnete sie vorsichtig, darauf bedacht, kein Geräusch zu machen.

Der Flur lag noch im Dämmerlicht, nur einige Gaslampen an der Wand waren entzündet worden. Henriette spähte in die Finsternis, dann erkannte sie, wie ein Schatten aus dem Büro herausschuschte.

Sie kniff die Augen zusammen, konnte die Gestalt ihres Vaters jedoch nur erahnen und zog sich hastig vom Türspalt zurück, als der Schatten sich zur Treppe bewegte. Sie hörte auf die gleichmäßigen Schritte und verharrte einen Augenblick ganz still und leise, bevor sie die Tür vorsichtig öffnete. Henriette schlich zum Treppenaufgang und erkannte ihren Vater noch auf den Stufen, bevor er aus ihrem Sichtfeld verschwand.

»Wo gehst du in dieser Herrgottsfrühe denn hin, Vater?«, wisperte Henriette und zögerte keinen Augenblick, ihm hinterherzulaufen.

Ihr Vater war kein Frühaufsteher. Er schlief meistens länger als die übrigen Mitglieder der Familie, arbeitete dafür jedoch immer bis spät in die Nacht. Henriette hatte sich irgendwann seinem Rhythmus angepasst, seit sie jedoch in Timmendorfer Strand angekommen waren, wachte sie des Morgens immer mit den ersten Strahlen der Sonne auf.

Darauf bedacht, kein Geräusch zu verursachen, schlich sie die Treppe hinunter und erreichte die Empfangshalle, in der Stille herrschte. Dann jedoch hörte sie ein Rumpeln, und Herr Bors, der Empfangschef, tauchte hinter dem Tresen auf.

»Guten Morgen, Fräulein Henriette«, begrüßte er sie mit verkniffenem Gesichtsausdruck.

»Moin, Herr Bors«, erwiderte Henriette irritiert und schaute sich in der Halle um. »Ist mein Vater hier vorbeigekommen?«

Der Empfangschef runzelte die Stirn und schüttelte dann knapp den Kopf. »Nein, Ihren Herrn Vater habe ich heute noch nicht gesehen. Außerdem wäre es auch recht früh für ihn, oder nicht?«

Henriette unterdrückte ein Seufzen.

»Sie haben recht, es ist tatsächlich zu früh für meinen Vater, dann habe ich mich wohl geirrt. Vielen Dank.« Sie ging zum Ausgang des Hotels, aber Herrn Bors' Stimme hielt sie auf.

»Soll ich dem Zimmermädchen mitteilen, dass Sie einen Spaziergang machen? Nicht, dass die junge Elise sich noch um Sie sorgt.«

Bei den Worten war Henriette unbehaglich zumute – Herrn Bors' Stimme klang schnippisch, als ob sie nicht das Recht hätte, das Hotel ohne Erlaubnis ihres Vaters zu verlassen.

»Das wäre sehr freundlich von Ihnen, wenn Sie Elise mitteilten, dass ich einen Spaziergang mache. Ich werde aber zum Frühstück zurück sein«, entgegnete Henriette mit zuckersüßer Stimme und lächelte Herrn Bors an.

Sie wartete gar nicht auf seine Antwort und stürmte aus der *Villa Sommerwind*. Der Wind pfiff um die Häuserecke, und Henriette schaute sich suchend um, konnte ihren Vater jedoch nirgendwo entdecken. Da Herr Bors ihn nicht gesehen hatte, musste ihr Vater den Dienstboteneingang genommen haben, den die Angestellten benutzten, um das Hotelgebäude auf der linken Seite zu verlassen, wenn sie zum Beispiel Besorgungen erledigten.

Aber warum ihr Vater so ein Geheimnis daraus machte, dass er das Hotel verließ, verstand Henriette beim besten Willen nicht. Seufzend sah sie sich um, die Fußgängerpromenade, die mit gelben Steinen gepflastert war, lag noch still und verlassen da. Bald würde das Seebad jedoch zum Leben erwachen und der Trubel des Tages beginnen. Henriette entschloss sich, durch den Kurpark am *Denkers Kurhotel* vorbei zum Strand hinaufzugehen. Sie begegnete zwei Dienstmädchen, die ebenfalls auf dem Weg zum

Strand waren, vermutlich um die Badekarren zu säubern, bevor die Gäste sich zum Sonnenbaden aufmachten. Sie erreichte die Strandpromenade und war froh, dass die Bäume ihr ein wenig Schatten spendeten, denn es war selbst am frühen Morgen schon angenehm warm. Lächelnd blieb sie am Zugang zum Strand stehen und betrachtete die eindrucksvolle Ostsee. Ihr Herz schlug heftig gegen die Rippen, und ein Kribbeln huschte durch ihren Körper.

Die Sonne erhob sich schüchtern über dem Horizont, tauchte die Welt in helles Rot, badete die kleinen Wolken in goldenem Licht. Möwen kreischten über ihrem Kopf, flogen in atemberaubendem Tempo einen Sturzflug in die Wellen, um sich ihr Frühstück zu ergattern. Seit sie das erste Mal mit Mareike und ihren Geschwistern am Strand gewesen war, wusste Henriette, dass sie diesen Ort von nun an ihre Heimat nennen wollte. Dass sie niemals mehr woanders sein wollte als hier in Timmendorfer Strand.

Obwohl sie ihren Vater auch hier nicht entdecken konnte, lief sie hinunter zum Strand. Sie konnte sich eigentlich nicht vorstellen, dass er hier war, aber vielleicht irrte sie sich auch. Sein Verhalten war äußerst merkwürdig, er durchbrach seine eigene Routine, da könnte sie ihn ebenso gut auch am Strand finden. Henriette schlüpfte aus den Schuhen und ließ sie in der Nähe der Düne stehen. Der Sand war noch kalt und ein wenig klamm, denn es hatte letzte Nacht Bindfäden geregnet. Aber die Luft fühlte sich klar und salzig an. Die Wellen türmten sich auf, brachen am Strand, und Gischt spritzte auf. Mit jedem Schritt, den sie näher zum Wasser ging, pulsierte ihr Herz immer stärker in ihrer Brust.

Langsam zogen sich die letzten Schatten der Nacht zurück, gaben den Platz frei für die Strahlen der Sonne, die die Welt in schönstem Glanz erstrahlen ließ. Die Ostsee lag in ihrer vollen

Pracht vor ihr. Wild und stürmisch. Frei und gefährlich. Sie umfasste den Stoff ihres dunkelblauen Kleides mit beiden Händen und zog ihn bis kurz über die Knie hinauf. Dann ging sie noch einen Schritt auf das Wasser zu, und eisige Kälte durchströmte ihre Glieder, als die raue See ihre Füße umspülte. All ihre Sinne schienen zu explodieren, und ein leises Lachen entschlüpfte unwillkürlich ihren Lippen. Henriette drehte sich im Kreis, Wasser und Sand spritzten auf und verschmutzten ihr Kleid. Sie war so gefangen in ihrer Freude, dass sie die geflüsterten Stimmen erst bemerkte, als es beinah schon zu spät war. Neugierig drehte Henriette sich um, als sie die Silhouetten von zwei Personen nahe dem Aufgang zum Strand sah. Sie kniff die Augen zusammen und huschte hinter einen der Badekarren, die im seichten Wasser aufgestellt waren und in denen die Gäste des Kurortes sich umziehen konnten, um dann in züchtiger Kleidung im Meer zu baden.

Henriette hielt den Atem an, denn sie vernahm die Stimme ihres Vaters, und als die Sonne vollends über den Horizont kletterte und die Personen in ihrem Licht badeten, da keuchte sie schockiert auf.

Eine Frau! Es war eine Frau, die da mit ihrem Vater den Aufgang zum Strand hochging und sich bei ihm unterhakte. Sie lachte leise und lehnte sich mit der Schulter an die von Henriettes Vater. Die Frau schenkte ihm einen koketten Blick, und kurz bevor sie die Strandpromenade erreichten, hielten sie an. Ihre Hände verschränkten sich ineinander, und ihr Vater sah die Frau mit einem liebevollen Lächeln an.

Henriettes Finger krallten sich in das morsche Holz des Badekarrens, während das kalte Wasser ihre Knöchel umspülte.

Mit Schrecken sah sie, wie ihr Vater sich zu dieser Frau hinabbeugte und ihr einen Kuss auf die rosigen Wangen hauchte. Seine Hand strich eine Haarsträhne aus ihrem Gesicht, und er flüsterte der Frau etwas ins Ohr, was Henriette nicht hören konnte. Die Frau lächelte und bettete ihren Kopf an seine Brust.

Sie war wunderschön. Die schönste Frau, die Henriette je gesehen hatte, nach ihrer Mutter natürlich. Rotbraune Locken umrahmten ein blasses Gesicht, ihre Gesichtszüge waren geschmeidig, die roten Lippen wohlgeformt, und eine kleine Stupsnase ließ das Gesicht jugendlich erscheinen. Sie trug ein hellgrünes Kleid, das sich perfekt an ihren Körper schmiegte, die Ärmel und Hüften mit geschwungenen schwarzen Linien verziert, die sich wie Adern durch den Stoff bewegten.

Henriette wagte es nicht, sich zu rühren, bevor ihr Vater und die Frau auf der Strandpromenade verschwunden und außer Sichtweite waren. Sie zitterte am ganzen Leib, und ihre Kehle war trocken. Sie wankte aus dem kalten Wasser, Schmutz und Sand, Salz und Gischt hatten sich im Stoff ihres Kleides verfangen, und der scharfe Wind hatte ihre Frisur vollkommen ruiniert. Aber all das war bedeutungslos gegen das, was Henriette gerade gesehen hatte.

Ihr Vater und eine Frau!

Sie wünschte sich, dass es nur ein Traum gewesen wäre, aber sie konnte nicht leugnen, was sie mit eigenen Augen gesehen hatte. Henriette presste sich die Hand vor den Mund. Tränen brannten in ihren Augen.

Niemals nach dem Tod ihrer Mutter hatte ihr Vater sich einer anderen Frau zugewandt. Nicht einmal nach der Trauerzeit oder als ihre Großmutter ihm gesagt hatte, dass er eine neue Frau an seiner Seite brauche, hatte er auf sie gehört.

Ich brauche keine neue Frau an meiner Seite. Meine Kinder brauchen keine neue Mutter. Sie sollen die Erinnerung an ihre Mutter am Leben erhalten.

Seine Worte hallten einem schmerzhaften Echo gleich in Henriettes Gedanken wider, und Tränen rannen über ihre Wangen.

Doch sie biss sich auf die Unterlippe und wischte sich wütend über die Augen.

Du benimmst dich wie ein albernes Kind, machte sich eine spitze Stimme in ihren Gedanken breit. *Du solltest deinem Vater ein neues Glück gönnen!*

Henriettes Hände ballten sich zu Fäusten, und sie schaute über den Horizont hinweg auf die stürmischen Wellen. Natürlich sollte sie ihm sein Glück gönnen, immerhin hatte er sich aufopferungsvoll um seine Kinder gekümmert, alles für sie getan. Niemals hatte er seine Trauer offen gezeigt.

Und obwohl Henriette all das wusste, obwohl sie sich nicht wie ein kleines Kind benehmen wollte, sondern wie eine Erwachsene, die alleine Verantwortung tragen konnte, fühlte sich dieses Bild von ihrem Vater und dieser Frau, das sich in ihren Kopf eingebrannt hatte, wie Verrat an.

»Warum hast du es mir nicht wenigstens erzählt, Vater?«, murmelte Henriette, doch das rauschende Meer konnte ihr keine Antwort auf diese Frage geben.

Hätte ihr Vater mit ihr über seine Gefühle gesprochen, dann würde sie sich jetzt nicht so elend fühlen.

Henriette raffte ihr Kleid, denn sie wusste, dass es nur eine einzige Person gab, die ihr diese Frage beantworten konnte, und die würde sie nun aufsuchen. Sie lief über die Promenade zurück zur *Villa Sommerwind.*

Völlig kopflos überquerte sie die Fußgängerpromenade und wurde beinahe von einer Kutsche angefahren. Unter dem Gemecker des Kutschführers murmelte Henriette eine eilige Entschuldigung und versuchte, ihr in Aufruhr geratenes Herz zu beruhigen.

Sie straffte die Schultern und ging nunmehr mit gemächlichen Schritten hinüber zum Hotel. Dort steuerte sie auf den Dienstboteneingang zu, der sich in einer kleinen Gasse zwischen dem benachbarten *Hotel Falkenstein* und der *Villa Sommerwind* befand. Nach ihrem Klopfen öffnete sich die dunkle Eichentür mit einem protestierenden Quietschen, und Elise, Henriettes Zimmermädchen, tauchte auf.

»Fräulein Henriette, was tun Sie denn hier?«, fragte Elise erschrocken.

»Ich habe einen Spaziergang gemacht.« Henriette schaute mit einem zerknirschten Lächeln an sich hinunter.

Elise seufzte resigniert und ließ Henriette ein. »Bitte lassen Sie mich Ihnen beim Umkleiden helfen, damit ich das Kleid gleich reinigen kann, sonst bekomme ich es nie wieder sauber. Herr Bors sagte mir, dass Sie einen Spaziergang machen, aber ich habe nicht erwartet, dass Sie den Dienstboteneingang benutzen.«

Henriette winkte ab. »Wenn du es nicht mehr richtig sauber bekommst, dann kann Mareike bestimmt ein paar Stoffreste gebrauchen, um ein neues Kleid daraus zu zaubern.«

»Eine gute Idee, Fräulein Henriette, aber bitte lassen Sie mich trotzdem versuchen, das Kleid zu säubern. Es steht Ihnen doch so gut.« Sehnsucht war aus Elises Stimme herauszuhören, und Henriette wusste natürlich, wieso. Sie hatte erfahren, dass ihr Zimmermädchen aus einer ärmlichen Bauernfamilie aus Hemmelsdorf stammte. Mit dem Lohn aus ihrer Anstellung in der *Villa Sommerwind* konnte sie die Familie unterstützen und ihren jüngeren Geschwistern sogar den Schulbesuch ermöglichen, weil sie nicht auf dem Hof arbeiten mussten.

»Ich danke dir, Elise. Lass uns nach oben gehen, ich muss meinen Vater noch vor dem Frühstück aufsuchen.« Henriettes Stimme zitterte leicht bei diesen Worten, und ihre Hand verkrampfte sich um den Stoff des Kleides, aber sie würde dieser Angst nicht nachgeben.

»Herein«, ertönte die Stimme des Vaters, als Henriette an die Tür zu seinem Büro klopfte.

Mit einem mulmigen Gefühl trat sie ein und schloss die Tür hinter sich. Henriette verschränkte die Arme hinter dem Rücken und wartete, bis ihr Vater aufsah.

Er saß an seinem großen Eichenschreibtisch und blätterte gerade einige Unterlagen durch. Das Büro war geräumig – an der linken und rechten Seite erstreckten sich mehrere Regale, alle gefüllt mit Fachbüchern und Informationen zur *Villa Sommerwind*. Rechter Hand von Henriette waren drei Sessel um einen kleinen Tisch herum platziert, auf dem eine Karaffe mit Wasser stand. Hier empfing ihr Vater wichtige Geschäftspartner.

»Henriette, was kann ich für dich tun?« Eberhart Hohnhold hob den Kopf und legte die Unterlagen zur Seite.

»Ich …«, setzte sie an und biss sich auf die Unterlippe. Henriettes Magen zog sich schmerzhaft zusammen.

»Was ist denn los, Henriette?« Ihr Vater erhob sich und deutete auf die Sessel.

Wider Willen setzte Henriette sich und fuhr sich mit einer fahrigen Bewegung durchs Haar. Sie öffnete den Mund, aber kein Wort drang aus ihrer Kehle. Sie konnte *es* nicht aussprechen, sie …

»Henni? Rede bitte mit mir, ich sehe doch, dass dich etwas belastet.«

»Ich habe dich mit einer Frau am Strand gesehen«, platzte Henriette auf einmal heraus und schlug erschrocken die Hand vor den Mund.

Ein Ruck ging durch den Körper ihres Vaters, und er erstarrte. Er kniff die Augen zusammen und verzog den Mund. Bleierne Stille legte sich über den Raum, nahm Henriette die Luft zum Atmen.

»Vater, bitte sag etwas.«

»Wie kommst du auf solche Dummheiten?«, fragte er schroff und erhob sich. »Das musst du dir eingebildet haben!«

Henriette öffnete verblüfft den Mund und starrte ihren Vater voller Unverständnis an. Wie konnte er so etwas zu ihr sagen? Sie hatte ihn doch gesehen. Gemeinsam mit dieser Frau, die …

»Warum erzählst du mir nicht die Wahrheit, Vater? Ich habe dich mit ihr gesehen, du hast sie sogar geküsst!«

Im nächsten Augenblick bereute Henriette ihre Worte zutiefst, denn das Gesicht ihres Vaters war plötzlich vor Wut verzerrt, und er hob drohend die Hand. Sie zuckte erschrocken zurück, doch dann ließ Eberhart Hohnhold seinen Arm wieder sinken und schüttelte bekümmert den Kopf.

»Bitte geh jetzt, Henriette. Ich denke nicht, dass dieses Thema zwischen uns stehen sollte. Wage es nicht, irgendjemandem diese Lüge zu erzählen!« Seine Stimme war ruhig, aber Zorn schwang in seinen Worten mit, sodass Henriette sich für einen Augenblick fragte, ob dies noch der Vater war, den sie ihr ganzes Leben lang gekannt hatte.

»Ich lüge nicht …«, flüsterte Henriette, »ich habe dich doch gesehen. Warum erzählst du mir nicht die Wahrheit … ich dachte du vertraust mir?«

»Geh!«, rief ihr Vater auf einmal, und Henriette bekam Angst, dass er doch noch die Hand gegen sie erheben würde. Er machte eine wegwerfende Handbewegung, seine blauen Augen funkelten gefährlich. »Geh, ehe ich mich vergesse!«

Henriette zuckte erschrocken zusammen und wandte sich hastig ab, sie stürmte aus dem Büro, die Treppe hinunter, stolperte beinahe über ihre eigenen Füße und lief aus der Villa. Sie achtete nicht mehr auf die Menschen um sie herum, die Welt verschwamm vor ihren Augen, Salz klebte an ihren Lippen, und ihr Herz brannte wie Feuer.

Henriette wusste nicht, wohin sie lief. Hauptsache weg. Weg von ihrem Vater, den sie noch nie so wütend erlebt hatte. Weg von seinem Zorn und seinen Lügen. Ihr Keuchen hallte in ihren Ohren wider, während sie über die Strandpromenade rannte. Sie rempelte Gäste und Dienstmädchen an, achtete aber nicht auf das Geschimpfe und blieb erst nach einer halben Ewigkeit erschöpft stehen.

Verwirrt sah Henriette sich um. Am Strand standen einige verlorene Badekarren, aber kaum ein Mensch genoss das gute Wetter.

Henriette sah überall Netze, die am Strand aufgestellt waren, und der herbe Geruch von frisch gefangenem Fisch drang in ihre Nase. Kleine Boote waren am Strand vertäut, einige Männer standen davor und lachten.

Unsicher betrat sie den Strand und strich sich über die nackten Arme. Sie hatte ihre Strickjacke nicht mitgenommen, war blindlings aus dem Hotel gerannt und unversehens hier gelandet.

Sie rümpfte die Nase, als sie sah, wie die Männer Fische aus den Netzen in Kisten füllten.

»Willkommen in Niendorf, gnädiges Fräulein!«

Henriette wirbelte herum und schaute die Person an, die sie angesprochen hatte. Ein junger Mann stand vor ihr. Seine weizenblonden Haare leuchteten im Sonnenlicht, ein verschmitztes Grinsen umspielte seine Lippen, als er Henriette ansah. Seine Haut war von der Sonne gebräunt, und der Blick seiner Augen, hellblau wie Eis, schien Henriette beinahe zu durchbohren.

»Niendorf …«, wiederholte Henriette verdattert.

»Wenn ich mich vorstellen darf? Mein Name ist Ole Bergmann, und wenn es dem gnädigen Fräulein recht ist, führe ich Sie gerne ein wenig in unserem beschaulichen Dorf herum.«

Er streckte die Hand nach ihr aus und verbeugte sich, der Schalk glänzte in seinen Augen. Henriette zögerte.

»Außerdem sehen Sie aus, als ob Sie ein wenig Aufmunterung gebrauchen könnten.«

Henriette berührte ihre Wangen. Die Haut war von den Tränen gerötet und verschwollen, sie musste furchtbar aussehen. Sie schaute über die Schulter zur See. Lauschte dem Brechen der Wellen und dem Kreischen der Möwen. Dann drehte sie sich wieder zu Ole Bergmann um. Mit klopfendem Herzen ergriff sie seine Hand, die sich schwielig an ihren Fingern anfühlte.

»Ich würde mich freuen, wenn Sie mir Niendorf zeigen, gnädiger Herr«, antwortete sie ihm lächelnd.

Und obwohl Henriette keine Ahnung hatte, wer dieser junge Mann war, folgte sie ihm. Verdrängte die Gedanken um ihren Vater für einen winzigen Augenblick, um ein wenig Glück in ihrem Herzen wiederzufinden.

KAPITEL 4

OLE

Sie sieht aus wie das traurigste Mädchen der Welt.

Ein merkwürdiger Gedanke, der Ole Bergmann da durch den Kopf schoss, aber je länger er sie betrachtete, desto sicherer war er, dass sie nicht hierhergehörte. Ihr dunkelblaues Kleid war aus feinstem Stoff mit extravaganten Stickereien. Es lag wie eine zweite Haut an, und sie sah wunderschön darin aus. Ihr Haar war schwarz wie Rabengefieder und wurde vom Wind durcheinandergewirbelt.

»Wo … wo bin ich?«

Ole konnte sich bei dieser Frage ein schelmisches Grinsen nicht verkneifen. Unauffällig folgte er der jungen Frau. Sie trat in den Sand und sah sich unsicher um. Sie rieb sich die Arme, und ein Zittern ging durch ihren Körper.

Er wusste nicht, wieso er sie ansprach, aber er wusste, dass er dieses Mädchen niemals wieder traurig sehen wollte.

»Willkommen in Niendorf, gnädiges Fräulein«, sagte er deswegen, und als sie zu ihm herumwirbelte, verlor er sich im Mitternachtsblau ihrer Augen. In diesem Blick voller Traurigkeit.

Ihre Wangen waren rot und leicht verschwollen, Spuren von getrockneten Tränen klebten auf der hellen Haut. Verlegen biss sie sich auf die Unterlippe.

»Niendorf …«, murmelte sie leise.

»Wenn ich mich vorstellen darf? Mein Name ist Ole Bergmann, und wenn es dem gnädigen Fräulein recht ist, führe ich Sie gerne ein wenig in unserem beschaulichen Dorf herum.« Seine Stimme überschlug sich fast, und Ole hoffte inständig, dass sie es nicht bemerkte. Es schien eine kleine Ewigkeit her, seit er das letzte Mal mit einer so schönen jungen Frau gesprochen hatte.

Zögernd musterte sie ihn. Ole bot ihr seine Hand, aber sie ergriff sie nicht sofort.

»Außerdem sehen Sie aus, als ob Sie ein wenig Aufmunterung gebrauchen könnten.«

Sofort gingen ihre Hände an die geröteten Wangen, wischten die getrockneten Tränenspuren fort. Sie schaute über die Schulter zur stürmischen See. Dann wandte sie sich ihm mit einem Lächeln wieder zu und nahm seine Hand.

»Ich würde mich freuen, wenn Sie mir Niendorf zeigen.«

Ole schluckte schwer und nickte vorsichtig. Hatte er wirklich erwartet, dass sie seine Hand nehmen würde? Gerade seine? Im Gegensatz zu ihr war er nichts Besonderes in seiner schmutzigen und mit Flicken besetzten Hose und dem zerknitterten Hemd. Aber das schien sie kaum zu stören.

»Ich habe mich noch nicht vorgestellt. Mein Name ist Henriette Hohnhold.«

Bei diesem Namen klingelte es in seinem Kopf, und Ole kramte in seinem Gedächtnis, bis ihm schlagartig klar wurde, wer da vor ihm stand.

»Ihre Familie hat doch vor einigen Monaten die *Villa Sommerwind* eröffnet.«

Henriette Hohnhold bedachte ihn mit einem freundlichen Blick. »Ja, das stimmt. Und Sie sind Fischer?«

Die Frage überraschte Ole, und er sah zu den Netzen hin, die am Strand aufgestellt waren. Der Geruch von Fisch hing in seiner Nase, und er schaute auf seine schwieligen Hände. »Ja, das bin ich … und Bootsbauer.«

»Sie sollten stolzer klingen, wenn Sie das sagen.«

»Wie bitte?«

Henriette neigte den Kopf zur Seite und zeigte zu den Netzen und Booten, die gerade an Land gezogen wurden. Ein Schwarm Möwen kreiste über den Männern, hoffte, sich anscheinend noch einen Fisch zu schnappen, aber die Fischer verscheuchten die gierigen Vögel.

»Fischer zu sein ist ein ehrbarer Beruf und Bootsbauer sowieso. Ich habe zwei linke Hände und könnte nicht mal einen Nagel ins Holz schlagen.«

Ole musste bei diesen Worten schmunzeln. »Dafür sind Sie die Erbin eines Hotels, Sie führen spannende Gespräche mit den Gästen des Kurbads und gehen auf Bankette.«

Henriette schnaubte belustigt. »Bankette und Tanz, belanglose Gespräche, an die sich am nächsten Tag niemand mehr erinnert. Ja, das ist wahrlich ehrbar.«

Ole wollte zu einer Frage ansetzen, aber stattdessen zeigte er auf die kleine Mauer, welche die Promenade vom Strand abgrenzte. Henriette verstand den Wink, gemeinsam setzten sie sich. Schweigend ließ Ole seinen Blick über den Strand schweifen und betrachtete dabei Henriette Hohnhold immer wieder aus den Augenwinkeln. Es war kein unangenehmes Schweigen, nein, es fühlte sich fast ein wenig an wie Geborgenheit.

»Die Fischernetze …« Nachdenklich sah Henriette ihn an. »Sie stören die Gäste, oder nicht?«

Seufzend nickte Ole. »Ja, das tun sie. Sie können sich vermutlich nicht vorstellen, wie oft die Gäste mit den Fischern streiten, weil sie sich vom Geruch belästigt fühlen, wenn wir die Netze am Strand zum Trocknen aufhängen.«

»Doch, ich kann es mir vorstellen.« Sie verzog in gespielter Verzweiflung die Nase, und Ole lachte leise auf. »Aber warum gibt es keinen Hafen?«

Ole zuckte mit den Schultern. »Der Bürgermeister hält einen Hafen nicht für nötig. Dass er damit für immer mehr Streit sorgt, ist ihm nicht bewusst.«

Henriette strich über ihr blaues Kleid und baumelte in Gedanken versunken mit den Beinen.

»Wie schade … ich finde, es ist wunderschön hier. So herrlich ruhig, beinahe ländlich und nicht so hektisch wie in Timmendorf.«

»Langweilig trifft es eher.«

»Alles ist langweilig, wenn man daran gewöhnt ist, Herr Bergmann.« Henriette erhob sich und sah ihn auffordernd an. »Zeigen Sie mir nun dieses niedliche Seebad?«

Ole erhob sich, sein Blick fiel unwillkürlich wieder auf ihre geröteten Augen. »Folgen Sie mir bitte, gnädiges Fräulein.« Ole reichte ihr erneut seine Hand, und dieses Mal nahm Henriette sie ohne Zögern.

Sie gingen einen kleinen Weg vom Strand hinauf und erreichten eine Straße, auf der reges Treiben herrschte. Henriette sah sich neugierig um und lächelte Ole zaghaft an.

»Am Strand ist es so still und hier … es ist, als ob dies die Lebensader von Niendorf wäre.«

»Das ist sie auch. Sie heißt Strandstraße und führt von unserem kleinen Seebad direkt nach Timmendorf«, erklärte Ole ihr und führte Henriette nach links.

Wie ein Kind drehte sie den Kopf hin und her, schien alles mit ihren Blicken aufsaugen zu wollen. Ihre Augen glänzten voller Freude, vergessen waren nun die getrockneten Tränen auf ihren Wangen.

Ole führte Henriette über die Strandstraße, vorbei an den kleinen Villen und größeren Hotels, welche den Gehweg säumten. Sie erreichten den Kern des Ortes vor dem *Ostsee-Hotel,* das direkt am Strand gelegen war. Henriette hielt inne und betrachtete das imposante Gebäude, seine kastenförmige Bauart mit den im Licht spiegelnden Fenstern und den Balkonen, auf denen es sich Gäste des Hotels gemütlich gemacht hatten.

»Ich dachte immer, Niendorf wäre viel kleiner ...«, murmelte sie und warf Ole einen schüchternen Blick zu. Eine sanfte Röte lag auf ihren Wangen, und Oles Herz schlug schneller.

Sie ist wunderschön und dazu noch sanft, dachte Ole versonnen und räusperte sich, denn diese Worte durfte er auf keinen Fall aussprechen. Henriette war wie ein ferner Stern, den er niemals erreichen konnte. Die Erbin eines Hotels ... und er nur der Sohn eines Fischers und Bootsbauers.

»Die meisten denken, dass nicht so viele Gäste Niendorf besuchen, und in diesen Worten steckt auch ein wenig Wahrheit, denn die Gäste müssen sich den Strand mit den Fischern teilen, was vielen von ihnen missfällt.« Ole zuckte mit den Schultern und deutete auf den Strand, dort waren gerade einige Fischerboote angelandet, und er konnte Herrn Lender erkennen, den die Einwohner Niendorfs als Fischerfürsten bezeichneten.

»Der Fisch wird gleich hier am Strand verkauft?« Henriette zog Ole mit sich, und er stolperte ihr überrascht hinterher. Ohne auf ihr Kleid zu achten, stampfte sie zusammen mit ihm durch den Sand, ignorierte geflissentlich die Blicke einer Gruppe feiner Damen, die mit Sonnenschirmen bewehrt über die Promenade flanierten.

»Ja«, antwortete Ole außer Atem, als sie bei den kleinen Tischen angekommen waren, an dem die Fischersfrauen und Herr Lender den Fang an Gäste und Einwohner verkauften. »Und wenn es zu viel Fisch ist, dann wird er gekühlt und nach Lübeck auf den Markt gebracht.«

»Wie interessant!« Henriette ließ Oles Hand los und lief mit schnellen Schritten zu Herrn Lender.

»Fräulein Hohnhold!« Ole blieb unschlüssig stehen und beobachtete sie argwöhnisch. Herr Lender war ein arger Konkurrent ihrer Familie, aber er dachte nicht daran, seiner neuen Bekanntschaft dies auf die Nase zu binden. Nein, dafür war sein Herz viel zu verzaubert von diesem Mädchen, das sich ohne Dünkel mit ihm abgab.

Henriette sprach mit Herrn Lender, der eine dunkle, von Sand und Salz fleckige Hose sowie ein braunes Hemd trug, das etliche Flicken aufwies. Er musterte das Mädchen mit hochgezogenen Augenbrauen, dann jedoch gab er ihr die Hand und lächelte freundlich, lupfte sogar seinen Hut.

Mit einem zufriedenen Grinsen auf den Lippen kehrte Henriette zu Ole zurück. »Was …«, setzte er an, doch sie ergriff wie selbstverständlich seine Hand und zog ihn zu einer Bank.

»Ich habe ihn gefragt, ob er unser Hotel mit frischem Fisch beliefern würde, so können wir unseren Gästen Speisen direkt aus Niendorf anbieten, und sein Geschäft wird zusätzlich profitieren.«

»Mhm …«, machte Ole unbestimmt und wich ihrem Blick aus.

Henriette rückte ein Stück näher zu ihm und grinste ihn an. »Wenn Sie mir Ihren Vater vorstellen, dann könnte ich auch ihm das Angebot unterbreiten, den frischen Fang Ihrer Familie bei uns im Hotel anzubieten.«

»Müssten Sie das nicht vorher mit Ihrem Vater absprechen?«

Ole bereute seine Worte sogleich, denn der fröhliche Glanz in Henriettes Augen verblasste, ihre Mundwinkel verzogen sich leicht, und ihre Hand, die seine festhielt, verkrampfte sich.

Verdammt, dachte Ole, *ich bin so ein Hornochse.*

»Fräulein Hohnhold, ich wollte nicht …«

Sie schüttelte den Kopf und lächelte gezwungen. »Nein, es ist schon in Ordnung. Ich werde mit meinem Vater reden, und dann werde ich Sie wieder besuchen, ich …«

Ihre Worte wurden vom Klang der Kirchenglocke unterbrochen, und sie sah sich irritiert um, bis ihr Blick an der Uhr gegenüber der Straße hängen blieb. Schockiert schlug sie die Hand vor den Mund.

»Es ist schon viel zu viel Zeit vergangen, ich muss nach Hause!« Sie erhob sich hastig, aber Ole hielt sie zurück.

»Dort hinten stehen einige Kutschen, da können Sie eine nehmen.« Er zeigte zurück zur Strandstraße, und Henriette seufzte erleichtert.

»Wollen wir über den Strand zurücklaufen?«

Ehe Ole antworten konnte, ließ sie seine Hand los und rannte lachend über den Strand. Er stand hastig von der Bank auf und lief ihr hinterher. Betrachtete sie mit einem Lächeln auf den Lippen und klopfendem Herzen. Ihr schwarzes Haar wirbelte wie ein Schatten um sie herum. Ihr Lachen erfüllte ihn mit Freude. Gott, dieses Mädchen hatte ihn in ihren Bann gezogen, bevor er sich überhaupt dagegen hätte wehren können.

Erst als sie den Kutschstand erreicht hatte, holte Ole sie ein. Er öffnete galant die Tür des Gefährts und lächelte Henriette an. Ihre Wangen waren gerötet vom Lauf über den Strand, aber ihre Augen strahlten. Er konnte nur schwerlich den Blick von ihr wenden, obwohl er wusste, dass es unhöflich war, eine Dame so ungeniert anzustarren.

»Ich danke Ihnen für diesen wundervollen Vormittag.« Henriette sah ihn aufmerksam an und berührte dann wie zufällig seinen Arm. »Ich hoffe, dass wir das sehr bald wiederholen können.«

Ole ergriff ihre Hand und hauchte einen letzten Kuss darauf. Spürte die Wärme auf seinen Lippen, roch den feinen Duft ihres Parfums – Zitrone und Pfirsich – und lächelte sie versonnen an.

»Sehr gerne, Fräulein Hohnhold.«

Sie schüttelte den Kopf. »Nenn mich Henriette, bitte.«

»Wie Sie wünschen, Fräu… Henriette.«

»Es war mir eine große Freude, Ole Bergmann.« Sie beugte sich zu ihm, und ihre Lippen streiften seine Wange. Es war nur ein Augenblick, nicht länger als ein Wimpernschlag, aber für Ole war es, als wäre die Zeit stehen geblieben. Er hielt den Atem an, konnte sich nicht bewegen. Da stieg Henriette schon in die Kutsche, und die Tür schloss sich mit einem dumpfen Klacken hinter ihr. Pferde wieherten auf, dann fuhr die Kutsche davon. Erst da konnte Ole wieder Luft holen, heftig pumpte das Blut durch seine Adern, und wie verzaubert berührte er seine Wange. Konnte diesen Kuss immer noch spüren und starrte der kleiner werdenden Kutsche hinterher.

»Bis zum nächsten Mal, Henriette«, flüsterte er leise.

HENRIETTE

Die Sonne stand hoch am Himmel, gleißend hell schien sie auf Henriette herab, als sie aus der Kutsche stieg und dem Mann einige Münzen in die Hand drückte.

»Vielen Dank, junges Fräulein, ich wünsche noch einen angenehmen Tag.«

Henriette nickte dem Mann schweigend zu und blieb unschlüssig vor der *Villa Sommerwind* stehen. Der Streit mit ihrem Vater erschien ihr nun weit zurückzuliegen, obwohl es nur wenige Stunden gewesen waren, die sie mit Ole Bergmann verbracht hatte.

Sie konnte nicht sagen, was es war, was sie an diesem jungen Mann faszinierte. Vielleicht das verschmitzte Grinsen oder das blonde Haar, das sich wie ein lockiger Heiligenschein um seinen Kopf rankte. Der Klang seiner Stimme hallte in ihrem Herzen wider, und sie spürte die Berührung seiner Lippen noch immer auf ihrem Handrücken.

»Henni?« Die Stimme ihrer Schwester Sibylle riss sie aus ihren verworrenen Gedanken. Erschrocken schaute sie auf. »Wo warst du?«

Sibylle ging auf Henriette zu und verschränkte die Arme vor der Brust, kritisch musterte sie Henriette und neigte fragend den Kopf zur Seite.

»Ich war spazieren … mit Mareike in Niendorf«, sagte Henriette hastig und war überrascht, wie leicht ihr die Lüge über die Lippen kam.

Die besten Lügen tragen auch immer einen Funken Wahrheit in sich, hörte sie Mareikes Stimme in ihrem Kopf, und ein schnelles Lächeln huschte über Henriettes Lippen.

»Das glaube ich dir nicht.«

Henriette hätte am liebsten die Augen verdreht, aber sie riss sich am Riemen. Sibylle war manchmal schlauer, als ihr guttat, aber genau dafür liebte sie ihre kleine Schwester.

»Es ging mir heute Morgen nicht so gut … ich habe diese Zeit im Monat …«, druckste Henriette herum und hoffte, dass ihre Schwester ihr nun glauben würde.

Sibylles Gesichtsausdruck änderte sich schlagartig, und eine leichte Röte huschte über ihre Wangen. »Ich hoffe, du hast keine Schmerzen …?«, murmelte sie leise.

»Nein, mir geht es schon besser – verzeih, dass ich dir nicht Bescheid gegeben habe. Lass uns nach oben gehen.« Henriette hakte sich bei ihrer Schwester unter und betrat gemeinsam mit ihr die *Villa Sommerwind.*

Der lichtdurchflutete Eingangsbereich war gut gefüllt, Gäste saßen in den Sesseln und auf den Chaiselongues, tranken Kaffee oder lasen Zeitung. Auch aus dem geräumigen Speisezimmer drangen Geräusche zu ihnen herüber, einige Gäste nahmen schon ihr Mittagessen ein. Gemeinsam mit Sibylle ging Henriette die Treppe hinauf zu den Wohnräumen der Familie, doch kurz bevor sie den Salon betrat, sah sie, wie Herr Bors das Büro ihres Vaters verließ, und dahinter im Türrahmen Eberhart Hohnhold.

Es war nur ein Blick, ein kurzer Augenkontakt, den sie mit ihrem Vater hatte, aber er genügte, um Henriette einen Schauer über den Rücken zu jagen. Es war, als umgebe sie plötzlich eisige Kälte und als schnüre ihr jemand die Luft ab.

»Henriette, würdest du bitte kurz zu mir kommen?«

Sibylle sah sie mit zusammengekniffenen Augen an und öffnete den Mund, doch Henriette schüttelte kaum merklich den Kopf. »Ich komme, Vater.« Jeder Schritt war eine Qual, und das Herz schlug ihr bis zum Hals. Sie trat ein und schloss die Tür. Tränen brannten hinter ihren Lidern.

»Ich erspare mir die Frage, wo du gewesen bist, Henriette. Aber lass dir gesagt sein, dass ich so ein ungebührliches Verhalten kein zweites Mal dulden werde.«

»Ungebührliches Verhalten?« Die Worte kamen über ihre Lippen, noch bevor Henriette sich beherrschen konnte.

Trotz ihrer Angst erfasste sie eine ungeheure Wut, dass ihr Vater sie aus heiterem Himmel wie ein kleines, ungezogenes Kind behandelte.

Eberhart Hohnhold setzte sich an seinen Schreibtisch und musterte sie mit hochgezogenen Augenbrauen. »Du rennst weg, keiner weiß, wo du bist, und schau dich nur an, wie du aussiehst. Ich nenne das *ungebührliches Verhalten.*«

Henriette sah an sich herab und biss sich zerknirscht auf die Unterlippe. Ihr Kleid war verschmutzt vom Strand, Salz und Gischt hatten sich im feinen Stoff verfangen, und ihre Haare hingen zerzaust auf die Schultern. Trotzdem wollte sie sich das nicht bieten lassen.

»Warum belügst du mich?«, fragte sie ihren Vater, ihre Hände ballten sich zu Fäusten.

»Meine Angelegenheiten gehen dich nichts an. Und jetzt geh und sprich dieses Thema nie wieder an. Das ist mein letztes Wort. Ich scheine zu viel Vertrauen in dich gesetzt zu haben, vielleicht bist du doch noch nicht reif genug, dieses Hotel mit mir zu führen, und hängst stattdessen irgendwelchen Hirngespinsten nach.«

»Aber Vater …«

»Henriette!« Die Worte brausten wie Donner über sie hinweg.

Henriette wirbelte auf dem Absatz herum und floh aus dem Büro ihres Vaters, doch nicht zurück in den Salon, sondern in ihr Zimmer. Sie verriegelte die Tür und warf sich aufs Bett. Ihre Tränen benetzten die feine Bettwäsche.

Noch nie hatte sie ihn so erlebt.

Noch nie war ihr Vater so laut geworden.

Noch nie hatte sie Angst gehabt, er könnte sie schlagen.

Vielleicht habe ich zu viel Vertrauen in dich gesetzt, vielleicht bist du noch nicht reif genug …

Die Worte bohrten sich wie scharfe Splitter in Henriettes Herz. Es war, als würde ihr größter Traum zerplatzen. Sie würde vielleicht nie wieder auf den Spuren ihrer Mutter wandeln, vielleicht niemals die *Villa Sommerwind* führen.

Dunkelheit und Trauer übermannten sie und zogen sie in einen betäubten, traumlosen Schlaf. Das Letzte, was Henriette Hohnhold hörte, war die Stimme ihrer Mutter. Es waren die Worte, die sie Henriette vor ihrem Tod gesagt hatte, aber sie konnte nicht mehr an dieses Licht der Hoffnung glauben.

Deinen Platz in dieser Welt, du wirst ihn finden …

KAPITEL 5

HENRIETTE

Januar 1904

Klirrende Kälte drang durch den Stoff ihres dicken Mantels, und Henriette rieb sich über die Arme, pustete sich warme Luft in die Hände und schaute auf das stürmische Wasser der Ostsee hinaus. Das letzte Jahr war an ihr vorbeigeflogen wie ein Schwarm Vögel auf dem Weg gen Süden, die Zeit war ineinander verschwommen, ohne bleibende Erinnerungen, bis auf eine.

Ole Bergmann und der Tag am Strand. Der herbe Geruch von Fisch und sein verschmitztes Lächeln. Die Sonne auf ihrer Haut und die sanfte Berührung seiner Lippen, seine Finger mit ihren verschränkt. Sie hielt diesen Moment fest wie in einer Schneekugel, er schenkte ihr Zuversicht in dieser dunklen Zeit.

Winzige Schneeflocken rieselten still zu Boden und bedeckten den Strand mit einer weißen Schicht, wie eine Decke, die die Welt zum Verstummen brachte. Alles Schlechte verhüllte und die Schrecken der Nacht zum Schweigen brachte. Ein letzter Blick über das rauschende Meer hinweg, dann drehte Henriette sich um und verließ die Strandpromenade. Zur Enttäuschung ihres kleinen Bruders Hermann hatte der Winter den Kurort zwar mit Schnee eingehüllt, aber es war nie so kalt geworden, dass die Ostsee zufror. Dabei hatte Hermann sich von der Begeisterung seiner neuen Freunde anstecken lassen, die ihm erzählt hatten, dass die Kinder im Winter auf der zugefrorenen See spielten und über das Eis schlitterten.

Du wirst noch viele Winter in Timmendorfer Strand erleben, Hermann. Die Ostsee wird bestimmt noch mal zufrieren, hatte Henriette zu ihm gesagt, um ihn aufzumuntern, aber es war nur ein schwacher Trost gewesen für den traurigen kleinen Jungen.

Hermann hatte sich schnell in sein neues Leben in Timmendorfer Strand eingefügt. Ihr Bruder hatte nie Probleme gehabt, neue Freunde zu finden, denn er war ein aufgewecktes und stürmisches Kind. Die Schule hingegen mochte Hermann eher weniger, und sein Lehrer hatte schon das eine oder andere strenge Gespräch mit ihrem Vater über Hermanns Benehmen führen müssen. Doch das scherte ihren Bruder herzlich wenig, denn seinem Jüngsten konnte ihr Vater nie wirklich böse sein. Am liebsten spielte ihr Bruder mit seinen Freunden draußen am Strand und ließ sich von Sibylle Geschichten des Meisterdetektivs Sherlock Holmes vorlesen, denn auch wenn Hermann es niemals aussprechen würde, er mochte Sibylle und ihre warmherzige Art sehr gern – Henriette hingegen war ihm oft zu streng, doch sie liebte ihren Bruder von ganzem Herzen.

Ihr Weg führte sie durch den verschneiten Kurpark am *Denkers Kurhotel* vorbei. Zwei Hausmädchen schippten den Weg frei, zitterten in der eisigen Kälte, ihre Hände und Gesichter gerötet.

»Guten Morgen!«, rief Henriette ihnen zu und blieb kurz stehen.

»Moin, Fräulein Henriette!«, rief eines der Dienstmädchen, Marlene war ihr Name.

Sie war eine gute Freundin von Elise, Henriettes Zimmermädchen, und sie verbrachten die freien Nachmittage immer zusammen.

»Geht es euch gut?«

Marlene nickte und lächelte sie zerknirscht an. »Das Wetter könnte besser sein, es ist immerzu kalt und ungemütlich, aber ansonsten können wir uns nicht beklagen. Unser Herr hat uns sogar die ganze nächste Woche freigegeben, weil das Hotel so gut wie leer ist.« Marlenes Augen glänzten freudig bei diesen Worten.

»Das freut mich sehr, dann wirst du bestimmt deine Familie in Kiel besuchen, oder nicht?«

»Ja, ich habe schon die Fahrkarte für die Bahn gekauft und freue mich sehr, meine Geschwister endlich zu sehen, da ich am Heiligen Abend nicht bei ihnen sein konnte.«

Henriette ging auf Marlene zu und berührte sie kurz am Arm. »Genieß die Zeit mit ihnen.«

Marlene nickte. »Das werde ich, Gott beschütze Sie, Fräulein Henriette.«

»Dich auch, Marlene.« Henriette verabschiedete sich von den Mädchen und lief mit raschen Schritten zurück zur *Villa Sommerwind.*

Im Winter herrschte gähnende Leere im Kurort, die Hotels beherbergten nur wenige Besucher, meist ältere Ehepaare, die die Stille im Winter genossen und sich aus dem Trubel im Sommer nichts machten. Auch der *Villa Sommerwind* erging es nicht anders, aber Henriette hatte die Idee gehabt, für Geschäftsleute aus Lübeck das Hotel im Winter zu einem attraktiven Ort für Versammlungen und Besprechungen zu machen. Sie bewirteten die feinen Herren, die über Bilanzen und Pläne für ihre Betriebszweige sprachen, versorgten sie mit erlesenen Speisen und organisierten Konzerte oder andere kulturelle Veranstaltungen für den Abend.

Ihr Vater hatte sich verhältnismäßig schnell von ihren Plänen überzeugen lassen, obwohl Henriettes Angst, dass er noch einmal so zornig werden würde, sie gelähmt hatte. Doch sie hatte nie wieder über die Frau vom Strand oder den Kuss gesprochen.

Obwohl Henriette es hasste, dieses Thema totzuschweigen, und sich immer wieder ein unangenehmer Knoten in ihrem Magen bildete, wann immer sie mit ihm sprach, hütete sie sich, ein falsches Wort zu sagen, wie ein scheues Reh, das damit rechnen musste, im nächsten Augenblick in den Lauf eines Gewehrs zu blicken.

»Moin, Fräulein Hohnhold«, begrüßte sie Herr Bors, als Henriette die Empfangshalle des Hotels betrat.

Sie klopfte sich den Schnee von den Kleidern und nahm ihre Kapuze ab. »Guten Morgen, Herr Bors«, antwortete sie höflich. »Hat Elise Ihnen gestern den Belegungsplan für die Osterfeiertage zukommen lassen? Und wir haben noch zwei weitere Buchungen von Geschäftsleuten aus Hamburg, die nötigen Informationen habe ich ebenfalls beigelegt. Ich habe schon die Speisepläne und die verfügbaren Zimmer notiert, es wäre freundlich, wenn Sie …«

»Ich werde das vorher noch mit Ihrem Herrn Vater besprechen«, unterbrach Herr Bors sie unwirsch und holte die Unterlagen hervor.

Henriette runzelte die Stirn. »Mein Vater ist nicht verantwortlich für die Buchungen von Geschäftsleuten, ebenso wenig für die Unternehmungen an den Osterfeiertagen.«

»Nun …« Herr Bors räusperte sich und wich Henriettes Blick aus. »Ich habe noch einige Frage dazu und …«

»Diese Fragen können Sie gleich meiner Tochter stellen, denn wie sie eben sagte, ist sie für diese Belange der *Villa Sommerwind* verantwortlich.« Die dröhnende Stimme ließ Herrn Bors aufschrecken.

Henriettes Vater kam aus dem Frühstücksraum zu ihnen. Er trug einen hellblauen Anzug mit passender Weste und weißer Krawatte. Ein kleines Lächeln schlich sich auf Henriettes Lippen, widerwillig, denn sie hatte ihrem Vater nie verziehen, dass er sie der Lüge bezichtigt hatte. Aber wenn er sie vor Herrn Bors' frauenskeptischem Verhalten rettete, dann war es ihr nur recht.

»Aber Herr Hohnhold, es …«

»Haben Sie mir nicht zugehört? Wenn Sie Fragen haben, besprechen Sie sie mit Henriette. Ich habe meine Vorschläge bereits angemerkt, und Henriette trägt die Verantwortung für die Osterbuchungen, denn das Osterbankett war ja ihre Idee.«

Herr Bors presste die Lippen zusammen und warf Henriette einen verkniffenen Blick zu. »Dann werde ich die Buchungen prüfen und mich bei Fragen nochmals an Sie wenden, Fräulein Hohnhold.«

»Vielen Dank«, entgegnete Henriette schnippisch und wandte sich mit einem Kopfschütteln ab.

Sie hörte, wie ihr Vater ihr folgte, und blieb kurz vor der Treppe stehen, zog ihren Mantel aus und drehte sich um. »Guten Morgen, Vater.«

Eberhart Hohnhold nickte schweigend und musterte seine Tochter eingehend. Sie standen so nah beieinander, und trotzdem war es, als läge eine unsichtbare Kluft zwischen ihnen, als wären sie so weit voneinander entfernt wie noch nie in ihrem Leben.

»Ich hätte gerne, dass du jemanden kennenlernst, Henni«, sagte ihr Vater und lächelte sie vorsichtig an.

Henriettes Herz begann schneller zu schlagen, und sie zog scharf die Luft ein. Kurz tat sich ein Abgrund vor ihr auf, drohte sie zu verschlucken.

Ich will niemanden kennenlernen, dachte Henriette verbittert, *ich habe mein Herz bereits vergeben.*

Ja, aber an jemanden, den du niemals zum Mann nehmen kannst, erinnerte sie eine spöttische Stimme in ihrem Innern an die schmerzhafte Wahrheit. Daran, dass ihr Vater ihr niemals erlauben würde, Ole zum Mann zu nehmen. Weil er nicht von ihrem Stand war, weil er nur der Sohn eines Fischers aus Niendorf war.

»Wen denn?«, krächzte Henriette, und ihre Finger verknoteten sich unruhig.

»Du hast ihn bereits kennengelernt, Eduard Graff, den Sohn des Architekten Hubert Graff.«

Henriettes Gesicht verzog sich, und ein unwilliges Schnauben kam über ihre Lippen.

»Ist dir dieser junge Mann nicht sympathisch?« Ihr Vater neigte fragend den Kopf und deutete auf die Treppe, die zu ihren Privaträumen hinaufführte.

Henriette folgte ihm und versuchte, sich die Worte sorgsam zurechtzulegen. Sie hatte Eduard Graff nach der ersten Begegnung damals noch einige Male im Kurbad gesehen. Auf ihren Streifzügen mit Mareike und auch allein. Er hatte sie sogar bei einem Tanztee im *Denkers Kurhotel* aufgefordert. Henriette hatte nicht ablehnen können, denn alle Blicke waren mit einem Mal auf die Erbin der *Villa Sommerwind* und den charmanten Sohn des alteingesessenen Architekten Hubert Graff gerichtet.

Sie konnte nicht sagen, was es war, aber irgendetwas missfiel ihr an Eduard Graff. Sein Lächeln war freundlich, sein Verhalten höflich und zuvorkommend, und er schien sogar eine gehörige Portion Humor zu haben. Doch da war etwas in seinem Blick, das Henriette ängstigte. Wie ein Raubtier, das in der Finsternis ausharrte, ruhig, bewegungslos und nur auf den richtigen Augenblick wartend, bevor es angreifen und sein wahres Gesicht zeigen konnte.

»Nun?« Ihr Vater war im Flur stehen geblieben und sah Henriette auffordernd an. »Möchtest du mir mitteilen, warum du nicht davon begeistert bist, Eduard Graff kennenzulernen?«

Henriette seufzte und betrat gemeinsam mit ihrem Vater den Salon. Ein Feuer prasselte im Kamin, die Flammen lechzten gierig an einem Holzscheit und warfen tanzende Schatten an die Wand. Sibylle saß auf der gepolsterten Fensterbank, das Strickzeug wie immer in der Hand, und sah irritiert hoch.

»Guten Morgen, mein Kind.« Eberhart setzte sich auf einen Sessel und winkte Henriette zu sich. »Ich höre.«

Am liebsten wäre sie auf dem Absatz umgedreht und in ihr Zimmer gestürmt. Hätte sich diesem Gespräch entzogen und die Tür hinter sich verriegelt. Sie wollte ihrem Vater vorwerfen, dass er sein Geheimnis immer noch vor ihr verbarg. Dass sie genau wusste, dass er eine Liaison mit einer Frau hatte, die vermutlich verheiratet war. Aber sie konnte nicht. Aus den Augenwinkeln erkannte sie, wie Sibylle sie aufmerksam betrachtete. Henriette hatte ihrer Schwester nie erzählt, was sie am Strand gesehen hatte. So wütend sie auf ihren Vater auch war, sie wollte nicht, dass die Familie entzweibrach, denn sie hatten nur noch einander.

»Ich kann es dir nicht genau erklären, Vater …«, setzte Henriette unsicher an und ließ sich auf den Sessel gegenüber fallen. »Mareike hat gesagt …«

Ihr Vater hob die Hand und unterbrach seine Tochter abrupt. »Du solltest nichts darauf geben, was man sich in diesem Dorf über jemanden erzählt, Henriette. Du weißt genau, wie schnell Gerüchte entstehen und die Wahrheit zu einer Lüge werden kann.«

Ein Schauer rieselte über ihren Rücken bei diesen Worten, und trotz der wohligen Wärme des Kamins legte sich eisige Kälte auf Henriettes Glieder. Sie fuhr sich mit der Zunge über die Lippen und wich dem Blick ihres Vaters aus.

»Das ist mir bewusst, aber ich glaube nicht, dass Eduard Graff ein guter Mann für mich wäre.«

Ihr Vater schnalzte missbilligend mit der Zunge und schüttelte den Kopf. »Du kennst ihn noch nicht, deswegen möchte ich dir die Möglichkeit geben, ihn kennenzulernen. Wenn du ihn dann immer noch nicht magst, können wir darüber reden. Aber sein Vater ist ein einflussreicher Mann, eine Zusammenarbeit mit dieser Familie wird der *Villa Sommerwind* großen Aufschwung bescheren.«

Daher weht also der Wind, es geht nicht um mich, es geht um die Villa, dachte Henriette traurig und starrte auf ihre Hände, die sich im Stoff ihres Kleides verkrampft hatten.

»Wenn es dein Wunsch ist, dann werde ich Eduard Graff natürlich gern kennenlernen, Vater.«

Sie spürte Sibylles verwirrten Blick, aber sie durfte nicht für böses Blut in der Familie sorgen. Sie musste gehorchen, vielleicht jetzt sogar mehr denn je. Vielleicht musste sie jetzt den Weg einschlagen, den die meisten jungen Frauen in ihrem Alter schon lange beschritten hatten.

Nicht die Leitung eines Hotels, sondern die Pflichten einer Ehefrau.

Zum Teufel mit den Pflichten einer Ehefrau, hallte Mareikes Stimme in ihren Gedanken wider. *Lieber sterbe ich als alte Greisin allein auf dieser Welt, als mich einem Mann zu beugen und nur für ihn zu leben.*

Wider Willen musste Henriette grinsen und erhob sich eilig. »Ich werde mich gleich noch mit Mareike treffen, teile mir gerne mit, wann ich Eduard Graff kennenlernen soll, dann kann ich mich vorher zurechtmachen und …«

»Heute Abend.«

Entsetzt starrte Henriette ihren Vater an und realisierte erst nach einigen Sekunden die Tragweite seiner Worte. Ihre Antwort war von Anfang an nicht von Belang gewesen, selbst wenn sie sich mit Händen und Füßen gegen diese Verabredung gewehrt hätte, sie hätte sich fügen müssen.

»Aber, ich … habe gar kein passendes Kleid …«, stammelte Henriette und sah an sich hinab.

»Deswegen ist es gut, dass du dich mit Mareike triffst, ihre Mutter hat bereits einige Ausgehkleider für dich angefertigt. Sieh sie dir an und entscheide dich für das, was dir am besten gefällt.«

»Danke«, presste Henriette gequält hervor, obwohl alles in ihrem Inneren aufschrie. Ihr Herz drohte zu bersten, und sie wandte sich hastig ihrer Schwester zu. »Dann werde ich mich am besten sofort auf den Weg zu Mareike machen, du möchtest bestimmt mitkommen, oder nicht?«

Sibylle nickte und erhob sich schweigend. Sie legt ihr Strickzeug ordentlich zusammen und strich sich über das neue Kleid, das ebenfalls Mareikes Mutter für sie geschneidert hatte. Seit Sibylle sie eines Tages mit zu Mareike begleitet hatte, fand man ihre Schwester nach der Schule immer häufiger in der Schneiderei Baltmund vor. Ihre Schwester hatte kaum den Blick lassen können von den schönen Kleidern und neuesten Schnittmustern.

Deswegen hatte Friederike Baltmund vorgeschlagen, ob es für ihren Vater in Ordnung wäre, wenn Sibylle ein wenig in der Schneiderei aushelfen würde nach der Schule. Zunächst war ihr Vater von der Idee nicht angetan gewesen, doch nachdem Sibylle ihm versichert hatte, dass sie sich weiterhin Mühe in der Schule geben würde, und ihn angebettelt hatte, mehr übers Schneidern zu lernen, da hatte er sich erweichen lassen. Daher war Henriette sich sicher, dass ihre Schwester auch dieses Mal gerne mit in die Schneiderei wollte.

»Wollen wir nicht erst gemeinsam frühstücken?«, fragte ihr Vater.

»Mareike und ich wollten sowieso noch gemeinsam ins Kaffeehaus, dann frühstücken wir dort«, erwiderte Henriette hastig, dann jedoch fiel ihr Sibylle ein. »Oder möchtest du …?«

»Nein.« Sibylle hob abwehrend die Hände. »Es gibt sowieso immer ein paar Häppchen in der Schneiderei.«

»In Ordnung, dann lass uns losgehen. Bis später, Vater.« Henriette wartete gar nicht auf eine Erwiderung, sondern rauschte hastig aus dem Salon, bevor sie etwas sagte, was sie später bereuen würde.

»Du verheimlichst mir etwas.« Sibylle kickte einen kleinen Schneeball mit dem Fuß und sah ihre Schwester kritisch an.

Henriette antwortete nicht. Es war ruhig im Kurort, eine blasse Sonne glitzerte zwischen weißen Wolkenfetzen am Himmel. Bald wäre sie gar nicht mehr zu sehen, und die Welt würde im Grau ertrinken.

»Henriette!« Wütend blieb Sibylle stehen und stemmte die Hände in die Hüften. »Was verheimlichst du?«

Ihre Wangen waren gerötet von der Kälte, Schneeflocken verfingen sich in ihren offenen Haaren.

»Ich verheimliche dir nichts, Sibylle.«

»Du lügst.«

Manchmal wünschte Henriette sich nichts sehnlicher, als dass ihre Schwester ein bisschen weniger scharfsinnig und feinfühliger wäre. Sie beobachtete alle Menschen in ihrer Umgebung mit Argusaugen und wusste stets, wenn etwas nicht stimmte.

»Bitte, Sibylle. Es ist alles in Ordnung.«

»Magst du Eduard Graff wirklich so wenig, oder ist es dieser Fischersbursche, der dein Herz erobert hat?«

Henriette zog scharf die Luft ein und taumelte erschrocken einen Schritt zurück. »Sibylle, wie …«, murmelte sie verwirrt, denn sie hatte nur Mareike von Ole Bergmann erzählt, von diesem jungen Mann, der ihr Herz schneller schlagen ließ und sie mit seinem Lächeln verzaubert hatte. Sie hatte genauestens aufgepasst, dass niemand aus ihrer Familie von diesen heimlichen Treffen Wind bekam, denn manchmal fühlte sie sich auch schäbig deswegen. Sie machte ihrem Vater Vorwürfe wegen seiner Liebelei und tat genau das Gleiche.

»Ich bin nicht auf den Kopf gefallen, Henriette.« Sibylle klang beleidigt, und Enttäuschung schimmerte in ihren blauen Augen.

»Oh, Sibylle …« Henriette ging auf ihre Schwester zu und zog sie in ihre Arme. »Das weiß ich doch, meine Kleine.«

Sie vergaß manchmal, dass ihre Schwester kein Kind mehr war, sondern zur Frau heranwuchs. Dass auch sie Verantwortung in der *Villa Sommerwind* übernahm und bei Mareikes Mutter Friederike jeden Tag mehr übers Schneidern lernte.

»Wieso erzählst du mir dann nicht, was dich bedrückt?«, fragte ihre Schwester mit erstickter Stimme.

Beruhigend strich Henriette ihr über den Rücken. »Weil ich das nicht kann, aber ich verspreche dir, dass ich dir die Wahrheit erzähle, wenn es an der Zeit ist.« Sie löste sich von Sibylle und legte eine Hand unter ihr Kinn, Tränen funkelten in den Augen der kleinen Schwester. »Hab noch ein wenig Geduld, in Ordnung?«

Sibylle nickte und wischte sich über die Wangen. »Ich möchte nicht, dass du traurig bist.«

Die Worte zerrissen Henriette das Herz, und sie drückte ihre Schwester fest an sich. »Das weiß ich, aber es ist meine Pflicht, dich zu beschützen und diese Familie zusammenzuhalten, Sibylle.«

Schweigend standen sie inmitten von Schnee und Stille, keine von ihnen sagte noch ein Wort. Henriette hörte den rasselnden Atem ihrer Schwester, ihr schmaler Körper bebte von unterdrücktem Schluchzen.

Wann ist unsere Familie nur so zerbrochen?, fragte sich Henriette im Stillen und wusste in diesem Augenblick nicht, ob es nicht schon immer so gewesen war seit dem Tod ihrer geliebten Mutter.

»Lass uns zu Mareike und Friederike gehen, dort wartet bestimmt eine heiße Schokolade auf dich«, schlug Henriette vor und lächelte ihre Schwester an.

Sibylle nickte schweigend und hakte sich bei Henriette unter. Natürlich war ihr bewusst, dass sie ihrer Schwester nicht ewig vorenthalten konnte, dass sich ihr Herz nach Ole Bergmann sehnte und dass ihr Vater sich heimlich mit einer Frau traf. Aber wenigstens jetzt wollte sie die Illusion einer heilen Familie mit aller Kraft noch aufrechterhalten.

Sie betraten den Platz an der Uhr, und Henriette öffnete die Tür zur Schneiderei Baltmund. Eine kleine Glocke ertönte über ihrem Kopf, und der Duft von frisch gebackenen Keksen stieg ihr in die Nase.

»Henriette!« Stoff raschelte, schnelle Schritte, die sich auf sie zubewegten, und im nächsten Augenblick hatte Mareike sie in eine stürmische Umarmung gezogen. »Wie schön, dass du da bist.«

Sie drückte ihre Freundin an sich und genoss die Erleichterung, die sie stets ergriff, wann immer sie mit Mareike zusammen war. Alles fühlte sich mit ihrer quirligen Freundin an der Seite einfacher an, die Welt war weniger dunkel, und das Strahlen der Sonne schien ein wenig heller.

»Ich freue mich auch, liebe Mareike.«

Sie lösten sich voneinander, und Mareike begrüßte auch Sibylle voller Begeisterung. »Du bist auch mitgekommen, wie schön! Mutter, Henriette und Sibylle sind da!«

»Als ob ich das nicht schon mitbekommen hätte, du Schreihals«, kam die trockene Erwiderung von Friederike Baltmund aus den hinteren Räumen der Schneiderei.

Mareike verdrehte die Augen und führte ihre Freundin zu einem kleinen Tisch in einer Ecke der Schneiderei, dann tauchte auch Friederike Baltmund schon auf.

»Gott zum Gruße, meine Damen!« Wie selbstverständlich schloss sie Henriette und Sibylle in die Arme und drückte ihnen beiden einen Kuss auf die Wange. »Wie geht es euch?«

Henriette konnte sich ein Grinsen nicht verkneifen, denn wenn Mareike das Temperament eines Ostseesturms hatte, dann war ihre Mutter wie ein Orkan. Noch ein wenig lebhafter als die Tochter, eine kleine Plaudertasche, aber mit dem Herz am rechten

Fleck. Geborgenheit und Wärme erfüllten Henriette, und sie konnte die Gedanken an ihren Vater und Eduard Graff für einige Minuten fallen lassen.

Friederike Baltmund trug ein feuerrotes Kleid, das ihre Figur durch das schwarze Blumenmuster wunderbar betonte, das sich wie Dornenranken über den Stoff zog. Ihre Wangen glänzten rosig, und ihre weizenblonden Haare hatte sie geflochten und dann elegant hochgesteckt.

»Es geht uns sehr gut, liebe Friederike. Danke, dass du uns hier immer so herzlich willkommen heißt«, sagte Henriette lächelnd, obwohl sich das Du für Friederike in ihrem Mund noch fremd anfühlte. Mareikes Mutter hatte es sich jedoch nicht nehmen lassen, den Mädchen das Du anzubieten und auf jede Förmlichkeit zu verzichten. Sie hatte bemerkt, wie sehr Mareike und Henriette in den letzten Monaten zusammengewachsen waren und dass sich zwischen ihnen eine wunderbare Freundschaft entwickelt hatte. Daher war es für Friederike nur selbstverständlich gewesen, den Hohnhold-Mädchen ebenfalls so herzlich zu begegnen.

Lasst uns auf die Förmlichkeiten verzichten. Für Mareike seid ihr wie Familie, und das gilt auch für mich, hatte Friederike gesagt, und seitdem duzten sie sich.

Friederike betrachtete sie eingehend, und für einen winzigen Augenblick schien es, als könnte sie die Lüge aus Henriettes Worte heraushören, aber sie schwieg und stellte den Mädchen stattdessen drei dampfende Tassen Kakao auf den Tisch.

»Das freut mich sehr. Wärmt euch ein wenig auf, das Wetter ist nun wirklich nicht sehr einladend.«

Sibylle griff sofort nach der Tasse und schaute sich in der kleinen Schneiderei strahlend um. Ihre blauen Augen leuchteten vor Begeisterung, und Henriette kam nicht umhin, eine große Dankbarkeit Friederike Baltmund gegenüber zu empfinden. Sie hatte sich sofort damit einverstanden erklärt, die kleine Schwester unter ihre Fittiche zu nehmen, hatte erkannt, wie sehr Sibylle sich von Schnittmustern und der neuesten Mode begeistern ließ, und brachte ihr jede Woche etwas Neues bei.

»Du möchtest bestimmt mit Mareike ins Kaffeehaus gehen, oder nicht?«

»Das wäre sehr schön, wenn du deine Tochter denn entbehren kannst«, antwortete Henriette und nippte vorsichtig an ihrem heißen Getränk.

»Natürlich kann ich das!« Friederike setzte sich ebenfalls an den Tisch und stützte den Kopf auf die Hände. »Ich habe meine liebe Sibylle ja nun hier!«

Sibylle konnte sich ein Grinsen nicht verkneifen und schaute ihre Schwester an, doch Henriette hob abwehrend die Hände.

»Mich musst du nicht um Erlaubnis bitten. Wenn du hier bei Friederike sein willst und schneidern möchtest, dann tu das. Immerhin ist Sonntag, und den kannst du so verbringen, wie du möchtest.«

Das stimmte nicht ganz, aber ihr Vater hatte seit einiger Zeit immer weniger Interesse an den gemeinsamen Sonntagen mit der Familie gezeigt, daher hatten sich die Kinder ihre eigene Beschäftigung gesucht. Hermann verbrachte die freie Zeit bei Wind und Wetter draußen mit seinen Freunden aus der Schule. Sibylle fand man in der Schneiderei Baltmund, und Henriette … nun, sie war entweder bei Mareike oder in Niendorf.

Bei Ole Bergmann.

Wann immer Henriette an ihn dachte, da begann ihr Herz schneller zu schlagen. Die Luft wurde dünner, und ihr Körper war wie taub von diesem wohligen Schauer, wenn sie in sein lächelndes Gesicht sah.

»Henriette!« Mareikes Stimme riss sie so abrupt aus ihren Gedanken, dass sie erschrocken zusammenfuhr und ein wenig vom Kakao auf den Boden verschüttete.

»Oh, bitte entschuldige, Friederike.«

»Mach dir keine Gedanken, mein Kind, der Boden muss sowieso gewischt werden.« Friederike schenkte ihr ein kleines Lächeln und warf ihrer Tochter einen langen Blick zu. »Du solltest deine Freundin nicht so erschrecken, wenn sie in den Tag hineinträumt.«

»Ich habe sie nicht erschreckt, ich habe sie geweckt«, korrigiert Mareike ihre Mutter mit einem Lächeln auf den Lippen und sah Henriette auffordernd an. »Wollen wir uns auf den Weg machen?«

Henriette nickte eilig und trank ihre heiße Schokolade aus, dann beugte sie sich zu ihrer Schwester hinüber und küsste sie auf die Stirn. »Ich hole dich nachher wieder hier ab. Mach dir ein paar schöne Stunden.«

»Du auch«, erwiderte Sibylle lächelnd.

Die Frauen zogen sich ihre Mäntel über, verabschiedeten sich von Friederike und verließen eilig die Schneiderei. Es hatte stärker angefangen zu schneien, die Flocken wirbelten durch die Luft, Nebel klebte auf den Straßen wie eine zähflüssige graue Masse, und das blasse Licht tauchte den Kurort in einen matten Schimmer.

Schweigend gingen sie in Richtung Kurpark, während die eisige Kälte sich in ihren Mänteln verfing und der raue Wind an ihren Haaren zerrte. Ihr Weg führte sie vorbei an *Denkers Kurhotel*, hinauf zur neu erbauten Strandhalle. Ein weiß gestrichenes, hochherrschaftlich aussehendes Gebäude, in dem ein kleines Kaffeehaus Einzug gehalten hatte und wo im Sommer allerlei Veranstaltungen wie Tanztees und Bankette stattfanden. Die meterhohen Fenster waren beschlagen wegen der Wärme im Inneren, und gerade als Mareike die Klinke hinunterdrücken wollten, sagte Henriette: »Ich soll mit Eduard Graff essen gehen.«

Mareike erstarrte in der Bewegung und wirbelte zu ihr herum. »Was?«, rief sie entsetzt.

Ein Pärchen, das gerade die Stufen zur Strandhalle hinaufgestiegen war, warf Mareike einen pikierten Blick zu, aber sie scherte sich nicht darum und zog Henriette einfach mit sich.

»Mareike! Nicht so schnell!« Henriette stolperte auf den schneebedeckten Stufen und war dankbar, als ihre Freundin endlich anhielt.

»Wieso sollst du mit diesem Ekel essen gehen?«

»Weil er eine gute Partie ist.«

Mareike schnaubte wütend und verdrehte die Augen. »Hat das dein Vater gesagt?«

Die Worte versetzten Henriette einen Stich, traurig nickte sie und schaute hinaus auf die stürmische See. Möwen flogen kreischend über ihre Köpfe hinweg, und die tosenden Wellen türmten sich am Strand auf.

»Hast du ihm nicht gesagt, dass Eduard Graff ein …« Mareike wedelte wild mit den Händen in der Luft und suchte nach dem passenden Wort.

»Nicht der Mann, dem ich mein Herz schenken will? Mareike, denkst du wirklich, dass meine Gefühle meinem Vater noch wichtig sind?« Betrübt seufzte Henriette.

»Habt ihr euch schon wieder gestritten?«

»Nein, aber seine Worte ließen keinen Widerspruch zu. Deine Mutter hat sogar schon Kleider für mich angefertigt.«

Mareike verzog das Gesicht zu einer Grimasse und lachte verbittert auf. »Ja, die Kleider habe ich gesehen, man könnte glauben, dass dein Vater dich verschachern will wie ein Rennpferd.«

»Ich finde das nicht gerade lustig.«

Mareike hakte sich bei Henriette unter und lächelte sie sanft an. »Das ist es auch nicht, tut mir leid. Aber dann lass mich mein Wissen mit dir teilen und dir alles über unseren *lieben* Eduard erzählen, damit du weißt, was dich erwartet.«

Versöhnlich erwiderte Henriette das Lächeln und betrat mit der Freundin zusammen die Strandhalle. Der Duft von frisch gemahlenem Kaffee und süßen Kuchenkreationen stieg ihr in die Nase.

»Ich freue mich schon drauf«, antwortete Henriette ironisch und betete, dass der Abend nicht eine einzige Qual werden würde.

Tausend winzige Sterne funkelten wie aufgezogen an einer Kette am Himmel, glitzerten im Tiefschwarz der Nacht, und sehnsuchtsvoll sah Henriette hinaus auf das Meer, das sie in der Finsternis nur erahnen konnte.

Es klopfte an der Tür, und mit einem kläglichen Seufzen drehte sie sich um und rief: »Herein.«

»Wie schön du aussiehst, mein Kind.« Ihr Vater trat ein und ging auf sie zu.

Henriette sah an sich herunter und schwieg. Natürlich, sie sah schön aus. Friederike hatte mit diesem dunkelblauen Kleid aus Taft und Seide hervorragende Arbeit geleistet. Es schmiegte sich an Henriettes Leib wie eine zweite Haut. Der Stoff funkelte im goldenen Licht der Lampen, filigrane Muster zogen sich darüber, die wie Wellen über den Stoff zu rauschen schienen. Nach unten hin bauschte der Stoff sich immer mehr auf und raschelte leise, als Henriette sich einmal um die eigene Achse drehte.

»Vielen Dank, Vater.«

Sie mochte das Kleid sehr, aber sie hätte mehr Freude daran gehabt, wenn es nicht für diesen Abend gedacht gewesen wäre.

»Eduard Graff ist soeben eingetroffen, ich werde dich zu ihm bringen. Er hat einen Tisch für euch in *Denkers Kurhotel* reserviert. Ich dachte, es wäre schöner für euch, wenn ihr nicht hier esst und ungestörter sein könnt.«

»Wie aufmerksam von dir«, erwiderte Henriette schnippisch, aber ihr Vater ignorierte ihre Worte geflissentlich.

Er reichte ihr seinen Arm, und widerwillig folgte sie ihm die Stufen hinunter. Ihre Beine zitterten ein wenig, und ein unbehaglicher Kälteschauer rieselte ihren Rücken hinab, als sie das Foyer erreichten.

Eduard Graff saß auf einem Sessel und erhob sich sogleich, als er Henriette sah. Sein rotbraunes Haar glänzte wie das Fell eines Fuchses im Sommer, er entblößte eine Reihe glänzend weißer Zähne, als er lächelnd auf sie zuging und sich vor Henriette ein kleines Stück verneigte.

»Herr Hohnhold, Fräulein Hohnhold, es ist mir eine große Freude, Sie heute Abend ausführen zu dürfen.«

»Es ... ist mir ebenso eine Freude«, krächzte Henriette.

Eduard ergriff ihre Hand und küsste sie nonchalant, dann sah er ihren Vater an. »Ich werde gut auf Ihre Tochter achtgeben, Herr Hohnhold.«

Als wäre ich ein Gegenstand, der Schaden nehmen könnte, dachte Henriette, verkniff sich aber jeglichen spitzen Kommentar.

»Mit Freude vertraue ich Ihnen meine Tochter an, junger Mann. Ich wünsche einen schönen Abend.« Ihr Vater drückte ihre Hand, dann folgte Henriette Eduard hinaus in die Kälte.

Die Straßenlaternen tauchten den Kurort in goldenes Licht, welches den Schnee funkeln ließ. Henriette atmete durch und stieß beim Ausatmen kleine Wolken aus. Schweigend gingen sie über den Gehweg zum Kurpark.

»Sie sind so ruhig, Fräulein Henriette ...«, bemerkte Eduard.

Henriette sah zur Seite, betrachtete die ebenmäßigen, fast entspannten Gesichtszüge ihres Gegenübers und wusste nicht recht, was sie sagen sollte.

»Ich ... nun ja ...« Unruhig strich Henriette über ihren Mantel und stockte, als das hell erleuchtete *Denkers Kurhotel* in Sichtweite kam. »Ich bin ein wenig nervös.«

Eduard Graff lachte auf und berührte sie sanft am Arm. »Bitte, seien Sie nicht aufgeregt, Fräulein Henriette. Sie haben nichts von mir zu befürchten.« Er zwinkerte ihr zu und hielt ihr seinen Arm hin, bevor sie den Eingang des Hotels erreichten.

Sie konnte nicht anders, als sein spitzbübisches Lächeln zu erwidern, denn ein Mann mit Humor war eine Seltenheit in ihrer sonst so steifen Welt. »Da bin ich sehr beruhigt, mein Herr.«

Gemeinsam mit Eduard betrat sie das Hotel und musste sich im nächsten Augenblick zusammenreißen, um nicht mit offenem Mund innezuhalten.

Goldene Kronleuchter zierten die meterhohen Decken, tauchten das Foyer in warmes, wohliges Licht. Eine Gänsehaut lief über Henriettes Arme, staunend sah sie sich um. Die ganze Empfangshalle war zwar im eher klassischen Stil mit massiven Holztischchen und Sesseln eingerichtet, aber selbst das Leder der Polster glänzte, als wäre es eben erst poliert worden. Ein goldener Teppich führte zum Empfang. Gemurmel schwappte aus dem Raum links von ihnen herüber.

»Wie schön«, hauchte Henriette verzaubert, betrachtete die filigranen Schnitzereien und Muster auf den schwarzen Beistelltischen und Lehnen der Sessel.

Sie bemerkte Eduards Seitenblick, der sie mit hochgezogener Augenbraue betrachtete. »Gefällt es Ihnen hier?«

Henriette zuckte leicht die Schultern. Sie hatte gedacht, dass die *Villa Sommerwind* schon ein exquisites Haus werden könnte, aber gegen das Kurhotel hier …

»Ja, es ist großartig«, antwortete sie ehrlich, denn es wäre zwecklos gewesen, ihre Begeisterung herunterzuspielen. Außerdem konnte sie vielleicht die eine oder andere Einrichtungsidee auch in der *Villa Sommerwind* umsetzen.

»Dann lassen Sie uns in den Speisesaal gehen, meine Liebe.« Sanft bugsierte Eduard sie nach links zu einer breiten Flügeltür, vor der ein livrierter Kellner vor einem hohen, schmalen Pult stand, ein Klemmbrett in der Hand.

»Guten Abend, die Herrschaften«, begrüßte er Eduard und Henriette höflich und hob seinen Kopf. »Oh, Herr Graff! Wie schön, dass Sie uns wieder beehren.«

»Guten Abend, Herr Gesmers«, erwiderte Eduard.

Herrn Gesmers' Blick wanderte zu Henriette, seelenruhig betrachtete er sie von oben bis unten, was sie nur mit Mühe ertrug.

»Darf ich Ihnen meine Begleitung vorstellen? Henriette Hohnhold, die Tochter von Eberhart Hohnhold, der die *Villa Sommerwind* im letzten Jahr eröffnet hat.«

»Mein Vater und *ich* haben das Hotel eröffnet«, korrigierte Henriette ihn pikiert, obwohl sie wusste, dass sie lieber geschwiegen hätte.

»Natürlich.« Eduard zwang sich zu einem Lächeln, obwohl seine schwarzen Augen sie warnend anblitzten und sein Griff um ihren Arm sich mit einem Mal verstärkte.

Henriette presste die Lippen zusammen und verfluchte sich für ihr loses Mundwerk, denn auch Herr Gesmers sah sie mit einem herablassenden Blick an.

»Nun ... wie schön, dass Sie Ihrem Vater im Hotel ... behilflich sind ...« Die Worte des Kellners klangen hohl in Henriettes Ohren, aber sie nickte nur stumm und lächelte ihr schönstes falsches Lächeln.

Herr Gesmers nahm dies erfreut zur Kenntnis und breitete die Arme aus. »Dann darf ich Sie nun zu Tisch führen, die Herrschaften.«

»Vielen Dank.« Eduard führte Henriette bestimmt mit sich, und sie folgte ihm schweigend.

Ihr Blick glitt durch den imposanten Speisesaal. Auch hier spiegelte sich das goldene Licht der Kronleuchter im glänzenden Geschirr und in den frisch polierten Gläsern wider. Lachen erfüllte den Raum, und der herrliche Duft von frisch gebackenem Brot und geschmortem Fleisch drang in Henriettes Nase. Die Tische standen in ausreichendem Abstand zueinander, sodass die edel gekleideten Gäste ungestörte Gespräche führen konnten.

»Bitte, die Herrschaften.« Herr Gesmers hatte sie zu einem Tisch am Fenster geführt, und Eduard rückte Henriettes Stuhl zurecht.

Sie setzte sich vorsichtig und schaute nach draußen. Das Schneetreiben war wieder stärker geworden, im dämmrigen Licht der Straßenlaternen funkelte der Schnee, die Ruhe der Nacht war spürbar.

»Wünschen Sie die Karte oder die Empfehlung unseres Küchenchefs?«

Henriette wollte gerade den Mund öffnen, da antwortete Eduard jedoch schon. »Wir nehmen die Empfehlung des Küchenchefs und gerne auch den Wein, der zu den jeweiligen Gerichten mundet.«

Herr Gesmers nickte. »Sehr gerne, die Herrschaften.«

»Ich hätte gerne einen Blick in die Karte geworfen«, forderte Henriette spitz, sobald er fort war, und musste ihren Unmut zügeln. Es behagte ihr nicht, dass Eduard Graff mit ihr umsprang wie mit einem kleinen Kind, aber sie wollte keinen Streit vom Zaun brechen.

»Vertrauen Sie mir, Fräulein Hohnhold, mit der Empfehlung des Küchenchefs machen wir nichts falsch.« Eduard lächelte sie an, aber sie erkannte in seinen tiefen dunklen Augen, dass er keine Widerworte mehr dulden würde, dass diese Diskussion für ihn bereits beendet war.

Vertrauen, dir?, dachte Henriette, und wenn diese ganze Situation nicht so furchtbar gewesen wäre, hätte sie darüber gelacht. Sie erinnerte sich daran, was Mareike über Eduard Graff zu erzählen hatte.

Dass der Architektensohn schon immer genau das bekommen hatte, was er wollte. Dass jedes Mädchen in Timmendorfer Strand ihm zu Füßen lag. Die Lehrer in der Schule liebten ihn, die Mütter sehnten sich ihn als Schwiegersohn herbei, und die Väter sahen ihre Töchter in einem gut situierten Haushalt untergebracht.

Nichts davon hatte Henriette je für sich gewollt, und auch ihr Vater hatte niemals versucht, sie unter die Haube zu bringen, daher war seine Begeisterung für Eduard Graff immer noch ein Rätsel für sie. Ob seine Familie wirklich so viel Einfluss in Timmendorfer Strand hatte, ob sie ihnen wirklich behilflich sein konnte, um der *Villa Sommerwind* den verdienten Aufschwung zu verschaffen?

»Worüber denken Sie nach, Fräulein Hohnhold?«

Henriette schaute zu Eduard und strich mit den Fingern über den feinen Stoff der Tischdecke. »Nichts Bestimmtes, Herr Graff, meine Gedanken schweifen gerne einmal ab, wohin auch immer der Wind sie treibt.«

Ein süffisantes Lächeln huschte über Eduards Lippen, und er fuhr sich durch seine dunkelroten Locken. »Das wird sich vermutlich bald ändern, dann haben Sie neue Aufgaben, die Sie ausfüllen.«

»Was meinen Sie …« Henriette wurde unterbrochen, als eine junge Kellnerin, die ein Tablett in den Händen balancierte, bei ihrem Tisch ankam.

»Guten Abend, die Herrschaften. Darf ich Ihnen Wein einschenken?«

»Sehr gerne, Fräulein«, antwortete Eduard augenzwinkernd, und die Wangen des Mädchens färbten sich knallrot.

Henriette schnaubte entgeistert, denn Mareike hatte recht behalten. Wirklich jedes Mädchen verfiel dem Charme von Eduard Graff. Mit zitternden Händen goss das Mädchen den tiefdunklen Rotwein in Eduards Glas und ließ ihn probieren.

»Ein sehr guter Tropfen, schenken Sie uns bitte ein.«

Das Mädchen tat, wie ihr geheißen, stellte die Flasche dann auf den Tisch und entschwand.

»Lassen Sie uns anstoßen, Fräulein Hohnhold!« Eduard hob sein Glas und prostete ihr zu. »Auf unsere Verbindung, vielleicht?«

»Wie bitte?«, keuchte Henriette entsetzt und verschüttete beinah den edlen Tropfen. »Was haben Sie da gesagt?«

Genüsslich trank Eduard einen Schluck Wein und griff über den Tisch nach Henriettes Hand.

»Ach, Fräulein Hohnhold, wie wunderbar unschuldig Sie doch sind. Wenn wir uns leiden mögen, dann werden wir uns verloben.«

Sie konnte und wollte diesem Scheusal nicht antworten, ihr Blick verlor sich irgendwo im Speisesaal.

»Ist Ihnen nicht wohl, gnädiges Fräulein?« Eduards Stimme drang wie durch Watte zu ihr durch, ein dumpfes Dröhnen hallte in ihren Ohren.

»Ich …« Ihre Stimme versagte, sie starrte Eduard an.

»Nun machen Sie nicht so ein Drama, setzen Sie sich und lassen Sie uns feiern.«

»Nein«, würgte Henriette hervor, stand auf und drehte sich auf dem Absatz um.

Ihre Schritte wurden immer schneller, bis sie aus dem Speisesaal rannte, Eduards wütende Rufe im Rücken. Die Gäste schauten ihr irritiert nach, aber Henriette stieß die Tür des Hotels auf und lief hinaus ins Freie.

Sie rannte und rannte bis hinunter zum Strand, Sand und Gischt nässten den Saum ihres Kleides, die Kälte drang in jede Pore.

»Nein …«, flüsterte sie.

Ihre Beine gaben unter ihr nach, sie fiel in den Sand und weinte haltlos.

Weinte um ihre verlorene Freiheit, um ihre Zukunft und all ihre Träume. Um ihre verstorbene Mutter und die *Villa Sommerwind.* Um Ole und diese Liebe, die zerbrochen war wie ihr Herz.

KAPITEL 6

HENRIETTE

Mai 1904

Müdigkeit zog bleiern durch Henriettes Gedanken, und ihre Finger tänzelten über die Fensterscheibe. Sie seufzte traurig. *Du wirst ihn heiraten. Du wirst deiner Rolle als meine Tochter gerecht werden, diese Verbindung entsteht zum Wohl der* Villa Sommerwind.

Schmerzhaft hallten die Worte ihres Vaters in Henriettes Erinnerung. Sie ballte die Hand zur Faust, ihre Fingernägel schnitten in die Handballen, doch sie ließ den Schmerz zu. Er betäubte die Trauer um all das, was sie in nur einem Jahr verloren hatte.

Ein schüchternes Klopfen schreckte Henriette auf. »Herein.«

Es dauerte einen Augenblick, dann öffnete sich die Tür, und Mareike trat ein. Sie trug ein moosgrünes Kleid, besetzt mit kleinen, silbernen Edelsteinen, die natürlich nicht echt waren, aber trotzdem in der Sonne funkelten wie Diamanten.

»Henriette …?« Unschlüssig blieb Mareike nahe der Tür stehen und sah sich um.

Henriette schenkte ihrer Freundin ein schwaches Lächeln und winkte sie zu sich auf die gepolsterte Fensterbank. Mareike lief zu ihr und schloss sie in die Arme.

»Wenn ich könnte, dann würde ich diesen verdammten Eduard Graff zum Teufel schicken!«, flüsterte Mareike ihr ins Ohr, und ihr Atem kitzelte Henriette auf der Haut.

»Ich danke dir, meine Liebe, aber ich muss mich wohl damit abfinden, dass Eduard Graff der Vater meiner Kinder wird.«

Mareike löste sich von ihr, ließ sich auf die Fensterbank fallen und verschränkte missmutig die Arme vor der Brust.

»Es ist trotzdem nicht gerecht!«

Henriette lachte bitter auf, Übelkeit rumorte in ihrem Magen. »Was ist schon gerecht in dieser Welt, Mareike? Immerhin darf ich noch die Buchungen im Hotel aufnehmen und Veranstaltungen organisieren, Gott weiß, wie lange noch, wenn ich die Frau von Eduard Graff werde.«

»So darfst du nicht denken, Henriette! Du wirst trotzdem die *Villa Sommerwind* führen und all deine Ideen umsetzen.«

Henriette schüttelte deprimiert den Kopf. »Ich habe nicht mehr viel Hoffnung, Mareike. Heute Abend ist das Bankett, und Eduard wird zusammen mit seinen Eltern kommen. Wir werden mit ihnen speisen und dann die Verlobung vor all unseren Gästen bekannt geben. Weißt du …« Henriette stockte und verknotete ihre Finger. »Es ist, als würde mir die Zeit, die ich noch habe, durch die Finger rinnen wie Sand. Mir ist zumute, als würde nichts von mir übrig bleiben, wenn ich vor den Altar trete.«

Mareike presste die Lippen zusammen und seufzte tief. »Du darfst nicht aufgeben, du hast ein Ziel im Leben, und ich bin mir sicher, dass du es erreichen wirst. Dafür brauchst du Eduard Graff nicht an deiner Seite.« Die Freundin zuckte mit den Schultern, und ein schiefes Grinsen huschte über ihre Lippen. »Sieh ihn als notwendiges Übel …«

»Mareike!«, rief Henriette, doch wider Willen konnte auch sie sich das Grinsen nicht verkneifen. »Du bist …«

»… die beste Freundin, die du jemals haben wirst?«, unterbrach Mareike sie und erhob sich in einer fließenden Bewegung. »Deswegen habe ich die schönsten Kleider mitgebracht, die Mama und ich je zustande gebracht haben!«

Henriette ließ die Schultern hängen, denn sie konnte Mareikes Freude nicht teilen.

»Wo sind denn all diese Kleider?«

Mareike drehte sich grinsend zu ihr um. »Zwei Dienstboten wollten die Kiste nach oben tragen, aber vermutlich war sie doch ein wenig zu schwer.«

»Es ist nur ein Bankett, noch keine Hochzeit«, bemerkte Henriette ironisch und lehnte sich mit dem Rücken an die warme Fensterscheibe.

Durch das geöffnete Fenster drangen Kinderlachen und Gemurmel zu ihr herauf. Das Klappern von Pferdehufen, hitzige Gespräche und sogar das dumpfe Rauschen der Wellen. Der nahende Sommer hatte den Kurort mit sanfter Freude getränkt, die Kinder genossen ihre Freizeit an den Wochenenden in vollen Zügen, sprangen ins kühle Nass, und die Erwachsenen bedachten sie mit einem gutmütigen Lächeln. Ließen die Jungen und Mädchen noch so lange Kinder sein, wie es nur möglich war.

»Aber du musst wunderschön aussehen, Henriette. So schön, dass vielleicht ein anderer reicher Schnösel dich zur Frau nehmen will, der noch einflussreicher ist als Eduard Graff!« Verschwörerisch zwinkerte Mareike ihr zu, als es an der Tür klopfte und zwei Dienstboten, gefolgt von Friederike Baltmund, in Henriettes Zimmer traten. Die jungen Männer trugen eine große Eichentruhe in den Raum und stellten sie keuchend ab. Schweißperlen glänzten auf ihrer Stirn, ihre Gesichter waren von Hitze und Anstrengung gerötet.

»Vielen Dank, Justus und Jonas«, sagte Henriette und entließ die armen Burschen wieder.

Eilig drückte sie den beiden Helfern jeweils eine Münze in die Hand.

»Immer zu Ihren Diensten, Fräulein Henriette.« Die jungen Männer nickten ihr höflich zu und verschwanden schnell aus dem Raum nach draußen, wo weitere Arbeit auf sie wartete.

»Henriette!« Friederike Baltmund zog sie in eine liebevolle Umarmung und drückte ihr einen Kuss auf die Wange. »Kind, du siehst blass aus!«

Unbehaglich fuhr Henriette sich über die Stirn. »Ich schlafe schlecht in letzter Zeit«, gab sie zu, denn Friederike hätte jede Lüge sofort aus ihren Worten herausgehört.

Die Schneiderin drückte ihre Hand und legte den Kopf schräg. »Mach dir nicht so viele Gedanken ... weißt du, manchmal können arrangierte Ehen auch glücklich werden.«

»Aber doch nicht mit Eduard Graff, Mutter!«, rief Mareike und stemmte die Hände in die Hüften. »Er ist ein gemeiner Schuft.«

»Mareike, du trägst wenig dazu bei, dass sich deine Freundin besser fühlt.«

»Oh ...« Mareike kratzte sich verlegen am Kopf. »Tut mir leid.«

Henriette lachte leise auf. Es war ihr immer noch ein Rätsel, wie die Anwesenheit dieser beiden Frauen trotz all der Betrübnis ihr Herz so erwärmen konnte. Wie sie mit ihnen fröhlich sein konnte, obwohl alles in ihrem Leben zum Scheitern verurteilt war.

»Zeigt mir lieber die wunderbaren Kleider, die ihr geschneidert habt, damit ich heute wenigstens einen Grund zur Freude habe.«

Mareike öffnete lächelnd die Truhe und winkte Henriette zu sich. »Dann wollen wir dich mal in eine Prinzessin verwandeln!«

Henriette war sich einige Momente lang nicht sicher, ob sie eine Prinzessin sein wollte.

Aber habe ich denn überhaupt noch eine Wahl?, dachte sie und zwang sich zu einem mühsamen Lächeln, um den Tag irgendwie zu überstehen.

Mit langsamen, geradezu zaghaften Schritten ging Henriette die Treppe hinunter. Die hohen Schuhe, die ihr Zimmermädchen Elise in Lübeck für sie gekauft hatte, drückten an ihren Hacken, und sie fühlte sich ein wenig wackelig auf den Beinen. Das dunkelrote

Kleid, für das sie sich entschieden hatte, raschelte um ihre Beine herum. Die Ärmel des Kleides waren filigran gearbeitet und mit dunklen Mustern geschmückt, die sich wie Adern durch die feine Seide zogen.

Als Henriette das Foyer erreichte, sah sie ihre Geschwister und ihren Vater, die auf sie gewartet hatten.

Voller Ehrfurcht starrte Sibylle sie an. »Du siehst … wunderschön aus«, flüsterte die kleine Schwester entzückt.

Henriette schenkte ihr ein dankbares Lächeln. Sie fühlte sich wirklich schön, und sie wusste, dass dieses Kleid rein gar nichts damit zu tun hatte, dass ihr trotzdem unwohl in ihrer Haut war. Das lag allein an diesem Abend, an dem Bankett und der Tatsache, dass ihr Vater heute ihre Verlobung mit Eduard Graff bekannt geben würde.

»Deine Schwester hat recht, mein Kind. Du siehst zauberhaft aus.« Ihr Vater trat zu ihr und berührte sie kurz am Arm. Sein Lächeln schnitt Henriette mitten ins Herz, das schmerzhaft pochte.

Ihr war immer noch, als hätte sie ihn verloren, weil so viele Geheimnisse zwischen ihnen standen.

»Vielen Dank, Vater …«, murmelte Henriette so leise, dass sie ihre eigenen Worte selbst kaum hören konnte.

»Du brauchst nicht nervös zu sein … komm, ich möchte dir Eduards Eltern vorstellen, sie sind soeben eingetroffen.« Ihr Vater legte eine Hand auf ihren Rücken und führte sie mit langsamen Schritten zum Speisesaal, der heute eigens für die Gäste des Banketts benutzt wurde.

Die Dienstboten und Zimmermädchen, Kellner und Köche hatten die letzten Tage alles gegeben, um dem Saal eine festliche Eleganz zu verleihen. Nur die erlesensten Speisen hatte ihr Vater für das Dinner bestellt, und er hatte mit Henriette gemeinsam den Menüplan durchgesprochen und den Wein ausgesucht. Obwohl sie das Gefühl hatte, er würde sie am liebsten aus allen Belangen der *Villa Sommerwind* ausschließen, ließ er sie dennoch gewähren. Er lobte ihre Ideen, doch im selben Atemzug führte er ihr immer wieder vor Augen, dass sie bald die Pflichten einer Ehefrau zu erfüllen habe.

»Da sind sie!« Eberhart Hohnhold hob die Hand zum Gruß, als sich ein Dreigespann zu ihnen umdrehte.

Sofort erkannte Henriette Eduard in einem maßgeschneiderten pechschwarzen Anzug. Der ältere Herr neben ihm mit dem schütteren grauen Haar, den Henriette am ersten Tag in Timmendorfer Strand gesehen hatte, war Eduards Vater Hubert Graff.

Die Frau, die ebenfalls bei den Männern gestanden hatte, sprach noch mit einem Kellner und drehte sich erst um, als Henriette Eduard und seinen Vater schon höflich begrüßt hatte. Henriette wollte ihr ebenfalls ein freundliches Lächeln schenken, doch als sie in das Gesicht von Eduards Mutter blickte, stockte ihr fast der Atem.

Sie starrte die Frau an, musterte die hohen Wangenknochen, das blasse Gesicht, die zarte, porzellangleiche Haut und die roten Locken, die ihr Gesicht umrahmten.

Die Zeit blieb stehen, die Luft wurde dünner. Bilder flammten in Henriettes Erinnerung auf. Bilder vom Strand, vom eisigen Wasser, das ihre Füße und Knöchel benetzte.

»Guten Abend, liebe Henriette«, sagte die Frau, »ich freue mich, dich endlich kennenzulernen. Mein Name ist Amalia Graff.«

Die Frau vom Strand.

Eduards Mutter war die Frau vom Strand!

Amalia Graff – eine *verheiratete* Frau – war die Liaison ihres Vaters.

All diese Erkenntnisse prasselten wie Hagel auf Henriette ein. Die Welt verschwamm vor ihren Augen, schwarze Punkte tanzten in ihrem Blickfeld, setzten sich in unregelmäßigen Abständen immer wieder zu neuen Bildern zusammen.

Aber das Gesicht von Amalia Graff verschwand nicht. Es war kein Traum. Es war die bittere Wahrheit. Das Geheimnis ihres Vaters, das sie alle ins Unglück stürzen könnte. Übelkeit stieg in Henriettes Kehle, nur mit Mühe unterdrückte sie ein Würgen. Sie blinzelte mehrmals und stolperte einige Schritte rückwärts, hatte das Gefühl, keine Luft mehr zu bekommen und in Ohnmacht zu fallen.

»Henriette?« Dumpf drang die Stimme ihres Vaters zu ihr durch, der sie am Arm hielt. »Ist dir nicht wohl?«

Sie drehte langsam den Kopf zu ihm. Sah sich selbst im Blau seiner Augen und wusste, dass er es verstand. Wusste, dass er begriff, dass sie Amalia Graff wiedererkannt hatte.

Doch ihr Vater lächelte sie nur sanft an und strich ihr beruhigend über den Rücken. Etwas flackerte in seinen Augen, eine stumme Drohung, den Mund zu halten, niemals diese Worte auszusprechen, die sich auf ihrer Zunge verhakt hatten.

»Ich …«, setzte Henriette an, doch sie konnte nicht reden. Sie konnte sich nicht bewegen – ihr Körper war taub vom Schock.

»Du bist wahrscheinlich sehr aufgeregt wegen heute Abend«, sagte Amalia und trat einen Schritt auf Henriette zu.

Ihre dunkelgrünen Augen musterten sie von oben bis unten, ein winziges Lächeln huschte über ihre Lippen. Aber hinter dieser Fassade einer guten und ehrbaren Ehefrau konnte Henriette etwas anderes erkennen.

Sie hat Angst, dachte Henriette traurig. *Angst davor, dass ich die Wahrheit erzähle. Dass alle es erfahren könnten und sie geächtet wird.*

Sie hätte es verdient, murmelte diese leise, gehässige Stimme in ihren Gedanken, aber Henriette schüttelte energisch den Kopf. Sie schenkte ihrem Vater ein kleines Lächeln und strich mit den Fingern über den feinen Stoff ihres Kleides.

»Bitte entschuldigen Sie, Frau Graff … Sie haben recht, ich bin ein wenig nervös.« Sie senkte den Kopf, schaute von der Seite zu Eduard und schenkte ihm ein vorsichtiges Lächeln. Hoffentlich waren ihre Wangen ein wenig gerötet – damit man ihr diese furchtbare Scharade, die sie gerade aufführte, auch abnahm.

»Sei unbesorgt, liebe Henriette!« Amalia hob die Hand und strich Henriette über den Arm. »Ich kann dich sehr gut verstehen, aber du brauchst nicht nervös zu sein. Mein Sohn ist ein guter und gescheiter Mann.«

Selbst wenn er dumm wie ein Fisch wäre, würdest du das sagen, immerhin bist du seine Mutter. Außerdem ist es mir einerlei, ob er gescheit oder gut ist, für ihn schlägt nicht mein Herz, dachte Henriette, aber sie zwang sich, höflich zu lächeln und zu Amalia Graffs Worten zu nicken.

»Ich danke Ihnen für Ihre Liebenswürdigkeit.«

»Bitte, sei nicht so förmlich! Wir sind doch bald eine Familie.«

Übelkeit kroch Henriettes Kehle hinauf, und für einen winzigen Augenblick dachte sie daran, dass es ihr immerhin diesen grausamen Abend ersparen würde, wenn sie sich nun übergab. Doch diese Schmach wollte sie ihrem Vater dann doch nicht zufügen, also riss sie sich zusammen, verdrängte die Beklemmung in die hinterste Ecke ihrer Gedanken.

»Nun denn ...« Ihr Vater räusperte sich und deutete in Richtung Speisesaal. »Wollen wir uns setzen?«

»Sehr gerne«, ergriff Hubert Graff das Wort, »ich habe eine Menge Dinge mit Ihnen zu besprechen, lassen Sie uns mit Eduard gemeinsam über das Geschäftliche sprechen. Die Frauen können sich ja über die neueste Mode unterhalten.«

Henriette wollte den Mund öffnen und aufbegehren bei dieser Gemeinheit von Hubert Graff, doch jemand umfasste ihr Handgelenk, und sie schaute sich überrascht zu ihrer Schwester Sibylle um, die plötzlich hinter ihr aufgetaucht war.

»Was ...?«, wisperte Henriette.

Ihre Schwester schüttelte nur stumm den Kopf, ihr eindringlicher Blick brachte Henriette zum Schweigen. Sie folgten den Herren in den Speisesaal, Sibylle wich dabei nicht von ihrer Seite. Als ob sie ahnte, dass Henriette, sobald sie sich entfernte, den Mund aufmachen und sich in die Gespräche der Männer einmischen würde.

Ihr Vater führte sie zu einem runden Tisch in der Mitte des Raums, wo sie sich wie auf einem Präsentierteller platzierten, begleitet von stechenden Blicken der anderen Gäste. Henriette seufzte tief und schaute sich im Saal um, nachdem sie sich gesetzt hatte.

Ihr Vater hatte jeden aus dem Kurort eingeladen, der Rang und Namen hatte oder dessen Geschäft für Timmendorfer Strand von großer Bedeutung war.

Sie erkannte Herrn Harms, seinen Bruder und deren Familien an einem Tisch. Auch Mareike und ihre Mutter saßen mit der schrulligen alten Buchhändlerin Frau Haupt an einem kleineren Tisch. Als Mareike lachend den Blick hob, kreuzten sich ihre Blicke, und die Freundin schien sofort zu verstehen, dass Henriette eine schreckliche Erkenntnis ereilt hatte. Doch sie mussten sich gedulden, bis das Essen vorbei war und die Herren sich in den Rauchersalon zurückziehen würden, um ungestört zu sprechen.

Unter dem Tisch drückte plötzlich jemand ihre Hand, und Henriette sah zu Sibylle. Sie lächelte ihre Schwester vorsichtig an, und Sibylle beugte sich zu ihr.

»Sie ist es, oder?«, flüsterte die Schwester.

Henriette riss entsetzt die Augen auf und starrte ihre Schwester an. »Was … was meinst du?«

Sibylle seufzte tief und deutete unauffällig auf Amalia Graff, die in ein Gespräch mit dem kleinen Hermann verwickelt war, der ihr freudig etwas über sein neues Spielzeug erzählte. Gottlob war ihr kleiner Bruder eine Quasselstrippe.

»Sibylle, ich …«

»Glaubst du wirklich, dass ich es nicht bemerkt hätte? Ich bewege mich auch durch Timmendorfer Strand … ich gehe zur

Schule und spaziere mit meinen Freundinnen an der Ostsee entlang und habe sie am Strand gesehen …«

Henriette schnappte erschrocken nach Luft. »Du wusstest es?«

Sibylle verdrehte die Augen und mahnte mit der freien Hand ihre Schwester zur Ruhe. »Wir reden später, in Ordnung? Du wirst diesen Abend hinter dich bringen und dann …« Sibylle drehte den Kopf und sah zu Mareike. »Dann möchtest du einen Spaziergang mit deiner Freundin und deiner Schwester machen, um dich über deinen zukünftigen Mann zu unterhalten.«

Dankbarkeit flutete Henriettes Herz, und sie wischte sich gerührt einige Tränen aus den Augen. »Danke«, wisperte sie ihrer Schwester zu.

Sibylle lächelte sie an und wandte sich dann der festlich geschmückten Tafel zu. Henriette konnte ihre verworrenen Gedanken nicht so leicht ordnen, sie konnte nicht glauben, dass ihre Schwester *es* gewusst hatte. Sie wollte gar nicht daran denken, wer es noch alles wissen könnte.

Reiß dich zusammen!, dachte Henriette und ballte die Hände zu Fäusten. *Du musst diesen Abend durchstehen, und dann … dann gehst du nach Niendorf. Du musst mit dem einzigen Menschen reden, der dein Herz zur Ruhe bringt, der dich liebt, genau wie du bist.*

Ole.

Der Name erfüllte sie mit Zuversicht, wo es sonst nur Dunkelheit gab. Und mit Liebe, die sie vor ihm nie gekannt hatte. Also wandte sie sich ebenfalls der Tafel zu, ließ sich perlenden Weißwein von einem Kellner einschenken, stieß auf Eduards und ihr Wohl an und lächelte so lange ihr falsches Lächeln, bis es ihr fast das Herz brach.

KAPITEL 7

OLE

Die Sonne versank, in Röte getaucht, hinter dem Horizont, und die Dämmerung kroch langsam, geradezu zäh über den Strand hinweg. Seine Hände schmerzten von der Arbeit des Tages, aber er hämmerte mit dem Werkzeug auf das Holz ein, hatte heute gemeinsam mit seinen Brüdern ein neues Boot gebaut, welches noch lackiert werden musste, bevor sie es an Fischer Fürst Lender verkaufen würden.

Ole wischte sich den Schweiß von der Stirn, obwohl ein kalter Wind über die stürmische Ostsee hinwegfegte und seinen Körper frösteln ließ. Ein leises Räuspern war zu hören, Ole drehte sich erschrocken um und schaute in die dunkelblauen Augen des traurigsten Mädchens der Welt.

»Henni …«, flüsterte er, ließ den Hammer fallen und erhob sich in einer schwungvollen Bewegung.

Sie sagte kein einziges Wort, stürmte nur auf ihn zu und ließ sich in seine Arme fallen. Ole stolperte einige Schritte rückwärts und hielt sie fest, spürte, wie ihr Körper zitterte. Schweigend standen sie da, von Dunkelheit umhüllt wie von einem Kokon.

»Was ist geschehen?«, fragte Ole nach einiger Zeit und legte seine Hände auf Henriettes Schultern.

Sie schaute zu ihm hoch und lächelte ihn an. Gott, sie sah so traurig aus.

Unbehaglich strich Henriette sich über die Arme und sah zum Wasser. Sie trug ein dunkelrotes Kleid, dessen Stoff sich wie ein Lichtstreif der untergehenden Sonne an ihren Körper schmiegte.

»Gestern haben wir doch das Dinner mit der Familie Graff gehabt, davon habe ich dir erzählt. Und kannst du dich daran erinnern, wie ich dir erzählt habe, dass ich nicht weiß, wer die Frau ist, mit der mein Vater verkehrt?«

Natürlich konnte er das. Vorsichtig legte Ole einen Arm um Henriettes Schulter. »Ja, daran erinnere ich mich.«

»Ich weiß jetzt, wer sie ist.« Bitterkeit schwang in Henriettes Stimme, und Ole führte sie zu der kleinen Hütte am Strand, in der sie die Materialien für den Bau der Boote lagerten. Die alte Hütte war aus verwittertem Holz gezimmert, aber sie erfüllte ihren Zweck. Sie setzten sich auf die kleine Bank vor dem Eingang, und Henriette rückte ganz dicht an ihn heran, verschränkte ihre Finger mit seinen. Er spürte ihren Atem auf der Haut wie einen sanften Windhauch.

»Wer ist sie?«, wagte Ole zu fragen.

Henriette schnaubte und biss sich auf die Unterlippe. Es kostete sie ungeheure Überwindung, den Namen auszusprechen, und als sie es tat, war es Ole, als würde jemand sein Herz mit eisiger Hand umklammern.

»Ihr Name ist Amalia Graff.«

Seine Glieder kribbelten, Ole musste unbedingt aufstehen und sich bewegen. Doch als er sich erheben wollte, hielt Henriette ihn an der Hand fest. Ole schloss sie erneut in seine Arme.

»Bist du dir sicher?«, murmelte er heiser.

»Ich habe vielleicht die Orientierung eines verirrten Vogels und bin ziemlich schusselig, aber ich bin nicht blind, Ole!«, antwortete Henriette wütend.

Röte lag auf ihren Wangen, und sie kniff die Augen zusammen. Gott, selbst wenn sie wütend war, sah sie noch wunderschön aus.

»Ich hab's nicht so gemeint.« Versöhnlich hauchte Ole einen Kuss auf ihre Hand und strich ihr übers Haar.

»Ich weiß«, murmelte Henriette.

Ole seufzte und sah sie an. »Aber dein Vater … er muss doch gewusst haben, dass du sie erkennst?«

»Aber ich konnte doch nichts sagen. Wir standen in der Empfangshalle. Mein zukünftiger Mann, meine Schwiegereltern in spe und meine Familie! Ich wollte keinen Skandal provozieren.«

»Doch, du hättest es tun können.«

Wütend funkelte Henriette ihn an. »Natürlich, damit mich mein Vater erneut der Lüge bezichtigt und alle im Hotel sofort wissen, dass er … dass er …« Sie stockte und biss sich auf die Unterlippe.

Geduldig wartete Ole ab. Wenn er in den wenigen Augenblicken der Zweisamkeit, die er mit Henriette hatte, etwas gelernt hatte, dann das: dass sie Zeit brauchte, um sich so mancher Dinge klar zu werden. Dass sie kein einziges Wort in den Mund nahm, ohne vorher darüber nachzudenken. Und dass ihr stürmisches Temperament sein Herz erobert hatte.

»Ich weiß nicht, was ich tun soll. Er wird diese Liaison doch niemals beenden. Aber ich habe Angst, dass Eduards Vater davon Wind bekommt. Selbst Sibylle hat Vater gesehen! Er ist nicht gerade unauffällig, und dies hier ist Timmendorfer Strand und nicht Hamburg. Auch heute Abend haben uns die Graffs kurz besucht, und die ganze Situation ist so schrecklich …«

»Mhm …«, machte Ole unbestimmt. Ihr Leid tat ihm weh, aber er wusste selbst keine Lösung für dieses Problem. Außerdem standen da noch so viele unausgesprochene Dinge zwischen ihnen, die, je näher die Hochzeit mit Eduard Graff rückte, immer lauter in ihm nach einer Antwort schrien.

Henriette starrte schweigend auf die Ostsee, die nun vollständig in Dunkelheit getaucht war, sodass kein Unterschied mehr zu erkennen war zwischen dem Himmel und dem Meer. Als würden sie schon immer zusammengehören.

»Ole …« Henriette sah ihn an, ihr Gesicht nur vom Schein der kleinen Laterne erhellt, welche an der Hütte angebracht war. Schatten tänzelten über den Boden, und irgendwo kreischte ein verirrter Vogel auf. »Lass uns zusammen weglaufen.«

Ole zog scharf die Luft ein und drehte sich zu Henriette. Er wusste nicht, was er sagen sollte. Da war nur eine weiße Leere in seinem Kopf, wie Schnee, der sich kalt über seine Gedanken legte. »Henriette …«

Sie lachte leise auf. »Ich weiß, dass das nicht möglich ist. Du hast deine Familie, deine kleinen Brüder und das Bootsbauen. Und ich habe meine Geschwister, die Villa und meinen Vater …«

Sie legte ihre Hand an seine Wange. Sie war eiskalt. Vorsichtig strichen ihre Finger über seine Haut, fuhren die Konturen seines Gesichts nach. Ein flüchtiges Lächeln streifte ihre Züge. »Aber lass mich für einen Moment davon träumen. Von dem Leben, das ich haben könnte, wäre ich nicht Henriette Hohnhold.«

Ole wollte etwas sagen, aber Henriette legte ihm einen Finger auf die Lippen und schüttelte stumm den Kopf. Sie näherte sich seinem Gesicht, ließ den Finger an seinem Hals hinabgleiten und strich über seine Schulter. Dann berührten ihre Lippen die seinen.

Schüchtern, beinahe vorsichtig, aber er konnte ihr Verlangen spüren. Wie von selbst wanderten seine Hände zu ihren Hüften und zogen sie enger an sich. Sie verharrten umschlungen in der Dunkelheit, in diesem Kuss. Er presste sich jetzt an Henriette, ihr Kuss wurde drängender, und Ole gab nach, öffnete seinen Mund. Ihre Zunge tupfte an seine Zähne, sie erkundete den anderen Mund ganz spielerisch, bis ein Keuchen über Oles Lippen kam. Er wollte nicht, dass dieser Augenblick jemals endete. Henriettes Finger fuhren durch seine Haare, er spürte ihren Herzschlag an seiner Brust. Wärme flutete seine Glieder, prickelnd und heiß wie

Feuer. Ole schloss die Augen. Ließ sich vollends fallen in diesen Moment, diesen Kuss, nach dem sich sein Herz schon eine kleine Ewigkeit lang gesehnt hatte.

Nur mit Mühe löste er sich wieder von Henriette, sah sie an, versank im Blau ihrer Augen. »Henriette …«, sagte er heiser und lehnte seine Stirn an ihre.

»Ich würde so gerne bei dir bleiben«, murmelte sie mit belegter Stimme.

Er spürte, wie salzige, kalte Tränen über ihre Wangen rannen. Wie gerne er doch ihre Tränen fortgewischt hätte, wie gerne er sie hätte verschwinden lassen. Aber das war unmöglich. Er war kein Zauberer, er war nur Ole Bergmann. Der Sohn eines Fischers und Bootsbauers. Nicht gut genug für Henriette. Er wollte gerade etwas erwidern, da durchzuckte ein Gedanke ihn, gleißend hell wie ein Blitz.

Hastig ergriff Ole ihre Hände und lächelte Henriette vorsichtig an. »Ich werde warten«, sagte er.

»Wie bitte?« Verständnislos sah sie ihn an.

»Ich werde auf dich warten, Henriette.« Er legte ihre Hand auf seine Brust, hoffte, dass sie seinen pulsierenden Herzschlag unter ihren Fingerkuppen spürte.

Entsetzt sah sie ihn an, als sie die Tragweite seiner Worte verstand. Doch sie entzog ihm nicht ihre Hand, sie blieb ruhig sitzen und neigte den Kopf zur Seite. Ihre schwarzen Haare fielen über die Schultern, der Ausdruck ihrer Augen hatte etwas Fragendes, aber da war auch ein Schimmern. Ole bildete sich ein, dass es Hoffnung war.

»Du … du solltest eine Frau finden, die dich lieben kann, die mit dir zusammen sein kann, Ole.« Henriettes Stimme brach bei diesen Worten, ein leises Schluchzen drang aus ihrer Kehle.

Er schüttelte den Kopf. »Nein, ich will keine andere Frau. Ich werde warten.«

»Vielleicht wirst du ewig warten müssen.«

Es wäre eine Lüge gewesen, hätte er gesagt, dass diese Worte ihn nicht verletzten. Dass es ihm nichts ausmachen würde, allein zu sein. Henriette nur zu sehen, wenn sie im Schutz der Dunkelheit vor aller Augen verborgen waren. Doch er lächelte sie an und strich mit seiner Hand über ihre Wange.

»Dann werde ich das tun. Wenn mich am Ende ein Leben mit dir erwartet, ist es jede Zeit wert.«

Sie öffnete die Lippen, blieb aber stumm. Stattdessen lehnte sie sich zu ihm und lächelte ihn an. »Ich werde immer an dich denken, solange ich lebe.«

Dann küssten sie sich erneut. Unter dem samtschwarzen Himmel, der mit tausend funkelnden Sternen besetzt war, die schweigend über ihr Versprechen wachten und sie an diesen Augenblick erinnern würden, wenn eines Tages der Schmerz und die Sehnsucht zu groß wurden.

Dann würden die Sterne sagen: *Gib nicht auf, denk an diesen Moment der Ewigkeit.*

HENRIETTE

»Er hat zu dir gesagt, dass er auf dich warten wird?« Sibylle konnte ihre Freude über diese Worte kaum verbergen, eine sanfte Röte lag auf ihren Wangen, und sie lächelte Henriette hingerissen an. Die legte eine Hand auf ihr Herz. Noch immer konnte sie Oles Worte in Gedanken hören, seine Lippen auf ihren spüren.

»Ja … das hat er gesagt«, flüsterte sie und schaute sich verstohlen im Empfangsbereich der *Villa Sommerwind* um.

Sie wollte sich mit ihrer besten Freundin und ihrer Schwester durch den Dienstboteneingang nach draußen schleichen, um nur nicht ihrem Vater nach diesem Augenblick mit Ole in die Arme zu laufen. Aus der Ferne vernahm sie leises Geschirrklappern. Henriette sah sich um und fing einen Blick auf Elise auf, die gerade mit einem Wäschekorb zum Dienstbotentrakt ging und genau auf sie zusteuerte.

»Elise!«, rief sie leise.

Die sah Henriette, ihre Freundin und ihre Schwester irritiert an. »Meine Damen, was tun Sie hier?«

»Elise … sei so gut und bring uns durch den Dienstboteneingang zum Ausgang der Villa!« Henriette faltete die Hände und sah ihr Zimmermädchen flehentlich an.

Elise seufzte tief, schaute von einer zur anderen und öffnete dann die Tür. »In Ordnung, aber bitte beeilen Sie sich. Die Dienstboten macht es sonst ganz nervös, wenn die Herrschaften immer durch diesen Teil des Hotels laufen.«

Henriette schaute zu ihren Begleiterinnen, die nur vage die Schultern hoben, doch sie mussten auch ahnen, dass Elise damit eigentlich ihren Vater meinte, der auf diesem Weg immer Amalia Graff besuchte.

Gemeinsam betraten sie den schummrigen Flur, und sie dachte wieder an Ole, daran, dass er auf sie warten würde. Für eine kleine Ewigkeit. Mareikes Stimme erklang in ihrem Rücken, und Henriette zuckte erschrocken zusammen.

»Das ist so romantisch, dass er diese Worte zu dir gesagt hat«, raunte sie Henriette zu. »Du musst uns mehr über den Kuss erzählen!«

Henriette wandte beschämt den Kopf ab, obwohl ihre Freundin im dämmrigen Licht ihr Gesicht nicht sehen konnte. »Mareike!«

Ihre Freundin stieß sie in die Seite. »Was denn? Ich finde, dass ich so etwas erfahren sollte, oder nicht?«

Sie wollte gerade zu einer Antwort ansetzen, als sie an der Küche vorbeigingen und Henriette den rauen Ton des Küchenchefs

Herrn Behring hören konnte, der einen armen Küchenjungen gehörig ausschimpfte. Der Knabe stand mit gesenktem Kopf vor dem bärtigen Mann, und sein schmaler Körper zitterte.

Neugierig spähte sie mit ihren Freundinnen in den Raum, doch Elise berührte sie warnend am Arm. »Kommen Sie bitte, die Angelegenheiten der Küche gehen uns nichts an.«

»Wer ist der Bursche?«, fragte Henriette stattdessen und zuckte zusammen, als die große Hand von Herrn Behring die Wange des Knaben traf, das Klatschen jagte einen Schauer über Henriettes Rücken.

Der Kopf des Knaben ruckte zur Seite, seine Wange war feuerrot, und Tränen standen in seinen Augen. Er sah genau in Henriettes Richtung. Die Lippen zu einem schmalen Strich verzogen, jeglicher Glanz war aus den Augen gewichen, die blonden Haare klebten feucht an der Stirn.

»Dummer Junge!«, rief Herr Behring erzürnt. »Zu nichts bist du nutze!« Wütend stampfte der Küchenchef davon und ließ den Knaben inmitten der dampfenden Töpfe stehen.

»Bitte, die Damen!« Elise zog sie unsanft mit sich zum Ausgang, fort von der Küche und dem Jungen mit den traurigen Augen.

Das Zimmermädchen öffnete die Tür zum Ausgang und schob Henriette, Mareike und Sibylle beinah unsanft hinaus. Rauer Wind wehte ihnen entgegen, und Henriette sah Elise eindringlich an.

»Du hast mir meine Frage nicht beantwortet, wer ist der Knabe da in der Küche?«

Elise seufzte genervt und schüttelte den Kopf. »Sie sind wirklich schwerer zu hüten als ein Sack Flöhe!«, schimpfte sie und schlug sich erschrocken die Hand vor den Mund. »Bitte verzeihen Sie meine ungezogenen Worte.«

Mit einem Schmunzeln sah Henriette zu Mareike, die versuchte, unauffällig in eine andere Richtung zu schauen. »Das kannst du nur von der lieben Mareike haben«, murmelte sie, »aber ist schon in Ordnung, Elise. Meine Freundin hat nicht unrecht. Aber bitte verrate mir jetzt, wer er ist.«

Sie hatte keine Ahnung, warum das Leid dieses Jungen sie in diesem Augenblick so berührte.

Weil du dich ablenken musst von deinem eigenen Schmerz, murmelte eine Stimme in ihrem Kopf.

»Sein Name ist Nikolas. Er ist ein Waisenkind, seine kleine Schwester Elisabeth lebt im Olgaheim. Sie hat Asthma und ist ein schwächliches Kind. Nikolas hat mit dem Olgaheim vereinbart, dass seine kleine Schwester das Jahr über dort bleiben darf, weil sie nicht in der Stadt leben können, da ist ihr Asthma ganz schrecklich. Aber dafür schuftet er hart in der Küche, um den Unterhalt für das ganze Jahr zu bezahlen. Doch er kann Herrn Behring einfach nichts recht machen.«

Die Worte rührten Henriettes Herz. Traurig sah sie Elise an.

»Danke, dass du mir das erzählt und uns hierhergebracht hast. Wenn dich jemand fragt, wo wir sind, dann sag, ich musste mit meinen Begleiterinnen an die frische Luft – der gestrige Abend und der erneute Besuch der Familie Graff heute haben mich sehr erschöpft.«

Elise nickte schweigend und verabschiedete sich eilig. Henriette drehte sich zu Mareike und Sibylle um und schaute nachdenklich die Promenade hinauf.

»Du willst zum Olgaheim«, stellte Sibylle seufzend fest.

»Wieso sollte sie? Schlafen die Kinder nicht schon lange? Ich meine, es ist schon nach acht …« Mareike sah verständnislos zwischen den Schwestern hin und her.

»Weil sie das immer getan hat. Sie hat immer Menschen geholfen, denen es nicht so gut ging wie ihr selbst. Das lenkt sie von ihrer Traurigkeit ab.«

Sibylle hatte mit ihren Worten ins Schwarze getroffen, und Henriette nickte. »Würdet ihr mich begleiten?«

»Natürlich«, sagten beide wie aus einem Mund, gemeinsam liefen sie los und erreichten den Platz an der Uhr, der kaum noch belebt war, nur einige Paare flanierten noch durch den Ort. Nicht mal mehr in der Schneiderei brannte Licht, doch das Olgaheim lag hell erleuchtet vor ihnen. Henriette kniff die Augen zusammen und erkannte eine kleine, schlanke Gestalt, die auf einer Schaukel saß, die auf der Grünfläche vor dem Olgaheim aufgestellt war. Das Kind war bestimmt aus seinem Zimmer entkommen und hatte sich nach draußen geschlichen, denn Henriette konnte sich nicht vorstellen, dass es so alleine hier draußen sein sollte.

Mit vorsichtigen Schritten gingen sie die Treppe hinauf, und Henriette hob ihr Kleid ein Stück an, damit der Dreck der Pfützen, die auf den Stufen glänzten, nicht den sündhaft teuren Stoff besudelte.

»Guten Abend!«, rief sie der kleinen Gestalt zu, die erschrocken zusammenzuckte und von der Schaukel sprang.

Erst als Henriette und ihre Begleiterinnen sie erreicht hatten, erkannten sie, dass es ein kleines Mädchen war, gerade mal so alt wie Hermann. Weizenblondes Haar ergoss sich über ihre Schultern. Ihre Haut war blass, die Wangen gerötet, und sie trug ein hellblaues Leinenkleid mit einem dunklen Gürtel um die Mitte. Der Stoff hing an ihrem zierlichen Körper, aus graublauen Augen musterte das Mädchen schüchtern Henriette, ihr Blick streifte nur kurz Sibylle und Mareike.

»Guten Abend, gnädige Fräulein …«, murmelte das Mädchen.

Henriette lächelte sie an. »Mein Name ist Henriette Hohnhold, das sind meine Schwester Sibylle und meine beste Freundin Mareike. Und wie heißt du?«

»Elisabeth!«, schallte es da durch die kühle Nachtluft, und sowohl Henriette, Sibylle, Mareike als auch das Mädchen zuckten zusammen.

Henriette sah zum Haupteingang des Olgaheims, aus dem eine Frau getreten war und nun auf sie zueilte. Sie trug ein schlichtes, dunkelgrünes Kleid, ihre braunen Haare waren streng zurückgekämmt und zu einem Knoten im Nacken gebunden, aber ein sanftes Lächeln lag auf ihren Lippen.

»Was tust du nur wieder hier draußen? Bist du schon wieder aus deinem Zimmer geflüchtet, um hier allein deine Ruhe zu haben?«, fragte die Frau mit einem leichten Vorwurf in der Stimme und sah dann die Mädchen an. »Und wer sind Sie?«

»Oh, bitte entschuldigen Sie …« Henriette streckte die Hand aus. »Mein Name ist Henriette Hohnhold. Dies sind meine Schwester Sibylle und meine Freundin Mareike Baltmund.«

»Ihnen gehört die *Villa Sommerwind*, richtig? Ich bin Annkathrin Mollenhauer, eine der Leiterinnen des Olgaheims.« Die Frau ergriff Henriettes Hand und lächelte sie freundlich an, dann begrüßte sie Mareike und Sibylle ebenso höflich.

»Es ist uns eine Freude, Sie kennenzulernen, Frau Mollenhauer«, sagte Henriette.

Frau Mollenhauer schaute zurück zu dem Mädchen, und erst jetzt begriff Henriette, welchen Namen sie gesagt hatte.

Elisabeth? Dann ist das Nikolas' Schwester, dachte Henriette und beobachtete das Mädchen.

»Geh hinein, Elisabeth. Die anderen Mädchen schlafen schon selig. Du solltest nicht so lange hier draußen sein, sonst erkältest du dich noch, und dein Husten wird wieder schlimmer …«

Elisabeth biss sich nachdenklich auf die Unterlippe und nickte schweigend. Sie wandte sich Henriette, Sibylle und Mareike zu und lächelte sie an. »Es hat mich gefreut, Sie kennenzulernen.«

Henriette ging einen Schritt auf Elisabeth zu und strich ihr über den weizenblonden Haarschopf. »Mich hat es ebenso gefreut, Elisabeth. Vielleicht sehen wir uns einmal wieder?«

Das Mädchen strahlt bis über beide Ohren, raffte ihr Kleid und rannte ins Haus. Henriette sah ihr eine Zeit lang nach und wandte sich dann wieder Frau Mollenhauer zu.

»Sie ist die Schwester des Küchenjungen Nikolas, der bei uns arbeitet, richtig?«

Frau Mollenhauer nickte. »In der Tat. Das arme Ding wurde schon mit schwerem Asthma geboren. Hier in Timmendorf kann sie durch die gute Seeluft wenigstens ein halbwegs unbeschwertes Leben führen und ihre Kindheit genießen.«

Henriette sah zu ihrer Schwester und Mareike, die beide wussten, was der Schwester und Freundin gerade durch den Kopf ging, und lächelnd nickten.

»Könnte ich Sie in Ihrer guten Arbeit unterstützen, Frau Mollenhauer?«

Die Leiterin des Olgaheims neigte fragend den Kopf. »Was meinen Sie, Fräulein Hohnhold?«

»Meine Familie hat sich in Hamburg für gemeinnützige Organisationen und Waisenhäuser eingesetzt. Wenn Sie erlauben, würde ich dies für das Olgaheim auch gerne tun und die kleine Elisabeth unterstützen.«

Frau Mollenhauer wirkte einen Augenblick skeptisch, und Henriette dachte, sie würde ihr Angebot ablehnen, dann jedoch lächelte die Frau. »Das ist sehr nett von Ihnen, Fräulein Hohnhold, und ich freue mich sehr über dieses Angebot. Es ist nun schon spät, aber darf ich Sie vielleicht morgen Mittag auf eine Tasse Tee einladen?«

Henriette wechselte einen kurzen Blick mit Mareike und Sibylle, dann lächelte sie Frau Mollenhauer an.

»Ja, sehr gerne«, antwortete sie und machte mit Frau Mollenhauer einen Zeitpunkt für ihr Treffen aus, dann verabschiedeten sie sich von der Heimleiterin und begaben sich auf den Weg zurück zur *Villa Sommerwind*. Henriette fragte sich auf dem Rückweg, ob sie nicht doch noch ihr Glück finden würde in dieser Welt – oder wenigstens etwas Gutes tun konnte, damit andere nicht so ein schweres Leben hatten.

Doch diese scharfe Stimme in ihrem Innern, die ihr immer wieder vorwarf, dass sie sich ablenkte, verschwand auch dann nicht, als sie die Villa erreichten, und sie wusste, sie musste sich der Hochzeit mit Eduard stellen und auch irgendwann mit ihrem Vater über seinen Verrat ihr gegenüber sprechen.

Am nächsten Tag, nach ihrem Gespräch mit Frau Mollenhauer, zu dem Mareike und Sibylle sie begleitet hatten, gingen die drei Freundinnen gemeinsam die Treppe zu den Privaträumen ihrer Familie hinauf. Ein kleines Lächeln huschte über Henriettes Lippen. Von nun an würde sie das Olgaheim unterstützen und vielleicht sogar die junge Elisabeth bei sich aufnehmen – dann müsste Nikolas sich nicht ständig Sorgen um seine Schwester machen und wäre konzentrierter bei seiner Arbeit in der Küche. Ja, sie lenkte sich damit ab, aber immerhin tat sie etwas Gutes.

Gerade, als sie ihr Zimmer betreten wollten, erklang eine Stimme hinter ihnen.

»Henriette, ich würde gerne mit dir sprechen.«

Sie wirbelte herum und sah ihren Vater in der Tür zu seinem Büro. »Natürlich«, antwortete sie seufzend, drückte die Hand ihrer kleinen Schwester, die mit einem Mal sehr traurig aussah.

»Geht schon mal vor.«

Sibylle nickte missmutig, und Henriette schaute zu Mareike. »Kannst du auf sie achtgeben?«

»Aber natürlich.« Mareike schloss Henriette in die Arme. »Gib auch auf dich acht, hörst du? Und auf dein Herz …«, flüsterte sie in Henriettes Ohr.

Irritiert sah sie Mareike an, doch diese verdrehte nur lächelnd die Augen. »Wenn du schon Eduard Graff heiraten musst, dann pass auf dein Herz auf und lass es dir nicht von ihm kaputt machen.« Mareike senkte die Stimme. »Oder von deinem Vater, hörst du?«

Henriette schluckte nur mit Mühe den Kloß in ihrem Hals hinunter und nickte. Mit einem mulmigen Gefühl folgte sie ihrem Vater in sein Büro, der die Tür schloss und sich auf einen der Ledersessel niederließ.

»Was kann ich für dich tun, Vater?«, fragte Henriette.

»Setz dich bitte, Henriette.«

Sie nahm Platz und legte die Hände in den Schoß. Schweigend hielt sie den Kopf gesenkt und bemühte sich, ihr pochendes Herz zu beruhigen.

»Ich freue mich sehr, dass die Verlobung von dir und Eduard heute bekannt gegeben wurde. Sein Vater Hubert und ich haben uns darauf geeinigt, dass ihr noch dieses Jahr im Sommer heiraten werdet.«

»Wie schön«, erwiderte Henriette sarkastisch und hielt sich sogleich erschrocken die Hand vor den Mund.

Sie spähte zu ihrem Vater hinüber, doch noch war keine Wut in seinen ebenmäßigen Zügen zu erkennen. Nein, ein geradezu süffisantes Schmunzeln lag auf seinen Lippen.

»Mir ist bewusst, dass du nicht glücklich mit meiner Entscheidung bist, aber weißt du, Henriette, manchmal muss man der Liebe Zeit geben, um sich zu entwickeln.«

»Bitte?« Nun konnte sie ihre Wut nicht mehr zügeln und spie ihrem Vater dieses Wort entgegen.

»Deine Mutter und ich kannten uns vorher auch nicht, als unsere Eltern diese Verbindung beschlossen haben.«

Henriettes Hand verkrampfte sich um den Stoff ihres Kleides, und sie starrte ihren Vater an. »Das habe ich nicht gewusst …«, murmelte sie leise.

»Natürlich hast du das nicht. Kinder wissen meist viel weniger über ihre Eltern, als sie glauben.«

»Und trotzdem hast du mich belogen«, flüsterte sie und ballte die Hand zur Faust. »Trotzdem hast du mir gesagt, dass ich mir nur eingebildet habe, dich mit einer Frau am Strand gesehen zu haben. Du hast mich der Lüge bezichtigt.«

Ihr Vater seufzte leise. »Nun … diese Angelegenheit ging dich auch nichts an.«

»Sie ging mich nichts an? Du hast ein Techtelmechtel mit einer verheirateten Frau! Mit der Mutter meines Verlobten! Wie kannst du sagen, dass es mich nichts angeht? Wie soll ich Amalia Graff jemals in die Augen schauen und nicht daran denken? Wie soll ich ihrem Mann in die Augen schauen, den ihr betrügt!«

»Du hast Hubert Graff selbst gesehen«, antwortete ihr Vater lapidar. »Er ist nicht gerade der Jüngste.«

Henriette schluckte schwer. »Das ist ein Grund? Es ist in Ordnung, dass seine Frau ihn betrügt, weil er alt ist? Nur weil jemand älter ist als man selbst, bedeutet das doch nicht, dass man ihn nicht lieben kann! Oder wollt ihr etwa einfach darauf warten, dass er stirbt?«

Eberhart Hohnhold schnalzte missbilligend mit der Zunge. »Mach dir doch nicht vor, dass Amalia ihn jemals geliebt hat. Es war ebenfalls eine Verbindung, die ihre Eltern für sie eingefädelt haben.«

»Dann wäre es also in Ordnung, wenn ich Eduard betrüge, weil du diese Verbindung eingefädelt hast?«, konterte Henriette erzürnt.

Ihr Vater schwieg. In seinen Augen erkannte sie keine Reue oder Zweifel. Er war sich seiner Schuld anscheinend bewusst, aber dachte nicht im Traum daran, etwas an dieser Situation zu ändern.

»Bitte, Henriette …«

»Nein!«, unterbrach sie ihren Vater heftig und sprang auf. »Ich will es nicht hören! Du machst alles kaputt. Unsere Zukunft, dieses Hotel und unsere Familie. Du betrügst den Mann, mit dem du zusammenarbeiten willst, und glaubst, dass ich das hinnehmen werde! Ich werde es ihm sagen! Ich werde es Hubert Graff sagen!«

Klatsch.

Ein brennender Schmerz zog sich über Henriettes Wange. Heiße Tränen brannten in ihren Augen, entsetzt starrte sie ihren Vater an. Sie hatte nicht mal bemerkt, wie er sich erhoben hatte. Seine Hand verweilte noch einige Sekunden drohend in der Luft, dann ließ er den Arm sinken. Auch seine Augen funkelten, und sein Gesicht war eine verzerrte Maske der Wut. Da war keine Liebe mehr, kein Verständnis. Das war nicht mehr ihr Vater.

»Du wirst niemandem irgendetwas sagen«, flüsterte er drohend und ging noch einen Schritt auf sie zu.

Unsanft packte er sie am Handgelenk, sein Gesicht war ganz nah an ihrem, und Henriette hielt erschrocken die Luft an. Sie wagte es nicht, auch nur ein Wort zu sagen. Ihr Körper war wie gelähmt, und der Schmerz fegte über sie hinweg.

»Du wirst den Mund halten und dich nicht einmischen. Du wirst Eduard Graff heiraten und deinen Platz in dieser Gesellschaft einnehmen. Vergiss nicht, dass dies deine Pflicht ist. Ansonsten kann ich dich auch fortschicken, etwa zu Martha nach Hamburg, dann musst du Eduard zwar nicht heiraten, aber du bist dann auch nicht mehr in Timmendorf.«

»Wieso nur?« Tränen rannen ungehemmt über ihre Wangen, benetzten ihren Kragen und sickerten in den Stoff ihres Kleides. »Wann bist du nur so geworden?«

Ihr Vater schüttelte mürrisch den Kopf und ließ sie los. »Amalia Graff macht mich sehr glücklich, Henriette. Und ich weiß, dass ich einen Fehler begehe, aber du hast nicht das Recht, mein Glück zu zerstören.«

»Dein Glück?« Sie würgte die Worte hervor. Sie schmeckten bitter auf ihrer Zunge. »Ist dein Glück so viel wichtiger als das deiner Kinder? Als unsere Familie?«

»Ich habe mein persönliches Glück mein ganzes Leben lang hintangestellt! Seit dem Tod deiner Mutter habe ich nur für euch gelebt. Für dich und deine Geschwister. Ich habe alles getan, damit ihr ein gutes Leben habt. Habe euch jede Chance ermöglicht, auch wenn andere Menschen der Meinung waren, dass es der Mühe nicht wert ist! Glaubst du etwa, dass es leicht war, dich in das Hotelgeschäft einzuführen? Wie viele Menschen, meinst du, sagten zu mir, dass ein Mädchen einfach nur heiraten sollte? Ich habe alles für dich getan, Henriette. Aber nun ist es deine Pflicht, das zu tun, was für unsere Familie wichtig ist. Deine Hochzeit mit Eduard Graff wird der *Villa Sommerwind* Aufschwung bescheren, sodass wir uns hier im Ort bewähren können.«

Das war nicht gerecht, und Henriette erkannte in den Augen ihres Vaters, dass er sehr wohl wusste, wie gemein er zu ihr war. Auch sie hatte vieles geopfert, um ihre Geschwister zu beschützen. Um in die Fußstapfen ihrer Mutter zu treten.

Ihre Freundschaften, ihre Freiheit, nicht mal der Liebe hatte sie eine Möglichkeit gegeben, wobei einige junge Männer in Hamburg ihr Avancen gemacht hatten.

Sie hatte all diese Dinge hintangestellt, um Sibylle und Hermann zu beschützen. Um ihren Vater zu unterstützen.

»Ich gönne dir dein Glück, Papa …«, murmelte sie leise und wandte sich ab. »Ich habe es dir immer gegönnt. Wenn du eine andere Frau kennengelernt hättest, dann hätte ich alles getan, damit wir wieder eine richtige Familie werden. Alles! Aber diese Liaison mit Amalia Graff wird dich ins Unglück stürzen und uns gleich mit! Was, glaubst du, wird geschehen, wenn die Leute hier es mitbekommen, wenn alle hinter deinem Rücken über diesen Affront reden? Was wird Hubert Graff tun?«

»Hubert Graff wird es niemals erfahren. Er ist ein alter, seniler Mann, der ein schweres Lungenleiden hat, das ihn früher oder später dahinraffen wird.«

Schockiert starrte Henriette ihn an. Ihr Mund öffnete sich, aber all die Worte, die sie sagen wollte, verhakten sich auf ihrer Zunge.

»Du solltest jetzt gehen«, sagte ihr Vater in die bleierne Stille hinein.

Henriette nickte und wischte sich die Tränen aus den Augen. Sie wollte unter keinen Umständen ihre neue Heimat verlassen, auch wenn dies bedeutete, dass sie Eduard Graff heiraten musste. »Das sollte ich wohl. Keine Sorge, dein Geheimnis ist bei mir sicher. Aber ich schwöre dir, Vater …« Sie sah ihn an, Wut und Entschlossenheit brodelten in ihrem Innern. »Wenn du unsere Familie kaputt machst, wenn du Sibylles und Hermanns Zukunft gefährdest, dann werde ich dir das nie verzeihen! Niemals, hörst du? Und ich werde alles tun, damit dieser Skandal nicht auf uns zurückfällt, damit die *Villa Sommerwind* überlebt. Wenn das bedeutet, dass ich Eduard Graff heiraten muss, dann werde ich meine Pflicht tun. Aber vergiss niemals, Vater, dass du es bist, der alles zerstört hat, auch das Band zwischen uns.«

Sie schwang herum und schaute nicht zurück, ließ ihren Vater nicht noch einmal zu Wort kommen, sondern rannte aus seinem Büro, stieß die Tür zu ihrem Zimmer auf und ließ sich verzweifelt von Mareike und Sibylle in den Arm nehmen.

KAPITEL 8

HENRIETTE

August 1904

Du siehst wunderschön aus«, sagte Mareike entzückt und wischte sich ein paar Tränen aus den Augenwinkeln.

Henriette verzog das Gesicht zu einer spöttischen Grimasse und drehte sich einmal um die eigene Achse, betrachtete ihr Spiegelbild skeptisch. Das Hochzeitskleid war ein Traum aus weißer Seide, die sich perfekt an ihren Körper schmiegte. Spitzenverzierungen an den Ärmeln und dem Dekolletee rundeten das Kleid ab, der Stoff floss in mehreren Lagen um ihre Füße und knisterte bei jedem Schritt. Ihr schwarzes Haar war zu Zöpfen geflochten, die mit Spangen und Klemmen zu einer eleganten Hochfrisur gesteckt waren. Einige Haarsträhnen umschmeichelten ihr Gesicht.

»Nun sag endlich etwas!«, forderte Mareike sie auf und stemmte die Hände in die Hüften.

Doch Henriette schwieg und streckte die Hand aus, ihre Finger tänzelten über ihr Spiegelbild, huschten über das kühle Glas. Ihr Herz krampfte sich schmerzhaft zusammen.

»Bitte sag etwas! Mareike, Friederike und ich haben uns so viel Mühe mit dem Kleid gegeben.« Sibylle, die schräg hinter Henriette stand, musterte flehend ihre Schwester.

»Das Kleid ist wunderbar.« Henriette drehte sich zu ihrer Freundin und ihrer Schwester um, zwang sich zu einem Lächeln und schloss Sibylle vorsichtig in ihre Arme. »Das habt ihr großartig gemacht.«

»Trotzdem bist du nicht glücklich.« Henriette sah überrascht zur Fensterbank, auf der die junge Elisabeth Platz genommen hatte.

Die Knie an die Brust gezogen, hatte sie bis jetzt schweigend nach draußen geschaut, doch ihr klarer Blick traf Henriette wie ein Pfeil. Elisabeth zuckte mit den Schultern und neigte den Kopf zur Seite.

»Schau mich bitte nicht so an. Ich weiß, wie Traurigkeit aussieht.« Elisabeths Stimme klang ein wenig hohl, ein Husten quälte sich aus ihrer Brust, und sie atmete gierig die frische Luft ein, die durch das offene Fenster ins Henriettes Zimmer kam.

»Oh, Elisabeth, du weißt wirklich, wie man einen schrecklichen Augenblick noch furchtbarer macht«, entgegnete Mareike trocken.

Kurz herrschte Schweigen, dann mussten alle wider Willen lachen. Henriette schüttelte den Kopf. Selbst an diesem Tag, vor dem sie sich seit einigen Monaten gefürchtet hatte, konnte sie auf die besten Menschen in ihrem Leben zählen.

Ihre Freundin Mareike, ihre Schwester Sibylle und der Neuzugang in ihrer Familie: Elisabeth. Seit dem Abend vor dem Olgaheim unterstützte sie die Leiterin Frau Mollenhauer, wo sie nur konnte, und hatte sich schließlich dazu entschieden, Elisabeth ganz bei sich aufzunehmen. Seit diesem Tag arbeitete Nikolas konzentrierter und schien langsam Herrn Behrings Ansprüchen zu genügen.

»Ihr seid unmöglich, alle zusammen«, murmelte Henriette.

»Wir sind großartig, wolltest du wohl eher sagen, oder nicht?«, fragte Mareike grinsend und schloss sie in die Arme. »Und nun hör auf zu weinen, deine ganze Schminke verschmiert, und du sollst doch gut aussehen für unseren Eduard!«

Henriette schüttelte den Kopf und seufzte tief. Eine merkwürdige innere Unruhe nagte an ihr. Sie hatte sich mit dem Gedanken, Eduard zu heiraten, natürlich nicht wirklich abgefunden, auch wenn sie wusste, dass es ihre Pflicht war. Dass sich ihr Vater niemals dazu überreden lassen würde, diese Hochzeit abzublasen.

Jetzt stand sie hier in einem wunderschönen Kleid und würde diesen Mann heiraten, für den sie rein gar nichts empfand. Sie dachte an Ole, und ihr wurde schwer ums Herz. Da klopfte es an die Tür.

»Herein!«, rief Henriette.

Die Tür schwang auf, und ihr Vater trat ein, gemeinsam mit ihrem kleinen Bruder Hermann. Beide trugen schwarze Anzüge mit weißen Ansteckrosen am Revers, Hermann war das winzige Ebenbild ihres stolzen Vaters. Henriette konnte nicht anders, sie musste lächeln bei seinem Anblick, obwohl die Traurigkeit ihr Herz auch weiterhin schmerzhaft umklammert hielt.

»Bist du bereit?«, fragte Eberhart Hohnhold seine Tochter.

»Das bin ich, Vater.«

Er schaute die Anwesenden an. »Würdet ihr mir noch einen Augenblick allein mit meiner Tochter gönnen? Vor dem Hotel stehen die Kutschen schon bereit, um euch zur Kirche nach Niendorf zu fahren.«

»Natürlich, Vater.« Sibylle warf Henriette noch einen letzten Blick zu und drücke kurz ihre Hand.

Dann verließ sie gemeinsam mit Mareike, Elisabeth und dem kleinen Hermann Henriettes Zimmer. Unschlüssig blieb Henriette in der Mitte des Raums stehen und wich dem Blick des Vaters aus. Sie hatte die Ohrfeige nicht vergessen, seine Wut und die Drohung, dass sie niemandem von seiner Liaison erzählen durfte.

Doch eigentlich war es sowieso zu spät. Die Bewohner des Kurorts tuschelten schon hinter ihrem Rücken. Henriette konnte ihre abfälligen Worte hören, wann immer sie mit ihren Geschwistern einen Spaziergang an der Promenade machte. Natürlich hatte man ihren Vater und Amalia Graff zusammen gesehen, und die Menschen hatten sich ihren Teil zu der Geschichte gedacht.

»Du bist nervös«, stellte ihr Vater fest und ging vorsichtig auf Henriette zu.

»Ein wenig.«

Ihr Vater holte aus der Tasche seines Jacketts einen Gegenstand, der in ein weißes Taschentuch eingewickelt war. Vorsichtig reichte er ihn Henriette.

»Was ist das?«

»Das ist für dich, von deiner Mutter.«

Henriette zog scharf die Luft ein und ergriff den Gegenstand mit zitternden Fingern. Ihr Herz vibrierte schmerzhaft, als sie das Taschentuch entfernte und auf eine goldene Taschenuhr hinabblickte.

»Von Mama?«, flüsterte Henriette mit erstickter Stimme. Sie drehte die filigrane Taschenuhr in den Händen. Auf der Vorderseite rankten sich Blumenmuster auf dem goldenen Untergrund. Henriette öffnete die Uhr, und schon wieder stiegen Tränen in ihre Augen, als sie die Gravur las.

Für meine geliebte Henni. Möge dir diese Uhr den Weg weisen und dich zu deinem Platz in der Welt führen.

Ein Schluchzen kam aus ihrer Kehle, und Henriette umklammerte die Uhr wie ihren größten Schatz. Wie das einzig Wichtige in der Welt.

»Mama …«, wisperte sie leise.

Dann spürte die plötzlich, wie ihr Vater unbeholfen die Arme um sie legte und sie an sich zog. In eine Umarmung, die nicht mehr das war, was sie früher einmal gewesen war. Von Gefühlen überwältigt, klammerte Henriette sich trotzdem an ihn, ihre Finger krallten sich in den Stoff seines Jacketts.

»Heute ist dein großer Tag, Henriette«, murmelte er an ihrem Ohr. »Mach uns alle stolz, aber vor allem deine Mutter. Sie hat immer an dich geglaubt.«

Henriettes Kehle schnürte sich zu. Es gab so viele Dinge, die sie ihrem Vater gerne gesagt hätte, aber sie sprach nichts davon aus. Ja, er war immer noch ihr Vater, und sie liebte ihn, aber nicht mehr so wie früher. Er hatte sie geohrfeigt, er hatte sie angeschrien und er hatte ihr gedroht. Noch immer setzte er alles aufs Spiel, was sie sich aufgebaut hatten. Nur für die Liebe einer verheirateten Frau.

»Das werde ich«, antwortete Henriette dennoch mit fester Stimme und löste sich von ihm.

Für einen winzigen Moment erhaschte sie in seinen Augen dieses Flackern aus der Vergangenheit. Sah ihren Vater, wie er früher einmal gewesen war. Voller Liebe für seine Kinder und voller Leidenschaft für die *Villa Sommerwind.* Aber jetzt war nur noch diese Hochzeit wichtig – und Amalia Graff.

Eberhart Hohnhold legte seiner Tochter sanft eine Hand unters Kinn und zwang sie, ihn anzusehen. »Und vergiss niemals, dass ich dich liebe, Henriette. Trotz allem, was geschehen ist.«

Als wäre es meine Schuld, dass du dich verliebt hast. Dass du die Zukunft unserer Familie aufs Spiel setzt, dachte sie verbittert, aber sie biss sich noch rechtzeitig auf die Zunge, um diese Worte nicht laut auszusprechen.

Die Beziehung zu ihrem Vater war zerbrochen. Die Scherben hatten sie verletzt, man würde sie nie wieder zusammensetzen können. Aber sie musste nehmen, was sie bekam. Ein wenig seiner Liebe und ihre Leidenschaft für die *Villa Sommerwind.* Doch es würde niemals genug sein, um den Schmerz zu stillen.

»Dann lass uns nach unten gehen und uns auf den Weg in die Kirche machen. Danach wird gefeiert.« Ihr Vater lächelte sie vorsichtig an, aber es war ein genauso falsches Lächeln wie jenes, das Henriette seit Monaten auf den Lippen trug.

Sie nickte und betrachtete sich ein letztes Mal im Spiegel, dann wandte sie sich ab. Die Hand ganz fest um die Uhr ihrer Mutter geschlossen, ging sie diesen Weg, von dem sie nicht wusste, was er für die bereithalten würde.

Im Inneren der Kirche war es stickig. Die Luft war zäh und verbraucht, legte sich bleiern über Henriette. Sie hörte dem alten Pastor mit dem schütteren grauen Haar nur mit halbem Ohr zu. Stattdessen ließ sie ihren Blick über die Fenster aus buntem Glas schweifen, in denen sich die Sonne spiegelte. Das Farbenspiel tanzte über die kahlen Wände.

Die Blicke der Hochzeitsgesellschaft in ihrem Rücken schienen Henriette niederzudrücken, sie spürte Eduards warmen Körper neben sich und schaute scheu zur Seite. Sein Blick war nach vorne gerichtet, konzentriert lauschte er den Worten des Pastors. Seine hohen Wangenknochen wurden vom goldenen Licht betont, und eine merkwürdige Angst keimte in Henriette auf.

Das war ihr Mann. Von heute an würde sie jeden Morgen neben ihm aufwachen. Ihm Kinder schenken und mit ihm ihr restliches Leben verbringen.

Oh, Ole. Verzeih mir, dass ich diesen Weg gehen muss, dachte sie tief bedrückt. *Ich …*

»Wollen Sie, Henriette Hohnhold, den hier anwesenden Eduard Graff zum Mann nehmen, ihn lieben und ehren, bis dass der Tod Sie scheidet?«

Henriette zuckte zusammen, und es dauerte einige Sekunden, bis ihr Gehirn realisierte, dass der alte Pastor mit ihr gesprochen hatte. Gemurmel wurde in ihrem Rücken laut, und sie straffte eilig den Rücken.

»Ja, ich will.« Leise sprach sie die Worte aus, zwang sich zu einem Lächeln und dachte in diesem Augenblick doch nur an Ole. An sein verschmitztes Lachen und die weizenblonden Haare.

Zufrieden wandte sich der Pastor nun Eduard zu. »Und willst du, Eduard Graff, die hier anwesende Henriette Hohnhold zu deiner Frau nehmen, sie lieben und ehren, bis dass der Tod euch scheidet?«

»Ja, ich will«, antwortete Eduard und drehte sich zu Henriette.

»Sie dürfen die Braut jetzt küssen.«

Vorsichtig legte Eduard seine Hand an Henriettes Wange. Seine Berührung war geradezu zärtlich, nicht wie an dem Tag, als sie gemeinsam im *Denkers Kurhotel* gegessen hatten. Sein Lächeln hätte echt sein können, wenn da nicht diese bodenlose Dunkelheit in seinen Augen gewesen wäre, die Henriette zu verschlingen drohte.

Eduard beugte sich zu ihr und drückte seine Lippen auf die ihren. Aber nichts an diesem Kuss war liebevoll, es war nicht wie der Kuss von Ole. Nein, dieser Kuss war herb und beinahe schmerzhaft, nach mehr verlangend. Henriettes Körper erstarrte, sie fühlte nichts mehr in diesem Moment, konnte den Kuss nicht erwidern, aber auch nicht zurückweichen. Sie stand nur da. Schweigend, zur Salzsäule erstarrt.

Mit einem winzigen Lächeln löste Eduard sich von ihr. Streichelte ihr über die Wange. »Von nun an sind wir Mann und Frau«, raunte er ihr zu.

Henriette nickte schweigend, war froh, dass jedes Wort, das sie hätte sagen können, im brandenden Applaus der Kirchengemeinde unterging. Eduard ergriff ihre Hand und führte sie durch den Mittelgang hinaus ins Freie. Sein Griff war fest, ließ keinen Zweifel zu, dass sie von nun an ihm gehörte.

Henriette lehnte sich auf ihrem Stuhl zurück und schaute sich im Speisesaal der *Villa Sommerwind* um. Reges Treiben herrschte im Saal, die Tanzfläche war gut gefüllt, selbst ihre Schwester Sibylle hatte sich erweichen lassen, mit dem ältesten Sohn des Strandfotografen Ernst Damm zu tanzen. Sie bewegte sich zu der sanften Melodie hin und her, ein kleines Lächeln auf den Lippen.

»Hast du keinen Hunger mehr, meine geliebte Frau?«, fragte Eduard neben ihr und deutete auf Henriettes noch vollen Teller.

Sie bemühte sich, ihr Lächeln beizubehalten, obwohl sie das Gefühl hatte, es würde jeden Augenblick zerbrechen. Genau wie ihr Herz.

»Nein, ich habe genug gegessen, vielen Dank.«

Eduard sah sie ernst aus seinen schwarzen Augen an und nahm ihre Hand. Henriette zuckte erschrocken zusammen und spürte, wie Hitze in ihre Wangen stieg.

»Vielleicht sollten wir den Trubel verlassen?«, schlug er leichthin vor.

Henriette keuchte erschrocken und biss sich auf die Unterlippe. Ihr Blick huschte unruhig durch den Saal und blieb bei Friederike Baltmund hängen. Mareikes Mutter beobachtete sie, schien zu verstehen, was in Henriette diese Panik auslöste, und lächelte sanft. Ein winziges Nicken, ein einziger Blick, der ihr Herz sofort beruhigte.

Henriette hatte niemals mit ihrer Mutter über derlei Dinge reden können. Über die Pflichten einer Frau und die Hochzeitsnacht. Sie kannte nur das Getuschel ihrer Schulkameradinnen aus Hamburg, die geflüsterten Worte voller Aufregung. Doch Friederike hatte, ohne zu zögern, die Rolle einer Mutter für Henriette eingenommen, hatte versucht, ihr die Angst vor diesem Augenblick zu nehmen, der doch das Natürlichste auf der Welt war.

»Wenn du möchtest, dass wir in unser Schlafzimmer gehen, dann folge ich dir, Eduard«, antwortete Henriette und erwiderte das Nicken von Friederike.

Eduard musterte sie einen Augenblick irritiert, dann jedoch erhob er sich und ließ sein Messer an das leere Weinglas klirren. Die

Anwesenden schauten sich nach ihm um, und das Gemurmel wie die Musik verebbten langsam.

»Meine Damen und Herren. Ich danke Ihnen, dass Sie mir und meiner Ehefrau bei unserer Hochzeit heute Gesellschaft geleistet haben. Wir haben uns sehr über Ihre Anwesenheit gefreut und hoffen, dass Sie das Essen genießen konnten. Wir wünschen Ihnen noch einen wunderschönen Abend, werden uns aber nun zurückziehen, wenn Sie gestatten.«

Henriette erhob sich auf zittrigen Beinen. Die Anwesenden bedachten sie mit einem gutmütigen Lächeln und applaudierten leise, während sie gemeinsam mit Eduard den Speisesaal verließ. Henriette fröstelte immer stärker, als Eduard sie die Treppe hinaufführte.

Ihr Vater hatte für das junge Paar einen Teil der Privaträume der *Villa Sommerwind* umbauen lassen. Ein neues Schlafzimmer, einen eigenen Salon und ein Arbeitszimmer für Eduard – nicht für sie.

Gemeinsam blieben sie vor der dunklen Eichentür stehen, und Eduard musterte sie. »Henriette …«, setzte er an, und einen Augenblick lang glaubte sie, dass er vielleicht doch kein so schlechter Ehemann war. Dass er sie glücklich machen könnte. Aber sein Blick verdunkelte sich und brachte Henriette schon wieder zum Frösteln.

Eduard stieß die Tür auf und führte Henriette in das prächtige Schlafzimmer hinein. Ein großes, einladendes Bett stand links an der Wand, der Geruch von frisch gewaschener Wäsche drang in ihre Nase. Nervös verknotete Henriette ihre Hände. Sie trat einen Schritt näher ans Bett heran und zog scharf die Luft ein, als Eduard sich hinter sie stellte.

»Hab keine Angst, hörst du, Henriette?«, flüsterte er und legte seine Hände auf ihre Schultern.

Seine Finger strichen über die empfindliche Haut in ihrem Nacken, und wieder lief ein Zittern durch ihren Körper. Sie stand ganz still, bewegte sich keinen Zentimeter. Als sie den Mund öffnete, entschlüpfte nur ein Krächzen ihrer Kehle.

»Wenn du keine Angst hast, dann wird es auch nicht wehtun«, murmelte Eduard an ihrem Hals und küsste sie vorsichtig, aber voller Begehren.

Henriette wollte sich Eduards Griff entwinden, aber dann entschied sie sich anders und blieb einfach stehen. Ließ es geschehen. Es hatte keinen Sinn, jetzt mit ihm zu kämpfen, sich gegen diesen Moment zu wehren. Eduard war viel stärker als sie, und es war schließlich ihre Pflicht als Ehefrau. Vielleicht … ja, vielleicht würde es nicht so schlimm werden.

Also drehte Henriette sich zu Eduard um und ließ sich langsam aufs Bett sinken. Stoff raschelte, das Bett knarrte leicht, und dann schloss sie die Augen, ließ diese Nacht geschehen, die sich für immer in ihr Gedächtnis brannte.

Ein Rumpeln riss sie unsanft aus ihrem Traum. Ein Schrei, dann ein lautes Krachen, und Henriette saß mit einem Mal kerzengerade im Bett.

»Was war das?«, fragte sie alarmiert.

Ihr Blick ging zu Eduard, der neben ihr auf dem Bauch im Bett lag. Die Decke war ein wenig hinuntergerutscht und entblößte seinen nackten Rücken. Ein Schauder kroch unter die Bettdecke, und wie eine kalte Hand legte sich die Erinnerung an die letzte Nacht um ihre Kehle.

Es war weniger schlimm gewesen, als Henriette befürchtet hatte, aber dennoch war da eine Dunkelheit in Eduard, die ihr Angst machte. Von der sie nicht einmal genau sagen konnte, woher sie rührte. Er hatte bis jetzt nichts Grausames getan – es war mehr eine Ahnung, die sie heimsuchte, dass ihr Mann kein guter Mensch war.

»Eduard!«, zischte sie ihm zu, als die Geräusche immer durchdringender wurden. Das Geschrei lauter, die Worte wütender. Sie rüttelte an seiner Schulter, und ihr Mann murrte leise, hievte sich dann aber schwerfällig hoch.

»Deine Hände sind eiskalt«, stellte er mit einem Stirnrunzeln fest.

Sie wollte gerade zu einer Antwort ansetzen, doch da drang ein weiterer wutentbrannter Schrei zu ihnen durch.

»Das … das war mein Vater«, sagte Eduard, und sein Gesicht wurde starr.

»Was?« Henriette erhob sich aus dem Bett und schlüpfte in ihr helles Hauskleid und ein paar Pantoffeln.

Auch Eduard zog sich in aller Eile ein Hemd und seine schwarze Hose über. Gemeinsam traten sie auf den Flur, da erschollen weitere wütende Worte.

»Sie sind ein penetranter Lügner! Ein Betrüger, der hinter meinem Rücken … mit meiner …«

Henriette schlug die Hand vor den Mund, da sah sie, wie ihre Geschwister aus ihren Räumen traten. Eilig lief sie zu ihnen. »Geht zurück in eure Zimmer«, sagte sie streng.

»Aber …«, setzte Hermann an, doch ein Blick von Henriette genügte, um ihn zum Schweigen zu bringen.

Schmollend zog sich ihr kleiner Bruder gemeinsam mit Sibylle zurück, und Henriette seufzte erleichtert.

»Ich lasse mich nicht betrügen!«

Henriette zuckte zusammen und warf einen erschrockenen Blick auf Eduard. Der stand stocksteif da, und seine Hände waren so fest zu Fäusten geballt, dass die Knöchel weiß hervortraten.

Henriette wollte etwas zu ihm sagen, da zerriss ein Schrei die kurze Stille, und mit Erschrecken begriff sie, dass dies nicht der Schrei eines Mannes gewesen war.

»Ist das deine …«, setzte sie an, aber Eduard stürmte an ihr vorbei, rempelte sie beinahe um und rannte zum Büro ihres Vaters.

Henriette zögerte keinen Augenblick und lief ihm hinterher. Eduard stieß die Tür zum Büro auf, und Henriette stolperte hinter ihm in den Raum. Es dauerte einige Sekunden, bis sie die Szenerie vollständig erfasst hatte, dann schlug sie schockiert die Hand vor den Mund und schüttelte den Kopf.

»Oh, Gott …«, flüsterte sie.

Ihr Vater stand vor seinem Schreibtisch, die Hände zu Fäusten geballt, das Gesicht hochrot und vor Zorn verzerrt. Vor ihm stand Hubert Graff, der nicht weniger wütend aussah. Doch der alte Mann schnaufte schwer, Schweißperlen glänzten auf seiner Stirn. Zwischen den Männern stand Amalia Graff. Das Gesicht tränenüberströmt, eine Wange hochrot, und im nächsten Augenblick hob Hubert Graff seine Hand und schlug seine Frau erneut. Amalia Graff schrie auf, sie wankte ein Stück zur Seite und schluchzte verzweifelt.

»Mutter!« Eduard war mit wenigen Schritten bei ihr und hielt sie im Arm.

Die Zärtlichkeit, mit der er sie ansah, erschütterte Henriette. Diesen sanften Blick hatte sie letzte Nacht nicht ein einziges Mal in seinen Augen gesehen.

»Bist du auch schon aufgetaucht?«, blaffte Hubert Graff seinen Sohn an. »Sei bloß vorsichtig, dass dein Weib dich nicht auch noch betrügt. Luder, sie sind alle nur Luder!«

»Schweigen Sie!« Die Stimme ihres Vaters donnerte durch das Büro, und Henriette schüttelte ihren Schreck hastig ab.

»Ich werde diese Verbindung wieder lösen!«, schrie der alte Architekt und sah wütend zu Henriette, dann zurück zu seiner Frau. »Und du …« Er griff nach dem Arm seiner Frau und zog sie gewaltsam von seinem Sohn fort. »Du wirst mit nach Hause kommen, und dann werde ich dir beibringen, wie sich eine gehorsame Frau zu verhalten hat!«

»Nein!« Es war Amalia Graff, die geschrien hatte, aber auch Henriette.

Sie trat einen Schritt vor und starrte Hubert Graff an. »Lassen Sie Ihre Frau sofort los. Sie werden ihr keine Gewalt antun.«

Hubert Graff schnaubte verächtlich. »Wer will mir das verbieten? Du, Kind? Du bist selbst eine Frau, und mein Sohn scheint gut daran zu tun, dich auch mit harter Hand zu behandeln!«

Henriette verzog keine Miene. »Sie lassen Ihre Frau los und verlassen unser Hotel – und zwar sofort!«

Amalia Graff starrte Henriette an, Staunen zeichnete sich auf ihren blassen Gesichtszügen ab, ihre Augen waren weit aufgerissen, und sie zitterte am ganzen Körper. Henriette konnte kaum Mitleid für Amalia aufbringen, aber sie würde trotzdem niemals zulassen, dass eine Frau wie Vieh von ihrem Mann behandelt wurde. *Niemals.*

»Halt lieber den Mund, Mädchen. Sonst vergesse ich mich noch!«, schrie Hubert Graff sie an, doch Henriette schenkte ihm nur ein sanftes Lächeln.

»Das tun Sie nicht. Sie gehen jetzt.«

Hubert Graffs Gesicht verzerrte sich, und er packte seine Frau noch härter am Arm.

»Das werde ich nicht, und du gehst mir jetzt aus dem Weg!« Der Architekt hob drohend die Hand und stapfte einige Schritte auf Henriette zu, zerrte seine Frau hinter sich her.

Sie sah die Ohrfeige kommen, die Szene spielte sich vor ihrem inneren Auge ab, und Henriette war bereit für diesen Schmerz, doch nichts geschah. In dem Augenblick, als Hubert Graff seine Hand herabsenken wollte, ging ein Ruck durch seinen Körper. Ein Röcheln kam aus seiner Kehle, und er begann unkontrolliert zu husten, ließ seine Frau los und stolperte einige Schritte rückwärts.

»Hubert!«, schrie Amalia.

Erschrocken beobachtete Henriette, wie das Gesicht des Mannes immer röter wurde, wie sein Körper sich zusammenkrümmte. Das Husten wurde rauer, und Hubert Graff umklammerte seine Kehle, sein Blick irrte wild hin und her.

Aber keiner von ihnen rührte sich. Sie waren wie in der Zeit eingefroren, wie am Boden festgewachsen. Hubert Graff fiel auf die Knie, das Husten verebbte langsam, wurde zu einem Keuchen. Dann zog ohrenbetäubende Stille durch das Büro ihres Vaters, und ein letzter Ruck ging durch Hubert Graffs Körper, sein Blick ging ins Leere, seine Augen wurden dumpf und glanzlos.

»Vater!« Eduard kniete sich neben ihn.

Rüttelte ihn und schrie seinen Namen. Immer und immer wieder. Doch Hubert Graff war nicht mehr am Leben. Diese Erkenntnis traf Henriette wie ein Schlag in die Magengrube.

Sie starrte auf den Toten zu ihren Füßen, sah Tränen in Eduards Augen funkeln, und ihr Blick huschte zu ihrem Vater, zu Amalia Graff. Für eine Sekunde bildete Henriette sich ein, Trauer in deren Gesichtern zu erkennen. Doch dann zupfte ein winziges Lächeln an Amalia Graffs Lippen, und in diesem Moment wusste Henriette, dass sich von nun an alles verändern würde.

KAPITEL 9

HENRIETTE

Mai 1905

Henriette schaute vom obersten Stockwerk der *Villa Sommerwind* hinab auf die Promenade. Ihr Blick streifte über *Denkers Kurhotel,* den Park und den Strand. Es war merklich kälter geworden, und Ruhe kehrte in den Kurort ein. Ihr Bruder Hermann spielte mit seinen Schulfreunden Ball im Park, durch das geöffnete Fenster konnte sie das Lachen und Rufen der Jungen hören. Henriette war dankbar, dass ihr Bruder von dem Drama um Eduard und Amalia Graff, von Hubert Graffs Tod und dem Zwist mit ihrem Vater kaum etwas mitbekommen hatte. Ihr Bruder erkundete immer noch voller Freude den Kurort und genoss die Zeit mit seinen Freunden. Mit einem Seufzen drehte sie sich um, als sie hörte, wie die Tür hinter ihr aufging und Eduard eintrat.

In der Hand trug er einen Stapel Papiere, seine Augen waren leicht zusammengekniffen, Skepsis lag auf seinen harten Gesichtszügen.

»Was ist?«, fragte Henriette matt.

»Solltest du dich nicht um die Vorbereitungen für das Diner kümmern, auf dem unsere Eltern ihre Verlobung bekannt geben?«

Diese Worte versetzten ihr einen Stich, und sie zog sich das hellblaue Tuch enger um die Schultern.

Die Verlobung unserer Eltern.

Es war eine Farce, ein Zauberkunststück, das so eingefädelt wirkte, dass es Henriette in den Wahnsinn trieb. Amalia Graff würde nach ihrer Zeit der Trauer ihren Vater heiraten. Sie würde eine Stiefmutter bekommen, die die Mutter ihres Mannes war.

Hubert Graff war an seinem schwachen Herzen gestorben, ein Leiden, das er schon sein ganzes Leben lang mit sich herumtrug und auch seinem Sohn Eduard vererbt hatte. Ach, würde Eduard sich doch eines Tages auch so in Rage reden wie sein Vater und dann ebenfalls …

Nein!, durchbrach da eine Stimme ihre Gedanken. *Das darfst du nicht mal denken! Das bist nicht du, Henni, du wünschst niemandem den Tod. Nicht mal Eduard Graff.*

Es war die Stimme ihrer Mutter, und sie schaffte es, dass sich Henriettes Herz beruhigte, doch da erklang schon erneut Eduards Stimme an ihrem Ohr.

»Würdest du die Güte haben, mir zu antworten?«

»Ich habe mit der Planung für das Diner schon begonnen.«

»Anscheinend nicht, denn Herr Bors sagte mir, dass du stattdessen zahlreiche Buchungen von Gästen angenommen hast, die nächsten Sommer anreisen werden. Du hast mit Ernst Damm über neue Postkartenmotive gesprochen und das Menü für das Erntedankfest festgelegt.«

Henriette wirbelte herum und schaute Eduard verständnislos an. »Das ist meine Aufgabe.«

Ihr Ehemann schüttelte den Kopf. »Deine Aufgabe ist es, mir eine treue Ehefrau zu sein, mir Kinder zu schenken und dich darum zu kümmern, dass der Haushalt ordentlich geführt wird.«

Henriette lachte bitter. »Eduard, mach dich nicht lächerlich. Ich werde dir Kinder schenken, ich werde mich um den Haushalt kümmern, und wenn es sein muss, dann bleibe ich dir auch treu, aber …« Sie trat einen Schritt auf ihn zu und stach ihm mit dem Finger in die Brust. »Wage es nicht, mir meine Leidenschaft nehmen zu wollen, wage es nicht, mich einzuschränken, was die Interessen des Hotels angeht. Sonst wirst du schon sehen, was passiert.«

Eduard öffnete den Mund, um zu einer Antwort anzusetzen, aber Henriette stellte sich auf die Zehenspitzen und presste ihre Lippen auf seine. Sie schmeckte Rauch und die Würze eines herben Weins auf ihrer Zunge und spürte, wie ein Pulsieren durch Eduards Körper zog.

Er liebte sie nicht. Und sie liebte ihn nicht. Das war beiden schnell bewusst geworden, aber er konnte sich der körperlichen Anziehung nur schwer entziehen. Obwohl Henriette das niemals ausnutzen wollte, tat sie es nun doch. Sie fühlte sich jedes Mal elend, wenn sie mit Eduard das Bett teilte, aber er hatte leider recht. Es war ihre Pflicht als Ehefrau. Obwohl ihr Herz sich jede Sekunde nach Ole sehnte. Sie löste sich von ihm und sah ihn ruhig an. Kein falsches Lächeln lag mehr auf ihren Zügen, das war vorbei.

»Du solltest vorsichtig sein, was du tust, Henriette«, murmelte Eduard abwesend. »Ich will nicht, dass du weiterhin so viel Verantwortung im Hotel übernimmst, du solltest gemeinsam mit meiner Mutter den Haushalt führen.«

»Mit deiner Mutter?« Es wunderte sie nicht, dass er ihre Drohung einfach überging, denn Eduard erwartete nicht, dass sie ernsthaft rebellieren würde, aber das würde sich noch zeigen. »Du willst mir wirklich sagen, dass ich wie deine Mutter sein soll?« Sie konnte die triefende Ironie nicht aus ihrer Stimme tilgen und sah, wie Wut über Eduards Züge flog.

»Wag es nicht, meine Mutter zu beleidigen.«

Henriette lachte rau und ging einige Schritte rückwärts. »Ich kann deine Mutter gar nicht beleidigen, das hat sie sehr gut alleine hinbekommen.«

»Schweig!« Eduard war im Nu bei ihr und packte sie unsanft am Arm. Wütend starrte er sie an, aber er hob nicht die Hand, wagte nicht, sie zu schlagen, und selbst der Griff am Arm war eher schwach.

»Lass mich los, Eduard. Wir wissen beide, dass du das nicht kannst.« Henriette lächelte ihn traurig an. »Und du willst es auch gar nicht.«

Eduard ließ sie mit einem Schnauben los und reichte ihr die Papiere, die er mitgebracht hatte. »Ich verlange von dir, dass du dich um das Diner kümmerst und mit meiner Mutter sprichst. Du wirst schon früh genug von deinen Aufgaben im Hotel ablassen, wenn du selbst Mutter wirst.« Seine Stimme klang gehässig, und etwas blitzte in seinen schwarzen Augen auf, als er sich umdrehte und ihr Zimmer verließ.

Henriette ließ sich auf die gepolsterte Fensterbank fallen. Sie verabscheute alles an dieser Ehe, und sie zürnte ihrem Vater dafür, dass er sie an Eduard verkauft hatte wie ein Pferd. Doch noch mehr Wut stieg in ihr auf, als sie daran dachte, dass er nun seinen Willen bekam. Dass er die Frau heiraten würde, die er liebte. Sosehr sie auch versuchte, ihrem Vater sein Glück zu gönnen, es gelang ihr nicht, und dafür schämte Henriette sich. Ihre Finger zerknüllten die Papiere, die Eduard ihr gegeben hatte, und sie drohte in trüben Gedanken zu versinken, doch da klopfte es an der Tür.

»Herein!«

»Guten Morgen, Schwesterchen«, begrüßte Sibylle sie.

Henriette lächelte sie an und musterte Sibylle eingehend. Sie war nun achtzehn Jahre alt und zu einer Frau herangewachsen. Das dunkelgrüne Kleid betonte ihre wunderschöne Figur. Auch die kindlichen Züge waren verschwunden – Sibylle erinnerte Henriette an ihre geliebte Mutter. Dieser leicht nach innen gewandte Blick, die Ernsthaftigkeit, die sie ausstrahlte, selbst wenn sie lächelte.

»Guten Morgen«, erwiderte Henriette und legte die Papiere beiseite. Müdigkeit zerrte an ihr, und in ihrem Magen grummelte es laut, ihr war schon seit einigen Tagen morgens übel. Ihr schwante Böses.

»Unsere …« Sibylle verzog das Gesicht zu einer Grimasse. »Unsere Stiefmutter möchte dich sehen.«

Henriette seufzte tief. Obwohl ihr Vater und Amalia noch nicht verheiratet waren und sie immer noch in Trauer war, verbrachte sie beinahe jeden Tag in der *Villa Sommerwind*. Sie benahm sich schon wie die Hausherrin und verlangte, dass Henriette und ihre Geschwister sie mit Stiefmutter anredeten, was die Kinder bis jetzt vehement verweigert hatten.

»Dann sollte ich den Drachen nicht warten lassen, oder?« Henriette erhob sich und zwinkerte ihrer Schwester zu.

Sibylle kicherte leise und ergriff Henriettes Hand, als sie an ihr vorbeiging. »Haben du und Eduard wieder gestritten?«

Eine beschwichtigende Lüge lag schon auf Henriettes Lippen, aber sie schluckte sie hinunter und nickte stattdessen. »Er will nicht, dass ich weiterhin so viel Verantwortung im Hotel übernehme.«

»Du sollst den Haushalt führen und seine Kinder zur Welt bringen?«

»Ja, das ist die Pflicht einer Ehefrau.«

Sibylle schüttelte skeptisch den Kopf. »So hat Mama es nie gesehen. Sie hat uns großgezogen und trotzdem mit Papa die Pensionen geführt. Eine Frau muss nicht nur das eine sein.«

»Woher hat meine Schwester nur diese weisen Worte?«, fragte Henriette und setzte sich mit Sibylle auf die Chaiselongue in ihrem Zimmer.

Sibylle zuckte mit den Schultern und errötete leicht. »Das habe ich irgendwo aufgeschnappt.«

»Sibylle.« Henriette legte ihrer Schwester die Hand unters Kinn und sah ihr prüfend in die Augen. »Hast du etwa jemanden kennengelernt?«

Sibylle schwieg, aber ein schüchternes Lächeln kräuselte sich um ihre Lippen. »Der Sohn von Ernst Damm, er …« Sie sprach nicht weiter und senkte den Kopf.

Henriette konnte sich ein Grinsen nicht verkneifen. Sibylle hatte mit dem stattlichen jungen Mann schon auf ihrer Hochzeit getanzt, er schien ein freundlicher Kerl zu sein.

»Hast du Vater schon davon erzählt?«

Sibylle schüttelte heftig den Kopf. »Ich will Vater überhaupt nichts erzählen!«

»Oh, Sibylle … ich möchte nicht, dass zwischen dir und Vater ein Bruch entsteht. Ich weiß, dass du ihn sehr lieb hast.«

»Aber du und er …«

»Es geht hier nicht um mich, Sibylle«, unterbrach Henriette ihre Schwester mit scharfer Stimme. »Es geht um dich. Und wenn du den jungen Kerl magst, dann möchte ich, dass du ihn Vater vorstellst und ihm erzählst, dass du etwas für ihn empfindest … Wie hieß er noch gleich?«

»Manuel.« Verträumt sah Sibylle ihre Schwester an. Sie sah so glücklich aus, so zufrieden mit sich selbst und der ganzen Welt.

»Dann geh zu Vater und sprich mit ihm über Manuel. Ich gehe jetzt zum Drachen.« Henriette erhob sich und küsste ihre kleine Schwester auf die Stirn.

Doch Sibylle hielt ihre Hand fest und sah sie flehend an. »Versprichst du mir, dass du auch mit Vater redest? Dass ihr euch wieder vertragt?« Tränen schimmerten in ihren Augen, und ihre Unterlippe bebte.

Ich kann nicht mehr mit Vater sprechen, dachte Henriette traurig, *ich habe kein Vertrauen mehr zu ihm.*

»Ich werde es versuchen, in Ordnung?«, erwiderte sie stattdessen. »Nun lass mich gehen, oder willst du, dass der Drache noch Feuer spuckt?«

Sibylle schüttelte rasch den Kopf und ließ Henriettes Hand los. Sie schenkte ihrer Schwester noch ein Lächeln und verließ dann das Zimmer. Mit schnellen Schritten ging sie in Richtung Salon, in dem Amalia Graff die meiste Zeit verbrachte. Sie öffnete die Tür und trat ohne Klopfen ein. Amalia saß auf einem Sessel nahe dem Fenster und las in einem Buch. Überrascht schaute sie auf und runzelte irritiert die Stirn, als Henriette zu ihr trat.

»Ich habe nicht gehört, dass du geklopft hast«, stellte sie fest.

»Das habe ich auch nicht«, entgegnete Henriette trocken.

Eine Falte erschien auf Amalias Stirn, und sie setzte zu einer Antwort an, aber Henriette ließ sie nicht zu Wort kommen.

»Sie wollten mich sprechen?«

Amalia schnalzte mit der Zunge. »Nun sei nicht so förmlich, Henriette. Wir sind bald eine Familie.«

Ich kann auf eine Familie mit dir als Stiefmutter wahrlich verzichten, dachte Henriette verbittert, verschränkte jedoch nur die Arme abwehrend vor der Brust.

»Du bist anscheinend nicht überzeugt davon, dass dein Vater mich heiratet.«

»Sollte ich das denn?«, fragte Henriette giftig.

Amalia Graff legte das Buch zur Seite und erhob sich in einer fließenden Bewegung. »Ja, das solltest du, Henriette. Sonst werden wir keine schöne Zeit zusammen haben, und du möchtest doch, dass es deiner Familie gut geht, oder nicht?«

»Drohst du mir?«

Amalia schenkte ihr ein zuckersüßes Lächeln und legte ihre Hand auf Henriettes Arm. »Nein, mein Kind, das muss ich gar nicht. Du wirst schon sehen, was passiert, wenn wir uns nicht gut verstehen.«

Henriette presste die Lippen zusammen, und ihre Hände ballten sich zu Fäusten. Sie verabscheute diese Frau aus tiefstem Herzen. Wie sie sich hier eingenistet und niemals wirklich um ihren Mann getrauert hatte, den sie anscheinend nie geliebt hatte.

»Wir werden sehen, was geschieht«, presste Henriette hervor. Sie fühlte sich so machtlos gegenüber Amalia Graff. Vielleicht weil ihr Vater Amalia liebte und Henriette nicht verstehen konnte, wie er seinen Kindern diese Frau als Stiefmutter antun konnte.

Amalia lächelte sie an. »Wir können sehr gute Freundinnen werden, wenn du es zulässt, Henriette. Ich will dir nichts Böses, aber ich habe mich in deinen Vater verliebt, und ich bin mir sicher, dass du das verstehst.«

»Bitte?« Amalia konnte unmöglich ihren Sohn meinen. Sie wusste bestimmt, dass Eduard sie nicht liebte und sie ihn ebenfalls nicht.

»Niendorf ist wirklich wunderschön, oder nicht? Ein ruhiger Ort mit großartiger Atmosphäre, und die Fischersburschen sind auch nicht zu verachten …«

Hitze stieg in Henriettes Wangen. »Wie kannst du …«, setzte sie an, doch da wurde die Tür zum Salon aufgestoßen, und ihr Vater trat ein.

»Meine Damen«, begrüßte er sie beide mit einem verschmitzten Lächeln und ging auf sie zu.

Er küsste Henriette auf den dunklen Schopf und hauchte Amalia einen zärtlichen Kuss auf die Wange. »Wie schön, dass ich euch hier antreffe. Besprecht ihr unsere Hochzeit?«

Henriette biss sich auf die Unterlippe und schwieg. Noch immer kreisten ihre Gedanken um die Worte, die Amalia Graff zu ihr gesagt hatte. Über den Niendorfer Hafen und die Fischersburschen.

Nein, sie konnte unmöglich von Ole wissen. Wobei … der Kurort war klein, und jeder kannte hier jeden, ein Gerücht schwappte schnell über die Dorfgemeinde hinweg, und vielleicht hatte man sie doch gesehen. Henriette sah Amalia aus den Augenwinkeln an, dieses spöttische Grinsen, diese stumme Drohung in ihrem Blick, und sie entschied, dass sie schweigen würde. Dieses eine Mal würde sie genau die Frau sein, wie jeder es von ihr erwartete.

»Ja, wir besprechen eure Hochzeit«, antwortete sie ihrem Vater und lächelte ihn an. »Wenn ihr beide mich entschuldigen würdet, ich möchte zu Mareike und ihrer Mutter, um schon eine Anprobe für dein Hochzeitskleid zu vereinbaren.«

»Wie reizend von dir!« Amalia klatschte begeistert in die Hände und zog Henriette in eine Umarmung.

Lieber Gott, ich möchte ihr am liebsten vor die Füße spucken. Henriette musste ein wenig grinsen bei dieser unfrommen Anwandlung und erwiderte die Umarmung stoisch.

»Das ist wirklich sehr lieb von dir, mein Kind. Gib gut auf dich acht und grüß Mareike und ihre Mutter von mir.«

»Das werde ich, Vater.«

Mit schnellen Schritten entfloh sie dem Salon. Bloß weg von dieser hinterhältigen Frau, die Henriettes größtes Geheimnis entdeckt hatte. Weg von ihrem liebesblinden Vater und dieser Scharade, die sie die nächsten Jahre würde ertragen müssen. Im Foyer herrschte reges Treiben, einige Gäste reisten gerade an, Dienstboten hievten Koffer durch die Halle zu den Zimmern der Gäste, die Zimmermädchen liefen eilig durch die Gegend, trugen Tabletts mit Getränken und Speisen durch die Halle. Henriette verließ die *Villa Sommerwind* und schaute nicht zurück. Dieser Ort, den sie für ihre Zukunft gehalten hatte, entpuppte sich immer mehr als ein Ort der Finsternis.

Ein Ehemann, der sie nicht liebte.

Eine Stiefmutter, die ihr drohte.

Und ihr Vater, der blind vor Liebe war.

Henriette ging durch den Kurpark zum Strand, schlüpfte aus ihren Schuhen und scherte sich nicht um die Blicke, die sie trafen, als sie mit den Füßen durchs seichte, eiskalte Wasser watete. Das

Rauschen der Wellen dröhnte in ihren Augen, ein harscher Wind zerrte an ihren Haaren.

»Und dies soll nun mein Weg sein, Mama?«, flüsterte sie den Wolken zu und spürte, wie Trauer ihr Herz zu übermannen drohte. Doch der Himmel schwieg. Die Welt antwortete nicht, und schon gar nicht ihre tote Mutter.

Henriette legte eine Hand auf die Brust, spürte den pulsierenden Herzschlag, und plötzlich drang ein Ziehen durch ihren Bauch.

»Vielleicht … vielleicht bist du ja meine Zukunft«, wisperte sie und strich mit der Hand über ihren Bauch, in dem sie meinte, neues Leben spüren zu können.

TEIL 2

KAPITEL 10

HENRIETTE

Timmendorfer Strand, Mai 1911

Eine Möwe flog in atemberaubendem Tempo über ihre Köpfe hinweg, schlug kreischend einige Haken und stürzte sich dann in die stürmische Ostsee, nur um im nächsten Augenblick mit einem Fisch im Schnabel wieder aufzutauchen.

Ein Frösteln ging durch Henriettes Glieder, und sie fuhr mit den Fingern durch den Sand. Die Sonne schien golden vom Himmel, und für Mai war es schon ziemlich warm, aber in der Nähe ihres Ehemanns war ihr immerzu kalt. Daran hatte sich in den sechs Jahren ihrer Ehe nichts geändert.

»Mama!« Der Ruf hallte über den Strand hinweg, Wärme erfasste ihr Herz, tauchte sie in Glück und Zufriedenheit, als sie sah, wie ihre Töchter Julia und Christine vom Wasser zu ihr herüberliefen.

»Nicht so stürmisch«, schalt Henriette Julia, die so schnell zu ihr gerannt war, dass der Sand aufspritzte und Eduard seine Tochter mit einem strengen Blick strafte.

Doch das sechsjährige Mädchen dachte nicht im Traum daran, sich für sein Verhalten zu entschuldigen. Stattdessen öffnete es seine Handflächen und hielt Henriette eine hübsche Sammlung kleiner Muscheln hin.

»Sind die nicht schön, Mama?«, fragte sie grinsend.

»Die sind wirklich schön, mein Schatz.«

Julia lächelte erfreut und legte die Muscheln sorgsam auf die große Wolldecke, auf der Henriette und Eduard saßen. Einige rote Haarsträhnen hatten sich aus ihrem geflochtenen Zopf gelöst. Sie setzte sich auf die Wolldecke und starrte verträumt auf das Meer vor ihnen.

Christine kam nun auch vom Strand her zu ihnen gelaufen, in ihren Händen einige Schilfpflanzen und Algen, die sie sorgsam auf ein Tuch zum Trocknen legte, das sie aus der Tasche ihres zitronengelben Kleides zog. Dann setzte sie sich schweigend neben ihre Schwester.

Ihr Kleid war im Gegensatz zu dem von Julia immer noch sauber, ihre schwarzen Haare ordentlich frisiert. Henriette betrachtete die Ältere der Zwillinge eingehend. Christine war wie die spiegelglatte Ostsee am frühen Morgen. Wie die Ruhe vor dem Sturm, indessen Julia der Sturm selbst war und ein Sommergewitter mit Blitz und Donner noch dazu.

Es überraschte Henriette nach wie vor, wie gegensätzlich ihre Töchter waren, wie unähnlich, obwohl sie Zwillinge waren. Wie Tag und Nacht, ein wenig so wie Eduard und sie selbst. Sie liebte ihn nicht, hatte auch nicht gelernt, ihn zu lieben, aber sie rauften sich zusammen für Julia und Christine. Damit wenigstens ihre Töchter ein glückliches Leben haben konnten, auch wenn Henriettes Herz sich jeden Tag schmerzlich nach Ole sehnte.

Trotzdem tat sie alles, damit es ihrer Familie gut ging, und Eduard ebenso. Heute würde er mit den Mädchen zur Schule in der Bergstraße gehen und sie dort für den Unterricht anmelden. Sie waren jetzt sechs Jahre alt, daher war es nun an der Zeit, dass sie den Unterricht nach den Sommerferien in diesem Jahr besuchten. Christine freute sich sehr darauf, denn sie hatte den unbändigen Wunsch, Menschen zu helfen, vielleicht sogar eines Tages Ärztin zu werden, und lag ihren Eltern schon seit einem Jahr ständig mit ihrem Wunsch in den Ohren, in die Schule gehen zu wollen. Doch damals hatten Eduard und Henriette sich dagegen entschieden, jetzt gab es keinen Grund mehr, Nein zu sagen.

Natürlich war Christines Traum kein Luftschloss mehr. Auch wenn es schwierig war, im Deutschen Reich als Frau an einer Universität angenommen zu werden, gingen immer mehr ehrgeizige junge Frauen diesen Weg. Die Welt war im Wandel begriffen, und ihre Töchter würden diese neue Welt beschreiten, dennoch war Henriette mulmig zumute, wenn sie an Christines Pläne dachte. Vor allem, weil Julia im Gegensatz zu ihr wenig ambitioniert schien, was völlig in Ordnung war in diesem Alter, aber Christine war eben anders. Neugieriger und wissbegieriger.

Mit einem traurigen Lächeln beobachtete Henriette, wie Eduard gemeinsam mit seinen Töchtern noch einmal zum Wasser ging, mit ihnen lachte und Muscheln sammelte.

Sie verstand nicht, wie Eduard ein so liebevoller Vater sein konnte, ihr hingegen jede Nacht die kalte Schulter zeigte. Sie einschränkte bei ihrer Arbeit in der *Villa Sommerwind* und ihr immer wieder vor Augen führte, dass sie nur die Frau an seiner Seite war – ein schweigender Schatten, der sich um den Haushalt zu kümmern hatte. Und um die Töchter.

Henriette unterdrückte ein tiefes Seufzen und richtete ihren Blick zur Seebrücke, die vor drei Jahren erbaut worden war. Sie war der ganze Stolz des Kurorts geworden, denn nun konnten die Ausflugsschiffe dort ankern und die Gäste ihre Fahrten unternehmen, ohne nasse Füße zu bekommen oder auf einem wackligen Boot zum Dampfer übersetzen zu müssen. Einige Urlauber flanierten schon über die Strandpromenade hinter ihnen. Kinder liefen durchs seichte Wasser, tollten wild umher, ihr Lachen stieg hinauf in den strahlend blauen Himmel.

Gerade legte die *Najade,* ein Ausflugsschiff des Kurorts, mit einem lauten Dröhnen an. Das prächtige Schiff erstrahlte in hellem Blau, die Fassade glänzte wie frisch gereinigt, und zwei Schiffsjungen sprangen von Deck auf die Seebrücke, um den kleinen Dampfer zu vertäuen. Eine Traube an Kurgästen hatte sich auf der Seebrücke versammelt. Sie würden mit der *Najade* über den Fischerort Niendorf bis nach Travemünde fahren und das wunderbare Wetter genießen.

Ein herrlicher Tag, um ihn mit der Familie zu verbringen. Nur war Henriettes Familie eine Scheinwelt, die sie seit nunmehr sechs Jahren aufrechtzuerhalten versuchte. Jeden Tag aufs Neue misslang ihr das kläglicher.

Du wirst deinen Weg finden, meine kleine Henni.

Es war die Stimme ihrer Mutter, die ihr immer wieder die Kraft gab, dieses Leben durchzustehen. Die ihre Sehnsucht nach Ole im Zaum hielt und ihre Tränen trocknete.

»Guten Morgen, Frau Graff!«

Irritiert sah Henriette sich um und erblickte einen Burschen am Strand, der sie mit einem spitzbübischen Grinsen ansah. Seine blonden Haare wehten wild im Wind, und er trug eine Angel über der Schulter.

»Siegfried!«, rief Henriette erfreut. »Grüß dich.«

Der Bursche lief zu ihr und neigte leicht den Kopf. »Ich hoffe, es geht Ihnen gut.«

»Mir geht es sehr gut. Mein Mann und meine Töchter sammeln gerade ein paar Muscheln, und du siehst aus, als möchtest du gerne ein paar Fische fangen?«

»Genau.« Siegfried grinste zufrieden. »Zusammen mit Ihrem Bruder, aber der scheint noch nicht aufgetaucht zu sein.«

Henriette lachte leise auf. »Ich dachte, dass du in sechs Jahren gelernt hättest, dass früh aufstehen und mein Bruder niemals zusammenpassen werden.«

Siegfried nickte ernst. »In der Tat, das musste mein Herr Vater auch feststellen.«

Siegfrieds Vater, einer der Lehrer in der Schule an der Bergstraße, hatte mit Hermanns Zuspätkommen wahrlich keine Freude gehabt. Viel zu oft hatte ihr Bruder die Schule nicht rechtzeitig erreicht und daraufhin in der Ecke stehen müssen.

»Siegfried!«, hörten sie da eine hektische Stimme rufen, und im nächsten Augenblick lief Hermann über den Strand zu ihnen.

Völlig außer Atem blieb er vor seinem Freund und seiner Schwester stehen und atmete rasselnd. »Bitte entschuldige …«, keuchte er.

Siegfried schüttelte den Kopf. »Dafür trägst du unseren Proviant und später die Fische«, murrte er.

Hermann wollte aufbegehren, aber er biss sich auf die Zunge und seufzte ergeben. »In Ordnung.« Sein Blick fiel auf Henriette, und er machte einen linkischen Diener. »Guten Morgen, liebste Schwester. Du siehst entzückend aus.«

»Geh lieber schnell angeln, bevor ich dir Beine mache«, entgegnete Henriette grinsend.

Aus ihrem kleinen Bruder war ein junger Mann geworden, der nichts von seinem stürmischen Gemüt verloren hatte. Obwohl er von seinem Vater langsam in die Arbeit in der *Villa Sommerwind* eingeführt wurde, türmte er immer wieder und schwänzte seine Lektionen, um lieber mit Siegfried angeln zu gehen oder die Dorfschänken unsicher zu machen.

»Das tue ich sofort, aber vorher muss ich doch meine hübschen Nichten begrüßen!«

Erst jetzt bemerkte Henriette, dass Eduard und ihre Töchter vom Wasser zurückgekehrt waren. Hermann ließ seine Angel in den Sand fallen und drückte Julia und Christine an sich. Die Mädchen kicherten begeistert.

Während die Zwillinge Hermann ihre schönsten Muscheln zeigten und darüber diskutierten, für wen sie eine Kette daraus basteln würden, schweiften Henriettes Gedanken ab. Zu diesen letzten sechs Jahren, die an ihr vorbeigezogen waren wie ein immerwährender Sturm. Sie fühlte jeden Tag diese innere Leere, diese Trauer, die sie zerriss. Sie wusste nicht mehr, wo sie hingehörte, ließ sich durch das Leben treiben wie ein Blatt im Wind.

Während Hermann noch ein paar eilige Worte mit Eduard wechselte und dann mit Siegfried davonstob, packte Henriette die Teller und Becher wieder in den Picknickkorb. »Wir sollten ebenso aufbrechen.«

»Schon?«, fragte Julia und zog einen Schmollmund.

»Ja.« Bestimmt sah Henriette ihre Tochter an, die wiederum zu ihrem Vater hinaufsah, doch der schüttelte den Kopf.

»Deine Mutter hat recht. Wir haben heute noch einige Dinge im Hotel zu erledigen, helft eurer Mutter einpacken, dann gehen wir zurück. Aber …«, Eduard beugte sich zu seinen Töchtern hinunter, »wenn ihr lieb seid, dann dürft ihr euch im Basar noch eine Kleinigkeit aussuchen.«

Die Mädchen grinsten ihren Vater verschmitzt an und packten in Windeseile gemeinsam mit Henriette alles in den Korb, was sie für ihr Frühstück mitgenommen hatten. Während Henriette Eduard den Korb reichte und sich selbst die Wolldecke unter den Arm klemmte, rannten ihre Töchter hinauf zum Strandbasar von Ernst Damm, dem Fotografen. Er hatte dieses Gebäude nahe der Strandhalle errichten lassen, kurz nach Henriettes Hochzeit mit Eduard. Es bot ein Sammelsurium aller möglichen Dinge, welche die Gäste für ihren Besuch am Strand brauchten – oder auch nicht, aber sie kauften sie trotzdem. Strandtaschen, so bunt wie der Regenbogen, Badekleidung für Jung und Alt, Spielzeug für die Kinder und kleine Mitbringsel für zu Hause – es gab nichts, was man nicht im Strandbasar fand. Julia und Christine liefen hinein, und Henriette warf ihrem Mann einen missbilligenden Blick zu. »Du verwöhnst sie.«

Eduard schnaubte belustigt. »Und du willst mir sagen, dass du das nicht tust, Liebste?« Seine Worte trieften nur so vor Ironie, und Henriette konnte dieses falsche Lächeln kaum ertragen.

Sie war nicht seine Liebste, und sie würde es auch niemals sein. Zu viel stand zwischen ihnen. Angefangen bei seiner Mutter Amalia bis hin zu ihrem Vater Eberhart, zu dem Henriette immer noch ein frostiges und wortkarges Verhältnis hatte.

»Ich versuche, unsere Töchter zu ehrbaren Frauen zu erziehen.«

Eduard hob scheinbar überrascht eine Augenbraue und warf Henriette einen merkwürdigen Blick zu. »Tust du das?«, fragte er süffisant. »Was soll denn aus unseren Töchtern werden, wenn sie mal erwachsen sind?«

»Jedenfalls nicht so schlechte Menschen, wie ihr Vater einer ist«, antwortete Henriette und beschleunigte ihre Schritte, doch Eduard bekam sie am Handgelenk zu fassen.

»Vorsichtig, meine Liebe. Du vergisst dich«, knurrte er drohend.

Henriettes Kehle zog sich zusammen, nur ein leises Krächzen kam über ihre Lippen. Gott, wann war sie zu so einer Frau geworden? Zu jemandem, der lieber schweigend in der Ecke stand, jeder Konfrontation so gut es möglich war aus dem Weg ging, um niemanden zu verärgern.

»Bitte lass mich los«, zischte sie Eduard zu und bemerkte aus den Augenwinkeln, wie ein Ehepaar, das über die Promenade flanierte, anhielt und sie abschätzig musterte. »Oder willst du, dass dein Verhalten den Ruf des Hotels schädigt?«

Sie konnte erkennen, wie die Wut hinter Eduards Fassade brodelte. Er biss sich auf die Unterlippe und ließ sie widerwillig los.

»Fein, aber vergiss nicht, wo dein Platz auf dieser Welt ist, Henriette.«

Es entbehrte nicht einer gewissen Ironie, dass er dieselben Worte benutzte wie ihre wundervolle Mutter, doch Henriette zwang sich zu einem Lächeln. »An deiner Seite, mein Gemahl, wie könnte ich das jemals vergessen?«

Sie blickte zum Basar und konnte den schwarzen und den roten Haarschopf ihrer Töchter durch die Scheibe erkennen.

»Sei so gut und bring unsere Töchter nach Hause, du kannst sie dem Kindermädchen überlassen. Ich werde schon mal gehen.« Henriette drehte sich um, aber Eduards eisige Stimme hielt sie zurück.

»Wohin gedenkst du denn zu gehen?«

Ihre Hände umklammerten die weiche Decke so fest, dass ihre Knöchel weiß hervortraten, doch sie bemühte sich um eine feste Stimme, obwohl ihr ein eisiger Schauer über den Rücken lief.

»Ich habe einige Dinge im Hotel zu klären, außerdem muss ich zu Mareike und danach zum Hafen, denn die neuen Lieferungen für frischen Fisch müssen abgesprochen werden.«

»Zum Hafen kannst du einen Burschen schicken, Nikolas zum Beispiel, und *ich* übernehme die Gespräche in der *Villa* und die Planung der Buchungen, falls du das vergessen hast.«

Henriette zog scharf die Luft ein und wirbelte zu ihrem Mann herum. »Das habe ich nicht vergessen, aber ich werde mir nicht alles von dir nehmen lassen, Eduard. Ich kümmere mich um den Haushalt und um unsere Töchter, ich organisiere die Bankette mit deiner Mutter und versuche, den Frieden in diesem Hause zu wahren. Also wage es nicht, mir noch mehr Aufgaben im Hotel zu entziehen.«

Erst nachdem die Worte wie von selbst aus ihr herausgesprudelt waren, bemerkte Henriette, dass sie mit dem Finger gegen Eduards Brust tippte, dass ihre Wut über sein Verhalten sie übermannt hatte.

Eduard starrte sie mit weit aufgerissen Augen an, dann huschte ein Lächeln über seine Züge. »Da ist sie ja wieder … ein Hauch der Frau, die ich vor sechs Jahren geheiratet habe. Wie schön, dass du dich nicht völlig verloren hast.«

Henriette öffnete den Mund, schloss ihn jedoch wieder, ohne

auch nur ein Wort zu sagen. Sie starrte Eduard nur unablässig an, während die Gedanken wie Funken in ihrem Kopf umherstoben.

Was zur Hölle redet er da?, fragte sie sich noch, während Eduard ihre Hand ergriff und einen Kuss darauf hauchte.

»Geh nur zum Hafen und kümmere dich um die Dinge, nach denen dein Herz verlangt. Aber sei so gut und vergiss nicht, dass du noch mit meiner Mutter über das anstehende Bankett sprechen musst.«

Mit diesen Worten wandte sich Henriettes Mann von ihr ab, hob die Hand zum Abschied und betrat dann ohne ein weiteres Wort den Strandbasar. Wie vom Donner gerührt stand sie da, starrte Eduard hinterher und wusste nicht, was er mit seinen Worten gemeint hatte. Doch bevor sie noch länger wie eine Statue auf der Strandpromenade herumstand, wandte Henriette sich hastig ab, raffte ihr Kleid und lief den Weg hinunter zu *Denkers Kurhotel* in den Park. Dienstmädchen fegten den Eingang des Hotels, und ein junger Bursche spannte zwei prächtige Rappen vor eine Kutsche, vermutlich um Gäste des Hotels vom Bahnhof in Pansdorf abzuholen. So Gott wollte, würde Timmendorf hoffentlich bald selbst an die Gleise angeschlossen werden, denn die Besitzer der Hotels und Pensionen beschwerten sich schon lange, dass ihre Gäste nur bis Pansdorf kamen und man im Sommer mindestens zwei Burschen zusätzlich einstellen musste, die diese abholten.

Völlig in Gedanken versunken, erreichte Henriette die Fußgängerpromenade, lief über die Straße und rannte vor der Eingangstür der *Villa Sommerwind* beinahe in Nikolas und Justus hinein, die gerade zwei monströse Koffer von einer Kraftdroschke hievten.

»Guten Tag, Frau Graff!«, rief Justus – der Kofferträger – ihr zu.

»Moin, ihr beiden«, erwiderte Henriette und legte irritiert den Kopf schief. »Warum bist du hier und nicht in der Küche, Nikolas?«

Nikolas zuckte mit den Schultern, fischte eine Münze aus dem Beutel an seinem Gürtel und reichte sie dem Droschkenfahrer, dann wandte er sich eilig an die Gäste, die vor dem Eingang warteten.

»Gehen Sie schon hinein, die Herrschaften. Am Empfang erhalten Sie Ihren Zimmerschlüssel, Ihre Koffer werden hinaufgebracht.«

Die Gäste nickten lächelnd, und eine Dame ließ mehrere Münzen in Nikolas' Hand fallen – ein üppiges Trinkgeld –, dann folgte sie ihrem Gatten ins Innere des Hotels. Erst dann wandte sich Nikolas wieder Henriette zu, nicht ohne Justus ein Lächeln zuzuwerfen.

»Herr Behring hat mir aufgetragen, mich irgendwo nützlich zu machen, denn er schreibt gerade die Einkaufslisten, wenn wir nachher zusammen zum Markt gehen.«

Nikolas war regelrecht in die Höhe geschossen innerhalb der letzten Jahre, ein Mann war aus ihm geworden, kein Küchenjunge mehr, sondern nun der Lehrling von Herrn Behring, der mit Feuereifer in der Küche jede Aufgabe übernahm.

Henriette betrachtete ihn eingehend, ihr Blick huschte zu Justus, und sie erkannte auf den Wangen des Burschen eine leichte Röte, ein Strahlen in seinen Augen, das sie von sich selbst kannte, aber nur in den Momenten, die sie am Niendorfer Hafen verbrachte.

»In Ordnung …« Henriette zögerte kurz. »Weißt du, wo meine Schwiegermutter ist?«

»Sie bespricht mit Herrn Bors die Buchungen im Sommer.«

Ein Lächeln zupfte an Henriettes Lippen. »Sehr gut, dann verabschiede ich mich wieder.«

»Aber, Frau Graff … Ihre Schwiegermutter hat schon nach Ihnen gefragt.«

»Dann sag ihr, ich musste mich nützlich machen.«

Nikolas nickte ihr verdattert zu. »Das … das werde ich tun.«

»Vielen Dank, Nikolas!« Henriette drehte sich auf dem Absatz um und hastete davon.

Sie würde die freie Zeit nutzen. Eduard würde ihr Verschwinden natürlich bemerken, aber letztlich war er doch dankbar, wenn sie sich nicht zu sehr in die Abläufe des Hotels einmischte. Und es gab Wichtigeres zu tun.

Sie ging zum Kutschstand und reichte dem Fahrer eine Münze. »Wohin soll es gehen, werte Dame?«

»Zum Niendorfer Hafen«, antwortete sie mit einem spitzbübischen Lächeln und stieg in die Kutsche.

KAPITEL 11

OLE

Es war brütend heiß in der Mittagssonne. Schweiß rann seinen Nacken hinab und befeuchtete seine Haare. Ein Keuchen kam aus seinem Mund. Ole lauschte dem monotonen Brechen der Wellen und hämmerte stetig Nägel in das neue Boot, welches seine Familie gerade baute.

»Dürfte ich dem Herrn eine Erfrischung anbieten?«, hörte er da eine Stimme hinter sich.

Lächelnd drehte Ole sich um und sah in Henriettes Gesicht. In das Gesicht der Frau, die er jeden Tag mehr liebte, obwohl Welten sie trennten. In den letzten Jahren hatte seine Mutter immer wieder versucht, ihn zu verkuppeln – erst vor einigen Tagen hatte sie ihm Isabel Markmann, die Tochter eines Handwerkers, vorgestellt –, doch Ole hatte all ihre Versuche, ihn unter die Haube zu bringen, erfolgreich abgewehrt. Und das lag an Henriette, auf die er sein ganzes Leben lang warten würde, wenn es sein müsste.

»Ich wünsche Ihnen einen schönen Tag, Frau Graff«, antwortete er und richtete sich auf.

Gott, sie sah wunderschön aus in diesem prächtigen Kleid. Ihr Haar war zu einer kunstvollen Frisur hochgesteckt, silberne Kämme glänzten darin.

Henriette lächelte ihn an und neigte den Kopf zur Seite. Ole spürte, wie sein Herzschlag sich beschleunigte und Wärme seine Glieder flutete. So war es immer, wenn er sie ansah. Wenn sie in seiner Nähe war und er sich im durchdringenden Blick ihrer blauen Augen verlor. Doch heute sah sie wieder traurig aus, auch wenn sie versuchte, es hinter einem Lächeln zu verstecken – Ole hatte gelernt, Henriette im Laufe der Jahre zu durchschauen.

»Du bist schon wieder fleißig«, stellte Henriette mit einem Blick auf das halb fertige Boot fest.

Ole nickte und ging einen Schritt auf sie zu. Flüchtig berührte er sie am Arm, sein Daumen strich über ihre warme Haut, und es brauchte nur wenige Sekunden der Berührung, um einen Funkenregen durch seinen Leib zu senden.

»Alles in Ordnung?«, flüsterte Ole und sah sich um.

Seine Brüder waren mit dem Vater zusammen aufs Wasser hinausgefahren, sie kümmerten sich um den heutigen Fang. Einige wenige Fischer hängten ihre Netze zum Trocknen auf, aber ansonsten war es ruhig am Strand. Die Kurgäste mieden diesen Platz immer mehr, der Gestank von Fisch und die kreischenden Möwen über ihren Köpfen hatten im Laufe der Jahre für immer mehr Zwist zwischen ihnen und den Fischern gesorgt. Doch noch weigerte der Bürgermeister sich beharrlich, den Fischern endlich ihren Hafen zuzugestehen, auch wenn dies die praktikabelste Lösung gewesen wäre.

Nicht viel hatte sich in diesen letzten sechs Jahren verändert – er war immer noch ein Fischer, er liebte Henriette immer noch von ganzem Herzen, und jeden Tag ging die Sonne aufs Neue auf.

Henriette zuckte mit den Schultern und deutete auf den kleinen Korb, den sie über dem Arm trug. »Ich wollte dich nur sehen und eine frische Limonade mit dir trinken.«

»Das freut mich sehr, aber …« Ole brach ab und seufzte leise. »Dann lassen Sie uns gemeinsam eine Limonade trinken.« Er zwang sich zu einem Lächeln und führte Henriette zu der kleinen Hütte, in der ihre Werkzeuge und einige Bretter für den Bau der Boote gelagert wurden.

Gemeinsam setzten sie sich auf die kleine Bank, und Ole beobachtete Henriette dabei, wie sie eine Glasflasche mit zitronengelber Limonade aus dem Korb zauberte und zwei dickbauchige Saftgläser. Er wurde dieses mulmige Gefühl nicht los, dass etwas geschehen war, was Henriette betrübte. Aber wenn Ole eines gelernt hatte in ihrer kurzen gemeinsamen Zeit, dann war es die Erkenntnis, dass man Henriette zu nichts zwingen konnte. Sie sprach nur dann ihre Probleme an, wenn sie keinen Ausweg mehr aus der Dunkelheit fand.

»Bitte schön.« Henriette reichte ihm einen mit Limonade gefüllten Becher.

»Danke.«

Zusammen starrten sie auf die stürmische Ostsee und lauschten den Wellen, beobachteten die gierigen Möwen und versanken in Schweigen. Wie von selbst tastete Oles freie Hand nach der von Henriette, und ihre Finger verhakten sich ineinander. Wie ein Blitz zuckte diese Berührung durch Oles Gedanken, und sein Herz wummerte in der Brust. Er linste zu Henriette hinüber, und Traurigkeit schwappte wie eine Welle über ihn hinweg. Wie sehr er sich doch nach ihr sehnte, wie ein Ertrinkender nach einem Stück Holz, einer Rettung vor dem nahenden Tod. Aber sie gehörte nicht ihm, und vielleicht würde es auch niemals so sein.

Henriette drehte den Kopf und sah ihn an. Ein trauriges Lächeln glitt über ihre Lippen, und sie strich mit ihrem Finger über seine Haut. »Weißt du …«, wisperte sie. »Manchmal würde ich gerne in ein Boot steigen und wegfahren. So weit es möglich ist, und nie wieder zurückkehren.«

Tränen funkelten in Henriettes Augen, als sie diese Worte aussprach. Ihre Stimme zitterte ein wenig, und sie drückte Oles Hand so fest, dass ein scharfer Schmerz durch seinen Arm schoss. Aber er wagte es nicht, sich zu rühren. Wagte nicht, diese Verbindung loszulassen. Aus Angst, dass Henriette sonst gehen oder für immer in der Dunkelheit verschwinden würde.

»Es tut mir leid …«, murmelte Ole und legte vorsichtig seinen Arm um Henriettes Schulter.

Es war ein Wagnis, ihr so nahe zu sein. Wenn irgendjemand sie sehen sollte und Henriette erkannte, würde die Nachricht sich wie ein Lauffeuer verbreiten, und Eduard Graff wüsste innerhalb weniger Tage, dass seine Frau sich mit einem einfachen Fischer abgab. Aber Ole konnte nicht anders, er fühlte ihre Trauer, sie drang schmerzhaft in sein Herz, legte sich wie eine kalte Hand um seine Kehle, nahm ihm die Luft zum Atmen.

Henriette schüttelte den Kopf und wischte sich eilig die Tränen aus den Augen. »Dir muss nichts leidtun.« Sie beugte sich zu ihm und hauchte Ole einen flinken Kuss auf die Wange.

Wie die Begrüßung einer guten Freundin oder einer Schwester. Von keinerlei Bedeutung und für sein Herz doch so kostbar. Sie hatten sich seit jener Nacht am Strand nie wieder auf den Mund geküsst, nie wieder so zärtlich berührt wie in diesem einen Moment, als die Zeit stillstand und nichts anderes von Bedeutung war als ihre pulsierenden Herzen unter den Fingerspitzen des anderen. Henriette hatte es nicht über sich gebracht. Sie wollte nicht wie ihre Stiefmutter Amalia sein, die ihren Mann betrog, ihre Familie in Gefahr brachte und sich dieser schmerzenden Sehnsucht hingab. Nein, so wollte Henriette Graff niemals sein.

»Doch, es tut mir leid. Wenn ich dir nur mehr hätte bieten können, dann hättest du nicht …«

»Nein, sag das nicht.«

»Aber es ist die Wahrheit«, entgegnete Ole und rückte ein Stück von ihr ab. Missmutig trank er seine Limonade aus.

Er hatte keine Ahnung, wie lange er dieser alles verzehrenden Sehnsucht noch standhalten konnte. Wie lange er seinem Herzen befehlen konnte, stark zu sein.

»Das Leben geht manchmal verschlungene Pfade, denen wir folgen müssen.«

»Aus welchem weisen Buch hast du das schon wieder?«

Henriette grinste ihn an. »Kein Buch, sondern Friederike Baltmund.«

Ole schüttelte den Kopf und lachte leise. »Diese Frau ist wirklich eine Weise.«

Henriette zuckte mit den Schultern und drehte den Becher gedankenverloren in den Händen. »Ich wollte dich sehen«, sagte sie und fuhr sich mit der Zunge über die Lippen. »Ich wollte einfach bei dir sein, bevor ich mich nachher wieder mit meiner Stiefmutter abgeben muss. Bevor ich wieder so tun muss, als wäre alles in Ordnung.«

»Ich weiß, und ich bin froh, dass du hier bist. Das bin ich immer, Henriette.«

Sie hob den Blick und lächelte ihn an. Das Strahlen ihrer blauen Augen rührte etwas in Oles Herz, was er nicht genau benennen konnte. Da stand so vieles zwischen ihnen, und doch genügten diese Momente, um ihm begreiflich zu machen, dass er alles für Henriette tun würde. Dass er sie niemals allein lassen und sie immer lieben würde.

»Ich bleibe an deiner Seite«, versprach Ole ihr.

Ein verstohlener Blick, doch nichts als eine weitere Möwe am Himmel, dann hauchte er ihr einen Kuss auf die Wange, und ein leises Lachen entschlüpfte Henriettes Lippen. Ole wollte ihr gerade vorschlagen, dass sie gemeinsam noch eine kleine Runde durch Niendorf spazieren könnten, als er aus den Augenwinkeln in der Nähe des Schilfs bei den Dünen eine Bewegung wahrnahm. Ruckartig versteifte sich sein Körper, und er erhob sich. Der Becher fiel scheppernd zu Boden, und Henriette starrte ihn erschrocken an.

»Was ist denn passiert?«

Ole kniff die Augen zusammen, sein Blick verweilte auf dem Schilf, das im Wind schaukelte. »Dort hinten beim Schilf nahe der Düne … nein, schau nicht direkt hin«, mahnte er Henriette.

Sie neigte den Kopf zur Seite, schenkte sich noch einen Schluck Limonade ein und spähte nur für den Bruchteil einer Sekunde zur Düne, dann hörte Ole, wie sie scharf die Luft einzog und sich ebenfalls erhob. Ohne dass Ole sie aufhalten konnte, stampfte Henriette durch den Sand, steuerte direkt auf die Düne zu, wo Ole den roten Haarschopf entdeckt hatte.

»Julia!«, rief Henriette erbost, und Ole sah, wie sie ihre Tochter am Arm packte und aus dem Schilf hervorzog.

Doch zu Oles Überraschung ging Henriette noch tiefer ins Schilf und zerrte eine zweite Person heraus, die Ole nur zu gut kannte. »Verdammt und zugenäht, was tust du hier, Paul?«, herrschte er seinen jüngeren Bruder an, der mit schuldbewusster Miene zusammen mit Julia und Henriette zurück zur Hütte kam.

Oles Hand zitterte unkontrolliert, eilig ballte er sie zur Faust, er hoffte, dass niemand seine Angst bemerkte, doch tausend Gedanken zuckten schon durch seinen Kopf.

Wenn sie gesehen haben, wie ich Henriette küsse. Wie wir uns an den Händen halten, wenn sie …

»Was tust du hier, Julia?« Henriettes zornige Stimme unterbrach Oles Gedanken, und er betrachtete das kleine Mädchen.

Julia verschränkte die Arme vor der Brust und sah ihre Mutter trotzig an. Ihre roten Haare wirbelten im Wind, umrahmten ihr blasses Gesicht, und ihre blauen Augen schienen Ole voller Abscheu zu durchbohren.

»Julia Maria Graff!« Henriette kniete sich vor ihre Tochter in den Sand und umfasste ihr Kinn mit den Fingern. »Sieh mich an und sag mir, was du hier tust. Du solltest mit deinem Vater im Hotel sein …«

»Eher mit meiner Schwester beim Lehrer Hohlbein in der Grundschule …«, murrte die Kleine, und Ole musste ein Lachen unterdrücken.

Sie war wie Henriette. Stürmisch wie ein Orkan, nahm kein Blatt vor den Mund, und ihre ganze Haltung spiegelte die ihrer Mutter wider.

»Bist du schon wieder getürmt?«

»Christine hat nur noch darüber geredet, was sie alles in der Schule lernen will, was sie schon alles kann und was sie später mal werden möchte. Herr Hohlbein hat ihr ganz begeistert zugehört, und das war ziemlich langweilig«, antwortete Julia so trocken, dass Ole nun doch ein Lachen über die Lippen kam.

Henriette warf ihm einen scharfen Blick zu, aber ein Schmunzeln zuckte auch in ihren Mundwinkeln.

»Und wo ist euer Vater?«

Julia zuckte mit den Schultern. »Er hat mit Herrn Hohlbein gesprochen, hat uns bis zur Schule begleitet, ist dann aber wieder los, weil er zu Herrn Damm musste. Eigentlich sollten wir warten, bis uns Großmutter Amalia von der Schule abholt, aber ich wollte das nicht, also bin ich alleine losgezogen.«

Henriette fluchte leise, und Ole mutmaßte, dass sie diesem Gespräch vermutlich auch hatte beiwohnen wollen, es aber vergessen hatte. Nun wandte er sich seinem kleinen Bruder Paul zu, der immer noch wie ein getretener Hund vor ihm stand, den Kopf gesenkt, und auf den Boden starrte.

»Und wie bist du hierhergekommen? Wenn ich mich nicht irre, hat Mutter dir Stubenarrest erteilt, weil du schon wieder nicht genug für die Schule gelernt hast.«

Paul murrte etwas Unverständliches und fuhr sich trotzig durch die blonden Locken. Sein kleiner Bruder war nun fast neun Jahre alt, einige Jahre älter also als Julia, und hatte jetzt schon keine Lust mehr auf die Schule. Ole schüttelte wütend den Kopf und legte seinem Bruder eine Hand auf die Schulter. »Sag was!«, forderte er ihn auf.

Paul hob den Blick und linste zu Julia. »Mir war auch langweilig«, gab Paul mürrisch zu. »Außerdem habe ich den halben Tag lang nur gelernt, so wie Mutter es von mir verlangt hat. Aber dann hatte ich Hunger und wollte zum Markt, denn niemand hat mir etwas zum Essen stehen lassen!«

»Ein Brot mit Butter war dem feinen Herrn nicht schmackhaft genug?«

Paul zog eine Grimasse. »Da habe ich dann sie getroffen!« Er zeigte auf Julia.

»Und dann seid ihr gemeinsam durch Niendorf gestreift, zwei, denen langweilig war und die Hunger hatten?« Ole konnte die Ironie nicht aus seiner Stimme fernhalten.

»Ungefähr so war das«, antwortete Julia und lächelte Paul an. »Wir wollten noch an den Strand, und dort haben wir dann …« Sie brach ab und sah wieder zu Ole, erneut flackerte Wut in ihren blauen Augen auf, und sie presste die Lippen zusammen.

»Was habt ihr gesehen?«, fragte Henriette leise.

Paul und Julia starrten sie schweigend an, keiner der beiden schien zu wissen, was sie darauf antworten sollten. Vielleicht wussten sie aber auch nicht recht, was sie wirklich gesehen hatten. Julia war erst sechs Jahre alt, Paul nur drei Jahre älter.

»Julia.« Mahnend sah Henriette ihre Tochter an, und Oles Herzschlag beschleunigte sich. Wenn sie ihrem Vater etwas sagte, wenn …

»Du hast ihn geküsst!«, rief Julia da wutentbrannt und trat einige Schritte zurück. Ihre kleinen Hände ballten sich zu Fäusten.

Ole zog scharf die Luft ein, und Henriettes Gesichtszüge entgleisten kurz. Ein Ruck ging durch ihren Körper, und sie sah Ole entsetzt an. Dann wandte sie sich wieder ihrer Tochter zu.

»Ich habe ihn auf die Wange geküsst.« Henriettes Stimme war blechern, ihre Worte kühl und unnahbar.

Julia verschränkte die Arme vor der Brust und presste die Lippen aufeinander. Zornesröte auf den Wangen, schaute sie ihre Mutter stur an.

»Das ist das Gleiche«, sagte das Mädchen.

»Ist es nicht!«, mischte Paul sich da ein, und bevor Ole seinen kleinen Bruder aufhalten konnte, ging dieser auf Julia zu und blieb ganz nah vor ihr stehen. »Hast du noch nie einen Kuss von deiner Mama auf die Wange bekommen? Man muss nicht gleich verheiratet sein, um sich zu küssen. Meine Mutter küsst ihren alten Schulfreund aus der Kinderzeit auch auf die Wange, wenn er aus Hamburg kommt und uns besucht. Und in Frankreich küssen sich alle auf die Wange.«

Wo hat er das denn nun wieder aufgeschnappt?, dachte Ole im Stillen, doch eigentlich war das nicht wichtig, denn Julia ließ die Arme sinken und schaute Paul nachdenklich an.

»Ist das wahr?«, fragte sie unsicher.

Henriette war die Erleichterung anzusehen, doch sie riss sich am Riemen und nickte. »Ja, das ist wahr. Ole ist ein guter Freund von mir. Er war nach Mareike einer der Ersten, mit denen ich Freundschaft geschlossen habe.«

Ihre Worte echoten in Oles Ohren, und sein Herz zog sich bei diesen Worten schmerzhaft zusammen. Ja, vielleicht war er wirklich nicht mehr als *ein Freund*. Vielleicht würde er niemals mehr werden, weil die Welt ihnen keine gemeinsame Zeit gönnte, weil sie nicht füreinander geschaffen waren.

Nachdenklich kaute Julia auf ihrer Unterlippe herum und seufzte schwer. Noch schien sie nicht wirklich überzeugt und blickte zwischen ihrer Mutter und Ole hin und her.

»Aber ich verstehe nicht, warum du hier bist und nicht bei Vater.«

»Weil dein Vater einige wichtige Dinge zu besprechen hat im Hotel, Ole aber heute auch mit ihm sprechen wollte, weil seine

Familie den Fisch für unser Hotel liefert. Da dein Vater aber keine Zeit hat, bin ich an seiner statt hier.«

Julia wich dem Blick ihrer Mutter aus und schaute aufs Wasser. Sie fuhr sich durch ihre feuerroten Haare.

Sie glaubt uns nicht.

Der Gedanke schoss wie eine Pistolenkugel durch Oles Kopf. Er hielt die Luft an, wartete nervös darauf, dass Julia etwas sagte, doch sie zuckte nur mit den Schultern, wandte sich dann ab.

»Ich werde jetzt nach Hause gehen, Mama.«

Henriette nickte und ergriff die kleine Hand ihrer Tochter. »Ich komme mit dir, mein Schatz. Herr Bergmann und ich haben alle wichtigen Dinge besprochen.«

Julia starrte an ihrer Mutter vorbei zu Ole, und da war irgendetwas in ihren Augen, ein merkwürdiges Flackern, das dafür sorgte, dass sich sein Magen zu einem schmerzhaften Knoten zusammenzog. Als wäre dieses Mädchen sein Untergang, was natürlich vollkommener Blödsinn war, denn Henriette wirkte mit einem Mal völlig unbesorgt, dass ihre Tochter ihrem Mann etwas sagen würde.

Sie erhob sich und wandte sich Ole zu. Steif streckte sie ihm die Hand entgegen, kein Lächeln mehr auf den Lippen, kein Glanz mehr in den Augen.

»Vielen Dank für das angenehme Gespräch, Herr Bergmann.«

Ole ergriff ihre Hand. Sie war eiskalt wie der erste Schnee im Winter. Und doch schien es Ole, als könnte er Henriettes Herzschlag unter seinen Fingerkuppen spüren, als wäre sie noch da. Diese Frau, der sein ganzes Selbst gehörte.

»Ich bedanke mich ebenso und lasse die Ware noch heute an Ihren Küchenchef liefern.«

»Vielen Dank.« Henriette trat einen Schritt auf ihn zu, und ehe Ole etwas erwidern konnte, hauchte sie ihm einen Kuss auf die Wange.

»Alles wird gut«, flüsterte sie ihm zu, ihre Worte tänzelten über Oles Haut, hinterließen einen warmen Schauder, der langsam seinen Rücken hinabrieselte. Sie sah ihm in die Augen, lächelte sanft und strich flüchtig mit den Fingern über seine Hand.

Dann drehte Henriette sich um und mahnte ihre kleine Tochter: »Sei höflich und verabschiede dich von Herrn Bergmann und Paul, und …« Sie sah ihre Tochter ernst an. »Und – nie wieder in den Dünen verstecken und lauschen, versprochen?«

Julia öffnete den Mund – wahrscheinlich zu einer frechen Erwiderung –, schaute dann jedoch Paul an und seufzte ergeben.

»Auf Wiedersehen, Herr Bergmann und Paul. Und ich werde mich nie wieder in den Dünen verstecken.«

Ole nickte dem Mädchen zu und starrte Henriette und ihrer Tochter sehnsüchtig hinterher, während sie den Strand verließen und immer kleiner wurden, bevor sie ganz aus seinem Sichtfeld verschwanden. Dann spürte er, wie sein kleiner Bruder ihm den Ellbogen in die Seite stieß und ihn frech angrinste.

»Du bist in diese feine Dame verliebt«, sagte er in einem höhnischen Singsang.

Ein Ruck ging durch Oles Körper, und er packte seinen Bruder unsanft am Kragen. Erschrocken starrte Paul ihn an, keuchte auf und versuchte, sich aus dem Griff zu befreien.

»Das wirst du nie wieder sagen«, zischte Ole seinem Bruder zu. Seine Gedanken wirbelten durcheinander, und seine Knöchel traten weiß hervor, so fest hielt er seinen Bruder gepackt.

»Lass mich los!«

»Schwör mir, dass du niemandem etwas sagen wirst«, knurrte Ole.

Pauls Augen waren weit aufgerissen, Angst spiegelte sich darin, und eine einzelne Träne lief seine Wange hinab. Aber Ole ließ ihn nicht los, obwohl er ihm leidtat und er seinem Bruder nicht wehtun wollte, doch er musste diesen Schwur aus Pauls Mund hören.

Niemand durfte erfahren, dass er in die Frau von Eduard Graff verliebt war, dass er vielleicht eines Tages seine Ehre verlieren würde, weil sein Herz ihn dazu drängte.

»Ole, ich …«, stammelte Paul leise.

»Schwör es mir. Das ist sehr wichtig.«

Paul seufzte ergeben und nickte. »Ich schwöre es dir. Bei allem, was mir heilig ist.«

Ole sah seinem Bruder in die Augen und erkannte keine Lüge darin. Nur Furcht und Unverständnis. Also ließ er ihn los, woraufhin der Kleine einige Schritte davonstolperte und seinen Kragen wieder richtete.

»Geh zurück nach Hause, Paul. Vater und die anderen werden bald vom Fischen zurückkommen, und du möchtest doch nicht auch noch Vaters Ärger auf dich ziehen.«

Paul schnaubte höhnisch. »Du wirst mich nicht verraten«, sagte er und trat auf Ole zu. »Das wirst du nicht, weil ich dich auch nicht verrate.«

Ole war sich nicht sicher, ob dies eine Drohung seines kleinen Bruders war, aber er nickte schweigend. Paul drehte sich auf dem Absatz um, sagte kein weiteres Wort und rannte davon. Ole sah ihm traurig nach und starrte hinab auf seine zitternden Hände. Es fühlte sich an, als würde all sein Glück wie Sand durch seine Finger rinnen, als hätte er alles verloren, was ihm etwas bedeutete.

Die Welt um ihn herum wurde stumm, seine Sicht verschwamm, und Ole spürte, wie Tränen seine Wangen hinabliefen. Er wusste nicht, wie lange er so im Sand gekniet hatte, und fragte sich, ob sein Leben jemals einen Sinn haben würde. Ob er Henriette jemals offen lieben dürfte.

KAPITEL 12

HENRIETTE

Julia hatte kein einziges Wort mit ihr gesprochen, während sie über die Strandpromenade zurück zur *Villa Sommerwind* gelaufen waren. Das ängstigte Henriette, denn sie war es nicht gewohnt, dass ihre Tochter freiwillig schwieg.

Deswegen hielt sie schweren Herzens im Kurpark an und hockte sich vor Julia hin. »Mein Schatz«, begann sie unsicher. »Möchtest du mir noch etwas sagen?«

Julia schüttelte stumm den Kopf und wich Henriettes Blick aus. Stattdessen blieb ihr Blick an einer Pferdekutsche hängen, die gerade über den schmalen Weg zu *Denkers Kurhotel* fuhr.

»Julia Maria Graff!«

»Mama?« Julia riss endlich den Blick von der Kutsche los.

»Ich möchte nicht, dass die Begegnung mit Ole Bergmann zwischen uns steht.«

Unbehaglich verschränkte Julia die Arme vor der Brust.

»Liebst du Papa?«

Henriette glaubte in diesem Augenblick, ihr Herz bliebe stehen. Sie hielt die Luft an, und ihre Hände begannen zu zittern. Seit ihrer Hochzeit hatte sie sich vor dieser Frage gefürchtet, hatte niemals eine Antwort darauf gefunden und immer die liebende Ehefrau gespielt. Eine Maske aufgesetzt und ihre wahren Gefühle vor der Welt verborgen.

»Ich …«, setzte sie an, nachdem sie mühsam wieder ausgeatmet hatte. »Das …«

»Du liebst Papa nicht«, stellte Julia fest. Ihre nächsten Worte waren noch leiser als ein Flüstern. Eher wie ein Windhauch, der durch die Blätter der Bäume streifte. »Ich habe es gewusst.«

»Was hast du gesagt?«

Julia biss sich auf die Unterlippe und blinzelte mehrmals, um die Tränen zurückzuhalten, die sich in ihren Augen sammelten. Eine seltsame Schwere legte sich um Henriettes Herz, sie beugte sich nach vorne, zog ihre Tochter in eine innige Umarmung und spürte, wie Julias Körper unter einem Schluchzen erbebte.

»Meine Kleine«, wisperte Henriette in Julias Ohr und hielt ihre Tochter im Arm.

Sie wartete geduldig, bis die Tränen versiegt waren und Julia sich von ihr löste. Ihre Augen waren geschwollen, und ihre Nase lief. Schniefend wischte Julia sich über die Wangen.

»Möchtest du mit mir darüber reden?«, fragte Henriette sanft.

»Tante Sibylle und Mareike haben über dich und Papa gesprochen …«, gab Julia zu, und gemeinsam setzten sie sich auf eine Bank im Kurpark.

»Was haben sie denn gesagt?« Henriette versuchte, ihre Stimme gelassen klingen zu lassen und ihrer Tochter nicht zu zeigen, wie aufgewühlt sie war. Julia verdiente keine Mutter, die vor ihr in Tränen ausbrach – es war Henriettes Pflicht, Kummer von der Kleinen fernzuhalten, wobei das bisher scheinbar nur mäßig funktioniert hatte.

»Ich habe sie belauscht.« Zerknirscht sah Julia ihre Mutter an, doch Henriette konnte nicht anders, als ihre Tochter anzugrinsen. Das war Julia durch und durch – ein freches, ungestümes Mädchen, welches sich nur ungern an Regeln hielt. »Sie haben gesagt, dass ihr immer weniger miteinander sprecht, Papa und du, und dass ihr zueinander *eisig* seid …«, setzte Julia an und verknotete die Finger.

Eisig – das konnte nur Mareike über ihre Beziehung zu Eduard gesagt haben.

»Und dann hat Tante Sibylle gesagt: Wie soll ihre Beziehung voller Liebe sein? Sie haben sich nie geliebt. Henriette wurde in diese Ehe gedrängt, obwohl ihr Herz für jemand anderen schlägt … Ich weiß nicht, worüber sie noch gesprochen haben, denn danach bin ich weggerannt.«

Henriette ließ die angestaute Luft aus ihren Lungen entweichen und starrte betreten auf den Trubel vor *Denkers Kurhotel*. Julias Worte hingen noch einige Zeit zwischen ihnen in der Luft, und Henriette brauchte eine Weile, bis sie die Tragweite des Gesagten verstand.

»Weißt du, Julia … manchmal muss man Dinge tun, die man nicht unbedingt will, aber man tut sie für die Familie, für ein höheres Wohl.«

Julia sah ihre Mutter zuerst verständnislos an, dann nickte sie kaum merklich. »So wie zur Schule gehen oder beim Essen gerade sitzen?«

Henriette strich ihrer Tochter lächelnd über den feuerroten Haarschopf. »Ungefähr so, ja. Aber manchmal sind es größere Dinge, die man zum Wohl der Familie tun muss, und dazu gehört manchmal auch, dass man jemanden heiratet, den man nicht unbedingt liebt.«

»Aber deswegen bist du jetzt unglücklich.«

»Das stimmt nicht, Julia, ich bin glücklich. Immerhin habe ich dich und deine Schwester. Ihr seid das größte Geschenk auf der Welt für mich, und wenn ich euren Vater nicht geheiratet hätte, dann hätte ich euch nicht.«

Schweigend starrte Julia auf den Boden. Henriette fühlte sich schäbig und wie eine schlechte Mutter. Sie hatte niemals gewollt, dass ihre Töchter herausfinden, dass sie ihren Vater nicht liebte. Die Mädchen sollten ihre Kindheit genießen, sie sollten so lange frei und unbeschwert leben, wie es ging. Henriette wusste selbst aus eigener Erfahrung, dass diese Zeit viel zu schnell vorbei sein konnte.

»Wollen wir zurück nach Hause?«, fragte sie ihre Tochter.

Julia erhob sich und sah Henriette an. »Ich hab dich sehr lieb, Mama, aber ich bin traurig, wenn du unglücklich bist. Ich glaube dir, dass du uns liebst und dass Herr Bergmann vielleicht nur ein Freund von dir ist …« Zögerlich tippelte ihre Tochter von einem Fuß auf den anderen. »Aber ich bin trotzdem ein wenig traurig, weil ich Papa sehr lieb habe.«

Henriette zog ihre Tochter erneut in eine Umarmung. Gierig atmete sie den kindlichen Duft ein, fragte sich insgeheim, ob ihre Tochter nicht viel zu schnell erwachsen wurde. Ob es ihr nicht das Herz brechen würde, wenn Julia irgendwann ihren eigenen Weg ging. »Das weiß ich«, murmelte Henriette ins Ohr ihrer Tochter. »Mir ist wichtig, dass du deinen Papa lieb hast, dass du dich mit ihm gut verstehst und ihr aufeinander achtgebt. Daran wird sich auch niemals etwas ändern, hörst du?«

Julia legte ihre kleinen Arme um Henriette, klammerte sich für wenige Sekunden an sie wie ein Neugeborenes und ließ sie dann eilig los. »In Ordnung.«

Henriette sah ihre Tochter nachdenklich an und nahm dann ihre Hand. »Dann lass uns zurückgehen.«

Gemeinsam liefen sie durch den Park zurück zur *Villa Sommerwind*. Die Fassade des prächtigen Hauses glänzte im goldenen Licht der Sonne, zwei Kutschen hielten vor dem Hotel, und nun erledigte Justus wieder alleine seine Arbeit.

»Guten Tag, Frau Graff, Fräulein Julia«, begrüßte er sie und lupfte seine Schiebermütze.

»Hallo, Justus!«, rief Julia erfreut, riss sich von ihrer Mutter los und schaute neugierig die vielen verschiedenen Koffer an, die er gerade von der Kutsche hob.

Henriette zog ihre Tochter sanft mit sich ins Hotel, denn Justus hatte Arbeit zu erledigen.

Im Inneren des Hauses herrschte reges Treiben. Gäste wurden am Empfang bedient, einige hatten es sich in den Sesseln und auf den Sofas gemütlich gemacht und wurden vom Personal mit frischen Getränken oder erlesenem Kaffee versorgt. Stimmengewirr drang an Henriettes Ohr, und sie spürte Herrn Bors' stechenden Blick, als sie mit ihrer Tochter am Empfang vorbei zu den Treppen ging. Dieser Mann schien es immer noch auf sie abgesehen zu haben, und er hatte seinen Hohn nicht verstecken können, als Henriette immer weniger Aufgaben im Hotel übernahm und er weniger als früher mit ihr sprechen musste. Trotzdem hielt er ihr immer wieder vor Augen, dass sie als Frau hier nicht willkommen war, dass sie schweigend im Schatten zu stehen und für ihren Mann die Führung des Haushalts zu übernehmen hatte.

Sie ging mit ihrer Tochter gerade hinauf in die Privaträume der Familie, da drangen schon hastige Schritte auf dem Flur an ihr Ohr, und oben angekommen, stieß Henriette fast mit ihrer Schwester Sibylle zusammen.

»Lieber Gott!«, rief Henriette erschrocken und stolperte rückwärts. Krampfhaft hielt sie sich am Geländer fest und sah ihre Schwester erbost an.

»Entschuldige!« Sibylle umklammerte ihren Arm und zog sie in den Flur. »Ich habe euch gar nicht bemerkt!«

»Wie auch«, antwortete Henriette murrend, »wenn du mit so viel Lagen Stoff durch die Gegend rennst, dass du nichts mehr siehst.«

Sibylle wurde rot im Gesicht und strich sich eine Haarsträhne aus dem Gesicht. Sie hatte ihre kindlichen Gesichtszüge im Laufe der letzten Jahre verloren, aber ihre Hilfsbereitschaft und ihre liebevolle Art waren wie früher.

»Sei nicht so mürrisch, schau dir lieber die schönen Kleider an, die ich zusammen mit Mareike und Friederike geschneidert habe … wo seid ihr überhaupt gewesen?«

»Am Strand«, antwortete Henriette hastig und warf ihrer Tochter einen kurzen Blick zu, doch Julia hatte anscheinend gar nicht zugehört und sich von der Hand ihrer Mutter gelöst, um in ihr Zimmer zu gehen. »Julia!«, rief Henriette ihr nach, doch schon schloss sich die Tür hinter dem Mädchen.

»Dieses Kind wird mich noch in den Wahnsinn treiben.«

»Nun sei nicht so streng mit ihr«, versuchte Sibylle ihre Schwester zu beruhigen. »Sie ist ganz wie du in dem Alter, wenn ich mich richtig an die Geschichten von Mutter und Vater über dich erinnere, die sie so gerne bei Festen zum Besten gegeben haben.«

Henriette schnaubte und verschränkte die Arme vor der Brust. »Ich war nie so.«

Sibylle kicherte leise und sammelte die Stofflagen und Kleider zusammen, die sie auf den Armen getragen hatte, um sie in eine Truhe zu verfrachten, die neben dem Geländer stand. »Das kannst du dir ruhig einreden, wenn du möchtest, aber ich weiß es aus sicherer Quelle.«

Henriette entgegnete nichts und schaute sich stattdessen auf dem Flur um, auf dem es ungewöhnlich ruhig war. »Wo sind mein Mann und …« Sie stockte, die Worte verhakten sich auf ihrer Zunge, und mit einem Mal schlug ihr Herz schneller.

»Du wolltest fragen, wo unsere Stiefmutter ist?«, fragte Sibylle keck. »Ach, warte … sie ist ja auch deine Schwiegermutter. Das vergesse ich immer wieder.«

Henriette stieß ihre Schwester in die Seite. »Hahaha«, machte sie wenig belustigt. Sibylle grinste sie nur schief an und zuckte mit den Schultern. Gemeinsam betraten sie den Salon und setzten sich auf die Chaiselongue.

Henriette hatte in diesen sechs Jahren, in denen Eduard und sie nun schon verheiratet waren, weder eine Beziehung zu Amalia aufbauen können, noch die Verbindung zu ihrem Vater kitten können. Sie sprachen kaum mehr ein Wort miteinander, das morgendliche Frühstück und auch das Abendessen waren wie ein Schlachtfeld, das Henriette betreten musste. Als ob sie sich dem

Kugelhagel in Form von spöttischen Worten aussetzen und trotzdem gute Miene zum bösen Spiel machen musste. Und das schon seit sechs Jahren.

Manchmal fragte Henriette sich, wie erschöpft eine Person sein konnte, bevor sie einfach umfiel, bevor die Welt sie in einen bodenlosen Abgrund zog und in Finsternis ertränkte.

»Du bist heute wirklich besonders schlecht gelaunt«, bemerkte Sibylle und schüttelte nachdenklich den Kopf. »Wobei dieser Glanz in deinen Augen schon verräterisch ist …« Sie beugte sich zu Henriette und schnupperte an ihr. »Du riechst nach Fisch!«

»Sibylle!«, zischte Henriette ihrer Schwester zu. »Du kannst mit diesen Informationen nicht umgehen wie auf dem Jahrmarkt!«, schimpfte sie wütend.

Sibylle legte die Stirn in Falten, schlug die Beine übereinander und sah Henriette ernst an. »Denkst du wirklich, dass dein Mann keine Ahnung davon hat, dass du dich mehrmals die Woche nach Niendorf schleichst, um deinen Liebhaber zu sehen?«

Henriette zog scharf die Luft ein und starrte ihre Schwester an. Die Welt vor ihren Augen verschwamm kurz, ein Keuchen kam aus ihrer Kehle. »Was … was meinst du damit?«

Ihre Schwester musterte sie und lehnte sich ein kleines Stück nach vorne. »Du denkst wirklich, dass niemand dich jemals in Niendorf gesehen hat? In all den Jahren?«

Es war, als würde eine eisige Hand nach ihrer Kehle greifen und ihr die Luft zum Atem nehmen. Kälte kroch von ihren Knöcheln über den Rücken empor, und Henriette erstarrte zur Salzsäule. Sie konnte kein Wort sagen, sie stand einfach nur da wie versteinert.

Sibylle seufzte tief, erhob sich langsam, ging zu Henriette und nahm ihre Hände. »Ach, Henriette … manchmal bist du wirklich naiv. Obwohl du so früh so viel Verantwortung übernehmen musstest und nicht mal deine Kindheit genießen konntest.«

»Ich …«, setzte Henriette an, aber Sibylle schüttelte sanft den Kopf.

»Du musst nichts mehr sagen, ich verstehe dich. Ich hätte Eduard auch nicht heiraten wollen, aber dass du wirklich glaubst, dass dich niemand je gesehen hat, dass hinter deinem Rücken geflüstert wird und dir manchmal merkwürdige Blicke zugeworfen werden, das ist fast schon ein wenig lustig.«

»Das ist nicht lustig!«, schrie Henriette plötzlich und entriss der Schwester ihre Hände.

Sie war selbst überrascht von der Heftigkeit ihrer Stimme, von dem Zorn, der in ihr brodelte wie ein prasselndes Feuer im Kamin. »Wenn das wahr ist, dann … dann …« Tränen rannen über ihre Wangen, und sie verbarg das Gesicht in den Händen. Sie spürte, wie Sibylle ihren Arm um Henriettes Schulter legte. »Bitte weine nicht … ich weiß immer noch nicht, was ich tun soll, wenn du weinst. Das hast du doch sonst nie getan. Du warst immer stark, und ich fühle mich ehrlich gesagt ein wenig überfordert, wenn du traurig bist.«

Henriette hob den Blick, und Sibylle schenkte ihr ein trauriges Lächeln. »Wer hat mich denn gesehen?«, fragte sie mit bitterer Stimme.

Sibylle schien mit sich zu ringen. »Amalia«, sagte sie dann.

Dieses eine Wort erschütterte Henriettes ganze Welt. Es stach ihr mitten ins Herz, brachte alles zum Wanken und stürzte ihre Welt in Dunkelheit. Sie schnappte nach Luft, unfähig zu begreifen, was ihre Schwester da gesagt hatte.

Amalia.

Der Name jagte durch Henriettes Innerstes. Wiederholte sich wie ein schmerzhaftes Mantra immer wieder, bis es der einzige Gedanke war, den Henriette noch fassen konnte.

»Wie kann das …«, setzte Henriette verwirrt an, als sich die Tür zum Salon öffnete.

Hastig wischte Henriette ihre Tränen fort, aber es war nicht Elise, die den Raum betrat, es war Amalia.

»Guten Tag, die Damen!«, begrüßte ihre Schwiegermutter sie überschwänglich, das Lächeln auf ihren Lippen gefror jedoch in dem Augenblick zu Eis, als sie Henriette genauer ansah. »Es scheint kein guter Tag zu sein«, stellte Amalia fest und neigte neugierig den Kopf zur Seite.

»Was tust du hier?«, fragte Henriette erbost.

Amalia zog überrascht die Augenbrauen hoch. »Ich wohne hier, falls du es vergessen hast«, antwortete sie sarkastisch.

»Leider kann ich das nicht vergessen.«

Amalia schnalzte missbilligend mit der Zunge. »Du scheinst heute schon wieder bester Laune zu sein, liebste Schwiegertochter.«

Henriette biss sich auf die Zunge, damit nicht noch ein ungehöriges Wort über ihre Lippen kam. Sie durfte den Graben zwischen sich und ihrer Schwiegermutter nicht noch weiter aufreißen. Nicht, nachdem sie jetzt wusste, dass Amalia sie mit Ole gesehen hatte.

Und sie hat nichts dazu gesagt, nicht mal zu Eduard oder deinem Vater. Findest du das nicht komisch?, fragte eine leise Stimme in ihrem Hinterkopf, doch Henriette ignorierte diese Worte. Sie hatte jetzt keine Zeit, sich darüber Gedanken zu machen.

»Bitte verzeih, Amalia. Ich bin ein wenig erschöpft«, versuchte Henriette, ihre Wut zu erklären, und zwang sich zu einem Lächeln.

»Ach, Kind. Du solltest nicht immer versuchen, all die Aufgaben im Hotel an dich zu reißen. Mein Sohn macht das ganz wunderbar, und dein Vater ist ebenfalls eine große Stütze bei der Arbeit.«

Henriette versuchte, diese Spitze nicht an sich herankommen zu lassen, aber ihre Hände ballten sich unwillkürlich zu Fäusten. Amalia schaffte es immer wieder, ihr vor Augen zu halten, dass sie in der *Villa Sommerwind* nichts mehr zu sagen hatte. Dass sie jetzt eine Ehefrau und Mutter war. Als ob die Mutterschaft keine anderen Aufgaben zulassen würde.

»Das freut mich sehr, aber ich bin ebenfalls in der Lage, Aufgaben in der Villa zu übernehmen. Immerhin habe ich das schon getan, bevor du und dein Sohn aufgetaucht sind.«

»Henni …«, hörte sie Sibylles Stimme hinter sich, die dabei vorsichtig ihren Arm berührte.

Doch Henriette wollte nicht mehr nachgeben. Sie wollte diesen Schmerz nicht mehr ertragen. Sie konnte nicht mehr.

»Oh, bitte entschuldige, dass ich und mein Sohn dein Leben schlechter gemacht haben«, antwortete Amalia leichthin und ging tänzelnd auf Henriette zu.

Einige rote Haarsträhnen umrahmten ihre feinen Gesichtszüge, die helle Haut wie Papier. Der Blick aus diesen grünen Augen war stechend scharf und jagte Henriette Angst ein. »Dann solltest du vielleicht zurück nach Niendorf gehen zu diesem Fischer, der dein Herz in Aufruhr treibt.«

Sie sah ihre Schwiegermutter an, sah sich selbst in der Spiegelung ihrer grünen Augen. Schweiß rann über ihren Nacken.

»Ich habe nicht …«

»Lüg mich nicht an, Henriette«, unterbrach Amalia sie barsch. »Wage es nicht, mich anzulügen, sonst wirst du es bereuen.«

Amalia hob die Hand und stach mit dem Finger gegen Henriettes Brust. »Merk dir, dass ich nicht deine Feindin sein will, dass mein Sohn nicht dein Feind sein will, und wir uns auch gewünscht hätten, einen anderen Weg einzuschlagen, wenn wir es gekonnt hätten. Aber das Leben ist kein Wunschkonzert, es ist wie ein verschlungener Pfad voll unentdeckter Wege. Jeder von uns trifft die Entscheidung, die für das eigene Überleben am wichtigsten ist.«

Ein unangenehmer Knoten zog sich in Henriettes Magen zusammen. Sie konnte dem Blick von Amalia nicht standhalten und schaute zur Seite. Enttäuschung über sich selbst, über die Unfähigkeit, dieser Frau etwas entgegenzusetzen, machte sich in ihrem Inneren breit.

»Du fragst dich vermutlich, warum ich dich nicht verraten habe«, sagte Amalia nun und musterte Henriette eingehend.

In der Tat, dachte Henriette bitter, aber erwiderte nichts.

»Nun … du scheinst genug Verstand zu besitzen, um niemals die Grenze zu überschreiten, die deine Ehe mit Eduard gefährdet hätte. Deswegen werde ich nichts sagen, denn sei dir gewiss, ich weiß, dass mein Sohn kein einfacher Mensch ist, aber ich weiß auch, dass er dir niemals Schaden zugefügt hat.«

Damit hatte Amalia leider recht. Eduard war selbstherrlich und arrogant, er nahm Henriette die Verantwortung in der *Villa Sommerwind,* aber er hatte niemals die Hand gegen sie erhoben. Insgeheim dachte Henriette, dass, wenn er sie geschlagen hätte, sie diese Grenze zwischen Betrug und Liebe schon lange überschritten hätte. Aber ihr Gewissen hielt sie immer noch zurück.

Außerdem hoffte ein winziger boshafter Anteil in ihrem Innern immer noch, dass sein Herzleiden ihn irgendwann hinwegraffen würde, so wie es seinem Vater geschehen war. Manchmal ging es Eduard tatsächlich schlecht. Dann war er weiß wie Papier, tiefe Ringe lagen unter seinen Augen, und das Atmen fiel ihm schwer. Doch Henni wusste genau, dass es nicht gerecht war, ihm den Tod zu wünschen. Dass sie niemals hatte so werden wollen, und deswegen verdrängte sie diese gemeine Stimme aus ihrem Kopf.

»Deswegen warne ich dich hiermit noch einmal, Henriette: Tu nichts Unüberlegtes, überschreite nicht diese Grenze, und vor allem …« Amalia legte eine Hand unter Henriettes Kinn und zwang sie, sie anzusehen. »Gefährde nicht das Glück deiner Familie.«

Mit diesen Worten wandte Amalia sich ab, schenkte Henriette noch ein winziges Lächeln, hob dann die Hand zum Abschied und verließ den Salon so eilig, wie sie ihn betreten hatte.

Henriette starrte mit offenem Mund auf die geschlossene Tür. Amalias Worte rauschten in ihren Ohren.

»Henni?« Sibylles Stimme drang wie durch Watte in ihr Bewusstsein.

»Das war nicht nur eine Warnung«, wisperte Henriette schockiert und schlang die Arme schützend um den Körper. »Das war auch ein Rat.«

»Wie bitte?«, fragte Sibylle verständnislos und stellte sich neben sie. »Was meinst du damit?«

Henriette schüttelte schweigend den Kopf und schaute nach draußen in den strahlend blauen Himmel, lauschte dem Rauschen der Wellen, dem Kreischen der Möwen. Versuchte Geborgenheit in ihrem Herzen zu finden.

Das weiß ich auch nicht so genau, dachte sie traurig und erinnerte sich an den Ausdruck in Amalias Gesicht. Da war so viel Schmerz, so viel Kummer gewesen, den sie nicht deuten konnte.

Aber ich werde es herausfinden. Ich werde herausfinden, wer du wirklich bist, Amalia Graff.

KAPITEL 13

HENRIETTE

Timmendorfer Strand, Februar 1912

Sanft rieselten die Schneeflocken zu Boden, hüllten die Welt in Stille und tauchten alles in eine weiße Decke aus Geborgenheit. Die klirrende Kälte jagte ein Zittern durch Henriettes Körper.

»Mir ist kalt, Mama!«, schimpfte Julia neben ihr und blieb abrupt stehen, sie verschränkte die Arme vor der Brust und sah ihre Mutter trotzig an.

»Julia, bitte.« Henriette massierte sich angespannt mit den Fingern die Nasenwurzel und unterdrückte ein Seufzen.

Ihre störrische Tochter blieb jedoch an Ort und Stelle stehen, die Nase gerötet von der Kälte, und die Hände zitterten selbst in den dicken Handschuhen, die Sibylle für sie gestrickt hatte.

»Warum müssen wir überhaupt dorthin?«, fragte Julia unleidlich und sah ihre Schwester Christine an, hoffte vermutlich auf Unterstützung von deren Seite, doch die Ruhigere der Zwillinge schwieg beharrlich.

»Ich habe dir bereits erklärt, dass die neue Kirche, die hier in Timmendorfer Strand erbaut wird, zu Ostern ihre Türen öffnen soll. Dein Vater und ich haben den Bau unterstützt. Nun sehen wir uns an, wie weit die Arbeiten vorangekommen sind, um zu Ostern ein großes Essen zu geben. Denn wir möchten die Einweihung der Kirche gemeinsam feiern können.«

Henriette seufzte tief und wünschte sich, dass Mareike an ihrer Seite wäre, aber ihre beste Freundin war noch in Hamburg, zusammen mit ihrer Mutter und ihrem älteren Bruder, der in dieser Stadt lebte und den Henriette erst vor einigen Jahren kennengelernt hatte.

»Und warum muss ich da überhaupt mitkommen?«

»Julia Maria Graff!«, herrschte Henriette ihre Tochter an. »Es reicht! Wenn du dich weiterhin so benimmst, dann schicke ich dich nach Hamburg zu deiner Großtante Martha, dann wirst du dort aufs Mädchen-Lyzeum gehen!«

Das saß. Julias Mund klappte erschrocken auf, und sie starrte ihre Mutter wie vom Donner gerührt an. Sie ließ die Arme sinken.

»Aber Mutter …«, stammelte sie entsetzt.

»Siehst du, nur weil du dich immer so schlecht benimmst, muss Mama dir drohen. Du bist wirklich ein Hohlspatz«, murrte Christine und schüttelte den Kopf.

»Was hast du gesagt?«, brauste Julia wütend auf, ihre Hände ballten sich zu Fäusten, und sie wollte tatsächlich auf ihre Schwester loszugehen, doch da ergriff Henriette ihren Arm und zog sie zurück.

»Hör auf«, schalt sie ihre Tochter.

»Aber ich hab doch gar nichts …«

»Na, na. Welche feinen jungen Damen streiten sich denn da in dieser Kälte vor einem Haus Gottes?«, unterbrach sie da eine Stimme, und Henriette sah sich irritiert um.

Ein Herr spazierte über den Waldweg zu ihnen herüber. Er trug einen dunkelgrauen, feinen Wollmantel, und Henriette konnte den Ansatz eines Priesterkragens erkennen. Seine rotbraunen Haare waren ordentlich gekämmt, einige Schneeflocken hatten sich im Stoff seines Mantels festgesetzt, sodass er wie vom Wind verweht aussah. Er blieb vor Henriette und ihren Töchtern stehen und lächelte sie schelmisch an. Graue Augen wie die eines Raubvogels musterten sie neugierig.

»Sind Sie Pastor Sebastian Homburg?«, fragte Henriette.

»In der Tat. Es freut mich, Sie kennenzulernen, Frau Graff.« Er streckte Henriette die Hand hin, und sie ergriff sie ohne Zögern.

Ein fester Händedruck, ein freundlicher Blick voller Zuversicht. Dieser Mann schien ihr der Richtige für die Anstellung in dieser Kirche.

»Es ist mir ebenso eine Freude. Das sind meine Töchter Julia und Christine.« Henriette deutete auf die Mädchen und ließ Julia vorsichtig los, nicht jedoch, ohne ihr einen scharfen Blick zuzuwerfen, sodass sie nicht noch einmal auf ihre Schwester losging.

Pastor Homburg beugte sich zu den Mädchen hinunter und lächelte sie freundlich an. »Guten Tag, die jungen Damen.«

Julia brummte etwas Unverständliches, doch Christine schenkte dem Pastor ein höfliches Lächeln. »Guten Tag, Herr Pastor.«

Der Mann sah Julia nachdenklich an. »Du scheinst nicht sehr begeistert davon zu sein, unsere schöne Kirche zu besuchen.«

Julia kaute nachdenklich auf ihrer Unterlippe und sah den Pastor an. »Es ist eiskalt und ein schrecklicher Tag, um draußen zu sein«, antwortete sie dann.

Pastor Homburg lachte leise auf und grinste Julia an, noch bevor Henriette mit ihrer Tochter schimpfen konnte.

»Nun, da hast du nicht unrecht. Dann zeige ich euch doch schnell unsere neue Kirche, und danach lade ich dich und deine Schwester zu einer Tasse Kakao in mein Pfarrhaus ein. Was hältst du von dieser Idee?«

Julia sah zu Henriette und versuchte sich an einem zaghaften Lächeln. »In Ordnung … ich bitte um Verzeihung für mein Benehmen.«

Henriette strich Julia über den roten Haarschopf und seufzte leise. Der Pastor hatte die Situation besser entschärft, als sie es geschafft hätte.

»Schon in Ordnung, mein Engel.«

Es ist nicht in Ordnung, du verwöhnst und verhätschelst das Kind, echote die Stimme von Amalia in Henriettes Kopf, doch sie verdrängte sie hastig. Sie führte diese Art Gespräch beinah jede Woche mit Amalia, und eigentlich wusste Henriette, dass ihre Schwiegermutter sogar ein wenig recht hatte mit dem, was sie sagte. Julia war ein aufmüpfiges Mädchen, das nicht gerne den Regeln folgte oder gehorchte. Aber noch wollte Henriette ihre Tochter nicht in eine Rolle zwängen, für die sie nicht bereit war. Noch war Julia klein, sie sollte ihre Kindheit genießen können, solange es möglich war. Und nur Gott wusste, wie lange es noch so friedlich bleiben würde.

Ihr Vater hatte heute Morgen gewettert, dass Unruhen im Land herrschten, dass die Engländer dem Deutschen Reich gedroht hatten, auf keinen Fall einen Krieg mit Frankreich anzuzetteln. Die Engländer waren durch eine Krise in Marokko nun mobilisiert, und Eberhart Hohnhold hatte seinem Sohn Hermann erklärt, dass das Deutsche Reich sich zu isolieren schien, dass diese ganze Situation irgendwann dramatisch enden könnte. Natürlich hatten Henriettes Mädchen diese Unterhaltung verfolgt, aber vermutlich noch nicht richtig verstanden, worüber sie ganz froh war. Noch waren sie Kinder, noch sollten sie diese Zeit der Unbekümmertheit genießen.

»Nun denn, darf ich die Damen zur Waldkapelle begleiten?« Pastor Homburg ließ Henriette aus ihren trüben Gedanken auftauchen, und sie nickte höflich.

»Sehr gerne, Herr Pastor«, antwortete sie.

Gemeinsam bogen sie in das Waldgebiet, das sich links von ihnen erstreckte, und sofort senkte sich eine herrliche Stille über sie. Eiskristalle funkelten im fahlen Sonnenlicht an den kahlen Ästen der

Bäume. Der Schnee lag mehrere Zentimeter hoch, und das Geräusch ihrer Schritte war nicht zu hören. Henriette beobachtete, wie ihre Töchter sich staunend umsahen, während sie den Weg zur Kapelle hinaufgingen, der nur mäßig von Schnee und Eis befreit war. Als sie die Kapelle erreicht hatten, drehte Christine sich zum Pastor um.

»Dürfen wir uns im Inneren umsehen, Herr Pastor?«

»Ja, natürlich«, antwortete er und schaute hinauf zum Dach der Kirche. »Wenn das Tauwetter zeitig einsetzt, dann sind wir pünktlich zu Ostern mit dem Bau fertig. Meine Predigt habe ich schon vorbereitet. Ich möchte mich nochmals bei Ihrer Familie bedanken, dass Sie den Bau der Kirche so unterstützen. Die Gemeinde ist Ihnen sehr dankbar.«

Henriette konnte sich ein kleines selbstgefälliges Lächeln nicht verkneifen, denn es war ihre Idee gewesen, den Bau der neuen Kapelle zu unterstützen. Natürlich hatten weder ihr Mann noch seine Mutter oder gar ihr Vater dies für eine gute Idee gehalten. Doch der Rückhalt der Gemeinde, der Bewohner des Kurorts, die sich schon so lange ein eigenes Haus Gottes wünschten, hatte gezeigt, dass die *Villa Sommerwind* gut daran tat, ihren Teil zum Bau beizutragen.

Henriette ließ den Blick über die Kapelle schweifen, die von mehreren Bäumen umsäumt mitten im Wald stand. Sie war aus hellem Holz erbaut, hatte ein spitzes Dach, das sich in den Himmel erhob und die Wolken zu durchstoßen schien, die heute besonders tief hingen. Die große Eingangstür mit Messingbeschlägen stand weit offen, sodass Schnee ins Innere wehte. Drei kleine Giebelfenster zierten die Fassade, links und rechts erhoben sich ebenfalls noch zwei spitze Dächer mit roten Schindeln.

»Die Kapelle ist wirklich schön geworden«, bemerkte Henriette und lächelte den Pastor an.

»Haben Sie vielen Dank. Dann lassen Sie uns doch ins Pfarrhaus gehen.«

Henriette nickte und rief nach ihren Töchtern, gemeinsam betraten sie die Bauernkate, die dem Pastor als Heim diente, und innerhalb weniger Sekunden ließ Henriette sich von der wohligen Wärme eines prasselnden Kaminfeuers einlullen.

»Ich möchte aufs Eis, auf die zugefrorene See!«, rief Julia überschwänglich und rannte über den Platz an der Uhr hinauf zur Strandpromenade.

Henriette sah ihrer Tochter mit einem matten Kopfschütteln hinterher. Vergessen war die Kälte, die Langeweile, sich eine Kapelle anschauen zu müssen. Stattdessen strotzte ihre Tochter nur so vor Übermut.

»Julia, warte bitte, ich weiß nicht …«, setzte Henriette an, doch Julia war schon außer Sichtweite. Sie sah zu Christine, die neben ihrer Mutter stehen geblieben war. »Schaust du bitte nach ihr?«

Christine verdrehte die Augen und schnaubte genervt. »Ich bin doch nicht ihr Kindermädchen!«

»Aber ihre Schwester.«

»Das Eis wird sie schon tragen, so schwer ist sie nun auch nicht.«

»Christine, bitte.«

Die Kleine zuckte mit den Schultern. »In Ordnung.« Sie lief los, und Henriette atmete erleichtert aus.

»Du solltest dir wirklich keine Sorgen um sie machen, das Eis trägt schon«, sagte plötzlich eine Stimme hinter ihr, und sie wirbelte überrascht herum.

»Mareike!«, rief sie aus und fiel ihrer besten Freundin in die Arme. »Du bist aus Hamburg zurück.«

Mareike erwiderte ihre Umarmung voller Freude, und Henriette konnte den schwachen fruchtigen Duft wahrnehmen, der ihre Freundin umgab.

»Das bin ich in der Tat, liebste Henni, und ich habe jemanden mitgebracht!« Mareike löste sich von ihr und ergriff ihre Hände, dann deutete sie hinter sich.

Henriette klappte der Mund auf, dann grinste sie erfreut. »Heinrich!« Sie zögerte nicht einen Augenblick und warf sich dem jungen Mann schwungvoll in die Arme.

Er drückte sie an sich und strich Henriette über den Rücken. »Seit wann bist du stürmisch?«, fragte er leise, und seine raue Stimme sandte einen Schauer über Henriettes Rücken. Ihre Finger krallten sich in den dicken Stoff von Heinrichs dickem Mantel, und sie schloss erleichtert die Augen. Gott, wie sehr sie Mareikes Bruder, ihren besten Freund vermisst hatte.

Nach den Wirren ihrer Hochzeit, nach dem Kummer, dass sie niemals mit Ole zusammenkommen würde, und der Wut auf ihren Vater hatte Mareike es sich nicht nehmen lassen, die unglückliche Henriette auf einen Ausflug nach Hamburg zu entführen. In ihre Heimat.

An den Hafen, wo die Fischer ihre Waren feilboten, wo Blumenmädchen bunte Sträuße verkauften und die feinen Herren und Damen der Gesellschaft über den Jungfernstieg flanierten. Zu Henriettes Überraschung hatte Mareike ihr erst in Hamburg offenbart, dass sie einen großen Bruder hatte, der Theaterschauspieler war und in Hamburg lebte:

Heinrich.

Der lebenslustige, witzige und ziemlich sarkastisch veranlagte Heinrich, der Henriettes Herz im Sturm erobert hatte und ihr bester Freund in all den schweren Tagen gewesen war.

»Ich freue mich nur so sehr, dass du wieder zurück bist«, murmelte Henriette an seiner Brust und löste sich dann von ihm.

Heinrich strich mit seinen eiskalten Fingern über ihre Wange und grinste Henriette an. »Du gehst auf die dreißig zu, du solltest dich mehr wie eine feine Dame verhalten.«

»Pah!«, machte Henriette. »Man spricht nicht über das Alter einer feinen Dame!«

Heinrich lachte auf und fuhr sich durch die weizenblonden Locken, der Schalk glitzerte in seinen graublauen Augen, und er grinste Henriette schelmisch an.

»Wie geht es dir, wilde Blume?«, fragte er und zog Henriette in eine weitere Umarmung.

Wilde Blume.

Diese Worte klangen wie eine wunderschöne Melodie in ihren Ohren, wenn Heinrich sie aussprach. Er hatte ihr diesen Kosenamen gegeben, als sie gemeinsam mit Mareike einem Blumenmädchen einen frischen Strauß Freesien abgekauft und sich die Blumen ins Haar geflochten hatten. Wie zwei kleine Mädchen hatten sie auf der Wiese an der Alster gesessen und viel gelacht.

Henriette zuckte mit den Schultern, und ein Frösteln brachte ihren Körper zum Zittern. »Ich schlage mich durch«, antwortete sie vage.

Heinrich neigte den Kopf fragend zur Seite. »Das ist keine so gute Antwort.«

»Ach, lass uns nicht über mich reden. Wie geht es dir? Warum hast du Simon nicht mitgebracht?«

»Er hat eine neue Anstellung als Anwaltsgehilfe gefunden, aber leider konnte er deshalb keinen einzigen Tag freinehmen. Er arbeitet nur noch, kannst du dir vorstellen, wie einsam ich bin?« Theatralisch verdrehte Heinrich die Augen, und Henriette lachte auf.

»Du tust mir so leid, Heinrich. Ein liebender Mann an deiner Seite, der dich glücklich macht. Ein Dach über dem Kopf und ein Engagement am Theater – dein Leben muss die Hölle sein.«

Heinrich und Simon lebten zusammen in einer schicken Wohnung in Hamburg, offiziell als zwei Junggesellen, die Freunde und Geschäftspartner waren. Inoffiziell waren sie das wohl liebevollste

Paar, das Henriette kannte, und alle, die in Heinrichs Leben wichtig waren, wussten, dass er Simon von ganzem Herzen liebte.

Mareike neben ihr kicherte schelmisch, und Heinrich zog beide Frauen in eine feste Umarmung. »Kommt her, ihr frechen Dinger! Ich habe euch wirklich vermisst.«

»Wir dich auch«, flüsterte Henriette.

Sie gönnte sich diesen kurzen Augenblick der Unbeschwertheit. Ließ die Sehnsucht in ihrem Herzen für einen Moment ziehen, Licht statt Finsternis in ihren Gedanken existieren. Nur sie und ihre besten Freunde in Geborgenheit und hell klingendem Lachen.

»Wollen wir jetzt mal nach deinen Töchtern sehen? Vielleicht sind sie doch schon im Eis eingebrochen«, schlug Heinrich leichthin vor.

»Heinrich!«, schalt Mareike ihren Bruder sofort, doch er winkte nur grinsend ab.

»Das war ein Scherz, holde Schwester.«

»Dein Scherz hat dafür gesorgt, dass Henriette wieder die Sorge ins Gesicht geschrieben steht.«

Henriette schüttelte eilig den Kopf. »Nein, nein … meine Töchter sind nicht dumm, sie würden nicht aufs Eis gehen, wenn es nicht trägt.«

»Siehst du …« Heinrich legte ihr beruhigend einen Arm um die Schulter. »Außerdem sind die Fischer heute Morgen schon zum Eisstockfischen aufgebrochen, und wenn diese erfahrenen Männer sich aufs Eis wagen, können das deine Töchter erst recht.«

Henriettes Herz machte einen aufgeregten Hüpfer, als Heinrich die Fischer erwähnte, und sie errötete leicht.

»Oh!«, machte Heinrich und hob die Augenbrauen. »Sehen wir vielleicht deinen Geliebten auf dem Eis?«

»Heinrich!« Nun war es Henriette, die ihn wütend ansah und ihm ihren Ellbogen in die Seite stieß, während sie den Weg zum Strand hinaufliefen. »Nicht so laut.«

»Wie lange willst du das eigentlich noch geheim halten? Wird es nicht langsam Zeit, dass ...« Er machte eine ausgreifende Handbewegung und zuckte mit den Schultern. »Ich meine, dein Mann könnte einen Unfall haben, ich habe gehört, feine Herren der Gesellschaft trinken gerne mal einen über den Durst und fallen dann eine Treppe hinunter?«

Mareike neben Henriette prustete los, winzige Lachtränen kullerten über ihre Wangen. »Bitte, sag solche Dinge nicht, sonst stell ich mir vor, wie der große, unglaublich wunderbare Eduard Graff eine Treppe hinunterfällt wie ein fünfjähriger Knabe im Halbschlaf!«

Wider Willen musste nun Henriette auch lachen, obwohl sie eigentlich so wenig wie möglich über ihren Gatten reden wollte. Obwohl sie nicht an Ole denken wollte, weil sie ihn seit einigen Monaten bewusst gemieden hatte. Aus Angst vor Amalia einerseits, auch aus Scham andererseits, denn sie fühlte sich schlecht in ihrer Haut. Sie wollte ihren Ehemann nicht betrügen, sie wollte ihre Familie nicht gefährden, aber ihr Herz sehnte sich so sehr nach Liebe.

»Du scheinst meine Idee nicht überzeugend zu finden?«, mutmaßte Heinrich und schaute sie ernst an.

»Du redest von ...« Henriette kam das Wort nicht mal über die Lippen, so sehr hasste sie Eduard nun auch wieder nicht.

»Ach ...« Heinrich winkte ab, als sie am Strand angekommen waren und an die zugefrorene Ostsee gingen.

Ein scharfer Wind fegte über das spiegelblanke Eis, und Henriette schlug den Kragen ihres Mantels hoch. Sie schirmte die Augen gegen die blasse Sonne mit der Hand ab und suchte auf der Eisfläche nach ihren Töchtern. Es waren viele Kinder dort unterwegs, einige trugen sogar Schlittschuhe und glitten jauchzend über das Eis. Fischer hatten sich in der Nähe der Seebrücke positioniert und große Löcher ins Eis geschlagen, jetzt standen sie mit ihren Angeln da, tratschen miteinander und genossen diesen herrlichen, aber frostigen Wintertag.

»Ich sehe sie!«, rief Mareike und zeigte auf eine Gruppe Kinder, die über das Eis liefen und anscheinend Fangen spielten.

»Julia! Christine!«, schrie Henriette, aber ihre Worte gingen in all dem Trubel unter.

»Lass ihnen doch den Spaß«, meinte Heinrich.

»Sie haben ihren Spaß gehabt, aber wenn Julia wieder ihr Kleid zerreißt, dann wird nicht nur mein Donnerwetter sie ereilen.«

»Du meinst, der Drache spuckt Feuer?«, fragte Mareike trocken, scheinbar wenig beeindruckt.

»Nicht nur der, sondern auch Eduard. Es wäre das dritte neue Kleid diesen Winter, das du ihr schneidern müsstest.«

»Onkel Heinrich!«, erschallte da ein Ruf über das Eis, und im nächsten Augenblick war Julia bei ihnen und warf sich in Heinrichs Arme.

Dieser stolperte einige Schritte zurück und wirbelte das Mädchen in der Luft umher. »Julia! Wie groß du geworden bist.« Er setzte die Kleine wieder auf ihre Füße, und sie grinste ihn an.

»Ja, oder? Christine und ich gehen auch schon zur Schule, aber es ist ziemlich langweilig«, erzählte sie ihm stolz.

Henriette konnte nur lächelnd den Kopf schütteln. Natürlich waren weder Mareike noch Heinrich Tante und Onkel für die Mädchen, doch für Julia und Christine gehörten sie zur Familie. Henriette war dankbar, dass sie solche Freunde an ihrer Seite hatte. Dass sie jederzeit zu Mareike kommen und ihrer Freundin ihr Leid klagen konnte. Dass Mareike seit jenem Tag im Frühling vor so vielen Jahren sie durch den Kurort geführt hatte, und dass diese Freundschaft nun schon so lange hielt, dass Henriette sich ihr Leben nicht mehr ohne Mareike vorstellen konnte.

Nun kam auch Christine zu ihnen gelaufen, aber sie wirkte nicht gerade fröhlich. Die Lippen fest aufeinandergepresst, blieb sie schweigend vor den Erwachsenen stehen.

»Mein Schatz …« Henriette kniete sich vor sie hin. »Was ist denn los?«

Christine schüttelte nur stumm den Kopf, aber ihr Blick ging zurück zur Eisfläche. Tränen funkelten in ihren Augen, und ihre Unterlippe bebte. Henriette folgte ihrem Blick, versuchte jemanden auf der Eisfläche auszumachen. Schnee wirbelte umher, Eiskristalle klammerten sich an die Pfeiler der Seebrücke, die sich aus dem Eis erhoben wie mächtige Monumente. Erst dachte Henriette, dass ihre Tochter einen Geist gesehen haben musste, dann jedoch erkannte sie jemanden auf dem Eis, und ihr Herz setzte aus.

»Mama?« Die Stimme von Christine drang kaum zu ihr durch.

Henriette konnte kein Wort sagen. Ihre Kehle war wie ausgetrocknet, in ihrem Kopf drehte sich alles, und sie hielt die Luft an. Sie wollte die Augen schließen, wollte, dass dies nur ein Traum war, aber tief in ihrem Innern wusste sie, dass dieses Bild nicht verblassen würde. Dass es sich für immer in ihr Gedächtnis eingebrannt hatte.

Sie erhob sich eilig und sah Mareike an. »Könnt ihr beide kurz auf die Mädchen achtgeben?«

»Was ist denn geschehen?«

Henriette schüttelte nur den Kopf, drückte die Hand ihrer Freundin und stob wortlos davon. Der gefrorene Sand knackte unter ihren Füßen, Kinderlachen lullte sie ein wie in einem Traum. Sie wollte wegrennen, sie wollte das Eis nicht betreten, sie wollte nicht sehen, was vor aller Augen offen dalag. Aber sie musste. Denn ihre Tochter hatte es auch gesehen. Und es war Henriettes Pflicht, sich diesem Affront zu stellen, nachzusehen, wer da mit ihrem Mann Eduard Arm in Arm über das Eis spazierte und die ohnehin bröckelnde Fassade ihrer Familie zerstörte.

KAPITEL 14

HENRIETTE

Ihre Schritte waren flink, ihr Gang weich, als ginge sie übers Wasser. Der eisige Wind zerrte an ihren Haaren, heulte eine grausige Melodie in ihre Ohren. Sie spürte ihre tauben Finger kaum noch, achtete nicht mehr auf die Menschen um sie herum. Näherte sich nur langsam den Pfeilern der Seebrücke, hoffte, dass sie mit ihrem schlichten schwarzen Mantel in der Menge der Menschen unterging. Hoffte, dass Mareike ihre Töchter ablenkte. Sie vielleicht auf eine Tasse Kakao in die Strandhalle einlud. Doch Henriette hatte nicht verhindern können, dass Christine ihren Vater gesehen hatte. Wie hätte sie auch ahnen können, dass sich Eduard vor aller Augen mit einer anderen Frau abgab.

»Einen schönen Sohn hast du da, Amalia«, murmelte Henriette erzürnt und huschte zum nächsten Pfeiler der Seebrücke.

Ihre Schuhe schlitterten auf dem Eis, und sie musste sich zusammenreißen, durfte keinen Eklat riskieren, obwohl sie gerne schnurstracks zu ihrem Mann gelaufen wäre und ihn zur Rede gestellt hätte. Henriette zog sich die Kapuze ihres Mantels tief ins Gesicht und spähte zu ihrem Ehemann und zu der Frau, die da an seiner Seite war und mit einem Mal herzlich auflachte, als hätte Eduard einen lustigen Scherz gemacht.

Sie kniff die Augen zusammen, um zu erkennen, wer es war. Die Frau trug eine schwarze Wollmütze, doch einige nussbraune Haarsträhnen umrahmten die markanten Gesichtszüge mit den hohen Wangenknochen. Sie trug einen dunkelblauen Mantel, unter dem ihre weiblichen Rundungen zu erkennen waren. Ihre Hand um Eduards Arm geschlungen, spazierte sie mit ihm über das Eis, und Henriette kam nicht umhin, sich einzugestehen, dass diese Frau eine Schönheit war.

»Es ist Margarete Harms«, erklang mit einem Mal eine Stimme hinter Henriette.

Sie wirbelte herum und sah in Mareikes Gesicht, konnte nicht glauben, dass sie so in Gedanken versunken gewesen war, dass sie nicht mal bemerkt hatte, wie ihre Freundin sich an sie herangeschlichen hatte.

»Du hast mich zu Tode erschreckt«, murmelte Henriette.

»Sagt die, die wie ein Geist auf die Ostsee gerannt ist und aussah, als ob der Tod hinter ihr her wäre. Du hättest auch einfach mit mir reden können«, entgegnete Mareike trocken.

Henriette fuhr sich mit der Zunge über die Lippen und sah wieder zu ihrem Ehemann, der mit Margarete Harms über die Ostsee spazierte. Er lächelte die Frau immer wieder an, seine dunklen Augen glänzten voller Freude, und sein Lächeln versetzte Henriette einen Stich. Sie legte eine Hand auf die Brust, spürte ihren Herzschlag unter den Fingerkuppen und lauschte in sich hinein.

Bin ich eifersüchtig?, fragte sie sich im Stillen, doch ihr Herz schwieg.

»Ich habe gedacht, dass Margarete einen der Söhne des Fischerfürsten Lender heiraten soll«, murmelte Mareike nachdenklich. »Aber anscheinend hat sie Gefallen an deinem Mann gefunden.«

»Das ist nicht lustig, Mareike.«

»Siehst du mich lachen?«

Henriette sah ihre Freundin an, und ihre Miene verzog sich zu einer spöttischen Grimasse. »Du grinst, und wenn deine Augen sprechen könnten, dann würden sie sich köstlich über dieses Dilemma amüsieren.«

»Du tust meinen Augen unrecht.« Mareike blinzelte mehrmals und trat ganz dicht an Henriette heran. »Dieser Blick kann nicht lügen.«

Sosehr Henriette ihre Freundin auch liebte, in diesem Moment wünschte sie sich, dass sich ein Loch im Eis auftat und Mareike verschluckte. Einfach damit Henriette still ihrem Herzen lauschen, damit sie diesen Schock verdauen, dieses Bild vielleicht doch noch aus ihrem Gedächtnis tilgen konnte.

»Mareike …«

Henriette kam nicht weiter, denn ihre Freundin zog sie in eine innige Umarmung. »Bitte entschuldige, das war unfreundlich von mir. Aber ich habe gedacht, dass er dir nichts bedeutet, dass dieser Affront deinem Herzen nicht wehtun kann.«

Ehe Henriette sichs versah, liefen Tränen über ihre Wangen, erstarrten im Wind zu kleinen eisigen Diamanten. Sie schniefte unfein, und ihre Finger krallten sich in Mareikes Mantel.

»Ich glaube, mein Herz ist gebrochen«, flüsterte Henriette verzweifelt.

Mareike strich ihr beruhigend über den Rücken. »Nein, ach nein, meine liebe Henni. Dein Herz ist nicht gebrochen. Es ist nur ein wenig verwirrt. Ich glaube, es weiß im Moment nicht, welchen Weg es nehmen muss, um nach Hause zu gelangen.«

Nach Hause.

Ein Wort, das Henriette so unendlich weit entfernt erschien. Ein Wort aus alter Zeit, als noch alles in Ordnung war. Die Welt heil und intakt. Irgendetwas an Mareikes Worten schaufelte all die Traurigkeit der letzten Jahre wieder an die Oberfläche ihres Bewusstseins, ließ Dunkelheit in jede Faser ihres Körpers sickern. Still fielen die Tränen zu Boden, verschmolzen mit dem Eis unter ihren Füßen.

Sie schluchzte leise und löste sich nur schwer von ihrer besten Freundin. Sie hatte diesem Gefühl nicht nachgeben wollen, welches schon seit einiger Zeit an ihr nagte. Da war diese finstere Ahnung, dass ihr Mann schon lange einen anderen Zeitvertreib gefunden hatte. Dass er nicht, wie er immer sagte, abends in den Lokalen saß oder mit anderen Hotelbesitzern ein feines Mahl einnahm.

Mareike schaute über ihre Schulter zu Eduard und schnalzte missbilligend mit der Zunge. »Er ist ein schlechter Mensch, ich hoffe, er kommt in die Hölle.«

»Mareike!«

»Du rügst mich immer noch, obwohl er dort mit Margarete Harms übers Eis spaziert? Schau dich doch an, Henriette. Er bricht dir das Herz, obwohl er dich niemals geliebt hat, und nun scharwenzelt er mit dieser … dieser …« Mareike stieß wütend die angestaute Luft aus den Lungen und verschränkte die Arme vor der Brust.

Wider Willen entlockten Mareikes Worte und ihr wütender Gesichtsausdruck Henriette ein Lächeln. Sie drehte sich um und wischte die Tränen von ihren Wangen, beobachtete, wie ihr Mann und Margarete Harms sich noch ein Stück von der Seebrücke entfernten und den Strand ansteuerten. Eduard sah sich argwöhnisch um, hastig presste Henriette sich wieder hinter den Pfeiler. Ihr Atem entließ kleine, weiße Wölkchen in die Luft, und ihre Finger krallten sich um Mareikes Hand.

»Was soll ich nur Christine erzählen?«, fragte Henriette.

»Du musst ihr nichts erzählen. Sie hat es schon lange begriffen. Deine Töchter sind nicht dumm!«

»Aber das ist ihr Vater. Verstehst du denn nicht? Ich kann ihnen nicht den Vater nehmen … ich kann nicht …«

»Papperlapapp!«, unterbrach Mareike sie unwirsch und zeigte mit dem Finger auf Eduard. »Meine Mutter hat meinen Vater auch zum Teufel gejagt, als er sie betrogen hat.«

»Deine Mutter ist vermutlich die einzige Frau auf dieser Erde, die das tun kann, ohne dass irgendetwas Schreckliches passiert«, entgegnete Henriette. »Außerdem …«

Sie hielt inne. Ihr Herz drohte zu bersten. Eduard und Margarete Harms hatten Schutz vor dem harschen Wind hinter einem der verlorenen Badekarren gesucht. Sie standen ganz nah beieinander, und obwohl Henriette wusste, was nun geschehen würde, konnte sie es dennoch nicht glauben. Ihre Hände zitterten unkontrolliert, ihr Herz raste, und sie keuchte auf.

Eduard beugte sich zu Margarete hinunter, seine Finger strichen über ihre Wange, und dann – küsste er sie.

»Herr im Himmel …«, wisperte Mareike. »Er soll doch wirklich in der Hölle schmoren.«

Henriette sagte nichts. Sie hatte das Gefühl, als würde die Welt aus den Angeln gehoben. Da stand er. Ihr Ehemann. Und küsste eine andere Frau. So voller Leidenschaft, wie er sie, seine Ehefrau, noch nie geküsst hatte. Seine Finger mit denen von Margarete verschlungen, seine Lippen auf den ihren. Henriette wünschte sich, das Eis unter ihren Füßen würde brechen und sie hinabziehen in die Tiefe der eisigen Ostsee. Sie bekam keine Luft mehr, und sie wankte.

»Henni …« Mareike hielt sie am Arm fest, stand mit ihr auf dem Eis. Schweigend, wie zur Salzsäule erstarrt.

Den Blick fest auf Eduard gerichtet. Wie er Margarete zärtlich über die Wangen strich. Gott, sie konnte sogar sein Lächeln sehen im Licht der fahlen Sonne.

Ihre Kehle schnürte sich zu, die Welt verblasste. Alles schien mit einem Mal klein und nichtig.

Was hast du denn gedacht? Dass er dir treu bleibt, obwohl er dich nicht liebt? Außerdem bist du ihm ja nun auch nicht wirklich treu, sagte eine spöttische Stimme in ihrem Kopf. Die Worte trieben Henriette erneut Tränen in die Augen, aber sie kämpfte gegen die Trauer an. Ballte die Hände so fest zu Fäusten, dass ihre Fingernägel ins Fleisch schnitten. Sie biss sich auf die Unterlippe, schmeckte Salz auf ihrer Zunge. Natürlich liebte sie ihren Mann nicht, sie liebte Ole. Aber sie hatte immer versucht, nie Grenzen zu überschreiten. Sie saß nur bei ihm, hatte ihn seit der Nacht, in der sie noch nicht verheiratet gewesen war, nie wieder geküsst.

»Bleib stark«, wisperte Mareike ihr zu.

Henriette nickte nur stumm. Sah, wie ihr Mann sich von Margarete löste und sich ein letztes Mal verstohlen umschaute. Dann verneigte er sich vor der Tochter des Gemischtwarenhändlers, küsste ihren Handrücken und ging über den Sand davon. Seine Silhouette wurde immer kleiner und kleiner, bis sie ihren Mann nicht mehr sah. Und in dieser Sekunde war es, als falle eine tonnenschwere Last von ihren Schultern. Henriette atmete gierig die frische, salzige Luft ein und beruhigte sich langsam.

»Geht's wieder?«, fragte Mareike und sah sie ernst an.

»Du darfst das niemandem erzählen«, beschwor Henriette ihre Freundin.

»Ich wollte es gleich dem Redakteur der Zeitung aus Lübeck mitteilen, das wäre doch mal eine Schlagzeile, oder nicht?« Mareike zwinkerte ihr zu, doch dann wurde ihr Gesichtsausdruck wieder hart, der Glanz verschwand aus ihren Augen. »Nicht mal Heinrich?«

Henriette schüttelte den Kopf. Nein, sie wollte nicht, dass ihr bester Freund von diesem Dilemma erfuhr. Von dem Affront, den Eduard vor aller Augen beging. Henriette hatte versucht, sich immer zurückzuhalten. Hatte Ole nur spät am Abend besucht, hatte ihn nur im Schutz der Dunkelheit auf die Wange geküsst und ihrer Sehnsucht nie ganz nachgegeben. Aber Eduard … Eduard hatte eine Frau geküsst, und er war sich bewusst gewesen, dass jemand ihn hätte sehen können.

»Nein, nicht mal Heinrich.«

Mareike seufzte ergeben. »Ich bringe diesen Kerl noch um. Das schwöre ich dir!«

»Du bist viel zu zartbesaitet, um jemanden um die Ecke zu bringen«, erwiderte Henriette trocken.

»Das ist geheim!«, ereiferte Mareike sich.

Henriette hakte sich bei ihr unter und zog sie mit sich über das Eis. Sie wollte dieses Bild aus ihrem Gedächtnis tilgen, es verbrennen und die Asche im Wind verstreuen.

»Lass uns nicht mehr darüber sprechen. Nie wieder.«

»Das kannst du nicht ernst meinen! Dein Mann betrügt dich vor aller Augen, und du willst ihn nicht zur Rede stellen?«

»Mareike, ich tue das Gleiche wie er. Denkst du wirklich, es würde irgendetwas ändern? Eduard würde zu seiner Mutter laufen, und Amalia würde meinem Vater brühwarm erzählen, dass ich einen Liebhaber habe. Glaub mir, sie wüsste schon, wie sie das ausschmücken müsste, damit mein Vater denkt, dass ich ein Flittchen bin.«

»Rede nicht so schlecht von ihm. Er liebt dich doch.«

Sie hatten den Strand erreicht, doch Henriette konnte ihre Töchter nirgendwo sehen. »Wo sind sie?«

»Heinrich ist mit den Mädchen zu meiner Mutter gegangen. Sie freut sich doch immer über ihren Besuch.«

Henriette seufzte schwer und schlang die Arme um den Körper. Ihr war eiskalt, ihre Gedanken waren wie betäubt. Sie wollte ihre Töchter abholen, aber eigentlich wäre sie am liebsten geflohen. Nicht zurück in ihr Zuhause, das ihr schon lange kein Gefühl von Heimat mehr gab. Das eher ein Gefängnis für sie geworden war.

»Nun …«, setzte sie an, aber Mareike hakte sich bei ihr unter und schüttelte den Kopf.

»Die Mädchen können auch noch ein wenig bei meiner Mutter bleiben. Wollen wir einen Kaffee trinken?«

Sie war dankbar, dass Mareike ihre trüben Gedanken anscheinend erahnte, und nickte willig. Gemeinsam gingen sie zur Strandhalle und betraten das Kaffeehaus. Wohlige Wärme legte sich um Henriettes Glieder, ein Feuer prasselte im Kamin, Scheite knackten leise, während die Flammen am Holz leckten.

»Guten Tag, meine Damen.« Ein livrierter Kellner kam auf sie zu und lächelte sie höflich an. »Ein Tisch für zwei? Dort am Kamin ist noch ein gemütlicher Platz frei.« Er deutete auf einen Tisch mit zwei Sesseln in der Nähe des Feuers.

»Sehr gerne«, sagte Mareike. »Und zwei Tassen Kaffee?«

Henriette nickte und schaute sich um. »Sowie zwei Stück Ihrer wunderbaren Marzipantorte, bitte.«

»Sehr wohl, wie die Damen wünschen.« Der Mann deutete eine Verneigung an und eilte davon.

Henriette und Mareike zogen ihre dicken Mäntel aus und setzten sich an den Tisch. Nur langsam begann Wärme in ihren Gliedern zu prickeln, noch immer klebte Salz an ihren Wangen, und Henriette fühlte sich elend. Durch ihre Gedanken zog das grausame Bild von Eduard und Margarete Harms. Dieser Kuss, der so viel zärtlicher gewirkt hatte als alles, was Henriette je von Eduard gewährt wurde.

»So, die Damen, Ihr Kaffee und Ihre Tortenstücke.« Der Kellner stellte die Bestellung auf den Tisch und lächelte Henriette und Mareike an.

»Haben Sie vielen Dank.« Mareike nahm sofort ihre Kaffeetasse in die Hand und schnupperte. »Du kannst mir sagen, was du willst, aber der Kaffee hier ist und bleibt der beste.«

Henriette grinste ihre Freundin an, ihre Hände legten sich um die Tasse, und sie genoss die Wärme, die in ihren klammen Fingern kribbelte. Tausend Fragen stoben wie ein Leuchtfeuer durch ihren Kopf, aber sie konnte keine einzige aussprechen, alles hatte sich verheddert wie ein Bund Fäden, die sie nicht mehr entwirren konnte.

»Wir haben nur noch Österreich als Bündnispartner!«, hörte sie da eine erboste Stimme hinter sich und wandte kaum merklich den Kopf.

Hinter ihrem Tisch, in einer dunklen Ecke des Kaffeehauses, saßen drei Männer in feinen Anzügen, die Zigarre rauchten und

Kaffee tranken. Verschiedene Zeitungen lagen vor ihnen, und die Stimmung schien aufgeheizt zu sein. Henriette erkannte, dass es Ernst Damm, der Strandfotograf, war, der da zusammen mit dem Direktor von *Denkers Kurhotel,* Adolf Denker, und Karl Völckers, dem Hauptmann der freiwilligen Feuerwehr, saß.

Die Männer schienen Henriettes Blick bemerkt zu haben, senkten die Köpfe und begannen zu tuscheln, einzig Herr Damm schenkte ihr ein beschwichtigendes Lächeln, welches sie höflich erwiderte.

Natürlich wollten die Herren nicht die Aufmerksamkeit einer Frau auf die Politik lenken. Sie dachten noch immer, dass Frauen mit solchen Themen nicht belastet werden sollten, doch Henriette wusste es besser. Sie drehte sich zu Mareike um und schaute sie auffordernd an. Ihre Freundin war gerade dabei, sich ein saftiges Stück Torte in den Mund zu schieben, und hielt mitten in der Bewegung inne. Mareike verdrehte die Augen, aß ihren Bissen Torte trotzdem erst einmal genüsslich, bevor sie sich zu Henriette beugte.

»Es ist wahr«, sagte Mareike schlicht.

»Ich brauche mehr Zusammenhang …?«

»Jetzt? Wirklich? Hast du nicht irgendwelche anderen Probleme als unsere deutsche Bündnispolitik?«

»Gerade nicht. Nein«, antwortete Henriette.

»Herr im Himmel, du bist eine wirklich merkwürdige Person.« Mareike schob sich ein weiteres Stück Torte in den Mund und trank einen Schluck Kaffee.

»Sagt das wandelnde Geschichtsbuch.« Mareike wusste viel mehr über Geschichte und Zeitgeschehen als Henriette, auch wenn Henni sich bemühte, sich immer ausreichend zu informieren. Aber ihre beste Freundin verfügte über viel mehr Wissen über die Politik, zum Beispiel wie verschiedene Länder zueinander standen und welche Bündnisse sie eingingen.

Und ihre Freundin scherte sich herzlich wenig darum, wenn die Männer sagten, dass ein hübsches Fräulein sich über solche Dinge nicht den Kopf zerbrechen sollte. Mareike tat es dennoch, weil sie der unerschütterlichen Meinung war, dass jeder für sein Wissen selbst verantwortlich war und man manches verhindern konnte, wenn man sich mit Geschichte und den Fehlern der Vergangenheit beschäftigte.

»Muss ich ganz vorne anfangen, oder reicht die Kurzfassung?«, fragte Mareike.

»Mir reicht es, wenn ich den Satz, den Herr Damm gesagt hat, verstehe«, murmelte Henriette und trank einen Schluck Kaffee.

Mareike trommelte mit den Fingern auf den Tisch und seufzte leise. »Die Herren machen sich bestimmt Sorgen, dass ein Krieg drohen könnte.«

Henriette legte den Kopf schräg und sah ihre Freundin ernst an. Das Wort löste in ihr rein gar nichts aus, weder Furcht noch Wut. Ob sie schon so abgestumpft war, dass die Aussicht eines Krieges sie nicht ängstigte?

Du hoffst wohl eher, dass dein Mann in den Krieg zieht.

Gerne hätte sie dieser spöttischen Stimme in ihrem Kopf gesagt, dass dies nicht die Wahrheit war, aber sie konnte es nicht leugnen. Ein Leben ohne Eduard klang verlockend, geradezu friedlich.

»Wir haben in den letzten dreißig Jahren viele Länder verärgert«, begann Mareike und senkte die Stimme. Dies war kein passendes Gespräch für ein Kaffeehaus, in dem die Leute guten Kaffee und Kuchen genießen wollten und Zerstreuung im Alltag suchten. Aber es interessierte Henriette zu sehr, als dass sie warten wollte, bis sie alleine waren, um alles zu verstehen.

»Es ist wahr, die Einzigen, die noch zu uns halten, sind Österreich-Ungarn, weil die deutsche Außenpolitik äußerst aggressiv vorgegangen ist in den letzten Jahren. Flottenwettrüsten mit England, Streitigkeiten mit Russland, welche zu einem zerbrochenen Bündnis geführt und dafür gesorgt haben, dass Frankreich und Russland sich angenähert haben. Wir haben vermutlich jeden Staat in unserem näheren Umfeld verärgert außer Österreich-Ungarn.«

Henriette verzog das Gesicht. »Aber warum …«, setzte sie an, als die Diskussion hinter ihnen wieder hitziger wurde und sie die wütende Stimme von Adolf Denker hören konnte.

»Wenn es dazu kommen sollte, dann steht es nicht gut für uns! Wie können Sie sagen, dass Sie sich einen Krieg wünschen? Wir haben nicht die Mittel, die Entente zu besiegen, falls es dazu kommen sollte!«

Henriette zog die Stirn kraus. »Die Entente, das sind Frankreich und England, richtig?«

»Und Russland«, antwortete Mareike, »und vermutlich werden sich ihnen andere Weltmächte anschließen, falls das Deutsche Reich der Meinung ist, weiterhin provozieren zu wollen, denn wir sind weitestgehend isoliert und von Ländern, die uns nicht wohlgesinnt sind, umzingelt.«

Henriette schluckte schwer und spitzte die Ohren, sie drehte sich kaum merklich zu dem Tisch der Herren um. Auch andere Gäste hatten den Blick auf die Männer gerichtet. Ihre Blicke abwertend und missbilligend, keiner wollte während der Kaffeestunde gestört werden von solchen Dingen.

»Nun beruhigen Sie sich, Herr Denker«, beschwichtigte Herr Damm den Hoteldirektor. »Sie sehen all dies viel zu engstirnig. Niemand hat gesagt, dass es dazu kommen wird, aber wenn … erwarten Sie wirklich, dass das Deutsche Reich sich nicht zur Wehr setzt? Die Spannungen im Land sind spürbar, es braucht nur einen Funken, um das Feuer zu entzünden.«

Adolf Denker schüttelte unwirsch den Kopf und griff nach seinem Mantel, den er auf dem Stuhl nebenan abgelegt hatte. »Sie sollten mit solchen Worten Vorsicht walten lassen, Herr Damm. Wir können so etwas nicht gebrauchen, oder denken Sie, dass Sie dann immer noch so viel Geld scheffeln mit Ihren schäbigen Fotografien wie jetzt, wo es um uns alle gut steht?«

»Autsch«, wisperte Mareike, »das war nicht gerade nett.«

Nein, das war es tatsächlich nicht. Dieser spöttische Ton in Herrn Denkers Stimme, als er über die Fotografien von Herrn Damm sprach. Dabei waren die Strandfotografien gute Reklame für den Kurort. Sie wurden auf Postkarten gedruckt, und Henriettes Familie hatte viel in den letzten Jahren mit Herrn Damm zusammengearbeitet. Ihre Gäste konnten wunderschöne Postkarten vom Strand und von der *Villa Sommerwind* kaufen, verbreiteten die Nachricht ihres großartigen Urlaubs unter ihren Verwandten, die demnächst mit etwas Glück ebenfalls Ferien im Kurort buchen wollten.

Es war ebenso Herrn Damm zu verdanken, dass Timmendorfer Strand auch Menschen aus Hamburg ein Begriff war, dass der Kurort allgemein immer populärer wurde.

»Nun ...« Herr Damm erhob sich, und Henriette erkannte, dass seine Hand zur Faust geballt war, doch der Fotograf schien seine Wut über diese Beleidigung noch zügeln zu können. »Wir werden sehen, was geschieht, Herr Denker. Aber, merken Sie sich das eine: Wenn meine Fotografien für Sie schäbig sind und anscheinend nicht wertig genug, dann ist unsere Zusammenarbeit hiermit beendet. Guten Tag.«

Ernst Damm zog seinen Mantel über, setzte seinen braunen Hut auf und schaute die Herren am Tisch kein weiteres Mal an, bevor er am Tisch von Henriette vorbeiging und den Strandbasar verließ. Ein kühler Wind heulte durch das Kaffeehaus, als er die Tür öffnete, und nachdem er fort war, hatte sich eine bleierne Stille über die Gäste gelegt. Nun starrten alle Herrn Denker an, der mit verkniffenem Gesichtsausdruck dastand, vor aller Augen vorgeführt wegen einer Diskussion über etwas, was noch nicht mal geschehen war.

»Das haben Sie großartig gemacht«, murmelte Herr Völkers in seinen dunklen Bart und zündete sich seine Pfeife an. Der stämmige Mann streckte die Beine von sich und schüttelte abfällig den Kopf. »Sie sollten sich bei ihm entschuldigen, sonst machen Ihnen die anderen Hotels noch all Ihre Gäste abspenstig.«

Adolf Denker murmelte etwas Unverständliches und ließ sich wieder auf seinen Stuhl fallen, die Arme vor der Brust verschränkt und mit einer tiefen Furche auf der Stirn. Vermutlich dachte er schon darüber nach, wie er diesen Zwist wieder kitten konnte, denn es war nicht ratsam, Herrn Damm oder einen der anderen Strandfotografen zu verärgern.

Henriette seufzte leise und aß ihr Stück Torte schweigend auf, hoffte inständig, dass Herr Denker sie nicht ansprechen würde, um sie in ein Gespräch zu verwickeln.

»Er hat aber recht …« Mareike fuhr mit den Fingern über den Rand der Kaffeetasse und wirkte sehr nachdenklich.

»Du meinst …« Zögerlich sah Henriette nach hinten, doch die beiden Herren starrten nur schweigend aus dem Fenster und sprachen kein weiteres Wort miteinander. Auch die übrigen Gäste des Kaffeehauses hatten sich wieder ihren Gesprächspartnern zugewandt. »Ein Funke würde reichen, um alles in Brand zu setzen?«

»Ja«, antwortete Mareike düster und winkte den Kellner zu sich. »Wollen wir hoffen, dass dieser Funke niemals zum Flammenmeer wird.«

Sie reichte dem Mann einige Münzen und nickte ihm freundlich zu. »Der Rest ist für Sie.«

»Vielen Dank, die Damen. Ich hoffe, Sie haben sich nicht allzu sehr gestört gefühlt durch dieses …« Er brach ab und deutete mit dem Kopf zum Tisch von Herrn Denker.

»Nein, machen Sie sich keine Gedanken. Als Frauen überhören wir solche Gespräche ohnehin.«

Nur mit Mühe unterdrückte Henriette ein belustigtes Schnauben und verschluckte sich beinahe an ihrem Kaffee. Mareikes zuckersüßes Lächeln und ihr naiver Blick waren zu komisch.

»Dann wünsche ich Ihnen einen schönen Tag, meine Damen.«

»Ihnen ebenso«, erwiderte Mareike.

Sie erhoben sich, schlüpften wieder in ihre Mäntel und verließen die Strandhalle. Noch immer konnten sie das Kinderlachen von der zugefrorenen Ostsee her hören. Der Wind pfiff um die Häuserecke, und die Luft roch nach Salz und Eis. Henriette schob die Hände in die Taschen ihres Mantels und lief mit Mareike durch den Park zurück.

Die Dächer der kleinen Häuser und Pensionen auf der Promenade waren mit einer dicken Schicht Schnee bedeckt, die wie Puderzucker glänzte. Ihre Schritte knirschten auf dem gefrorenen Untergrund, und ihr Weg führte sie zurück zur Schneiderei Baltmund.

Selbst das Olgaheim mit seiner weißen Fassade lag beinahe verlassen da. Im Winter waren weniger kränkliche Kinder im Erholungsheim, auch weil es immer noch nicht an die Wasserleitung angeschlossen war und die Schlafkammern nur mit Feuerholz beheizt werden konnten.

»Schau nicht so traurig drein«, bemerkte Mareike, kurz bevor sie die Schneiderei erreichten. »Du solltest deinen Kummer nicht vor deinen Töchtern zeigen. Sie müssen nichts von der drohenden Gefahr wissen.«

Henriette nickte schweigend und zwang sich zu einem Lächeln, obwohl ihr Herz zu zerspringen drohte.

»Du … du solltest Ole besuchen«, sagte Mareike leise.

Das schlechte Gewissen packte Henriette. Sie biss sich auf die Unterlippe und schaute in den Himmel. Graue Wolken schoben sich vor die Sonne, und in der Ferne war das Heulen des Windes zu vernehmen.

»Ich kann nicht.«

Mareike ging einen Schritt auf sie zu und griff nach ihren Händen. »Du kannst. Du darfst keine Angst vor deiner Schwiegermutter haben. Keine Angst davor, dass er dich irgendwann nicht mehr lieben wird. Außerdem hast du allen Grund, Ole aufzusuchen, nach dem, was heute geschehen ist.«

Ein winziges Lächeln huschte über Henriettes Züge. »In Ordnung, ich werde ihn besuchen. Aber jetzt lass uns hineingehen, ehe wir hier festfrieren.«

Mareike nickte und zog Henriette in eine sanfte Umarmung. »Du darfst dich nicht unterkriegen lassen.«

Sie erwiderte die Umarmung mit zitternden Armen. Alles war so schwer. Ihr Leben hatte sich beständig verändert seit dem Tag, an dem sie vor der *Villa Sommerwind* aus der Kraftdroschke gestiegen war. Und obwohl sie glücklich war, dass sie Mareike und Heinrich an ihrer Seite hatte, dass sie zwei gesunde Töchter zur Welt gebracht hatte und ihr Herz jemanden begehrte, wusste Henriette nicht genau, ob ihr Leben nun besser oder schlechter war.

Sie wusste nur, dass es nicht ewig so weitergehen konnte. Dass am Ende einer von ihnen – Eduard oder sie – nachgeben musste. Einen anderen Weg gehen würde als den, den ihre Familien für sie vorherbestimmt hatten.

Mit einem dumpfen Ziehen im Magen betrat sie die Schneiderei Baltmund. Lächelte ein mühsames Lächeln, zog ihre Töchter in die Arme und flüsterte Christine zu, dass alles gut werden würde. Doch ihre Tochter schien ihr nicht zu glauben, und Henriette nahm es ihr nicht krumm. Wie sollte sie etwas glauben, das nicht mal ihre eigene Mutter für die Wahrheit hielt?

Ach Mama, dachte Henriette im Stillen, während sie dem Gespräch von Mareike, deren Bruder und deren Mutter lauschte. *Ich vermisse dich. Und gerade jetzt bräuchte ich dich an meiner Seite. Ich habe das Gefühl, dass ich mich verirrt habe, nicht mehr weiß, welchen Weg ich gehen soll.*

Sie lauschte in ihrem Herzen auf eine Antwort, doch alles blieb still. Stattdessen heulte der Wind vor den Fenstern der Schneiderei Baltmund auf, verwehte einige verlorene Zeitungsblätter im Wind. Da kamen ihr die Worte ihrer Mutter in den Sinn, und wider Willen, trotz all der schlimmen Erfahrungen, die sie bereits gemacht hatte, und denen, die ihr vielleicht noch bevorstanden, musste Henriette lächeln.

Ein Blatt im Wind weiß niemals, wo es landen wird. Welchen Weg es zurücklegt. Es lässt sich einfach treiben. Manchmal, meine kleine Henni, müssen wir wie das Blatt sein. Unseren Weg mit geschlossenen Augen gehen und daran glauben, dass wir genau dort landen, wo wir hingehören.

KAPITEL 15

OLE

Niendorf, September 1913

»Ich verstehe nicht, warum du jede Frau ablehnst!«, ereiferte seine Mutter sich.

Ole wich ihrem unwilligen Blick aus und biss herzhaft in sein Butterbrot, doch er wusste, dass alle Mitglieder der Familie ihn anstarrten. Resigniert seufzte er und hob den Blick.

»Weil keine dieser Frauen zu mir passt«, antwortete er schlicht und betete zu Gott, dass seine Mutter es nun gut sein lassen würde, aber natürlich sprach Dorothea Bergmann wutentbrannt weiter.

»Sie passen nicht zu dir?«, rief sie höhnisch. »Was möchte mein werter Herr Sohn denn für eine Frau? Eine edle Gräfin? Eine Prinzessin? Die Tochter eines Offiziers?«

Nur Henriette Hohnhold, aber selbst die ist unerreichbar für mich, dachte Ole verdrossen, hielt aber den Mund.

»Dorothea, nun lass den Jungen doch in Ruhe!«, brummte Herbert Bergmann, sein Vater, und schaute verärgert von seiner Zeitung auf.

Ole schenkte seinem Vater ein dankbares Lächeln, der kopfschüttelnd einen Schluck Kaffee trank und seine Frau ernst ansah. Die blonden Haare seines Vaters waren im Nacken zu einem Zopf gebunden, einige Strähnen hingen ihm in die Stirn, das Gesicht war wettergegerbt, die grünen Augen ruhig, aber seine Hand zitterte leicht vor Verärgerung.

»Natürlich!« Dorothea warf die Arme in die Luft. »Du hältst wieder zu deinem Sohn! Es wäre schön, wenn wir wenigstens einen von ihnen unter die Haube bringen könnten!«

»Du kannst mich unter die Haube bringen, Mutter«, mischte Paul sich ein, der mit einem herzhaften Gähnen die Küche betrat und sich eine Pastete vom Tisch stibitzte.

»Du gehst erst mal zur Schule, damit aus dir noch was wird«, erwiderte seine Mutter streng.

Paul zog eine beleidigte Schnute, schnappte sich seinen Schultornister und verließ hastig das kleine Haus. Ole wollte sich ebenfalls erheben und zum Strand hinunter, doch seine Mutter hielt ihn auf.

»Nichts da! Du erklärst mir zuerst, was dich an Isabel Markmann gestört hat.«

Ole seufzte genervt und unterdrückte den Impuls, die Augen zu verdrehen, da er wusste, wie sehr seine Mutter das hasste.

»Mich hat nichts an ihr gestört«, antwortete er ehrlich.

Dorothea Bergmann sah ihren Sohn entgeistert an, eine steile Falte bildete sich auf ihrer Stirn, und sie schnaubte verächtlich. »Dann verstehe ich beim besten Willen nicht, warum du das arme Mädchen zum Teufel gejagt hast.«

Weil sie etwas Besseres verdient als mich. Weil sie jemanden verdient, der sie ehrlich lieben kann, und dazu werde ich niemals in der Lage sein, solange Henriette mein Herz gefangen hält.

Die Antwort auf diese Frage war so einfach wie kompliziert. Aber das konnte er seiner Mutter nicht sagen, denn Ole wollte sich nicht vorstellen, was für eine Diskussion er mit dieser Antwort lostreten würde.

»Herrgott, Dorothea!« Sein Vater legte endgültig die Zeitung zur Seite und sah seine Frau an. »Ole ist dir keine Rechenschaft schuldig, warum er dieses Mädel nicht mag. Er ist ein gestandener Mann, der eigene Entscheidungen treffen kann.«

Seine Mutter öffnete den Mund, starrte ihren Mann jedoch nur schweigend an und schnappte dann nach Luft.

Wie ein Fisch auf dem Trockenen, bemerkte eine boshafte kleine Stimme in Oles Kopf, aber auch wenn seine Mutter so ein Theater machte, war sie ein lieber und guter Mensch.

»Nun setz dich mit uns an den Frühstückstisch und hör auf, so eine schlechte Laune zu verbreiten«, schlug Herbert versöhnlicher vor.

»Wer verbreitet schlechte Laune?« Oles jüngerer Bruder Fabian tauchte im Türrahmen auf, hinter ihm sein Zwillingsbruder Fritz.

Die Burschen glichen sich wie ein Ei dem anderen: weizenblonde Locken, eine kleine Nase, schmächtiger Körperbau und dunkelgrüne Augen. Sie sahen sich so ähnlich, dass selbst Ole manchmal Schwierigkeiten hatte, sie zu unterscheiden. Doch sobald einer von ihnen das Wort ergriff, wusste man genau, wer Fabian und wer Fritz war.

Fabian war der aufmüpfige und vorlaute Zwilling, der, der von ihrem Vater immer wieder eins auf die Mütze bekam. Fritz hingegen war der ruhige, aber aufmerksame Bruder. Er sagte nicht mehr Worte als nötig und war trotzdem derjenige, der immer auf seinen Bruder achtgab.

»Setz euch und esst euer Frühstück«, grummelte Herbert.

Fabian zog eine Augenbraue hoch und warf Ole einen fragenden Blick zu, doch der schüttelte nur den Kopf. Er wollte das ganze Thema nicht noch einmal anschneiden und war froh, dass seine Mutter anscheinend genug hatte.

»Gehen wir heute aufs Boot, Vater?«, fragte Fabian und griff nach einem Stück Brot.

»Nur wenn Ole Zeit hat, etwas für mich zu erledigen«, antwortete Herbert beiläufig.

»Wen soll ich nun schon wieder bezirzen, damit unsere Ware gekauft wird?«, fragte Ole freundlich.

Denn es war nun einmal so, dass er nicht nur gut Boote bauen konnte, nein, er verstand es auch, Kunden in Verkaufsgespräche zu verwickeln und die besten Preise auszuhandeln. Das konnte er um einiges besser als sein wortkarger Vater, der noch ein waschechter nordischer Seemann war. Schweigsam und brummig auf den ersten Blick, aber mit einem gutmütigen Kern unter der harten Schale.

»Ich habe heute eigentlich ein Gespräch mit Herrn Hohnhold von der *Villa Sommerwind.*«

Ole zog scharf die Luft ein und versuchte, seine Gesichtszüge im Zaum zu halten. Allein der Name des Hotels jagte einen Schauer über seinen Rücken, und Henriettes Gesicht erschien vor seinem inneren Auge wie eine verlorene Erinnerung.

»Und … ich soll … dieses Gespräch übernehmen?«, stammelte er leise und ballte die Hand.

Lieber Himmel, er benahm sich wie ein Schuljunge, der eine Hausarbeit gnadenlos versemmelt hatte und nun Schimpfe von seinem Lehrer bekam.

»Geht es dir gut? Du klingst wie ein kleines Mädchen, das seine Puppe verloren hat«, neckte Fabian ihn und kassierte gleich im selben Augenblick eine Maulschelle von Ole.

»Halt lieber deinen frechen Mund!«

»Aber …«

»Fabian, Fritz! Nehmt euer Frühstück mit raus und geht schon mal zum Boot! Es reicht mir heute wirklich.« Herberts Stimme hatte einen bedrohlichen Unterton angenommen, und die Zwillinge erhoben sich eilig. Sie stolperten aus der Küche, als ahnten sie, dass ihr Vater heute keine bessere Laune mehr bekommen würde.

»Warum soll ich dieses Gespräch führen?«, fragte Ole. Er hatte nun genug Zeit gehabt, seine Fassung wiederzugewinnen.

Herbert sah ihn schweigend an und biss sich auf die Unterlippe. »Die Fänge der letzten Wochen waren nicht sehr gut, und wir konnten nicht die versprochene Quote liefern …«

Ole stöhnte auf und fuhr sich durch die widerspenstigen Locken. Dass sein Vater mit solchen Dingen auch immer erst um die Ecke kam, wenn es eigentlich schon zu spät war. Er dachte immer noch, dass er die ganze Last alleine tragen müsste, obwohl er vier Söhne und eine Frau an seiner Seite hatte, die ihm bei allem halfen.

»Du möchtest, dass ich mich entschuldige und um … Aufschub bitte?«

»Genau … wir können wieder ausreichend Fisch liefern, gestern war der Fang sehr gut, und alles wird ab jetzt nur für die *Villa Sommerwind* reserviert, aber trotzdem ist mir nicht wohl dabei, wenn ich daran denke, dass ich unsere Abmachung nicht erfüllt habe.«

Ole nickte bedächtig. Er wusste, dass sein Vater einen Batzen Geld dafür bekam, die *Villa Sommerwind* mit frischem Fisch zu beliefern. Es war mehr Geld, als sie zum Leben brauchten, und es ermöglichte der Familie nun schon seit einigen Jahren, ihr Haus im Sommer für sich zu behalten und die oberen Zimmer nicht mehr an Pensionsgäste vermieten zu müssen. Als Ole noch jünger gewesen war, hatte er mit seinen drei Brüdern in einer Kammer geschlafen, weil alle anderen Räume von Gästen belegt waren. Die Kinder hatten ihre Zeit nur draußen oder beim Fischen verbracht, denn drinnen war kein Platz mehr gewesen.

»Denkst du nicht, es wäre besser, wenn du mitkommst? Immerhin hast du mit Herrn Hohnhold alles besprochen und abgemacht.«

Herbert winkte mürrisch ab. »Du bist besser in solchen Dingen als ich … irgendwie …« Er stockte, und es schien, als fehlte ihm das richtige Wort.

»Feinfühliger«, warf Dorothea ein und erhob sich vom Tisch. »Du bist feinfühliger als dein Vater und fällst nicht gleich mit der Tür ins Haus. Und von Zahlen hast du ebenfalls mehr Ahnung als er.«

»Dorothea!«

Sie sah ihren Mann mit einem sanften Lächeln an und zuckte mit den Schultern. »Ich sage nur die Wahrheit, mein alter Brummbär.« Sie küsste ihren Mann auf die Stirn und begann den Frühstückstisch abzuräumen.

»In Ordnung, ich werde zu diesem Gespräch gehen. Aber bitte gib mir vorher alle wichtigen Unterlagen.«

»Danke, mein Sohn.«

Sein Vater wirkte ehrlich erleichtert, dass er dieses Gespräch mit Eberhart Hohnhold nicht führen musste. Auch wenn es Ole missfiel, in die *Villa Sommerwind* gehen zu müssen und Henriette wiederzusehen, deren Besuche in Niendorf mit der Zeit immer spärlicher geworden waren – er tat es für seine Familie. Sie waren das Wichtigste auf der Welt, und sein Vater tat so viel, um die Familie über Wasser zu halten, da war Ole ihm diesen Gefallen schuldig.

»Wann soll ich in der *Villa Sommerwind* sein?«

»Um die Mittagszeit, du sollst dich am Empfang melden.«

Ole schaute auf die Wanduhr gegenüber, es war noch früh am Morgen, also hatte er noch Zeit, an einem der neuen Boote weiterzuarbeiten. »Dann werde ich mich jetzt auf den Weg zum Strand machen.«

Seine Eltern nickten, doch als Ole gerade die Küche verlassen wollte, bekam seine Mutter ihn noch am Ärmel zu fassen. Sie sah ihm direkt in die Augen, musterte ihn eingehend und beugte sich dann zu ihm, um ihm einen Kuss auf die Wange zu hauchen.

»Wenn dein Herz für eine andere Frau schlägt«, wisperte sie in sein Ohr, »dann kannst du es uns doch sagen.«

Verblüfft starrte Ole seine Mutter an, öffnete den Mund, doch nur ein Räuspern kam aus seinem Mund. Sie schüttelte matt den Kopf und berührte ihn an der Schulter. Ein schweigender Blick, dann wandte sie sich wieder ihrer Arbeit in der Küche zu.

Ole stand wie vom Donner gerührt da. Doch keiner sagte mehr ein Wort, sodass er mit langsamen Schritten die Küche verließ und aus der Tür des kleinen Hauses stolperte. Gierig sog er die frische Luft in seine Lungen, er fühlte sich wie ein Ertrinkender auf hoher See.

Wie konnte seine Mutter das wissen? Wie konnte sie ahnen, dass er jemanden liebte?

Sie ist deine Mutter, du Hohlkopf, merkte eine gehässige Stimme in seinem Kopf an, der Ole wohl oder übel recht geben musste. Seine Mutter hatte ihn schon immer durchschaut, immer gewusst, wann er log oder ihr etwas verheimlichte. Aber diese eine Sache, diese Liebe zu Henriette, die konnte er ihr nicht offenbaren, obwohl sein Herz sich danach sehnte, jemandem davon zu erzählen.

Er blieb unschlüssig auf der Straße stehen und schaute sich um. Noch war es ruhig in Niendorf. Ein paar Kinder mit Schultornistern liefen über den Gehweg, und die Dienstmädchen aus den Pensionen und Hotels waren auf dem Weg zum Markt, aber ansonsten lag eine angenehme Ruhe über dem Dorf. Er schlenderte an kleinen Häusern vorbei, hörte hin und wieder Kinderlachen, und die Möwen kreischten über seinem Kopf, während er sich zum Strand begab. In Gedanken war er nur bei Henriette, und ihm war mulmig zumute, ihr heute zu begegnen.

Und ihrem Mann.

Er hatte Eduard Graff erst einmal gesehen, aber er hatte keine hohe Meinung von ihm. Auf Ole wirkte er arrogant und herablassend, wie jemand, der sich für etwas Besseres hielt. Was er vermutlich auch war, denn er konnte Henriette ein gutes Leben bieten, ohne jemals Angst zu haben, dass sie hungern mussten. Das konnte Ole nicht.

Während er die Tür der kleinen Holzhütte öffnete und die Werkzeuge für das Boot hervorholte, da dachte er an sie. An ihr Lächeln. Ihre schwarzen Haare, die sich wie die Nacht über ihre Schultern ergossen. An ihre Lippen auf den seinen. Diesen einzigen Kuss inmitten von Sternen und Stille. Diese eine Berührung, die sie ihm gewährt hatte, bevor sie geheiratet hatte. Es war eine Erinnerung, die sich in Oles Gedächtnis gebrannt hatte, die er niemals in seinem Leben vergessen würde, egal, welche Pläne diese Welt noch mit ihm hatte.

»Hab Dank, Friedrich!« Ole sprang vom Karren des Bauern aus Hemmelsdorf, dem er auf seinem Weg nach Timmendorf begegnet war und der sich angeboten hatte, ihn mitzunehmen, da er ohnehin frisches Obst und Gemüse an die Hotels im Kurort ausliefern musste.

»Da nich für, min Jung«, erwiderte der Bauer lächelnd. »In zwei Stunden bin ich mit den Lieferungen durch, triff mich am Platz an der Uhr, wenn du dann schon fertig bist.«

Ole nickte und hob die Hand zum Abschied. »In Ordnung.«

Der Karren fuhr rumpelnd davon, und Ole atmete tief durch. Er schaute zur *Villa Sommerwind,* zu der goldenen Fassade, die wie die Sonne funkelte, und den weißen Fensterläden, die weit geöffnet waren. Eine Kraftdroschke hielt vor der Villa, und ein junger Mann hievte einige Koffer auf den Gehweg.

Ole strich unsicher über sein frisch gebügeltes Hemd und sah an sich hinunter. Er hatte seine beste Hose und die sauber gescheuerten Schuhe angezogen, und doch fühlte er sich wie ein Fremder in dieser exquisiten Welt der Kurgäste. Die Dame, die gerade mithilfe ihres Mannes aus der Kraftdroschke stieg, trug ein zitronengelbes, wallendes Kleid, und ein ebenso gelber Hut, der ein wenig schräg auf ihrem Kopf saß, rundete ihr Äußeres perfekt ab. Die Haare waren im Nacken zu einer eleganten Frisur aufgesteckt.

All diese Menschen wussten nicht, was es bedeutete, im Winter zu frieren. Zu viert in einer Kammer zu schlafen und so eng wie möglich zusammenzurücken, um doch ein wenig Wärme zu erhaschen. Was es bedeutete, wenn das letzte Scheit im Kamin verglomm und man wehmütig auf die erlöschenden Flammen sah. Sie kannten nur ihr luxuriöses Leben, und Ole spürte, wie Neid in seinem Herzen aufkeimte und ein scharfer Stich durch seinen Körper jagte.

Du hast keine Zeit für solche Gedanken, du Tölpel!, schimpfte er sich selbst und straffte die Schultern.

Mit zielstrebigen Schritten ging er durch die gläserne Eingangstür der *Villa Sommerwind.* Stimmengewirr drang an sein Ohr, und der Geruch von Zitronen und Minze kitzelte in seiner Nase. Der Holzboden war blitzblank gescheuert und glänzte im Sonnenlicht. Einige Herrschaften saßen auf Chaiselongues und Sesseln, ließen sich von Kellnern frische Getränke und Appetithäppchen bringen.

Übelkeit stieg in Oles Magen, doch er ballte entschlossen die Hand und ging schnurstracks zum Empfang.

»Guten Tag«, sagte er zu dem Herrn hinter dem Tresen, der von einigen Papieren aufsah.

»Guten Tag, was kann ich für Sie tun?« Der Mann sah Ole mit einem abschätzigen Blick an, und ein merkwürdiges Lächeln kräuselte sich um seine Lippen.

»Ich möchte gerne mit Herrn Hohnhold sprechen. Mein Name ist Ole Bergmann, mein Vater liefert den Fisch für dieses Hotel. Er hat einen Termin mit Herrn Hohnhold, und ich vertrete ihn hier.«

»Aha«, machte der Mann, und Ole schaute auf das Namensschild auf seinem Jackett.

A. Bors.

Während Ole sich noch fragte, welcher Name sich hinter dem A. verbergen könnte, rief der Mann schon ein Mädchen zu sich, das ein Tablett trug.

»Du … lauf hoch zu den Herrschaften und sag dem Diener von Herrn Hohnhold, dass Herr Bergmann eingetroffen ist.«

Das Mädchen schaute auf das Tablett in seinen Händen, aber es sagte kein Wort, sondern ging eilig davon.

»Nehmen Sie doch bitte hier im Foyer Platz, Herr Bergmann«, sagte Herr Bors. »Kann ich Ihnen eine Erfrischung bringen lassen?«

»Nein, vielen Dank.« Ole nahm auf einem Sessel Platz.

Er ließ den Blick über die Gäste schweifen, versuchte, seinen Neid auf all den Reichtum im Zaum zu halten. Ole wischte sich die feuchten Hände an seiner Hose ab, die Nervosität brachte ihn zum Schwitzen, die Hitze kroch an seinem Nacken hoch.

»Herr Bergmann?«, schreckte ihn eine Stimme aus seinen Gedanken auf.

Er hob den Blick, doch es war nicht Eberhart Hohnhold, der da vor ihm stand. Nein, Ole schaute in tiefblaue Augen, verlor sich in einem Meer aus Erinnerungen. Vor ihm stand Henriette.

Sie trug ein dunkelblaues, elegantes Kleid mit schwarzen Stickereien, die sich filigran auf dem Stoff verteilten. Ihr Haar war zu einem Knoten hochgesteckt, die kirschroten Lippen verzogen sich zu einem schüchternen Lächeln.

»Frau Graff«, sagte Ole hastig und erhob sich schwankend.

Das Herz schlug gegen seine Rippen, seine Hände zitterten ein wenig, und Ole verschränkte sie hastig hinter dem Rücken. Er deutete eine leichte Verbeugung an, während Erinnerungen wie ein Schwarm Glühwürmchen durch seinen Kopf stoben und Tränen hinter seinen Lidern brannten.

Henriette hier zu sehen … Eine Welle von Schmerz schwappte über ihn, während er sich bemühte, all diese Gefühle zu kontrollieren und Henriette nicht in eine Umarmung zu ziehen.

»Vielen Dank, dass Sie gewartet haben. Mein Vater ist leider unabkömmlich, da er sich zusammen mit meinem Mann in einer anderen Besprechung befindet. Er lässt sich vielmals entschuldigen, dass er den Termin mit Ihnen nicht wahrnehmen kann, und hat mich an seiner statt geschickt.«

Ihre Worte drangen nur langsam in seinen Geist, wirbelten alles durcheinander, und Ole schluckte schwer. Sie schien keinerlei Probleme damit zu haben, sich völlig normal zu verhalten, während es ihm das Herz zerriss, dass sie so nah beieinanderstanden und der Graben zwischen ihnen doch nur größer wurde.

»Ich danke Ihnen, dass Sie den Termin mit mir wahrnehmen, und es ist natürlich kein Problem, dass Ihr Vater in einer Besprechung ist. Richten Sie ihm bitte später meine herzlichen Grüße aus.«

»Das werde ich. Darf ich Sie nun in unseren Salon führen, damit wir über Ihre Lieferung sprechen können?«

»Natürlich.« Ole folgte Henriette in den linken Flügel des Hotels. Ihre Schritte klapperten auf der Holztreppe, und von irgendwoher konnte Ole Kinderlachen hören.

»Meine Töchter«, sagte Henriette, da sie Oles Blick bemerkte.

Er nickte schweigend und folgte Henriette durch den Flur in den Salon. Ein Schaudern ging durch seinen Körper, als er das Zimmer betrat. Der Duft von Rosen hing in der Luft, und ein wohliges Feuer prasselte im Kamin, obwohl Ole wusste, dass die *Villa Sommerwind* über Warmwasserleitungen und eine Zentralheizung verfügte. Aber Henriette hatte ihm einmal erzählt, dass ihr Vater die gemütliche Wärme eines Feuers mehr schätzte.

Die Tür schloss sich mit einem dumpfen Knall hinter Ole. Stille senkte sich auf sie herab, knisterte in der Luft, und ehe Ole sichs versah, ging ein Ruck durch Henriettes Körper. Sie fuhr herum, und mit einem Mal fand sie sich in seinen Armen wieder. Ihre Finger krallten sich in den Stoff seines Hemdes, ihr warmer Atem streifte voller Sehnsucht über seine Haut.

»Ole«, wisperte sie, und ein raues Schluchzen kam aus ihrer Kehle.

Wie in Trance legte Ole seine Arme um sie, zog sie näher an sich und hielt Henriette fest. Er hielt sie nur, ließ sie nicht los und sagte kein Wort. Er bettete seinen Kopf auf ihre Schulter, lauschte ihrem unruhigen Atem, spürte jedes Zittern, das durch ihre Glieder huschte. Es war, als würde die Zeit anhalten, als würde nichts um sie herum mehr existieren.

Alles Schall und Rauch.

Er wusste nicht, wie lange sie so dastanden. Inmitten von Stille und den Funken des Kaminfeuers. Er spürte Henriettes Herzschlag im Einklang mit seinem. Wollte sie nie wieder loslassen, denn dann wäre die Magie erloschen, dann würde dieser Augenblick entzweibrechen, und sie müssten sich wieder der Realität stellen.

Als Henriette sich von ihm lösen wollte, schüttelte Ole den Kopf und zog sie wieder an sich.

»Nein«, murmelte er in ihr Ohr. »Lass uns noch ein wenig träumen. Nur noch ein paar Sekunden …«

Henriette sah ihn an, ihre eiskalten Finger strichen über seine Wange, und eine Träne kullerte zu ihrem Kinn hinab. »Mit dir will ich immer träumen«, erwiderte sie.

Für einen kurzen Augenblick, den Bruchteil einer Ewigkeit, dachte Ole, dass sie ihn küssen würde, dass sie sich ihm entgegenrecken würde und ihre Lippen die seinen liebkosen würden. Aber das tat sie nicht.

Das hatte sie niemals wieder getan, weil ihr Anstand immer noch mehr wog als ihre Liebe. Weil Henriette Graff der einzige Mensch war, den Ole kannte, der es schaffte, ihrem Herzen und all ihrer Sehnsucht Einhalt zu gebieten.

Henriette trat ein paar Schritte zurück und sah ihn an. »Ich freue mich, dass du hier bist.«

Ole musterte sie eingehend. Sie sah erschöpft aus, dunkle Ringen färbten die Haut unter ihren Augen, und erst jetzt fiel ihm auf, dass ihre Finger mit Tinte befleckt waren.

»Ist etwas geschehen?«, fragte er so ruhig wie möglich.

»Du sorgst dich immer zuerst um mich.« Henriette lachte leise, nahm seine Hand und führte ihn zu der ausladenden Chaiselongue nahe dem Kamin. Sie bettete die Hände in den Schoß und senkte den Blick.

»Es tut mir leid, dass ich so lange nicht bei dir war …«, begann sie zögernd. »Aber ich habe letzten Winter etwas gesehen, das meine Welt ein Stück dunkler und meine Tage schmerzhafter gemacht hat.«

Oles Kehle zog sich zusammen, und der Geruch von verbranntem Holz und Asche drang in seine Nase. Ihm wurde leicht übel. Er sah Henriette ruhig an und legte seine Hand auf ihre. Ihre Finger waren so kalt, als würde der Winter ihr Herz schon gefangen halten, seit sie damals in Timmendorfer Strand angekommen war. »Was … was hast du gesehen?«

Henriette fuhr sich mit der Zunge über die Lippen. »Mein Mann …« Sie stockte und lauschte auf Schritte im Flur.

Alarmiert richtete sie sich auf und wischte die Tränen von ihren Wangen. Es klopfte an der Tür, und Henriette zwang sich zu einem Lächeln. »Herein!«, rief sie und straffte die Schultern.

Eine junge Frau trat ein. Sie trug die Kleidung eines Dienstmädchens, und ihre braunen Haare waren zu einem dicken Zopf geflochten. Unsicher sah sie zwischen Henriette und Ole hin und her, die Hände vor der Brust gefaltet.

»Guten Tag Frau Graff«, murmelte die junge Frau schüchtern. »Ihre Frau Schwiegermutter hat mich angewiesen, zu fragen, ob Sie und Ihr Gast eine Erfrischung oder eine Kleinigkeit zu essen haben möchten?«

Henriette schüttelte verdutzt den Kopf, dann jedoch sah Ole, wie so etwas wie eine dunkle Ahnung über ihre Gesichtszüge huschte und der Glanz aus ihren Augen verschwand.

»Vielen Dank, Elise. Ich denke tatsächlich, dass etwas Mineralwasser und vielleicht ein paar Appetithäppchen eine gute Idee wären, oder was meinen Sie, Herr Bergmann? Kann ich Ihnen einen Schluck Rotwein aus der Eifel anbieten?«

Ole winkte hastig ab und räusperte sich. »Wasser ist völlig in Ordnung, vielen Dank.«

»Dann bring uns dies«, sagte Henriette zu Elise.

Die neigte den Kopf und verschwand hastig aus dem Salon. Seufzend lehnte Henriette sich wieder auf die Chaiselongue zurück, als die Tür sich wieder schloss.

»Meine Stiefmutter weiß, dass ich mich in dich verliebt habe«, sagte sie so unvermittelt, dass ihre Worte Ole trafen wie ein Hieb, der seine Glieder erschütterte.

»Was?« Seine Stimme war nur ein Krächzen, und er starrte Henriette verwirrt an.

Sie winkte ab und lehnte sich ein Stück nach vorne. Ihre Hand umschloss seine, und sie lächelte ihn matt an. »Sie hat es niemandem gesagt, und ich muss zugeben, dass ich noch nicht dahintergekommen bin, warum.«

Ole legte die Stirn in Falten. Er wusste nicht, was er sagen sollte. Sowieso schienen all seine Gedanken kreischend laut und zugleich erschreckend dumpf zu sein, wenn er in Henriettes Nähe war. Dann klopfte sein Herz unbezähmbar in der Brust. Er konnte sie nur ansehen und in ihrem Blick versinken, wollte ihr nah sein, obwohl so vieles zwischen ihnen stand.

»Aber … das wolltest du mir nicht erzählen, oder?«

Henriette schüttelte den Kopf, antwortete aber nicht sofort, denn Elise trat erneut ein und stellte eine Karaffe mit Wasser, zwei Gläser und einige Pasteten und Schnittchen auf den Tisch zwischen ihnen.

»Hab Dank, Elise. Wärst du so freundlich, dafür zu sorgen, dass wir nicht gestört werden?«

»Natürlich, Frau Graff.«

Die Tür schloss sich leise hinter der jungen Frau, und Oles Blick verfing sich in den Schatten des Feuers, die über die bleiche Wand tanzten. Wie ein Schauspiel, das vor seinen Augen erst seine ganze Tragweite entfalten konnte.

»Mein Mann hat sich einer anderen Frau zugewandt.« Henriettes Stimme war so leise, dass Ole sich kurz nicht sicher war, ob sie diese Worte wirklich gesagt hatte.

Aber ihr Blick sprach Bände. Da lag so viel Trauer in ihren Augen. So viel Schmerz huschte über ihre Gesichtszüge, und ein bitteres Lächeln verzerrte ihre Lippen.

»Ich kann dir nicht sagen, warum mich das so trifft. Ich liebe ihn nicht mal. Er ist der Vater meiner Töchter, der Sohn meiner Schwiegermutter, die gleichzeitig meine Stiefmutter ist, und ich bin ihm zu Treue verpflichtet, aber er …« Tränen liefen über ihre Wangen, die Henriette wütend fortwischte. »Ich will überhaupt nicht weinen, ich will nicht, dass mich dieser Betrug so berührt, aber ich kann gar nichts dagegen tun …«

Ole neigte den Kopf zur Seite und beugte sich zu Henriette. Sanft strich er über ihre Wange und zog sie in seine Arme.

»Nicht weinen, Henni …«, flüsterte Ole und strich über ihren Rücken. »Natürlich betrübt es dich. Er ist trotz allem noch dein Ehemann. Du hast ihn niemals betrogen, du hast deinen Anstand nicht verraten, und genau das betrübt dich jetzt so sehr.«

Die Worte kamen nur mit Mühe über seine Lippen. Ole spürte, wie eine Träne sich aus seinem Auge löste und langsam, geradezu gemächlich über seine Wange rann. Niemals würde er sich selbst eingestehen, wie sehr ihn dieses ganze Dilemma verletzte. Wie sehr er sich wünschte, dass ihre Plätze vertauscht wären. Dass er Eduard Graff wäre, genauso gut betucht wie der Architektensohn. Dass er Henriette ein Zuhause hätte geben können.

Aber er gestand sich diese Traurigkeit nicht zu. Nein, das wäre nicht er gewesen. Ole war nie der Mensch gewesen, der seine Gefühle offen zeigte, der Schwäche fürchtete. Nein, er war immer stark, auch wenn sein Herz zu zerbrechen drohte.

Und so hielt er Henriette. Hielt sie in ihrem Schmerz und ihrer Traurigkeit und verweilte in dieser Umarmung voller zerbrochener Träume. In einer anderen Welt hätten sie zusammen sein können, da hätte er neben Henriette morgens aufwachen können. Ein knarzendes altes Bett und eine weiche Decke über ihren Körpern. Ein Lächeln im goldenen Sonnenlicht und Finger, die tänzelnd über nackte Haut glitten.

Nur ein Traum, nur ein ferner, ferner Traum, wisperte eine traurige Stimme in Oles Gedanken, und eine zweite Träne lief über seine Wange.

»Ja …«, murmelte Ole leise, »aber trotzdem bin ich immer an deiner Seite …«

Es war ein Versprechen voller Kummer und Reue. Ole wusste, dass er diese Frau niemals allein lassen würde.

Niemals.

Er würde jede andere Frau ablehnen für Henriette Hohnhold. Auch wenn sie niemals ein Paar sein konnten.

Und so blieb er eng umschlungen mit ihr auf dieser Chaiselongue sitzen und hielt sie inmitten dieses fernen, fernen Traums, dass vielleicht – *eines Tages* –, wenn Gott ihnen wohlgesinnt war, sie zusammen sein könnten.

Nicht so wie jetzt.

Nicht in Schmerz und Kummer.

Sondern voller Glück und Liebe.

KAPITEL 16

HENRIETTE

Timmendorfer Strand, Juni 1914

Es war ein stürmischer Sommertag. Die Wolken brodelten grau und gefährlich am Himmel, hingen so tief, dass die Dächer der Häuser sie zu durchstoßen schienen. Ein Blitz zuckte gleißend hell über den Himmel, und ein Donnergrollen kündigte sich grummelnd an.

Henriette zog ihre leichte Strickjacke enger um die Schultern und begrüßte den Postboten, der sich bei dem Wetter tapfer durch den Kurort kämpfte.

»Guten Morgen, Peter!«, rief sie ihm zu, und er lächelte sie traurig an.

»Moin, Frau Graff.« Der junge Mann holte einige Briefe und die druckfrische Zeitung aus Lübeck aus seiner Tasche.

»Ist alles in Ordnung?« Henriette musterte Peter eingehend.

Regentropfen hatten sich in seinen schwarzen Haaren verfangen, die wild in alle Richtungen abstanden, und seine braunen Augen blickten sie müde an. Peter zuckte mit den Schultern und deutete auf die Zeitung.

»Der alte Denker vom *Kurhotel* hat heute Morgen beim Anblick der Zeitung gesagt, dass es nun wirklich Krieg geben wird.«

Henriette zog scharf die Luft ein und schlug erschrocken die Zeitung auf. Sie erinnerte sich noch dunkel an den Streit in der Strandhalle zwischen Herrn Denker und dem Strandfotografen Ernst

Damm. Daran, dass Mareike ihr erzählt hatte, dass das Deutsche Reich vollends isoliert war von den anderen Staaten. Dass es nur noch Österreich-Ungarn als Freund bezeichnen konnte.

Sie starrte auf das Titelblatt der Zeitung. Starrte auf die schwarzen Buchstaben, die sich von dem schneeweißen Papier abhoben wie die Inschrift auf einem Grabstein. Die Worte brannten sich schmerzhaft in ihren Kopf, ein ersticktes Keuchen drang aus ihrer Kehle, während sie die Worte immer und immer wieder las, als ob sie dadurch weniger gefährlich und schmerzhaft wurden. Doch es änderte nichts.

Österreichischer Thronfolger bei Angriff eines Serben in Sarajevo getötet – Österreich verlangt Vergeltung – steht das Deutsche Reich vor dem Krieg?

»O Gott«, flüsterte Henriette und presste sich die Hand vor den Mund. Eine Welle von Übelkeit schwappte über sie hinweg, während ihr die Tragweite dieser Worte bewusst wurde.

Peter nickte betrübt. »Bringen Sie die Zeitung lieber schnell zu Ihrem Herrn Vater und Ihrem Gatten. Die Männer haben bestimmt einiges zu besprechen.«

Henriette verzog das Gesicht und schmeckte Bitterkeit auf ihrer Zunge.

Als ob ein drohender Krieg nur die Männer beschäftigen würde, dachte sie verdrossen, aber sie sagte nichts weiter, sondern schenkte Peter nur ein aufmunterndes Lächeln.

»Das werde ich. Gott beschütze dich.«

Peter lupfte seine Mütze und trottete weiter durch den Kurort. Henriette sah ihm hinterher, während der Sturm aufheulte und ein weiterer Blitz über den Himmel zuckte, gefolgt von einem ohrenbetäubenden Krachen.

Schlechtes Wetter bringt schlechte Kunde.

Das hatte ihre Mutter immer gesagt, und die Worte schienen sich zu bewahrheiten. Ruckartig drehte sie sich um und ging zurück in die *Villa Sommerwind,* die noch in Stille und Frieden getaucht dalag. Sie vernahm vertrautes Geklapper aus dem Speisezimmer, und Herr Bors stand schon geschäftig am Empfang, aber Henriette beeilte sich, die Treppenstufen zu ihren Privaträumen hinaufzusteigen.

Ihr Körper fühlte sich wie betäubt an, als sie den Salon betrat und zum Frühstückstisch ging, an dem schon ihr Mann, seine Mutter, ihr Vater und ihre Kinder saßen.

»Julia! Herr im Himmel, benimm dich bitte beim Essen«, hörte sie die enervierte Stimme ihrer Schwiegermutter.

Henriette unterdrückte ein Schmunzeln und trat näher an den Tisch heran. Julia hatte ihr Frühstück anscheinend kaum angerührt und stattdessen ihr Glas mit Obstsaft umgekippt, sodass nun ein gelbes Rinnsal über die gestärkte weiße Tischdecke lief und hinunter auf den Boden tröpfelte.

Julia verschränkte die Arme vor der Brust und schaute Amalia trotzig an, die ein gequältes Seufzen ausstieß.

»Du bist ein ungezogenes Kind!«, schimpfte sie.

Henriette räusperte sich und legte die Zeitung zwischen ihrem Mann und ihrem Vater ab.

»Guten Morgen, Henni«, sagte der Vater und lächelte sie scheu an.

Damit versuchte er, den Riss in ihrer Beziehung zu überspielen. Ein nettes Wort zu sagen, das dieses ganze Dilemma besser machen würde. Aber es funktionierte nicht. Vielleicht war Henriette zu stur, immer noch zu wütend, dass ihr Vater sie vor vielen Jahren der Lüge bezichtigt hatte. Sie konnte ihm das einfach nicht verzeihen.

Weder dass er sie an Eduard Graff verschacherte hatte, noch dass er dessen Vater betrogen und, als es endlich möglich war, Amalia geheiratet hatte.

»Guten Morgen.« Sie zeigte betrübt auf das Titelblatt und wartete, bis Eduard und ihr Vater die Zeilen überflogen hatten.

»Verdammt und zugenäht!«, rief ihr Vater aus und hieb mit der Hand auf den Tisch. »Das ist eine Katastrophe!«

Henriette nickte schweigend und setzte sich neben ihren Mann. Sie lächelte ihre Töchter beschwichtigend an, die ihren Großvater verstört musterten.

»Was ... was ist geschehen?«, fragte Amalia besorgt und legte ihrem Mann zärtlich eine Hand auf den Arm.

Henriette musste ein Würgen unterdrücken und schenkte sich hastig eine Tasse Kaffee ein. Sie fragte sich im Stillen, wie lange sie wohl noch diesen ganzen Luxus genießen würden, wenn es wirklich zum Krieg kommen sollte.

Schweigend schob Eberhart die Zeitung zu Amalia, die ebenfalls die Zeilen las und dann ihren Mann irritiert ansah. »Österreich verlangt von uns die Mobilmachung gegen Serbien ... Vergeltung?«

»In der Tat.«

»Was bedeutet Mobilmachung?«, mischte Julia sich ein, doch ihr Vater hob die Hand und sah sie streng an.

»Geht in eure Zimmer, aber schnell.« Eduards Stimme hatte einen scharfen Unterton angenommen, der seine Töchter erschreckte.

»Aber ...«, setzte Julia an.

»Julia Maria Graff!«, fauchte ihr Vater und donnerte seine Faust auf den Tisch. Kaffee schwappte auf die weiße Tischdecke, und ein Zittern lief durch den Körper des Mädchens. »Tu bitte ein einziges Mal, was ich dir sage.«

Henriette biss sich auf die Unterlippe. Wenn selbst ihr Mann so aufgebracht war und anscheinend ebenso Angst hatte wie sie, dann stand es wirklich schlecht um sie alle.

Julia presste die Lippen zusammen und erhob sich schweigend vom Tisch. In ihren Augen schimmerten Tränen, aber sie hielt tapfer dem Blick ihres Vaters stand.

»Wie du wünschst, Vater.« Sie spuckte die Worte fast aus, als wären sie Gift, und verließ gemeinsam mit ihrer Schwester den Salon. Die Tür schloss sich mit einem Knarzen, dann senkte sich Stille über den Raum.

Henriette knetete unruhig die Hände und sah ihren Mann ernst an. Niemand sagte etwas. Schweißperlen rannen über ihren Nacken, obwohl es recht kühl im Salon war.

»Das ist wirklich eine Katastrophe …«, murmelte ihr Vater, und seine Finger strichen über das Titelblatt.

»Meinst du wirklich, dass wir uns an die Seite von Österreich stellen werden?«, fragte Amalia beunruhigt.

»Natürlich wird das Deutsche Reich zu Österreich stehen«, antwortete Eberhart Hohnhold und seufzte schwer. »Wenn sie Vergeltung gegen Serbien wollen, dann wird es Krieg geben.«

Eduard verschränkte die Arme vor der Brust, und ein raues Husten kam aus seiner Kehle. Sein Gesicht war weiß wie die Wand, und die dunkelgrünen Augen schienen ins Nichts zu starren. Erst jetzt bemerkte Henriette, dass er erschöpft und müde aussah. Anscheinend machte ihm sein angegriffenes Herz zu schaffen.

»Aber …« Amalia stockte und fuhr mit der Fingerspitze über den Rand ihrer Kaffeetasse. »Wir können niemals einen Krieg gewinnen, denn Russland wird zu Serbien stehen, und so wie wir England und Frankreich mit unserem Flottenaufrüsten verärgert haben, werden sie sich ebenfalls gegen uns stellen.«

Nun war Henriette wirklich verblüfft, sie sah ihre Schwiegermutter anerkennend an, die ihren Blick bemerkte und ihr ein kleines Lächeln schenkte. Henriette konnte nur erahnen, was sie ihr mit diesem Blick sagen wollte, aber sie verstand die stumme Botschaft auch ohne Worte.

Auch eine Frau muss über die wichtigen Dinge in der Welt Bescheid wissen, denn irgendwann kann die Zeit kommen, in der unsere Männer vielleicht nicht mehr da sind.

Henriette schluckte schwer. Tausend Gedanken wirbelten in ihrem Kopf umher, ihre Hände waren schweißnass vor Aufregung und Furcht. Sie wünschte sich, dass dies alles nur ein böser Traum war. Dass irgendjemand sagte, es werde niemals zum Krieg kommen, dass …

»Wir müssen abwarten, wie die Regierung damit umgeht. Sie werden bald auf die Aufforderung von Österreich antworten, dann wissen wir mehr. Es bringt jetzt nichts, die Pferde scheu zu machen.« Henriettes Vater blätterte schweigend durch die restlichen Seiten der Zeitung, aber für Amalia war das Thema anscheinend noch nicht beendet.

»Eberhart«, sagte sie schroff, »wir haben vielleicht keine Zeit zum Warten! Wenn es zum Krieg kommt, dann werden sie dich einberufen, ist dir das überhaupt bewusst?«

Erschrocken sah Henriette ihren Vater an, sie öffnete den Mund, aber kein einziges Wort drang über ihre Lippen. Eine ferne Erinnerung rührte sich in ihrem Herzen, die sie immer in den äußersten Rand ihres Bewusstseins schob.

Ihr Vater war Offizier bei der Marine gewesen, bevor er ihre Mutter kennengelernt hatte. Aus Liebe zu ihr hatte er seinen Dienst beendet und dann die Pension in Hamburg geleitet. Aber Amalia hatte recht. Wenn es wirklich zum Krieg kommen sollte, dann würden sie ihn einziehen. Nicht als Soldat an vorderster Front, aber er würde in den Krieg ziehen, daran gab es keinen Zweifel.

»Das ist mir sehr wohl bewusst, Amalia«, antwortete ihr Vater ärgerlich. »Daran kann ich aber nichts ändern.«

»Aber Eberhart!«, rief Amalia zornig. »Wenn es so weit kommen sollte, dann müssen wir Vorbereitungen treffen, was das Hotel angeht. Ein Krieg wird auch den Kurort verändern!«

Ihr Vater antwortete nicht und erhob sich stattdessen. Sein Blick streifte Henriette. Sie erkannte die Trauer in seinen Augen.

Da gab es so viele Dinge, die Henriette ihm gerne gesagt hätte, aber sie blieb stumm und wich seinem Blick aus.

»Ich werde Hermann aufsuchen müssen«, sagte Eberhart traurig.

Henriette brauchte einige Zeit, bis ihr die Tragweite seiner Worte bewusst wurde, und sie erhob sich auf zittrigen Beinen. »Nein! Du denkst, Hermann wird …«

Ihr Vater nickte. »Du glaubst doch nicht wirklich, dass dieser ungestüme Bengel Nein zum Krieg sagen wird, selbst wenn sie ihn nicht einziehen sollten. Früher oder später werden alle jungen Männer in den Krieg ziehen müssen.«

»Aber vielleicht wird es gar nicht dazu kommen, vielleicht … vielleicht …«, stammelte Henriette, doch ihr Vater schüttelte nur den Kopf.

»Klammere dich nicht an diese Hoffnung, meine Liebe. Ich denke, dafür ist es zu spät.« Er ging an ihr vorbei und berührte Henriette kurz am Arm, dann verließ er mit leisen Schritten den Salon und ließ Henriette in der Höhle der Löwen zurück.

Eduard hatte immer noch kein Wort gesagt, starrte wie in Trance auf die Tischdecke. Erneut hustete er und erhob sich ruckartig.

»Ich werde Doktor Martens aufsuchen müssen.« Seine Stimme zitterte leicht bei diesen Worten, und Amalia seufzte leise.

»Tu das, mein Sohn. Ich will nicht, dass du mich auch noch verlassen musst.«

Er will sich diesem Krieg entziehen, dachte Henriette erbost, *er wird seine Krankheit vorschieben und hierbleiben.*

Sie wollte etwas sagen. Wollte ihren Mann anschreien, dass es nicht gerecht war, dass er bleiben würde und ihr Vater und Bruder gehen würden. Aber sie blieb stumm, gelähmt von einer Panik, von der sie gedacht hatte, dass sie sie nie würde kennenlernen müssen. Doch sie blieb stumm, wie all die Jahre zuvor.

Eduard verließ den Salon, und sie hörte den Nachhall seiner Schritte auf dem Flur, lauschte der drohenden Stille und sah dann Amalia an. Ihre Schwiegermutter war in sich zusammengesunken, sie war bleich, und ihre Hände zitterten.

»Amalia …«, setzte Henriette an, doch dann stockte sie.

Warum habe ich das Gefühl, sie trösten zu müssen? Warum sollte ich das tun?, dachte sie verwirrt.

Amalia hob den Blick und sah Henriette an. »Du brauchst nichts zu sagen. Bitte fühl dich nicht dazu verpflichtet, mich zu trösten.« Sie lächelte Henriette traurig an. »Von nun an wird sich hier vieles ändern, und ich bete dafür, dass wir uns damit arrangieren können.«

Henriette nickte schweigend. Ihre Schwiegermutter hatte recht. Der Kurort würde sich verändern, die Männer und halbwüchsigen Jungen würden ihn verlassen. Viele Frauen wären dann allein, und vermutlich würden die Gäste ausbleiben. Ein mulmiges Gefühl machte sich in Henriette breit, und sie erhob sich eilig.

»Ich werde Sibylle aufsuchen … wo ist sie überhaupt?«

Amalia zuckte mit den Schultern und trank bedächtig einen Schluck Kaffee. »Ich glaube, deine Schwester hat jemanden gefunden, der ihr Herz berührt.«

»Wie bitte?« Henriette starrte Amalia mit einer Mischung aus Entsetzen und Verblüffung an.

Amalia lächelte sie gutmütig an. »Du scheinst in letzter Zeit viel mit deinen eigenen Problemen beschäftigt zu sein.«

Henriette war sich nicht sicher, ob dies ein stiller Vorwurf war, aber so klang es nicht in ihren Ohren. Es klang wie die Worte, die Amalia damals zu ihr gesagt hatte, die keine Drohung, sondern eine Warnung gewesen waren.

»Ich … ich sollte sie suchen gehen und …« Henriette biss sich auf die Unterlippe.

Beinahe hätte sie Oles Namen ausgesprochen. Hätte gesagt, dass sie nach ihm sehen musste. Ihn fragen musste, ob ihn die bedrohliche Nachricht schon erreicht hatte.

»Geh«, sagte Amalia ruhig. »Tu alles, was du zu tun hast. Keine Sorge, ich kümmere mich um die Mädchen.«

Henriette schaute so fassungslos drein, dass Amalia leise lachte.

»Hab keine Sorge, ich werde schon nicht zu viel mit Julia schimpfen. Es ist nicht an mir, deine Tochter zu erziehen.«

»Danke«, presste Henriette hervor. Es fiel ihr schwer, das Wort in den Mund zu nehmen, wenn es um Amalia ging. Es fiel ihr schwer, so etwas wie Dankbarkeit gegenüber ihrer Schwiegermutter zu empfinden, aber sie konnte ihr nicht absprechen, dass sie alles tat, um Henriette in diesem Augenblick zu unterstützen.

Sie nickte Amalia zu und stob aus dem Salon. Eilig lief sie den Flur entlang und die Treppe hinunter. Am Treppenaufgang rannte sie fast in Elise hinein, die einen Korb mit frisch gewaschener Wäsche trug.

»Frau Graff!«, rief das Dienstmädchen überrascht und stolperte einige Schritte rückwärts.

»Bitte verzeih, Elise. Hast du meine Schwester gesehen?«

Irritiert sah Elise sie an und presste die Lippen unsicher zusammen. »Ich … es …«, druckste sie hervor.

Henriette seufzte schwer. Es schien so, dass sie wirklich einiges verpasst hatte in der letzten Zeit. »Elise, bitte sag mir, wo meine Schwester ist. Es ist wirklich wichtig, und ich werde weder mit dir noch mit ihr schimpfen.«

Elises Hände umklammerten den Korb so fest, dass ihre Hände anfingen zu zittern. »Sie finden sie in der Küche.«

»Wie bitte?« Henriette starrte Elise verdattert an. So viele wirre Gedanken schossen ihr durch den Kopf, dass sie sie gar nicht mehr ordnen konnte.

»Es ist ein wenig kompliziert … sehen Sie einfach nach. Herr Behring ist gerade nicht zugegen, er ist mit Nikolas auf dem Markt, um frische Ware zu kaufen.«

Henriette wusste nicht, was sie sagen sollte. Deswegen lächelt sie nur unverbindlich. »Vielen Dank, Elise.«

Das Dienstmädchen nickte stumm und stieg die Stufen hinauf. Henriette sah ihr kurz nach, dann ging sie mit schnellen Schritten zum Dienstboteneingang und huschte wie ein Schatten durch die dämmrigen Flure.

Diener und Kellner begegneten ihr auf ihrem Weg, sahen sie irritiert an, grüßten jedoch höflich und fragten auch nicht nach, was sie hier zu suchen hatte. Henriette lauschte immer wieder in die Stille, dann vernahm sie das glockenhelle Lachen ihrer kleinen Schwester und bewegte sich vorsichtig zur Dienstbotenstube, in der die Bediensteten der Villa immer gemeinsam zu Abend aßen und die Pausen verbringen konnten.

Henriettes Finger glitten über die Wand, und sie schaute vorsichtig durch den Türspalt in die Stube hinein. Ein Feuer prasselte im Kamin, und nur zwei Personen saßen an dem großen Eichentisch. Henriette zog scharf die Luft ein, erkannte den jungen Kellner Robin, der da gemeinsam mit ihrer kleinen Schwester Sibylle saß.

Wobei, so *klein* war Sibylle lange nicht mehr. Aus dem vierzehnjährigen Mädchen, das sich vor elf Jahren über ihr erstes Erwachsenenkleid gefreut hatte, war eine hübsche junge Frau geworden. An ihr war nichts Kindliches mehr. Ihr dunkles Haar war zu einem anmutigen Knoten im Nacken gebunden. Die Lippen waren kirschrot geschminkt, und die blauen Augen glänzten voller Freude. Sie hatte ihre Finger mit denen von Robin verschränkt und saß ganz dicht neben ihm, die Wangen leicht gerötet.

»Sibylle«, flüsterte Henriette heiser, doch ihre Worte schienen nicht so leise gewesen zu sein, wie sie gedacht hatte, denn Sibylle schaute erschrocken zur Tür und rückte eilig von Robin ab, als Henriette eintrat.

»Henni …«, murmelte sie und senkte den Blick.

Henriette sah ihre Schwester ruhig an und wusste nicht, was sie sagen sollte. Eigentlich wusste sie gar nichts mehr und war sich auch nicht sicher, ob sie einen weiteren Schock verkraften konnte. Vielleicht würde ihr Herz einfach bersten, wenn sie noch ein Geheimnis erfuhr. Dass Sibylle und Manuel Damm nach ihrer ersten Verabredung vor einigen Jahren bemerkt hatten, dass sie nur Freunde sein wollten, das hatte Henriette gewusst. Aber nicht, dass sie sich in einen anderen Mann verliebt hatte.

»Warum hast du mir das verheimlicht?«, stellte sie die einzige Frage, die noch nach einer Antwort verlangte.

Sibylle sah unsicher zu Robin, der den Blick zu Boden gerichtet hielt und es nicht wagte, Henriette anzusehen. Seine dunkelblonden Haare hingen ihm in die Stirn, und er knetete befangen seine Hände. Dann erhob er sich ruckartig und murmelte eine Entschuldigung, dass er dringend noch etwas zu erledigen hätte, bevor er fluchtartig die Küche verließ.

Betroffen sah Sibylle ihm nach und presste die Lippen zusammen, es dauert einige Sekunden, bis sie Henriette wieder ansah und zu einer Antwort ansetzte.

»Ich …« Sibylle seufzte tief. »Es war niemals die richtige Zeit, und du hattest selbst so viele Dinge, die dich beschäftigt haben …«

Henriette zog die Stirn kraus, versuchte das Zittern ihrer Hände zu verstecken, aber es gelang ihr nicht. Wut durchzuckte sie und Enttäuschung.

»Das kann nicht dein Ernst sein«, stellte sie fest.

Sibylle zuckte verzweifelt mit den Schultern. »Was erwartest du denn von mir?«, ereiferte sie sich und erhob sich schwankend. »Du bist immer fort, wenn dein Mann nicht hinsieht! Gehst nach Niendorf und trauerst um eine Liebe, die du wahrscheinlich niemals haben kannst! Und wenn du hier bist, dann versuchst du deine Töchter zu erziehen, streitest dich mit deinem Mann oder ignorierst unseren Vater. Du tust so, als wäre er Luft!«

Henriette stolperte rückwärts. Die Worte hatten sie getroffen wie Revolverkugeln. Ein Klingeln hallte in ihren Ohren, und sie biss sich auf die Unterlippe.

»Aber Sibylle …«

Trotzig sah ihre Schwester sie an und verschränkte die Hände vor der Brust.

»Sibi …«

Henriette brauchte einige Sekunden, bis sie wahrnahm, dass es Robin war, der diesen Spitznamen für ihre Schwester benutzt hatte. Schuldbewusst hatte der junge Mann sich wieder in die Küche geschlichen und ging mit hängendem Kopf auf Sibylle zu, zaghaft berührte er sie am Arm. »Sibi, es reicht.«

Sibylles Unterlippe bebte, und eine Träne rann ihre Wange hinab. »Es reicht *nicht!*«, sagte sie mit zitternder Stimme, doch als Robin sie sanft in seine Arme zog, da bebte ihr Körper, und ein Schluchzen kam über ihre Lippen.

Henriette beobachtete mit unverhohlenem Argwohn, wie Robin ihre Schwester im Arm hielt und über ihren Rücken strich, als wäre es das Selbstverständlichste auf der Welt. Sie hatte das Gefühl, ihre Welt wäre erneut ins Wanken geraten. Nichts ergab mehr einen Sinn, alles huschte in Form von verzerrten Bildern über sie hinweg.

»Sibylle …«, wiederholte sie ihre Worte, doch ihre Schwester schien sich in den Armen dieses jungen Mannes abgeschottet zu haben.

Also wartete Henriette und setzte sich auf die andere Seite des Tisches. Unruhig tippte sie mit den Fingern auf der Tischplatte umher, und ihr Blick schweifte durch die Stube. Das Feuer im Kamin knackte laut, als es das letzte Scheit Holz verschlang und das Lodern langsam erstarb. Henriette erhob sich vorsichtig und legte Holz nach, genoss die Wärme, die über ihre Glieder floss. Nur mühsam schaffte sie es, ihre wirren Gedanken zu entknoten, obwohl nur ein einziges Wort wirklich von Bedeutung war.

Krieg. Krieg. Krieg. Es wird Krieg geben.

Ihr Vater war sich bei diesen Worten so sicher gewesen. Und trotz des Misstrauens zwischen ihnen, trotz dieser zerbrochenen Verbindung und all dem Leid vertraute sie seinen Worten. Vielleicht, weil Mareike ihr so viel über die Politik der Länder erzählt hatte. Vielleicht, weil sie sich nun ein wenig gescheiter fühlte als bisher. Aber trotzdem keimte Angst in ihr auf. Angst, alles zu verlieren, was sie jemals ihr Eigen genannt hatte.

»Frau Graff?«

Sie zuckte zusammen und drehte sich rasch zu Robin um. Er lächelte sie scheu an und deutete auf den Tisch. »Kann ich Ihnen eine Erfrischung anbieten?«

Henriette schüttelte eilig den Kopf. »Nein, alles in Ordnung. Ich möchte nur …« Sie sah zu Sibylle, die in sich zusammengesunken wieder auf der Bank saß. Getrocknete Tränen glänzten im schwachen Licht des Kaminfeuers.

Robin fuhr sich mit der Hand übers Gesicht und ließ sich ebenfalls wieder auf die Bank fallen. Erst jetzt bemerkte Henriette den schillernden Bluterguss auf seiner Wange. Er wirkte maßlos überfordert mit der Situation, und es tat Henriette leid, dass sie einfach so hereingeplatzt war. Aber sie fühlte sich einfach von ihrer Schwester betrogen.

Henriette erhob sich und ging um den Tisch herum. Vorsichtig kniete sie sich vor ihre Schwester, der Stoff ihres Kleides raschelte leise, als sie Sibylles Hand ergriff. Sie war ganz warm und Henriettes ganz kalt. So war es immer schon gewesen.

Sie waren grundverschieden als Schwestern.

Die stürmische, wortgewandte und lebenslustige Henriette, die ihr ganzes Leben lang ihre wahren Gefühle vor der Welt verborgen hatte. Die immer hatte stark sein müssen für ihre Familie und sich dabei so schnell selbst vergaß. Die nur für die *Villa Sommerwind* lebte und neues Wissen in sich aufsog wie ein Schwamm.

Und die ruhige, in sich gekehrte Sibylle, die man immer in einer stillen Ecke beim Stricken oder Nähen fand. Die selten viel sprach, aber immer höflich war. Die ihre Nase in Kriminalromane steckte und ein wenig in Sherlock Holmes verliebt war. Die gescheite Sibylle, die schon ihr ganzes Leben lang versuchte, ihrer Familie so wenig Kummer zu bereiten, wie sie nur konnte.

Sie waren wie Tag und Nacht, und trotzdem liebte Henriette ihre Schwester mehr als jeden anderen Menschen.

»Ach, Sibylle«, flüsterte sie. »Bitte sieh mich an …«

Ihre Schwester hob den Blick. Ihre Augen waren gerötet von den Tränen, und ihre Unterlippe bebte. »Ich habe dich nicht … hintergehen wollen …«, stammelte sie leise, die Worte purzelten ungeordnet aus ihrem Mund.

»Ich weiß, kleine Schwester, ich weiß …«, antwortete Henriette und zog Sibylle abrupt in ihre Arme.

So saßen sie nun da. Eng umschlungen, verheddert in Stoff und Tränen. Gefangen in Erinnerungen aus ferner Zeit und mit einem Schluchzen, das die ganze Welt hätte erbeben lassen können.

»Es tut mir leid«, wisperte Sibylle wieder, als sie sich voneinander lösten. »Ich hatte einfach Angst, dass du es nicht dulden würdest, dass du Robin …« Sie stockte und sah zu dem jungen Mann neben sich.

Da war ein verräterischer Glanz in Sibylles Augen, wenn sie ihn ansah. Ein Glanz, der Henriette nur zu gut von sich selbst kannte, wann immer sie bei Ole war. Henriette spürte einen Stich im Herzen und küsste ihre Schwester auf die Wange. Gott, wie sie ihre Gefühle nachvollziehen konnte, sie spürte förmlich, wie sehr Sibylle litt.

»Du Dummerchen«, murmelte sie und strich Sibylle über den Arm. »Wie konntest du denken, dass ich es nicht dulden würde, wo ich doch …« Sie sprach die nächsten Worte nicht aus, denn Sibylle wusste auch so, was sie meinte.

»Bitte verzeih mir, Henni …« Sibylle schniefte undamenhaft und wischte sich die Tränen von den Wangen.

»Es gibt nichts zu verzeihen.«

Sie sahen sich eine Weile schweigend an, dann richtete Henriette sich auf und wandte sich Robin zu. Der junge Mann kaute nachdenklich auf seiner Unterlippe und wirkte verschreckt. Immer wieder sah er sich um, sein Blick ging unsicher durch den Raum.

»Würdest du mich bitte ansehen, Robin?«

Endlich brachte Robin die Kraft dazu auf, und Henriette begegnete einem Blick aus dunkelbraunen Augen, in denen sich die Flammen des Feuers spiegelten.

»Liebst du meine Schwester?«

»Henni!«, begehrte Sibylle peinlich berührt auf, doch das kümmerte Henriette wenig. Sie musste es von diesem jungen Mann persönlich hören. Sie musste einfach, denn wenn er ihre Schwester wahrhaftig liebte, würden sie eine Lösung für dieses Dilemma finden, da war Henriette sich sicher.

»Ja«, antwortete Robin mit fester Stimme. »Ja, ich liebe Ihre Schwester, Frau Graff.«

Henriette beugte sich lächelnd zu ihm. »So sehr, dass du dir ihretwegen ein Veilchen eingefangen hast?«

Beschämt berührte Robin seine lädierte Wange und nickte schweigend.

»Wer hat dich denn geschlagen?«, bohrte Henriette nach, obwohl sie dem jungen Mann an der Nasenspitze ansehen konnte, wie unangenehm ihm die ganze Situation war.

»Ihr Gatte, Frau Graff«, presste er nach einiger Zeit hervor.

»Wie bitte?« Henriette starrte den armen Burschen an und verstand die Welt nicht mehr. »Mein Mann?«

»Ja, er hat mich mit Sibylle gesehen, als wir gemeinsam durch den Ort spaziert sind. Danach hat er mich hier unten abgefangen und mir gedroht, dass er mir kündigen wird, wenn ich noch einmal Hand an Ihre Schwester lege.«

»Und du hast trotz dieser Drohung meine Schwester nicht gemieden?« Henriette sah den jungen Kellner anerkennend an und legte ihre Hand auf seine. »Du bist ein guter Junge, Robin. Hab keine Sorge, ich werde mit meinem Vater sprechen, und vor meinem Mann musste du auch keine Angst mehr haben.«

»Ich habe keine Angst vor Ihrem Mann, Frau Graff.« Robin funkelte Henriette stur an, und sie musste ein Lachen unterdrücken.

»Das glaube ich dir. Aber gib trotzdem acht, hörst du?«

»Das werde ich tun. Haben Sie vielen Dank, Frau Graff. Ich muss nun auch wieder an die Arbeit.« Robin erhob sich und beugte sich noch einmal schnell zu Sibylle hinunter. Er küsste sie sanft auf den Mund und streichelte ihr durchs Haar.

Bei so viel argloser Zärtlichkeit konnte Henriette keinem von beiden wirklich böse sein. Sie waren verliebt. Und auch wenn die meisten jungen Frauen in Sibylles Alter schon längst verheiratet waren, schien es das erste Mal für ihre Schwester zu sein, dass sie ihr Herz tatsächlich an einen Mann verschenkt hatte.

Henriette legte eine Hand auf die Brust, spürte ihren pulsierenden Herzschlag unter ihren Fingern und lächelte wehmütig. Sie war auch so gewesen. An jenem Tag am Strand, als sie Ole das erste Mal begegnet war.

»Pass auf dich auf, Sibi …«, flüsterte Robin und wandte sich dann ab. Mit eiligen Schritten verließ er die warme Stube und ließ Henriette und Sibylle allein zurück.

Erst nach einiger Zeit ergriff Sibylle das Wort. »Warum bist du überhaupt hier unten gewesen?«

»Ich habe dich gesucht …«, setzte Henriette an und fuhr sich mit der Zunge über die Lippen. »Es ist etwas Schreckliches passiert.«

»Was denn?«

Henriette atmete tief durch und ergriff die Hände ihrer Schwester über den Tisch hinweg. Dann begann sie langsam, zögernd zu erzählen, was heute Morgen in der Zeitung gestanden hatte. Was Mareike ihr über das Deutsche Reich und die umliegenden Länder erzählt hatte, und wie sicher ihr Vater war, dass es Krieg geben würde.

Sibylle hörte schweigend zu, unterbrach Henriette nicht ein einziges Mal. Doch ihre Augen weiteten sich vor Schreck, und ihre Hände zitterten unter denen von Henriette. Erst als sie alle Neuigkeiten berichtet hatte, öffnete Sibylle den Mund, schloss ihn jedoch wieder, ohne ein Wort zu sagen.

»Wenn Vater recht hat, dann wird sich viel verändern im Kurort. Dann werden er und Hermann und wahrscheinlich auch Eduard eingezogen, und wir sind auf uns allein gestellt …«

Sibylle schlug die Hand vor den Mund und schüttelte wie in Trance den Kopf. »Aber was ist mit *ihm?*«, fragt sie erschrocken.

Henriette verstand erst nicht, wen sie meinte, doch dann durchfuhr die Erkenntnis sie wie ein Blitzschlag, und sie schlug die Hand vor den Mund.

Ole.

Ihre Gedanken waren ein einziges Chaos gewesen. Sie hatte an ihren Ehemann gedacht, an ihren Bruder und Vater, an Sibylle, ja sogar an Amalia, aber eine Person war in diesem Chaos untergegangen. In tiefer Finsternis versunken.

Sie hatte Ole nicht *vergessen.*

Sie hatte gar nicht daran gedacht, dass auch er eingezogen werden könnte. Dass er sie *verlassen* könnte, dass er nicht mehr Teil ihres Lebens wäre.

»Ich … ich muss zu ihm«, flüsterte sie und erhob sich, doch in diesem Augenblick öffnete sich die Tür zur Stube erneut, und ihr Vater stand vor ihnen.

Seine Augenbrauen waren gerunzelt, die Lippen zu einem schmalen Strich zusammengepresst, und hinter ihm stand Herr Bors, ein selbstgefälliges Lächeln auf den Lippen. Erst bei genauem Hinsehen erkannte Henriette, dass der Empfangschef jemanden im Schlepptau hatte, und dieser Jemand war Robin, der sie mit verkniffenem Gesichtsausdruck ansah.

»Nun …« Ihr Vater betrat die Stube, die Hände in die Hüften gestemmt. »Ich denke, dass wir eine Menge zu besprechen haben, meint ihr nicht auch, meine lieben Töchter?«

Henriette schluckte schwer, tauschte einen traurigen Blick mit ihrer Schwester und wappnete sich für alles, was nun folgen würde.

Verzeih mir, Ole, dachte sie traurig, *hab noch ein wenig Geduld, dann bin ich bei dir.*

KAPITEL 17

OLE

Niendorf, September 1914

Hiermit beordern wir Sie in den Krieg für das Deutsche Reich …

Die Worte hatten sich schmerzhaft in Oles Gedächtnis eingebrannt, er kannte den Inhalt des Briefes in- und auswendig, aber trotzdem wollte er es nicht wahrhaben.

Seine Mutter hatte die letzten Tage nur geweint, hatte geschrien und getobt. Sie wollte nicht wahrhaben, dass ihre Söhne in den Krieg ziehen sollten, dass sie vielleicht nie wieder heimkehren würden.

Ja, ihre *Söhne.*

Denn Fabian und Fritz hatten den gleichen Brief erhalten. Sie waren alt genug für den Krieg, und Dorothea Bergmann würde auf einen Schlag drei Söhne verlieren. Nur Paul würde ihr bleiben. Ihr Vater hatte kein einziges Wort gesagt. Er hatte nur schweigend auf die Briefe gestarrt und ein bedrücktes Gesicht gezogen. Er würde bleiben. Seine alte Beinverletzung machte ihn unbrauchbar für den Kriegsdienst.

Einige Zeit hatten sie noch die Hoffnung gehabt, es wurde vielleicht doch nicht zum Krieg kommen. Natürlich hatte das Deutsche Reich sich zwar bedingungslos auf die Seite von Österreich gestellt. Aber für einen kurzen Augenblick hatten die Menschen im Deutschen Reich gedacht, dass die Serben gemeinsam mit Österreich-Ungarn eine diplomatische Lösung anstreben und das

Ultimatum von Österreich-Ungarn akzeptieren würden. Doch das war nicht geschehen, Serbien hatte die Forderungen nicht akzeptiert, und deswegen hatte Österreich-Ungarn dem Land den Krieg erklärt.

Und nun würde Ole in diesem schrecklichen Krieg kämpfen müssen, an dem auch Deutschland Mitschuld trug. Eine verlorene Träne rann Oles Wange hinab, doch er wischte sie nicht fort. Dieses eine Mal ließ er die Trauer zu. Dieses eine Mal wollte er nicht stark sein müssen, denn das Leben verlangte ihm ohnehin schon so vieles ab, und jetzt, wo er in den Krieg ziehen musste, erst recht.

»Ole?« Er zuckte zusammen und wirbelte herum, sah in Henriettes trauriges Gesicht, ertrank im Blau ihrer Augen, und ehe er sichs versah, fand sie sich in seinen Armen wieder.

»Oh, Ole …«, wisperte Henriette und presste ihr Gesicht an seine Brust. Er spürte ihre Wärme, ihre Finger, die sich in den Stoff seiner Jacke krallten.

»Henni …«, murmelte er verwirrt, aber er lächelte sanft, als er die Arme um sie legte. »Wie schön, dass du hier bist.«

Sie hatte ihm geschrieben, hatte ihm erzählt, dass ihr Bruder und ihr Vater einberufen worden waren, aber nicht ihr verhasster Ehemann. Sein schwaches Herz und seine lädierte Lunge verschonten ihn vor diesem sinnlosen Krieg.

»Es tut mir leid, dass ich erst jetzt bei dir sein kann.« Henriette schaute zu ihm hoch, und ihre Finger strichen über seine Wange, fuhren durch seine stürmischen Locken, ihre Hände verhakten sich in seinem Nacken. Als wollte sie ihn nie wieder loslassen, als wollte sie ihn um keinen Preis gehen lassen.

»Das ist nicht deine Schuld, meine liebe Henni … du hattest viel zu tun.«

Beschämt biss sie sich auf die Unterlippe und wich seinem Blick aus. Sie sah erschöpft aus, ihre Wangen waren eingefallen, ihre Augen dunkel umschattet, und ihr dunkelblaues Kleid war mit Staub beschmutzt.

»Ich will das alles nicht, Ole.«

Gott, er wollte es auch nicht. Er wäre am liebsten in dem Augenblick, als der Brief ihn erreicht hatte, weggerannt. Ein neuer Name, eine neue Stadt. Weg aus diesem Land, fort von diesem Krieg. Aber das konnte er nicht. Er wollte seiner Familie keine Schande machen, und außerdem war es immer noch eine große Ehre, für das Deutsche Reich in den Krieg zu ziehen.

Diese Lüge glaubst du doch selbst nicht, murrte eine sarkastische Stimme in seinem Kopf.

Natürlich glaubte er es nicht. Es war keine Ehre, und ein Krieg war immer nur grausam. Viele Menschen würden ihr Leben verlieren.

Henriette löste sich von ihm und sah Ole ernst an. Ihr Blick fiel auf den Brief in seiner Hand, und ihre Augen weiteten sich vor Schreck. »Nein …«, flüsterte sie heiser, und ihre Hand schnellte vor.

Ole wollte einige Schritte zurückweichen, aber Henriette war schneller. Sie entriss ihm den Brief, und ihre Augen huschten über die Zeilen.

»Mein Gott, bitte nicht!« Sie schlug sich die Hand vor den Mund, der Brief entglitt ihr und segelte in den nassen Sand. Tränen liefen über Henriettes Wangen, und ihr schmaler Körper erzitterte, dann gaben die Beine unter ihr nach, und sie fiel auf die Knie.

»Henni …«, setzte Ole an, aber sie hob den Blick und sah ihn enttäuscht, vielleicht sogar wütend an.

»Wieso hast du es mir nicht gesagt?«

»Ich wollte dich nicht beunruhigen.« Selbst in seinen eigenen Ohren klangen die Worte wie eine Lüge. Wie eine Ausrede, um die Wahrheit nicht aussprechen zu müssen.

Henriette schüttelte fassungslos den Kopf. Wut zeichnete sich auf ihrem Gesicht ab, und sie erhob sich schwerfällig.

»Beunruhigen?«, wiederholte sie seine Worte, und wider Willen entschlüpfte ihr ein höhnisches Lachen. »Ich bin die ganze Zeit beunruhigt! Ich habe Angst, Ole! Angst, meinen kleinen Bruder nie wiederzusehen, Angst, dass mein Leben nie wieder so wird, wie es war. Dass es noch viel schlimmer kommt, als es ohnehin schon ist! Und jetzt sagst du mir, dass du mich nicht beunruhigen wolltest? Du wirst in den Krieg ziehen. Du wirst mich ebenso allein lassen wie all die anderen, du …« Sie konnte nicht weitersprechen, denn Ole war langsam auf Henriette zugegangen und schloss sie schweigend in die Arme.

Hielt ihren zitternden Körper. Lauschte ihrem Schluchzen, versuchte sich ihren Duft nach Rosen und Zitronen für immer einzuprägen. Niemals diese winzigen Augenblicke, die sich wie ein ferner Traum anfühlten, zu vergessen. Henriettes Herzschlag unter seinen Fingerkuppen, ihre Wärme und ihr sanftes Lächeln. Das dunkle Blau ihrer Augen. Wie ein Blick in den Himmel um Mitternacht.

»Es tut mir leid …«, wisperte er in ihr Ohr. »Ich wusste nicht, wie ich es dir sagen sollte. Ich wollte dir nicht noch mehr Kummer bereiten, und ich … ich bin nicht bereit für diesen Abschied.«

Die Worte klangen dumpf, aber sie waren die einzige Wahrheit, die Ole kannte. Die einzige Wahrheit, die noch irgendetwas bedeutete.

»Ole …«, murmelte Henriette und hob den Blick.

Tränen funkelten auf ihren Wangen, ihre Augen waren gerötet, und ein trauriges Lächeln lag auf ihren Lippen. »Ich will diesen Abschied auch nicht …«

Schweigend standen sie da im Licht einer blassen Herbstsonne, die sie in sanfte Wärme tauchte. Es war genau wie der Augenblick in der *Villa Sommerwind*. Ole hielt Henriette, wollte sie nie wieder loslassen und wusste doch, dass dieser Moment ein jähes Ende finden würde.

»Komm mit«, forderte er Henriette auf.

Sanft zog er sie mit sich zu der kleinen Hütte und bedeutete ihr, auf der Bank Platz zu nehmen. Unsicher sah Henriette ihn an, doch sie tat, wie geheißen. Ihr blaues Kleid raschelte leise, und Ole trat in die Hütte. Er brauchte nur wenige Sekunden, um seine Augen an das dämmrige Licht zu gewöhnen. Seine Finger streiften über die Regale, über die Holzbretter und Werkzeuge. Ein Gefühl tiefer Vertrautheit erzeugte eine Gänsehaut auf seinen Armen. Er kniff die Augen zusammen und ertastete blind, wonach er gesucht hatte.

Er lächelte und griff nach dem Gegenstand, der sich kühl in seiner Hand anfühlte. Vorsichtig trat Ole wieder hinaus ins Freie.

»Was hast du da drin gemacht?«, fragte Henriette ihn vorsichtig.

Ole kniete sich vor sie hin und nahm ihre Hände. »Henni …«, setzte er an.

Sie neigte den Kopf zur Seite und zog die Nase kraus. Ole konnte sich ein kleines Grinsen nicht verkneifen. Das tat Henriette immer, wenn sie nachdachte, wenn sie nicht verstand, was ihr Gegenüber von ihr wollte.

»Ole, was …«

Doch Ole ließ sie nicht weitersprechen. Er legte einen Finger auf ihre Lippen und schüttelte sanft den Kopf.

»Ich will, dass du mich niemals vergisst, hörst du? Ich will, dass du an mich denken kannst, ohne dass dein Herz wehtut. Ich verspreche dir, dass ich alles tun werde, um zu dir zurückzukehren, hörst du?«

Tränen sammelten sich in Henriettes Augen, und sie schniefte leise, sagte aber kein Wort. Ole öffnete seine andere Hand und hielt ihr die Taschenuhr hin, die er auf dem Markt bei einem kleinen Trödelstand gekauft hatte. Die Uhr war silbern mit einer filigranen Rosengravur auf der Vorderseite. Ole hatte einiges an Zeit investieren müssen, um die Spuren des Alters von der Uhr zu entfernen, aber es war ihm gelungen. Für Henriette. Für dieses Versprechen in der Dunkelheit, das er ihr geben wollte.

Behutsam, geradezu ängstlich nahm Henriette die Uhr und ließ sie aufschnappen. Ole hörte das leise Ticken, das sich in seinem Kopf festsetzte.

Tick-tack. Tick-tack.

Zeit, die niemals stillstehen würde. Nicht genügend Zeit, die ihm mit Henriette vergönnt war, aber doch alles bedeutete. Sein Herz würde sich ewig an diese Augenblicke erinnern.

»Ole …«, wisperte Henriette und strich mit den Fingern zärtlich über die Uhr.

Sie sah ihn an und wollte etwas sagen, aber als sie die Uhr umdrehte und die Inschrift entdeckte, die Ole eingraviert hatte, erstarrte sie. Ihre Lippen formten den Satz seines Herzens, stumm sprach er die Worte in Gedanken mit.

Vergiss mein nicht, erblickst du mich. In Liebe, Ole.

Nun strömten die Tränen über ihre Wangen, und Henriette schloss die Hand um die Uhr, bis ihre Knöchel weiß hervortraten. Und ehe Ole sichs versah, ließ sie sich in seine Arme fallen. Ihr Haar kitzelte ihn leicht, und Ole konnte das Gleichgewicht nicht mehr halten. Rückwärts fielen sie in den Sand.

Ihre Finger umfassten sein Gesicht. Sie sah Ole in die Augen, und er legte seine Hände um ihre Hüften. Sah nur sie.

Henriette. Henriette. Henriette.

Er würde sie niemals vergessen. Sie wäre sein Grund, lebend aus diesem Krieg heimzukehren.

»Ich liebe dich, Ole Bergmann.«

Henriettes Worte drangen tief in sein Herz und vertrieben mit ihrem Leuchten die Finsternis. Ole lächelte, als Henriette sich zu ihm hinunterbeugte, ihre Lippen legten sich schüchtern auf seine. Er schmeckte Salz und die Süße von Früchten, roch Rosen und Zitrone. Seine Hände legten sich um Henriettes Nacken, und er zog sie enger an sich. Begierde durchzuckte ihn.

Er wollte mehr. Mehr von Henriette. Mehr als diesen Kuss, aber Ole wusste ganz genau, dass dies nicht der richtige Augenblick war, um sich nach etwas zu verzehren, was nicht ihm gehörte. Nicht jetzt.

Denn dies war ihr Abschied.

Der Abschied, für den sie beide nicht bereit waren. Deswegen ließ er sich völlig fallen in diesen Kuss. In diese erste Berührung seit so vielen Jahren. Ein leises Stöhnen kam über seine Lippen, als Henriette sich von ihm löste und ihn schelmisch anlächelte.

»Vergiss mich auch nicht, hörst du?« Sie strich mit ihrem Finger über seine Nasenspitze, liebkoste mit ihren Lippen seine Wange und hauchte ihm noch einen Kuss auf den Mund.

»Wie könnte ich.« Ole zog sie in eine letzte enge Umarmung.

Er schloss diesen Moment in seinem Herzen ein. Für immer. Für diese kleine Ewigkeit, die er Henriette nicht sehen würde. Und wer wusste schon, wie lange dieser Krieg dauern würde, vielleicht wäre der ganze Schrecken schnell vorbei.

Er wusste nicht, wie viele Sekunden – *oder waren es doch schon Minuten?* – vergangen waren, da richtete sich Henriette langsam auf. Sie atmete tief und sah Ole eindringlich an.

»Bitte gib auf dich acht und tu nichts Unüberlegtes.«

Ole räusperte sich und strich über ihren Arm. »Ich verspreche es dir. Außerdem muss ich doch meine kleinen Brüder beschützen.«

Henriettes Gesichtsausdruck wurde ernst, und sie rückte ein Stück näher an ihn heran. Ole legte einen Arm um ihre Schulter. »Deine Brüder müssen auch in den Krieg ziehen?«

Ole nickte. »Fabian und Fritz, ja. Paul ist Gott sei Dank noch zu jung, er wird hierbleiben.«

Henriette kaute nachdenklich auf ihrer Unterlippe herum. »Das wird eine schwere Zeit für deine Familie …«

»Ja …« Ole fuhr sich mit den Fingerspitzen über die Nasenwurzel und schloss kurz die Augen. »Ich mache mir Sorgen um meinen Vater und meine Mutter.«

»Dein Vater ist krank, oder?«

Ole lächelte schwach. Sie hatte sich jedes kleine Detail gemerkt, das er ihr erzählt hatte. Jede winzige Anekdote, die Ole ihr in der Dunkelheit offenbart hatte.

»Ja, eine alte Kriegsverletzung. Deswegen haben Fabian und Fritz ihm auch immer beim Fischen helfen müssen. Er hat ein schwaches Bein …«

Henriette lehnte ihren Kopf an seine Schulter. »Kann ich deiner Familie irgendwie helfen?«

Ole lachte leise und küsste sie auf den schwarzen Haarschopf. »Ach, Henni … du sorgst dich immer zuerst um andere und dann erst um dich. Das wird dir irgendwann noch zum Verhängnis werden.«

Henriette schaute zu ihm hoch. »Meine Mutter hat immer gesagt, dass ich so ein großes Herz habe, dass es nur für mich allein viel zu viel ist. Sie hat gesagt: *Beschütze die, die du liebst, dann wirst du immer im Glück leben.*«

Ole verstand die stumme Botschaft zwischen den Zeilen. Sie hatte ihm von ihrer Mutter erzählt. Von dieser wunderschönen Frau, die sie immer beschützt und behütet hatte. Die Henriettes ganze Welt gewesen war, bis sie bei der Geburt ihres kleinen Bruders gestorben war. Henriette hatte so früh lernen müssen, Verantwortung für ihre Geschwister und ihre Familie zu übernehmen, dass Ole manchmal daran zweifelte, ob sie überhaupt wusste, wie es war, für sich selbst zu leben.

»Mein Vater ist stur und meine Mutter ebenso. Ich weiß nicht, ob sie je Hilfe annehmen würden …«

Mit Schrecken erinnerte Ole sich daran, wie arm sie gewesen waren, als sie nach Niendorf gezogen waren. An die klamme Kälte, an das karge Essen, das auf dem Tisch gelandet war. Andere Dorfbewohner hatten ihnen Hilfe anbieten wollen, vor allem, als seine Mutter mit Fabian und Fritz schwanger war und kaum mehr im Haushalt hatte arbeiten können. Doch seine Eltern waren viel zu stur und viel zu stolz, um Hilfe anzunehmen. Nur eine List hatte geholfen.

Ole hatte sich freiwillig gemeldet, um auf dem Markt einkaufen zu gehen, mit den paar Münzen, die sie besaßen. Und an jedem Stand, an dem er vorbeigegangen war, wanderten zu den Waren, die er kaufte, ein paar weitere in seinen Korb. Fünf statt drei Möhren, ein halber Sack Kartoffeln mehr, sogar ein halber Schinken, den der Metzger sowieso nicht mehr loswerden würde, als der Markttag fast vorbei war. Schweigend und mit einem gutmütigen Lächeln auf den Lippen halfen die Bewohner des kleinen Fischerdorfs seiner Familie. Natürlich war seine Mutter jedes Mal irritiert, dass der Einkauf größer ausfiel, als sie gedacht hatte, aber Ole zuckte nur schweigend mit den Schultern.

Lügen konnte er nicht, aber die Wahrheit würde er seiner Mutter erst recht nicht auf die Nase binden.

»Paul …«, sagte er schließlich, und Henriette sah ihn neugierig an.

»Was ist mit ihm?«

»Frag meine Eltern nicht, ob du ihnen helfen kannst. Sie werden sagen, dass alles in Ordnung ist, auch wenn sie kein Holz mehr für den Kamin haben oder kein Brot mehr zum Essen. Frag Paul, wie es ihnen geht. Ich werde ihm sagen, dass er die Einkäufe für unsere Familie erledigen soll. Dann kann er sich mit dir treffen, und du kannst ihm …«

»… etwas zu essen oder ein bisschen Geld geben«, beendete Henriette seinen Satz.

»Gott bewahre, Henriette!«, rief Ole aus. »Nur kein Geld, nein, bitte tu das nicht.«

Sie zuckte mit den Schultern. »Wenn wir noch genug haben, dann wird mich keiner aufhalten, deinem Bruder Geld zu geben. Und wenn wir erst mal noch genügend Gäste haben, dann werden wir auch weiter den Fisch von euch kaufen.«

Ole verzog das Gesicht zu einer Grimasse. »Ich bin mir nicht sicher, ob wir weiterhin so viel fischen können. Paul ist nicht …« Er suchte nach dem passenden Wort, aber es gelang Ole nicht so recht.

»Nicht jeder von uns kann den Weg gehen, den seine Familie für ihn vorgesehen hat.« Sie strich Ole über die Schulter und hauchte ihm einen Kuss auf die Wange. »Sorg dich nicht. Ich bin mir sicher, dass Paul seinen Weg finden wird, und ich werde alles tun, was mir möglich ist, um deiner Familie zu helfen.«

»Ich danke dir.« Ole schloss sie in seine Arme und richtete sich dann vorsichtig auf.

Henriette tat es ihm gleich und schmiegte sich an ihn. Ole konnte nicht länger ignorieren, dass der Ort langsam zum Leben erwachte. Die ersten Fischer würden bald am Strand auftauchen. Die Netze, die sie zum Trocknen aufgehängt hatten, zusammenlegen und sich auf ihre Boote begeben. Bald würde hier reges Treiben herrschen. Knaben würden sich mit fröhlichen Rufen von *Mobilmachung* auf ihren Weg zur Schule begeben. Stolz schwang bei diesen Rufen in ihren Stimmen mit, und Ole hatte bemerkt, dass die meisten Dorfbewohner den Krieg ebenfalls mit Stolz und Freude ansahen. Das Deutsche Reich würde sich bewähren, es würde beweisen, dass es von Bedeutung war in dieser Welt. Ein mulmiges Gefühl keimte in Ole auf. Er verabscheute diesen Stolz, diese Freude auf den Krieg, denn ein Krieg war nichts, was irgendjemanden glücklich machte. Nein, es würden viele Menschen sterben. Jungen und Männer würden nicht mehr zu ihren Familien zurückkehren, Frauen würden zu Witwen werden, Töchter ohne Väter aufwachsen.

»Dann heißt es jetzt *Auf Wiedersehen?*«, fragte Henriette, und ihre Stimme zitterte leicht.

Ole legte eine Hand unter ihr Kinn und hob ihren Kopf ein Stück an. Er sah in ihre berückenden nachtblauen Augen, in denen Tränen funkelten.

»Ja«, antwortete er leise und zwang sich mit aller Mühe, die eigenen Tränen zurückzuhalten.

»Tu das nicht.« Henriette legte eine Hand auf seine Wange. »Versuch nicht, so zu tun, als würde es dir nicht wehtun. Du darfst deine Gefühle zeigen, Ole. Du darfst traurig sein, du musst nicht immer stark sein.«

Ole zog scharf die Luft ein. Henriettes Worte schienen seine ganze Welt zu erschüttern, und ihm war, als fiele eine tonnenschwere Last mit lautem Krachen von seinen Schultern. Seine Hände zitterten, und schon stahl sich eine Träne auf seine Wange, und ein tiefes Schluchzen kroch seine Kehle empor.

Aber dieses eine Mal schämte Ole sich nicht dafür. Dieses eine Mal ließ er sich in diese Trauer fallen, in Henriettes Arme, die ihn hielt und ihm beruhigend über den Rücken strich.

»Ich liebe dich«, flüsterte sie in sein Ohr, ihr Atem war warm und weich. »Ich werde dich immer lieben und an dich denken, Ole, denn du bist der Mann, der in einem anderen Leben der meine gewesen wäre.«

Ole legte seine Arme um Henriette, zog sie ein allerletztes Mal an sich und küsste sie. Voller Leidenschaft, voller Sehnsucht. Ein bittersüßer Abschied im blassen Licht der Herbstsonne.

»Ich liebe dich auch, Henriette. Für immer.«

»*Vergiss mein nicht* – erinnerst du dich?«, wiederholte sie die Worte auf der Uhr ganz leise und küsste ihn ein letztes Mal auf die Wange.

Dann lösten sie sich voneinander, hielten sich aber noch bei den Händen und schauten auf die stürmische Ostsee hinaus. Ein letzter gemeinsamer Ausblick in die Unendlichkeit. Ole begleitete Henriette noch bis zur Strandpromenade, erst dann ließ er ihre Hand los.

»Auf Wiedersehen«, sagte Henriette.

»Auf Wiedersehen, Henni …« Ole konnte den Blick nicht von ihr wenden.

Da gab es noch so viele Dinge, die er ihr gerne gesagt hätte. So viele unausgesprochene Worte. Aber jetzt war der Abschied endgültig gekommen, und Ole schwor sich, dass er ihr all diese Worte sagen würde, *wenn* er nach Hause zurückkehrte.

Henriette drehte sich schweren Herzens um, sah noch einmal über die Schulter zurück und hob die Hand zum Abschied. Ein letztes Lächeln, das sich in Oles Gedächtnis einbrannte, dann war sie aus seinem Blickfeld verschwunden.

Ole fühlte sich leer, ausgelaugt und zutiefst erschöpft. Er legte eine Hand auf seine Brust und fragte sich, ob sich so ein gebrochenes Herz anfühlte.

»Ich verspreche es dir«, wisperte er in den Himmel. »Ich werde zu dir zurückkommen.«

Dies durfte nicht der letzte Augenblick gewesen sein, den er mit Henriette verbracht hatte.

KAPITEL 18

HENRIETTE

Timmendorfer Strand, Oktober 1914

Regentropfen prasselten laut und unnachgiebig gegen die Fensterscheibe, ein Sturm ließ die Blätter im Wind verwehen. Mit einem schweren Seufzen schaute Henriette nach draußen. Ein Frösteln jagte über ihren Rücken, und sie rieb die Hände aneinander.

»Du klingst wie ein altes Weib, das bald sterben wird.«

Henriette konnte nicht anders, sie musste bei diesen Worten grinsen, obwohl sie sich so elend fühlte.

»Vielen Dank für dieses wunderbare Kompliment, Mareike.«

Sie hörte Schritte hinter sich, dann legte ihre beste Freundin die Arme um sie und bettete ihren Kopf auf Henriettes Schulter. »Ich ertrage es nicht, wenn du so traurig bist«, murmelte Mareike mitfühlend.

Henriette legte eine Hand auf die von Mareike. »Tut mir leid, dass ich dir so die Stimmung verderbe.«

Mareike schnaubte und ließ Henriette los, setzte sich ihr gegenüber hin und sah sie ernst an. Sie saßen in der Schneiderei Baltmund, ein prasselndes Feuer im Kamin und Traurigkeit im Herzen.

Henriette hatte es nicht ausgehalten in der *Villa Sommerwind*. Hatte die Abschiedsstimmung um ihren Bruder und ihren Vater nicht ertragen. Vor allem, da Eduard tatsächlich in Timmendorfer Strand zurückbleiben würde, weil der Dorfdoktor ihn zum Amtsarzt nach Lübeck überwiesen hatte, der wiederum Eduard bescheinigt hatte, dass sein schwaches Herz ihn kriegsuntauglich machte. Diese Nachricht hatte Henriette wütend gemacht, und sie hatte ihren unbändigen Zorn an jedem ausgelassen, der ihr begegnete.

»Darf ich den Damen eine Tasse Tee anbieten?«, erklang da eine Stimme hinter ihnen.

Heinrich stand im Türrahmen, die Hände in die Taschen seiner warmen Strickjacke vergraben, und lächelte sie freundlich an.

»Eine sehr gute Idee«, entgegnete Mareike.

Henriette nickte nur schweigend. Sie war froh, dass weder Heinrich noch Simon in den Krieg ziehen mussten. Simon war zu wichtig für die Anwaltskanzlei, und die Menschen in Hamburg sehnten sich anscheinend noch so sehr nach Zerstreuung, dass die Theater in Hamburg weiterhin geöffnet blieben und Heinrich unentbehrlich für seinen Intendanten war.

Heinrich machte sich daran, den Tee aufzugießen, und setzte sich dann neben Henriette. Er sah sie von der Seite an, doch sie sagte nichts. Da waren keine Worte mehr in ihr, keine Gefühle, die sie laut auszusprechen wagte.

»Ach, wilde Blume …«, murmelte Heinrich und zog sie in seine Arme. »Bitte sei nicht so traurig. Das ist ja kaum auszuhalten.«

»Ich kann auch gehen, wenn es euch lieber ist«, erwiderte Henriette eine Spur zu scharf, und ihre Worte taten ihr sofort leid.

Ihre besten Freunde verdienten diesen Trübsinn nicht, und auch nicht diesen Zorn, der in ihrem Herzen aufflammte. Mareike hob eine Augenbraue. »Du kannst gehen, wann immer es dir beliebt, Henni. Aber wir wissen beide, dass du das gar nicht willst.«

Sie starrte Mareike entsetzt an, denn in deren Worten schwang eine beleidigte Ernsthaftigkeit mit, die Henriette so gar nicht von ihrer besten Freundin kannte.

»Mareike, es …«

»Schon gut.« Mareike verschränkte die Arme vor der Brust und starrte demonstrativ nach draußen.

Heinrich stöhnte auf und zog seine Schwester ebenfalls in seinen Arm. »Hört ihr beide wohl auf«, schimpfte er sie streng. »Ihr seid wie Pech und Schwefel, ihr könnt zurzeit nicht mit-, aber auch nicht ohneeinander! Also vertragt euch und habt euch lieb. Wir haben nur noch uns in dieser schweren Zeit.«

Demütig schaute Henriette Mareike an, die ihren Blick ebenso reumütig erwiderte. Sie streckte die Hand aus, und Mareike nahm sie.

»Tut mir leid …«, sagten sie gleichzeitig und mussten dann doch lachen, obwohl die Welt so finster und grausam war.

Heinrich ließ die beiden los und trank bedächtig einen Schluck Tee. »Ihr seid wirklich unmöglich.«

»Jaaa«, erwiderten sie beide wie aus einem Mund und grinsten Heinrich an.

Dieser schüttelte nur brummig den Kopf, und für einen kurzen Augenblick fühlte sich Henriettes Herz wieder frei und leicht wie eine Feder an.

»Tut mir leid, ich wollte dich nicht angehen. Manchmal weiß ich einfach nicht, wohin mit meinem unbändigen Zorn.«

»Ich weiß«, antwortete Mareike und lächelte sie an. »Aber du musst jetzt auch stark sein. Für deine Töchter und für die *Villa Sommerwind.*«

Sie wusste, dass ihre Freundin recht hatte. Sie hatte keine andere Wahl. Sie musste durchhalten in dieser schrecklichen, zerrissenen Zeit. Viele Männer hatten vor einer Woche schon den Kurort verlassen, hatten die Züge am Bahnhof in Pansdorf bestiegen. Ihre Frauen und Kinder hatten sich tränenreich von ihnen verabschiedet und ihnen nachgewunken, als der Zug mit einem lauten Zischen abgefahren war. Heute würden nun ihr Bruder und ihr Vater sowie Justus und Nikolas und einige andere junge Männer aus der Belegschaft der *Villa Sommerwind* in den Krieg ziehen.

Zu Henriettes Verdruss blieb der griesgrämige Herr Bors ihr und der *Villa Sommerwind* erhalten. Ihr Vater hatte ihm eine Bescheinigung ausgestellt, dass er von unschätzbarem Wert für das Hotel war und nur er den Empfang, den Anforderungen entsprechend, leiten konnte. Justus und Nikolas hingegen waren für ihren Vater entbehrlich. Noch so etwas, das Henriette maßlos ärgerte, denn nun würde Elisabeth ihrem Bruder Lebewohl sagen und die ganze Zeit um ihn bangen müssen. Das hatte die junge Frau nicht verdient.

»Ich werde stark sein«, versprach Henriette Mareike, »immerhin bist du an meiner Seite.«

»Für immer. Da kannst du dir auf jeden Fall sicher sein!«

Ein Windstoß blies auf einmal in den warmen Raum, und die kleine Glocke über der Tür klingelt leise, als diese geöffnet wurde. Elisabeth und Henriettes Töchter traten ein, hinter ihnen Friederike Baltmund, bepackt mit einem Korb voller neuer Stoffbahnen.

»Mama! Ich habe dich doch eigens gefragt, ob du Hilfe brauchst.« Mareike sprang auf und nahm ihrer Mutter den schweren Korb ab.

»Und wie du siehst, habe ich es unbeschadet nach Hause geschafft, ohne dass etwas passiert ist«, entgegnete Friederike trocken und schüttelte nur den Kopf, dann wandte sie sich an Henriette.

»Wie schön, dass du hier bist, auch wenn ich annehme, dass du gleich wieder gehen musst, oder?«

Henriette nickte schweigend und winkte ihre Töchter zu sich. Julia stürmte sofort in ihre Arme und kuschelte sich auf Henriettes Schoß, Christine war natürlich verhaltener, aber auch sie gesellte sich zu ihrer Mutter.

»Habt ihren einen schönen Spaziergang über den Markt gemacht?«, fragte Henriette lächelnd.

»Ja!«, rief Julia. »Und wir waren auch auf dem Spielplatz, der neu am Strand gebaut wurde.«

Henriette strich ihrer Tochter eine verirrte Haarsträhne aus der Stirn und küsste sie auf die Wange. »Es freut mich, dass ihr so einen schönen Tag hattet.«

Julia lächelte sie erfreut an, dann aber war dieses Lächeln plötzlich wie fortgewischt, und sie senkte den Kopf. »Aber heute müssen Großvater und Onkel Hermann uns verlassen …«

Wie eine Schlinge legten sich die Worte um Henriettes Herz, und sie drückte ihre Tochter an sich. »Ich weiß, meine Süße. Deswegen gehen wir jetzt auch zurück zum Hotel, um uns zu verabschieden. Aber wir dürfen nicht traurig sein, hörst du, Julia? Wir müssen stark sein und ihnen Adieu sagen, ohne sie traurig zu machen. Außerdem bleibt euer Vater bei uns, und das ist doch schön, oder?«

Henriette spürte beinahe den stechenden Blick von Mareike auf sich, doch sie ignorierte ihn gekonnt. Natürlich war es für sie nicht schön, dass Eduard blieb, aber sie gönnte dieses Glück ihren Töchtern. Sie wollte nicht, dass Julia und Christine noch mehr litten.

»Julia, Christine … habt ihr mich verstanden?«

Christine nickte kaum merklich, doch Julia schwieg immer noch mit gesenktem Kopf.

»Julia?« Henriette legte ihrer Tochter eine Hand unters Kinn und hob sanft ihren Kopf. »Sieh mich bitte an.«

Julia gehorchte wider Willen, Tränen funkelten in ihren Augen. »Ich will nicht, dass sie alle gehen müssen. Ich will diesen schrecklichen Krieg nicht! Ich hasse alle Menschen dafür, dass sie diesen Krieg gut finden, dass sie die Männer in den Tod schicken! Ich hasse unser Land dafür, dass …« Hastig hielt Henriette ihrer Tochter die Hand vor den Mund und unterbrach damit ihren wütenden Redefluss.

Erschrocken starrte Julia sie an und sank in sich zusammen. Ein Schluchzen brachte ihren kleinen Körper zum Beben, und vorsichtig nahm Henriette ihre Hand wieder fort. Sie war froh darum, dass ihre Tochter diese Worte im Kreis ihrer selbst gewählten Familie gesagt hatte, denn wenn dies auf dem Marktplatz geschehen wäre, dann hätte sie sich etwas anhören dürfen. Die Deutschen sollten stolz auf ihr Land sein, froh über diesen Krieg, der so vielen das Herz brechen würde. Niemand sollte an der Macht des Deutschen Reiches zweifeln.

»Schhh … mein Schatz«, versuchte Henriette, Julia zu beruhigen, und zog sie in eine innige Umarmung.

Julia schluchzte nun hemmungslos und hatte Mühe, ihre Sprache wiederzufinden, doch als sie die Stimme erhob, da waren ihre Worte nur für Henriette allein bestimmt.

»Dein Herz muss doch genauso wehtun«, flüsterte Julia ihr leise ins Ohr. »Ole Bergmann ist doch auch in den Krieg gezogen, und du hast ihn sehr lieb …«

Henriette hielt erschrocken den Atem an. Ihre Finger krallten sich in den Stoff von Julias Jacke.

»Mama?« Julia löste sich von ihr und sah sie fragend an.

Henriette stieß die angestaute Luft aus ihren Lungen und zwang sich zu einem Lächeln. »Du hast recht, mein Schatz.« Sie strich Julia über die Wange und küsste sie auf die Stirn. »Mein Herz tut auch sehr weh.«

Julia erwiderte scheu Henriettes Lächeln und ließ sich von ihrem Schoß gleiten. Sie wischte sich die Tränen von den Wangen und schaute sich neugierig in der Schneiderei um. Verblüfft beobachtete Henriette ihre Tochter. Julias Gefühle waren wirklich wie ein Sommergewitter. So schnell sie kamen, sich über ihr zusammenbrauten, so schnell verschwanden sie auch wieder, und vor Henriette stand nun eine halbwegs glückliche Achtjährige, die mit ihrer Schwester die neuen Stoffe begutachtete und über einen von Heinrichs Witzen kicherte, sich köstlich amüsierte, während der eine kleine Kabarettdarbietung zum Besten gab und sie alle mit seinem Schauspieltalent verzauberte.

Ein wenig Zeit ließ Henriette ihren Töchtern noch in dieser trauten Sicherheit, bevor sie sich schweren Herzens erhob und ihren dicken Wollmantel überstreifte. »Wir sollten uns dann auch auf den Weg machen.«

Auffordernd sah sie ihre Töchter und Elisabeth an. Diese nickte und nahm die beiden Mädchen an die Hand. Mareike erhob sich ebenfalls und schloss Henriette in die Arme.

»Gib gut auf dich acht und lass dich nicht vom Drachen herumkommandieren.«

Henriette konnte sich ein herzhaftes Lachen nicht verkneifen und drückte ihre Freundin an sich. »Das werde ich nicht. Ich schaffe es schon, mich zu wehren.«

»Das wollte ich hören!«

Sie lösten sich voneinander, und Henriette verabschiedete sich von Heinrich und Friederike. Gemeinsam mit ihren Töchtern und Elisabeth verließ sie die Schneiderei und betrat den Platz an der Uhr. Er lag still und verlassen da, nur wenige Einwohner des Kurorts hatten sich bei diesem ungemütlichen Wetter zum Spazierengehen hinausgetraut. Henriette spannte den Schirm auf und zog ihren beiden Töchtern die Kapuzen ihrer Jacken tief ins Gesicht.

Ihr Blick streifte das Olgaheim, und ein mulmiges Gefühl überkam sie. Bei einem Gespräch mit dem Pastor hatte sie gehört, dass es bald wohl kein Heim mehr für kränkliche und schwache Kinder sein, sondern zu einem Landschulheim umfunktioniert werden sollte. So erhoffte sich die Gemeinde von Timmendorfer Strand zusätzliche Einnahmen und viele Kinder, die den Kurort besuchten und ihren Eltern natürlich von der Schönheit des Ortes berichteten. Diese Tatsache betrübte sie nun schon seit einiger Zeit.

»Mach dir keine Gedanken …«, sagte Elisabeth da, die ihren traurigen Blick vermutlich bemerkt hatte. »Kinder wie ich werden immer irgendwo an einem Ort Obhut finden.«

Henriette schenkte ihrem Ziehkind ein schwaches Lächeln und hakte sich bei ihr unter. »Wenn du das sagst. Aber es betrübt mich trotzdem. Laura Beit hat dieses Heim nicht umsonst bauen lassen …«

Elisabeth schaute schweigend zum Olgaheim und nickte. Auch ihr Blick war voller Sehnsucht, aber sie sagte nichts weiter. Stattdessen zog sie Henriette sanft mit sich in Richtung der *Villa Sommerwind.*

Der Sturm wurde immer heftiger, und der Regen prasselte hart und unnachgiebig auf den Gehweg. Von irgendwoher drang ein Donnergrollen an Henriettes Ohr, und sie konnte die stürmischen Wellen der Ostsee hören, wie sie gegen die Stelzen der Seebrücke krachten. Jeder Schritt hin zur Villa fühlte sich schwer und zäh an, als würde Henriette immer schwächer werden. So lange schon graute ihr vor diesem Augenblick.

Sie wollte keine Abschiede mehr. Sie konnte sie nicht mehr ertragen, und trotzdem verlangte die Welt von ihr, stark zu sein. Für ihre Töchter, für die *Villa Sommerwind,* für ihr eigenes Schicksal.

»Die Kraftdroschke steht schon da«, bemerkte Elisabeth, als sie das Hotel erreichten.

»Ja …« Henriette konnte ihren Vater und Hermann sehen, die unter dem Vordach standen, gemeinsam mit ihrem Mann und ihrer Schwiegermutter. Etwas abseits standen Justus und Nikolas, die Gesichter im Schatten verborgen und nervös von einem Fuß auf den anderen tretend. Henriette setzte rasch ein freundliches Lächeln auf, als Nikolas den Blick hob und ihr in die Augen sah.

»Da seid ihr ja!« Hermann hatte sie gesehen und seufzte erleichtert. »Wir dachten schon, dass ihr nicht mehr kommt.«

Henriette schloss ihren kleinen Bruder in die Arme, sie musste sich dabei auf die Zehenspitzen stellen, denn Hermann war ein wahrer Hüne geworden. »Ich vergesse doch nicht, mich von meinem kleinen Bruder zu verabschieden«, flüsterte sie in sein Ohr.

»Das hätte ich dir auch sehr übel genommen«, murmelte Hermann und drückte sie fest an sich.

Henriette sah zu ihrem Vater, der ihrem Blick jedoch sofort auswich. Schmerzhaftes Schuldbewusstsein erfasste Henriette, denn sie hatte sich immer noch nicht mit ihm ausgesöhnt, obwohl er sie nun verlassen würde. Obwohl er vielleicht nie wieder heimkehren würde. Sie wollte gerade das Wort an ihn richten, als Sibylle aus dem Hoteleingang kam. Henriette bemerkte sofort, dass ihre Schwester geweint hatte, denn eine feine Spur getrockneter Tränen glänzte auf ihren Wangen.

Was ist denn passiert?, fragte sich Henriette irritiert.

Sie wusste, dass Robin in der *Villa Sommerwind* bleiben würde. Er wurde nicht eingezogen, denn auch ihm hatte Herr Behring, der zuständig für alle Mitarbeiter in der Küche und im Service war, Unentbehrlichkeit attestiert. Daher konnte Henriette sich auch nicht vorstellen, was geschehen war.

Doch sie hatte keine Zeit, dazu eine Frage zu stellen, denn ihr Vater räusperte sich und trat einen Schritt nach vorne.

»Es ist Zeit«, sagte er mit fester Stimme. »Es bringt niemandem von uns etwas, diesen Augenblick noch länger hinauszuzögern.«

Julia neben Henriette schniefte leise, aber sie hatte sich sofort wieder unter Kontrolle. Sie ging gemeinsam mit Christine zu Eberhart Hohnhold.

»Auf Wiedersehen, Großvater …«, sagte Julia leise, und Christine neben ihr nickte schweigend.

»Meine wunderschönen Mädchen.« Henriettes Vater kniete sich hin und schloss seine Enkeltöchter in die Arme. »Gebt gut auf euch acht, hört ihr? Und passt auch auf eure Mama und euren Papa auf, versprecht ihr mir das?«

Julia und Christine sahen ihren Großvater an und nickten eifrig. »Versprochen!«, sagten sie wie aus einem Munde.

Henriette ballte die Hand zur Faust und unterdrückte die Tränen, die in ihren Augen brannten, nur mit Mühe. Die Worte ihres Vaters rührten sie zutiefst. Reue ergriff sie und nahm ihr fast den Atem.

»Ich bin stolz auf euch.« Ihr Vater küsste die Mädchen auf die Stirn und erhob sich wieder.

Während Julia und Christine sich von ihrem liebsten Onkel Hermann sowie Nikolas und Justus verabschiedeten, ging Henriettes Vater auf sie zu.

»Henni …«, setzte er an und suchte ihren Blick.

Tiefe Traurigkeit lag in seinen Augen, und Henriette biss sich auf die Lippe. Es gab so vieles, was sie ihm nicht verzeihen konnte, aber jetzt, in diesem Moment, war er ihr geliebter Vater, der Mann, der immer an sie geglaubt hatte. Der ihr niemals gesagt hatte, dass sie etwas nicht konnte, weil sie ein Mädchen war. Der ihr immer bedingungslos vertraut hatte.

Ein Ruck ging durch Henriettes Körper, und obwohl alles in ihr danach schrie, sich einfach abzuwenden und die Verbindung auf ewig zu kappen, ließ sie sich in die Arme ihres Vaters fallen. Sein unverwechselbarer Duft nach Zitrusfrucht und Eichenholz kitzelte sie in der Nase. Unaufhaltsam bahnten sich die Tränen den Weg über ihre Wangen.

»Bitte, pass auf dich auf«, flüsterte Henriette heiser.

Ihr Herz schlug so laut, dass es drohte zu zerspringen, und sie klammerte sich wie ein kleines Mädchen an ihren Vater. Vielleicht war sie das in diesem Augenblick auch – ein kleines Mädchen, das sich von der Welt allein gelassen fühlte und in bleierner Finsternis versank.

»Das werde ich, meine liebe Henni …«, murmelte ihr Vater und strich ihr über den Rücken. »Ich hoffe, dass du mir dann verzeihen kannst, wenn ich wieder zurückkehre.«

Seine Worte legten sich wie eine Schlinge um Henriettes Kehle, und sie schaffte es nicht, etwas zu erwidern. Alles an ihr war kalt, der Regen grub sich förmlich in ihren Mantel, und ihre Haare waren tropfnass. Aber das kümmerte sie nicht. Dies war vielleicht der letzte Augenblick, in dem sie ihren Vater in den Armen halten konnte.

Sie lösten sich vorsichtig voneinander, und ihr Vater wischte die Tränen auf Henriettes Wangen mit einem müden Lächeln fort. Dann drehte er sich um und ging zu Amalia. Henriette spürte Eduards Blick auf sich, aber es lag kein süffisantes Lächeln auf seinen Lippen, nein, er wirkte fast so, als hätte er Mitleid mit Henriette, als könnte er ihren Schmerz nachfühlen.

Vielleicht tut er das auch. Vielleicht wirst du eine neue Seite an deinem Mann kennenlernen, sagte da eine Stimme in ihren Gedanken, der Henriette jedoch keinen Glauben schenken konnte. Nein, Eduard würde der kalte, unberechenbare Mann bleiben, der sie betrogen und sich in die Arme einer anderen Frau geflüchtet hatte.

»Große Schwester.« Hermann trat zu Henriette, ein scheues Lächeln auf den Lippen.

»Kleiner Bruder«, erwiderte Henriette und musste lächeln, denn Hermann sah ganz und gar nicht mehr aus, wie der *kleine* Bruder. Er überragte sie um mehrere Zentimeter, und als er sie in eine innige Umarmung zog, blieb Henriette fast die Luft weg. Aus diesem stürmischen Knaben war ein Mann geworden. Ein Mann, der sich nun Leid und Tod stellen würde, der so viel Grauen sehen würde, das für sie selbst so weit entfernt schien.

»Mach dir keine Sorgen um mich«, sagte Hermann zuversichtlich. »Ich passe schon auf mich auf. Und natürlich auch auf unseren alten Vater …«

»Wie bitte? Ich habe mich wohl verhört! Frecher Bengel.« Ihr Vater schüttelte schnaubend den Kopf, doch Hermanns Worte entlockten auch ihm ein leises Lachen.

»Sei trotzdem vorsichtig.« Henriette legte ihre Hand an Hermanns Wange. »Komm gesund wieder nach Hause. Du bist der Erbe der *Villa Sommerwind*, du bist unsere Zukunft.«

Hermann zog eine verärgerte Grimasse und schüttelte den Kopf. Er sah sich um und beugte sich zu Henriette hinunter. »Wir wissen beide, dass dies nicht die Wahrheit ist, große Schwester. Ich bin nicht die Zukunft dieses Hotels und wollte es auch niemals sein … Du, Henni, bist die Zukunft unserer Familie, weil du uns alle immer beschützt hast. Du weißt ja, mich zieht es in eine andere Richtung, wenn ich wieder zurück bin, dann werde ich endlich anfangen, für Gerechtigkeit in der Welt zu kämpfen, und Jura studieren.«

Die Worte ihres Bruders berührten sie tief, und sie musste den Kloß, der sich in ihrem Hals gebildet hatte, mühsam hinunterschlucken, bevor sie wieder sprechen konnte.

»Hermann …«, setzte sie an, aber ihr Bruder schloss sie nur erneut in die Arme.

»Du weißt, dass das die Wahrheit ist«, flüsterte er leise, seine Stimme klang belegt.

Hermann löste sich von ihr und drehte sich auf dem Absatz um, ließ Henriette nicht noch einmal zu Wort kommen und schloss nun Sibylle in die Arme. Nachdenklich betrachtete sie ihren Bruder. Tief in ihrem Innern wusste Henriette, dass er recht hatte. Hermann hatte sich nie für Zahlen und Belegungspläne interessiert. Das Hotel war für ihn immer mehr ein Spiel- denn ein Arbeitsplatz gewesen. Aber trotzdem war er der Erbe ihres Vaters, er war der Mann im Haus, nicht Henriette.

»Dann lasst uns aufbrechen«, sagte in diesem Moment ihr Vater und durchbrach ihre düsteren Gedanken, kappte die vielen Worten, die sie gerne gesagt hätte, wie einen Faden.

Sie atmete tief durch und beobachtete ihren Vater, wie er gemeinsam mit Hermann, Nikolas und Justus ihr spärliches Gepäck auf die Kraftdroschke hievte.

»Mama …« Julia hatte sich neben sie gestellt und schob ihre kleine Hand in die von Henriette.

Sie wandte sich ihrer Tochter zu und zwang sich zu einem Lächeln. »Alles ist gut, mein Schatz. Wir schaffen das, und der Krieg wird bald wieder vorbei sein.«

»Das glaubst du doch selbst nicht«, raunte Elisabeth ihr mit einem spöttischen Unterton in der Stimme zu, worauf Henriette ihr einen verärgerten Blick zuwarf.

Doch Elisabeth hatte so leise gesprochen, dass Julia ihre Worte nicht mitbekommen hatte. Stattdessen schaute sie sehnsüchtig zur Kutsche und fuhr sich über die Wangen. Christine neben ihr hielt Julia ebenfalls an der Hand, doch sie wirkte, als würde sie das alles gar nichts angehen. Als befände sie sich in ihrer eigenen Welt, ganz weit weg. Nicht wirklich hier bei ihrer Familie. Manchmal fragte Henriette sich, ob es ihrer Tochter wirklich gut ging, ob sie glücklich war. Denn anders als bei Julia konnte Henriette Christine nicht durchschauen. Sie wusste selten, was ihre

Tochter dachte, konnte meist nicht einmal ahnen, was sie umtrieb.

»Auf Wiedersehen!«, rief Hermann da und stieg mit seinem Vater und den beiden anderen in die Kraftdroschke.

Er winkte ihnen überschwänglich zu, ein allerletzter Blick, eine allerletzte Erinnerung, dann schloss sich die Tür des Gefährts, und es fuhr los. Henriette sah dem Wagen noch lange nach, auch als die Droschke schon um die nächste Ecke gebogen war und sie sie nicht mehr sehen konnte. Da war nur noch ein Schleier aus Regen, der die Welt wie in eine Decke hüllte. Selbst der Himmel weinte bittere Tränen, die mit denen von Henriette verschmolzen, und sie hielt die Hand ihrer Tochter ganz fest, ließ Julia nicht los und versuchte gegen die Einsamkeit in ihrem Herzen anzukämpfen.

»Lasst uns wieder reingehen.« Es war Eduards Stimme, die sie aus ihrer Erstarrung aufschreckte.

Ihr Mann legte eine Hand auf Henriettes Schulter. »Ihr seid ja alle ganz durchgefroren, lasst uns in den Salon gehen, ans Feuer, dann wird euch wieder warm.«

Julia nickte ihrem Vater erfreut zu und schlang ihre Arme um ihn. »Ich bin so froh, dass du bei uns geblieben bist, Papa«, flüsterte sie Eduard zu.

Ein winziges Lächeln huschte über seine Lippen, und er legte seine Hände um Julias Gesicht. »Ja, mein Engel. Ich bin auch sehr froh darüber.«

Henriette konnte diesen Anblick kaum ertragen, und sie bemerkte, dass auch Christine den Kopf abwandte und stur geradeaus in den Regen starrte. Sie hatte den Moment auf der zugefrorenen Ostsee nicht vergessen, das wusste Henriette ganz genau. Sie hatte zwar versucht, mit Christine darüber zu sprechen, aber war nicht zu ihr durchgedrungen. Doch Christine schien seitdem einen tiefen Groll gegen ihren Vater zu hegen, was sie ihm auch offen zeigte.

»Kommt schon, lasst uns reingehen.« Sanft, aber bestimmt bugsierte Eduard Frau und Töchter ins Haus.

Auch Elisabeth und Amalia folgten ihnen, und Henriette war dankbar, als das Rauschen des Regens aufhörte, als Stille sich in ihr Herz einnistete und sie die dunklen Gedanken ein wenig vergessen konnte.

Nur ein einziges Ehepaar saß im Empfangsbereich in einer Sitznische, trank Kaffee und aß Kuchen. Ansonsten war es ruhig in der *Villa Sommerwind,* beinahe gespenstisch still.

»Bekommen wir bald wieder mehr Gäste, Mama?«, fragte Julia sie, und Henriette zuckte erschrocken zusammen.

Sie antwortete ihrer Tochter nicht gleich. Stattdessen glitt ihr Blick unruhig durch die Empfangshalle, und obwohl sie die Stille genoss, konnte sie den Anblick kaum ertragen. Seit der Bekanntmachung, dass die deutsche Armee mobilmachen würde, dass Jungen und Männer in den Krieg eingezogen wurden und alte Offiziere wieder ihre Stellung einzunehmen hatten, waren nach und nach die Gäste ausgeblieben. Die Angst hatte die Menschen gelähmt, und sie sorgten sich um ihre Liebsten, sorgten sich darum, dass der Krieg ein tiefes Loch in ihre Kassen reißen würde. Dass sie am Ende dieses Winters nicht mehr genug zu essen hätten. Also verzichteten sie lieber auf eine schöne Zeit im Kurort.

»Natürlich bekommen wir bald wieder mehr Gäste, mein Liebling.«

Es war nicht Henriette, die geantwortet hatte, sondern Eduard. Er kniete sich vor seine Tochter und strich ihr beruhigend über die Wange. »Weißt du, Julia, die Menschen haben im Moment Angst vor dem Krieg. Sie müssen, so wie wir, ihre Liebsten verabschieden, und das macht sie sehr traurig. Deswegen steht ihnen im Moment nicht der Sinn nach einem schönen Urlaub. Aber glaub mir, nächstes Jahr im Frühling wird Timmendorfer Strand wieder erblühen …« Er stupste Julia mit dem Finger auf die Nase und zwinkerte ihr zu. »Und dann gehen wir wieder gemeinsam an den Strand.«

Julia grinste ihren Vater an und umarmte ihn überschwänglich. »Darauf freue ich mich jetzt schon, Papi!«

Henriette biss sich auf die Unterlippe und musste trotzdem an sich halten, um ihren Mann nicht laut anzuschreien, dass er den Mädchen keine Lügen erzählen sollte.

Niemand wusste, wie lange der Krieg dauern würde. Niemand wusste, ob sie jemals wieder so leben würden wie im *Vorher*. Und vor allem konnte niemand sagen, ob der Kurort wirklich wieder in seinem alten Glanz erstrahlen würde.

»Nun …« Henriette nahm ihre Töchter an die Hand. »Lasst uns nach oben gehen. Ich werde Elise bitten, euch ein Bad einzulassen, eure Kleidung ist patschnass, ihr müsst bis auf die Knochen durchgefroren sein.«

Sie würdigte Eduard keines Blickes und zog ihre Töchter mit sich. Julia protestierte leise, aber Henriette beachtete sie nicht. Sie musste weg von hier. Weg von ihrem Mann und ihrer Schwiegermutter, bevor die Trauer und Einsamkeit sie übermannten. Eilig übergab sie die Zwillinge in Elises Hände und bat sie, auf sie achtzugeben, dann ging sie in ihr altes Zimmer, in dem nun Sibylle wohnte, und ließ sich auf die Fensterbank fallen.

Dunkelheit kroch über den Himmel hinweg, und Schatten tänzelten über die Wände des Zimmers. Henriette schniefte leise und holte die Taschenuhr von Ole hervor. Ihre Finger strichen über die Gravur, über diesen einen Satz, der zu ihrem Credo werden würde.

Vergiss mein nicht, erinnerst du dich.

Eine Träne perlte von ihren Wangen und fiel auf ihre Hände. Die letzte Spur der Traurigkeit, die letzte Erinnerung an einen verlorenen Traum.

Niemand wusste, was kommen würde. Niemand konnte ihnen sagen, wie lange dieser Krieg dauern würde, an dem das Deutsche Reich eine große Schuld mittrug.

Henriette war sich nur einer einzigen Sache sicher: Nichts würde jemals wieder so sein wie zuvor. Die unbeschwerten Tage waren vorüber, und sie musste jetzt stark sein für ihre Familie. Für ihre Töchter und ihre Schwester. Und Elisabeth.

Für all jene, die sie von ganzem Herzen liebte.

KAPITEL 19

HENRIETTE

Timmendorfer Strand, Dezember 1914

Sie öffnete schläfrig die Augen und räkelte sich mit einem leisen Seufzen im Bett. Henriette schaute neben sich, aber dort lag niemand. Ihr Gatte hatte die Nacht wieder in irgendeinem Lokal oder bei einem anderen Hotelier verbracht und war nicht ins eheliche Bett zurückgekehrt.

Jede andere Frau hätte dieses Verhalten vermutlich betrübt, aber sie empfand keine Trauer mehr darüber, dass Eduard sie niemals so lieben würde, wie sie es verdient hätte. Ihre Finger glitten über die Bettdecke, und als sie sich langsam aufrichtete, lief ihr ein Schauer über den Rücken. Es war eiskalt im Raum. Mit Schrecken bemerkte Henriette, dass die Heizung nicht dieses vertraute Bullern von sich gab, das sie jeden Morgen aus dem Schlaf weckte. Hastig erhob sie sich und legte eine Hand auf den Heizkörper – kalt. Wie der Schnee, der vor ihrem Fenster tobte und die Welt in eine weiße Decke einhüllte.

»Was ist denn nun schon wieder passiert?«, murmelte sie und streifte den Morgenmantel über.

Sie wollte gerade das Zimmer verlassen, als die Tür aufgestoßen wurde und ihre Töchter ins Zimmer tapsten.

»Mama!«, rief Julia empört. »Es ist überall bitterkalt!«

Henriette unterdrückte ein Seufzen und ging auf ihre Töchter zu. Julia war barfuß, ihre Schwester Christine hatte immerhin die Weitsicht gehabt, sowohl Pantoffeln als auch eine dicke Strickjacke und ihren Morgenmantel anzuziehen. Trotzdem waren ihre Nasen gerötet, und Julia schnupfte in ein Taschentuch. Hastig rieb Henriette den Mädchen die ausgekühlten Glieder.

»Weckt Sibylle und Elisabeth und geht mit ihnen in den Salon. Sie sollen das Feuer schüren, dann wird euch auch schnell wieder warm.«

Julia sah ihre Mutter entgeistert an. »Aber wieso ist die Heizung denn nicht an?«

»Das werde ich herausfinden müssen, und jetzt ab mit euch.« Sanft schob Henriette ihre Töchter die Tür hinaus und ging zur Treppe.

»Frau Graff!« Elise erschien mit gerötetem Gesicht am Treppenaufgang und atmete keuchend.

»Elise«, eilig ging Henriette zu ihr, »kannst du mir sagen, warum es so kalt in unserem Haus ist?«

Das Dienstmädchen verschränkte die Arme vor der Brust. »Die Heizungsanlage im Keller ist ausgefallen …«

Wie vom Donner gerührt stand Henriette da und musste sich am Riemen reißen, dass kein derber Fluch über ihre Lippen kam.

Natürlich fällt die Heizung ausgerechnet im tiefsten Winter aus, dachte sie verdrossen, *es wäre ja auch zu einfach, wenn es bei warmem Wetter passieren würde.*

»Weiß mein Mann schon Bescheid? Oder meine Schwiegermutter? Und habt ihr schon jemanden rufen lassen, der sich die Heizung ansieht?«

»Ich … es … Frau Graff …«, stammelte Elise zusammenhanglos, und Henriette musste den Impuls unterdrücken, sie an den Schultern zu packen und zu schütteln. Sie schätzte dieses Mädchen sehr, und sie war ihr dankbar für ihre gute Arbeit, aber jetzt, in diesem Augenblick, brauchte Henriette Antworten auf ihre Fragen. Denn es war eine Katastrophe, wenn die Heizung in der ganzen *Villa Sommerwind* ausgefallen war.

»Bitte, Elise«, unterbrach Henriette das Gestammel mit ruhiger Stimme. »Sag mir einfach, wo mein Mann und meine Schwiegermutter sind.«

Elise atmete tief durch und sah Henriette an. »Ihre Schwiegermutter ist im Salon, und Ihr Herr Gemahl …« Zögerlich sah Elise sie an, und Henriette ahnte Übles. »Er ist heute Morgen nur kurz im Speisesaal gewesen und dann gleich wieder gegangen … gemeinsam mit dem Fräulein Harms.«

»Herr im Himmel!«, stieß Henriette hervor und schüttelte verächtlich den Kopf.

Dass Eduard sich nicht schämte, seine Geliebte sogar im Hotel zu empfangen, war der Gipfel der Niedertracht. Aber das war im Augenblick nicht ihr größtes Problem.

»In Ordnung. Geh hinunter zum Empfang und such Herrn Bors. Sag ihm, dass er einen Burschen zu Herrn Zweig, dem Installateur, schicken soll, damit wir dieses Problem, so schnell es geht, aus der Welt schaffen.«

»Sehr wohl, Frau Graff.« Eilig knickste das Dienstmädchen und lief die Treppe in Windeseile hinunter.

Henriette ging zurück zum Salon und stieß die Tür auf. Sofort schlug ihr ein Schwall Wärme entgegen, und sie hörte, wie ein Holzscheit im Kamin knackte.

»Mama!« Julia lief auf sie zu. »Wir haben zusammen mit Elisabeth und Tante Sibylle Feuer gemacht.«

Das konnte Henriette sehen. Julias Gesicht war mit Ruß- und Ascheflecken beschmutzt, aber sie strahlte Henriette selig an. »Das habt ihr sehr gut gemacht. Aber nun setz dich brav zu deiner Schwester.«

Julia tat ein Mal ohne Murren, was man von ihr verlangte, und ging zu ihrer Schwiegermutter, die auf der Fensterbank saß und häkelte, denn dort saß auch Christine.

»Guten Morgen«, sagte Henriette.

Gemächlich hob Amalia den Blick. »Das wünsche ich dir auch.«

Wut packte Henriette und schien sie zu überrollen wie eine Lawine, aber sie bemühte sich um ein Lächeln. »Kannst du mir sagen, wo mein Mann ist? Wie du bestimmt schon bemerkt hast, scheint die Heizung im Keller ausgefallen zu sein. Noch ist es früh am Morgen, aber wenn unsere Gäste aufwachen und frieren müssen, dann …«

»Mir ist bewusst, dass die ausgefallene Heizung ein Problem ist, Henriette«, unterbrach Amalia sie und erhob sich von der Fensterbank. »Ich weiß nur leider nicht, wo mein Sohn ist, und ich kenne mich auch nicht mit Heizungen aus. Ich muss gestehen, in der Villa meines verstorbenen Ehemannes hatten wir solch eine moderne Vorrichtung nicht, sondern nur Kamine.«

Henriette zog die Stirn kraus und war sich nicht sicher, ob dies eine Spitze gegen Amalias vorherigen Mann gewesen sein sollte, oder ob ihre Schwiegermutter einfach nur gereizt war.

»Ich habe Elise bereits gesagt, dass sie nach Herrn Zweig schicken lassen soll, aber wir sollten uns überlegen, was wir tun, wenn er die Heizung nicht auf die Schnelle reparieren kann«, antwortete Henriette.

»Wir könnten die Kamine im Speisesaal entzünden, aber …« Nachdenklich legte Amalia ihr Kinn in eine Hand.

»Sie wurden lange nicht benutzt«, beendete Henriette ihren Gedanken und sah ihre Stiefmutter dann überrascht an.

Ein winziges Lächeln huschte über Amalias Gesicht, und sie berührte Henriette leicht am Arm. »Lass uns lieber jetzt gleich nachschauen, ob man die Kamine wieder in Gang setzen könnte.

Es ist nun wirklich nicht nötig, dass wir die Beschwerden der Gäste über uns ergehen lassen müssen.«

»In … in Ordnung«, murmelte Henriette, verblüfft über Amalias Tatendrang.

Sie hatte immer den Eindruck gehabt, dass Amalia sich wenig um die Belange der *Villa Sommerwind* scherte, aber das schien jetzt anders zu sein, da ihr Vater nicht mehr da war. Und Eduard anscheinend schon wieder spurlos verschwunden war, um sich vermutlich mit dem Fräulein Harms zu vergnügen.

Sie wandte sich an ihre Töchter und ihre Schwester. »Bleibt bitte hier«, bat sie, doch Sibylle erhob sich.

»Ich möchte auch helfen.«

Henriette musterte ihre jüngere Schwester und neigte den Kopf fragend zur Seite. Sie hatten nicht darüber gesprochen, was am Tag der Abreise ihres Vaters zwischen ihr und Robin vorgefallen war, aber Henriette mutmaßte, dass der junge Mann viel lieber im Krieg kämpfen würde, dass er sich als Schwächling ansah, der sich hinter den Mauern der *Villa Sommerwind* versteckte.

»Na schön, du kannst die Dienstboten zusammentrommeln, wir werden jede helfende Hand brauchen.«

Sibylle nickte erfreut und band sich ihre dunklen Haare zu einem Dutt hoch, dann lächelte sie Henriette an.

»Dann lasst uns nach unten gehen.« Amalia sah die Schwestern an, und gemeinsam verließen sie den Salon.

Die Kälte zog an Henriettes Knöcheln hinauf, als sie über den Flur gingen. Draußen wogte der Schneesturm vor den Fenstern, zerrte an den kahlen Ästen der Bäume, und es war, als setzte sich das Heulen des Windes, einer grausigen Melodie gleich, in ihren Ohren fest.

Sie gingen mit schnellen Schritten die Treppe hinunter, nur um im nächsten Augenblick festzustellen, dass einige Gäste leider schon wach geworden waren und sich nun lautstark am Empfang beschwerten.

»Es ist eiskalt in unseren Zimmern!«, schrie ein spindeldürrer Mann so laut, dass Herr Bors erschrocken zurückwich.

Das Gesicht des Mannes war hochrot, seine Hände zu Fäusten geballt, er trug nur eine dunkelblaue Hose mit Hemd, aber ohne Jackett, und seine Haare waren noch vom Schlaf zerzaust.

»Bitte beruhigen Sie sich«, versuchte Herr Bors, den Mann zu beschwichtigen, doch seine Worte zeigten keine Wirkung.

»Ich will mich nicht beruhigen, ich will, dass Sie sofort den Besitzer Ihres Hotels herholen, damit ich mich bei ihm beschweren kann!« Der Mann fuchtelte wild mit den Armen.

Henriette tauschte einen Blick mit ihrer Schwester, die zuckte jedoch nur mit den Schultern und deutete an, dass sie sich auf den Weg in den Dienstbotentrakt machen wollte. Henriette nickte ihr zu, atmete einmal tief durch und ging dann mit festen Schritten auf den Mann zu. Eilig schob sie sich zwischen den Gast und den Empfang, lächelte den Herrn freundlich an und senkte den Blick ein wenig.

»Ich bitte Sie, die bedauerlichen Umstände zu entschuldigen, werter Herr, wir sind bereits dabei, die Heizungsanlage wieder instand zu setzen.«

Der Mann runzelte irritiert die Stirn und musterte Henriette eingehend. Er öffnete den Mund und schloss ihn wieder, ohne ein Wort zu sagen. Mit seinem hochroten Gesicht und der aufgeplusterten Haltung wirkte er wie ein aufgeregter Zwerggockel, was Henriette beinahe zum Kichern gebracht hätte.

»Und wer sind Sie … junge Frau?«

Henriette straffte die Schultern. »Ich bin Henriette Graff, die Tochter des Besitzers der *Villa Sommerwind*.«

»Schön, schön. Dann möchte ich umgehend mit Ihrem Herrn Vater sprechen.«

»Mein Vater ist im Krieg, verehrter Herr.« Die Worte kamen ihr nur schwer über die Lippen, denn Traurigkeit flutete ihr Herz, wann immer sie an all die geliebten Menschen dachte, die der Krieg ihr entrissen hatte.

Der Gast zog scharf die Luft ein und schien sich in seiner Haut unwohl zu fühlen, denn er sah sich rasch um und bedachte die Anwesenden mit einem entschuldigenden Blick.

»Dann … dann gibt es jemand anderen, mit dem ich sprechen kann? Ihr Gatte vielleicht oder ein jüngerer Bruder, der noch nicht eingezogen wurde?«

Herrgott, der ist aber wirklich schwer von Begriff, dachte Henriette verdrossen, lächelte jedoch unbeirrt weiter.

»Nein, mein Herr. Mein Gatte ist zwar nicht im Krieg, aber er ist bei einem Termin unabkömmlich, und mein jüngerer Bruder verteidigt wie mein Vater die Ehre des Deutschen Reichs.«

Wenn er jung genug wäre, um nicht *im Krieg zu sein, dann könnte er dir auch nicht helfen, geschweige denn eine Heizung reparieren,* setzte sie in Gedanken hinzu.

»Nun …« Der Herr sah sich fröstelnd im Empfangsraum um. »Dann war mein Weg hier herunter wohl umsonst.«

»Keineswegs, mein Herr. Wir werden Ihnen sehr gerne helfen, denn sowohl meine geschätzte Schwiegermutter als auch ich sind mit allen Belangen der *Villa* vertraut.«

Ihre eigenen Worte klangen hohl in ihren Ohren. Vielleicht weil sie eine Lüge waren, aber das war für Henriette jetzt nicht von Bedeutung. Ein Kribbeln huschte über ihre Glieder, als sie den Blick des Mannes bemerkte. Sie kannte diese Abschätzigkeit, die in seinen dunklen Augen abzulesen war, nur zu gut. Ach Gott, wie viele Männer hatten sie so im Laufe ihres Lebens schon angesehen. Aber keiner von ihnen hatte verhindern können, dass sie nach Wissen strebte und ihre ganze Energie in die *Villa Sommerwind* steckte. Keiner, außer Eduard Graff.

Aber Eduard war nicht hier. Und wie es schien, interessierte ihn das Hotel nur herzlich wenig, also würde Henriette ihre Chance ergreifen.

»Ich weiß nicht …«, setzte der Herr an, und Henriette schenkte ihm ein strahlendes Lächeln.

»Lieber Herr Beiz! Vertrauen Sie uns doch, Sie werden es nicht bereuen. Kommen Sie, ich führe Sie in unseren Speisesaal, die Bediensteten haben dort schon das Feuer im Kamin geschürt. Und eine heiße Tasse vorzüglichster Kaffee aus einer Rösterei in Lübeck sowie Speck und ein Rührei stehen für Sie bereit, damit Sie sich so rasch wie möglich aufwärmen. Natürlich geht der Zimmerpreis für diese kalte Nacht, die Sie überstehen mussten, auf Kosten des Hauses.«

»Woher kennen Sie denn meinen Namen?«, fragte Herr Beiz verwirrt, während Henriette ihn sanft, aber bestimmt in Richtung Speisesaal bugsierte.

»Ich bitte Sie, Herr Beiz! Wir Damen sind vielleicht nicht so sehr mit den geschäftlichen Angelegenheiten des Hotels vertraut, aber wir haben eine gute Menschenkenntnis und erinnern uns an jedes Gesicht!«, antwortete Henriette und wunderte sich, dass der liebe Gott keinen Blitz auf sie schleuderte angesichts all dieser Notlügen.

Henriette hörte ein leises Kichern hinter sich und schaute dankbar zu Sibylle, die, während Henriette mit Herrn Beiz gesprochen hatte, eilig alle Dienstboten in den Speisesaal geschickt hatte, die mit Feuerholz bewaffnet, bereits die alten Kamine entzündet hatten. Und auch ihr alter Feind Herr Bors hatte Henriette während des Gesprächs geholfen und ihr einen Zettel mit dem Namen des Herrn unauffällig zugesteckt. Der kleine Schnipsel Papier raschelte, als sie ihn in die Tasche ihres Kleides steckte und Herrn Beiz Robin überantwortete, damit er den erbosten Gast zu seinem Tisch führen konnte.

»Moment noch, junge Frau!« Herr Beiz drehte sich noch einmal zu Henriette um und schenkte ihr ein kleines Lächeln. »Vielen Dank für Ihre Mühe. Ich hoffe, dass Sie das Problem mit der Heizung schnell gelöst bekommen, wenn nicht …«, zögernd sah Herr Beiz sie an, »mein Neffe kommt heute aus Hamburg hierher, sein Vater ist im Krieg und seine Mutter verstorben. Er hat eine Lehre als Heizungsbauer begonnen, vielleicht kann der Bursche Ihnen behilflich sein.«

Nun war Henriette wahrlich verblüfft. Die Wut des Mannes schien verpufft zu sein, und nun kam er Henriette gar nicht mehr so fuchsteufelswild vor wie noch vor einigen Minuten.

»Das ist sehr freundlich von Ihnen. Wir werden darauf zurückkommen, wenn sich das Problem nicht vorher schon lösen lässt. Möchten Sie, dass ich ein Zimmermädchen zu Ihrer Frau schicke, damit sie ihr Frühstück ebenfalls hier unten in der Wärme genießen kann?«

»Oh«, machte Herr Beiz und erstarrte. »Tilde! Ach ja, bitte sagen Sie meiner Frau Bescheid, ich habe sie …«

»Wird sofort erledigt. Gehen Sie nur mit dem jungen Mann, ich schicke ein Mädchen nach oben.«

Herr Beiz lächelte zufrieden und folgte Robin in den Speisesaal. Henriette wartete noch einige Sekunden, bis er außer Sichtweite war, und atmete dann erleichtert aus. Sie hatte gar nicht bemerkt, wie angespannt sie gewesen war.

»Das hast du großartig gelöst.«

Erschrocken drehte Henriette sich um und sah in Amalias Gesicht. Ihre Schwiegermutter nickte ihr anerkennend zu.

»Hast du mich gerade gelobt?«, fragte Henriette fassungslos und wusste nicht genau, ob ihr zum Lachen oder zum Weinen zumute war.

»Gewöhn dich lieber nicht daran, vor allem nicht in Anwesenheit meines Sohnes«, antwortete Amalia schnippisch, aber ihr Lächeln war ehrlich, und auch der Blick ihrer grünen Augen war ausnahmsweise freundlich, ja geradezu liebevoll.

»Ich habe verstanden.«

»Ich will eure neu gewonnene Zweisamkeit wirklich nicht stören, aber wir brauchen definitiv mehr Feuerholz, wenn Herr Zweig das Problem nicht in den Griff bekommt«, mischte Sibylle sich ein, ihr Tonfall war spöttisch, aber trotzdem konnte Henriette erkennen, dass auch sie überrascht war von Amalias Verhalten.

»Da hast du recht.« Amalia legte den Kopf schräg und dachte eingehend nach. »Wisst ihr was? Ihr seid, denke ich, gut in der Lage, auf das Hotel aufzupassen und die Gäste zu beschwichtigen, falls noch einer …« Sie deutete in Richtung Speisesaal und zuckte mit den Schultern. »Ich werde unterdessen zu Pastor Homburg gehen, er hat einen guten Draht zum Förster, ich denke, ich kann ihm einiges an Feuerholz abschwatzen.«

»Nimm ein paar Burschen mit und frag im Landschulheim nach, ob ein paar der Kinder dir eventuell helfen können. Ich weiß, dass sie natürlich nicht so schwer heben können, aber …«

»Das werde ich machen. Passt auf euch auf und erfriert mir hier nicht. Und macht Herrn Zweig klar, dass er in die Verantwortung genommen wird, wenn die Heizung nicht wieder funktioniert«, unterbrach Amalia Henriette hastig und ließ sich von einem Zimmermädchen ihren Mantel bringen.

Voller Tatendrang lief sie aus der *Villa Sommerwind* und ließ die Schwestern verwirrt zurück.

»Was zur Hölle war das denn?«

»Sibylle! Du sollst nicht fluchen!«

Ihre Schwester sah Henriette mit hochgezogenen Augenbrauen an. »Ich bin kein kleines Mädchen mehr.«

Henriette schüttelte den Kopf. »Ich glaube, sie hat Angst.«

»Für mich sieht das nicht aus wie Angst, sondern wie ein Drache, der bereit ist, alles in Brand zu setzen«, antwortete Sibylle trocken.

»Nun sei nicht so gemein. Ich glaube wirklich, dass sie Angst hat. Weißt du, nachdem ihr erster Mann gestorben war, hat das Leben es ihr leicht gemacht. Vater war ganz vernarrt in sie und hat sie sofort nach Ablauf des Trauerjahrs geheiratet. Sie musste nicht um ihr Hab und Gut bangen, darum, ob sie weiterhin ein so gutes Leben haben würde.«

»Und jetzt soll das anders sein?«

»Schau sie dir doch an. Vater ist nicht mehr da, um alles von ihr fernzuhalten, was das Gemüt einer zarten Frau belasten könnte … Hermann ist ebenso fort, und mein Mann … na ja, der wird uns vermutlich auch keine große Hilfe sein. Wir sind auf uns allein gestellt. Ich glaube, dass Amalia weiß, dass ihr nur zwei Möglichkeiten bleiben: sich verkriechen und so tun, als ob sie das alles nichts angeht, oder uns helfen und Verantwortung übernehmen.«

Sibylle schnaubte. »Diese Erkenntnis kommt reichlich spät, nachdem sie uns acht Jahre lang wie Dreck unter ihrem Schuh behandelt hat.«

Henriette sah ihre Schwester von der Seite an, und ein ungutes Gefühl keimte in ihr. Ihre kleine Schwester war noch nie gut im Verzeihen gewesen, aber jetzt schien es, als wollte sie Amalia nicht länger in ihrer Mitte dulden, als wollte sie alles dafür tun, dass ihre Stiefmutter wieder in der Versenkung verschwand.

»Sibylle …«

»Nein, schau mich nicht mit diesem mitfühlenden Blick an! Ich bin nicht dumm!« Sibylles Stimme hatte einen scharfen Unterton angenommen, und Henriette trat einen Schritt zurück.

»Ich wollte nicht …«

»Das weiß ich. Und wenn du bereit bist, mit Amalia Frieden zu schließen, dann werde ich an deiner Seite sein, aber vergiss nicht, dass sie es war, die dafür gesorgt hat, dass ich beinahe Robin verloren hätte.«

Henriette schluckte schwer und musste sich eingestehen, dass dies die Wahrheit war. Nachdem ihr Vater sie in der Bedienstetenstube erwischt hatte, hatte Sibylle ihm wohl oder übel beichten müssen, dass sie sich in den jungen Kellner verliebt hatte. Ihr Vater war davon zunächst wenig begeistert gewesen und hatte die Verbindung sofort verbieten wollen, aber irgendetwas hatte ihn umgestimmt.

Vielleicht war es Sibylles Verzweiflung gewesen, die Tränen in ihren Augen oder die Tatsache, dass sie das allererste Mal in ihrem Leben für etwas zu kämpfen bereit war. Dass sie Gefühle zeigte, von denen selbst Henriette dachte, dass ihre Schwester sie nicht hätte.

Eberhart Hohnhold hatte sich Robin geschnappt und ein ernstes Wort mit dem jungen Mann gesprochen. Ängstlich hatte Sibylle mit ihrer Schwester in der Stube gesessen, ihr Körper hatte vor hemmungslosem Schluchzen gebebt. Doch als ihr Vater mit Robin zurückkehrte, da schien das Dilemma aus der Welt geschafft. Jedenfalls so lange, bis Amalia von der Sache Wind bekam und ihm einredete, dass er so eine Verbindung nie erlauben dürfe. Robin sei nicht nur unter Sibylles Stand, nein, die Menschen im Kurort würden sich über die Familie das Maul zerreißen.

Dieser Zwist hatte nur beigelegt werden können, weil ihr Vater in den Krieg ziehen musste und er das Thema davor nicht mehr anschneiden wollte. Doch wenn Amalia ihren Einfluss noch erweitert hätte – wer wusste schon, was passiert wäre.

»Ach, Sibylle …«, setzte Henriette an und berührte ihre Schwester sanft am Arm.

Sibylle presste die Lippen zusammen und wich Henriettes Blick aus. Sie tat Henriette leid. Auch sie hatte so viel Wut und Abscheu für Amalia empfunden, aber nun, da sie völlig auf sich gestellt waren, erschien es ihr wenig klug, wenn sie sich weiterhin zerfleischten.

»Ich verlange nicht von dir, dass du ihre beste Freundin wirst, Sibylle. Ich weiß, dass du Robin liebst und Amalia euch mit ihrem Verhalten sehr zugesetzt hat, aber …«

»Familie ist alles, was am Ende übrig bleibt«, unterbrach Sibylle sie mit bebender Stimme.

Henriette starrte ihre Schwester mit offenem Mund an und brauchte einige Sekunden, um die ganze Bedeutung dieser Worte zu erfassen. Eine Erinnerung huschte durch ihren Kopf, und wohlige Wärme durchströmte ihren Körper.

Meine Mädchen, ihr müsst immer zusammenhalten und aufeinander aufpassen, hört ihr? Denn Familie ist alles, was am Ende übrig bleibt. Unsere Familie beschützen wir mit allem, was wir haben.

Es waren die Worte ihrer Mutter. Ihre letzten Worte, die sie zu Sibylle und Henriette gesagt hatte, bevor sie starb. Eine bittere Erinnerung an die Vergangenheit, aber auch eine Botschaft an die Zukunft, dass sie niemals allein sein würden, was auch immer geschah.

Henriette ging auf ihre Schwester zu und schloss sie wortlos in die Arme. Sibylle schluchzte, und Henriette konnte das wild pochende Herz ihrer Schwester spüren.

»Ich weiß, dass du gelitten hast«, raunte Henriette ihrer Schwester zu, »aber unsere Mama hat mit diesem Satz recht. Wir müssen diese schwere Zeit zusammen durchstehen, hörst du, Sibylle?«

»Ja«, murmelte Sibylle leise. »Ich weiß.«

Sie verharrten noch einige Sekunden in ihrer Umarmung, zwischen Zerrissenheit und Erinnerungen, dann löste sich Henriette von ihrer Schwester und lächelte sie an.

»Dann lass uns jetzt dafür sorgen, dass wir nicht noch mehr unleidige Gäste haben.«

»Wie viele Gäste haben wir eigentlich gerade im Haus?«

Henriette drehte den Kopf und schaute zu Herrn Bors, der sich zwar die ganze Zeit schwer beschäftigt gegeben hatte, aber vermutlich ihr Gespräch belauscht hatte. Ein bisschen suspekt war ihr dieser Mann immer noch, aber er hatte ihr vorhin in der Notlage geholfen.

Herr Bors räusperte sich und schaute eilig in die Unterlagen. »Aktuell sind von den vierzig Zimmern genau einundzwanzig belegt ...« Er stockte kurz, sah nach, wie viele Menschen die Zimmer beherbergten, und blickte wieder auf. »Siebenunddreißig Gäste haben wir im Haus, Frau Graff.«

Henriette nickte und sah ihre Schwester an, auf deren Lippen schon ein Grinsen zu ahnen war.

»Was hast du schon wieder vor?«

»Die Gäste wachen bestimmt alle demnächst auf. Lass uns ein kleines Überraschungspaket zusammenstellen: mit einer behaglichen, hübsch bestickten Wolldecke, einer heißen Kanne Kaffee oder Tee. Die Dienstmädchen klopfen an alle Zimmertüren, überbringen den Gästen die schlechte Nachricht mit der kaputten Heizung und laden sie in den Speisesaal ein, um dort ein kostenloses Frühstück und später ein gutes Mittagessen einzunehmen. Und im Anschluss gibt es einen kleinen Kabarettauftritt.«

»Moment ...« Henriette brauchte einige Sekunden, um ihre Gedanken zu sortieren. »Du willst mir sagen, dass du die letzten Jahre siebenunddreißig Wolldecken mit maritimen Motiven bestickt hast?«

Sibylle zuckte mit den Schultern. »Eigentlich sind es sogar hundert, aber wir brauchen Gott sei Dank nicht so viele, denn einige lagern im Keller und sind bestimmt etwas verstaubt.«

Henriette stand der Mund offen, sie konnte ihre kleine Schwester nur anstarren, dann brach sie in hemmungsloses Kichern aus. »Du bist wahrhaftig eine Zauberin, Sibylle. Und lass mich raten: Den Kabarettauftritt soll bestimmt Heinrich übernehmen?«

»So in der Art, er ist doch im Dorf, oder nicht?«

Henriette nickte. Heinrich besuchte seine Familie immer über den Winter, denn das Theater in Hamburg war dann an viel weniger Tagen geöffnet, um den Mitarbeitern und den Künstlern ein wenig freie Zeit zu gönnen.

»Ich werde sofort zu ihm …«

»Nein, Henni! Du musst hierbleiben und auf Herrn Zweig warten«, unterbrach Sibylle sie eilig und winkte Elise zu sich, die soeben durchgefroren das Hotel betrat.

»Herr … Herr Z-Zweig ist auf … d-dem Weg«, stammelte sie, das Gesicht hochrot von der Kälte.

»Sehr gut, vielen Dank Elise.« Sibylle lächelte das Zimmermädchen an. »Ich kann dich jedoch nicht entbehren und brauche weiterhin deine Hilfe. Komm mit, dann erkläre ich dir alles, aber danach, das verspreche ich dir, darfst du dich am Feuer wärmen.«

»Aber Sibylle …«, setzte Henriette an, doch ihre Schwester schüttelte nur den Kopf.

»Du wartest auf Herrn Zweig, ich weise die Dienstmädchen an, was zu tun ist, und laufe dann zu Heinrich.« Mit diesen Worten eilte ihre Schwester schon Richtung Mitarbeitertrakt und verschwand um die nächste Ecke.

Kurz stand Henriette verwirrt im Foyer, dann erklang eine freundliche Stimme hinter ihr.

»Frau Graff?«

Sie wirbelte herum und blickte in das lächelnde Gesicht von Herrn Zweig. Der Heizungsinstallateur war ein großer Mann mit hellbraunem Haar, das raspelkurz rasiert war. Er strahlte eine wohltuende Ruhe aus.

»Herr Zweig! Vielen Dank, dass Sie so schnell bei uns eingetroffen sind.«

»Dann lassen Sie uns mal sehen, was die alte Else macht«, sagte der Mann grinsend.

Henriette kicherte. Sie wusste, dass Herr Zweig die mürrische Heizungsanlage der *Villa Sommerwind* immer »Else« nannte, schon seit er das erste Mal im Hotel gearbeitet hatte.

Sie folgte ihm mit klopfendem Herzen hinunter in den Keller und betete inständig, dass er ihr Problem lösen konnte.

KAPITEL 20

HENRIETTE

Staub tanzte im Licht der Öllampe, die Henriette entzündet hatte, als sie mit Herrn Zweig durch den düsteren Keller lief. Ihre Schritte hallten gespenstisch im Flur, und ein rauer Husten kratzte ihr in der Kehle. Hier unten war es noch kälter als in ihrem Zimmer, und die Dunkelheit sickerte über den Boden und schien ihre eiskalten Glieder zu umfangen.

»Ah, da haben wir ja unsere alte Else«, sagte Herr Zweig und blieb vor dem großen Heizkessel stehen.

Dieser gab ein klägliches Blubbern von sich, die Rohre, die vom Kessel ausgehend die Wand hinaufführten, knackten bedrohlich.

»Können Sie … den Kessel reparieren?«

Herr Zweig kniete sich vor das Ungetüm und klopfte mit dem Zeigefinger gegen die Temperaturanzeige des Kessels. »Ich denke, der alten Else ist es zu kalt.«

Es kam Henriette immer noch absurd vor, dass der Heizungsbauer dem Kessel einen Namen gab, aber sie nickte schweigend und schaute ihn auffordernd an.

Herr Zweig erhob sich und trat auf einen Schemel, um durch das Guckfenster in den Kessel zu schauen. »Es ist auch viel zu wenig Kohle im Kessel.« Ein leichter Vorwurf schwang in seiner Stimme, und er musterte Henriette eingehend. »Ich habe Ihrem Mann schon letzten Winter gesagt, dass er mehr Kohle ordern sollte, damit der Kessel immer gut gefüllt ist, ansonsten setzt die Kälte der Heizung zu sehr zu.«

Henriette starrte Herrn Zweig verwirrt an und brachte kein Wort heraus. Eduard hatte gar nicht erwähnt, dass er mit dem Heizungsinstallateur gesprochen hatte, weder ihr noch anscheinend Amalia gegenüber.

»Das … das heißt …« Darum bemüht, ihre Gedanken zu ordnen, atmete Henriette tief ein. »Der Kessel ist ausgefallen, weil nicht genug Kohle drin war?«

Herr Zweig nickte. »Genau, in unseren kalten Wintern müssen Sie sehr genau darauf achten, dass immer genug Kohle im Kessel ist.« Er klopfte an die Else und sah Henriette entschuldigend an. »Sie ist ein altes Mädchen, aber ich kann Ihnen nichts Besseres anbieten, jetzt im Krieg.«

Das verstand Henriette nur zu gut. Der Krieg tobte bereits seit einigen Monaten, und sie spürten jetzt schon, was er für das Deutsche Reich bedeutete. Dieses Jahr waren nur halb so viele Gäste in der *Villa Sommerwind* als in all den Jahren davor. Die Menschen waren gezeichnet von Angst um ihre Liebsten, aber auch von der Sorge, dass ihr Hab und Gut bald nichts mehr wert war.

»Dann werde ich zwei unserer Burschen zu Ihnen schicken, um Kohle abzuholen, damit wir den Kessel heute Abend wieder in Gang bekommen?«

»Machen Sie das, ich werde derweil hierbleiben und mir den Kessel genau anschauen, nicht dass irgendwo noch ein Rohr undicht ist oder etwas Ähnliches. Mein Sohn ist daheim, Ihre Burschen können die Kohle bei ihm anfragen. Das Finanzielle regeln wir später.«

Henriette atmete erleichtert durch; dass Herr Zweig nicht sofort seinen Lohn verlangte, war eine große Hilfe.

»Haben Sie vielen Dank, Herr Zweig.«

Der Mann zwinkerte ihr zu und holte seine Werkzeugtasche hervor. »Wenn Sie so lieb wären: Über eine gute Tasse Kaffee würde ich mich freuen.«

»Das ist kein Problem, ich schicke eins unserer Servierfräuleins zu Ihnen herunter.« Henriette ließ die Öllampe bei Herrn Zweig und tastete sich durch die Dunkelheit zurück zur Treppe.

Ihre Finger fuhren über den alten Mauerstein. Mit langsamen Schritten bewegte sie sich die Stufen hinauf und stieß oben erleichtert die Tür zum Foyer wieder auf. Mit Freude bemerkte Henriette, dass die Luft schon nicht mehr so kalt war, und ging zum Empfangstresen.

»Herr Bors, seien Sie so gut und weisen eins der Mädchen im Speisesaal an, dem Herrn Zweig beim Heizkessel unten eine Kanne Kaffee und eine Kleinigkeit zu essen zu bringen. Und schicken Sie bitte zwei Burschen los, die sollen mit einem Karren zu Herrn Zweigs Lager fahren, um dort Kohle abzuholen.«

Der Empfangschef schaute hoch, und seine Brauen hoben sich fragend. Henriette befürchtete schon, er würde ihr an den Kopf werfen, dass er keine Anweisungen von ihr annehmen werde, aber Herr Bors nickte nur.

»Das tue ich gerne, Frau Graff. Bis jetzt haben wir auch keine weiteren Beschwerden von Gästen bekommen. Der Plan von Ihnen und Ihrer Schwester scheint aufzugehen.« Henriette bildete sich ein, so etwas wie Anerkennung in seiner Stimme zu hören, aber sie wollte lieber nicht zu viel in Herrn Bors' Worte hineininterpretieren.

»Sehr gut, dann werde ich mal nach meinen Kindern sehen und ebenfalls mein Frühstück einnehmen. Lassen Sie mich wissen, wenn es noch weitere Probleme gibt.«

»Gerne, Frau Graff.«

Erleichtert drehte Henriette sich um und ging die Treppenstufen hinauf in ihre Privaträume. Sie hörte schon von Ferne die Stimmen ihrer Töchter und betrat mit einem Seufzen den Salon.

»Was ist denn nun schon wieder …«, setzte Henriette an und brach abrupt ab.

Sie erstarrte, und Übelkeit stieg plötzlich in ihrer Kehle hoch, als sie ihren Mann sah, der auf der Chaiselongue mit seinen Töchtern Platz genommen hatte. Doch das war nicht, was Henriette so erschütterte. Nein, es war die Person, die hinter dem Sitzmöbel stand, die Ellbogen auf die Lehne gestützt, ein sanftes Lächeln auf den Lippen.

Nussbraune Locken. Elegant geschnittene Gesichtszüge, attraktive weibliche Rundungen und hohe Wangenknochen.

Margarete Harms.

Das kann nicht sein Ernst sein!, dachte Henriette zornig.

Sie fühlte sich tief gedemütigt, und Tränen der Enttäuschung brannten in ihren Augen, doch sie biss sich auf die Unterlippe und versuchte mit aller Kraft, den Sturm ihrer Gefühle zu kontrollieren.

»Mama!« Julia sprang von der Chaiselongue und rannte auf sie zu. »Schau, was Papa uns mitgebracht hat.« Sie hielt Henriette ihre geöffnete Hand hin.

Es war eine Tüte mit Süßigkeiten, die Julia da voller Stolz hochhielt. »Frau Harms hat sie für uns ausgesucht! Papa war im Ort unterwegs, um Besorgungen zu machen, und da ist Frau Harms mitgekommen, weil sie Süßigkeiten für uns und die Gäste im Hotel hat.«

»Aha«, machte Henriette völlig emotionslos und starrte zwischen ihrer Tochter und Margarete Harms hin und her.

Dieser unschuldige Blick, das sanfte Lächeln, die demütige Haltung. Sie mochte nicht viel älter als Elisabeth sein.

»Freust du dich denn gar nicht, Mama?« Julias Worte drangen nur dumpf zu ihr durch, denn Henriette konnte nicht anders, als Margarete weiter anzustarren, konnte den Blick nicht von dieser jungen Frau wenden, die ohne Hemmungen in ihr Heim spazierte und Henriette mit deren Mann betrog.

Die Kränkung war überwältigend, ihr wurde fast schwarz vor den Augen, und ihre Hände ballten sich zu Fäusten. Derweil knisterte der Kamin, und das Feuer tauchte den Raum in sanftes Licht. So als wäre alles in Ordnung. So als würde Eduard Henriette nicht vor aller Augen betrügen.

»Mama?«

»Julia, sei so gut und gönn deiner Mutter ein wenig Zeit. Sie hat viel zu tun gehabt, weil doch die Heizung im Hotel ausgefallen ist«, mischte Eduard sich ein und erhob sich langsam.

Er fuhr sich in einer eleganten Geste durch die rotbraunen Locken und schenkte Henriette ein hinreißendes Lächeln, das vermutlich jede andere Frau in seine Arme getrieben hätte.

Nicht jedoch Henriette.

Sie starrte ihren Mann nur glühend vor Zorn an, und als er auf sie zuging, konnte sie nicht mehr an sich halten.

»Im Gegensatz zu dir, habe ich versucht, mich um das Hotel zu kümmern und das Problem mit der Heizung zu lösen«, zischte sie Eduard zu.

»Das hast du auch sehr gut gemeistert, meine Liebste«, murmelte Eduard und hauchte Henriette einen Kuss auf die Wange.

Wenn wir noch eine Sekunde länger diese Scharade spielen müssen, dann wird mir schlecht, und ich muss mich übergeben, dachte Henriette verbittert.

Sie konnte Eduards unverkennbaren Geruch nach herbem Tabakrauch wahrnehmen, der sich nun in ihrer Nase festsetzte wie Fäulnis.

»Dein Platz wäre hier im Hotel gewesen«, stieß Henriette wütend hervor. »Die Villa ist deine Aufgabe, stattdessen vergnügst du dich mit deiner …« Sie schaute über Eduards Schulter zu Margarete Harms. »Wie soll ich sie denn nennen?«, fragte Henriette spitz. »Geliebte? Mätresse? Ein kleines Vergnügen, weil dir langweilig geworden ist?«

Es war, als hätte man das Lächeln von Eduards Lippen gewischt wie Tafelkreide mit einem Schwamm. Seine Mundwinkel zogen sich nach unten, und Henriette bemerkte mit großer Genugtuung, wie sich seine Hand zur Faust ballte und seine Augenbrauen in die Höhe schossen.

»Nun …«, fragte Henriette und beugte sich noch ein Stück näher zu ihrem Mann. »Hat es dir die Sprache verschlagen?«

Eine Zornesfalte zeigte sich zwischen Eduards Augenbrauen, und die grünen Augen funkelten sie wütend an. Doch Henriette wusste das Glück auf ihrer Seite. Eduard würde nicht zulassen, dass er jetzt die Kontrolle verlor. Nicht vor seinen geliebten Töchtern, vor denen er immer das Gesicht wahren wollte. Es war nicht gerecht, seine Töchter gegen ihn einzusetzen, aber Henriette hatte nur für eine winzige Sekunde so etwas wie Scham verspürt. Denn wann war Eduard ihr gegenüber jemals fair gewesen?

»Du solltest unsere Töchter in ihr Zimmer bringen, damit sie sich umkleiden können«, murmelte Eduard und legte seine Hand auf Henriettes Arm.

Ein Kribbeln jagte ihre Haut hinauf, doch Henriette brach den Blickkontakt zu Eduard nicht ab. Sie würde diese Schmach nicht über sich ergehen lassen, ohne ihn wenigstens in die Ecke zu drängen. Sie hatte so viel aufgegeben für diese Hochzeit, so viel verloren für ihre Familie.

»Das werde ich sehr gerne tun«, flüsterte Henriette ihm zu und fegte seine Hand von ihrem Arm. »Aber zuerst wirst du deine Geliebte aus diesem Hotel hinauswerfen, und wage es nie wieder, sie hierherzubringen. Du zerstörst meine Familie nicht, du riskierst nicht, dass die Leute hier am Ort sich das Maul über uns zerreißen, hast du mich verstanden, *mein lieber Mann?*«

Ihre Stimme hatte einen scharfen Unterton, die Worte so hart wie in Stein gemeißelt und so frostig wie Schnee. So war sie normalerweise nicht. Nein, so war Henriette nie gewesen. Aber ihre Ehe hatte sie zu dem gemacht, was sie heute war.

»Ich …«, setzte Eduard an und schaute über die Schulter zu Margarete, die sich erhoben hatte und die Hände ängstlich vor die Brust hielt. »Das werde ich tun, *meine liebe Frau.*«

Er wandte sich von Henriette ab und schaute Margarete auffordernd an. »Vielen Dank, dass Sie uns einige Ihrer Waren vorbeigebracht haben, Fräulein Harms. Richten Sie Ihrem Vater bitte meine besten Grüße aus. Ich werde Sie jetzt nach unten begleiten.«

»Na-natürlich«, stotterte Margarete hastig und ging auf Eduard zu.

Kurz bevor sie den Salon verließen, hielt Henriette sie jedoch am Arm fest und zog sie zu sich heran.

»Hör mir mal ganz genau zu, junge Frau«, zischte Henriette ihr zu. »Ich habe nichts gegen dich, und wenn mein Mann sich gerne mit dir abgeben möchte, dann soll er das tun. Aber ich warne dich: Du wirst dieses Hotel nie wieder betreten, du wirst nie wieder im selben Raum wie meine Töchter sein. Die Bewohner des Orts zerreißen sich über dich und Eduard das Maul, doch wie ich höre, glaubt dein Vater kein Wort davon und steht eisern hinter dir. Doch wenn er mich irgendwann fragen wird, ob nicht vielleicht ein Fünkchen Wahrheit in diesen Gerüchten steckt, dann werde ich ihm mit Freude sagen, dass du hier im Hotel warst. Vielleicht bringt er dich dann wieder zur Vernunft.«

Ein boshaftes Lächeln spielte um Henriettes Lippen, als sie sah, wie Margarete vor Schreck die Augen aufriss.

»Ich … ich verspreche es Ihnen«, stammelte das Mädchen, riss sich hastig los und rannte zur Tür hinaus.

Ob dem Mädchen Henriettes Worte so viel Angst gemacht hatten oder der Gedanke daran, dass ihr strenger Vater erfahren könnte, dass sie mit einem verheirateten Mann zusammen war, hätte sie nicht sagen können.

»Mama …« Henriette erschrak, als Christines Stimme ganz nah hinter ihr erklang, und wirbelte herum.

Sie lächelte ihre Tochter an, doch die lächelte nicht zurück. Nachdenklich tippte Christine sich mit dem Finger an die Nase und zog die Stirn kraus. Das tat sie immer, wenn sie nachdachte, wenn es etwas gab, was sie beschäftigte.

»Was ist denn, mein Schatz?«

Christine verschränkte die Arme vor der Brust und sah ihre Schwester an. Julia seufzte tief und trat an Christine heran. Mit Argwohn betrachtete Henriette ihre Töchter und war sich nicht sicher, was hier vorging.

»Wir wissen es«, sagte Julia schließlich mit fester Stimme, und Henriette erinnerte sich mit Schrecken an das Gespräch, das sie mit Julia geführt hatte, als die sie und Ole am Strand entdeckt hatte. Und auch daran, dass Christine gesehen hatte, wie ihr Vater mit Margarete Harms über die zugefrorene Ostsee spaziert war.

Sie kniete sich vor ihre Mädchen und legte jeder eine Hand auf die Schulter. Lieber Gott, sie waren nun fast neun Jahre alt! Noch Kinder in ihren Augen, aber sie benahmen sich schon viel zu erwachsen. Es war, als hätte dieser schreckliche Krieg sie dazu gezwungen, viel mehr Verantwortung zu übernehmen, als gut für sie war.

»Du brauchst nicht zu weinen, Mama.« Christine lächelte sie zaghaft an.

Sie hatte gar nicht bemerkt, dass ihr eine Träne über die Wange gelaufen war. Nun spürte sie die eiskalten Finger ihrer Tochter auf ihrer Haut, Salz auf ihren Lippen und Liebe in ihrem Herzen. Es war, als komme Henriette nach Hause. Sie rückte noch ein Stück näher an ihre Töchter heran und zog sie in ihre Arme.

»Ich hab euch sehr lieb, meine Mädchen«, flüsterte Henriette. Kleine Hände strichen ihr über den Rücken und hielten sie fest. Voller Liebe. Bedingungslos. Ohne Grenzen.

»Wir dich auch, Mama.«

Henriette lächelte und hielt ihre Töchter fest im Arm. Wollte sie nicht loslassen, wollte nicht, dass dieser Moment endete und sie wieder der Wirklichkeit ins Auge blicken musste.

Schweren Herzens löste Henriette sich schließlich von ihren Töchtern und sah ihnen in die Augen. Blaugrün wie der Ozean, wie die Ostsee an einem stürmischen Tag.

»Was wisst ihr denn?«, fragte Henriette mit bebender Stimme.

Julia und Christine tauschten wortlos einen Blick. Es war, als verständigten sie sich auf diese Weise. Und vielleicht war es auch so. Ihre Töchter hatten immer einen starken Draht zueinander gehabt, auch wenn sie grundverschieden waren.

Wie Feuer und Eis.

Stürmisch und besonnen.

Ja, das waren ihre wunderbaren Töchter, die sie jetzt mit einem traurigen Lächeln ansahen.

»Ich habe dich mit Herrn Bergmann gesehen, und du hast damals gesagt, dass er nur ein Freund ist. Aber das war eine Lüge«, begann Julia.

»Und ich habe Vater auf der zugefrorenen Ostsee gesehen, zusammen mit Fräulein Harms vom Gemischtwarenladen. Sie haben sich an den Händen gehalten wie zwei Verliebte.«

Henriette wollte den Kloß in ihrem Hals schlucken, aber ihre Kehle war wie zugeschnürt.

»Ihr …«, setzte Henriette an, unfähig ihre Gedanken auszusprechen.

»Wenn du einen anderen Mann küsst und Papa die Hand einer anderen Frau hält …«

»… dann liebt ihr euch nicht.«

Christine und Julia sahen sie an, ihre Haltung war entspannt, ihre Stimmen ruhig. So als hätten sie es schon seit einer kleinen Ewigkeit gewusst. Als wären sie nicht neun Jahre alt, sondern weise Frauen, die schon zu viel von der Welt gesehen hatten.

»Ich … es … das ist nicht so einfach, meine Schönen …« Die Worte kamen ihr holprig über die Lippen, und Henriette schlug die Hände vors Gesicht.

Stumm und hemmungslos weinte sie vor ihren Töchtern.

Es ist in Ordnung, Schwäche zu zeigen, meine kleine Henni. Niemand kann immer stark sein, das ist unmöglich. Aber wenn dich das Leben in die Knie zwingt, dann musst du mir versprechen, wieder aufzustehen. Ergreif die Hände derer, die dir ihre Hilfe anbieten, die Menschen, die dich bedingungslos lieben.

»Ja …« Henriette hob den Blick, wischte sich die Tränen von den Wangen und sah ihre Töchter an. »Ihr habt recht … ich liebe euren Papa nicht …«

Es fühlte sich an, als würde man ihr einen Dolch ins Herz jagen. Die Zeit hielt an, Stille legte sich über sie.

Noch nie hatte Henriette sich getraut, diese Worte zu sagen. Noch nie hatte sie den Mut dazu gehabt. Nicht mal vor Mareike, ihrer besten Freundin. Natürlich wusste sie es, aber noch nie hatte Henriette diese Worte laut ausgesprochen. Eine tonnenschwere Last fiel von ihren Schultern und zerschellte auf dem Boden. Sie zerfloss in unendlicher Traurigkeit.

»Das ist in Ordnung.« Christine tippte sich erneut mit dem Finger auf die Nase und lächelte Henriette dabei zaghaft an. »Wir haben dich und Papa trotzdem lieb, weil ihr unsere Eltern seid.«

Henriette schüttelte stumm den Kopf. Sie wollte dieses Gespräch nicht führen. Sie wollte nicht, dass ihre Töchter so denken mussten, sie waren doch immer noch Kinder!

Ihre Kinder, die sie geschworen hatte zu beschützen.

»Es ist nicht in Ordnung. Das ist nichts, womit ihr euch beschäftigen solltet. Ihr solltet eine unbeschwerte und glückliche Kindheit haben.«

Julia lachte leise und sah ihre Schwester an. »Das willst du gar nicht, oder? Du willst doch am liebsten bei den Verwundeten sein und ihnen helfen!«

Christine lief rot an und wandte hastig den Blick ab. Henriette sah ihre Tochter fragend an und legte eine Hand unter ihr Kinn. »Bitte sieh mich an, Christine.«

Widerwillig hob Christine den Blick, und es schien Henriette, als flackerte so etwas wie Trotz in den grünen Augen auf.

»Warst du etwa in der Nähe vom *Hotel Demory?*«, fragte Henriette vorsichtig.

Sie hatte von Eduard gehört, dass das prächtige Hotel in der Strandallee – die Straße, die zum benachbarten Kurort Scharbeutz führte – bald zu einem Lazarett umgewandelt werden sollte, um die Verwundeten, die von der Front heimgeschickt wurden, zu pflegen, denn in Lübeck war bald kein Platz mehr für sie, und da bot sich ein Hotel natürlich an.

»Christine?«

»Ja, war ich«, antwortete ihre Tochter schnippisch. »Ich habe die Krankenschwestern und Ärzte gesehen, die schon angekommen sind, und die ersten Verwundeten wurden auch schon mit Karren hierhergebracht!«

Es missfiel Henriette, dass ihre Tochter diese Worte mit so viel Enthusiasmus sagte, denn sie selbst konnte ihre Furcht davor nicht verbergen, dass der Krieg ihnen schon so nahekam. Aber auf der anderen Seite wusste sie, dass es immer schon Christines Wunsch gewesen war, Ärztin zu werden. Menschen zu helfen, denen es schlecht ging.

Henriette seufzte schwer und erhob sich langsam. »Ich möchte nicht, dass du allein durch den Kurort streifst, und schon gar nicht, dass du zum *Hotel Demory* gehst. Du bist ein Kind und hast dort nichts zu suchen.«

»Aber Mama!«, ereiferte sich ihre Tochter wütend. »Einige Mädchen aus unserer Schule werden die Krankenschwestern unterstützen, sie werden lernen, wie man Verbände anlegt und Wunden versorgt. Ich will das auch.«

»Nein.«

»Das ist nicht gerecht! Du hast gesagt, dass wir zusammenhalten müssen, dass jetzt, wo die meisten Männer im Krieg sind, wir unseren Teil dazu beitragen müssen, um in dieser Welt zu bestehen.«

Das hatte Henriette tatsächlich gesagt, aber nicht zu ihren Töchtern, sondern zu Mareike. Was bedeutete, dass ihre Töchter schon wieder gelauscht hatten. Manchmal fragte sie sich, ob sie nicht bei der Erziehung völlig versagt hatte.

»Erlaub es ihr doch, Mama.«

Irritiert sah Henriette zu Julia, die sich schützend vor ihre Schwester gestellt hatte.

»Wieso sagst du das, Julia?«

»Weil Christine sich sowieso wegschleichen wird, um im *Hotel Demory* zu helfen, und weil niemand sie dort wegschicken wird. Sie brauchen jede helfende Hand.«

»Woher weißt du das?«

Julia zuckte mit den Schultern und wich dem Blick ihrer Mutter aus. »Paul hat mir das erzählt.«

Henriette konnte sich ein winziges Lächeln nicht verkneifen. Seit Paul und Julia sich gemeinsam im Schilf versteckt und Henriette und Ole beobachtet hatten, waren sie unzertrennlich wie Pech und Schwefel. Julia verbrachte jede freie Minute in Niendorf und war sogar schon auf dem alten Kutter von Oles Vater beim Fischen mit dabei gewesen.

»Na schön.« Henriette fuhr sich durch die schwarzen Haare und sah ihre Töchter an. »Wir gehen gemeinsam zum *Hotel Demory* und schauen uns an, wer dort arbeitet. Aber ich habe das letzte Wort, ob du dort helfen darfst.«

»Danke, Mama.« Christine kam auf sie zu und umarmte Henriette überschwänglich.

Sanft strich Henriette ihr über den dunklen Haarschopf. Sie war es nicht gewohnt, dass das Mädchen seine Gefühle so offen zeigte. Aber das bedeutete wohl, dass es Christine wirklich wichtig war.

»Aber eins müsst ihr beide mir versprechen.« Henriette kniete sich erneut vor ihre Töchter und ergriff ihre Hände.

»Ihr passt immer aufeinander auf, hört ihr? Und ihr sprecht nicht mit eurem Vater über das, was heute geschehen ist. Ich möchte nicht, dass ihr euch zwischen mir und eurem Vater entscheiden müsst, denn wir lieben euch beide von ganzem Herzen.«

»Versprochen«, antworteten Julia und Christine und schlossen Henriette in ihre Arme, drückten sich fest an sie.

Henriette schloss die Augen und lauschte auf ihr schlagendes Herz, sie spürte die Wärme ihrer Töchter an ihrem Körper, und eine Träne schlich sich ihre Wange hinab.

Dies war ihr Leben. Sie konnte nichts dagegen tun, dass ihr Mann sie betrog und dass die große Liebe ihres Lebens im Krieg war. Dass sie sich in manchen Augenblicken fühlte, als wäre sie allein auf der Welt.

Aber sie hatte so viel, wofür es sich zu leben lohnte.

Ihre Töchter. Ihre beste Freundin und ihren besten Freund. Ihre Schwester.

Und die *Villa Sommerwind,* die diesen Krieg sicher und unbeschadet überleben würde.

Dessen war Henriette sich sicher.

KAPITEL 21

HENRIETTE

Niendorf, Februar 1915

Ein eisiger Wind fegte heulend über die Ostsee hinweg, die zugefroren dalag. Nur ein paar Eisstockfischer hatten Löcher ins gefrorene Wasser gehackt und standen nun mit ihren Angeln um die Löcher herum. Sie bliesen sich warme Luft in die Hände und tranken heißen Tee.

Henriette schlang die Arme um den Körper und tippelte unruhig von einem Fuß auf den anderen, weil die eisige Kälte durch ihren Körper kroch.

»Henriette!« Die Stimme hinter ihr erschreckte sie fast zu Tode, und sie wirbelte herum.

Paul lief über die Strandpromenade auf sie zu und winkte mit beiden Händen, ein spitzbübisches Lächeln auf den Lippen.

»Moin, Paul«, begrüßte sie ihn und erwiderte das Lächeln.

Keuchend kam Oles kleiner Bruder vor ihr zum Stehen. Er war groß geworden in den letzten Jahren, zwölf oder dreizahn Jahre musste er jetzt schon sein, doch noch immer funkelte kindliche Neugier in seinen Augen. Paul richtete sich auf und holte aus der Tasche seiner Jacke einen Briefumschlag.

»Der ist für dich.« Seine Stimme klang dabei etwas spöttisch, und er wackelte grinsend mit den Augenbrauen.

Henriette nahm ihm sein Verhalten nicht übel, denn sie war dem Knaben dankbar, dass er ihr diese Briefe von Ole übergab, denn ihre große Liebe konnte ja schlecht an die *Villa Sommerwind* schreiben. Wenn Eduard Wind von dieser Liebe bekam, würde er die Gelegenheit nutzen, um Henriette in einem schlechten Licht dastehen zu lassen. Vielleicht würde er sogar die Scheidung verlangen und ihr die geliebten Töchter wegnehmen. Das durfte sie nicht riskieren.

»Vielen Dank, Paul.« Mit zittrigen Händen nahm Henriette den Brief an sich und drückte ihn an ihre Brust.

Paul sah sie ruhig an und schüttelte sich die Schneeflocken aus den Haaren. »Du … du solltest den Brief jetzt gleich lesen. Ich bin mir sicher, dass es Ole wichtig wäre.«

Henriette schaute auf den Umschlag und atmete tief durch. Sie schaute zu der kleinen Hütte von Oles Familie.

»Magst du mitkommen?«

Paul sah sie zögernd an und kratzte sich am Hinterkopf. »Wenn du das möchtest.«

»Ich würde mich sehr freuen, Paul.«

Gemeinsam gingen sie über den Strand und setzten sich auf die Bank vor der Hütte. Schweigend saßen sie da, bis Henriette es nicht mehr aushielt und vorsichtig den Umschlag aufriss. Das Papier raschelte leise, und ihr Herz schlug schneller.

Dies war erst der zweite Brief, den Ole ihr geschickt hatte. Obwohl der Krieg schon ein paar Monate dauerte, erreichte die Hinterbliebenen nur selten Feldpost. Die Nachrichten aus dem Krieg waren rar, und sie bedeuteten für Henriette die Welt.

Sie faltete den Briefbogen auseinander. Sofort füllte Wärme ihr Herz, als sie die Zeilen las.

Meine liebste Henriette,
ich hoffe, es geht Dir gut. Und ich hoffe, in der Heimat ist alles in Ordnung und ihr müsst nicht Hunger leiden. Über den Krieg will ich Dir nichts erzählen, denn das wäre sinnlos.

Hier gibt es nur Schmerz und Trauer, junge Burschen, die nur wenige Jahre älter sind als Paul und deren Augen stumpf und glanzlos sind von den Bildern, die sie mit ansehen müssen. All das will ich Dir ersparen, meine liebste Henriette.
Ich vermisse Dich. Ich denke jeden Tag an Dich, und es ist beinahe so, als wäre ich noch daheim. Als wäre ich noch bei Dir. Weit entfernt und doch so nah.
Ich liebe Dich mehr, als ich jemals in Worte fassen könnte, denn ich bin nicht gut mit Worten. Ich kann Dinge mit meinen Händen formen, aber sobald ich Dir einen Brief schreibe, da fühlt sich mein Kopf leer an. Eine weiße Leere mit viel Trauer.
Aber ich weiß ja, dass Du zu Hause auf mich wartest. Dass Du mich nicht vergessen wirst, weil wir beide für immer zusammengehören.
Gib auf Dich acht, meine Henni. Lass Dich nicht unterkriegen und sei so gut, pass bitte auf meine Familie auf. Ich mache mir Sorgen um sie.
Vergiss mein nicht, erinnerst Du Dich, Henni?
Dein Ole

Sie starrte noch einige Minuten wie in Trance auf die Zeilen und strich sanft über die geschwungene Schrift. Eine Träne tropfte auf den Brief und verwischte etwas die Tinte. Hastig steckte sie den Brief wieder in den Umschlag und schaute auf die See hinaus. Ihre Hände zitterten so sehr, dass sie den Umschlag zerknitterte.

»Ich vermisse ihn auch«, sagte Paul unvermittelt, und Henriette sah ihn von der Seite an.

Der Junge hielte den Kopf gesenkt und die Hände in den Schoß gebettet, und sein Körper zitterte im kalten Wind. Schnee rieselte zu Boden, tänzelte um ihre Füße. Und das Einzige, was zu hören war, war das Kreischen der Möwen über ihren Köpfen.

»Ich weiß, Paul.« Zaghaft legte Henriette ihren Arm um seine Schulter und zog den Jungen ein Stück zu sich heran.

Er trug eine viel zu dünne Jacke für dieses Wetter, die mit Flicken besetzt war. Er sah erschöpft aus.

»Wie geht es deiner Familie?«

Er zuckte mit den Schultern und presste die Lippen fest zusammen. Ach Gott, Paul erinnerte sie so schmerzlich an Ole. Auch er hatte niemals Schwäche zeigen wollen, und sein kleiner Bruder war genauso.

»Weißt du, Paul, Ole macht sich große Sorgen um euch, und er möchte gern, dass ich auf dich und deine Eltern ein wenig achtgebe. Also sag mir, wie geht es dir wirklich? Kann ich euch irgendwie helfen?«

Paul hob endlich den Blick, Tränen schimmerten in seinen braunen Augen. Er schüttelte leicht den Kopf.

»Meinem Vater geht es schlechter. Die Gicht, sagt der Herr Doktor. Er kann nicht mehr aufs Boot, und ich … ich …« Ein klägliches Schluchzen brach sich Bahn, und er schlug die Hand vor den Mund.

Henriette zerriss dieser Anblick förmlich. Sie zögerte nicht eine Sekunde, sondern drückte Paul an sich. Hielt den kleinen, unglücklichen Jungen, der sich so sehr bemühte, stark zu sein, und daran beinahe kaputtging.

»Mutter und ich versuchen, auf dem Boot zu fischen, aber ich bin nicht kräftig genug dafür. Jetzt, wo die Ostsee zugefroren ist, können wir sowieso nur eisstockfischen, aber das reicht gerade mal für uns aus, wenn überhaupt. Denn Vater besteht darauf, euch trotzdem euren Fisch zu liefern. Er will nicht …« Paul hielt inne und wischte mit einer trotzigen Bewegung die Tränen von den Wangen.

Henriette sah ihn eingehend an und strich über seine Schulter. »Lass mich dir helfen, Paul. Bitte.«

Paul zögerte und verknotete die Hände ineinander. Seine Handrücken waren voller Schrammen und Narben – vermutlich von den Angelhaken, und seine Haut war rau vom eisigen Wasser und von der klirrenden Kälte.

»Ich weiß nicht, was ich tun soll. Ich muss sie doch beschützen. Ich bin doch jetzt der letzte Sohn in der Familie.«

Henriette nickte verständnisvoll. Sie wusste, wie schwer es für den Jungen war. Wie viel Verantwortung auf seinen Schultern lag. Aber sie würde nicht zulassen, dass die Familie Bergmann in diesem Winter erfror. Das war sie Ole schuldig, das hatte sie ihm versprochen.

Sie kramte in der Tasche ihres Mantels und holte ihre Geldbörse hervor. Eilig nahm sie einige Münzen heraus und reichte sie Paul.

»Nein!« Abwehrend hob Paul die Hand und rutschte ein Stück von ihr weg, vehement schüttelte er den Kopf. »Ich nehme dein Geld nicht an. Das kann ich nicht tun.«

Henriette ergriff Pauls Arm und legte ihm trotz seiner Gegenwehr die Münzen in die Handfläche, dann zwinkerte sie ihm zu.

»Ich verlange auch nicht, dass du das Geld ohne Gegenleistung nimmst.« Sie zeigte zu den wenigen Männern, die auf dem Eis fischten.

»Was?« Verdattert sah Paul sie an und legte die Stirn in Falten.

»Bring mir das Eisstockfischen bei«, sagte Henriette leichthin.

»Aber … du bist …« Paul schien verzweifelt nach dem richtigen Wort zu suchen.

»Eine Frau? Zu fein dafür, auf dem Eis zu stehen und zu angeln?«

»Nein, das habe ich nicht …«

»Ich weiß, Paul. Alles ist in Ordnung. Du musst es mir auch nicht beibringen, aber ich würde dir gerne hin und wieder dabei helfen, wenn es dir recht ist. Wir teilen uns die Fische, und dafür nimmst du dieses Geld, damit deine Eltern auf dem Markt genug Essen für euch kaufen können und Feuerholz.«

Paul schaute auf die Münzen in seiner Hand, zögerte noch einige Sekunden und schloss dann die Faust darum.

»In Ordnung, ich zeige dir, wie das geht.«

Er stand auf und fischte einen Schlüssel aus seiner Jackentasche. Damit schloss er die Tür zur Hütte auf, um anscheinend alles Nötige zu holen, damit sie aufs Eis konnten.

»Kommst du?«, fragte Paul, als er die Hütte wieder verlassen hatte.

»Natürlich.« Eilig erhob Henriette sich und folgte dem Jungen auf die Eisfläche.

Sie war froh, dass er das Geld angenommen hatte, und nahm den eiskalten Wind auf dem Eis dafür gerne in Kauf. Solange es Oles Familie gut ging, konnte sie ihm wenigstens berichten, dass in der Heimat alles seinen gewohnten Gang lief und dass er sich keine Sorgen um sie machen musste.

Mit langsamen Schritten ging sie die Treppe hinauf in die Privaträume ihrer Familie. Langsam kehrte die Wärme in Henriettes Glieder zurück, und ihr keuchender Atem beruhigte sich. Sie hatte fast zwei Stunden mit Paul auf dem Eis gestanden, und sie hatten Glück gehabt und einige Fische gefangen. Diese hatte sie bereits bei Herrn Behring in der Küche abgeliefert und ihn gebeten, einen der Fische heute für die Familie zuzubereiten. Der Rest würde für die klägliche Anzahl von fünfzehn Gästen in der *Villa Sommerwind* ausreichen.

Henriette wollte nun am liebsten in den Salon und es sich auf der gepolsterten Fensterbank mit einem Buch gemütlich machen, doch gerade als sie die Tür öffnen wollte, durchschnitt eine vertraute Stimme die Stille.

»Wo warst du?«

Ihre Hand verharrte in der Luft, und ganz langsam drehte sie sich zu ihrem Mann um. Eduard stand im Flur, die Hände in den Hosentaschen vergraben, und starrte sie mit zusammengekniffenen Augen an.

»Ich habe unseren Fisch von der Familie Bergmann abgeholt und in die Küche gebracht«, antwortete sie so ruhig wie möglich.

Eduard schnaubte belustigt. »Du meinst die Familie, deren Söhne alle im Krieg sind?«

»Ja.«

Eduard ging ganz langsam auf sie zu und blieb nur wenige Zentimeter vor ihr stehen. Henriette hielt den Blick gesenkt, musste sich zusammennehmen, um sich nicht auf dem Absatz umzudrehen und davonzulaufen.

»Möchtest du mir nicht etwas sagen, Henriette?«

Nein, bitte nicht. Er darf es nicht wissen!

»Was … was sollte ich dir sagen wollen?«

Eduard hob die Hand und strich ihr zärtlich eine zerzauste Haarsträhne aus dem Gesicht. Sein Lächeln war eine Farce, wie ein Raubtier, das kurz vor dem Sprung seine Beute in Sicherheit wiegte.

»Ach, Henni …«

Sie hasste es, wenn er sie so nannte. Niemand sollte sie so nennen, der sie nicht liebte. Und Eduard liebte sie nicht. Er duldete sie in seinem Leben, denn sie war die Mutter seiner Töchter. Diese unumstößliche Tatsache konnte Eduard nicht anfechten, wohl aber ihre Treue zu ihm.

Sie wich seinem Blick aus und verharrte ganz still. Wollte sich nicht auf diese Provokation einlassen, sich nicht schon wieder mit ihm streiten.

»Du bist eine schlechte Lügnerin. Hat dir das schon mal jemand gesagt?«

Das weiß ich selbst, dachte sie verbittert.

Das war etwas, das sie noch nie gut gekonnt hatte. Zumindest nicht, wenn es um ihre Gefühle ging. Sie war eine gute Schauspielerin. Sie konnte ihre wahren Absichten verschleiern, gut mit den Gästen umgehen. Aber sie konnte nicht lügen. Dann fing sie an zu stottern, ihre Haut brannte wie Feuer, und der Schweiß rann ihr über den Nacken.

»Sag mir … warum quälst du dich so?«

»Was willst du von mir, Eduard?«, zischte Henriette ihm zu und fegte seine Hand weg. »Was willst du mir sagen?«

Eduard lächelte sie an, packte sie am Handgelenk und zog sie unsanft mit in *sein* Büro. Das ehemalige Büro ihres Vaters, der jetzt nicht mehr da war. Der so weit fort war und ihr nicht mehr helfen konnte.

Henriette stolperte hinter ihm her, wollte sich wehren, aber Eduards Griff war wie ein Schraubstock, keine Chance für sie, sich loszureißen.

»Eduard!«, begehrte Henriette auf, aber da hatte ihr Gatte schon die Tür zum Büro aufgestoßen und zerrte sie hinein. Erst als er die Tür wieder mit einem dumpfen Knall geschlossen hatte, ließ er Henriette los.

»Was soll das?«

Er antwortete ihr nicht. Stattdessen ging er zu dem kleinen Beistelltisch und schenkte sich ein Glas Rotwein ein. Er deutete auf einen der Sessel, und Henriette nahm voller Unbehagen Platz. Es war eiskalt in dem Büro, und die Heizung gluckerte auch nicht. Woher auch, Eduard verbrachte seine Zeit lieber im Salon, überließ Herrn Bors die Verantwortung für die Villa, und wenn alles schiefging, waren da ja immer noch seine Mutter und Henriette.

»Möchtest du auch?« Er deutete auf den Wein, aber Henriette schüttelte stumm den Kopf.

Sie wollte fliehen. Dieses Büro verlassen und ihrem Mann den Rücken kehren, aber das konnte sie nicht. Ein merkwürdiges Gefühl schien sie zu lähmen.

»Was willst du von mir?«, wiederholte sie und beugte sich ein Stück vor.

Nicht nachgeben, lass dich nicht auf dieses Spiel ein. Bleib ruhig.

Eduard trank bedächtig einen Schluck Wein, setzte das Glas dann ab und seufzte tief.

»Ich möchte mit dir darüber sprechen, was du getan hast, als Margarete hier war.«

»Ach?« Henriette neigte den Kopf zur Seite und strich über den feinen Bezugsstoff des Sessels. »Habe ich deine Geliebte vertrieben? Hat sie sich bei dir ausgeweint?«

Ihre Stimme triefte nur so von Ironie, und Henriette fragte sich einmal mehr, wann sie zu dieser Art Frau geworden war. Zu einer harten, spöttischen Frau, die so viel Wut in sich trug, dass sie drohte zu implodieren.

Die steile Falte auf Eduards Stirn erschien wieder, und seine Wangen färbten sich rot. Ein klares Zeichen dafür, dass er seinen Zorn kaum noch zügeln konnte. Dass seine Wut auf sie fast übermächtig wurde.

»Du hast nicht das Recht, so über sie zu sprechen.«

»Habe ich nicht? Eduard, ich denke, dass ich jedes Recht dazu habe. Du machst dich zum Gespött der Leute! Man redet doch schon seit Langem hinter deinem Rücken über dich. Sie machen sich lustig über den Mann, der sich einem Mädchen zuwendet und seine Ehefrau in Kriegszeiten betrügt. Ausgerechnet ein Mann, der nicht in den Krieg ziehen musste, weil er *zu schwach* ist. Das ist doch alles ein gefundenes Fressen für die neugierigen Leute hier im Ort!«

Eduard starrte sie entgeistert an, und Henriette gestattete sich ein winziges Lächeln. Vielleicht hatte sie ein wenig übertrieben, aber es stimmte: Die Leute redeten über Eduard. Henriette und Christine waren nicht die Einzigen gewesen, die ihn an jenem Wintertag auf der Ostsee gesehen hatten. Natürlich war diese Liaison nicht unbemerkt geblieben.

»Du lügst«, presste Eduard zwischen zusammengebissenen Zähnen hervor, seine Finger krallten sich in die Lehne des Sessels, die Knöchel traten weiß hervor.

»Denkst du das wirklich, *geliebter Mann?*«

Provozier ihn nicht, er ist ein gefährlicher Mensch, erinnerte eine Stimme in ihrem Innern Henriette daran, dass sie nicht zu weit gehen durfte. Aber sie konnte nicht an sich halten. Es machte sowieso keinen Unterschied, ob er die Hand gegen sie erheben würde. Es kümmerte keinen mehr.

Ihr Vater war fort. Ihr Bruder war fort. Ole war fort. Sie war allein mit ihrer Schwester und ihrer Schwiegermutter. Und sie alle waren nur Frauen. Frauen, denen man niemals zugetraut hatte, für sich selbst zu sorgen und einzustehen. Frauen, die nun genau das tun mussten, weil ihnen gar nichts anderes übrig blieb. Sonst würden sie diese Kriegsjahre nicht überleben.

»Niemand würde es wagen, sich das Maul über mich zu zerreißen.«

Henriette grinste spöttisch und erhob sich. »So wie niemand es gewagt hat, deine Mutter mit schlimmen Worten zu beschimpfen? Als Flittchen zum Beispiel?«

Das war der Augenblick, in dem Henriette wusste, dass sie zu weit gegangen war. Eduards Augen verengten sich zu Schlitzen, und er sprang in einer fließenden Bewegung auf, war mit zwei schnellen Schritten bei ihr und packte sie am Handgelenk.

»Wage es nie wieder, so etwas zu sagen!«, schrie er mit vor Wut verzerrten Gesichtszügen und hob drohend die Hand.

Doch Henriette wandte den Blick nicht ab. Sie schaute ihrem Mann in die harten Augen. Sah diese Dunkelheit darin, vor der sie sich immer gefürchtet hatte. Da war etwas Gefährliches, Grobes in ihrem Mann, was dafür sorgte, dass er seine Gefühle nicht unter Kontrolle halten konnte.

Sie sah, wie seine Hand sich auf sie zubewegte, und spürte den Schmerz, bevor er überhaupt eintrat. Ein Brennen in ihrem Körper – doch nichts geschah.

Stattdessen hörte Henriette eine scharfe Stimme, Worte, die nur dumpf zu ihr durchdrangen.

»Eduard! Untersteh dich!«

Ihr Mann hielt mitten in der Bewegung inne, ein Ruck ging durch seinen Körper, und er starrte an Henriette vorbei – nein, eher durch sie hindurch, als wäre sie gar nicht da.

»Mutter …«

Henriette drehte vorsichtig den Kopf und sah Amalia im Türrahmen. Sie konnte den Gesichtsausdruck ihrer Schwiegermutter nicht richtig deuten. War es Verletzlichkeit? Tränen liefen ihr übers Gesicht, und ihre Unterlippe zitterte.

»Das wirst du nicht tun, Eduard.« Amalias Stimme war fest und klar, durchdringend sah sie ihren Sohn an, der einige Schritte rückwärtsstolperte.

Henriette wusste nicht, was geschah. Sie sah Amalia, sie sah Eduard, aber sie verstand diese Situation nicht.

»Aber Mutter …«

»Nein! Du wirst nicht die Hand gegen deine Ehefrau erheben. Niemals, hörst du? Niemals. Oder willst du wie dein Vater sein?«

Wie bitte?, dachte Henriette verwirrt und schaute zwischen Mutter und Sohn hin und her.

Ihr Kopf versuchte diese Informationen zu verarbeiten, versuchte sich an den Augenblick zu erinnern, als Eduards Vater in das Büro ihres Vaters gestürmt war. Als er die Hand gegen seine Frau erhoben hatte und …

Es war nicht das erste Mal gewesen.

Henriette fühlte sich, als hätte sie ein Schlag in die Magengrube getroffen, sie keuchte und sah Amalia an.

Sah sie *wirklich* an.

Ohne all die Vorurteile, die sie seit so vielen Jahren gegen diese Frau hegte. Ohne die Spitzen und gemeinen Bemerkungen, die Amalia an sie gerichtete hatte. Ohne den Schaden, den Amalia immer wieder heraufbeschworen hatte.

Übrig blieb eine einsame, gebrochene Frau. Eine Frau, mit Tränen in den Augen und einem flehenden Blick. Eine Frau, die sich ganz langsam auf ihren Sohn zubewegte und ihn in ihre Arme zog. Eine Frau, die wusste, dass sie nicht perfekt war, dass sie viele Fehler gemacht hatte.

Eine Frau, die Henriettes geliebter Mutter vielleicht gar nicht so unähnlich war, wie sie immer gedacht hatte.

»Bitte, tu das nicht, Eduard«, raunte sie ihrem Sohn zu. »Es macht alles nur noch schlimmer. Es wird dich zerstören, und du wirst am Ende nicht mehr wissen, wer du bist.«

Eduard sagte kein einziges Wort. Sein Kopf ruhte an der Schulter seine Mutter, und Henriette bildete sich ein, ein leises Schniefen wahrzunehmen. Diese ganze Szenerie schien eigenartig verzerrt, wie aus einem Traum. Surreal und unwirklich, für sie nicht zu begreifen.

Henriette blieb still da stehen und beobachtete Mutter und Sohn, sie wagte nicht, diese trügerische Ruhe zu stören.

»Ich … ich will nicht werden wie er …«, sagte Eduard tonlos, seine Worte kamen abgehackt und so leise, dass Henriette sie kaum verstand.

Was passiert hier?, dachte Henriette irritiert und war sich nicht sicher, ob sie es noch eine weitere Minute in diesem Raum aushielt. Tief in ihrem Innern empfand sie eine so große Abscheu für Eduard, dass sie nicht von seinem Leid berührt werden wollte. Sie hatte ihr Herz so lange vor den Schikanen dieser Familie abschotten müssen, dass sie nicht gewillt war, jetzt Mitgefühl für sie zu empfinden.

Eduard löste sich von seiner Mutter und fuhr sich in einer fahrigen Bewegung übers Gesicht. Er sah Henriette betreten an und ging einen Schritt auf sie zu, doch instinktiv wich sie zurück.

»Nein, bitte …« Eduards Stimme war ganz leise, beinah sanft. »Es tut mir leid. Ich werde dir nicht wehtun, Henriette.«

Er lügt.

Das war ihr erster Gedanke, der sich wie eine Schutzmauer um ihr Herz aufbaute. Sie konnte ihm nicht vertrauen, sie durfte ihm nicht vertrauen. Er hatte sie betrogen, er hatte sie immer wieder mit seinen Worten verletzt, sie ein wenig zu hart am Handgelenk gepackt und die Last der Verantwortung auf ihren Schultern abgeladen.

Nein, sie durfte ihm nicht vergeben.

»Henriette.« Amalia trat einen Schritt vor und sah sie traurig an. »Ich weiß, dass du uns nicht verzeihen willst, vielleicht kannst du es auch nicht. Aber ich …« Sie sah zu ihrem Sohn hin, Traurigkeit verdunkelte ihre schönen Gesichtszüge. »Das hat er nicht gewollt.«

»Nicht gewollt?« Nun überkam Henriette doch die Wut, sie biss die Zähne so fest zusammen, dass das Knirschen in ihren Ohren dröhnte.

»Henriette, bitte versteh doch …«, setzte Amalia nochmals an, doch Henriette schüttelte nur den Kopf.

»Niemand hat das Recht, seine Vergangenheit als Rechtfertigung für seine Taten zu nehmen. Dein Mann hat dich geschlagen, Amalia? Das tut mir von Herzen leid, und das meine ich ernst. Vielleicht hat er auch Eduard geschlagen, das vermag ich nicht zu sagen. Aber das ist kein Grund, der es rechtfertigt, dass er die Hand gegen mich erheben wollte. Wenn wir alle den schlimmen Dingen aus unserer Kindheit die Schuld daran geben, dass wir schlechte Menschen sind, dann würde diese Welt nur noch aus Mördern, gewalttätigen Ehemännern und neidischen Ehefrauen bestehen, die jemanden um die Ecke bringen.«

Sie schaute Eduard an, der bei jedem ihrer Worte zusammengezuckt war, als träfe ihn ein Peitschenhieb.

»Ich verstehe, dass du dich schlecht fühlst. Ich glaube dir sogar, dass du das nicht wolltest, dass die Vergangenheit dich gezeichnet hat. Aber schieb deinen Vater nicht als Grund für deine Vergehen vor. Du bist selbst für dich verantwortlich, Eduard.«

Mit diesen Worten drehte Henriette sich auf dem Absatz um und verließ mit eiligen Schritten das Büro. Sie schaute nicht zurück, auch dann nicht, als Eduard ihr noch etwas nachrief. Nein, sie rannte den Flur entlang, versuchte die bösen Geister, die wie Schatten an ihr klebten, abzuschütteln, und stieß die Tür zum Zimmer ihrer Schwester auf.

»Sibylle, ich …«, setzte Henriette an, doch ihre nächsten Worte verhakten sich in ihrem Mund.

Sibylle saß auf der gepolsterten Fensterbank, das Gesicht von den Händen verborgen, und als sie den Blick hob, sah man die Tränen auf ihren Wangen. Ihre Augen waren gerötet, und sie schluchzte leise.

»Sibylle, was ist denn passiert?«, fragte Henriette und schloss die Tür hinter sich.

Sibylle weinte nur stumm, schaffte es nicht, auch nur ein Wort zu sagen. Vorsichtig setzte Henriette sich neben sie und zog sie in ihre Arme.

»Du kannst mir alles erzählen, das weißt du doch, oder?«

Sibylle nickte und sah Henriette an, dann strich sie sich behutsam über den Bauch.

»Ich bin schwanger, Henni!«

KAPITEL 22

HENRIETTE

Es gab Momente im Leben, da stand die Zeit still. Auf eine merkwürdige Art und Weise, schien es so, als würde die Welt in all ihrer Geschäftigkeit innehalten. Einen tiefen Atemzug nehmen und eine lange Weile warten, bis sie wieder ausatmete. Genauso fühlte sich Henriette in diesem Augenblick, als die Worte aus Sibylles Mund purzelten und unangerührt zu ihren Füßen liegen blieben.

Ich bin schwanger.

Sie starrte ihre Schwester an, öffnete den Mund, schloss ihn wieder, versuchte noch einmal, etwas zu sagen, aber blieb dann doch stumm. Stattdessen nahm Henriette ihre Schwester erneut in die Arme und hielt sie einfach, während es in ihrem Kopf zu rattern begann wie in einem Uhrwerk.

Robin musste der Vater des Kindes sein.

Damit stand ihre Schwester vor dem riesigen Dilemma, schwanger von einem Mann zu sein, mit dem sie nicht verheiratet war, und damit ein Kind zur Welt zu bringen, das ein Bastard wäre.

Herrgott, kann nicht ein einziges Mal irgendetwas in dieser Familie funktionieren, ohne großes Drama?

»Sibylle?« Henriette löste sich von ihrer Schwester und strich ihr über die Wange. »Schau mich bitte an und sag mir, wie lange du das schon weißt.«

Sibylles Unterlippe zitterte leicht, und sie sah ihre Schwester schuldbewusst an. »Seit … seit einigen Wochen«, gab sie zu.

»Und da hast du es nicht für nötig befunden, mich sofort zu informieren?!«

Erschrocken wich Sibylle zurück, und es tat Henriette leid, dass sie die Beherrschung verlor, aber ihre Schwester war schon so lange kein junges Mädchen mehr, sondern eine gestandene Frau. Sie musste ebenso Verantwortung übernehmen wie alle in der Familie.

»Ich dachte, dass ich mich vielleicht irre …«

Henriette stöhnte auf und packte die Hände ihrer Schwester. »Du hättest sofort mit mir reden müssen, Sibylle! Wenn Amalia erfährt, dass …«

»Wenn ich *was* erfahre?«

Heute ist wahrlich nicht mein Tag, lieber Gott, bitte lass das alles nicht wahr sein, dachte Henriette voller Verbitterung und drehte sich zur Tür um. Amalia stand im Türrahmen, den Kopf zur Seite geneigt, die Frisur zerzaust.

»Warum tauchst du immer in genau dem Augenblick auf, in dem du entweder der Retter in größter Not oder der Henker sein kannst?«

Amalia lachte spöttisch und schloss die Tür hinter sich. »Das scheint mein Talent zu sein«, antwortete sie leichthin und setzte sich auf den Sessel nahe der Fensterbank. »Entweder ich bin da, um den Sturm zu beruhigen, oder ich gerate mitten hinein und werde davongetragen von der Gewalt der Natur.«

Henriette hob fragend eine Augenbraue, sie bemerkte, dass die Worte von Amalia nicht nur auf diese Situation zutrafen. Nein, zwischen den Zeilen konnte sie lesen, dass Amalia damit ihr ganzes Leben meinte.

Sibylle schniefte erneut und putzte sich unfein die Nase, bevor sie sich die Tränen von den Wangen wischte und ihre Stiefmutter ansah.

»Ich bin …«

»… schwanger. Das weiß ich doch bereits«, unterbrach Amalia sie sanft und machte eine wegwerfende Handbewegung.

»Wie bitte?« Henriette fiel aus allen Wolken.

Amalia schnalzte ungeduldig mit der Zunge. »Kind, man sieht deutlich die leichte Wölbung des Bauches, die Brüste sind größer geworden, und leider war Sibylles Morgenübelkeit manchmal nicht zu überhören.«

Henriette beobachtete, wie Sibylle knallrot anlief und den Kopf beschämt senkte. Sie wollte ihre Schwester verteidigen, doch sie konnte Amalia nicht absprechen, dass diese über eine ausgesprochen gute Beobachtungsgabe verfügte.

Sie legte ihre Hand auf die von Sibylle und drückte sie fest, als wäre dies der einzige Trost, den sie ihrer Schwester spenden konnte.

»Nun …« Amalia beugte sich ein Stück vor und stützte den Kopf in die Hand. »Wir können hier weiter Trübsal blasen, meine Damen. Oder wir machen uns darüber Gedanken, wie wir Pastor Homburg davon überzeugen, dass Sibylle und Robin innerhalb der nächsten Woche heiraten müssen, auch wenn euer Vater nicht dabei sein kann.«

Anerkennend nickte Henriette. »Das ist wirklich eine gute Idee.«

Wenn Sibylle Robin heiratete, dann wäre das Kind kein Bastard, und es würde auch nicht zum Eklat in der Dorfgemeinschaft kommen, denn den genauen Zeitpunkt der Empfängnis konnte man ohne Probleme verschleiern.

Amalia lächelte Henriette süffisant an. »Du hast vielleicht keine hohe Meinung von mir, Henriette, aber ich bin nicht dumm. Doch genau wie du habe ich mein Leben im Schatten größerer Männer verbracht.«

Vielleicht habe ich sie wirklich die ganze Zeit falsch eingeschätzt.

Der Gedanke entfachte eine Wehmut in Henriette, sie dachte an ihren Vater, daran, dass sie ihm wegen Amalia nie hatte verzeihen können. Vielleicht war das ein großer Fehler gewesen, sie hätte auf ihn zugehen müssen und …

»Aber Robin will kein Kind!«, begehrte Sibylle da auf und unterbrach ihren Gedankengang.

»Bitte, was?« Henriettes Stimme schnappte fast über, und sie ärgerte sich selbst darüber, wie kläglich und verzweifelt sie klang.

»Er … er hat gesagt, dass er … kein Kind will. Nicht jetzt, wo Krieg ist. Außerdem …« Ein Schniefen unterbrach Sibylles stotternden Wortschwall. »Außerdem sagt er, dass er dazu nicht bereit ist …«

Amalia schnaubte und verschränkte die Arme vor der Brust. »Nicht bereit also. Bist du dir sicher, dass du diesen Burschen überhaupt zum Mann haben willst?«

»Wie kannst du das sagen?«, schrie Sibylle wütend.

»Sibylle, bleib ruhig.« Henriette streichelte ihrer Schwester die Hand. »Amalia hat nicht ganz unrecht. Es ist dir gegenüber nicht gerecht, wenn Robin sagt, dass er dieses Kind nicht will, und schon gar nicht ist es anständig, zu sagen, dass er dazu nicht bereit ist. Denn für alles andere war er ja auch bereit.«

»Was soll ich denn tun, wenn er das Kind nicht will?«

»Dann werden wir ein ernstes Wort mit ihm reden«, sagte Amalia und erhob sich.

Sie warf Henriette einen auffordernden Blick zu, und die erhob sich seufzend. Sie sehnte sich nach einer warmen Mahlzeit und den weichen Kissen ihres Bettes. Oles sanften Berührungen, seinen Lippen, die über ihre Haut streiften. Aber das war nur Wunschdenken. Ole war nicht hier, und sie wusste nicht, ob sie ihn jemals wiedersah.

»Ihr könnt doch nicht …«, setzte Sibylle an, doch Henriette schüttelte nur den Kopf.

»Wir können und wir werden, Sibylle. Du und Robin, ihr müsst heiraten, damit du nicht dem Spott der Menschen hier im Ort ausgesetzt bist. Aber ich werde dir nur helfen, wenn Robin schwört, zu diesem Kind zu stehen.«

»Was, wenn er es nicht tut?«

Henriette biss sich auf die Unterlippe. Sie fürchtete sich vor dieser Frage und wusste darauf keine Antwort.

»Das wird nicht geschehen, Liebes.« Es war Amalia, die auf diese Frage antwortete und Sibylle ein kleines Lächeln schenkte. »Keine Sorge, sonst bekommt er es mit uns zu tun.«

Sibylle sah ihre Stiefmutter skeptisch an, doch ihr fehlte anscheinend die Kraft, mit ihr zu diskutieren. Also nickte sie nur stumm und schaute traurig aus dem Fenster.

Henriette verließ gemeinsam mit Amalia das Zimmer und schloss die Tür leise hinter sich. Sie verharrte mit der Hand an der Klinke und sah ihre Schwiegermutter an.

»Erfahre ich irgendwann, warum du das alles tust? Du bist nicht mehr die Frau, die ich vor so vielen Jahren das erste Mal im Foyer dieses Hotels gesehen habe. Nicht die Frau, die versucht hat, alles, was mir lieb und teuer ist, zu zerstören.«

Amalia zuckte unbekümmert mit den Schultern. »Vielleicht kann ich dir darauf irgendwann eine Antwort geben, Henriette. Aber nicht jetzt, wo alles, was deine Familie sich aufgebaut hat, vor die Hunde zu gehen droht.«

Es war, als strömte eine knisternde Wärme durch ihren Körper, die sie lange nicht mehr gespürt hatte. Wie eine sanfte Erinnerung aus der Vergangenheit.

Was deine Familie sich aufgebaut hat.

Ja, Amalia hatte recht. Noch war nichts verloren. Weder die *Villa Sommerwind* noch ihre Familie.

»Amalia …«, setzte Henriette an, doch ihre Schwiegermutter schüttelte nur den Kopf.

»Nicht jetzt, Henriette. Lass uns lieber diesen ungehobelten Burschen suchen, dem es gefallen hat, deiner Schwester ein Kind in den Bauch zu pflanzen, aber dafür keine Verantwortung übernehmen will.«

Henriette nickte schweigend. Sie würde noch genug Zeit haben, um mit Amalia zu sprechen. Jetzt war erst mal Robin an der Reihe. Sie gingen die Treppe hinunter und begegneten Elise in der Eingangshalle.

»Elise!«

»Gnädige Frau.« Das Zimmermädchen drehte sich zu Henriette um, sie reinigte gerade die Tische im Foyer und räumte einige Kaffeetassen weg.

»Weißt du, wo Robin ist?«

Elise zeigte nach draußen. »Er schippt Schnee.«

Henriette schaute aus dem Fenster und kniff die Augen zusammen. Ein Sturm tobte vor den Fenstern und wirbelte die Flocken durch die Luft.

»Vielen Dank, Elise.«

Henriette tauschte einen Blick mit Amalia, die ihr zunickte. Die Frauen schlossen ihre Mäntel und schlugen die Kragen hoch, dann traten sie nach draußen. Die Kälte schlug ihnen schmerzhaft entgegen, und Henriette vergrub ihre Hände tief in den Manteltaschen.

»Robin!«, rief sie dem Burschen zu, doch er schien sie nicht zu hören.

Oder er will mich nicht hören, mutmaßte sie spöttisch.

Henriette ging mit schnellen Schritten auf den jungen Kellner zu und tippte ihm auf die Schulter.

»Robin!«, rief sie abermals.

Nun drehte er sich endlich um und sah Henriette mit einem verkniffenen Gesichtsausdruck an. »Guten Tag, Frau Graff.«

»Das wird sich noch zeigen, ob es ein guter Tag ist. Ich möchte, dass du mich in die Villa begleitest.«

Robin versteifte sich und schüttelte kaum merklich den Kopf. »Ich habe zu tun.«

»Wann du etwas zu tun hast und wann nicht, entscheide immer noch ich.«

»Aber Herr Bors …«

»Herr Bors untersteht mir und meiner Familie genauso wie du. Wenn ich sage, dass ich mit dir sprechen will, dann wird Herr Bors nichts dagegen haben.«

»Ich möchte aber nicht mit Ihnen sprechen, Frau Graff.«

Henriette musste sich verhört haben. Konnte es sein, dass der Bursche sich eine solche Frechheit ihr gegenüber herausnahm?

»Das hast nicht du zu entscheiden, du ungezogener Kerl«, mischte Amalia sich ein und stellte sich neben Henriette. »Wenn du noch einmal so dreiste Worte an meine Schwiegertochter richtest, dann kannst du die Schneeschippe sofort fallen lassen und dir eine neue Anstellung suchen – bestimmt eine Leichtigkeit in Kriegszeiten.«

Fasziniert beobachtete Henriette, wie Robins Gesichtszüge entgleisten und seine Hände die Schneeschippe so fest umklammerten, dass seine Knöchel knackten. Sie spürte instinktiv, dass dies keine leere Drohung von Amalia gewesen war. Diese Frau war hart wie Stahl, unnachgiebig wie die See, und sie würde den Burschen tatsächlich fortjagen, wenn er sich weiterhin so benahm.

»Ich … ich brauche diese Anstellung … «, stotterte Robin nun verzweifelt, und Amalia trat einen Schritt auf ihn zu. Sie stach mit ihrem Finger in seine Brust, völlig unbeeindruckt davon, dass Robin sie um einen Kopf überragte.

»Wenn dir deine Anstellung hier so wichtig ist, Bursche, dann solltest du lernen, dich gegenüber Höhergestellten zu benehmen, hast du das verstanden?«

Robin nickte eilig und biss sich auf die Unterlippe, er konnte Amalia nicht mal in die Augen sehen.

»Und jetzt wollen wir mit dir über Sibylle reden, also komm gefälligst mit hinein. Ich werde mir hier draußen doch nicht deinetwegen den Tod holen«, wies Amalia ihn an und drehte sich um.

Der Bursche konnte einem beinahe leidtun, aber Henriette tat es Amalia nach und ging wieder ins Haus. Aus den Augenwinkeln nahm sie wahr, wie Robin ihnen mit hängenden Schultern folgte.

Drinnen umfing sie wohlige Wärme, und Amalia deutete auf die Tür schräg gegenüber der Rezeption. Das Herrenzimmer, in dem geraucht und ein guter Tropfen genossen wurde. Heute jedoch stand es leer, denn der einzige Herr, der aktuell in der *Villa Sommerwind* nächtigte, war ein älterer Mann, der Zigarren zutiefst verabscheute.

Sie betraten den Raum, und Henriette rümpfte die Nase. Der Geruch von Tabakrauch hatte sich in den Sesseln festgesetzt, die Luft war abgestanden.

»Setz dich, Robin«, befahl Amalia dem jungen Mann, der sofort tat, was sie verlangte.

Ein unangenehmer Schauder lief über Henriettes Nacken.

Da bekommt man es ja mit der Angst zu tun.

Sie konnte wirklich froh sein, dass Amalia in diesem Moment auf ihrer Seite stand.

»Nun …« Amalia setzte sich Robin gegenüber. »Du weißt bestimmt, warum wir mit dir sprechen müssen, oder nicht?«

Bockig zuckte Robin mit den Schultern und verschränkte die Arme vor der Brust. Amalia schnalzte ungeduldig mit der Zunge und wedelte mit der Hand in der Luft herum.

»In Ordnung. Ich sage es dir jetzt noch ein einziges Mal. Benimm dich, junger Mann, oder du kannst sofort gehen.«

Amalias Stimme dröhnte wie Donnergrollen durch den Raum, und Robin sank immer weiter in seinem Sessel zusammen. Schweigen breitete sich im Raum aus, und Henriette unterdrückte den Impuls, wegen des Zigarettenqualms zu niesen. Sie betrachtete Robin eingehend, und als er den Blick hob, war es, als wäre etwas in ihm zerbrochen.

»Es geht um Sibylle … und um das Kind.«

Amalia nickte bedächtig und bedeutete dem jungen Mann, weiterzusprechen, aber er schüttelte nur den Kopf. Seine Finger krallten sich in den dünnen Stoff seiner Hose, der Schnee schmolz in seinen dunkelblonden Haaren.

»Sibylle hat uns gesagt, dass du dieses Kind nicht willst«, sagte Henriette nun und ließ sich ebenfalls in einem Sessel nieder. »Dir muss doch bewusst sein, dass du damit ihr Leben zerstörst, Robin?«

Robin presste die Kiefer so fest aufeinander, dass ein Knirschen zu hören war.

»Nun spuck endlich aus, was dir auf der Seele liegt!«, herrschte Amalia ihn an, als Robin immer noch nichts sagte und weiterhin stur auf den Boden glotzte.

»Ich will dieses Kind nicht, weil ich kein Vater sein kann!«, schrie Robin da wutentbrannt und hob endlich den Kopf. In einer hektischen Bewegung zerrte er ein Stück Papier aus der Tasche seiner Jacke und warf es auf den Tisch zwischen ihnen.

Henriette und Amalia wechselten einen irritierten Blick, dann nahm Henriette das Schriftstück an sich und las folgende Zeilen:

»… in den Krieg eingezogen werden im Sommer 1915.« Ihre eigene Stimme dröhnte ihr in den Ohren, und sie spürte, wie Tränen hinter ihren Lidern brannten.

Das hatte Sibylle nicht verdient. Und Robin auch nicht. Sie verdienten es, glücklich zu sein, dieses Kind in Sibylles Bauch gemeinsam großzuziehen.

»Ach, Robin …« Henriette legte den Brief wieder auf den Tisch und griff nach der Hand des jungen Mannes, aber er schüttelte sie wieder ab.

»Verstehen Sie es jetzt?«, fragte er wütend und nahm den Brief wieder an sich. Er ballte die Hand zur Faust, ein leises Rascheln erklang, als er das Papier zusammenknüllte, sich dann erhob und es in einer schnellen Bewegung in den prasselnden Kamin warf. Sofort leckten die Flammen an dem Brief und verschlangen ihn.

»Robin!«

»Nein! Ich will nichts von Ihnen hören. Sie müssen mir keine Vorhaltungen machen, Sie müssen mir nicht sagen, dass ich alles falsch mache. Das weiß ich selbst. Aber ich …« Er schluchzte auf und fuhr sich mit den Händen übers Gesicht. »Ich will dieses Kind aufwachsen sehen, ich will ein Vater sein, aber wenn ich im Krieg sterbe, dann …«

»Du wirst nicht sterben.«

Henriette drehte sich um die eigene Achse, als sie diese Stimme hörte, und sah im nächsten Augenblick in die Augen ihrer Schwester. Sibylle stand im Türrahmen. Tränenspuren auf den Wangen, die Nase gerümpft wegen des Zigarrengestanks, und ein trauriges Lächeln auf den Lippen.

»Sibylle.« Robin sah sie an, *nur* sie, und ging mit langsamen Schritten an Amalia und Henriette vorbei, als wären sie Luft. »Ich werde in den Krieg müssen, ich werde deinem Vater und deinem Bruder folgen, ich …«

»Sei still, du Hornochse.« Sibylle legte Robin einen Finger auf den Mund, zog ihn an sich. Vergessen schien ihre Trauer, vergessen die bitteren Tränen, die sie geweint hatte. Vergessen all der Schmerz, der sich in ihrem Herzen eingenistet hatte.

»Sei still und hör mir zu. Ich werde warten. Ich werde auf dich warten und immer an dich denken. Ich werde diesem Kind erzählen, was für einen wunderbaren und mutigen Vater es hat, der das Deutsche Reich beschützt. Ich werde hier sein, wenn du nach Hause zurückkommst.«

Sibylle nahm Robins Hand und führte sie an ihren Bauch. Zaghaft strich er über die leichte Wölbung, während Tränen über seine Wangen liefen.

»Aber was, wenn ich nicht …«

»Du wirst. Und jetzt halt den Mund.« Sibylle stellte sich auf die Zehenspitzen und legte ihre Lippen auf die von Robin.

Hastig wandte Henriette den Blick ab und verließ leise mit Amalia das Herrenzimmer.

»Wie schön es sein muss, noch so verliebt zu sein«, murmelte Amalia.

Henriette schaute sie nachdenklich an. »Du liebst meinen Vater wirklich, oder?«

»Denkst du denn, dass ich mich dieser Gefahr ausgesetzt hätte, wenn ich ihn nicht liebte?«

»Nein.« Henriette seufzte schwer.

Sie hatte gesehen, wie Amalias Mann gewesen war. Damals im Büro ihres Vaters. Sie hatte die Worte gehört, die sie zu Eduard gesagt hatte. Hatte die Angst in Amalias Augen gesehen. Aber all das war keine Entschuldigung für die Dinge, die Amalia getan hatte, für die spitzen Bemerkungen und gemeinen Worte. Es waren Gründe, die Henriette verstehen, aber nicht akzeptieren konnte.

»Ich sage es noch einmal, Henriette. Du musst mir nicht verzeihen. Ich erwarte nicht, dass ich jemals eine Mutter für dich sein könnte, nicht mal eine Freundin. Aber wenn du mich als Stütze an deiner Seite sehen kannst, dann bin ich da. Dann helfe ich dir, denn das bin ich dir schuldig.«

Henriette verzog das Gesicht. Sie wollte nicht, dass Amalia ihr etwas schuldig war.

»Hat dein Mann …« Henriette konnte es nicht mal aussprechen, sie konnte dieses Grauen nicht in Worte fassen, das Amalia erlebt haben musste.

»Immer wieder«, antwortete ihre Schwiegermutter nur, sie fasste sich an die Wange, schien in bösen Erinnerungen gefangen. »Ich war unschuldige sechzehn Jahre alt, als meine Eltern entschieden, dass ich Hubert heiraten sollte. Er war zwanzig Jahre älter als ich, aber das habe ich nicht als schlimm empfunden, denn ich war und bin immer noch der Meinung, dass Liebe kein Alter kennt, solange man füreinander da ist und niemandem wehtut mit seiner Liebe.«

Henriette nickte. Genau dieser Meinung war sie auch. Eine Freundin ihrer Tante hatte ebenfalls einen älteren Mann geheiratet und war glücklich mit ihm, gesegnet mit drei Kindern und einem Heim voller Liebe und Fürsorge.

»Ich habe mich sogar auf diese Hochzeit gefreut, und am Anfang war Hubert auch freundlich und zuvorkommend. Er war ein guter Mann, jedenfalls so lange, bis sich in der Hochzeitsnacht die Tür hinter uns schloss, und …«

Sie sprach nicht weiter. Amalias Gesichtsausdruck verfinsterte sich, und sie presste die Lippen so fest zusammen, dass ihr Kiefer bebte.

»Du musst mir das nicht …«

»Doch, ich will es dir erzählen«, unterbrach Amalia Henriette. »Ich will, dass du mich verstehst. Du musst nichts verzeihen, nur verstehen, Henriette.«

»Dann lass uns wenigstens nach oben in den Salon gehen.«

»Wie es dir beliebt. Aber glaube mir, der ganze Ort weiß, was Hubert Graff mir angetan hat, doch niemand hat jemals etwas dagegen unternommen.«

Schweigend gingen sie hinauf. Henriette starrte auf Amalias Rücken, auf ihre schmalen Schultern. Sie wusste nicht, wie sie Amalia gegenüber empfinden sollte. Ob sie ihr verzeihen könnte.

Aber sie wusste, dass niemand, auch nicht Amalia Graff, so viel Leid verdient hatte.

Sie betraten den Salon und setzten sich auf die Chaiselongue. Schweigen breitete sich zwischen ihnen aus, und Henriette starrte auf ihre Finger, bis Amalia erneut das Wort ergriff.

»Du kannst dir vermutlich denken, was in der Hochzeitsnacht und den Monaten danach geschah.« Amalia schaute Henriette jetzt beim Sprechen nicht an.

Henriette nickte schweigend, unfähig, ein Wort zu sagen. Es war, als würde die Welt stillstehen, nur Amalias Worte existierten in diesem Kokon aus Stille.

»Ich habe den Fehler lange Zeit bei mir gesucht. War ich zu jung? Zu unerfahren? Diese Fragen habe ich mir jede Nacht gestellt, wenn mein Körper Schmerzen litt und mein Herz brannte wie Feuer.«

Henriette spürte, wie sich Tränen in ihren Augen sammelten. »Mein Gott, Amalia …«, flüsterte sie, doch ihre Schwiegermutter hob nur die Hand.

»Ich weiß, dass es niemals meine Schuld war. Ich konnte gar nicht schuld sein. Aber ich habe es mir lange eingeredet. Auch noch nachdem Eduard auf die Welt gekommen war. Dieser Augenblick war das einzige Glück, das ich mit Hubert erfuhr. Er war so zuvorkommend und höflich während der Schwangerschaft. Ich dachte, jetzt hätte ich es endlich richtig gemacht, jetzt wäre ich eine gute und ehrbare Frau.«

Henriette wagte es nicht, ein Wort zu sagen. In diesem Augenblick riss die Wolkendecke auf, und die Sonne strahlte gleißend hell in den Salon, goldenes Licht tanzte über die Wände, und Amalia lächelte traurig.

»Doch nach Eduards Geburt wurde es nur noch viel schlimmer. Ich war immer noch nicht gut genug. Erzog unseren Sohn nicht zu einem ordentlichen Mann, führte den Haushalt nicht zufriedenstellend, war eine schlechte Gastgeberin.«

»Hat Hubert …« Henriette schluckte schwer. Die Frage brannte ihr auf der Seele, aber die Worte wollten nicht aus ihrem Mund kommen.

»Ja«, antwortete Amalia nur, als hätte sie die Frage vorausgesehen. »Er hat Eduard ebenfalls geschlagen. Erziehung hat er es genannt. Mich auch. Immer und immer wieder. Nur mein Gesicht hat er verschont, damit niemand etwas bemerkte. Trotzdem wussten es die Bürger von Timmendorfer Strand.«

Henriette fuhr sich mit der Zunge über die spröden Lippen. Alles in ihr schien zu wanken, ihr Weltbild war erschüttert.

»Ich habe nicht gewusst, dass du …«

»Wie solltest du auch? Ihr wart gerade erst in den Ort gezogen. Niemand erzählt Fremden sofort den neuesten Klatsch und Tratsch. Vor allem nicht, wenn es sich um einen einflussreichen Mann wie Hubert Graff handelt. Aber weißt du, Henriette, dein Vater war anders …« Nun strömten doch noch Tränen über Amalias Wangen, doch sie wischte sie nicht fort, sie wollte, dass Henriette ihre Traurigkeit sah.

»Ich habe ihn auf dem Markt kennengelernt, eigentlich glaube ich nicht an solchen Firlefanz wie Liebe auf den ersten Blick, aber da war etwas, was mich zu ihm hinzog. Etwas, das dafür sorgte, dass ich immerzu an deinen Vater denken musste. Glaub mir, ich weiß, dass ich damit einen großen Fehler beging, aber ich konnte nicht anders. Ich habe mich so lange nach Liebe gesehnt, dass ich deinem Vater nicht widerstehen konnte.«

Wie auch? Papa ist der herzlichste und liebevollste Mensch, den ich kenne, dachte Henriette traurig, doch ihr Herz wurde bei diesen Gedanken ein wenig leichter.

»Sieh mich nicht so an«, bat Amalia sie mit einem kläglichen Seufzen. »Ich habe niemals Mitleid erwartet, ich wollte nur geliebt werden, und dein Vater hat mich geliebt.«

»Ja, das tut er.«

Henriette fühlte sich schäbig, nachdem Amalia ihre Lebensgeschichte erzählt hatte. Sie hatte sich wie ein kleines Kind benommen, das Angst davor gehabt hatte, dass Amalia ihr den Vater wegnehmen könnte. Aber auf der anderen Seite hatte Amalia auch ihren Teil zu diesem Zwist beigetragen. Vielleicht, weil sie wusste, dass sie nicht in diese Familie gehörte. Dass sowohl Henriette als auch ihre Geschwister Amalia skeptisch gegenüberstehen würden.

»Deswegen bist du ins Büro gestürmt, als du Eduards erboste Stimme gehört hast. Du wolltest nicht, dass er wie sein Vater wird, dass er …«

Amalia nickte, obwohl Henriette nicht weitersprach. Sie nahm Henriettes Hand und sah ihr in die Augen. Eine feine Gänsehaut zog über ihre Arme.

»Genau. Ich weiß, dass Eduard sehr gelitten hat unter seinem Vater. Und dass er deswegen viele Fehler in sich trägt. Aber ich will nicht, dass er sich verliert.«

Ein dumpfes Gefühl zerrte schmerzhaft an Henriettes Magen. Amalias Worte drangen ihr mitten ins Herz. Henriette wusste nicht, ob es Mitleid war, was sie für ihren Ehemann empfand. Vermutlich schon, obwohl ihr das irrwitzig erschien.

»Ich glaube, dass er sich schon lange verloren hat«, murmelte sie tonlos.

»Ja.« Amalia drückte noch einmal ihre Hand, und ein winziges Lächeln kräuselte ihre Lippen. »Deswegen will ich diese Fehde mit dir begraben, Henriette. Es liegt nun an uns, die *Villa Sommerwind* zu schützen, damit, wenn dein Vater und dein Bruder zurückkehren, dieses Hotel in all seinem Glanz erstrahlt.«

Du wirst deinen Weg finden, meine kleine Henni.

Sie wusste nicht, warum die Stimme ihrer geliebten Mutter genau in diesem Augenblick in ihre Gedanken flog. Doch Henriette wusste, was es zu bedeuten hatte. Was sie tun musste, nein, was sie tun *wollte*.

»Lass uns diesen Weg zusammen beschreiten«, sagte sie mit fester Stimme. »Als Familie.«

Amalia nickte, und ehe Henriette sichs versah, zog ihre Schwiegermutter sie in eine kurze Umarmung, die nur wenige Sekunden dauerte.

Aber Henriette wusste, dass dies ein Anfang war. Ein kleiner Schritt, der die Vergangenheit zwar nicht ungeschehen machen konnte. Doch vielleicht konnte sie lernen zu verzeihen und auf eine neue Reise gehen, der sie mutig und voller Zuversicht entgegenblickte.

KAPITEL 23

HENRIETTE

Timmendorfer Strand, März 1915

Seufzend fuhr Henriette sich übers Gesicht und starrte gedankenverloren nach draußen. Wolken schoben sich über den Himmel, getragen vom stürmischen Wind. Goldenes Sonnenlicht tanzte über den Holzfußboden, und als sie wieder den Blick auf die Zahlen vor sich richtete, verschwamm die Schrift wie zerflossene Tinte vor ihren Augen.

»Mama?«

Henriette drehte sich um. Sie hatte gar nicht bemerkt, wie Christine in ihr Arbeitszimmer gekommen war – nun, in *Eduards* Arbeitszimmer, aber der trieb sich vermutlich wieder mit Margarete Harms irgendwo herum und tauschte heiße Liebesschwüre mit ihr.

Hastig versuchte Henriette, diese Gedanken zu vertreiben, und musterte ihre Tochter. Sie konnte nicht glauben, was sie da sah.

Christine trug ein Kleid der Rot-Kreuz-Schwestern und eine weiße Haube, ihre Wangen waren leicht gerötet.

Henriette winkte ihre Tochter zu sich. Christine blieb, den Blick gesenkt, vor Henriette stehen. »Schau mich an, Christine.«

Das Mädchen hob den Kopf, und Henriette erkannte die Entschlossenheit in ihren Augen.

»Du siehst gut aus.«

Christine verzog das Gesicht zu einer schnippischen Grimasse. »Julia hat gesagt, ich sehe aus wie ein kleines Mädchen auf dem Weg zur Kirche.«

Henriette wusste nicht, ob sie lachen oder weinen sollte, deswegen verdrehte sie nur die Augen und zog ihre Tochter in eine innige Umarmung. »Du weißt doch, dass deine Schwester das nicht ernst meint.«

»Ja …«, murmelte Christine leise, aber Julias Satz schien sie trotzdem getroffen zu haben.

Henriette hätte ihre Tochter gerne dafür gescholten, aber nur Gott wusste, wo Julia sich schon wieder herumtrieb. Seit Monaten gingen die Mädchen nur mehr schlecht als recht zur Schule. Einige Lehrer waren eingezogen worden, andere zum Dienst in den Lazaretten verpflichtet, und die wenigen, die noch da waren, schafften es kaum, den Unterricht jeden Tag abzuhalten.

»Möchtest du, dass ich dich zum *Hotel Demory* begleite?«, fragte Henriette.

Hastig schüttelte Christine den Kopf. »Nein, das schaffe ich allein. Ich treffe meine Freundinnen am Platz an der Uhr, dann gehen wir gemeinsam zum Hotel.«

»In Ordnung.« Sie nahm Christines Hände in ihre und lächelte ihre Tochter an. »Ich bin sehr stolz auf dich, Christine. Du hilfst unseren Soldaten und unterstützt die Ärzte bei ihrer harten Arbeit. Das ist sehr ehrenvoll.«

Christine nickte schweigend, ihr Blick glitt an Henriette vorbei, irgendwo in die Ferne.

»Du möchtest das doch wirklich, oder, Christine?«

Sie hätte ihre Tochter niemals gezwungen, im Lazarett zu helfen. Es war Christines eigener Wunsch gewesen. Gemeinsam mit ihrer Schwester waren sie zum *Hotel Demory* gegangen, das zum Lazarett umfunktioniert worden war. Henriette erinnerte sich mit

Schrecken an die Bilder, die sie dort gesehen hatte. Verwundete Soldaten, Krankenschwestern mit Blut auf den Schürzen, Ärzte, die durch die Gänge hasteten. Schmerzensschreie und Stöhnen. Und der Geruch des Todes.

Sie hätte es niemals über sich gebracht, an diesem Ort zu arbeiten. Ihre Hände hatten gezittert, und beinahe hätte sie sich übergeben. Dies war kein Ort für sie. Kein Ort, an dem sie nützlich sein konnte.

Doch weil Henriette das Leid tief getroffen hatte, hatte sie mit den Krankenschwestern gesprochen, und nun holte Elise mit einem anderen Zimmermädchen die Schmutzwäsche aus dem Lazarett ab, um sie in der *Villa Sommerwind* zu waschen. Ebenso hatte sie einen Küchenjungen ans Lazarett ausgeliehen, der den dortigen Koch unterstützte, um die Verpflegung der Kranken und der Ärzte und Schwestern sicherzustellen. Herr Behring hatte den Knaben sofort entbehren können, denn die *Villa Sommerwind* hatte gerade einmal die Hälfte des Hauses mit Gästen besetzt, und das trotz des strahlenden Wetters und der nahenden Osterfeiertage.

»Ich möchte das tun, Mama. Aber ich habe Angst, dass ich nicht gut genug für die Arbeit bin.«

»Aber Christine.« Sie strich ihrer Tochter über die Wange und hauchte ihr einen Kuss auf die Stirn. »Wenn jemand gut genug ist, um dort zu helfen, dann bist du es. Immerhin willst du doch, schon seit du denken kannst, einmal Ärztin werden, oder nicht? Ich bin mir sicher, dass du dort eine Menge für deinen zukünftigen Beruf lernen wirst. Aber du wirst auch viel Leid sehen, und ich möchte, dass du mit mir sprichst, wenn es dir zu viel wird. Versprochen?«

»Versprochen, Mama.« Christine lächelte und richtete sich ihre weiße Haube. »Dann mache ich mich jetzt mal auf den Weg.«

»Tu das. Gib gut auf dich acht, hörst du?«

»Mach ich!« Christine hob die Hand zum Abschied und verließ das Arbeitszimmer mit tänzelnden Schritten.

Henriette starrte noch eine lange Zeit auf die geschlossene Tür, bevor sie sich wieder den Zahlen vor ihr zuwandte. Sie würden nicht noch so einen Winter überstehen. Die Gästezahlen waren rapide geschrumpft, und zu allem Überfluss dauerte der Krieg nun schon fast ein Jahr. In den Städten bekam man einige Lebensmittel sowie Petroleum und Kleidung nur noch mit Bezugsscheinen. Die Menschen hungerten, und trotzdem verlangte die Regierung, dass Kinder Spenden für die Soldaten an der Front sammelten, Frauen in den Lazaretten halfen und die Arbeit ihrer Männer übernahmen, die in diesem schrecklichen Krieg an der Front kämpften.

Hier im Kurort war die Lage noch etwas entspannter, noch konnten sie ohne Bezugsscheine Lebensmittel kaufen, Tauschhandel mit den Bauern treiben, bekamen Fisch von Oles Familie. Noch besuchten Gäste die *Villa Sommerwind*, und sie bezahlten klaglos die in die Höhe geschossenen Preise.

Trotzdem wäre ein weiterer Winter wie der letzte ihr Ruin. Henriette sorgte sich, dass sie ihre Bediensteten entlassen musste, dass sie ihre Töchter nicht länger ernähren konnte. Dass ihr ganzes Leben in Scherben fiel.

Sie versuchte sich erneut auf die Zahlen zu konzentrieren und kritzelte einige Ideen auf ein Stück Papier, die ihnen vielleicht noch die Möglichkeiten eröffneten, dem Hotel einen kleinen Aufschwung zu ermöglichen, als es erneut an der Tür klopfte.

»Herrgott noch mal!«, rief Henriette und schüttelte unwirsch den Kopf. »Herein!«

Die Tür öffnete sich mit einem leisen Quietschen, und Mareike trat ein. Sie trug ein hellgrünes Kleid, das mit einem schwarzen Blumenmuster versehen war.

»Ich kann auch wieder gehen, wenn ich die Frau Hoteldirektorin störe«, sagte Henriettes Freundin mit einem schnippischen Unterton, aber ein Grinsen lag auf ihren kirschroten Lippen.

Henriette lächelte Mareike an. »Du störst doch nie.«

Mareike schloss sie Tür und setzte sich Henriette gegenüber an den großen Tisch im Arbeitszimmer. Ihr Blick fiel auf die Unterlagen, und sie hob neugierig die Augenbrauen.

»So schlimm?«

Frustriert zuckte Henriette mit den Schultern. »Ich weiß nicht, was ich tun soll. Noch so einen Winter wird das Hotel nicht überleben. Selbst jetzt an Ostern sind die Buchungen nicht wirklich gut …«

Mareike schnalzte mit der Zunge und legte ihre Hand auf die von Henriette. »Und dein Mann hat auch keine Ideen, was ihr tun könntet?«

Die Worte ihrer Freundin gruben sich wie Pfeile in Henriettes Herz. Sie wusste, dass Mareike es nicht böse meinte, aber sie billigte Henriettes Verhalten nicht, die Eduard alles durchgehen ließ.

»Was soll ich denn tun, Mareike? Der ganze Ort zerreißt sich doch das Maul über ihn. Ich kann kein einziges normales Wort mit ihm wechseln, du weißt, was beinahe beim letzten Mal passiert wäre … Außerdem scheint er zu ahnen, dass ich nicht besser bin als er.«

Sie hatte Mareike von dem Tag erzählt, als Eduard die Hand gegen sie erhoben hatte und als Amalia sie vor seinem Zorn gerettet hatte. Seit diesem Augenblick ließ Eduard sie gewähren, er hatte nie wieder über Ole gesprochen.

»Hör auf, dich so niederzumachen!«, brauste Mareike auf, und Henriette wich erschrocken zurück.

»Aber ich …«

»Nein!« Mareike unterbrach sie sofort. »Du sollst aufhören, Eduards Verhalten zu rechtfertigen. Du sollst aufhören, die Schuld bei dir zu suchen. Du trägst all die Verantwortung allein, und ich habe Angst, dass du irgendwann unter der Last zusammenbrichst.«

Mareikes Worte trieben Henriette die Tränen in die Augen, die sie verzweifelt wegzublinzeln versuchte. Eine dunkle Schwere legte sich auf ihr Herz.

»Ach, Mareike«, flüsterte Henriette heiser.

Mareike lächelte sie traurig an. »Du willst immer die Last der ganzen Welt auf deine Schultern laden. Du denkst, dass das deine Pflicht ist. Weil deine Mutter gestorben ist und du ihren Platz einnehmen musstest, weil du deinen Vater unterstützen und deine Geschwister beschützen wolltest. Aber weißt du, Henriette, Hermann und Sibylle sind erwachsen, dein Vater ist nicht da, und dein Mann schert sich einen Dreck um dich. Versuch wenigstens jetzt, dich einmal um dich selbst zu kümmern, ein einziges Mal nur.«

Sie konnte Mareikes Worte nicht abstreiten. So lange hatte sie für andere gelebt, dass sie gar nicht mehr wusste, wie man für sich selbst lebte.

»Ich kann das nicht, Mareike«, sagte sie nun leise. Mareikes Gestalt verschwamm in einem Tränenschleier.

»Manchmal bist du wirklich merkwürdig«, sagte Mareike trocken und erhob sich.

Sie ging um den Tisch herum und legte ihre Arme um Henriette, zog sie in eine liebevolle Umarmung und strich ihr über den Rücken.

»Du kannst alles schaffen, was du willst. Du tust alles, um die Villa zu retten, du beschützt deine Töchter wie eine Löwenmutter und hast sogar Frieden mit Amalia geschlossen. Du kannst so viel mehr, als du denkst.«

Mareikes Stimme umschmeichelte sie sanft, legte sich um Henriette wie eine warme Decke. Tiefe Müdigkeit erfasste sie plötzlich. Sie fühlte sich schwach, so unendlich schwach.

»Danke«, flüsterte sie Mareike zu.

»Ich will, dass du das annimmst. Ich will, dass du mir sagst, dass du alles schaffen kannst und niemand dich je aufhalten wird«, forderte sie Henriette auf.

Henriette öffnete den Mund, die Worte formten sich in ihrem Kopf, aber sie blieben ihr auf der Zunge liegen. Sie konnte das nicht sagen. Sie wusste nicht einmal, wann sie sich selbst verloren hatte. Wann sie angefangen hatte, nicht mehr für sich zu leben.

Vergiss mein nicht, erinnerst du dich.

Wie ein Blitz zuckten die Worte durch ihren Kopf. Oles Worte. Sein Versprechen. Ihr gemeinsames Versprechen. Bei ihm hatte sie sich geborgen gefühlt, in seinen Armen war sie sicher gewesen. Aber Ole war nicht hier. Er kämpfte in diesem Krieg, der sie noch alle zerstören würde.

»Ich … ich …«, stammelte Henriette und hob den Blick, sah ihre beste Freundin an, die wunderbare Mareike, die immer zu wissen schien, wie man sich um sich selbst kümmerte. Wie man selbst das kleinste Glück für etwas Besonderes hielt.

»Nun?« Mareike sah sie mit dem strengen Blick einer Lehrerin an, die einen ihrer Zöglinge zur Vernunft bringen will.

»Ich lebe für mich, für meine Wünsche und Träume, aber lass dir gesagt sein, dass ich trotzdem alles tun werde, damit die *Villa Sommerwind* diesen Krieg übersteht. Nicht für meinen Mann, sondern für die Zukunft meiner Töchter.«

Mareike klopfte Henriette zuversichtlich auf die Schulter. »Das wollte ich von dir hören. Und nun erzähl mir, welche Ideen du hast, um mehr Menschen ins Hotel zu locken.«

Henriette konnte sich ein kleines Grinsen nicht verkneifen und schaute wieder auf die Zahlen vor sich. »Erinnerst du dich daran, dass ich dir von meiner Tante in Hamburg erzählt habe, die selbst Pensionen führt und deren Mann Hoteldirektor ist?«

»Ja, Tante Martha, die Verwandtschaft in England hat und Sibylle immer Bücher schickt.«

»Genau die.« Henriette holte den Brief hervor, den ihre Tante ihr geschrieben hatte, und reichte ihn Mareike.

Ihre Freundin überflog die Zeilen und neigte den Kopf fragend zur Seite. »Bankette und Tanztees?«, fragte sie zweifelnd.

Henriette verdrehte die Augen. »Ich weiß, wir haben keine wunderschöne Sonnenterrasse mit Blick auf den Strand wie das *Seeschlösschen Hotel,* aber wir haben eine Dachterrasse, oder etwa nicht?«

Nun schaute Mareike sie völlig verständnislos an, gerade so, als hätte sie gesagt, sie wolle morgen verkleidet als Mann in den Krieg ziehen, um das Deutsche Reich zu verteidigen.

»Du meinst die Dachterrasse, auf der sich bis jetzt nur Hermann herumgetrieben hat und die aussieht wie ein Schlachtfeld?«

»Nicht mehr!« Henriette wackelte grinsend mit den Augenbrauen. »Komm mit!«

Sie zog Mareike mit sich aus dem Büro, die verwirrt hinter ihr herstolperte. Gemeinsam liefen sie die Treppen hinauf bis ins oberste Stockwerk, und Henriette stieß die massive Eichenholztür mit Schwung auf. Lauer Frühlingswind fegte ihnen entgegen, streifte ihre Haut wie die sanfte Berührung einer verflossenen Liebe.

»Was zur Hölle …?«, fragte Mareike neben ihr und starrte verblüfft auf die Dachterrasse, die schon lange kein Schlachtfeld mehr war. »Wann hast du das denn gemacht?«

Henriette grinste ihre Freundin an und ließ den Blick über die Terrasse schweifen. Der ehemals mit Moos und Unkraut bewachsene Steinboden war gereinigt worden, er schimmerte geradezu im Sonnenlicht. Die Fensterscheiben, die die Terrasse einfassten, hatten Elise und einige weitere Zimmermädchen ebenfalls blitzblank geputzt, man konnte nun über *Denkers Kurhotel* bis hin zur Strandhalle die stürmische Ostsee erkennen. Schneeweiß lackierte Holztische und Korbstühle standen auf der Terrasse, einige Baldachine waren aufgestellt und würden den Gästen Schatten spenden. Und in der Mitte der Terrasse stand freier Raum zur Verfügung, der zum Tanzen einlud.

Selbst einen kleinen Tresen hatten die Handwerker, die Henriette mittels Kost und Logis überredet hatte, ihr zu helfen, gebaut. Das dunkle Holz erzeugte einen schönen Kontrast zu den weißen Tischen und Stühlen.

»Ich musste mich beschäftigen, meine Gedanken kreisten nur um schlimme Dinge. Außerdem hatte ich sowieso schon immer vor, etwas aus dieser Dachterrasse zu machen«, antwortete sie der Freundin und ging in die Mitte der Tanzfläche.

Sie drehte sich einmal um die eigene Achse, schloss die Augen und dachte daran, wie es wäre, hier oben, wo nur der Himmel sie sehen konnte, mit Ole zu tanzen. Seine warme Hand auf ihrem Rücken zu spüren, seinen Atem, der sanft ihre Wange streifte.

Mareike brachte immer noch kein weiteres Wort heraus. Sie ging zwischen den Tischen umher, ihre Finger streiften die Korbstühle, dann sah sie Henriette lange an.

»Das … das ist wunderschön hier«, flüsterte sie ehrfürchtig.

»Es fehlt aber noch etwas!« Henriette ergriff die Hände ihrer Freundin und lächelte sie an. »Stoff und Tüll, Kissen und Tischdecken im maritimen Stil mit einigen goldenen Farbtupfern.«

Es dauerte einen Augenblick, bis Mareike zu verstehen schien, was Henriette damit meinte. »Du willst, dass meine Mutter und ich all das entwerfen und nähen?«

»Natürlich, wer denn sonst, wenn nicht ihr?«

Mareike strahlte und schlang ihre Arme um Henriette. »Ich helfe dir so gerne! Vielen Dank, dass du uns vertraust!«

»Wem, wenn nicht dir und Friederike sollte ich vertrauen?«, flüsterte Henriette.

Sie spürte an ihrer Schulter, wie Mareike nickte, und so verharrten die Freundinnen einige Augenblicke in ihrer innigen Umarmung. Es war einer dieser kostbaren Momente, in denen Henriette glücklich war. In denen sie begriff, wie wichtig Mareike für ihr Leben war. Niemals hätte sie gedacht, dass sie in Timmendorfer Strand eine Freundin fürs Leben finden würde.

»Ich muss Mutter Bescheid geben, sie soll sich das hier auch anschauen. Sie wird viele Ideen haben, um alles behaglich herzurichten. Wann planst du den ersten Tanztee?«

»Am Sonntag zu Ostern«, antwortete Henriette. »Außerdem möchte ich dazu noch einen kleinen Spendenaufruf für unsere tapferen Soldaten an der Front beginnen.«

Mareike klimperte verschwörerisch mit den Wimpern. »Auch für deinen tapferen Soldaten?«

»Mareike!« Henriette spürte, wie die Hitze ihr in die Wangen stieg, und wandte hastig den Blick ab.

»Ah! Du denkst gerade an ihn.« Mareike kniff Henriette spielerisch in den Arm und zog sie mit zu einem der Stühle. »Hat er dir wieder geschrieben?«

Henriette schaute durch die Fensterscheiben auf die Ostsee. »Ja«, gab sie leise zu und spürte, wie ihr Herz in Flammen aufging.

»Erzähl mir alles!« Mareike beugte sich ein Stück vor und sah sie auffordernd an.

Henriette schüttelte lächelnd den Kopf, am liebsten hätte sie Oles Worte für sich behalten. Sie tief in ihrem Innern verschlossen und sie jede Nacht, wenn sie einsam im Bett lag, hervorgeholt. Diese Beziehung war ihr kleines Geheimnis, ihre kleine Zuflucht. Aber natürlich würde sie Mareike von den Briefen erzählen, von Oles Worten voller Liebe. Davon, dass sie alle im Krieg schrecklich litten – und dennoch nicht die Hoffnung verlieren durften.

»Du bist viel zu neugierig!«

»Papperlapapp!« Mareike wischte ihre Bemerkung mit einer flotten Handbewegung fort, als würde sie eine Fliege verscheuchen. »Nun lass dir doch nicht jedes Wort aus der Nase ziehen.«

Henriette seufzte ergeben und tastete nach dem Brief, den sie vor kurzer Zeit von Ole erhalten hatte. Mit einem Grinsen faltete sie das Schriftstück auf und begann, Mareike diese Worte der Liebe vorzulesen. Und während sie las, stiegen Hoffnung und Zuversicht in den Himmel auf, dass sie ihn eines Tages wiedersehen würde.

KAPITEL 24

CHRISTINE

Timmendorfer Strand, April 1915

Verloren stand Christine inmitten des Chaos, das dumpf in ihren Ohren dröhnte. Überall um sie herum waren Feldbetten aufgestellt, Krankenschwestern und Pfleger rannten zwischen den Verwundeten hin und her. Mädchen wie sie assistierten den Schwestern, einige Ärzte operierten im Nebenraum.

Gerade wurde ein Mann auf einer Trage von zwei Pflegern in den Saal getragen. Sie hievten ihn auf das Bett, und ein Stöhnen kam tief aus der Kehle des verwundeten Soldaten. Christine biss die Zähne so fest zusammen, dass sie knirschten, und das Geräusch verursachte ihr Gänsehaut am ganzen Körper.

Sie sah sich suchend im Lazarett um, diesem riesigen Raum, der früher der Bankettsaal des *Hotel Demory* gewesen war. Keine der Krankenschwestern, Ärzte oder Schwesternhelferinnen schien Zeit für diesen armen Mann zu haben. Unsicher sah Christine sich um und trat dann vorsichtig näher an das Bett des Mannes heran.

Sie hatte keine Ahnung, wie er hieß. Wo er für das Deutsche Reich gekämpft hatte, was er gesehen hatte. Doch sie wusste, dass das, was sich in seinen blauen Augen spiegelte, blanke Angst war. Angst davor, zurück in den Krieg zu müssen. Nur ganz kurz sah er sie an, dann kam erneut ein Stöhnen aus seinem Mund.

Sein Gesicht war eingefallen, unter der Haut zeichneten sich die Knochen ab, die Augen lagen tief in den Höhlen. Das schwarze Haar war feucht vom Schweiß, und er hatte sich vor Schmerzen auf die Lippen gebissen, Blut rann ihm übers Kinn. Christine warf einen Blick auf seinen Bauch, ein Verband war dort angelegt worden, der völlig von Blut durchtränkt war. Erneut sah sie sich fieberhaft in dem Saal um, versuchte eine Krankenschwester anzusprechen, doch die Frau schien Christine nicht mal zu bemerken, sie hastete mit Verbänden und Schmerzmitteln in den hinteren Teil des Saals.

»Sie … Sie müssen stark bleiben«, flüsterte sie dem Mann zu, ihre Stimme war ruhig, ungeachtet des Aufruhrs in ihrem Innern.

Der Mann wandte ihr den Kopf zu, öffnete die Augen und fing an zu weinen. Er öffnete den Mund, doch er brachte kein einziges Wort heraus. Stattdessen schrie er plötzlich, und sein Körper verkrampfte sich.

Christine erschrak und biss sich auf die Unterlippe. Sie durfte eigentlich nicht mal allein die Erstversorgung der Patienten im Lazarett übernehmen. Nein, die Mädchen, die genau wie sie als stumme Schatten durch die Räume huschten, sollten den Krankenschwestern assistieren, mit den Soldaten sprechen, die bereits langsam wieder gesund wurden, und Botengänge erledigen. Irgendwann, wenn sie dann alt genug waren, konnten die Mädchen vielleicht Schwesternhelferinnen werden, aber jetzt noch nicht.

Und doch … Christine konnte nicht einfach so dastehen und nichts tun. Sie wollte die Wunde wenigstens erstversorgen – sie säubern und einen neuen Verband anlegen. Das konnte ja nicht so schwierig sein. Hastig streifte sie sich Handschuhe über und entfernte den alten schmutzigen Verband. Ihre Hände waren ganz ruhig, während sie sich die Wunde konzentriert ansah. Ein Gewehrschuss, vermutete sie, denn sie erkannte Rußspuren am Rand der Verletzung, doch die Kugel schien nicht mehr im Körper zu stecken.

Blut sickerte auf das weiße Laken, der Mann stöhnte, seine Augenlider flatterten, und ein Zittern ging durch seinen Körper. Eigentlich brauchte er Schmerzmittel, und die Wunde musste bestimmt genäht werden, doch das durfte Christine nicht tun, obwohl sie genau wusste, wie es ging.

Sie hatte gelauscht, als die Ärzte den Schwesternhelferinnen erklärten, wie man eine Wunde nähte. So gern sie diesem Mann noch mehr geholfen hätte, sie begnügte sich vorerst damit, vorsichtig die Wunde zu säubern, sie zu desinfizieren, und wickelte dann mit großer Mühe einen neuen Verband – einen sogenannten Druckverband, wie sie gelernt hatte – um seinen Körper, der, obwohl ausgezehrt und schmächtig, für sie immer noch ziemlich schwer war.

Schweiß rann über Christines Nacken, doch ihre Handgriffe waren geübt, und ihre Hände zitterten kein einziges Mal. Gerade als sie mit ihrer Arbeit fertig war, wollte sie nach der Flasche mit dem Schmerzmittel greifen, die eine Krankenschwester auf der gegenüberliegenden Seite des Bettes bei einem anderen Verletzten hatte stehen lassen, doch da erschreckte sie eine erboste Stimme:

»Was zur Hölle tust du da, Mädchen?«

Sie wusste nicht, wie ihr geschah. Im nächsten Augenblick wurde Christine am Arm gepackt und herumgewirbelt. Sie starrte ins Gesicht eines älteren Arztes mit gerunzelter Stirn. Mit zusammengekniffenen Augen musterte er Christine abschätzig und hob drohend die Hand.

»Ich … ich habe dem Mann nur einen frischen Verband angelegt und die Wunde gesäubert«, presste Christine hervor und bemühte sich darum, nicht in Tränen auszubrechen, obwohl die

Hand des Mannes ihren Arm so fest umklammerte, dass ein scharfer Schmerz in ihm zuckte.

Der Arzt starrte Christine unentwegt an, seine Gesichtszüge waren verzerrt vor Wut. Graue Haarsträhnen fielen ihm in die Stirn, als er sich zu Christine hinunterbeugte. Sein Blick schien sie zu durchbohren.

»Ist dir bewusst, dass das verboten ist, Kleine? Ihr Mädchen dürft nur den Krankenschwestern assistieren, ihr dürft den Patienten keine neuen Verbände anlegen, jedenfalls nicht unbeaufsichtigt!«, sagte er. Christine konnte seinen stinkenden Atem riechen, und ihr Magen drehte sich um.

»Ich … aber … niemand hat Zeit gehabt, um den Mann zu versorgen!«, versuchte sie sich zu rechtfertigen.

»Aha?« Der Arzt hob eine Augenbraue und zeigte ein merkwürdiges Lächeln. »Da hast du gedacht, dass du diese Tätigkeit übernehmen kannst. Ein kleines unerfahrenes Ding, noch dazu ein Mädchen. Was hättest du als Nächstes getan? Die Wunde genäht?«

»Auch das hätte ich gekonnt!!«, rief Christine und wand sich mit aller Kraft aus seinem Griff. Sie stolperte einige Schritte rückwärts. »Auch Frauen können Ärztinnen sein! Und ich habe dem Mann geholfen! Jetzt können Sie die Wunde nähen. Beeilen Sie sich lieber, denn sonst stirbt dieser tapfere Soldat, der für uns gekämpft hat.«

»Du freches …«, setzte der Mann an und hob drohend den Arm, doch genau in dem Augenblick, als seine Hand auf Christine niedersausen wollte, erschien ein weiterer Arzt hinter ihm und stellte sich hastig zwischen sie.

»Werter Kollege!« Der jüngere Mann schaute über seine Schulter und zwinkerte Christine zu, dann richtete er seine Aufmerksamkeit wieder auf den wütenden Arzt. »Nun seien Sie nicht so streng mit dem Mädchen, gehen Sie lieber wieder in den Operationssaal, ich glaube, dort sind Ihre Fähigkeiten dringender vonnöten als hier. Ich werde die Wunde nähen und mir ansehen, ob das Mädchen den neuen Verband richtig angelegt und die Wunde korrekt gesäubert hat. Und sie natürlich zurechtweisen, dass dies nicht ihre Aufgabe ist.«

»Sie sind zu gutherzig, Marks«, murmelte der ältere Arzt, drehte sich jedoch auf dem Absatz um und stiefelte brummend davon.

Christine bemerkte erst in diesem Augenblick, wie butterweich sich ihre Beine anfühlten, und sie musste sich an der Wand abstützen, um nicht umzufallen.

»Geht es dir gut?« Der Arzt, der anscheinend Herr Marks hieß, drehte sich zu ihr um und legte ihr behutsam eine Hand auf die Schulter.

»Ja«, presste Christine hervor und wich seinem Blick aus.

Sie wollte ihn nicht ansehen. Sie brauchte seine Verteidigung nicht, doch sie fühlte sich schwach und wertlos nach der Zurechtweisung des alten Arztes.

»Wie heißt du, junge Dame?«

»Christine«, antwortete sie abwehrend, doch Herr Marks ließ nicht locker.

»Sieh mich an, Christine.«

Vorsichtig hob sie den Blick und hasste sich dafür, dass die Angst ihre Hände zum Zittern brachte.

»Möchtest du mir zusehen, wie ich die Wunde nähe? Dass ich dir Schritt für Schritt erkläre, wie man das macht?«

Sie war sich im ersten Augenblick nicht sicher, ob Herr Marks seine Worte ernst meinte. Ob er sie nicht doch davonjagen würde. Aber als Christine den Mann genauer ansah, da beruhigte sich ihr Herzschlag mit einem Mal. Herrn Marks' Gesichtszüge waren freundlich. Er hatte blonde Locken und blaue Augen und musterte Christine nachdenklich. Also nickte sie und trat gemeinsam mit ihm an das Bett des Soldaten. Da bemerkte sie, dass Herr Marks hinkte.

Sie beobachtete den Arzt genau, wie er den Verband wieder abnahm und sie anwies, ihm Nadel und Faden zu holen. Dann begann er damit, die Wunde zu nähen.

Und die ganze Zeit über erklärte er Christine präzise, was er da tat. Wie man die Wunde richtig verschloss. Was man dabei beachten musste. Was man falsch machen konnte. Er ließ sogar zu, dass sie ihn unterbrach und Fragen stellte.

Christine wurde warm ums Herz, sie saugte das neue Wissen auf wie ein Schwamm, und als Herr Marks die Wunde fertig vernäht hatte, da durfte sie sogar den neuen Verband anlegen.

»Nun … jetzt weißt du, wie man eine Wunde ordentlich vernäht, und du hast übrigens sehr gute Arbeit bei der Erstversorgung geleistet.« Herr Marks schenkte ihr ein herzliches Lächeln und säuberte seine blutverklebten Hände.

»Vielen Dank«, antwortete sie mit zitternder Stimme, sie begriff immer noch nicht, warum Herr Marks ihr das alles gezeigt hatte. Warum er so freundlich zu ihr war.

Der junge Arzt neigte den Kopf neugierig zur Seite und schaute sich im Saal um. »Möchtest du vielleicht kurz an die frische Luft?«

Christine schaute auf den Soldaten, dessen Atmung sich nun gänzlich beruhigt hatte. Friedlich lag er auf seinem Feldbett.

»Ja, ich glaube, das wäre gut.«

Sie folgte Herrn Marks aus dem Saal, weg von Trubel und Lärm. Weg von den Schreien und gestöhnten Wortfetzen. Sie gingen die Treppen hinunter, und wie immer fühlte Christine sich unbehaglich, wenn sie durch das *Hotel Demory* lief. Stille hatte sich über dieses prächtige Haus gesenkt, nur noch wenige Bedienstete huschten durch die Gänge. Und die kümmerte sich nun um die Verpflegung der Verwundeten sowie der Ärzte und Krankenschwestern.

Kein einziger Gast war mehr im Haus, niemand machte hier mehr Urlaub. Nein, der Krieg hatte dieses wunderschöne Hotel in einen Ort des Leids verwandelt. Die Stille war erdrückend, und Christine wurde das Herz schwer, obwohl sie schon so oft durch diese Gänge gelaufen war.

Die *Villa Sommerwind* hätte das gleiche Schicksal ereilen können. Auch sie hätten beinahe ihr Hotel als Lazarett zur Verfügung stellen müssen, aber zum Glück war es nicht so gekommen. Ihre Familie konnte noch Geld mit den wenigen Urlaubern verdienen. Den Besitzern des *Hotel Demory* war das nicht gelungen.

Gemeinsam mit Herrn Marks verließ Christine das Hotel und trat ins Freie. Es war ein herrlicher Frühlingstag. Die Vögel zwitscherten in den Bäumen, und keine einzige Wolke zeigte sich am strahlend blauen Himmel. Sie atmete gierig die frische, salzhaltige Luft ein.

»Geht es dir wieder besser?«, fragte Herr Marks nach einer Weile und musterte sie von der Seite.

Christine nickte und sah an sich hinunter. Ihr weißes Kleid war mit Schmutz und Blut besudelt, der Stoff zerknittert und an einer Stelle schon eingerissen. Sie hätte sich schäbig fühlen müssen, aber dem war nicht so. Sie fühlte sich befreit, mutig sogar. Sie hatte sich den Anweisungen der Ärzte widersetzt. Hatte sich neues Wissen angeeignet und eine Wunde versorgt.

»Ist es wirklich dein Wunsch, Ärztin zu werden, so wie du es meinem Kollegen an den Kopf geworfen hast?«

Sie setzten sich auf den Bordstein, und Christine musste nicht eine Sekunde überlegen. »Ja, das ist es. Schon seit ich denken kann, will ich Menschen helfen. Ich will Leben retten und alles über die Medizin lernen, was ich kann.«

Anerkennend lächelte Herr Marks sie an, und in Christines Kopf machte sich wieder die Frage breit, woher dieser Mann wohl kommen mochte. Sie hatte ihn noch nie in Timmendorfer Strand gesehen.

Herr Marks verschränkte die Hände. »Dann wirst du deinen Weg bestimmt gehen.«

Christine schnaubte leise und schüttelte den Kopf. »Nicht, wenn ich hier versauere und nicht mal eine Wunde nähen darf«, entgegnete sie bedrückt.

Überrascht hob Herr Marks eine Augenbraue und sah sie neugierig an. »Wieso denkst du das?«

Christine antwortete nicht gleich. Sie kannte diesen Mann nicht, hatte keinen Grund, ihm zu vertrauen – wobei … das war nicht ganz richtig. Er hatte sie vor dem Zorn des alten Arztes gerettet. Hatte ihr gezeigt, wie man eine Wunde nähte, und ihr Mut zugesprochen.

»Woher … woher kommen Sie, Herr Doktor Marks?«, fragte sie vorsichtig, antwortete absichtlich nicht auf seine Frage.

»Woher denkst du denn, dass ich komme?«, konterte er.

»Nicht von hier jedenfalls. Sie haben nicht diese nordische, manchmal abweisende Art, obwohl wir hier oben gar nicht so sind. Wir trauen Fremden nur nicht so schnell und sind gerne unter unseresgleichen«, antwortete sie und fuhr mit den Fingern über den groben Stoff ihres Kleides.

Da Herr Marks nichts sagte, sprach sie weiter. »Sie sind Arzt, aber Sie waren im Krieg. Sie hinken auf dem linken Bein, und über Ihrer rechten Augenbraue ist eine kleine Narbe, beinahe schon verblasst, aber ich würde sagen, dass die Narbe von einem Granatsplitter stammt. Wenn ich das zusammenzähle, würde ich sagen, dass Sie im Krieg waren, vielleicht als Arzt, vermutlich sollten Sie gar nicht kämpfen, aber wurden dazu gezwungen. Und weil Sie verletzt wurden, hat man Sie nun zum Dienst an die Heimatfront geschickt. Die Frage ist nur, warum Sie gerade hierherkamen.«

Anerkennend pfiff Herr Marks durch die Zähne und lachte leise. »Du bist gescheiter, als gut für dich ist. Hat dir das schon mal jemand gesagt?«

»Ja«, antwortete Christine trocken. »Meine Tante liebt Kriminalromane. Sie hat mir früher immer daraus vorgelesen, und ich mag es, Menschen zu beobachten. Also …« Christine erhob sich und schaute zum *Hotel Demory*. Sie musste wieder an die Arbeit, sie würde heute nicht so lange bleiben können, weil sie ihrer Mutter versprochen hatte, bei den Vorbereitungen für das Bankett zu Ostern zu helfen. »Warum sind Sie also hier? In Timmendorfer Strand?«

Herr Marks schaute gedankenverloren auf seine Hände und erhob sich dann ebenfalls. »Du hast mit allem, was du gesagt hast, recht. Ich war an der Front, als Arzt. Ich bin verwundet worden, und nun bin ich hier, weil ich nicht mehr kriegstauglich bin. Aber wenn der Krieg vorbei ist, dann möchte ich mich gerne hier als Arzt ansiedeln. Meine Großeltern haben in diesem Kurort gelebt. Sie haben die ersten Bebauungen und den schweren Sturm in Niendorf mitbekommen, ein Stück meines Herzens weilt noch hier.«

Christine verstand, aber trotzdem nagte noch eine Frage an ihr. »Sie wollen sich als Arzt ansiedeln?«

»Ja, hast du gehört, dass der alte Arzt Doktor Blaumeise gestorben ist? Seine Praxis steht nun leer, und ich habe schon mit dem Bürgermeister gesprochen. Ich kann diese Praxis übernehmen, da Doktor Blaumeises Söhne im Krieg gefallen sind.«

Das hatte sie in der Tat gehört, doch Christine konnte Herrn Marks nicht antworten.

Gänsehaut lief ihr über den Rücken.

Nun frag schon!, drängte eine Stimme in ihrem Kopf, aber sie brachte kein Wort heraus. In ihren Gedanken herrschte ein schreckliches Durcheinander.

»Ich werde Schwesternhelferinnen brauchen, die mir in der Praxis assistieren. Meinst du, das wäre etwas für dich, wenn du älter bist, Christine?«

Herr im Himmel, steh mir bei, dachte Christine. Die Frage echote in ihrem Kopf, sie war fast sicher, dass sie träumte.

»Sie … Sie wollen mich als Schwesternhelferin einstellen?«, krächzte sie.

»Ich habe dich beobachtet dort drin. Deinen Willen und deinen Elan erkannt. Du bist gescheit und mutig. Wenn der Krieg vorbei ist und du vierzehn oder fünfzehn Jahre alt bist, dann werde ich gerne mit deinen Lehrern und deinen Eltern über dieses Thema sprechen. Was sagst du dazu?« Herr Marks streckte ihr die Hand entgegen, und obwohl alles in Christine danach schrie, diese Hand zu ergreifen, zögerte sie.

Sie dachte an die *Villa Sommerwind.* An ihre Mutter und Schwester, die sie brauchten. Daran, dass sie vielleicht einmal die Erbin dieses Hotels wurde. Dass sie es führen müsste.

Leb dein eigenes Leben, deinen eigenen Traum.

Es war die Stimme ihrer Schwester Julia, die in diesem Augenblick in ihre Gedanken trat. Ihre ungestüme Schwester, die sie immer ermutigt hatte, diesen Weg zu gehen, obwohl sie sich gerne über Christine lustig machte. Es waren noch bestimmt fünf oder sechs Jahre, bis sie als Schwesternhelferin arbeiten konnte, solange wäre sie noch das Mädchen für alles. Außerdem würde sie ohnehin erst einmal die Schule fertig machen müssen, denn sie war sich sicher, dass ihre Eltern auf jeden Fall wollten, dass sie ihre Ausbildung nicht vernachlässigte. Aber es war immerhin ein ermutigender Blick in die Zukunft.

In diesem Augenblick wollte sie einmal an sich selbst denken. Nur dieses eine Mal.

»Ja«, antwortete Christine und ergriff Herrn Marks' Hand. »Ich möchte sehr gerne in Ihrer Praxis helfen, wenn ich alt genug bin.«

Während Herr Marks sie anerkennend anlächelte und sie gemeinsam zum *Hotel Demory* zurückgingen, da fühlte Christine sich, als könnte sie fliegen. Als könnte sie alles schaffen, egal, was geschah.

KAPITEL 25

HENRIETTE

Mit einem unangenehmen Kribbeln im Nacken strich Henriette sich nervös über das zitronengelbe Kleid, das Mareike für sie geschneidert hatte. Sie ließ ihren Blick über die Dachterrasse der *Villa Sommerwind* schweifen, über die schneeweißen Tische und Stühle, über die hellblauen Kissen, die Friederike und Mareike für sie genäht hatten. Auch Sibylle hatte geholfen und hatte mit einem guten Gespür für stilvolle Behaglichkeit noch ein paar Akzente mit goldenen Kerzenständern und Lampions gesetzt.

»Du brauchst nicht so nervös zu sein«, raunte ihr eine Stimme zu, und Henriette wirbelte überrascht herum.

Es war Sibylle, die ihr ein sanftes Lächeln schenkte und über die leichte Wölbung an ihrem Bauch strich, die sich nun schon deutlich unter dem dunkelblauen Kleid abzeichnete.

Henriette atmete tief durch und zwang sich zu einem Lächeln. »Ich bin gar nicht nervös.«

»Du bist die schlechteste Lügnerin, die es gibt«, konterte Sibylle und nahm ihre Hände. »Das wird sich wohl niemals ändern.«

Henriette lächelte versöhnlich und verdrehte die Augen. »Nein, das wird sich wohl wirklich nicht ändern.«

»Du hast das hier wunderbar gemacht, Henni. Das Hotel ist gut gebucht, die Leute sehnen sich danach, den Krieg aus ihren Gedanken zu verdrängen.«

Henriette nickte schweigend. Das taten die Bewohner des Kurorts und die Gäste, die scharenweise über die Ostertage angereist waren, tatsächlich. In der Hauptsache waren nun Mütter mit ihren Kindern und den Großeltern in der *Villa Sommerwind* zu Gast. Es gab kaum Männer, die im Kurort umherspazierten, weil fast alle an der Front ihr Leben für diesen Krieg riskierten, von dem niemand erwartet hätte, dass er so lange dauern würde.

Mareike hatte ihr erzählt, dass die Amerikaner, wenn man den Gerüchten Glauben schenken durfte, in den Krieg einzutreten drohten, wenn das Deutsche Reich nicht den U-Boot-Krieg unterließ, der in der Nordsee tobte. Zudem unterlag die deutsche Armee den Russen in Ostpreußen, was natürlich in keiner einzigen Zeitung gestanden hatte, aber Mareike wusste es trotzdem. Ihr Bruder Heinrich hatte in Hamburg anscheinend viele Kontakte, Besucher, die im Theater nach dem dritten Glas Wein mehr preisgaben, als gut für sie war. Informationen über den Krieg, die der breiten Bevölkerung verborgen blieben.

»Nun schau nicht so grimmig drein und freu dich lieber, dass wir hier sind!«, ertönte da eine spöttische Stimme, und im nächsten Augenblick fand Henriette sich in den Armen ihrer ungestümen besten Freundin wieder.

»Mareike!«, rief Henriette überrascht und musste ein paar Schritte zurücktreten, damit sie nicht das Gleichgewicht verlor.

Ihre Freundin musterte Henriette kritisch. »Ich hätte das Kleid sogar noch ein wenig figurbetonter schneidern sollen, und die Ärmel gefallen mir jetzt an dir auch nicht so recht.«

»Ach?« Henriette hob grinsend eine Augenbraue. »Du willst mir also sagen, dass es an mir liegt?«

»Mhm …«, feixte Mareike, »vielleicht.«

Henriette schlug ihr spielerisch auf die Schulter und musste nun doch lachen. Mareike schaffte es immer wieder, ihre Gedanken zu zerstreuen, ihre Aufregung zu mildern.

»Nein, du siehst wunderschön aus.«

»Danke, Mareike.«

Henriette sah an ihr vorbei und entdeckte Heinrich, der zusammen mit Simon gerade die Dachterrasse betrat. Sie hatte Simon bis jetzt nur ein einziges Mal gesehen und staunte immer wieder, welch unglaublich einnehmende Präsenz er ausstrahlte, wann immer er irgendwo auftauchte.

»Heinrich! Simon!« Sie umarmte ihren Freund stürmisch und war so dankbar, dass er über die Ostertage hier war. »Wie schön, dass ihr gekommen seid.«

Sie löste sich von Heinrich und schloss auch den hochgewachsenen Simon mit seinen feuerroten Haaren und beinahe schwarzen Augen in die Arme.

»Wir freuen uns ebenfalls«, antwortete Simon ruhig und schenkte ihr ein zurückhaltendes Lächeln.

Sie wusste, dass er es nicht böse meinte. Im Gegensatz zu Heinrich war Simon eher ein ruhiger Mann, der immer mit einem Buch in der Hand aufzufinden war. Doch er konnte seine Intelligenz und seinen Scharfsinn nicht verbergen, seine Augen strahlten eine Ruhe aus, die Henriette immer als wohltuend empfunden hatte.

»Nun sei nicht so schüchtern!« Heinrich stieß Simon den Ellbogen in die Seite und drückte ihm einen flüchtigen Kuss auf die Wange. »Henriette gehört zur Familie, und du hast sie doch schon einmal getroffen. Benimm dich nicht wie ein verstockter Schuljunge.«

»Das sagt der Richtige«, antwortete Simon trocken, doch eine leichte Röte huschte über seine Wangen.

Henriette betrachtete die beiden mit einem glücklichen Grinsen und konnte gar nicht in Worte fassen, wie dankbar sie war, solche Freunde an ihrer Seite zu haben. Wunderbare Menschen, die sie nahmen, wie sie war.

»Wo ist denn eigentlich Friederike?«, fragte sie.

Mareike verdrehte nur schnaubend die Augen. »Auf dem Platz an der Uhr sind Blumenmädchen, und Mutter ließ sich nicht davon abhalten, ihnen einige Sträuße abzukaufen. Also sei bitte nicht verwundert, wenn sie hier gleich mit einem Korb voller Blumen auftaucht. Die würden sich perfekt als Dekoration für die Tische eignen.«

Henriette schmunzelte und drückte ihrer Freundin den Arm. Auch wenn sie nervös war, hatte sie das Gefühl, dass sich die Arbeit der letzten Monate gelohnt hatte. Die vielen Telefongespräche, die sie geführt hatte. Die vielen Briefe und Einladungen zum Bankett, die sie verschickt hatte. Wund geschriebene Finger und eine heisere Stimme hatten sie die letzten Wochen ermattet, aber durch einige Kontakte ihrer Tante hatte sie viele neue Gäste für die *Villa Sommerwind* dazugewonnen. Nicht zuletzt durch die wunderschönen neuen Postkarten, die Herr Damm für sie angefertigt hatte.

Nun würden die geladenen Gäste in der *Villa Sommerwind* bald eintreffen, und Henriette versuchte krampfhaft, ihre Nervosität zu unterdrücken. Sie schaute zur kleinen Bühne, die eigentlich nicht mehr war als ein Holzpodest, das mit einigen drapierten Stoffbahnen nun aussah wie eine Art Baldachin. Zwei Jungen und ein Mädchen standen dort und bauten ihre Instrumente auf. Henriette hatte Pastor Homburg angesprochen, ob es im Kirchenchor nicht einige junge Menschen gab, die vielleicht für einen kleinen Obolus auf ihrem Osterbankett klassische Musik spielen würden. Tatsächlich hatte der Pastor seine Frage noch nicht mal ganz ausgesprochen, da hatte sich der halbe Chor schon freiwillig gemeldet.

Da Henriette herzlich wenig von Musik verstand, hatten sie Pastor Homburg gebeten, für sie die besten Musiker auszuwählen. Und er hatte Tommy und Markus, zwei Brüder, die mit wunderbaren Stimmen gesegnet waren und die beide Gitarre spielten, sowie Anni, die Violine spielte, ausgewählt.

»Mama?« Henriette drehte sich irritiert um. Christine war zusammen mit einem Mann herangetreten.

»Christine … möchtest du mir nicht deine … Begleitung vorstellen?«, fragte Henriette.

Christine lächelte sie scheu an. »Das ist Herr Doktor Marks, er arbeitet im Lazarett und möchte sich nach dem Krieg hier als Arzt niederlassen.«

Henriette musterte den Mann eingehend. Blonde Locken, ein Lächeln auf den Lippen, blaue Augen, in denen viel Humor lag und die Henriettes Blick freundlich erwiderten.

»Es freut mich, Ihre Bekanntschaft zu machen, Frau Graff.« Er streckte Henriette die Hand hin, und sie ergriff sie etwas verdattert.

»Die Freude ist ganz meinerseits, ich verstehe nur nicht …«

»Herr Doktor Marks möchte mich nach dem Krieg als Schwesternhelferin in seiner Praxis beschäftigen, Mama!«, rief Christine dazwischen. »Ich kann wirklich Ärztin werden!«

Henriette fühlte sich von den Worten getroffen wie von einem Kugelhagel. Sie war tief erschrocken.

»Christine, das ist … ich meine …«

»Du solltest nicht so mit der Tür ins Haus fallen, junge Dame«, mischte Herr Marks sich ein. »Lass mich doch zuerst mit deiner Mutter sprechen.«

Christine verschränkte die Arme vor der Brust, beinahe so, als wäre sie beleidigt. Aber sie seufzte nur und zuckte dann mit den Schultern. »In Ordnung, ich gehe zu Julia«, ließ sie sie wissen und ging davon.

Henriette sah ihrer Tochter nach und richtete ihre Aufmerksamkeit dann wieder auf Herrn Marks. »Sie haben meiner Tochter also angeboten, als Schwesternhelferin in Ihrer Praxis zu arbeiten, wenn der Krieg vorbei ist?«

»Das habe ich, aber natürlich soll Christine vorher die Schule fertig machen. In dieser Zeit kann sie mir gerne in der Praxis über die Schulter schauen und dazulernen. Danach biete ich ihr eine Ausbildungsstelle als Schwesternhelferin an.«

»Und Sie sind nicht auf die Idee gekommen, dass Sie vielleicht vorher mit ihren Eltern reden sollten?«

Nun bekam Henriette den giftigen Ton nicht mehr aus ihrer Stimme, denn das Verhalten von Herrn Marks war definitiv nicht in Ordnung.

»Frau Graff«, setzte der Arzt vorsichtig an und hob beschwichtigend die Hände. »Ich habe niemals gesagt, dass wir nicht vorher Sie fragen müssen, nur Ihre Tochter ist vermutlich ein wenig zu überschwänglich gewesen. Dafür bitte ich um Entschuldigung. Ich möchte Christine, wie gesagt, auch nicht sofort ausbilden lassen, dafür ist sie in der Tat noch zu jung, aber sie kann mich gerne erst einmal in der Praxis besuchen, um zu sehen, wie die Arbeitsabläufe sind. Mir ist bewusst, dass ich natürlich vorher Ihre Erlaubnis einholen muss, aber Ihre Tochter ist die geborene Ärztin.«

Henriette sah Herrn Marks schweigend an. Sie wollte etwas sagen, aber sie wusste nicht, was. Sie hatte Christine erlaubt, im Lazarett zu helfen, ihrer Leidenschaft nachzugehen. Doch sie hatte niemals gedacht, dass Christine diesen Weg tatsächlich gehen wollte. Dass sie *wirklich* Ärztin werden wollte.

»Sie scheinen nicht begeistert von dem Wunsch Ihrer Tochter zu sein«, mutmaßte Herr Marks scharfsinnig.

Henriette räusperte sich eilig, denn Elise tauchte am Eingang zur Dachterrasse auf. Das war das Zeichen, dass die Gäste eingetroffen waren.

»Bitte lassen Sie uns darüber später sprechen, Herr Doktor Marks. Ich habe nun zu tun.« Sie wandte sich ab und nickte dem Mann kurz zu.

»Wie Sie wünschen, Frau Graff.«

Es war, als spürte Henriette seinen stechenden Blick im Nacken. Doch darum konnte sie sich jetzt nicht kümmern, sie war eine Geschäftsfrau, denn ihr Mann war natürlich wieder nicht anwesend. Wie vom Erdboden verschluckt. Ein Geist in ihrem Zuhause.

Sie positionierte sich an der Tür, während Elise und einige Kellner und Schankmädchen sich überall auf der Terrasse verteilten. Herr Behrens und ein Küchenjunge sowie die neue Köchin Hildegard stellten sich beim Büfett auf.

Ein letztes Mal sah Henriette sich um, strich eine nicht vorhandene Falte in ihrem Kleid glatt und nickte allen zu. Sie waren bereit. Dies war ein wichtiger Moment für die *Villa Sommerwind.* Ein Schritt in die richtige Richtung, ein Schritt in die Freiheit, zurück zu alten, glanzvollen Zeiten.

Sie hörte Schritte auf den Treppenstufen, Wortfetzen drangen an ihr Ohr, und Henriette setzte ihr schönstes Lächeln auf, als die ersten Gäste die Dachterrasse betraten und sich staunend umsahen.

»Ich wünsche Ihnen einen guten Tag! Nehmen Sie doch Platz und genießen Sie die Aussicht. Die Bedienungen werden gleich zu Ihnen kommen und Ihnen eine Erfrischung anbieten«, begrüßte sie die Gäste.

Nach und nach füllte sich die Terrasse, staunend sahen sich die Menschen um. Begutachteten die Tische, genossen die Aussicht auf die Ostsee, die heute glatt wie ein Spiegel im Sonnenlicht dalag. Kinder liefen kreischend umher, spielten Fangen und blieben neugierig vor dem Büfett-Tresen von Herrn Behrens stehen, der sie mit einem schelmischen Lächeln fortjagte, sich dann aber doch erweichen ließ und den Kindern jeweils eine warme Pastete in die Hand gab.

Die jungen Musiker spielten eine leise Melodie, die die ganze Dachterrasse in eine behagliche, entspannte Atmosphäre tauchte. Henriette atmete erleichtert auf. Die Gäste schienen glücklich, erfreut über die Erfrischungen, die ihnen gereicht wurden, und der Duft von würzigen Speisen wehte mit dem Wind zu ihr herüber.

»Bist du erleichtert?«

Henriette schaute über die Schulter und sah Amalia mit einem kleinen Lächeln auf den Lippen an. Sie musste zugeben, dass sie ohne Amalia all dies nicht geschafft hätte. Ihre Schwiegermutter hatte eine Expertise in Bezug auf die wohlhabenden Bewohner von Timmendorfer Strand bewiesen, die Henriette ihr niemals zugetraut hätte. Sie hatte mit vielen Menschen aus dem Kurort gesprochen, ehemaligen Besuchern ihres Mannes geschrieben, sie in die *Villa Sommerwind* eingeladen und alles getan, um Henriette eine Stütze zu sein. Und obwohl Henriette ihrer Schwiegermutter noch ein wenig zürnte, empfand sie tiefe Dankbarkeit für Amalia. Sie hatte verstanden, dass man manchmal nichts konnte für die Wege, die das eigene Leben einschlug. Dass man manchmal keine andere Wahl hatte, als das zu tun, wonach das Herz verlangte. Und wenn Henriette eine Sache gelernt hatte, dann war es die unumstößliche Wahrheit, dass niemand etwas gegen die Liebe tun konnte.

»Ja«, antwortete sie, »ich bin erleichtert, dass alles so gut funktioniert hat. Vielen Dank für deine Hilfe, Amalia.«

Ihre Schwiegermutter winkte ab. »All das waren doch deine Ideen, Henriette, ich habe dich nur unterstützt. Du bist wahrhaftig die Tochter deines Vaters.«

Henriette zog scharf die Luft ein, Gänsehaut lief ihr über die Arme. Amalias Worte waren wie eine sanfte, weiche Decke, die sie einhüllte. Sie verspürte auf einmal Geborgenheit.

Du bist wahrhaftig die Tochter deines Vaters.

Vielleicht waren das die Worte, nach denen sie sich schon ihr ganzes Leben lang gesehnt hatte. Nach denen sich ihr Herz über die Jahre verzehrt hatte. Die Tochter ihres Vaters zu sein, den eigenen Weg zu gehen und ihren Träumen nachjagen zu dürfen. So lange war sie blind in der Finsternis umhergeirrt, ohne Ziel. Nun fühlte es sich an, als sei sie an einem Scheideweg ihres Lebens angelangt.

»Vielen, vielen Dank, Amalia.«

Amalia schüttelte nur belustigt den Kopf und berührte Henriette vorsichtig an der Wange. »Nicht weinen, deine Schminke verläuft sonst, und die Gäste machen sich noch Sorgen, wenn ihre Gastgeberin in Tränen ausbricht.«

Henriette nickte und wischte sich eilig über die Wangen. Im nächsten Augenblick tauchte Julia gemeinsam mit Paul, Oles kleinem Bruder, neben ihr auf.

»Mama?«, fragte ihre ungestüme Tochter irritiert. Julias offene Haare ergossen sich wie Feuer über ihre Schultern, und sie trug einen großen Bastkorb in der Hand.

»Julia, Paul. Ihr seid also zurück …« Henriette räusperte sich. »Ist das der Korb für die Spenden?«

Julia nickte eifrig und hielt Henriette den Korb hin. Allerlei kleine Päckchen, umwickelt mit dunklem Papier und Schleifen, lagen darin. Der Duft von Schokolade drang in Henriettes Nase, und sie lächelte ihre Tochter an.

»Da wart ihr aber schon sehr fleißig!«

Julia grinste. »Friederike und Mareike haben mit einigen Mädchen aus der Schule ganz viel für unsere Soldaten an der Front gestrickt. Schokolade und andere Süßigkeiten sind auch dabei.«

»Wundervoll … die anderen Körbe sind unten?«

Julia nickte. »Ja, bei Herrn Bors am Empfang.«

»Sehr gut. Dann stell diesen Korb bei Herrn Behrens ab, wenn die Gäste gespeist haben, dann werde ich unsere Spendenaktion ankündigen, und du kannst zusammen mit Paul durch die Reihen gehen.«

»Mach ich …« Julia wollte schon auf dem Absatz kehrtmachen, da drehte sie sich noch einmal rasch zu ihrer Mutter um. »Mama?«

Henriette kannte diesen Ton an ihrer Tochter, Julia klang fast ein wenig wehleidig, obwohl das gar nicht ihre Art war.

»Ja?«

»Darf ich nachher mit Paul fischen gehen?«

Henriette legte die Stirn in Falten und schaute zwischen Julia und Paul hin und her. Der Knabe zuckte nur mit den Schultern, sagte aber kein Wort.

»Julia, das …«

»Bitte!«, unterbrach ihre Tochter sofort. »Christine darf auch im Lazarett helfen. Ihr erfüllst du jeden Wunsch!«

Henriette seufzte schwer und massierte sich mit den Fingern die Nasenwurzel. Sie konnte Julia nicht absprechen, dass sie mit diesem Einwand recht hatte. Sie erlaubte Christine die Arbeit im Lazarett, und sie würde ihr höchstwahrscheinlich auch erlauben, bei Doktor Marks in der Arztpraxis eine Lehre zu machen, wenn das ihr innigster Wunsch war. Aber was genau Julias Wünsche waren, das konnte Henriette gar nicht so genau sagen. Denn Julia war wie ein Regenschauer, der plötzlich kam und im nächsten Augenblick wieder verschwand und die Sonne scheinen ließ.

»In Ordnung«, sagte Henriette ergeben, doch als Julia schon losstürmen wollte, bekam sie ihre Tochter noch am Ärmel zu fassen. »Aber du versprichst mir, dass du vorsichtig bist und auf das hörst, was Paul dir sagt.«

»Versprochen!«

Henriette nickte und ließ ihre Tochter los. Versonnen sah sie Julia nach, die mit Paul zu Herrn Behrens lief und dem Küchenchef begeistert dabei zuschaute, wie er köstliche Speisen für die Gäste zubereitete.

»Deine Töchter sind wirklich wie Eis und Feuer«, bemerkte Amalia neben ihr, aber es schwang kein Spott in ihrer Stimme mit, so wie früher.

»Manchmal weiß ich nicht, ob ich nicht falsch mit ihnen umgehe. Ob ich sie zu streng oder zu lasch erziehe.«

»Darüber solltest du dir keine Gedanken machen. Weißt du, Henriette … am Ende gehen unsere Kinder sowieso den Weg, den sie gehen wollen. Wir können ihnen nur Vertrauen mitgeben und Liebe ...«

Henriette sah ihre Schwiegermutter irritiert von der Seite an und bildete sich ein, Tränen in Amalias Augen schimmern zu sehen. Erahnte einen Schmerz, der so tief in ihr verankert war wie die Wurzeln eines uralten Baumes in der Erde. Da sie Amalia jedoch nicht in Verlegenheit bringen wollte, nickte sie nur zustimmend und deutete auf einen freien Tisch im Schatten, an dem schon Mareike, Heinrich, Simon und Sibylle Platz genommen hatten.

»Möchtest du dich zu uns setzen?«

»Darf ich denn?« Leichter Spott schwang in Amalias Stimme mit, denn sie wusste sehr wohl, dass die Anwesenden ihr eine lange Zeit nicht wohlgesinnt gewesen waren.

»Natürlich darfst du«, antwortete Henriette und steuerte mit Amalia gemeinsam den Tisch an, doch da durchbrach eine weitere Stimme die Musik, und Henriette wirbelte herum.

»Frau Graff!« Es war Herr Langbehn, der sie gerufen hatte, und Henriette musste sofort lächeln, als sie den älteren Mann sah.

Herr Langbehn trug einen schwarzen Anzug, sein graues Haar war streng zurückgekämmt, aber ein fast jungenhaftes Lächeln lag auf seinen Lippen, und der Schalk glänzte in seinen hellen Augen. Obwohl man Herrn Langbehn sein Alter ansah, wirkte er noch taufrisch wie ein Knabe. Wortgewandt und lustig hatte er Henriette von seinen Ausflugsfahrten in die Holsteinische Schweiz – die Dörfer Malente und Plön mit dem Plöner See – überzeugt.

»Herr Langbehn, wie schön, dass Sie es doch noch einrichten konnten. Ich freue mich sehr.«

Der alte Herr nickte ihr zu und schaute sich auf der Dachterrasse um. »Sie haben hier wirklich außerordentliche Arbeit geleistet, Frau Graff. Ich bin schwer begeistert.«

Henriette machte eine bescheidene Handbewegung, und doch spürte sie, wie ihr die Hitze in die Wangen stieg. Sie hatte noch nie gut mit Komplimenten umgehen können.

»Bitte, Sie machen mich verlegen. Nehmen Sie doch Platz und genießen gemeinsam mit unseren Gästen diesen herrlichen Frühlingstag und das Osterfest.«

»Sehr gerne, aber vorher habe ich noch die Liste mit den Ausflugsfahrten für Sie.« Herr Langbehn übergab ihr einen Zettel, auf dem fein säuberlich die Daten und Informationen über die verschiedenen Ausflugsfahrten aufgelistet waren, die Herr Langbehn mit seinem Reiseunternehmen durchführte.

Henriette hatte vor einigen Monaten einen dieser Ausflugswagen gesehen, und ihr war die Idee gekommen, dass es eine schöne Abwechslung für die Gäste in *Villa Sommerwind* sein könnte, wenn sie einen Ausflug machten. Ohne lange über diese Idee nachzudenken, hatte sie mithilfe von Herrn Damm den Kontakt zu Herrn Langbehn hergestellt, und der war schnell von ihrer Idee überzeugt gewesen. Sie hatten beide dadurch mancherlei Vorteile: Herr Langbehn gewann Gäste für die Ausflüge und verdiente gut daran, Henriette konnte besser für einen Aufenthalt in der *Villa Sommerwind* werben, und sie war an den Einnahmen von Herrn Langbehn prozentual beteiligt.

»Vielen Dank. Ich werde unseren Empfangschef bitten, die Liste schön zu gestalten, und freue mich auf die Zusammenarbeit mit Ihnen.«

»Die Freude ist ganz meinerseits, Frau Graff. Es ist für mich als alten Herrn immer wieder beeindruckend, wie sehr sich die Welt gewandelt hat. Wie die Frauen nun die Fäden in die Hand nehmen und all das weiterführen, was ihre Männer nicht mehr erledigen können, da sie im Krieg kämpfen. Und Sie machen das großartig, Frau Graff.«

Henriettes Herz machte einen kleinen Stolperer, und sie knetete nervös die Hände. »Vielen … vielen Dank, Herr Langbehn.«

Du könntest einmal versuchen, ein Kompliment einfach anzunehmen, ohne ins Stottern zu geraten, murmelte eine spöttische Stimme in ihrem Kopf, aber Henriette würde sich wohl nie daran gewöhnen, dass ein Mann sie lobte und ihre Arbeit anerkannte.

»Dann werde ich mir mal ein gemütliches Plätzchen im Schatten suchen.« Herr Langbehn lächelte Henriette verschmitzt an und deutete auf Herrn Behrens. »Und ich muss definitiv etwas von diesen Speisen probieren, es duftet vorzüglich.«

»Tun Sie das, Herr Langbehn. Unser Koch, Herr Behrens, ist einer der besten.«

Sie sah dem Herrn noch kurz nach, bevor sie sich wieder zum Tisch begab, an dem ihre Freunde und ihre Familie saßen. Doch Henriette wusste, dass sie nicht lange da sitzen würde. Sie hatte dem Takt der Musik gelauscht, und nun, da alle Gäste Platz genommen hatten, würde sie ein paar Worte an sie richten.

Unruhig setzte Henriette sich hin und kaute nachdenklich an ihrer Unterlippe. Sie liebte die *Villa Sommerwind,* sie liebte ihre Arbeit – Zahlen und Bilanzen, die Gespräche mit Gästen und Mitarbeitern –, aber vor so vielen Menschen hatte sie noch nie das Wort ergriffen. Dies war normalerweise nicht die Angelegenheit einer Frau, aber Eduard war nicht da, und er würde sich auch sicher nicht mehr blicken lassen. Plötzlich verstummte die Musik, und Henriette zuckte zusammen.

Die Anwesenden richtete ihre Aufmerksamkeit auf sie, und sie erhob sich langsam. Sibylle schenkte ihr ein aufmunterndes Lächeln und drückte ihre Hand.

Henriette drehte sich um und ging in die Mitte der Terrasse. Bei jedem Schritt schwand ein wenig mehr von ihrer inneren Unruhe. In ihren Ohren dröhnte ein einziger Satz, der allerdings nichts mit der Villa zu tun hatte.

Vergiss mein nicht, erinnerst du dich.

»Meine lieben Damen und Herren, liebe Mädchen und Jungen.« Die Worte flogen ihr nur so von den Lippen, und Henriette musste lächeln. »Ich freue mich, dass Sie so zahlreich erschienen sind. Dass Sie mit uns dieses Osterfest feiern und das wunderschöne Wetter genießen. Dies ist für uns alle eine schwere Zeit, und da sowohl mein Vater als auch mein Bruder im Krieg sind und mein Gatte gesundheitlich eingeschränkt ist, ist es meine Aufgabe geworden, die *Villa Sommerwind* zu führen. Ohne die Unterstützung meiner Schwiegermutter und meiner Schwester sowie all unserer Bediensteten hätte ich das niemals geschafft. Ich wünsche Ihnen eine großartige Zeit, viele gute Gespräche – und genießen Sie das Essen!«

Die Gäste applaudierten höflich und schenkten Henriette ein herzliches Lächeln. Sie alle schienen entspannt und ehrlich begeistert von dem, was sie erreicht hatte.

»Und bevor ich es vergesse: Meine Tochter Julia geht nach dem Essen noch mit einem Korb herum, denn wir sammeln Spenden für unsere tapferen Soldaten an der Front. Wenn Sie etwas entbehren können, freuen wir uns sehr darüber«, setzte Henriette noch hinzu und verließ dann die Mitte der Dachterrasse.

Doch bevor sie sich erleichtert wieder setzen konnte, erschien Paul neben ihr und zog Henriette eilig zur Tür, die ins Innere des Hotels führte.

»Paul!«, schimpfte sie ihn. »Was soll das?«

»Mein Bruder!«, keuchte Paul, Tränen schimmerten in seinen Augen, doch er grinste Henriette übers ganze Gesicht an. »Ole kommt im Herbst auf Heimaturlaub!«

»Was?« Henriette stand da wie versteinert, alle Geräusche verebbten angesichts der Flut ihrer Gefühle.

»Hier! Dieser Brief hat mich heute Morgen erreicht.« Paul fingerte ein Stück Papier aus seiner Hosentasche und reichte es Henriette.

Mit zitternden Händen nahm Henriette den Brief, ihre Augen flogen über die Zeilen. Ihr Atem stockte, und Tränen verschleierten ihr die Sicht.

»Ole«, flüsterte sie heiser, und die Freude rollte in einer riesigen Welle über sie hinweg. »Du kommst nach Hause.«

KAPITEL 26

OLE

Niendorf, Oktober 1915

Hab eine gute Zeit, Kamerad«, sagte Ferdinand zu ihm, als der Militärwagen ruckelnd zum Stehen kam.

Das Stottern des Motors hatte ihn aus seinen Gedanken gerissen, und Ole hob den Kopf. Er lächelte seinem Kameraden zu und griff seufzend nach seiner Tasche.

»Vielen Dank«, murmelte Ole leise und sprang aus dem Wagen. »Du auch, und gib auf dich acht.«

»So schnell wirst du mich nicht los, Bergmann«, erwiderte Ferdinand und hielt ihm die Hand hin.

Ole schlug ein und nickte seinem Kameraden noch einmal zu. Er hatte Ferdinand kurz nach Beginn des Krieges kennengelernt. War mit ihm gemeinsam in Belgien einmarschiert, und seitdem hielten sie zusammen wie Pech und Schwefel.

Ole nickte ihm zu und klopfte einmal gegen die Rückwand des Wagens, der knatternd davonfuhr und ihn in einer Staubwolke zurückließ. Ole blieb einige Zeit bewegungslos stehen, in der Stille eines schlafenden Dorfes. Es war noch beinahe Nacht, die Sonne war noch nicht am Horizont erschienen. Ole lauschte auf das vertraute Rauschen der Wellen, schloss kurz die Augen und fühlte sich für einen winzigen Moment geborgen. Doch es dauerte nicht lange, da quälte ihn wieder dieses vertraute Piepen in seinen Ohren, der Tinnitus, der laut Militärarzt vielleicht wieder weggehen oder Ole für den Rest seines Lebens begleiten würde.

Gib deinem Körper Zeit, Junge. Genieß jetzt erst mal deinen Heimaturlaub, vielleicht wird das Rauschen im Ohr dann auch weggehen.

Die Worte hallten in seinem Kopf wider, und Ole räusperte sich. Obwohl er versucht hatte, die Bilder des Krieges zu verdrängen, blitzten sie immer wieder vor seinem inneren Auge auf. Grell wie die Sonne.

Es war in Belgien passiert. Sie hatten in den Schützengräben ausgeharrt. In nichts als Schlamm und Regen. Staub war in ihre Lungen eingedrungen, vielfaches raues Husten dröhnte durch die Gräben. Die Gesichter der Männer waren eingefallen und von Angst gezeichnet. Ihre Hände umklammerten die Gewehre so fest, dass die Knöchel weiß hervortraten. Und dann ... schlug diese Granate neben ihnen ein. Eine Explosion von solch ungeheurer Kraft, dass Ole von den Füßen gefegt wurde. Seine Gedanken überschlugen sich, noch während sein Körper durch die Luft wirbelte, ein dumpfes Rauschen in den Ohren, das nach dieser Explosion nie wieder verschwand.

Er konnte von Glück sagen, dass es nur sein Ohr war. Er hatte Kameraden an diesem Tag verloren. Burschen, die nur wenige Jahre älter waren als sein Bruder Paul. Tote, glanzlose Augen, die ins Nichts starrten. Kalte Leiber, die nie wieder nach der Hand ihrer Liebsten greifen würden.

Ein Schauer jagte über Oles Rücken, und er schüttelte einmal mehr diese grausigen Erinnerungen ab. Ging mit langsamen Schritten die Strandstraße entlang und hinauf zum Strand. Vorbei an den kleinen Häusern, in denen noch kein Licht brannte. Der vertraute Geruch von Fisch und salziger Luft stieg ihm in die Nase, und ein Lächeln erhellte sein Gesicht, als er die Fischernetze am Strand entdeckte.

Sein Herz schlug mit einem Mal schnell und kräftig. Tränen standen in seinen Augen.

Jeder Schritt führte ihn in Richtung Heimat.

Jeder Schritt brachte die Erinnerung an den Krieg für einen Moment zum Verschwinden.

Ole betrat den Strand und ließ seine Tasche fallen. Er schwankte. Bei diesem großartigen Anblick voll Ruhe und Frieden brach ihm fast das Herz. Möwen, die kreischend über seinem Kopf flogen, über die Wellen hinwegjagten und sich einen Fisch schnappten. Die Dunkelheit, die langsam zu verschwimmen schien, die Sonne, die rötlich über den Horizont zu klettern begann.

Ole schaute sich vorsichtig um. Die Angst verursachte ihm einen schalen Geschmack in der Kehle. Die Angst, dass dies alles nur ein Traum war. Dass dieser Augenblick zerbrechen würde wie ein Spiegel, dass er jeden Moment wieder in einem zugigen Zelt aufwachen würde. Den Geruch von dünner Suppe und Tabak in der Nase, klamme Kälte auf der Haut, die niemals trocknete.

Doch da machten seine Augen eine Gestalt in der Nähe der alten Hütte seiner Familie aus.

Es war *sie*.

Sein Herz tat einen Hüpfer, seine Hände wurden feucht. Alles verschwamm vor seinen Augen.

Lieber Gott, lass das keinen Traum sein. Bitte, bitte, bitte.

»Henni …«, flüsterte er heiser, Tränen rannen jetzt über seine Wangen.

Sie drehte sich um, und ihr Haar wirbelte wie ein Schatten um ihre Gestalt. Die schüchternen Sonnenstrahlen fielen auf ihr Gesicht. Sie schenkte ihm ein Lächeln, und er ertrank in ihrem Blick. Sie war alles, wonach sein Herz sich seit über einem Jahr gesehnt hatte.

»Ole …« Ihre Stimme war sanft wie die Berührung einer Feder, und im nächsten Augenblick lief Henriette schon auf ihn zu.

Seine Beine setzten sich wie von selbst in Bewegung. Er glitt beinah im Sand aus, aber dann fand Henriette sich endlich in seinen Armen wieder. Wärme durchströmte ihn, ihr Atem kitzelte seine Haut, Tränen benetzten seine Wangen. Doch es waren nicht Oles Tränen, es waren die von Henriette.

»Du bist wirklich zurück«, murmelte sie, ihre Hände in seinem Nacken verschränkt.

Ihr Körper zitterte unter einem Schluchzen, und Ole krallte seine Finger in den weichen Stoff ihres Kleides.

»Ich bin zurück«, sagte er und drückte sie an sich.

Er wollte sie nie wieder loslassen. Wollte diesen Moment am liebsten einschließen in eine Schneekugel. Ganz langsam löste er sich von ihr, schaute in ihre Augen. Henriettes eiskalte Finger strichen über seine Haut. Sie lächelte ihn an, neigte den Kopf zur Seite. Dann stellte sie sich auf Zehenspitzen, streckte sich ihm entgegen und presste ihre Lippen auf die seinen. Voller Begierde, voller Sehnsucht forderte sie diesen Kuss. Presste sich ganz an seinen Körper.

Ole legte seine Hand in ihren Nacken, seine Zunge stieß gegen ihre Zähne, und sie öffnete bereitwillig den Mund. Sie keuchte, während ihre Hände durch seine stürmischen Locken wanderten. Sein Körper war wie elektrisiert. Bis in die Fingerspitzen spürte er diese Erregung, diese Liebe, die sein Herz gefangen hielt.

Er konnte kaum in Worte fassen, wie sehr er sie vermisst hatte. Wie sehr sein Herz sich nach diesen Berührungen gesehnt hatte. Nur schwer löste Ole sich von ihr, barg ihr Gesicht in seinen Händen und küsste sie auf die Stirn.

»Ich habe dich so vermisst«, raunte er in ihr Ohr.

Henriette lächelte ihn an, bettet ihren Kopf an seine Brust und ließ ihn nicht mehr los. »Du hast mir auch so sehr gefehlt.«

Sie verharrten im Schutz der Dunkelheit, und Ole spürte, wie seine Gedanken langsam zur Ruhe kamen. Hier, in den Armen der Frau, die er von ganzem Herzen liebte, konnte er alles vergessen, was er gesehen hatte.

Die Schützengräben, die Dunkelheit. Die alles verzehrende Kälte, die sich an die Männer geklammert hatte wie ein böser Geist. Tote Augen und blutige Körper. So viel Leid für so wenig Erfolg.

»Wie geht es dir denn?«, fragte Henriette nach einer kleinen Ewigkeit und hob den Kopf.

Da lag so viel Liebe in ihrem Blick, dass es Ole das Herz brach. Manchmal fragte er sich, ob er diese Frau wirklich verdient hatte. Ob sie nicht irgendwann des Wartens müde geworden war. Er öffnete den Mund, aber kein Wort drang über seine Lippen, nur ein leises Krächzen.

»Du musst nicht darüber sprechen, wenn du nicht willst.« Zaghaft verschränkte sie ihre Finger mit seinen.

»Wollen … wollen wir uns hinsetzen?«, fragte er stattdessen.

Henriette nickte, und gemeinsam gingen sie zur alten Hütte, ließen sich auf der Bank davor nieder. Henriette legte ihren Kopf auf seine Schulter und rückte ganz dicht an ihn heran. Fast konnte er ihren Herzschlag spüren.

Mit ihr fühlte sich das Schweigen federleicht an. Es war keine dumpfe Stille, die sie umgab, nein, es war eine heilsame Stille, die nur hier und da vom Kreischen der Möwen durchbrochen wurde. Sanft strich Ole mit seinen Fingern über Henriettes Handrücken, schaute sich am Strand um und wunderte sich, das sich hier rein gar nichts verändert hatte.

Über ein Jahr war er an der Front gewesen. Hatte auf harten Feldbetten in zugigen Zelten geschlafen und sich nach dem Schein eines warmen Feuers gesehnt. Nach einer Tasse Kaffee und Henriettes Briefen, die sein Herz wärmten. Für ihn war eine Ewigkeit vergangen, doch es schien, als wäre der Kurort in einer Zeitschleife gefangen. Alles schien wie früher.

Henriette, deren ruhigen Atem er hören konnte, das Rauschen der Wellen, die Sonne, die den Strand langsam in aprikosenfarbenes Licht tauchte. Ole schluckte den Kloß hinunter, der sich in seinem Hals gebildet hatte, und spürte, wie eine einzelne Träne seine Wange hinunterlief.

Zu Hause.

In den Schützengräben hatte er manchmal gedacht, dass er niemals wieder heimkehren würde. Dass er sterben würde inmitten von Dreck und Angst und Schreien, die über das trostlose Land gellten.

»Henni …«

Sie schaut auf und sah ihn an. Erst jetzt fielen Ole die dunklen Ringe unter ihren Augen auf. Sie sah erschöpft aus und hatte offensichtlich auch einiges an Gewicht verloren, aber für Ole war sie immer noch die schönste Frau der Welt.

Seine Henni.

Er drehte sich zu ihr und sah sie lange an. »Erzähl mir, wie es dir geht. Was machen deine Schwester und deine Freunde? Wie steht es um die Villa?«

Henriette biss sich nachdenklich auf die Unterlippe. »Es geht uns gut. Wahrscheinlich sogar besser als den meisten im Ort. Die Villa ist gut gebucht, seit ich an Ostern das Bankett auf der neuen Dachterrasse veranstaltet habe. Du hättest die feinen Herrschaften sehen sollen. Sie haben die Sonne genossen, sich den Bauch vollgeschlagen und waren sehr spendabel …«

Nun, da sie angefangen hatte zu sprechen, sprudelten die Worte nur so aus Henriette heraus. Ole konnte sich ein winziges Lächeln nicht verkneifen und zog sie enger an sich, strich über ihren Rücken und küsste sie immer wieder.

»Was ist?« Sie sah ihn skeptisch an und zog die Augenbrauen zusammen, eine steile Falte bildete sich auf ihrer Stirn, und Ole lachte leise auf.

»Ich bin sehr dankbar, dass es dir gut geht. Dass du deinen Lebenswillen nicht verloren hast und immer noch meine stürmische Henriette bist.«

Sie grinste ihn schelmisch an und holte die Uhr hervor, die er ihr bei seiner Abreise geschenkt hatte.

»*Vergiss mein nicht, erinnerst du dich*«, flüsterte sie ihm zu und hauchte ihm einen Kuss auf die Wange. »Ich habe jeden Tag an dich gedacht. Ich wusste, dass du nicht aufgeben würdest. Dass du zu mir zurückkehren würdest.«

»Du warst mein Licht in all der Dunkelheit, Henriette. Meine Hoffnung heimzukehren, auch wenn ich leider nicht ewig bleiben kann.«

Schlagartig wurde sie wieder ernst und seufzte leise. »Lass uns diese kurze Zeit genießen. Lass uns jeden Moment gemeinsam leben, als ob es unser letzter wäre.« Sie sah ihn an und strich mit ihren Fingern sachte über seine Wangen, dann beugte sie sich zu ihm, küsste ihn nochmals. Wieder und wieder hauchten sie Liebesschwüre, während die Sonne sie in tausend funkelnde Lichter tauchte.

Henriette glitt auf seinen Schoß, ihr Körper drängte sich ihm entgegen. Oles Hände wanderten über ihre Hüften, voller Begierde und zärtlich zugleich. Wie gerne würde er sie berühren, mit seinen Fingern über ihre nackte Haut streifen. Aber er konnte nicht, und er wusste, dass Henriette es auch nicht konnte.

»Lass mich niemals allein in dieser Welt, hörst du, Ole Bergmann?« Ihre Stimme klang erstickt, Tränen liefen nun über ihre Wangen.

»Ich verspreche es dir, Henni. Ich werde immer zu dir zurückkehren«, murmelte Ole und hielt sie fest. Wollte sie nicht loslassen. Wollte die Zeit anhalten und für immer in Henriettes Armen bleiben.

Er wusste nicht, wie lange sie so dagesessen hatten, aber irgendwann drangen Wortfetzen an Oles Ohr. Er hörte das Rumpeln von Karren und das Wiehern von Pferden. Niendorf erwachte zum Leben.

»Du willst bestimmt zu deiner Familie.« Henriette wischte sich die Tränen von den Wangen und lächelte ihn zaghaft an.

Ole wollte den Kopf schütteln, aber sie hätte diese Lüge sofort durchschaut. Natürlich sehnte er sich nach seinen Eltern und Paul, doch die Trauer, dass Fabian und Fritz keinen Heimaturlaub genehmigt bekommen hatten, saß tief.

»Ja, aber ich …« Er stockte und schaute auf die tosenden Wellen der Ostsee.

»Geh zu ihnen, Ole«, beschwor Henriette ihn und strich mit ihren Fingern über seinen Arm. »Sie haben dich ebenso vermisst wie ich.«

»Hast du ihnen …« Ole konnte nicht weitersprechen, denn die Sorge um seine Familie hatte ihn während des Krieges schier in den Wahnsinn getrieben.

Er hatte sich gesorgt, dass sie womöglich hungern mussten oder nicht genug Feuerholz hatten, um das Haus zu wärmen.

»Wir haben fleißig weiter euren Fisch gekauft«, antwortete Henriette ihm lächelnd. »Außerdem hat Paul mir beigebracht, wie das Eisstockfischen geht.«

Ole starrte Henriette mit offenem Mund an und konnte nicht verhindern, dass seine Augenbrauen in die Höhe schossen.

»Du schaust mich an, als ob ich das nicht könnte«, sagte Henriette und verschränkte grinsend die Arme vor der Brust.

»Na ja, du …«, setzte Ole an und suchte verzweifelt nach den richtigen Worten.

»Ich – was?« Henriette kniff die Augen zusammen, aber dann brach sie in schallendes Gelächter aus und warf die Arme um seinen Hals.

»Ich mache doch nur einen Scherz«, murmelte sie leise. »Ich sah wirklich nicht besonders geschickt aus, als ich Pauls Anweisungen befolgt habe.«

Ole legte seine Arme um sie und bettete seinen Kopf auf Henriettes Schulter. Das konnte er sich vorstellen, es war ein lustiges Bild, das sich da in seinem Kopf ausbreitete. Ein schönes Bild.

»Ich habe dich so sehr vermisst.« Ihre Stimme klang mit einem Mal wieder sehr ernst, und Ole spürte, wie ihre Finger sich in den Stoff seiner Jacke krallten.

Schweigend hielt er Henriette. Kein Wort vermochte seinen Schmerz auszudrücken, und die Stille zwischen ihnen schien in seinen Ohren zu knistern.

»Jetzt bin ich ja wieder da«, flüsterte er irgendwann und löste sich widerwillig von ihr.

Gemeinsam erhoben sie sich, und Ole ließ den Blick zögernd über den Strand schweifen. Er wollte Henriette nicht Lebewohl sagen. Es war ein dummer Gedanke, denn sein Heimaturlaub begann doch gerade erst, aber dennoch – er wollte sie einfach nicht loslassen.

»Henni …«, setzte er an, doch da zerriss ein verzweifelter Schrei die Stille.

»Henriette!« Ole sah sich um und erkannte Mareike, Henriettes beste Freundin, die keuchend und mit hochrotem Gesicht auf der Strandpromenade stand.

»Mareike … was ist denn …« Henriette begann zu zittern, eine dunkle Ahnung befiel sie.

Mareike rannte schnaufend über den Strand zu ihnen, und Ole erkannte, dass sie völlig verweint und verzweifelt wirkte.

»Was ist denn passiert?«, rief Henriette panisch.

»Sibylle …«, antwortete Mareike völlig außer Atem. »Das Kind … es kommt, und die Geburt … es … da war so viel Blut«, stammelte Mareike.

Ole spürte, wie ein Ruck durch Henriettes Körper ging. Sie zögerte keinen Augenblick, sah ihn ein letztes Mal an und wollte schon losrennen, doch da packte Ole ihr Handgelenk.

»Ich komme mit.«

Sie sah ihn an, irritiert, vielleicht auch verwirrt, aber dann nickte Henriette. Lächelte ihn traurig an und rannte schon über den Strand zur Promenade. Doch Ole blieb an ihrer Seite und ließ ihre Hand nicht los.

Nicht jetzt, niemals.

Er würde bei ihr bleiben. Sie beschützen und sie in den Armen halten, wenn der Schmerz sie zu verzehren drohte und die Finsternis sich auf sie herabsenkte.

KAPITEL 27

HENRIETTE

Sie rannte. Sie rannte so schnell, wie sie noch nie in ihrem ganzen Leben gerannt war. Ihr Keuchen hallte verzerrt in ihren eigenen Ohren wider. Tränen verschleierten Henriettes Sicht, aber ihre Füße kannten den Weg.

Sie lief über die Strandpromenade, wich den wenigen Fußgängern aus, die ihren Weg an diesem frühen Morgen kreuzten, der bis vor wenigen Minuten noch der schönste Morgen ihres Lebens gewesen war.

Sie konnte immer noch Oles Berührungen auf ihrer Haut spüren. Schweiß rann ihren Nacken hinab, sie stolperte und strauchelte fast, aber nichts hielt sie auf. Sie hörte Oles und Mareikes Schritte hinter sich, aber niemand sagte etwas.

Keine Zeit für Worte. Keine Zeit für irgendetwas anderes als ihre Schwester.

Bitte nicht, bitte nicht, lieber Gott. Tu mir das nicht an, dachte Henriette verzweifelt, als sie in den Kurpark einbog und an *Denkers Kurhotel* vorbeiraste.

Vögel zwitscherten schon in den Bäumen, stoben über den Himmel und schienen Henriette mit ihren fröhlichen Rufen zu verhöhnen. Sie kam schlitternd vor der *Villa Sommerwind* zum Stehen und drehte sich zu Mareike um.

»Wo ist sie?«

»In ihrem Zimmer … oben …«, keuchte Mareike völlig außer Atem.

Henriette stieß die Tür zur Villa auf und rannte am Empfang vorbei. Für einen winzigen Augenblick kreuzte ihr Blick den von Herrn Bors, und zum allerersten Mal bildete sie sich ein, so etwas wie Mitgefühl in seinen Augen zu erkennen.

Mitgefühl, das sie von diesem Mann nicht haben wollte.

Sie hastete die Treppe hinauf, verlor fast das Gleichgewicht und stieß hart mit dem Knie gegen eine Stufe. Schmerz schoss durch ihr Bein, doch Henriette biss die Zähne zusammen. Dieser Schmerz war nichts im Vergleich zu dem, der ihr Herz zu zerreißen schien.

»Sibylle!«, schrie sie, als sie die Tür zum Zimmer ihrer Schwester aufstieß.

Ihre Augen erfassten sofort, was ihr Herz nicht zu akzeptieren vermochte. Tränen rannen jetzt über ihre Wangen, und ihre Beine drohten unter ihr nachzugeben.

»Henni …«, flüsterte ihre Schwester, die im Bett lag.

»Nein …« Henriette trat näher an Sibylle heran.

Blut, so viel Blut. Die Bettdecke war zurückgeschlagen, und Sibylle lag mit gespreizten Beinen im Bett. Eine riesige Blutlache um sie herum, die sich gespenstisch von dem weißen Laken abhob. Sibylles Gesicht war schweißnass, die dunklen Haare klebten an ihrer Stirn. Schatten lagen unter ihren Augen, die Haut war so weiß wie Papier. Wie eine lebende Tote sah sie aus.

Wie jemand, der schon aufgegeben hatte.

Erst jetzt bemerkte Henriette Amalia, die nahe dem Fenster stand. Sie sah Henriette traurig an und schüttelte ganz leicht den Kopf.

Da zerbrach etwas in Henriette.

Es war, als würde ein Gewitter mit Blitz und Donner über sie hinwegziehen. Und sie fühlte sich zurückversetzt in den Moment, als ihre Mutter starb.

Du wirst deinen Weg finden, meine kleine Henni. Auch ohne mich.

Nein. Nein, es durfte sich nicht wiederholen. Sie durfte nicht noch einen Menschen verlieren, der ihr die Welt bedeutete.

»Frau Graff.« Die Stimme, die da dumpf und verzerrt an Henriettes Ohr drang, gehörte der alten Hebamme Frau Hoffer. Jetzt erst registrierte Henriette, dass die Frau ein Bündel im Arm hielt, das sich vorsichtig regte und einen leisen Schrei ausstieß.

»Frau Hoffer! Sie müssen meine Schwester …«, setzte Henriette an, doch die Hebamme schüttelte nur den Kopf.

Ihr graues Haar war zu einem Knoten im Nacken zusammengebunden, aus dem sich einige Strähnen gelöst hatten und ihr liebenswertes altes Gesicht umrahmten. Kleid und Hände der Frau waren voller Blut, und Tränen glänzten auch in ihren Augen.

»Ihre Schwester hat zu viel Blut verloren …«, erklärte Frau Hoffer und klang dabei, als wäre dies alltäglich für sie. Wobei – wahrscheinlich war es das sogar. Henriette wollte sich gar nicht ausmalen, wie viele tragische Geburten die Frau schon erlebt haben musste. Wie vielen Vätern und Kindern sie schon hatte erzählen müssen, dass sie ihre Frau und Mutter nie wieder in die Arme schließen würden.

»Nein!«, schrie Henriette. »Nein! Holen Sie Herrn Doktor Marks oder irgendeinen anderen Arzt hierher, er soll Sibylle untersuchen. Er soll sie …«

»Henni …«

Entsetzt starrte Henriette zu ihrer Schwester. Ein winziges Lächeln schaffte es auf Sibylles Lippen, sie hob schwach die Hand und winkte Henriette zu sich.

»Henni … es ist zu spät …«

»Nein!« Henriette presste die Hand auf den Mund, versuchte die Tränen abzuwehren, das Grauen aus ihren Gedanken zu verbannen, doch da gaben ihre Beine nach.

Sie fiel auf die Knie und weinte. Weinte hemmungslos und verschluckte sich an ihren eigenen Tränen. Die Welt verschwamm vor ihren Augen. Erinnerungen jagten durch ihre Gedanken.

Ist das eine Strickjacke?

Sehr gut kombiniert, Watson.

Sibylle, die ihr gegenüber in der Kutsche saß. Sibylle, die ihr eine Jacke strickte. Sibylle, die immer versucht hatte, ihrer Familie so wenig Kummer und Sorgen wie möglich zu bereiten. Sibylle, die einen Narren an Detektivgeschichten gefressen hatte. Sibylle, die immer ruhig und besonnen war und Henriette beschützte, auf ihre eigene Art und Weise.

Sibylle, die sich in Robin verliebte. Sibylle, die den Mann, den sie liebte, in den Krieg verabschiedete. Sibylle, die keine einzige Träne seit diesem Tag geweint hatte.

Sibylle, die ihr immer eine Stütze in diesem Leben gewesen war.

»Henni … komm bitte her …«

Sie hob den Kopf. Tränen benetzten ihre Lippen, ihr Herz war leer. Der Tod verhöhnte sie. Leid und Freud lagen so nah beieinander, und Henriette hasste sich dafür, dass sie diese Lektion im Leben nach all den Jahren immer noch nicht verstanden hatte. Dass sie mit über dreißig Jahren immer noch genauso dumm war wie als Kind.

Doch sie hievte sich mühsam hoch. Ihre Beine zitterten, ihr Verstand konnte all das nicht fassen. Sie wankte zu Sibylles Bett und nahm die Hand ihrer Schwester. Presste die Lippen zusammen und strich Sibylle eine wirre Haarsträhne aus dem Gesicht. Tränen brannten wie Feuer in ihren Augen, alles war leer und verloren.

»Ach, Sibylle. Du kannst mich doch nicht allein lassen!«

Sibylle lächelte sie an und drückte Henriettes Hand. Sie neigte den Kopf zur Seite und schaute auf das Bündel in Frau Hoffers Armen.

»Du musst mir versprechen, auf ihn achtzugeben. Du musst ihn beschützen in dieser grausamen Welt.«

Henriette sah zu Frau Hoffer, die ihr das Bündel mit einem sanften Lächeln übergab. Das Baby hatte die Augen leicht geöffnet. Die kleinen Hände griffen nach Henriettes Finger, und es sah sie genau an. Sah bis in ihre Seele.

»Hallo, Winzling«, murmelte Henriette gerührt und reichte Sibylle ihr Kind.

Ein letztes Mal sollte sie ihren Sohn noch in den Armen halten. Ein allerletztes Mal ihn berühren. Sibylle sah auf das Baby hinab und küsste es bedächtig auf die Stirn.

»Emil … sein Name soll Emil sein«, sagte sie ruhig und nickte Frau Hoffer zu.

Die nahm das Kind wieder an sich und verließ gemeinsam mit Amalia das Zimmer. Die Tür fiel ins Schloss. Nun waren sie allein.

Nur sie beide. Henriette und Sibylle. Gemeinsam gegen den Rest der Welt. So wie es immer schon gewesen war.

»Ich hab dich sehr lieb, Henni«, flüsterte Sibylle und zog Henriette näher zu sich heran.

Sie legte die Arme um Henriettes Hals, noch pulsierte Wärme durch ihren Körper, aber ihre Worte klangen schon schwerfällig, und die Augen fielen ihr hin und wieder zu.

»Ich dich auch, Sibylle.«

»Bitte weine nicht, Henni. Bitte lass mich mit einem Lächeln diese Welt verlassen. Und sag Robin, dass ich ihn geliebt habe. So sehr geliebt habe.«

»Das mache ich.« Henriettes Finger krallten sich in das Nachtkleid, das Sibylle trug. Sie schloss die Augen. Lauschte auf den schwächer werdenden Atem ihrer Schwester.

»Vielleicht werde ich nun eine Detektivin im Himmel«, murmelte Sibylle versonnen, als sie sich von Henriette löste.

»Das bist du doch schon.« Henriette küsste Sibylles Stirn, hielt sie in ihren Armen und ließ sie nicht los.

»Ich bleibe bei dir. Bis zum Schluss.« Henriettes Worte kamen abgehackt über ihre Lippen, ihre Stimme schwankte.

»Danke, Henni, du bist die beste Schwester der Welt …«

Es waren die letzten Worte, die Sibylle sagte, bevor sie die Augen schloss und friedlich in Henriettes Armen einschlief. Und Henriette ließ sie nicht los. Hielt ihre kleine Schwester, so wie sie Sibylle schon nach ihrer Geburt gehalten hatte. So wie es immer sein sollte.

Sie blieb bei ihr. Noch lange nachdem Sibylle ihren letzten Atemzug getan hatte. Dann versank Henriette im Dunkel.

Ihr Körper fühlte sich an, als wäre er nur noch eine Hülle. Wie erstarrt saß sie im Salon vorm Kamin, eine Decke um die Schultern gelegt. Getrocknete Tränen auf den Wangen und ein gebrochenes Herz in der Brust.

Sibylle ist tot.

Dieser Satz hämmerte schmerzhaft in Henriettes Gedanken. Zerriss sie fast. Nichts würde jemals wieder sein wie zuvor.

»Henni …« Mareike saß hinter ihr und legte die Arme um sie. Strich über Henriettes Rücken und versuchte sich an einem gebrochenen Lächeln.

Henriette sagte kein Wort. Sie konnte nicht sprechen und hatte das Gefühl, als würde sie nie wieder etwas sagen können. Alles fühlte sich falsch an. Als ob sie sich auf ihrem Weg verirrt hätte. Allein in der Dunkelheit. Verloren im Strudel des Lebens.

Die Tür öffnete sich mit einem leisen Quietschen, und Henriette wandte den Kopf. Für einen kurzen Augenblick flackerte in ihr die irrationale Hoffnung auf, dass ihre Schwester ins Zimmer treten würde. Dass dies alles nur ein böser Traum war.

Doch es waren nur Amalia und Eduard, die eintraten. Ihre Schwiegermutter sah Henriette betrübt an und setzte sich ihr gegenüber auf den Sessel. Sie nahm Henriettes Hände und strich sanft mit den Fingern darüber.

»Ach, Henriette …«, murmelte Amalia traurig. »Es tut mir so leid.«

Henriette nickte schweigend und wandte den Blick ab, schloss die Augen, verbannte die Welt in die hinterste Ecke ihres Kopfes. Wollte niemanden mehr sehen und mit niemandem mehr reden, doch den Gefallen tat Eduard ihr nicht.

»Hört ihr Weiber jetzt endlich auf, Trübsal zu blasen?«, fragte er mit schneidender Stimme, die Henriette wie ein Messer unter die Haut fuhr.

Ruckartig öffnete sie die Augen und funkelte ihn an. »Was hast du da gesagt?«

Eduard zuckte mit den Schultern. »Ich habe gefragt, wie lange du dich noch in Selbstmitleid suhlen willst.«

»Eduard!«, rief Amalia entsetzt. »Hör auf! So habe ich dich nicht erzogen!«

Eduard hob süffisant eine Augenbraue und lachte leise. »Du hast mich tatsächlich nicht erzogen, Mutter. Das war Vater – mit Stock und Gürtel.«

Ein Schauer jagte über Henriettes Rücken angesichts der Grausamkeit, die in diesen Worten mitschwang. Aber Eduard schien völlig unberührt von seiner Vergangenheit. Dennoch konnte sie ihm seine Worte nicht verzeihen.

»Meine Schwester ist gestorben«, presste sie mit zitternder Stimme hervor und erhob sich schwankend. »Und ich weiß, dass du keine Gefühle für mich hast, dass ich dir gleichgültig bin. Aber du könntest wenigstens versuchen, meinen Schmerz nachzuempfinden.«

Eduard sah sie eindringlich an, neigte fragend den Kopf zur Seite. »Dazu bin ich nicht in der Lage, Henriette. Dazu war ich nie in der Lage, das solltest du nach all den Jahren doch wissen.«

Er hatte recht. Sie wusste, dass er nichts für sie empfinden konnte, dass selbst Mitleid zu viel verlangt war. Aber trotzdem verletzten diese Worte sie, denn irgendwie hatte sie gehofft, dass er ein einziges Mal für sie da sein würde. Aber dem war nicht so.

»Du bist ein egoistischer Mistkerl!«, schrie Henriette außer sich und trat auf Eduard zu.

Er sagte nichts, schaute sie an, aber irgendwie doch wieder nicht. Als ob sie gar nicht da wäre, als ob sie Luft für ihn wäre.

»Das bin ich vermutlich wirklich. Und es tut mir leid, dass ich dir niemals die Liebe geben konnte, die du verdient hättest, aber du solltest wirklich aufhören, dich in Selbstmitleid zu baden, denn dafür haben wir keine Zeit.«

»Keine Zeit?«, wiederholte Henriette ungläubig. Ihre Kehle war staubtrocken, und ihre Hände zitterten wie Espenlaub. »Du sagst mir, dass ich keine Zeit habe, meine Schwester zu betrauen?«

Er erwiderte nichts, kein einziges Wort. Und genau dieses Verhalten trieb Henriette schier in den Wahnsinn. Sie schrie auf, stürzte sich auf Eduard und schlug mit ihren Fäusten auf seine Brust ein.

»Womit hab ich dich nur verdient?! Wieso musste Gott mich so mit dir strafen, du Mistkerl!« Ihre Stimme überschlug sich, und ihre Hände brannten wie Feuer.

Eduard rührte sich nicht, er ließ ihre Wut und ihre Enttäuschung, all ihren Schmerz einfach über sich ergehen. Wahrscheinlich spürte er ihre Schläge nicht einmal. Vielleicht war es sogar seine Art, mit ihrem Schmerz umzugehen.

»Henriette, hör auf …« Sie bemerkte, wie jemand sie an den Schultern fasste und sie sanft zurückzog. Es war Mareike.

»Nein!«, schrie sie erbost. »Nein! Nein! Nein!« Sie wollte sich wehren, sie wollte Eduard all ihren Zorn entgegenschleudern, aber ihr fehlte die Kraft.

Sie ließ sich von Mareike zurück aufs Sofa ziehen. Sie wollte nicht mehr hier sein. Sie wollte weit weg sein, auf einer Wolke davonschweben.

»Ich werde jetzt gehen und versuchen, mich um die Geschäfte der Villa zu kümmern, da du nicht in der Lage dazu bist.« Eduard zog sein Jackett zurecht und schaute Henriette noch einmal an, dann wandte er sich ab und verließ den Salon.

Die Tür fiel mit einem Krachen ins Schloss, und Henriette hob den Blick. Sie war dankbar, dass er gegangen war, aber ihre Wut war noch nicht verpufft.

»Henriette …« Mareike zog sie in ihre Arme und hielt sie fest. »Ich kann dir deinen Schmerz nicht nehmen, und ich will dir nicht sagen, dass alles gut wird, denn im Moment tut es das nicht. Aber vielleicht solltest du zu dem Menschen gehen, der dich wirklich liebt.«

Wie ein Blitz durchzuckten diese Worte Henriettes Verstand, und sie sprang sofort auf. Starrte ihre beste Freundin einen kurzen Augenblick lang an und rannte dann aus der Tür.

Zu dem einzigen Menschen, der sie immer lieben würde. Zu dem einzigen Menschen, der ihr Herz vielleicht wieder zusammensetzen und ihr die Trauer ein wenig nehmen konnte. Der sie einfach in den Armen halten würde.

KAPITEL 28

OLE

Sie lag in seinen Armen. Ihr Körper zitterte nicht mehr, aber Tränen benetzten immer noch ihre Wangen. Ihre Hände waren ineinander verschränkt, und Ole strich sanft über Henriettes Rücken. Sie hatten sich in die alte, kleine Hütte zurückgezogen, die Tür stand nur einen Spaltbreit offen, und spärliches Sonnenlicht schien hindurch.

Ole war nicht mit in die Villa hineingegangen. Er hatte vor dem Eingang gewartet. Ruhelos war er hin und her getigert, die Angst hatte seine Gedanken durcheinandergewirbelt, und er hatte sich am Riemen reißen müssen, um nicht doch ins Hotel zu stürmen. Er wäre gerne an ihrer Seite gewesen, aber das durfte er nicht. Dann war Henriettes beste Freundin Mareike am Eingang aufgetaucht. Das Gesicht blass und schmerzverzerrt, hatte sie ihn nur angesehen und den Kopf geschüttelt.

Da hatte er gewusst, dass er Henriette jetzt beistehen musste. Dass sie einen der wichtigsten Menschen in ihrem Leben verloren hatte. Aber er hatte nur ein paar Worte mit Mareike gewechselt und war doch nach Hause gegangen. Hatte seine Mutter in die Arme geschlossen und seinen kleinen Bruder Paul. Erschrocken hatte er seinen Vater betrachtet, der erschöpft und krank ausgesehen hatte.

Ole hatte den Krieg mit nur wenigen Worten erwähnt – zu schlimm war das Grauen, das er gesehen hatte. Zu schmerzhaft die Erinnerungen. Dann hatte er sich einige Decken und Kissen aus seiner alten Kammer genommen und war zurück zur Hütte gegangen. Ole war sich sicher gewesen, dass Henriette auftauchen würde, dass es sie in ihrer Trauer zu ihm zurücktreiben würde.

Und nun saßen sie in Stille und Staub eng aneinandergeschmiegt da. Ole konnte Henriettes Herzschlag spüren, ihr warmer Atem liebkoste seine Haut.

»Ach, Henni …«, murmelte er und küsste sie auf die Schläfe.

Henriette hob den Blick und zog die Nase kraus. Ihre Augen waren gerötet. »Ich werde sie nie wieder in den Arm nehmen können … ich werde nie wieder ihr Lachen hören«, sagte sie mit verwaschener Stimme.

»Ich weiß.« Ole drückte sie an sich und hielt sie. Das war der einzige Trost, den er ihr spenden konnte. Er konnte Henriette den Schmerz nicht nehmen, denn dieser Schmerz verlangte danach, von ihr ausgehalten zu werden. Und Ole kannte diesen Schmerz nur zu gut. Er war wie ein alter Bekannter.

Henriette zog die Knie an die Brust und bettete ihren Kopf darauf. Sie blinzelte zu Ole hoch, und ein schwaches Lächeln huschte über ihre Lippen. »Ich habe gedacht, dass jetzt alles gut werden kann. Dass ich nun den Weg gehe, den ich mir erträumt habe … aber jetzt … jetzt ist meine kleine Schwester tot, und mein Bruder und mein Vater sind im Krieg. In diesem grausamen Krieg, der einfach nicht enden will. Ich mache mir schreckliche Sorgen um Hermann und meinen Vater und du … und du …« Henriettes nächste Worte gingen in Schluchzen unter.

»Ich bleibe noch ein wenig bei dir, Henni.«

»Aber nicht für immer.«

Ole unterdrückte ein Seufzen. Er wusste, dass sie diese Worte in tiefer Trauer sagte. Dass sie im Moment nicht klar denken konnte. Und er verfluchte die Welt dafür, dass sie genau jetzt, wo er zurück war, von so viel Kummer und Traurigkeit überrollt werden musste. Er hatte sich so sehr gewünscht, diese Zeit mit ihr zu genießen. Auf die beste Art und Weise, zu der sie beide fähig waren.

»Es tut mir leid.« Henriette schüttelte den Kopf und rückte ein Stück von ihm ab. Sie wischte sich die Tränen von den Wangen und fuhr sich mit der Zunge über die Lippen. »Du bist nicht schuld daran. Niemand ist schuld daran. Das ist ja das Schlimme. Ich kann niemandem dafür die Schuld geben.«

»Dir muss nichts leidtun. Du hast deine geliebte kleine Schwester verloren. Ich will nur für dich da sein.«

Ein Schluchzen kam aus Henriettes Kehle, und sie presste die Hand vor den Mund. Ihr Körper bebte, und sie rutschte wieder näher an Ole heran. »Ich hätte mich wehren sollen … damals, gegen die Entscheidung meines Vaters. Ich hätte mit dir zusammen weglaufen sollen, alles hinter mir lassen und nie wieder zurückblicken«, murmelte sie leise, und ihre Finger glitten über seine Wangen, huschten seinen Nacken hinab, tänzelten über seine Brust, bis hin zum Saum seines Hemdes.

Vorsichtig schob sie es ein Stück nach oben, ihre kalten Hände auf seiner Haut ließen Ole zusammenzucken. Da war etwas in Henriettes Blick, eine Begierde, die er noch nie in ihren Augen gesehen hatte.

»Henni … wir sollten nicht …«, setzte Ole an, doch sie brachte ihn mit einem Kuss zum Schweigen, bettete ihre Stirn an seine.

»Eduard betrügt mich. Schon von Anfang an, mit der Tochter des Gemischtwarenhändlers, mit den Witwen gefallener Soldaten … mit so vielen Frauen, dass die Bürger des Kurorts nicht mehr zu wissen scheinen, über welche seiner Liaisons sie sich zuerst das Maul zerreißen sollen«, sagte sie zwischen zwei Küssen.

»Woher weißt du das?«

»Ich habe ihn schon vor Jahren mit Margarete Harms gesehen, sogar Christine hat damals gesehen, wie er diese Frau geküsst hat.

Und all die anderen ... Die Gerüchte fliegen nur so umher. Ich kann das nicht mehr, Ole.«

Er konnte es auch nicht mehr. Sein Körper hatte sich so lange Zeit nach ihr verzehrt, dass er das Gefühl hatte zu explodieren, als ihre Finger über seine Haut glitten.

»Bist du dir sicher?«, fragte er heiser.

Henriette hob den Blick. Ein Lächeln voller Tränen. Sie neigte den Kopf zur Seite, schwarze Haarsträhnen umschmeichelten ihr Gesicht. Wie Schatten in der Nacht.

»Ja«, flüsterte sie. »Ein einziges Mal will ich mein Herz gewähren lassen. Bevor du mich wieder verlässt, bevor die Welt erneut in Dunkelheit versinkt.«

Ole nickte und legte seine Hände zaghaft auf Henriettes Hüften. Es war nicht das erste Mal, dass er eine Frau liebte, aber es war das erste Mal, dass es ihm so unendlich viel bedeutete. Henriettes Finger öffneten geschickt die Knöpfe seines Hemdes, sie lächelte ihn an und zog ihm das Hemd in einer fließenden Bewegung aus. Der Stoff raschelte geheimnisvoll, als er zu Boden fiel. Nun strichen ihre Hände endlich über seine nackte Haut.

Sie küssten sich nun leidenschaftlich, ihre Finger verhakten sich in seinem Nacken, seine Zunge erkundete spielerisch ihren Mund.

»Du ... du musst mir helfen, mein Kleid zu öffnen«, keuchte sie zwischen zwei Küssen.

Ole nickte, vorsichtig drehte Henriette sich um. Seine Hände zitterten, während er Knopf um Knopf öffnete und langsam den seidigen Stoff von ihren Schultern gleiten ließ. Ole hauchte tausend Küsse auf ihre Haut, liebkoste ihren Nacken, während seine Hände über ihre Arme wanderten und dann, ganz sanft, ihre Brüste umschlossen.

Ein leises Keuchen entkam Henriettes Kehle, und sie neigte den Kopf nach hinten, lächelte ihn an und presste sich an ihn. Ole biss sich auf die Unterlippe, während Henriette sich umdrehte. Völlig fasziniert streichelte er über ihre schimmernde Haut, wollte jeden Zentimeter ihres Körpers erkunden. Sie für immer in seinen Armen halten und nie wieder loslassen.

»Du bist so schön«, hauchte er in die knisternde Stille zwischen ihnen.

Beinahe peinlich berührt wandte Henriette den Blick ab, eine leichte Röte lief über ihre Wangen. Die Kerzen, die Ole in der ganzen Hütte verteilt hatte, flackerten im Wind. Ole erhob sich vorsichtig, nahm Henriettes Hände und zog sie mit sich hoch. Mit dem linken Fuß stieß er die Tür der Hütte zu, die mit einem dumpfen Laut ins Schloss fiel. Kein Sonnenlicht erreichte sie nun mehr, nur noch der rotgoldene Schein der Kerzen. Er zog Henriette näher an sich heran, küsste sie immer wieder, strich über ihren wunderbaren Körper.

»Nein …«, flüsterte Henriette und sah ihn mit einem Lächeln an, das ihm fast das Herz brach. »Du bist *viel* schöner.«

Ole legte die Hände auf ihre Schultern und zog sie hinunter auf die Decke. Er schlüpfte aus seiner Hose, und Henriette entledigte sich nun vollends ihres Kleides. Ole stützte sich mit den Händen neben ihrem Kopf ab, beugte sich nach unten und küsste ihren Hals, ließ seine Lippen über ihr Dekolleté bis zu ihren Brüsten wandern. Ein Schauer fuhr durch seinen Körper, als er mit der Zunge über ihre Brustwarze glitt, und Henriette bäumte sich unter ihm auf, krallte ihre Finger in sein Haar. Ein Keuchen entfloh durch die Ritzen der Tür, dann umschmeichelte Stille sie sanft wie eine Decke. Ole sah zu Henriette hinunter und lächelte sie schelmisch an. Sie hatte die Lippen fest zusammengepresst, ihre Hüften bewegten sich ein wenig, und da stand ein Flehen in ihren Augen, eine Bitte, die Ole ihr nur zu gerne erfüllte.

Er bedeckte ihren Körper mit weiteren Küssen, bis er wieder an ihrem Mund angelangt war. Dann beugte er sich zu ihr hinunter, seine Finger wanderten an ihrer Scham entlang, ein weiteres Keuchen, das sie nicht verhindern konnte.

»Ole …« Beinahe ein Wimmern, so groß war ihre Sehnsucht danach, geliebt zu werden. Von *ihm* geliebt zu werden.

»Ich liebe dich, Henni … hörst du?«

Sie nickte schweigend, ihre Finger huschten über seine Brust. »Ich dich auch …«, erwiderte sie.

Ein letzter Kuss, das Rascheln der Decken unter ihnen, dann drang Ole in sie ein. Ein leiser Schrei entwich Henriette, und besorgt sah er sie an.

»Alles in Ordnung?« Er wollte ihr unter keinen Umständen wehtun, sie sollte sich genauso wohlfühlen wie er.

»Ja«, antwortete Henriette mit heiserer Stimme, ihre Augen glühten nur so vor Verlangen. »Alles ist in bester Ordnung.«

Stürmisch zog sie Ole an sich, küsste ihn hart und unnachgiebig und bewegte ihre Hüften in seinem Takt.

Ole lächelte, während er Henriette umschlungen hielt und gemeinsam mit ihr in Dunkelheit, Stille und Liebe versank.

Sie hatten die Tür zur Hütte wieder geöffnet, sich angekleidet und saßen nun gemeinsam auf der alten Holzbank. Die Nacht hatte sich über Niendorf gelegt und den Ort in eine behagliche Geruhsamkeit getaucht. Ole hatte seinen Arm um Henriette gelegt und spürte immer noch diese flammende Hitze in seinen Gliedern. Er sah sie von der Seite an und musste lächeln.

Das traurigste Mädchen der Welt.

So war sie ihm von Anfang an in Erinnerung geblieben, aber nun war sie kein Mädchen mehr. Sie war eine erwachsene Frau, die einen schrecklichen Verlust erlebt hatte, und Ole liebte sie von ganzem Herzen. Wenn er gekonnt hätte, dann hätte er ihren Schmerz genommen, hätte ihn für sie geschultert. Aber das konnte er nicht. Er konnte sie nur beschützen und im Arm halten.

»Ich danke dir«, sagte Henriette da und wandte sich zu ihm.

»Wofür?«

»Für diese Nacht.« Sie lächelte ihn an und verschränkte ihre Finger mit seinen. »Für alles, was du für mich tust und was du für mich bist. Ich danke dir für deine Liebe.«

Ole führte ihre Hand an seinen Mund und hauchte einen Kuss darauf. »Das werde ich immer tun, Henni.«

»*Vergiss mein nicht, erinnerst du dich*«, flüsterte sie, ihre Worte so sanft wie der Wind.

Da nahm Ole ihr Gesicht in seine Hände und küsste sie. Versank in diesem Augenblick voller Zärtlichkeit und wünschte sich, die Zeit anzuhalten. Bei Henriette zu bleiben und immer ihre Lippen auf seinen zu spüren.

»Ja«, flüsterte er ihr zu, »für immer.«

TEIL 3

KAPITEL 29

HENRIETTE

Timmendorfer Strand, September 1916

Sie hatte nie zuvor gewusst, was Einsamkeit bedeutete. Wie sich ihr Herz nach ihm verzehren konnte. Wie alles, was Henriette jemals gefühlt hatte, in einem dunklen Strudel ertrank. Sie lächelte traurig, und ihre Finger fuhren durch den noch kühlen Sand am frühen Morgen. Ole war wieder an der Front. Vor knapp zwei Monaten hatte er sie verlassen. Erneut. Denn in letzter Zeit hatte er mehrere Heimaturlaube bewilligt bekommen, doch jetzt würde er nicht so schnell wieder heimkehren. Der Krieg tobte in Europa, und jeder Mann wurde gebraucht. Sie würde ihn wahrscheinlich erst wiedersehen, wenn der Krieg vorbei war – wenn er denn jemals endete. Ihr Bruder und ihr Vater hatten nicht einen Heimatbesuch gehabt, und sie vermisste den lustigen Hermann sehr, ebenso wie ihren Vater – es gab noch so vieles, was sie ihm gerne sagen wollte.

Bei diesem letzten Abschied von Ole war ihr Herz entzweigegangen, seit diesem Tag fühlte sie sich mit jeder Minute, die verging, ein wenig leerer. Henriette war nicht mehr sie selbst. Ein wandelnder Schatten, der nur noch funktionierte.

»Henni …« Sie musste sich nicht umdrehen, um zu wissen, dass es Mareike war, die hinter ihr stand.

»Guten Morgen«, begrüßte sie ihre beste Freundin und wischte eilig die Tränen fort.

Lieber Gott, sie war eine erwachsene Frau und ließ sich immer noch von ihren Gefühlen übermannen wie ein kleines Mädchen. Mareike setzte sich neben sie in den Sand und strich sanft über Henriettes Arm.

»Alles in Ordnung?«

Beinahe hätte Henriette laut aufgelacht. Diese Frage hatte schon lange keine Bedeutung mehr für sie. Sie wusste darauf keine Antwort mehr. Das Land stand im Krieg, die Lebensmittel wurden immer knapper, und obwohl die *Villa Sommerwind* sich tapfer behauptete, immer noch genügend Gäste hatte und Henriette bis jetzt keinen ihrer Angestellten hatte entlassen müssen, lastete der Druck schwer auf ihr.

Henriette zog die Knie an die Brust und bettete den Kopf darauf, schaute auf die wunderschöne Ostsee, die im ersten Licht der Sonne glitzerte. Noch immer war dies für sie die schönste Zeit des Tages: der frühe Morgen, wenn das Dorf gerade erst erwachte und sie sich nicht hinter der Fassade einer strengen und kühnen Geschäftsfrau verstecken musste. Denn das war sie schon lange nicht mehr.

»Henriette … bitte rede mit mir.«

Sie drehte sich zu Mareike um und seufzte tief. »Was willst du denn für eine Antwort hören, Mareike? Dass es mir gut geht? Das wäre eine Lüge, und das weißt du genau.«

Mareike schnaubte leise und zuckte mit den Schultern. »Wir dürfen jetzt nicht aufgeben, Henriette. Wir müssen stark sein für die, die wir lieben.«

Irgendwo tief in ihrem Herzen rührten diese Worte etwas in Henriette an. Sie konnte nicht sagen, was genau, aber sie nahm die Hand ihrer besten Freundin und drückte sie fest. »Du hast recht. Bitte entschuldige, ich vermisse ihn nur so sehr …«

Und meine geliebte Schwester, meinen Vater und meinen Bruder, fügte sie in Gedanken hinzu, und das Bild des kleinen Emil erschien vor ihrem inneren Auge.

Der kleine Junge war nun schon fast ein Jahr alt und entwickelte sich prächtig. Sie hatten ein Kindermädchen aus Hemmelsdorf eingestellt, ein junges Ding namens Annegrete, welches ihre letzte Anstellung bei einer Familie in Lübeck verloren hatte, nachdem diese aus Angst vor den Bombenangriffen fort aufs Land gezogen war und sie nicht weiter hatte beschäftigen können. Mareike zog sie in eine innige Umarmung und lächelte matt. »Das weiß ich doch, du Dummerchen. Aber er wird zu dir zurückkehren, und dann …« Mareike neigte den Kopf zur Seite und machte eine wegwerfende Handbewegung. »Dann müssen wir nur noch deinen Mann aus dem Weg schaffen.«

Wider Willen lachte Henriette auf. Eigentlich war das nicht komisch, denn Eduard war ihr größtes Problem bei dieser Beziehung mit Ole. Er konnte ihren Untergang bedeuten. Aber daran wollte Henriette nicht denken, nicht bevor Ole zu ihr zurückgekehrt war.

»Lass uns zurück in die Villa gehen …«, schlug Mareike vor, und Henriette erhob sich langsam.

Sie wollte ihrer Freundin gerade durch den weichen Sand folgen, da durchfuhr sie ein scharfer Schmerz, der ihre Glieder lähmte. Sterne tanzten in ihrem Sichtfeld, und sie atmete stoßweise.

»Henni?« Alarmiert drehte Mareike sich um. »Was ist los?«

Henriette presste die Hand auf ihren Bauch, ihre Beine fühlten sich an wie Pudding, sie drohten unter ihr nachzugeben, aber da war Mareike schon an ihrer Seite und hielt sie fest.

»Ich … es …«, stammelte Henriette, als erneut ein scharfer Schmerz durch ihren Körper schoss. Heiße Tränen brannten ihr in den Augen, und ihre Hände zitterten.

Lieber Gott, bitte nicht!, dachte sie verzweifelt und erinnerte sich an all die Nächte mit Ole. An diese Augenblicke im Dunkeln, in denen sie sich nach ihm verzehrt hatte. Aber sie hatten doch aufgepasst, sie hatten sogar einen dieser Gummis benutzt, die es seit Kurzem auf dem Schwarzmarkt zu kaufen gab, doch …

»Mareike, ich …« Sie brach ab, ihre Kehle war wie zugeschnürt, kein einziger Gedanke existierte mehr in ihrem Kopf, Tränen verschleierten ihr die Sicht.

Mareike verharrte neben ihr. Schweigend blieb sie an Henriettes Seite, bis der Schmerz langsam abklang und es irgendwann nur noch ein dumpfes Echo gab. Langsam ging Henriette zur Strandpromenade und setzte sich auf eine Bank.

»Du bist schwanger«, stellte Mareike ohne Scheu fest.

Henriette biss sich auf die Unterlippe, vergrub den Kopf in den Händen und verfluchte sich für ihre eigene Dummheit. »Ich kann nicht schwanger sein«, presste sie hervor.

Nun war es Mareike, die glockenhell auflachte, geradezu zynisch klang dieses Lachen, und Henriette wusste nur zu gut, warum. »Ich glaube, du weißt genau, dass ich die Wahrheit sage. Immerhin hast du mit Ole …« Mareike ließ die restlichen Worte unausgesprochen.

»Aber … was soll ich denn jetzt tun?«, fragte Henriette mit zitternder Stimme. »Wenn Eduard …«

»Du wirst wohl oder übel noch einmal mit meinem Sohn das Bett teilen müssen«, unterbrach sie eine Stimme, und erschrocken sah Henriette sich um.

»Amalia.«

Ihre Schwiegermutter trug einen Korb über dem Arm, das dunkelgrüne Kleid schmiegte sich eng um ihre Figur.

»Nun schau mich nicht so an, Henriette …« Amalia zuckte mit den Schultern und setzte sich neben sie.

Henriette konnte Amalia nicht absprechen, dass sie sich im letzten Jahr langsam einander angenähert hatten. Dass diese scheinbar unüberwindliche Kluft zwischen ihnen nicht mehr existierte. Ihre Schwiegermutter war bei ihr gewesen nach Sibylles

Tod, sie hatte Henriette unter die Arme gegriffen bei der Erziehung des kleinen Emil, sie hatte sich um Milchersatzpulver gekümmert für das Kind, hatte alles getan, damit es Sibylles Sohn an nichts fehlte. Durch Amalia hatten sie erst Annegrete kennengelernt und als Kindermädchen für Emil einstellen können, denn Amalia verfügte immer noch über gute Kontakte nach Lübeck.

Wenn Henriette fürchtete, in ihrer Trauer zu ertrinken, dann war Amalia da gewesen. Hatte ihren Schmerz aufgefangen und ihren Lebenswillen erneut entfacht. Sie war beinahe eine Mutter für Henriette geworden, obwohl sie sich das immer noch nicht eingestehen konnte.

»Nun …« Mareike legte die Stirn in Falten und sah Amalia fragend an. »Denkst du wirklich, dass dein Sohn das Bett noch mit Henriette teilen möchte? Wie man hört, vergnügt er sich mit Witwen unserer teuren Soldaten.«

Amalia schnalzte ungeduldig mit der Zunge. »Bitte, Mareike. Keine Vorhaltungen darüber, dass mein Sohn ein schlechter Mensch ist, das weiß ich selbst. Und ich bereue immer noch, dass ich es nicht geschafft habe, ihn besser zu erziehen.«

Mareike seufzte ergeben. »Ich weiß, bitte entschuldige. Das war nicht gerecht von mir.«

Es hatte bei Henriettes Freundin wesentlich länger gedauert, Amalia zu verzeihen und ihr näherzukommen, denn Mareike trug diese gesunde Abneigung gegen Menschen wie Amalia in sich, diesen Zweifel, ob ein Mensch wie Henriettes Schwiegermutter sich wirklich ändern konnte. Doch Amalia hatte es bewiesen, und die beiden hatten so etwas wie eine respektvolle Freundschaft geschlossen.

»Nicht so wichtig. Wir müssen uns viel mehr darüber Gedanken machen, wie wir diese Schwangerschaft lange geheim halten können …« Amalia legte ihre Hand auf Henriettes Bauch, und die zuckte unwillkürlich zusammen. Dass ein Leben nun in ihr wohnte, das konnte sie noch nicht so recht begreifen, aber es war die Wahrheit.

Ihre monatlichen Blutungen waren ausgeblieben, doch Henriette hatte es auf die vielfältigen Belastungen geschoben, sie hatte einfach nicht länger darüber nachgedacht.

»Zweiter oder dritter Monat«, mutmaßte Amalia und lächelte Henriette an. »Sieh mich bitte nicht so traurig an, dieses Kind ist ein Geschenk, Henriette.«

Henriette schluckte schwer und legte ihre Hand ebenfalls auf den Bauch, sie bildete sich sogar ein, dass sie das Kind spüren konnte.

Oles Kind, dachte sie wehmütig, und schon wieder flossen die Tränen. Was sollte sie nur tun, wenn Eduard davon Wind bekam, er würde genau wissen, von wem dieses Kind war. Er könnte sie zum Teufel jagen, ihr die geliebten Töchter Julia und Christine wegnehmen, ihr ganzes Leben zu einem Scherbenhaufen machen.

»Er wird mich nicht mal ansehen …«, sagte sie mit zitternder Stimme. »Ich bin doch Luft für ihn.«

»Aber so muss es nicht sein.« Zaghaft legte Amalia ihre Hand unter Henriettes Kinn und drehte ihren Kopf zu sich. »Du hast schon so viel geschafft. Du leitest die *Villa Sommerwind* alleine, du hast die Menschen für dich eingenommen, hast zwei wunderbare Töchter großgezogen. Du kannst auch meinen Sohn noch einmal für dich einnehmen, glaub mir.«

Glauben fiel ihr schwer in diesen schrecklichen Zeiten, doch Henriette nickte tapfer. »Ich werde es versuchen, ich …«

»Mutter!« Ein gellender Schrei erklang in der Stille, und Henriette sah sich irritiert um.

Julia lief die Promenade hinauf, ihre roten Haare loderten geradezu um ihre blassen Gesichtszüge. Keuchend kam sie vor Henriette zum Stehen. Schmutz befleckte den Saum ihres gelben Kleides, und ihr Gesicht war gerötet.

»Julia …« Henriette konnte den tadelnden Ton nicht aus ihrer Stimme tilgen, denn ihre Tochter benahm sich mal wieder eher wie eine Bauernmagd denn wie eine gut erzogene junge Dame.

»Du … du musst mitkommen, es ist ein Brief eingetroffen.«

»Ein Brief?«

Julia fuhr sich mit der Zunge über die Lippen, und Henriette sah, dass Tränen in ihren Augen glänzten. »Von Großvater.«

Wie ein Blitz trafen Henriette diese Worte, und sie schoss ruckartig hoch. »Was steht drin?«

»Vater wollte es mir nicht sagen, deswegen hat er mich angewiesen, dich zu holen.«

Guter Gott, bitte lass einen Blitz auf meinen Ehemann niederfahren, dachte Henriette verbittert und ballte die Hand zur Faust. Erschrocken sah Julia sie an, daher versuchte sich Henriette hastig an einem Lächeln. »Ich danke dir, mein Schatz. Nun lass uns schnell zurück zur Villa laufen.« Sie küsste Julia auf die Stirn und sah Mareike und Amalia auffordernd an.

Beide Frauen nickten schweigend, und gemeinsam eilten sie den kleinen Hügel hinab, der durch den Kurpark führte. Die Stille des Morgens war vorüber, überall liefen Menschen umher. Hausmädchen, die die Einkäufe auf dem Markt erledigten, Botenjungen und Schulkinder, die kreischend über die Wiesen rannten.

Henriette atmete tief durch, bevor sie die *Villa Sommerwind* betrat, streckte den Rücken durch und ging mit festen Schritten die Treppenstufen zu ihren Privaträumen hinauf.

Auf dem Flur begegneten sie Annegrete, die Emil auf dem Arm trug, ihm sanft ein Schlaflied sang und ihn hin und her wiegte. Sie grüßte die Damen höflich und ging mit ihm in Sibylles ehemaliges Zimmer, welches sie zur Kinderstube für den kleinen Jungen gemacht hatte. Henriette sah ihnen wehmütig hinterher, gerne hätte sie ein wenig Zeit mit Sibylles Kind verbracht, doch sie musste sich schon wieder um andere Dinge kümmern.

Kurz bevor sie den Salon betrat, drehte sie sich noch mal zu Julia um. »Sei so gut und geh in dein Zimmer.«

»Wieso denn das?«, murrte Julia und verschränkte die Arme vor der Brust.

»Weil ich es sage, Julia.«

Ihre Tochter zog einen Schmollmund und schaute ihre Mutter stur an. »Aber Großvater ist auch meine Familie.«

Ich bin mit einer Tochter gestraft, die mir viel zu sehr ähnelt, dachte Henriette beinahe belustigt und griff nach Julias Händen. »Das weiß ich. Aber ich möchte zuerst mit deinem Vater allein sprechen. Ich verspreche dir, dass ich dir erzähle, was Großvater schreibt. Aber nun sei ein braves Mädchen.«

Julia nickte versöhnlich. »Darf ich dann zum Hafen? Zu Paul?«

»Ja, geh nur.« Henriette wedelte mit der Hand, und Julia lief eilig davon.

Sie betrat den Salon. Eduard saß am Frühstückstisch, eine Zeitung lag vor ihm und ein Briefumschlag, der natürlich schon geöffnet war.

»Ah, meine geschätzte Gattin«, rief Eduard und tippte mit dem Finger auf den Brief. »Nachricht von deinem Vater.«

Henriette würdigte ihn keines Blickes und griff nach dem Schriftstück. Ihre Hände begannen zu zittern, als Eduard mit einem Mal neben ihr aufstand und seine Hand auf ihre Schulter legte.

»Es tut mir leid, Henriette.« Gänsehaut kroch über ihren ganzen Körper, denn Eduards Stimme hatte einen ernsten Unterton. Seine dunklen Augen musterten sie ruhig, Mitgefühl lag in seinem Blick. Sie konnte nicht antworten. Stattdessen zog sie den Brief aus dem Umschlag und begann mit wild pochendem Herzen zu lesen.

Meine liebste Familie,
ich schreibe diesen Brief mit so viel Trauer und mit zitternden Händen. Ich habe keine guten Nachrichten für euch aus diesem Krieg, es tut mir sehr leid. Ich habe versucht, ihn zu retten, ich habe es wirklich versucht. Aber ich konnte es nicht. Meine Mädchen – Henriette und Sibylle –, ich muss euch leider mitteilen, dass euer Bruder Hermann in diesem Krieg den Tod gefunden hat …

Henriette schlug die Hand vor den Mund und sank in sich zusammen. Doch da waren keine Tränen mehr, die über ihre Wangen liefen, sondern ihr Herz zerbrach still in ihrer Brust. Der Brief entglitt ihren Händen, während sie in eine bodenlose Dunkelheit fiel.

Meine Mädchen – Henriette und Sibylle.

Ihr Vater hatte den Brief also nie erhalten, in dem sie ihn von Sibylles Tod in Kenntnis gesetzt hatte. Er hatte nicht einmal Heimaturlaub gehabt, seine Tochter nie mehr gesehen nach seiner Abreise, und nun war Sibylle tot. Und Hermann auch.

Euer Bruder Hermann hat in diesem Krieg den Tod gefunden.

Die Worte gruben sich in ihre Seele, verbrannten ihr Inneres, schienen alles zu zerstören, was Henriette jemals ausgemacht hatte. Ihre Geschwister waren tot, ihr Vater im Krieg. Niemand aus ihrer Familie war mehr bei ihr, alle hatten sie verlassen.

Sie bekam nur am Rande mit, wie Amalia zu ihr trat, den Brief aufhob und die Zeilen las. »Oh, Henriette«, flüsterte sie heiser, wollte sich zu ihr hinunterbeugen, aber da spürte Henriette, wie jemand anders sie in seine Arme zog.

Jemand, von dem sie nie erwartet hätte, dass er sie je wieder berührte. Eduard. Er hielt sie und strich sanft über ihren Rücken. Und Henriette hatte das Gefühl, die Welt wäre verrückt geworden.

»Es tut mir leid«, flüsterte Eduard in ihr Ohr. »Es tut mir wirklich leid. Du hast diesen Verlust nicht verdient.«

Nur dumpf drangen die Worte zu ihr durch. Vielleicht hatte Eduard in diesem Augenblick einen Funken Anstand in seinem Herzen gefunden, vielleicht war dies ein Verlust zu viel, sodass ihr Ehemann wenigstens etwas Mitleid für sie erübrigen konnte.

Ihr Körper war wie erfroren, Kälte betäubte all ihre Sinne. Und während Eduard sie in den Armen hielt und ihr ganzes Leben zerbrochen vor ihren Füßen lag, da fast ihre ganze Familie nun verloren war, da spürte sie einen ziehenden Schmerz im Unterleib.

Ach, dachte Henriette und legte eine Hand auf den Bauch, *du bist noch da. Dich muss ich beschützen. Genau wie Julia und Christine und Emil, das bin ich Sibylle schuldig.*

Das war der letzte Gedanke, der ihr durch den Kopf jagte, bevor sie in Finsternis und Trauer versank.

KAPITEL 30

HENRIETTE

Timmendorfer Strand, November 1916

Regen peitschte gegen die Fensterscheiben, Wind zerrte an den kahlen Ästen der Bäume, und graue Wolken dräuten am Himmel. Henriettes Hand berührte die Fensterscheibe. Sie schaute an sich herab, auf ihren Bauch, der langsam eine leichte Wölbung zeigte.

»Ach, Würmchen …«, wisperte sie, »was wird das bloß für eine Welt sein, in die du hineingeboren wirst?«

Das Würmchen, wie sie ihr Kind nannte, antwortete natürlich nicht. Dennoch konnte Henriette ein leichtes Ziehen im Unterleib spüren. Sie presste die Lippen zusammen und drehte sich um. Ihr Blick fiel auf das Ehebett. Es duftete nach frisch gewaschener Wäsche, die Kissen und Decken waren ordentlich aufgeschüttelt und arrangiert, aber es graute Henriette vor einer weiteren Nacht zusammen mit Eduard in diesen weichen Federbetten. Dennoch, sie hatte getan, was ihre Schwiegermutter ihr geraten hatte. Sie hatte ihre Trauer zu einer Waffe gemacht, Eduards Trost mit Dankbarkeit angenommen, und sie hatten endlich wieder eine Nacht miteinander verbracht.

Vor einigen Tagen hatte sie Eduard die frohe Kunde von der Schwangerschaft überbracht, und sie konnte nicht in Worte fassen, wie schäbig sie sich fühlte. Wie benutzt und dreckig. Sowohl Eduard gegenüber als auch Ole. Oh, Gott, das schlechte Gewissen trieb sie schier in den Wahnsinn, aber sie musste stark sein für ihre Kinder. Für die Villa und auch für ihre verstorbenen Geschwister, die nun zusammen mit ihrer Mutter im Himmel über sie wachten.

Ein lautes Donnergrollen schreckte Henriette auf, und sie schaute wieder nach draußen. Blitze zuckten über den Himmel, und sie konnte selbst von hier die stürmische Ostsee erkennen, die Wellen, die am Strand brachen und immer höher schlugen und den Sand verschluckten. Ein schwerer Nordoststurm war über Timmendorf gekommen, und sie hatte heute Morgen schon die getuschelten Worte der Bediensteten gehört, dass dies ein Sturm Gottes war, eine Warnung an die Menschen, dass sie diesen Krieg beenden sollten. Aber daran glaubte Henriette nicht. Wobei sie alles an diesem Krieg verabscheute, an den Verlusten, die das deutsche Heer davontrug. Obwohl die Zeitungen versuchten, den Menschen immer noch weiszumachen, dass Deutschland den Krieg bald gewinnen würde, glaubten sie kaum mehr daran. Mareike hatte ihr erzählt, dass das Heer kurz davor stand, die Schlacht in Verdun zu verlieren. Verdun, wo ihr Bruder Hermann den Tod gefunden hatte.

Plötzlich krachte ein weiterer Blitz am Himmel, und Henriette musste die Augen schließen, so grell war das Licht, das sie blendete. Noch ein Krachen drang an ihr Ohr, dann Schreie, und als sie die Augen wieder öffnete, schlug sie sich die Hand vor den Mund.

»Oh, Gott, nein.« Henriette starrte bewegungslos nach draußen, dorthin, wo der Blitz in der Nähe von *Denkers Kurhotel* eingeschlagen hatte. Hausmädchen waren ins Freie gerannt, doch sie mussten zurückweichen, denn die Pferdeställe nahe dem Hotel hatten Feuer gefangen, die Flammen züngelten wild, leckten am Holz und breiteten sich auf das Hotel aus. Das klägliche Wiehern der Pferde war zu hören, und Henriette zögerte nicht eine Sekunde. Sie griff nach ihrem Mantel, öffnete die Tür, rannte zur Treppe und stieß dort fast mit Amalia zusammen.

»Sei vorsichtig! Du bist schwanger«, schalt ihre Schwiegermutter sie sanft, doch Henriette schüttelte nur den Kopf.

»Hast du es nicht gesehen? Der Blitz, der in *Denkers Kurhotel* eingeschlagen hat!«

Amalia nahm Henriettes Hand und lächelte sie gutmütig an. »Natürlich habe ich es gesehen, was denkst du denn, warum ich hier bin. Komm, beeilen wir uns! Ich habe Elise schon angewiesen, mit den anderen Bediensteten sämtliche Eimer aus der Waschküche zu holen und sie zu befüllen. Es wird vermutlich dauern, bis die freiwillige Feuerwehr hier ist.«

Erleichtert folgte Henriette Amalia, während ihr Herz dumpf in der Brust pochte und eine finstere Vorahnung sich in ihr breitmachte. Im Empfangsbereich war die Hölle los, überall liefen Dienstmädchen und Kellner herum, die Eimer schleppten. Einzelne Worte gellten durch den Raum, eine unfassbare Unruhe schien alle erfasst zu haben.

»Frau Graff!« Henriette zuckte zusammen und drehte sich zu Herrn Bors um, der auf sie zugerannt kam. »Sie sollten lieber hier drinnen bleiben und …«

»Ich weiß Ihre Sorge um mich zu schätzen, Herr Bors«, unterbrach Henriette den Empfangschef hastig, »aber ich werde den Menschen dort draußen helfen. Kümmern Sie sich um die Gäste, sorgen Sie dafür, dass hier keine Panik ausbricht und …«

Ihre Worte gingen in einem grauenvollen Krachen unter, ein weiterer Blitz zuckte über den Himmel, und das Donnergrollen schien die ganze Eingangshalle zu erschüttern. Henriette nickte Herrn Bors nur eilig zu und rannte mit ihrer Schwiegermutter hinaus.

»Der arme Mann … er hätte vermutlich nie gedacht, dass er einmal so unter der Fuchtel von Frauen steht«, wagte Amalia zu scherzen, während sie über die Promenade rannten.

»Und ich habe nie gedacht, dass ich jemals so viel Verantwortung übernehmen werde, aber wir alle haben eben unser Päckchen zu tragen«, erwiderte Henriette keuchend und spürte wieder ein Ziehen im Unterleib. Dem Würmchen gefiel es anscheinend nicht, dass sie sich in Gefahr brachte.

Amalia warf ihr einen besorgten Blick zu, schwieg aber, als ahnte sie, dass Henriette sich sowieso nicht aufhalten ließe. Erschrocken kamen sie vor *Denkers Kurhotel* zum Stehen. Das Feuer hatten sich vom Pferdestall aus auf den linken Flügel des Hotels ausgebreitet, Gäste standen in Morgenmänteln bibbernd in der Kälte, während alle Bediensteten versuchten, das Feuer zu löschen, das sich jedoch noch nicht mal vom prasselnden Regen beeindrucken ließ. Die Pferde hatte man in Sicherheit bringen können, ein junger Bursche stand etwas abseits auf der Wiese des Kurparks und versuchte, die erschrockenen Tiere zu beruhigen.

»Ach du Schande«, murmelte Henriette entsetzt und sah Herrn Denker, der auf sie zugelaufen kam.

»Die Damen Graff!«, begrüßte er sie und seufzte erleichtert, als er sah, wie Elise und einige andere Hausmädchen mit Eimern angelaufen kamen. »Ich kann Ihnen gar nicht genug danken für Ihre Hilfe.«

»Sagen Sie Ihren Gästen, Sie können zu uns ins Hotel gehen, um sich dort aufzuwärmen … Elise!« Henriette winkte das Hausmädchen zu sich. »Nimm die Gäste des Hotels mit zu uns, sag Herrn Bors, dass er die Kellner anweisen soll, allen ein warmes Getränk zu reichen.«

»Sehr wohl, Frau Graff.« Das Hausmädchen knickste hastig und lief eilig davon.

»Haben Sie vielen Dank, Frau …« Herrn Denkers Worte gingen in einem weiteren Donnergrollen unter, der Himmel verfinsterte sich weiter, und der Sturm fegte unverdrossen über die Wiesen. Henriette zitterte vor Kälte.

»Henriette! Henriette! Du musst Ihnen helfen!«

Sie wirbelte herum, kniff die Augen zusammen und erkannte dann Paul, der mit rudernden Armen auf sie zugelaufen kam. Sein blondes Haar klebte an der Stirn, und an seinem Gesicht konnte man die Angst ablesen.

»Paul! Was ist passiert?«

»Sie … es …«, stammelte der Junge keuchend und stützte die Hände auf die Knie. »Ich habe versucht, sie zu retten, aber …«

»Herrgott, Paul! Sprich so, dass man dich versteht!«

»Julia und Christine«, presste er hervor und hob den Blick. »Sie sind auf der Ostsee in unserem kleinen Fischerboot.«

Henriette hatte schon oft in ihrem Leben gedacht, dies wäre das Ende. So oft war sie kurz davor gestanden, aufzugeben, sich der Dunkelheit zu ergeben. Doch dieses Mal, da drehte sich die Welt weiter, der Boden tat sich nicht unter ihr auf. Nein, sie ballte die Hände zu Fäusten und spürte einen Tritt des Würmchens. Als wollte ihr ungeborenes Kind ihr sagen, dass sie nun seine Geschwister retten musste.

»Zeig mir, wo!«, wies sie Paul an, doch Amalia bekam sie am Ärmel zu fassen, bevor Henriette losrennen konnte.

»Du kannst dich nicht in solche Gefahr bringen, wir holen uns einige Burschen …«

»Nein!«, schrie Henriette gegen den Sturm an. »Es sind meine Töchter!« Sie riss sich los und rannte Paul hinterher, hörte die Worte ihrer Schwiegermutter nicht mehr.

Regen benetzte ihr Gesicht und durchnässte ihren Mantel, keuchend folgte sie Paul den Weg zur Strandpromenade hinauf und zur Seebrücke. Wellen peitschten gegen die Pfeiler, Gischt spritzte hoch, und das Wasser hatte nun beinahe den ganzen Strand geschluckt. Henriette konnte sich kaum auf den Beinen halten bei dem Wind, ihre Finger klammerten sich an das Geländer der Brücke, und die Kälte drang ihr durch sämtliche Glieder.

»Dort!«, schrie Paul und zeigte auf das offene Meer.

Henriette kniff die Augen zusammen und versuchte etwas in diesem Chaos aus wirbelndem Wasser zu erkennen. Dann erspähte sie plötzlich ein kleines Boot, das gefährlich schwankte. Es wurde von den Wellen wie ein Spielzeug umhergeworfen, und Henriette sah ihre Töchter darauf.

»Nein … oh, Gott. Bitte nicht!« Sie rannte zum Anleger für die Ausflugsboote und stand nur eine winzige Sekunde am Rand, bereit zu springen und ihre Töchter zu retten.

»Henriette! Du kannst das nicht tun!« Es war Paul, der sie am Arm festhielt und zurückriss. »Du bist schwanger und …«

»Ich kann sie nicht dort lassen, ich muss …« Voller Schrecken musste sie dabei zusehen, wie das Boot von einer hohen Welle erfasst wurde und kenterte. Ihre Töchter fielen ins Wasser und wurden von der stürmischen Ostsee verschluckt.

»Julia! Christine!« Ihre Stimme überschlug sich, ihr ganzer Körper zitterte, und Henriette war bereit, zu springen, doch dieses Mal war es nicht Paul, der sie zurückhielt.

Nein, diese Hände waren stärker. Dieser Griff bestimmter. Sie kannte diese Art der Berührung, und eigentlich verabscheute sie es, wenn er ihr nahekam. Doch dieses Mal, da erfüllte nur tiefe Dankbarkeit ihr Herz.

»Du wirst das nicht tun. Das ist meine Verantwortung.« Eduard schenkte ihr ein sanftes Lächeln, strich ihr eine Haarsträhne aus dem Gesicht und küsste sie auf die Stirn.

Henriette war wie erstarrt. Sie konnte nicht begreifen, was hier gerade geschah. Dass Eduard sein Leben für seine Töchter opfern würde! Eduard reichte Paul ein dickes, langes Tau, das er sich um den Körper knotete.

»Halt das fest, Junge«, beschwor er Paul und packte ihn an den Schultern. »Lass es nur nicht los.«

Paul nickte mit entschlossen zusammengepressten Lippen und packte das Tau mit seinen zitternden Händen. Angst spiegelte sich in seinen Augen, aber der Junge schien bereit, alles zu tun, um ihnen zu helfen.

»Wenn ich an dem Seil ziehe, dann ziehst du auch, hörst du? Ich werde dort draußen Hilfe brauchen, denn die Strömung und der Sturm sind stark.«

»Ich habe verstanden, Herr Graff«, sagte Paul.

Eduard sah den Jungen noch einmal eindringlich an, dann nahm er Henriettes Hand und hauchte einen Kuss darauf. »Wünsch mir Glück.« Mit diesen Worten sprang er ins aufgewühlte Wasser.

»Eduard!«, schrie Henriette und rannte zum Rand des Anlegers, sah, wie er wieder aus den Fluten auftauchte und mit kräftigen Zügen zu der Stelle schwamm, wo Julia und Christine gewesen waren. Sie bemerkte erst, dass Mareike und Elisabeth, ihre Ziehtochter, neben ihr standen, als diese sie in die Arme nahmen.

»Oh, Henni ... wir haben es von Amalia gehört«, sagte Mareike und starrte erschrocken auf die See.

Henriette drehte sich zu Elisabeth um, die unschlüssig neben ihr stand. Sie kaute angespannt auf ihrer Unterlippe, ihr blondes Haar hing tropfnass über ihre Schultern.

»Du solltest auf sie achtgeben«, zischte Henriette ihr zu, und die junge Frau zuckte erschrocken zusammen.

»Henni«, mischte Mareike sich ein, doch Henriette konnte ihre Wut kaum zügeln. Sie hatte ihre Töchter in Elisabeths Obhut gegeben. Hatte gedacht, dass dieses Mädchen, das einmal selbst schwächlich und krank und auf die Güte des Olgaheims angewiesen gewesen war, für andere Sorge tragen konnte. Vor allem für ihre Töchter.

»Nein, ich habe sie dir anvertraut, Elisabeth. Du solltest dich um sie kümmern. Sie wollten mit dir zum Markt, weil Christine heute nicht ins Lazarett musste, wie kann es sein, dass sie jetzt dort draußen auf diesem Boot sind?«

»Das ist meine Schuld, Frau Graff!« Paul trat einen Schritt vor, Tränen standen in seinen Augen. »Ich habe Ihre Töchter auf dem Markt getroffen, und Julia … Julia wollte auf unser Boot. Ich konnte ihr diesen Wunsch einfach nicht ausreden … Christine ist nur mitgekommen, weil sie auf ihre Schwester aufpassen wollte. Doch als wir auf das Boot wollten, da sind die Mädchen vor mir eingestiegen, und das Boot ist abgetrieben, plötzlich war der Sturm viel zu stark, und ich …« Er brach ab und sank auf die Knie, ließ das Tau aber nicht los.

Der Sturm tobte und heulte in Henriettes Ohren, und sie begriff urplötzlich: Paul und Julia waren wie Pech und Schwefel gewesen in den letzten Jahren, die allerbesten Freunde – natürlich hatte Paul ihr keinen Wunsch abschlagen können. Tränen sammelten sich in Henriettes Augen, und sie bückte sich und hielt gemeinsam mit Paul das Tau. »Oh, Paul«, flüsterte sie.

»Ich werde es mir nie verzeihen …«, murmelte er und wischte sich wütend über die Augen. »Wenn ihnen etwas geschieht, dann …«

»Schweig jetzt.« Henriette zog ihn in ihren Arm. »Ihnen wird nichts geschehen. Alles wird gut, Paul.«

Sie wusste nicht, ob sie dies sagte, um den Jungen zu beruhigen oder sich selbst. Aber sie erhob sich rasch und zog auch ihn wieder auf die Beine. Sie musste stark bleiben. Für sich, für Oles kleinen Bruder. Für ihre Töchter, die um ihr Leben kämpften. Und für das Würmchen, das gegen ihre Bauchdecke trat und unzufrieden mit der ganzen Situation schien.

Für die ganze Welt, die drohte, aus den Angeln zu kippen.

»Er ist beim Boot angekommen!«, rief Mareike nervös, und Henriette konzentrierte sich wieder auf die stürmische See.

Alles in ihr schrie danach, selbst ins Wasser zu springen, aber dieses eine Mal musste sie ihrem Ehemann vertrauen. Sie sah, wie Eduard abtauchte, doch kurz darauf tauchte ihr Mann wieder auf.

Er hatte Julia und Christine in seinen Armen. Die Mädchen schrien und weinten, selbst gegen den Sturm konnte Henriette ihre Stimmen hören.

»Bitte … bring sie mir heil zurück.« Sie schickte dieses Stoßgebet in den Himmel, legte eine Hand auf die Brust und half dann Paul, weiter am Tau zu ziehen.

Auch Elisabeth und Mareike legten nun Hand an. Alle zusammen zogen und zogen, dann bemerkte Henriette, dass nun auch Herr Denker und Heinrich auftauchten, sie packten das Seil und schenkten den Frauen ein zuversichtliches Lächeln. Ihre Hände schmerzten, ihr Herz schrie, aber Henriette gab nicht nach.

Eduard und ihre Töchter kamen immer näher, die Mädchen waren noch bei Bewusstsein, sie konnte Julia und Christine jetzt besser erkennen. An Christines Schläfe war eine Wunde zu sehen, Blut sickerte über ihre Stirn. Julia schien unverletzt, und als ihre Töchter und ihr Mann nahe dem Anleger waren, da beugten sich Heinrich und Herr Denker hinunter und zogen die triefend nassen Mädchen herauf.

»Julia! Christine!« Henriette zog ihre völlig erschöpften Töchter in die Arme. Klammerte sich an sie und wollte sie nie wieder loslassen.

Doch da rumorte der Himmel über ihnen erneut, Donner krachte, ein Blitz zuckte herunter – und schlug in die Seebrücke ein.

»Oh, Gott!« Das war Heinrichs Stimme, der Eduards Hand schon ergriffen hatte.

Aber da fing die alte, morsche Seebrücke, die dieses Jahr hatte erneuert werden sollen, zu bröckeln an. Einige Holzlatten lösten sich, Steine brachen aus dem Pfeiler heraus – und trafen Eduard.

Heinrich schaffte es nicht, Eduards Hand festzuhalten, und Henriette musste mit ansehen, wie ihr Mann – der Mann, den sie so lange verabscheut hatte, der aber ihren Töchtern das Leben gerettet hatte – unter Holz und Steinen verschüttet wurde. Wasser spritzte auf, aber Eduard war nirgendwo mehr zu sehen. Henriette geriet in Panik.

»Vater!«, schrie Julia, wollte sich von ihr losreißen, aber sie hielt ihre Tochter fest.

»Da ist er!« Heinrich zeigte ein Stück weiter ins Wasser, sie konnten Eduards Körper erkennen, der leblos auf der Ostsee trieb. »Ich hole ihn raus!«

Ohne zu zögern, sprang Heinrich in die Fluten. Mareike schrie auf, doch Heinrich war ein guter Schwimmer. In wenigen Sekunden war er bei Eduard, schleppte ihn Richtung Ufer, und Herr Denker und Elisabeth halfen eilig zusammen, die beiden wieder auf den Anleger zu zerren.

Henriette hielt immer noch Julias Handgelenk umklammert, doch sie schaffte es nicht, ihre Tochter weiterhin festzuhalten, als Heinrich Eduard auf den Rücken drehte. Julia schrie entsetzt auf und riss sich von ihrer Mutter los. Henriette schlug die Hand vor den Mund und starrte auf ihren Ehemann hinunter. Auf Eduards Körper, aus dem an mehreren Stellen Blut austrat. Eine schreckliche Wunde an seinem Kopf war zu sehen, in seinem Bauch steckte ein langer spitzer Holzsplitter, und seine Finger schienen gebrochen zu sein, denn sie waren verkrümmt und sahen irgendwie verbogen aus.

»Gott schütze uns …«, wisperte Henriette und versuchte sich mühsam aufzurappeln, doch ihre Beine gaben ständig nach, und schon wieder zuckte ein ziehender Schmerz durch ihren Unterleib. Und während Julia ihren Vater an den Schultern packte und immer wieder seinen Namen schrie, da brach Henriettes Herz in einem tosenden Sturm und lautem Donnergrollen ein weiteres Mal.

KAPITEL 31

HENRIETTE

Schon wieder eine stickige Kammer. Schon wieder bleiernes Schweigen. Schon wieder Trauer, die sich schmerzhaft an sie klammerte. Henriette saß am Bett und beobachtete Doktor Marks dabei, wie er ihren Mann ein allerletztes Mal untersuchte und dann ganz zaghaft, mit so viel Mitleid im Blick, den Kopf schüttelte.

Henriette presste die Lippen zusammen und strich Eduard eine Haarsträhne aus dem Gesicht. Sie hatte sich ihm wahrscheinlich nie so nahe gefühlt wie in diesem Augenblick.

Welche Ironie, dass er mir jetzt wichtig zu sein scheint. Jetzt, wo er nicht mehr lange auf dieser Welt weilen wird.

»Ich lasse Sie mit Ihrem Gatten jetzt allein, Frau Graff.«

»Haben Sie vielen Dank, Doktor Marks.«

Der Arzt blieb noch einen Augenblick stehen und sah zur Tür. »Soll ich Ihre Töchter hereinlassen?«

Henriette seufzte schwer. »Ja, tun Sie das.«

Marks nahm seinen Arztkoffer und ging zur Tür. Es dauerte nicht eine Sekunde, da liefen Julia und Christine ins Zimmer. »Vater!«, schrie Julia und nahm sofort Eduards verbundene Hand.

Tränen liefen ihr übers Gesicht, und sie schluchzte leise. Henriette schalt sie nicht für ihr Geschrei. Das war hier fehl am Platz. Stattdessen streckte sie die Hand aus und legte sie auf die von Julia. Sah ihre Tochter traurig an und schüttelte sanft den Kopf.

»Ihr müsst euch von eurem Vater verabschieden, Julia.«

»Nein!« Julia schüttelte die Hand der Mutter ab, Zornesröte färbte ihre Wangen, und sie machte die Augen schmal. »Vater wird nicht … Vater kann nicht …« Ihre weiteren Worte gingen in einem erneuten Schluchzen unter, und ihr Körper sackte in sich zusammen.

»Julchen …« Es war Christine, die das Wort ergriff und ihre Schwester sanft in die Arme zog. Sie strich über Julias Kopf, und ein winziges Lächeln huschte über ihre Lippen. »Schrei nicht so … du willst doch, dass Papa dich in guter Erinnerung behält, oder nicht?«

Julia sah ihre Schwester an und presste die Lippen zusammen, nickte jedoch schweigend. Christine löste sich von ihr und wischte mit dem Daumen über Julias Wangen.

Fasziniert beobachtete Henriette ihre so gegensätzlichen Töchter. Die stille und in sich gekehrte Christine, die wahrscheinlich sogar besser als Henriette in diesem Augenblick verstand, wie schlecht es um Eduard stand. Und die wilde und wortgewandte Julia, die wie ein Sturm im Ozean war. So gegensätzlich, und doch rückten sie beide näher an ihren Vater heran, nahmen seine Hände und schrien leise auf, als Eduard die Augen öffnete.

»Meine Mädchen …« Die Worte kamen ihm schwer über die Lippen, seine Augenlider flatterten.

»Papa …« Julia sah ihren Vater an und schniefte leise.

»Nicht weinen, Julchen, das passt gar nicht … zu dir.«

Mit Mühe unterdrückte Julia ihre Tränen und klammerte sich an ihre Schwester, die intensiv den Vater betrachtete. Ganz ruhig dasaß, ohne ein Wort zu sagen.

»Ihr müsst mir etwas versprechen … Mädchen, hört ihr?«

Julia und Christine nickten schweigend, und Henriette beobachtete ihren Ehemann. Er hustete, warf einen kurzen Blick zu Henriette, die sich erhob und zum Fenster ging. Draußen tobte immer noch der Sturm, und auch die *Villa Sommerwind* war in Mitleidenschaft gezogen worden. Überall auf der Promenade lagen Trümmer herum, Menschen hatten Schutz in den Häusern gesucht. Das Feuer in *Denkers Kurhotel* war gelöscht worden, aber der Schaden immens. Einige Einwohner hatten fast alles verloren, der Wiederaufbau würde sie eine lange Zeit kosten.

»Geht immer euren Weg, meine lieben Töchter. Gebt niemals auf und … lasst euch von niemandem sagen, dass ihr etwas nicht könnt. Ihr seid stark und mutig und das Allerbeste, was ich in meinem Leben hatte …«

Henriette drehte sich wieder zum Bett um, da begegnete Eduards Blick dem ihren, und er lächelte sanft. »Eure Mutter müsst ihr nun für mich beschützen. Ihr gebt auf sie acht, in Ordnung?«

»Wir versprechen es, Papa …«, sagten Julia und Christine wie aus einem Mund.

»Sehr gut, und nun lasst mich bitte mit eurer Mutter allein.«

Julia wollte sich dieser Bitte widersetzen, doch Christine zog sie auf die Beine, sah ihre Schwester eindringlich an und nahm sie an der Hand. Sanft bugsierte Christine Julia aus dem Zimmer.

»Du hättest sie nicht wegschicken müssen, es gibt nichts, was wir beide allein besprechen müssten«, sagte Henriette und verschränkte die Arme vor der Brust. Sie wollte nicht, dass ihre Gefühle sie übermannten, wollte nicht nachgeben.

»Nun …« Eduard hustete wieder, und sein Gesicht verzerrte sich vor Schmerzen. »Es gibt noch einiges, was ich dir sagen will, aber ich fürchte, dazu fehlt mir wohl die Kraft.« Er winkte Henriette zum Bett, und sie kam seiner Bitte nach. Einem Sterbenden verweigerte man keinen Wunsch.

Eduard ergriff ihre Hand und lächelte sie traurig an. »Das Kind … es ist nicht von mir, oder?«

Henriette fuhr erschrocken zusammen, wollte ihn erst anlügen, aber dann wurde ihr bewusst, dass es keine Bedeutung mehr hatte. Eduard würde bald sterben, und tief in ihrem Innern fühlte Henriette, dass sie ihm die Wahrheit jetzt auch erzählen konnte.

»Nein … es ist nicht von dir.«

Eduard lachte heiser. »Dann haben wir beide wohl Ehebruch begangen.«

Betreten schwieg Henriette. Sosehr sie Eduard auch verabscheut hatte, niemand verdiente den frühen Tod. Und ihre Töchter verdienten nicht, dass ihr Vater starb.

»Gräm dich nicht … Henriette.« Eduard drückte ihre Hand. »Es ist von diesem Fischer, oder?«

Sie nickte. Es nützte nichts mehr, all das zu leugnen. Sie war genau wie ihr Vater gewesen, und ihr wurde bewusst, dass sie, wenn wenigstens er aus dem Krieg heimkehrte, ihm verzeihen musste. Um ihres eigenen Seelenheils willen.

»Weißt du … es tut mir leid, dass ich dich nie so lieben konnte, wie du es verdient hättest …«, murmelte Eduard und legte eine Hand auf die Stirn. Er hatte Tränen in den Augen. Henriette hatte ihn noch nie so gesehen, diese Seite an ihrem Ehemann war ihr fremd.

»Aber ich will, dass du weißt, dass ich Julia und Christine geliebt habe. Sie sind das einzig Gute, was ich in meinem Leben zustande gebracht habe. Bitte beschütze sie, Henriette. Lass nicht zu, dass ihnen ein Leid geschieht …«

Unter Tränen nickte Henriette. »Ich gebe dir mein Wort.«

Eduard wandte sich ihr zu, ein letztes Lächeln, ein letzter Blick, so viele noch ungesagte Worte, die zwischen ihnen standen. Aber sie wussten beide, dass dies der Augenblick war, an dem sie Abschied nehmen mussten.

»Es ist … gut«, wisperte Eduard. »Ich hoffe, dass Gott mir meine Fehler verzeihen kann …«

Henriette beugte sich zu ihm hinunter und hauchte einen Kuss auf Eduards Wange. »Das wird er, ganz bestimmt. Leb wohl, Eduard.«

Ihr Ehemann schloss die Augen, seine Brust hob und senkte sich noch einige Zeit gleichmäßig, dann rasselte plötzlich sein

Atem, und ein Ruck ging durch seinen Körper. Sie hätte sich seinen Todeskampf nicht ansehen müssen, jeder hätte verstanden, wenn sie gegangen wäre. Aber Henriette blieb bei Eduard. So lange, bis er seinen letzten Atemzug tat und seine Seele aufstieg in das Reich Gottes.

Schweigend saß sie da und weinte. So viel Schmerz, so viel Leid. Ob es jemals enden würde?

»Henni …« Die Stimme drang dumpf an ihr Ohr, und sie hob den Blick, die Sicht verschwommen von den vielen Tränen.

Es war Mareike, die auf sie zuging und sich vor Henriette hinkniete. »Ach, meine liebe Henni …«, murmelte Mareike betroffen und schaute zu Eduard hin. »Ich mochte ihn nicht, aber den frühen Tod hat er nicht verdient.«

Henriette wischte sich die Tränen von den Wangen. Mareike schaffte es immer wieder, ihr Herz zu beruhigen, die Dunkelheit zu vertreiben und ihr ein Licht in schwerer Zeit zu sein.

»Danke, dass du da bist, Mareike.«

Ihre beste Freundin sah sie verwirrt an. »Aber wo soll ich denn sonst sein, wenn nicht bei dir und deiner Familie.« Sie zog Henriette in die Arme und hielt sie in all ihrem Schmerz, der auch an ihr nicht spurlos vorübergegangen war.

Draußen peitschte immer noch der Regen gegen die Fenster, und der Wind heulte eine unheimliche Melodie. Es gab so viel, worum sie sich kümmern musste. Sie hatte gar keine Zeit zum Trauern, sie konnte sich eine Pause nicht leisten.

Doch für diesen winzigen Augenblick, da erlaubte Henriette es sich, einfach die Augen zu schließen und ihrem Herzschlag zu lauschen. Sie legte ihre Hand auf den Bauch, spürte ein sanftes Pulsieren unter ihren Fingern.

Du bist noch da, mein Würmchen. Ich werde dich beschützen, alles tun, damit du ein glückliches Leben haben wirst. Und dein Papa wird bestimmt zurückkehren.

Timmendorfer Strand, Waldfriedhof, Dezember 1916

Die Beerdigung fand drei Wochen später an einem eiskalten, verschneiten Sonntag statt. Schneeflocken taumelten zu Boden, schluckten alles Leid und verbargen die Zerstörung, die dieser grässliche Sturm hinterlassen hatte.

Pastor Homburg sprach einige Worte, die kaum zu Henriette durchdrangen, aber sie war dem Mann dankbar für seinen Trost. Denn sie wusste, dass ihre Töchter ihn brauchten.

Julia stand neben ihr, gefrorene Tränen klebten an ihren Wangen, ihre Augen waren gerötet, und ihre Unterlippe zitterte. Sie hielt eine Rose in der Hand, und als der Pastor das Grab freigab, da war sie die Erste, die nach vorne ging. Niemand sagte dazu etwas. Jeder schien zu wissen, dass Eduards Tod seine Töchter mehr bekümmerte als seine Ehefrau.

»Ich hoffe, dass es dir gut geht … dort, wo du jetzt bist, Vater …«, wisperte Julia, kniete sich auf die gefrorene Erde und drehte die Rose gedankenverloren in den Händen. »Ich werde eine gute und starke Frau sein … ich beschütze Mama und Christine …« Julia brach ab und schaute zu ihrer Schwester. »Wobei … sie braucht keinen Beschützer, das weißt du bestimmt auch, oder, Papa?«

Die Trauergemeinde lächelte verhalten, und Christine trat nun nach vorn, nahm Henriettes Hand und zog sie mit sich. So stand sie nun vor dem Grab des Mannes, der ihr nur Unglück gebracht und trotzdem ihrem größten Schatz – Julia und Christine – das Leben gerettet hatte.

»Leb wohl, Vater …«, sagte Christine und warf gemeinsam mit Julia die Rose in den Sarg.

Henriette tat es ihnen gleich, legte ihre Hände auf die Schultern ihrer Töchter und lächelte schwach. »Wir werden immer an dich denken, und du wirst stolz sein, wenn du im Reich Gottes auf uns herabsiehst.«

Sie schaute hinauf zum strahlend blauen Himmel, und ein Lächeln glitt auf ihre Lippen. Vielleicht war dies ein neuer Anfang, ein neuer Weg, den sie in ihrem Leben beschreiten würde. Sie würden den Kurort gemeinsam wieder aufbauen, ihre Töchter unterstützen, und eines Tages, daran glaubte sie ganz fest, würde Ole zu ihr zurückkehren. Henriette würde ihn in die Arme schließen, und ihr Herz würde wieder heilen. Stück für Stück.

KAPITEL 32

HENRIETTE

Timmendorfer Strand, April 1917

Die Sonne schien golden vom Himmel, Vögel zwitscherten in den Bäumen, und eine sanfte Brise fuhr ihr durchs Haar. Es waren die ersten Sonnenstrahlen, die die Welt aufweckten, die erste Wärme nach einem harten Winter, der ihnen allen so viel abverlangt hatte.

»Du sollst nicht mehr so schwer arbeiten!« Henriette wischte sich den Schweiß von der Stirn und schaute auf, als sie die Stimme ihrer Schwiegermutter hinter sich hörte.

Sie legte den Besen und das Kehrblech zur Seite und ließ sich auf einen der gemütlichen Korbstühle fallen, die vor dem Hotel noch in Reih und Glied standen, wie Soldaten, die auf Befehle warteten.

»Amalia … ich bin schwanger, nicht invalide …«

Amalia schnaubte verächtlich und schüttelte den Kopf. »Du bist im neunten Monat schwanger, dieses Kind kann jede Minute aus dir herauswollen. Du solltest wirklich lieber dort oben im Salon sein und …«

»… darauf warten, dass ich gebäre? Mich ausruhen? Tut mir leid, Amalia, aber du solltest mich gut genug kennen, um zu wissen, dass das nicht meine Art ist.«

Amalia seufzte ergeben und setzte sich neben Henriette. »Ich mache mir bloß Sorgen.«

Henriette ergriff ihre Hand und drückte sie fest. »Ich weiß, aber das musst du nicht.«

Sie ließ den Blick über die Promenade schweifen. Überall wurde gearbeitet. Handwerker bauten neue Terrassen und ersetzten kaputte Steine im Mauerwerk einiger Häuser. Dienstmädchen reinigten die Fenster der Hotels oder liefen mit Körben voller Obst und Gemüse schwatzend über die Promenade. Selbst die Schulkinder halfen an jeder Ecke ihren Eltern bei der Arbeit. Aus der Ferne konnte man Hammerschläge vernehmen, denn noch wurden die neuen Stallungen von *Denkers Kurhotel* gebaut.

Im Winter waren die Arbeiten zum Erliegen gekommen, denn ein Schneesturm hatte den nächsten gejagt, die Ostsee war zugefroren, und Baumaterialien waren rar gesät. Aber nun, da der Frühling Einzug ins Dorf fand, sah man endlich eine Veränderung in Timmendorfer Strand. So viele Hotels und Villen waren vom Sturm in Mitleidenschaft gezogen worden. Dachschindeln, die von den Häusern gefallen waren, und kaputte Fenster hatten es den Menschen im Dorf schwer gemacht. Doch sie hatten alle zusammengeholfen. Noch nie hatte Henriette so viel Zusammenhalt erlebt. Jeder gab das, was er geben konnte, eine helfende Hand, Worte des Trostes.

Sie war dankbar, dass Herr Denker ihnen zum Dank, weil sie seine Gäste während des Winters beherbergt und Knechte ausgeliehen hatten für die Arbeit am Haus, seine alten, aber noch gut benutzbaren Stühle für die Terrasse geschenkt hatte. Elise und die anderen Dienstmädchen hatten die Stühle geschrubbt, die Söhne des Malers hatten ihnen bei der Reparatur der Tische geholfen, im Gegenzug hatte Henriette zugestimmt, seine beiden Töchter als Dienstmädchen in der Villa aufzunehmen und ihnen Arbeit zu geben.

Auch nach drei Jahren tobte dieser grausame Krieg noch. Gerüchten zufolge hatte das deutsche Heer in Verdun gegen die

Franzosen verloren. Niemand wagte diese Worte laut auszusprechen und Zweifel an diesem Krieg zu haben, und doch wusste Henriette, dass die Menschen müde geworden waren. Die Euphorie war verflogen, die Zeitungen gaukelten den Bürgern immer noch vor, Deutschland würde diesen Krieg bald gewinnen, doch keiner glaubte diese Lügen noch.

Sanft strich sie über ihren kugelrunden Bauch und lächelte. Bald sollte das Würmchen zur Welt kommen, und sie fragte sich, ob es ein Junge oder ein Mädchen werden würde.

»Tante … Henni!«, hörte sie da eine kindliche Stimme und konnte sich ein Grinsen nicht verkneifen, als der kleine Emil seine ersten wankenden Schritte auf sie zu machte.

Julia ging hinter dem kleinen Jungen und hielt seine Hand fest, ein sanftes Lächeln auf dem Gesicht. Sie hatte ihre feuerroten Haare zu einem eleganten Zopf hochgebunden.

»Emil!«, rief Henriette erfreut und streckte die Arme nach Sibylles kleinem Sohn aus. Lachend schmiegte er sich an sie und betrachtete neugierig ihren Bauch.

»Ba-by?«

Henriette nahm die Hand des kleinen Jungen und führte sie an ihren Bauch. »Ja, Baby. Freust du dich denn schon, deinen Vetter kennenzulernen?«

Emil grinste Henriette an. Seine dunkelbraunen, fast schwarzen Haare standen ihm wirr vom Kopf ab, und dieses freche Glitzern in den Augen erinnerte Henriette schmerzhaft an ihre Schwester.

»Komm, Emil … wir gehen hinein und trinken eine Limonade.« Julia hob den Knirps auf den Arm und zwinkerte ihrer Mutter zu. Es war beeindruckend, wie Julia den Schmerz über den Verlust ihres Vaters angenommen und ihn in Zuversicht und Fürsorge gewandelt hatte. Sie hatte den kleinen Emil zu ihrem Schützling erkoren, und das Kindermädchen Annegrete hatte sich schon bei Henriette beschwert, dass sie kaum mehr Arbeit mit dem Kleinen hatte.

Henriette selbst hatte nicht lange getrauert. Nein, sie hatte Eduards Tod schon bedauert, aber sie hatte ihn niemals geliebt, und das wussten ihre Töchter. Deswegen hatte sie sich in den letzten Monaten ganz dem Aufschwung der *Villa Sommerwind* verschrieben. Hatte all die Kontakte, die sie in den letzten Jahren geknüpft hatte, genutzt, um das Hotel wieder auf Vordermann zu bringen. Sie hatte so viel verloren, sie wollte nicht auch noch das Vermächtnis ihrer Familie kaputtgehen sehen.

»Wollen wir hineingehen?«, fragte Amalia und deutete auf Elise, die zusammen mit Nina, einer Tochter des Handwerkers Maler, die Tische an ihren Platz auf der Terrasse hievte.

»Ich wollte eigentlich noch …«, setzte Henriette an, doch da riss ein Schmerz so heftig an ihrem Unterleib, dass sie einen Schrei nicht unterdrücken konnte. Hitze kribbelte in ihren Gliedern, sie legte erschrocken eine Hand auf ihren Bauch und spürte, wie etwas Warmes ihre Beine hinabrann.

»Henriette!« Amalia war sofort bei ihr, sie brauchte nur eine Sekunde, um zu begreifen, was geschehen war. »Das Kind kommt!«

Sie konnte sich an nichts erinnern, nachdem Amalia »Das Kind kommt!« geschrien hatte. Dunkelheit umgab sie, und als sie die Augen träge öffnete, flogen wirre Stimmen durch das Zimmer, die sie kaum zuordnen konnte. Sie lag in einem Bett, verspürte ein unangenehmes Ziehen im Bauch, und Angst keimte in ihrem Herzen.

»Frau Graff? Hören Sie mich?«

Henriettes Augenlider flatterten, sie drehte den Kopf vorsichtig zur Seite. Ihre Kehle war trocken wie eine Wüste, sie hustete mehrmals und brauchte einige Zeit, bis sie Frau Hoffer, die Hebamme, die auch den kleinen Emil auf die Welt gebracht hatte, erkannte.

Henriette nickte eilig, denn sie schaffte es nicht, auch nur ein Wort zu sagen. Ihr Hals war wie zugeschnürt, und Tränen brannten in ihren Augen. Sie wollte dieses Kind nicht verlieren, sie *durfte* das Würmchen nicht verlieren.

Frau Hoffer strich Henriette eine schweißnasse Haarsträhne aus dem Gesicht und legte ihr einen kalten Lappen auf die Stirn. »Sehr gut, Frau Graff. Ihr Kind möchte nun auf die Welt, aber …« Stirnrunzelnd sah Frau Hoffer sie an. »Es liegt ein wenig schief … ich muss das Kind drehen, und das wird wehtun …«

»Das ist nicht … wichtig«, würgte Henriette hervor. »Retten Sie das Kind!«

Frau Hoffer seufzte leise und nahm Henriettes Hand. »Ich werde tun, was ich kann. Aber Sie sollten wissen, dass meine oberste Priorität immer die Mutter ist, auch wenn ich Ihre Schwester nicht retten konnte.«

Nun flossen die Tränen ungehemmt, als Henriette an Sibylle denken musste. An ihre Schwester, die in so einem Bett gestorben war.

»Bleiben Sie ruhig, Frau Graff.« Frau Hoffer entfernte sich aus ihrem Blickfeld, dann spürte Henriette einen Druck auf ihrem Bauch und schrie. Ihre Finger krallten sich in das Laken, und sie presste die Kiefer so fest zusammen, dass ihre Zähne knirschten.

Bitte, bitte, bitte. Du musst überleben, kleines Würmchen. Du musst leben, dachte Henriette verzweifelt, während der Schmerz immer weiter anschwoll, sie zu zerreißen drohte und ihre Gedanken in die Finsternis abdrifteten. Sie schrie aus vollem Hals, wand sich hin und her und wünschte sich, dass Ole an ihrer Seite wäre. Dass er ihre Hand halten und ihr gut zureden würde. Aber Ole Bergmann war nicht da, und Henriette war mit ihrem Schmerz ganz allein.

Ein weiterer gequälter Schrei drang aus ihrer Kehle, sie biss sich auf die Unterlippe, schmeckte Blut auf der Zunge. Ihr Herz drohte zu zerspringen, und als der Schmerz ins Unermessliche stieg, da begannen Henriettes Augen zu flattern, Dunkelheit sickerte an den Rand ihres Gesichtsfelds, die Welt verschwamm vor ihren Augen, und sie versank im Bodenlosen.

»Henni …« Die Stimme war sanft, weich und liebevoll. Sie schwebte auf einem Bett aus Wolken. Da war kein Schmerz, da war kein Leid. Nur weiße Leere, die sich in ihre Gedanken schlich. »Henni«, wiederholte die Stimme, immer noch sanft, aber nun drängender.

Henriette wollte die Augen nicht öffnen. Sie wollte in diesem Traum verweilen, wo ihre ganze Welt von Licht erhellt war, wo sie das Gefühl hatte, glücklich zu sein. Doch die Stimme wiederholte ihren Namen erneut, und sie spürte, wie jemand an ihrer Schulter rüttelt.

Mit großer Mühe öffnete Henriette die Augen und blinzelte mehrmals. Es dauerte einige Zeit, bis sie wieder klar sehen konnte, dann erkannte sie Mareike und Amalia, die gemeinsam an ihrem Bett standen.

»Gott sei Dank, du bist endlich wach!«, rief Mareike erleichtert und zog sie in eine stürmische Umarmung, die Henriette die Luft abdrückte, sodass sie anfing zu husten.

»Oh, entschuldige …«, murmelte Mareike betreten und ließ sie sofort los, reichte ihr eilig ein Glas Wasser, aus dem Henriette gierig trank.

Ihr Körper kribbelte, und sie brauchte einige Zeit, bis die Erinnerung zurückkehrte, sie durchzuckte wie gleißende Blitze. »Was ist mit meinem Kind?« Die Worte kamen abgehackt aus ihrem Mund, und ihre Hände begannen unkontrolliert zu zittern.

»Henriette …«, begann Amalia sanft, doch Henriette unterbrach sie sofort.

»Wo ist mein Kind? Sagt mir, ob es meinem Kind gut geht!«

Mareike verschränkte ihre Finger mit denen von Henriette und seufzte schwer. »Es lebt, aber es geht ihm nicht gut.«

Henriette zog scharf die Luft ein, legte eine Hand auf ihre Brust und versuchte ihren rasselnden Atem zu beruhigen. Sie schnappte nach Luft wie ein Fisch auf dem Trockenen, während Amalia sich vorbeugte und ihre andere Hand nahm.

»Du musst ruhig atmen, Henriette. Ein und aus. Ganz langsam …«, versuchte sie Henriette zu beruhigen, doch die konnte nur an ihr Kind denken. An das arme kleine Würmchen, das irgendwo ganz allein war, das sich nach ihrer Berührung sehnte. Dieses Kind brauchte sie.

»Ich will mein Kind sehen«, presste sie zwischen zusammengebissenen Zähnen hervor, nachdem ihr Atem zur Ruhe gekommen war.

»Ich hole Frau Hoffer«, sagte Mareike und erhob sich. Doch bevor sie sich umdrehte, da drückte sie Henriette noch einmal an sich. So fest, dass es Henriette beinahe wie ein Abschied vorkam.

Henriette lehnte sich in die dicken Kissen zurück. Ihr Körper war zutiefst erschöpft.

»Wird … wird mein Kind sterben?«

Amalia legte eine Hand auf ihren Arm, und als Henriette die Augen öffnete, da schüttelte sie kaum merklich den Kopf. »Frau Hoffer sagt, dass die Geburt sehr schwer gewesen ist. Der Kleine lag schief in deinem Bauch, sie musste ihn drehen, und er bekam zu wenig Luft … Er ist winzig, Henriette. Es kommt jetzt auf die nächsten Monate an. Wenn er deine Brust nimmt, dann kann er überleben …«

Henriette fuhr sich mit der Zunge über die spröden Lippen, dann jedoch registrierte sie, was Amalia gerade gesagt hatte. »Der Kleine?«, fragte sie aufgeregt. »Es ist ein Junge?«

Amalia brauchte nicht mehr zu antworten, denn die Tür schwang wieder auf, und Frau Hoffer trat gemeinsam mit Mareike ein. Ein Windstoß wirbelte die stickige Luft auf, und Henriette musste husten. Frau Hoffer trug ein kleines Bündel im Arm und lächelte Henriette an.

»Hier ist Ihr Sohn.« Sie übergab Henriette das Kind, das diese vorsichtig annahm.

Der Junge war *wirklich* winzig. Er schlief tief und fest, die Hände zu Fäusten geballt. Ein schwarzer Haarflaum zeigte sich auf seinem Kopf, und Henriette strich sanft über seine Wange.

»Mein Würmchen«, flüsterte sie heiser, und Tränen rannen über ihre Wangen. »Oh, mein Kind.«

In diesem Augenblick öffnete der Kleine die Augen, und es schien Henriette, als würde er sie erkennen. Als wüsste er, wer sie war. Er streckte sich, und seine kleine Hand packte ihren Finger, hielt ihn fest. Dann schrie er leise auf. Dunkelblaue Augen musterten Henriette neugierig, und sie drückte das Kind an ihre Brust.

»Er hat Hunger«, bemerkte Frau Hoffer.

Henriette nickte eilig und atmete tief durch. Sie hatte Julia und Christine gestillt, aber die Schwangerschaft mit den Zwillingen war einfach gewesen, im Gegensatz zu dem, was sie nun mit dem Würmchen durchgestanden hatte. Die Mädchen waren auch nicht zu früh gekommen und zudem unkompliziert gewesen.

»Wird er überleben?« Sie musste diese Frage Frau Hoffer stellen, sie musste die Antwort der Hebamme hören, brauchte so dringend Gewissheit.

Frau Hoffer setzte sich neben Henriette auf das Bett und betrachtete den Jungen. »Er scheint kräftig zu sein, obwohl er zu früh das Licht dieser Welt erblickt hat. Aber die Zeit wird zeigen, ob es seine Entwicklung beeinträchtigt hat, dass er eine Weile zu wenig Luft bekommen hat. Stillen Sie ihn, kümmern Sie sich um ihn, und ruhen Sie sich aus. Sie müssen im Bett bleiben, ich will nicht, dass Sie die nächsten Monate schwere Arbeit tun.«

»Aber die Villa … ich muss …«, begehrte Henriette auf, doch da legte sich eine Hand auf ihre Schulter.

»Du wirst dich ausruhen, Henriette. Die Villa werde ich leiten.« Amalia sah sie ernst an. Ihr Blick ließ keinen Widerspruch zu, doch sie wollte nicht, dass Amalia diese ganze Verantwortung schultern musste.

»Aber ich …«

»Mama … hör auf Großmutter Amalia, sie kennt sich doch gut mit dem Hotel aus. Außerdem können wir doch bestimmt auch irgendwie helfen, oder nicht?« Es war Julias Stimme, die da an Henriettes Ohr drang. Sie hob den Blick und sah, wie ihre beiden Töchter das Zimmer betraten und langsam auf sie zugingen.

Julia streckte die Hand nach dem Winzling aus, und er ergriff auch ihren Finger, grummelte erneut und streckte sich. »Hallo, kleiner Bruder …«, sagte Julia grinsend und sah dann ihre Mutter fragend an. »Wie soll er heißen?«

Henriette zog ratlos die Augenbrauen hoch. Über diese Frage hatte sie sich noch keine Gedanken gemacht, doch dann huschte plötzlich ein Lächeln über ihr Gesicht. »Eberhart«, antwortete sie dann.

»Wie Großvater?« Julia neigte fragend den Kopf, betrachtete ihren kleinen Bruder erneut und strich über sein Ärmchen. »Bist du ein Eberhart?«

Eberhart drehte seinen Kopf und sah Julia an, dann gähnte er herzhaft und schrie erneut auf. Julia lachte leise und erhob sich. »Ich glaube, das war ein Ja.«

»Stillen Sie ihn und legen Sie sich dann wieder zum Schlafen hin, Frau Graff. Sie brauchen Ruhe«, mahnte Frau Hoffer nochmals.

Henriette kaute nachdenklich auf ihrer Unterlippe. »Aber die Villa, es gibt noch so viel zu tun …«

»Mama!«, unterbrach Julia sie nun harsch. »Du musst das nicht alles allein machen. Vertrau bitte Amalia, wir unterstützen sie, wo wir können. Und außerdem ist Mareike doch auch noch da.«

»Ich muss deiner Tochter recht geben, Henriette. Ich werde mich gut um das Hotel kümmern, und die Mädchen können mir bei Kleinigkeiten auch zur Hand gehen. Sie sind erwachsener, als du denkst.« Amalia lächelte ihre Enkeltöchter an, dann schweifte ihr Blick zu Mareike, die ebenfalls lächelte.

»Genau, und ich bleibe auch hier und helfe.«

Überrascht sah Henriette ihre Schwiegermutter an, dann streifte ihr Blick die geliebten Töchter. Gott, ihre Mädchen waren viel zu schnell erwachsen geworden, obwohl sie erst zwölf Jahre alt waren. Sie sollten noch Kinder sein, draußen spielen und ihre Jugend genießen. Aufgeregt für den ersten Jungen schwärmen und über die Stränge schlagen. All das hatte der Krieg ihnen genommen. Diese Gedanken zerrissen Henriette das Herz. Sie boten sich an zu helfen, wo es ging, um Amalia bei der Arbeit zu unterstützen, obwohl sie selbst schon so viel Leid erfahren hatten.

»Aber ihr …«

»Wir machen das alles gemeinsam, Mama«, sagte nun auch Christine und drückte Henriettes Hand. »Wir haben doch von dir gelernt, dass man alles schaffen kann, wenn man nur will. Dass wir jeden Weg gehen können, den wir uns aussuchen. Ich helfe bei der Versorgung von Verletzten im Lazarett, und Julia hat den Fischfang von Herrn Bergmanns Familie gemeinsam mit Paul wieder aufleben lassen. Da wird es ein Klacks sein, wenn wir Amalia noch ein wenig zur Hand gehen im Hotel, auch wenn wir nur Akten sortieren oder brav die Gäste begrüßen. Außerdem verbringt Julia ohnehin viel Zeit in der Küche, da kann sie bestimmt auch helfen und Gemüse schneiden.«

Henriette bemerkte, wie Julia errötete und sie hastig den Blick abwandte. Unruhig strich ihre Tochter über den Saum ihres Kleides.

»Du kochst?« Henriette konnte ihre Verblüffung nicht verbergen, aber Julia schüttelte nur hastig den Kopf.

»Das tut nichts zur Sache.« Sie warf ihrer Schwester einen bitterbösen Blick zu und deutete auf Eberhart in Henriettes Armen. »Wichtig ist nur, dass du dich ausruhst und dich um unseren kleinen Bruder kümmerst. Vertrau uns allen, Mama.«

»Wo ist denn die frischgebackene Mutter?«

Henriette zuckte zusammen, sie würde diese Stimme immer und überall erkennen, und ein wohliger Schauer lief ihr über den Rücken, als Heinrich gemeinsam mit Simon eintrat. Er schob eine Wiege vor sich her und grinste Henriette an.

»Männerbesuch dulde ich nicht, die Mutter braucht Ruhe!«, schimpfte Frau Hoffer und schüttelte den Kopf.

Doch die alte Hebamme konnte Heinrichs Charme nicht lange widerstehen, als er einen Strauß Blumen hervorzauberte und ihn Frau Hoffer reichte. »Das ist mir bewusst, gnädige Frau. Wir schieben nur die Wiege hinein und gehen dann ganz rasch wieder. Diese Blumen sind für Sie, dafür, dass Sie das Leben meiner besten Freundin gerettet haben und ihr Kind …«

»Eberhart«, ergänzte Henriette erschöpft, als Heinrich ihr einen fragenden Blick zu warf.

»Und Eberhart auf die Welt gebracht haben!« Heinrich ließ sich nicht irritieren, schob die Wiege, die aus wunderschönem schwarzem Holz geschnitzt und reich verziert war, vors Bett.

Er drückte Henriette einen Kuss auf die Stirn und strich über Eberharts Wange. »Hallo, wilde Blume«, flüsterte er.

Henriette schenkte ihm ein dankbares Lächeln und betrachtete die Wiege neugierig. »Wo habt ihr die denn aufgetrieben?«

Heinrich grinste sie geheimnisvoll an. »Vielleicht ist Simon begabter mit Holz, als wir jemals geglaubt haben.«

Simon wurde rot und kratzte sich verlegen am Kopf. »Mein Vater war Handwerker, und als Junge habe ich ihm viel geholfen, und da dachte ich …« Zögerlich sah er Henriette an, die erleichtert lächelte.

»Ich danke euch. Euch allen, dass ihr für mich da seid.«

»Das werden wir immer sein, Mama«, antwortete Christine und machte dann eine wegwerfende Handbewegung. »Und jetzt sollten wir Mutter und Kind allein lassen. Also husch, husch, alle raus hier.«

Henriette betrachtete ihre sonst so ruhige Tochter fasziniert und verabschiedete sich von all ihren Freunden, bis nur noch Mareike und Amalia da waren. Mareike zog einen Brief aus der Tasche ihres Kleides heraus.

»Den hat Paul mir heute gegeben. Er ist von Ole.«

Gänsehaut kroch über Henriette, als sie Eberhart an die Brust legte und der Junge gierig zu trinken begann. Dankbar strich sie ihm über den Kopf und nahm den Brief.

»Danke, Mareike.«

»Gib gut auf dich und Eberhart acht. Ihr müsst gesund sein, wenn sein Vater zurückkehrt. Mach dir keine Sorgen um die Villa. Wir unterstützen dich, wo wir nur können. Elisabeth ist bereits mit Elise auf der Terrasse zugange, wir alle kümmern uns darum, dass die *Villa Sommerwind* in neuem Glanz erstrahlt.«

Henriette nickte und verabschiedete sich mit einem Lächeln von ihrer Schwiegermutter und besten Freundin. Als Eberhart satt und zufrieden war und die Augen schloss, da legte sie ihn vorsichtig in die Wiege und betrachtete dankbar ihren kleinen Sohn. Dieses Kind war ihre Verbindung zu Ole, er war ihr gemeinsamer Sohn.

Sie zog den Brief aus dem Umschlag, lehnte sich in die Kissen zurück und begann zu lesen.

Meine liebste Henriette,
ich hoffe, es geht Dir gut. Und ich hoffe, dass dieser Brief Dich auch erreicht. Ich kann Dir nicht sagen, wo ich bin. Wir dürfen nicht schreiben, wo wir Soldaten uns aufhalten, denn die Briefe könnten abgefangen werden. Aber irgendwo in Frankreich bin ich gerade. Ich vermisse Dich so schrecklich, und mein Herz sehnt sich nach Dir. Jeden Tag denke ich an Dich. Kann Dich niemals vergessen und bete zu Gott, dass ich wohlbehalten zu Dir zurückkehre und Dich wieder in die Arme schließen kann.
Vergiss mein nicht, erinnerst Du Dich, Henriette?
Ich liebe Dich und ich werde für Dich am Leben bleiben.
Mein Herz verzehrt sich nach Dir, und wenn ich zurückkehre, dann werde ich Dich küssen, Deine Wärme an meinem Körper spüren, und alles wird wieder gut.
In Liebe, Dein Ole

Heiße Tränen tropften von ihren Wangen auf die Bettdecke, ihre Finger zerknüllten den Brief, und das Papier raschelte leise. Der kleine Eberhart regte sich in seiner Wiege.

»Schh … mein Schatz.« Henriette beugte sich über ihn und hauchte ihrem Sohn einen Kuss auf die Stirn. »Dein Papa wird zurückkehren, das verspreche ich dir.«

Der Kleine beruhigte sich wieder, und sein Atem wurde gleichmäßig. Erleichtert legte Henriette eine Hand auf ihre Brust und seufzte schwer. Vielleicht war dies der Augenblick, in dem sie am stärksten sein musste. Für Eberhart, für die *Villa Sommerwind*, für ihre Familie. Für ihre Geschwister und Mutter, die im Himmel über sie wachten.

Das würde sie sein. Stark und unnachgiebig. Die Welt hatte ihr so viel genommen, sie würde sich alles zurückholen, sie würde kämpfen und niemals nachgeben.

Irgendwann würde dieser abscheuliche Krieg enden, Ole wird heimkehren, und sie könnte ihn zum Mann nehmen. Sie *würde* ihn zum Mann nehmen, egal, was ihr Vater davon hielt. Während ihr die Augen langsam zufielen, schwor Henriette sich, niemals wieder etwas zu tun, was von ihr verlangt wurde, sondern nur noch für sich und die, die sie liebte, zu leben.

KAPITEL 33

CHRISTINE

Timmendorfer Strand, Januar 1918

Du siehst erschöpft aus.« Christine drehte sich um und sah, wie Doktor Marks auf sie zuschlenderte. Er trug zwei Becher in der Hand und reichte ihr einen.

»Kaffee?«, fragte Christine überrascht und schnupperte an dem warmen Gebräu. »Wo haben Sie den aufgetrieben?«

Doktor Marks zuckte mit den Schultern, ein verschwörerisches Grinsen huschte über sein Gesicht, als er sich neben sie setzte.

»Ein Arzt treibt sich auf dem Schwarzmarkt herum?«, feixte Christine und trank einen Schluck Kaffee. Er schmeckte herrlich, ein wenig bitter, gepaart mit der Süße von Zucker und Milch. »Was würden die Dorfbewohner wohl dazu sagen?«

Marks lachte auf und schlug die Beine übereinander, dann legte er einen Zeigefinger an die Lippen. »Du musst es ja niemandem sagen.«

Das hätte sie sowieso nicht getan. Die Welt hielt sie für ein stilles Mädchen, für einen unsichtbaren Schatten, und das war Christine auch ganz recht. Sie wollte keine Aufmerksamkeit auf sich ziehen. Wollte nur Menschen helfen und ihr Leben retten. Ihre Familie beschützen und wie eine unsichtbare Hand sein, die immer da war, um jemandem eine Stütze zu sein.

»Ich werde die Praxis im Dorf übernehmen, wenn der Krieg vorbei ist.«

Christine neigte den Kopf fragend zur Seite, ein Frösteln huschte über ihren Körper. Leichter Schneefall hatte eingesetzt, und obwohl dieser Winter milder war als die letzten, kalt war es trotzdem.

»*Wenn* dieser Krieg bald vorbei ist«, echote sie.

Marks antwortete nicht. Sie wurde das Gefühl nicht los, dass er mehr wusste als sie. Vielleicht hatte er auf dem Schwarzmarkt erfahren, ob es wirklich so schlecht um das deutsche Heer stand, wie man munkelte.

»Du möchtest doch immer noch bei mir eine Ausbildung zur Schwesternhelferin beginnen, wenn du alt genug bist, und mir jetzt schon mal über die Schulter schauen, während du noch zur Schule gehst, oder?«

Christines Finger krallten sich um den Kaffeebecher. Sie konnte nicht antworten, die Worte wollten ihr nicht über die Lippen kommen.

»Christine?«

»Ja … ich will bei Ihnen lernen«, würgte sie hervor. »Aber ich muss meine Familie unterstützen.«

Marks fuhr sich durch die weizenblonden Haare und betrachtete sie ruhig, der Blick aus kornblumenblauen Augen schien Christine zu durchbohren.

»Geht es deiner Mutter immer noch nicht besser?«

Unbehaglich zuckte Christine mit den Schultern. »Doch, schon …«, antwortete sie vage. »Sie kann langsam wieder einige schwerere Arbeiten erledigen, und auch der kleine Eberhart hat sich prächtig entwickelt im letzten Jahr, aber …« Sie brach ab, biss sich auf die Unterlippe und knetete unsicher die Hände.

»Du sagst mir nicht die Wahrheit«, bemerkte Doktor Marks scharfsinnig.

Christine seufzte tief und hob den Blick. Sie erkannte eine Gestalt, die zum *Hotel Demory* lief, und erhob sich schwankend. Es war ihre Schwester Julia, die sie von der Arbeit abholte. Es würde nur wenigen Minuten dauern, bis Julia sie erreicht hatte. Nur wenige Minuten, in denen Christine noch die Möglichkeit hatte, Doktor Marks die Wahrheit zu offenbaren.

»Ich weiß nicht, ob ich bei Ihnen arbeiten soll«, gab sie leise zu. »Ob meine Mutter es gutheißen würde, als Frau überhaupt zu arbeiten, wenn ich mit der Schule fertig bin und …«

»Christine«, unterbrach Marks sie streng und beugte sich ein Stück nach vorne. »Wer in Gottes Namen hat dir solch einen Blödsinn eingeredet?«

Wütend schnappte Christine nach Luft und stürzte den letzten Schluck Kaffee hinunter. »Niemand hat mir …«

»Du bist ein gescheites und fleißiges Mädchen. Du denkst solche Dinge nicht. Oder hast du vergessen, was du damals gesagt hast, an dem Tag, als wir uns im Lazarett kennengelernt haben?«

Auch Frauen können Ärztinnen sein.

Die Worte schwirrten in ihrem Kopf herum, und Christine lächelte. Ja, das hatte sie gesagt, und das hatte sie auch ernst gemeint.

»Nein«, antwortete sie mit belegter Stimme. »Das habe ich nicht vergessen.«

»Siehst du. Also, sag mir, wer dir diesen Blödsinn eingeredet hat.«

»Ein Junge aus der Schule.«

Marks sah sie verdutzt an und lachte dann schallend. Christine spürte, wie Hitze in ihre Wangen stieg, und mit einem Mal waren ihre Worte ihr peinlich. Sie wollte etwas erwidern, doch da hatte ihre Schwester sie schon erreicht. »Darf man mitlachen, Herr Marks?«, fragte Julia fröhlich.

Marks wischte sich eine Träne aus dem Auge und schüttelte den Kopf. »Deine Schwester hat sich einreden lassen, dass sie nicht bei mir arbeiten und lernen kann, weil ein Junge ihr das gesagt hat.«

Christine verbarg das Gesicht in den Händen, als auch ihrer Schwester ein Lachen herausrutschte. »Hört auf«, bat sie matt. »Es ist doch die Wahrheit. Frauen sollten ihre Männer unterstützen, Kinder bekommen und nicht arbeiten, sie …«

»Das glaubst du doch selbst nicht!« Julia stemmte die Hände in die Hüften und schüttelte den Kopf. Rote Haarsträhnen lösten sich aus dem Flechtkranz um ihren Kopf. »Wer war es? Sebastian? Torben? Sag es mir, und ich werde demjenigen schon die Leviten lesen.«

Christine wusste, dass Julia diese Worte bitterernst meinte. Sie scherte sich nicht um Konventionen oder Regeln. Hatte sich schon mehrmals mit einem Jungen geprügelt, und zusammen mit Paul und Elisabeth hatte sie während des letzten Jahres den brachliegenden Fischhandel von Ole Bergmanns Familie wieder aufleben lassen. Sie war durch und durch ein Wildfang, ein Freigeist, und sie hatte eine ungewöhnliche Leidenschaft fürs Kochen entwickelt.

Christine schwieg beharrlich, während Julia ihre Hände ergriff und sie ansah. »Du weißt, dass wir alles schaffen können. So hat Mutter uns erzogen. Sie würde unseren Wünschen immer mit gesunder Skepsis begegnen, aber nicht, weil sie uns diese ausreden will, sondern weil sie sehen will, dass wir das wirklich wollen. Auch Mama hat so viele Rückschläge hinnehmen müssen, und schau dir unsere Familie doch nur an, wir Frauen führen die *Villa Sommerwind* ganz allein, und es läuft gut, oder nicht?«

Ergeben nickte Christine. »Ja, du hast recht.«

Julia zwinkerte ihr zu und schloss sie in ihre Arme. »Natürlich hab ich recht«, murmelte sie an Christines Ohr. »Und wenn du eine Ausbildung zur Schwesternhelferin bei Herrn Marks beginnen willst, sobald du mit der Schule fertig bist, dann wird Mutter deine Wünsche nicht ablehnen. Außerdem werde ich mich immer für dich einsetzen, Schwesterchen.«

Nur mit Mühe drängte Christine die Tränen zurück, die in ihren Augen brannten, und wischte sich eilig übers Gesicht, als sie sich von ihrer Schwester löste. Viel zu oft vergaß sie, dass sie nicht allein war auf dieser Welt, dass sie die Last nicht allein schultern musste.

»Danke«, wisperte sie und verflocht ihre Finger mit denen ihrer Schwester.

»Da nicht für! Aber jetzt komm, wir müssen uns hübsch machen, immerhin findet heute das Winterbankett statt.«

»Ja, lass uns losgehen.« Christine drehte sich zu Doktor Marks um. »Bitte entschuldigen Sie, dass ich Zweifel hatte. Ich will sehr gern in Ihrer Praxis arbeiten, wenn ich mit der Schule fertig bin, und schon mal über Ihre Schulter schauen in der Praxis, sobald der Krieg vorüber ist. Ich hoffe, dass Sie mich dann noch wollen.«

Marks erhob sich ebenfalls und legte Christine seine Hand auf die Schulter. »Natürlich will ich dich dann noch. Ich brauche so ein schlaues junges Fräulein in meiner Praxis.«

»Haben Sie vielen Dank.«

Sie verabschiedeten sich von Herr Marks und gingen die Strandallee zurück in Richtung *Villa Sommerwind.* Christine schaute noch einmal zum *Hotel Demory* zurück, spürte, wie ihr Herz heftig gegen ihre Rippen schlug. Vielleicht war es Hoffnung, die da in ihr keimte, vielleicht hatte sie aber nun endlich das Gefühl, ihren Platz in dieser Welt zu finden.

Trotz des kalten Wetters und des Schnees, der immer noch schweigend zu Boden tänzelte, waren die Straßen belebter als sonst. Auf dem Platz an der Uhr fand gerade der Markt statt, Händler boten ihre Waren feil, Frauen liefen mit Körben herum, und Christine entdeckte ihre Ziehschwester Elisabeth, die ebenfalls einen Einkauf erledigt hatte.

»Na, ihr beiden. Was heckt ihr schon wieder aus?«, fragte sie grinsend.

»Gar nichts«, antwortete Julia und machte ein unschuldiges Gesicht. »Wir sind nur ein wenig nervös wegen des Winterbanketts.«

Christine war dankbar, dass ihre Schwester das Reden übernahm, das konnte Julia ohnehin besser als sie. Gemeinsam spazierten sie über die Strandpromenade und erreichten kurz darauf die *Villa Sommerwind*.

Die Terrasse vor dem Hotel lag in vollkommener Stille da, Schnee bedeckte die Stühle und Tische, und Elise, das Hausmädchen ihrer Mutter fegte den Weg zur Villa frei. Sie grüßte höflich, als Christine, Julia und Elisabeth die Villa betraten. Im Inneren herrschte schon reges Treiben.

Es waren noch zwei Stunden, bis das Abendessen und das Winterbankett beginnen würden, und die Gäste in der Villa genossen schon ein warmes Getränk im Empfangsbereich. Die Luft war erhitzt, Wortfetzen huschten durch die Halle.

»Da seid ihr ja!«, rief da eine Stimme, und Mareike kam auf sie zugelaufen.

Sie trug ein hellgrünes, eng geschnittenes Kleid, welches ihre Hüften betonte. Ihre blonden Haare waren zu einer eleganten Flechtfrisur hochgesteckt, und sie betrachtete die Mädchen eingehend. »Ich habe schon gedacht, dass ihr euch vor der Anprobe drückt.«

Julia seufzte gequält neben Christine, und Christine musste grinsen. Ihre Schwester freute sich zwar auf diesen Abend, denn immerhin war das Winterbankett ihre Idee gewesen, die ihre Mutter Henriette sofort mit vollem Eifer umgesetzt hatte, aber sie war keine begeisterte Tänzerin.

»Kommt mit!« Mareike ergriff Julias und Christines Hände und nickte Elisabeth ebenfalls zu. Gemeinsam schritten sie die Stufen hinauf zu den Privaträumen der Familie.

Im Salon wartete Henriette auf sie, die bereits ihr Ballkleid trug und den kleinen Eberhart in den Armen wiegte. Christine schickte jeden Tag ein Stoßgebet zum Himmel, dass es ihrer Mutter und dem Kleinen so gut ging. In den letzten Monaten hatte Eberhart Keuchhusten bekommen, war immer schwächer geworden, und sein Leben hing mehr als einmal am seidenen Faden. Doch der Kleine war ein Kämpfer, es wirkte, als wollte er auf keinen Fall aus dem Leben scheiden, bevor er seinen Vater kennengelernt hatte.

Ole Bergmann. Dieser Mann, der immer noch ein Mysterium für Christine war. Der Fischer, der der Liebhaber ihrer Mutter war.

»Immerhin seid ihr noch pünktlich«, sagte Henriette beiläufig und übergab Eberhart der Amme, die ebenfalls den Salon betrat. Dann klatschte sie in die Hände. »Ihr solltet euch jetzt wirklich umziehen.«

Julia und Elisabeth nickten und gingen in den Nebenraum, doch Christine verweilte noch bei ihrer Mutter.

»Was ist los, mein Schatz?«

»Mama …« Unruhig knetete Christine ihrer Hände. »Weißt du noch, wie ich dir Herrn Doktor Marks vorgestellt habe?«

Henriette sah ihre Tochter ernst an und nickte, bedeutete ihr weiterzusprechen. Christine atmete tief durch und nahm all ihren Mut zusammen.

»Weißt du auch noch, dass ich dich gefragt habe, ob ich, wenn der Krieg vorbei ist, ihm in der Praxis über die Schulter schauen kann und mich, wenn ich mit der Schule fertig bin, bei ihm zur Schwesternhelferin ausbilden lassen kann?«

Henriette neigte den Kopf zur Seite und ging langsam auf ihre Tochter zu. »Das stimmt, aber wir wurden unterbrochen bei diesem Gespräch. Ich denke, ich muss dich nicht fragen, ob du das auch willst, oder?«

»Natürlich will ich das!«, rief Christine aus.

»Dann sprechen wir mit Doktor Marks, sobald der Krieg vorbei ist. Natürlich darfst du ihm gerne über die Schulter schauen und eine Ausbildung bei ihm beginnen, wenn du in einigen Jahren mit der Schule fertig bist.« Ihre Mutter stand auf und zog Christine in ihre Arme.

»Danke, Mama. Und ja, wenn der Krieg vorbei ist«, wiederholte Christine die Worte ihrer Mutter, ein dumpfer Knoten zog sich in ihrem Magen zusammen. »Wie lange das auch noch dauern wird.«

»Nicht mehr lange!«, mischte sich da Mareike ein, und ihre Gestalt erschien in der Tür zum Nebenraum. »Und jetzt komm zu uns, sonst kann ich keine Änderungen mehr an deinem Kleid vornehmen.«

»Wieso denkst du, dass der Krieg nicht mehr lange dauert?«

Mareike zwinkerte Christine zu, ging zu ihr und nahm ihre Hand. »Vertrau mir, man hört viele Dinge, der Krieg wird bald zu Ende sein.«

Christine wusste nicht, wieso, aber sie vertraute Mareikes Worten. Lächelnd ging sie in den Nebenraum. Vielleicht war es Hoffnung, die da in ihrem Herzen keimte, die Hoffnung auf ein Leben ohne Krieg.

KAPITEL 34

HENRIETTE

Timmendorfer Strand, November 1918

Mareike sollte recht behalten. Ihre Worte entsprachen der Wahrheit, mit der niemand mehr gerechnet hatte. Doch an diesem Morgen im November, als Peter, der Postbote, Henriette die Zeitung überreichte, da war er nicht mehr der Überbringer schlechter Nachrichten, nein, in diesem Augenblick war er der Hoffnungsstrahl für so viele Menschen.

Die Nachricht verbreitete sich wie ein Lauffeuer in Timmendorfer Strand. Worte flogen durch die Luft, die Menschen wirkten gelöster, hofften, dass ihre Männer und Söhne unbeschadet zurückkehren würden.

»Aber wir haben verloren«, bemerkte Julia am Frühstückstisch und tippte auf die Zeitung.

»Wir hätten nie gewinnen können«, korrigierte Mareike, die Eberhart, der ihr Patenkind geworden war, im Arm hielt.

Julia neigte den Kopf fragend zur Seite, aber Henriettes Freundin antwortete nicht. Henriette wusste, dass Mareike mit ihren Worten recht hatte. Sie hatte immer recht gehabt. Schon damals, als sie gesagt hatte, dass es zum Krieg kommen würde, dass das Deutsche Reich sich isolieren würde und sie niemals diesen Krieg gewinnen konnten.

»Das tut nichts zur Sache, Julia. Unsere Männer werden aus dem Krieg heimkehren, und wir haben wieder Frieden.«

Julia schüttelte den Kopf, und Henriette seufzte tief. Ihre Tochter war viel zu gescheit, um ihr diese Worte abzunehmen. »Wir werden die Kriegsschuld bezahlen müssen, wir verlieren Gebiete, die wir nun an Frankreich und Polen abtreten müssen. So viele Menschen sind gestorben, denk doch allein an den Winter des vorletzten Jahres! Und du willst mir sagen, dass es nichts zur Sache tut?«

»Julia Maria Graff«, sagte Henriette mit schneidender Stimme. »Rede nicht in diesem Ton mit mir.«

Julia schnaubte wütend. »Ich habe aber recht!«

»Es geht hier aber nicht ums Rechthaben.« Henriette massierte sich die Nasenwurzel und schloss kurz die Augen. Eigentlich ging es Julia genau darum, und sie sagte die Wahrheit. Der Winter der Jahre 1916 und 1917 hatte Deutschland schwer zugesetzt, die Bewohner von Timmendorfer Strand waren nur so gut durch diese Hungerkrise gekommen, weil sie sich alle gegenseitig geholfen hatten. Die Bauern den Kaufleuten, die Schneider den Fischern. Sie waren eine Einheit gewesen.

Julia verschränkte die Arme vor der Brust und presste die Lippen zusammen. Wütend starrte sie ihre Mutter an, doch Henriette wies sie nicht zurecht. Sie selbst hatte in diesem Krieg schrecklich gelitten, wie alle Menschen im Deutschen Reich, sie hatte ihren Bruder an diesen Krieg verloren und konnte nur hoffen, dass wenigstens ihr Vater wohlbehalten zurückkehren würde.

Und Ole, erinnerte sie eine sanfte Stimme in ihrem Innern an den Mann, nach dem sie sich sehnte. Nach ihrer großen Liebe, dem Vater ihres Sohnes.

»Julia, lass uns das Frühstück in Ruhe genießen. Ich jedenfalls bin dankbar, dass dein Großvater nach Hause zurückkehren wird. Genauso wie Elisabeths Bruder.« Amalia versuchte es mit Diplomatie, und fasziniert beobachtete Henriette, dass Julia zwar immer noch wütend, aber wenigstens etwas besänftigt war und ihr Frühstück weiteraß.

»Die nächste Zeit wird trotzdem schwer für uns werden«, bemerkte Mareike und strich über Eberharts Wange.

»Was meinst du damit?« Henriette wollte es eigentlich nicht hören, aber sie musste sich auch dieser Realität stellen.

Mareike zuckte mit den Schultern. »Ich möchte keine Vermutungen anstellen, aber ich denke, dass unsere Waren nach diesem Krieg weniger wert sein werden, ebenso das Geld. Es wird eine harte Zeit.«

Henriette schluckte den Kloß in ihrem Hals und erhob sich langsam. »Nun, wir sollten uns trotzdem darauf vorbereiten, dass viele Männer heimkehren werden. Also lasst uns jetzt nicht aufgeben.«

Die Anwesenden nickten und aßen schweigend ihr Frühstück zu Ende. Danach kehrte eine ruhelose Geschäftigkeit in die *Villa Sommerwind* ein. Gäste mussten versorgt werden, Henriette besprach gemeinsam mit Herrn Bors die Belegungspläne des Hotels und die anstehenden Feiern sowie die Bankette. Ihre Tochter Christine half immer noch mit Feuereifer im Lazarett aus, und Henriette war dankbar, dass sie sich so sehr für andere Menschen einsetzte.

»Frau Graff?«, schreckte Herr Bors sie aus ihren Gedanken auf, und Henriette schaute den Empfangsleiter geistesabwesend an.

»Bitte entschuldigen Sie ...«, murmelte sie dann leise.

Auf Herrn Bors' Gesicht erschien ein weiches Lächeln, das Henriette ein wenig Angst einjagte, denn in all den Jahren hatte der Mann ihr zwar Respekt erwiesen, aber niemals wahre Freundlichkeit gezeigt.

»Schon in Ordnung, Frau Graff. Sie sind in Gedanken bestimmt bei Ihrem Herrn Vater. Wir alle beten dafür, dass er wohlbehalten zurückkehrt.«

»Haben Sie vielen Dank, Herr Bors. Auch für Ihre Arbeit in all den Jahren. Sie waren mir eine große Stütze.«

Eine leichte Röte schoss in Herrn Bors' Gesicht, und er kratzte sich verlegen am Kopf. »Zu viel des Lobes, Frau Graff.«

Sie lächelte ihn noch einmal an und verabschiedete sich nach einigen weiteren Gesprächen von ihm. Sie sah sich im Empfangsbereich um und konnte nicht verhindern, dass Stolz in ihrer Brust schwellte. Sie hatte diese Villa am Leben gehalten, sie hatte nicht aufgegeben und alles getan, damit ihr Vater zurückkehren konnte in sein Heim.

»Mutter?«

Irritiert drehte Henriette sich um und sah, wie ihre Tochter Christine zusammen mit dem adretten Herrn Doktor Marks auf sie zukam. Der Arzt trug seinen weißen Kittel, die blauen Augen schienen Henriette zu durchbohren.

»Christine?« Sie sah ihre Tochter fragend an.

Schüchtern sah Christine den Arzt an und dann wieder ihre Mutter. »Du wolltest doch mit Herrn Doktor Marks und mir sprechen.«

Henriette nickte hastig. Das hatte sie beinah vergessen bei all dem Trubel, der in den letzten Tagen ihr Leben durcheinandergewirbelt hatte. »Ja, natürlich. Darf ich Sie nach oben in unseren Salon bitten, Herr Doktor Marks?«

»Sehr gerne, Frau Graff. Und, wenn Sie mir die Bemerkung erlauben, Ihre Villa ist wirklich wunderschön. Die Einrichtung und das maritime Flair gefallen mir sehr gut.«

»Haben Sie vielen Dank, Herr Doktor. Und ich danke Ihnen auch für Ihre Arbeit im Lazarett und dafür, dass Sie sich so gut um meine Tochter gekümmert haben.«

Marks wedelte unbekümmert mit der Hand. »Christine ist wissbegierig und lernwillig, es ist mir eine Freude, mich um sie zu kümmern.«

Henriette sah zu ihrer Tochter, die schüchtern den Kopf gesenkt und die Hände hinter dem Rücken verschränkt hatte. Sie legte ihre Hand auf Christines Schulter und lächelte sie zuversichtlich an. »Das freut mich, dann lassen Sie uns alles besprechen.«

KAPITEL 35

HENRIETTE

Timmendorfer Strand, Januar 1919

Eberhart!« Amalia konnte nicht an sich halten, sie riss aufgeregt die Hand in die Luft, als der Karren über die Promenade fuhr und sie ihren Mann erblickte, der darauf saß.

Henriette unterdrückte ein Seufzen und verdrehte die Augen, aber sie konnte sich ein kleines Lächeln nicht verkneifen. Sie war dankbar, dass ihr Vater zurückkehrte, im Dezember hatte sie der Brief erreicht, dass er heil und unbeschadet wieder nach Timmendorf heimkommen würde.

»Da ist er! Siehst du ihn, Henriette?«, fragte Amalia und fasste nach ihrer Hand.

»Ja, Amalia.« Henriette kicherte leise und drückte die Hand ihrer Schwiegermutter.

Wie viel sich doch geändert hatte in den letzten vier Jahren, wie sehr sie zusammengewachsen waren, trotz all ihrer Differenzen. Henriette hatte gelernt, dass Amalia, genau wie jeder andere Mensch, gezeichnet war von ihrer Vergangenheit. Dass sie niemals bösartig hatte sein wollen, aber dass ihr Verhalten dem Selbstschutz diente.

Der Karren hielt mit einem Rumpeln vor der *Villa Sommerwind,* und Henriette entdeckte nun auch Nikolas und Justus. Eberhart sprang als Erster vom Gefährt, sogar ziemlich behände, wenn man bedachte, wie alt er war.

»Meine Familie …«, murmelte er gerührt.

Henriette wurde die Kehle eng, als sie ihren Vater genauer ansah. Sein Haar war schütter geworden, beinahe grau. Von dem starken Mann mit dem klaren Blick aus dunkelblauen Augen war nichts mehr übrig. Aber dennoch war er ihr Vater, ihr geliebter Vater, mit dem sie so heftig gestritten hatte, dem sie so vieles nicht hatte verzeihen können, der da auf sie zugehumpelt kam.

»Meine Henni …«, wisperte er mit heiserer Stimme.

Tränen sammelten sich in ihren Augen, als ihr Vater sie in seine Arme zog. Ihre Finger verkrampfen sich um seine grobe Jacke.

Mein Vater, dachte Henriette erleichtert und schloss die Augen. Ließ sich für einen Augenblick fallen, ein tiefes Glücksgefühl flutete ihr Herz.

»Du bist also zurückgekehrt …«, flüsterte sie.

Ein Lächeln huschte über das Gesicht ihres Vaters, und er strich über ihre Wange. »Das bin ich. Und es tut mir so leid, dass ich Hermann nicht mitbringen konnte.«

Henriette schniefte leise. »Mir tut es leid, dass ich Sibylle nicht beschützen konnte.«

Nachdem ihr Vater sie informiert hatte, dass er heimkehren würde, hatte ihn auch endlich die Nachricht erreicht, dass Sibylle gestorben war.

»Ach, Henni …«

»Hört ihr beide wohl auf damit!« Amalia trat zu ihnen und betrachtete Vater und Tochter mit einem strengen Blick. »Es ist nicht eure Schuld, hört ihr.«

Henriette löste sich von ihrem Vater und gewährte Amalia den Vortritt. Auch sie musste ihren Ehemann schrecklich vermisst haben, außerdem hatte sie recht, niemand von ihnen war schuld, dass ihre Familie nun kleiner war.

Eberhart schloss Amalia in die Arme, küsste sie liebevoll und stürmisch, sodass Henriette eilig den Blick abwandte. Nikolas und Justus stiegen ebenfalls von dem Karren, und da erschrak Henriette.

»Oh, Gott … Nikolas …«

Elisabeths Bruder zuckte mit den Schultern und neigte den Kopf zur Seite. Henriette konnte den Blick nicht von seiner rechten Seite abwenden, denn – sein rechter Unterarm fehlte.

»Bruderherz!« Elisabeth stürmte nach vorne und warf sich in Nikolas' Arme. »Ich habe dich so vermisst«, schluchzte sie.

Nikolas legte den linken Arm um seine weinende Schwester und küsste sie auf den blonden Haarschopf. »Hallo, kleine Schwester … tja, ich bin zurück.«

Elisabeth weinte hemmungslos, und Henriette war dankbar, dass ihr Ziehkind nun wieder vereint war mit ihrem geliebten Bruder. Auch wenn Nikolas' rechter Arm fehlte, auch wenn er im Krieg schrecklich gelitten haben musste.

Nikolas sah zu Henriette und schenkte ihr ein sanftes Lächeln. »Ich werde mir wohl eine neue Anstellung suchen müssen«, murmelte er leise.

»Wage es ja nicht!«, rief Henriette und stemmte die Hände in die Hüften. »Du wirst bei uns bleiben. Wir finden schon Arbeit für dich. Du und Elisabeth, ihr gehört immerhin zur Familie.«

»Danke schön, Frau Graff.«

Henriette verdrehte die Augen angesichts seiner förmlichen Höflichkeit, sie wollte Nikolas scherzhaft zurechtweisen, doch da stürmte Julia schon an ihr vorbei. »Großvater!«

»Julia!« Eberhart zog seine Enkelin in die Arme und strich ihr über den roten Haarschopf. »Wie groß du geworden bist.«

Julia grinste ihren Großvater an und schaute zu ihrer Schwester, die wie immer ruhiger und zurückhaltender war und Eberhart höflich begrüßte.

»Aus dir ist auch eine Schönheit geworden, Christine.«

»Danke, Großvater. Es ist schön, dass du wieder bei uns bist.«

Eberhart zog seine Enkelinnen nochmals in die Arme, und Henriette konnte dieses kleine Glück kaum in Worte fassen. So viel, wie sie gelitten hatte, so schwer das Leid wog, so befreiend fühlte sich nun auch diese Freude an.

»Lasst uns alle hineingehen«, schlug Henriette vor. »Ich möchte dir doch deinen kleinen Enkelsohn vorstellen.«

Eberhart lächelte seine Tochter an, doch dieses Lächeln erreichte seine Augen nicht. Da schwang Wehmut in seinem Blick, eine merkwürdige Sehnsucht, die Henriette nicht deuten konnte. Aber die Zeit würde zeigen, ob sie mit ihrem Vater wieder eine gute Beziehung aufbauen könnte.

Lachen erfüllte den Salon noch bis tief in die Nacht. Diese kleiner gewordene Familie saß zusammen. Beklagte ihre Toten und fand doch Hoffnung ineinander. Eberhart kümmerte sich rührend um seinen kleinen Enkel, den nun alle nur noch Hardi nannten, um die beiden auseinanderhalten zu können. Ebenso ließ er voller Freude den kleinen Emil, auf seinem Schoß sitzen, schien genau wie Henriette so viel von Sibylle in diesem Kind zu erkennen und musste an sich halten, um die Tränen über diesen Verlust zu unterdrücken. Er hielt Amalia im Arm, lauschte ihren Erzählungen, was in seiner Abwesenheit alles im Hotel geschehen war, und lachte hin und wieder.

Auch Henriette war glücklich, doch ihr Herz tat weh. Denn eine Person war nicht zurückgekehrt. Keine Nachricht, kein Brief. Nichts. Als wäre er verschollen, als hätte die Dunkelheit ihn verschluckt, ihn fortgerissen von ihr.

Sie hatte mit Paul geredet, aber seine Familie hatte keine Neuigkeiten, was mit Ole geschehen war. Stattdessen hatte seine Mutter den Tod ihrer anderen beiden Söhne zu beweinen, die nur wenige Monate vor Kriegsende im Kugelhagel gestorben waren.

Doch sie wollte sich ihr Glück für diesen einen Abend nicht trüben lassen, wenigstens jetzt wollte sie fröhlich sein. Nur für diesen einen Moment.

Die Zeit verging seit der Rückkehr ihres Vaters rasend schnell, und an einem sonnigen, kalten Morgen saß Henriette auf der Fensterbank im Salon und hielt ihren Sohn im Arm, der Ole so sehr ähnelte, dass es ihr beinahe das Herz zerriss.

Emil spielte auf einer Decke des Kamins mit dem alten Holzspielzeug von Hermann, schien völlig in seinen Gedanken versunken und brabbelte leise vor sich hin. Henriette betrachtete ihren kleinen Neffen wehmütig. Er war wie seine Mutter. Ein wenig gefangen in seiner eigenen Welt und doch ein so braves und aufgewecktes Kind. Gott, sie hätte alles dafür gegeben, dass ihre Schwester ihn aufwachsen sehen könnte, aber das war nicht möglich.

»Henni …« Sie schaute auf und sah ihren Vater, der im Türrahmen stand. »Ist alles in Ordnung, Tochter?«

Schweigend schaute sie nach draußen, ihre Finger streiften über die Fensterscheibe, und sie ließ ein klägliches Seufzen hören.

»Ja …«, antwortete sie wenig überzeugend.

Eberhart zog sich einen Stuhl heran und setzte sich zu ihr, musterte sie aufmerksam. So wie er es früher schon immer getan hatte. »Es ist nicht der Verlust deines Ehemannes, der dich betrübt, oder?«

Henriette hob den Kopf, starrte ihren Vater entsetzt an und biss sich auf die Unterlippe. Er konnte es nicht wissen, oder? Nein, ihr Vater war so lange fort gewesen. Das konnte nicht sein.

»Ach, Henni …« Eberhart Hohnhold hob die Hand und strich ihr über die Wange. »Ich weiß, dass wir uns auseinandergelebt haben. Ich weiß, dass ich dir wehgetan habe, als ich dich gezwungen habe, Eduard zu heiraten, und dass du mir nur schwer verzeihen kannst. Aber du bist trotzdem meine Tochter, ich kann noch immer in dir lesen wie in einem offenen Buch.«

»Aber Vater …«

»Amalia hat mir erzählt, dass dein Herz einem anderen gehört, und das schon sehr lange.«

Kurz flackerte Wut in Henriette auf, aber die verschwand schnell wieder. Sie sollte Amalia dankbar sein. Sie hatte nie wirklich mit ihr über Ole geredet, aber auch ihre Schwiegermutter war natürlich nicht auf den Kopf gefallen.

»Er heißt Ole Bergmann … der Sohn des Fischers, mit dessen Familie wir eine Liefervereinbarung haben. Er ist … ich habe mich in ihn verliebt, Papa …« Nun brachen alle Dämme. Tränen liefen Henriettes Wangen hinab, und sie verbarg das Gesicht in den Händen. Sie hatte dieses Geheimnis so lange vor aller Welt verborgen.

»Nicht weinen, mein Kind.« Eberhart zog sie in seine Arme und streichelte sanft über Henriettes Rücken. »Ich bin ja da.«

Ja, das war er wirklich. In diesem Augenblick, da waren sie wieder eine Einheit. Henriette und ihr Vater gegen den Rest der Welt. Gemeinsam für ihre Familie.

»Er ist noch nicht zurückgekehrt«, schluchzte sie und sah ihren Vater an. »Ich habe Angst, dass er …«

»Nein«, unterbrach ihr Vater sie sanft und wischte mit seinem Daumen ihre Tränen weg. »Das darfst du nicht mal denken, Henni.«

»Aber wenn er nicht …« Sie brach ab und nahm die Hand ihres Vaters.

Sie hatte solche Angst, Ole nie wieder im Arm zu halten. Niemals wieder glücklich zu werden und für ewig allein auf dieser Welt zu bleiben. Sie sah auf den kleinen Hardi hinab und sorgte sich, dass ihr Sohn seinen Vater niemals kennenlernen würde. So wie Emil weder seine Mutter noch wahrscheinlich seinen Vater wiedersehen würde, denn von Robin fehlte auch jede Spur.

»Er wird zurückkehren, Henni«, beschwor ihr Vater sie und zog sie noch einmal in seine Arme. »Du musst daran glauben. So fest du kannst. Und wenn dieser Ole Bergmann zu dir zurückkehrt, dann möchte ich diesen Mann gern kennenlernen, der dein Herz so in Aufruhr versetzt.«

Henriette lächelte schwach. »Das werde ich, Papa.«

»Verlier niemals deinen Glauben, Henni. Das hast du doch von deiner Mutter gelernt, oder? Dass du deinen Weg gehen wirst, egal, was geschieht.«

Seine Worte berührten ihr Herz, erhellten die Dunkelheit einige Sekunden lang, und Henriette atmete tief durch. »Ja, ich werde immer meinen Weg gehen und daran glauben, dass Ole zu mir zurückkehrt.«

Ihr Vater lächelte zufrieden und strich ihr eine verirrte Haarsträhne aus der Stirn. »Siehst du, mein Mädchen. Du bist so stark.«

Ja, vielleicht war sie das wirklich. Sie durfte nicht aufgeben, sie musste an Oles Rückkehr glauben, auch für ihren Sohn.

Und so kam es, dass der Frühling Einzug ins Dorf hielt. Die Bäume erblühten, die Menschen genossen die ersten Sonnenstrahlen einer friedlichen Zeit. Henriette Graff stand am Niendorfer Strand, ganz allein betrachtete sie den Sonnenuntergang. Tränen rannen über ihre Wangen, sie hatte die Hände zum Gebet gefaltet und schaute hinaus auf die ruhige Ostsee, die wie ein Spiegel vor ihr lag.

Sie hatte Gott angefleht, mit ihm gehadert und für Oles Rückkehr gebetet. Doch nach so vielen Monaten schien sich ihre Kraft auszuwaschen.

»Wo bist du?«, fragte sie mit zittriger Stimme und sah sich um. Hier an ihrem Platz. Bei der alten Hütte, in der sie die erste Nacht miteinander verbracht hatten. Sie hielt die Uhr in ihrer Hand, die Ole ihr zum Abschied geschenkt hatte.

Vergiss mein nicht, erinnerst du dich.

Sie hatte Ole nicht vergessen. Sie würde ihn niemals vergessen. Er war ihre ganze Welt, ihr Herz, ihr Leben. Ein Schluchzen brach sich Bahn, und sie fiel auf die Knie. Der Sand war feucht vom Regenschauer des heutigen Morgens und durchnässte den dünnen Stoff ihres Kleides. Tränen klebten an ihren Wangen.

Dann erklang ein Rascheln hinter ihr, Schritte im Sand, doch sie wagte es nicht, sich umzudrehen. Die Angst, enttäuscht zu werden, lastete zu schwer auf ihrem Herzen.

»Henni?«

Sie hatte so lange gewartet. So viele Jahre hatte sie sich nach ihm verzehrt, sich gesehnt nach seinen Berührungen. Henriette drehte sich um, die Welt hörte auf zu existieren. Stille senkte sich auf sie herab, als sie den Mann erblickte, der da am Strand stand.

Diesen Mann, den sie so innig liebte, dass ihr Herz in diesem Augenblick zu zerspringen drohte.

»Ole!«, rief sie, rappelte sich auf, rannte zu ihm, stolperte fast im Sand und sprang in seine Arme.

»Ich bin wieder da«, flüsterte er heiser, und in diesen Sekunden, in dieser eingekapselten Zeit, fühlte Henriette Graff sich das erste Mal wieder lebendig.

KAPITEL 36

OLE

D*as traurigste Mädchen der Welt stand allein am Strand.* Der Gedanke fegte wie ein Windstoß durch seinen Kopf, und ein Lächeln huschte über Oles Gesicht. Für einen Augenblick konnte er sich nicht bewegen, sein Körper zitterte, tausend Gefühle jagten durch ihn hindurch, Tränen brannten in seinen Augen. Da stand sie, wartete auf ihn, nach all der langen Zeit.

Langsam, geradezu ängstlich, als ob dieses Bild vergehen könnte, seine Augen ihn trügen könnten, ging er auf sie zu. Blieb einige Meter von ihr entfernt stehen.

»Henni?« Seine Stimme klang belegt, zitterte wie Blätter im Wind.

Es dauerte einige Sekunden, bis sie sich umdrehte, bis sie ihn erkannte. »Ole!«, rief sie, und dann gab es kein Halten mehr. Henriette rappelte sich hoch, lief zu ihm, und ehe Ole sichs versah, hielt er sie in seinen Armen.

»Ich bin wieder da«, murmelte er und umschloss sie fest, wollte sie nie wieder in seinem Leben loslassen.

Gierig sog er ihren Duft nach Rosen und Meersalz ein, Tränen liefen über seine Wangen, und die Beine gaben unter ihm nach. Zusammen mit Henriette fiel er in den Sand, doch er ließ sie nicht los. Sie weinten beide. Und sie lachten beide. Es war eine Explosion der Gefühle.

»Ole …«, wiederholte Henriette und löste sich von ihm, sah ihn an, und ihm war, als hätte er sich nie so lebendig gefühlt wie in dem Moment, als er im Blick ihrer blauen Augen ertrank.

Er fuhr mit seinen Fingern durch ihr rabenschwarzes Haar und neigte den Kopf zur Seite. Henriette lächelte ihn an und beugte sich zu ihm, dann lagen ihre Lippen auf den seinen. Schüchtern, aber trotzdem fordernd. Ole zog sie noch näher zu sich. Seine Finger verhakten sich in ihrem Nacken, ein Seufzen entglitt seinen Lippen, als er sich von ihr löste.

»Ich liebe dich«, flüsterte Ole mit belegter Stimme.

Henriette strich über seine Wange. »Ich dich auch«, murmelte sie und bettete den Kopf an seine Brust.

So verweilten sie inmitten der untergehenden Sonne und dem Rauschen des Meeres. Lauschten dem pulsierenden Herzschlag des anderen. Nur sie zwei. So, wie es immer schon gewesen war. Obwohl ein Ozean an Dingen zwischen ihnen lag, die diese Liebe unmöglich machten, hatte Ole niemals daran gezweifelt, Henriette wieder in seinen Armen zu halten.

Sie war seine Hoffnung gewesen in diesem grausamen Krieg. In jeder Nacht, die er frierend im Schützengraben ausharrte. In jedem Moment, in dem er dachte, dass er nicht mehr durchhalten könnte. Dann hatte er für einige Sekunden die Augen geschlossen, und Henriettes Bild war vor seinem inneren Auge erschienen, er hatte ihr glockenhelles Lachen hören können.

»Du hast eine Narbe davongetragen«, bemerkte Henriette nach einiger Zeit und strich über seine Augenbraue.

»Ja, ein Granatsplitter hat mich dort getroffen«, antwortete Ole und legte seine Hand auf die von Henriette. Er konnte von Glück sagen, dass der Splitter ihn nur gestreift hatte, obwohl er angesichts der starken Blutung davon ausgegangen war, dass er sterben würde.

Henriette fuhr die Narbe mit ihrem Finger nach, und ein Lächeln glitt über ihre Lippen. »Sieht irgendwie männlich aus.«

Ole starrte sie verblüfft an, dann fing sie an zu kichern. »Du bist aber frech!« Ole griff nach Henriettes Handgelenk und zog sie erneut an sich, drückte ihr stürmisch einen Kuss auf die Lippen, und sie ließen sich wieder rücklings in den Sand fallen.

Gemeinsam den Blick zum Himmel gerichtet, der sich langsam schwarz färbte. Die ersten Sterne funkelten am Firmament, und die Welt erschien Ole merkwürdig still. Im Krieg war es immer laut gewesen, das dumpfe Krachen der Kanonen hallte immer noch in seinen Ohren nach.

Doch nun lag er neben Henriette und fühlte sich geborgen, sicher, wenn ihre Finger mit seinen verflochten waren und ihre Herzen im Takt schlugen. Mit Henni fühlte sich selbst Schweigen wie eine Wohltat an. Friedlich und wunderschön.

»Ole?«, fragte Henriette irgendwann, richtete sich auf, strich sich eine Haarsträhne aus dem Gesicht.

»Was ist los?« Ole musterte sie eingehend, und erst jetzt fielen ihm die Schatten unter ihren Augen auf. Henriette sah erschöpft, aber glücklich aus.

»Wenn …«, setzte sie an und seufzte leise. Sie räusperte sich und zog ihn sanft zu sich hoch. »Wenn ich dich frage, ob du mich heiraten willst, würdest du es tun?«

Verblüfft starrte Ole sie an, verstand zunächst kein Wort und wusste auch nicht, was er sagen sollte. Deswegen krächzte er nur verwirrt.

Henriette lächelte zärtlich, beugte sich vor und küsste ihn auf die Stirn. »Du siehst niedlich aus, wenn du nicht weißt, was los ist«, wisperte sie in sein Ohr.

Ole verzog das Gesicht zu einer Grimasse und räusperte sich. »Nun, in meiner Welt, da würde der Mann den Heiratsantrag machen, und außerdem bist du …« Er stockte, dachte nochmals über Henriettes Worte nach, und dann packte ihn die Erkenntnis. »Du bist nicht mehr verheiratet?«

Henriette schüttelte den Kopf. »Im Winter 1916 hat ein schrecklicher Sturm Timmendorf ereilt. Weißt du … viele Dorfbewohner mussten schwere Schäden an ihren Häusern hinnehmen und …« Schmerz flackerte in ihren Augen, und sie brauchte einen Augenblick, bis sie bereit war, weiterzusprechen. »Julia und Christine waren zu dem Zeitpunkt auf der Ostsee auf dem kleinen Fischerboot deiner Familie, und sie drohten zu ertrinken …«

»Auf dem Fischerboot meiner Familie?«, unterbrach Ole sie scharf, doch Henriette hob die Hand.

»Bitte, gib niemandem die Schuld dafür. Die Mädchen haben Paul bedrängt, mit ihnen fischen zu fahren, aber niemand konnte ahnen, dass der Sturm so schnell aufziehen würde. Die Mädchen waren in Gefahr, und Eduard ist in die Ostsee gesprungen und hat sie gerettet, aber dabei ist er gestorben.«

Ole schluckte schwer und konnte Henriette nur entsetzt anstarren. Wie sehr sie gelitten haben musste. Auch wenn sie ihren Mann nie geliebt hatte, so einen Tod verdiente niemand. Zudem hatten ihre Töchter den Vater verloren, und kurz zuvor war Henriettes Schwester gestorben. Sie musste den ganzen Schmerz auf ihren Schultern tragen.

»Das tut mir leid.« Ole legte die Arme um sie und strich über Henriettes Rücken.

Ihre Finger krallten sich in seine Jacke, und sie schniefte leise. »Da gibt es noch etwas.«

Ole zog die Augenbrauen zusammen. »Was denn?«

Zögerlich neigte Henriette den Kopf zur Seite. »Erinnerst du dich an unsere gemeinsamen Nächte in der Hütte?«

Vage nickte Ole, obwohl er sich nur zu gut an diese Zeit erinnerte. An die stickige Luft und das dämmrige Licht. An das Keuchen, die sanften Berührungen, die gierigen Küsse. Es dauerte nur wenige Sekunden, bis eine dumpfe Vorahnung ihn wie ein Blitz durchzuckte.

»Du … du bist …«, stammelte er.

»Ja, ich bin schwanger geworden und habe einen Sohn zur Welt gebracht. Deinen Sohn, Ole.«

Deinen Sohn.

Ein Ruck ging durch seinen Körper, und seine Hände fingen an zu zittern. Er schmeckte Salz auf seinen Lippen, doch diese Tränen waren Freudentränen.

»Ich bin Vater?«

Henriette legte ihre Hände um seinen Nacken und küsste ihn. »Ja, Ole«, murmelte sie leise. »Du bist Vater.«

»Wie … wie heißt er?«

»Ich habe ihm den Namen Eberhart gegeben, nach meinem Vater … ich hoffe, das ist für dich …«

Ole erhob sich ruckartig, zog Henriette mit sich hoch und wirbelte sie herum. Sie lachte leise auf, während Ole immer noch nicht glauben konnte, was sie gesagt hatte.

»Eberhart ist ein wunderbarer Name, und ich bin Vater!«

Er hielt an und nahm Henriettes Gesicht in seine Hände, küsste sie leidenschaftlich. So wie beim ersten Mal, so voller Liebe, dass sein Herz zu explodieren drohte. »Ich bin so glücklich.«

»Mein Vater möchte dich kennenlernen«, sagte sie und schaute ihn an. »Er möchte den Mann kennenlernen, der schon so lange mein Herz berührt.«

»Aber ich bin nur ein einfacher Fischer.«

Henriette legte die Stirn in Falten, machte die Augen schmal und knuffte Ole an die Schulter. »Du bist der Mann, mit dem ich mich lebendig fühle. Der Mann, der mein Herz berührt hat und mit dem ich mein Leben verbringen möchte. Wage es nie wieder, zu sagen, dass du nur ein einfacher Fischer bist, denn für mich bist du immer genug.«

Ole seufzte leise. Sie nahm ihm diese schreckliche Angst, die er seit einer Ewigkeit mit sich herumtrug. Niemals genug zu sein, niemals der eine Mann für Henriette zu sein, weil er ihr nichts geben konnte. Das musste Ole auch gar nicht, doch das verstand er erst jetzt. Henriette konnte für sich selbst einstehen. Sie war gescheit, wortgewandt und einfühlsam. Sie war eine wunderbare Frau, die nur geliebt werden wollte.

»Ich danke dir für deine Worte, Henni.«

Sie schmiegte sich schweigend an ihn, klammerte sich schon beinah an ihm fest, als wollte sie ihn nie wieder loslassen. Und Ole verstand sie nur zu gut. Am liebsten würde er sich auch nie wieder von ihr trennen.

»Warst du schon bei deiner Familie?«, fragte Henriette.

Ole nickte und nahm ihre Hand, führte sie zur Bank vor der alten Hütte, und sie rutschte nahe an ihn heran. »Ja, aber Mutter ist natürlich am Boden zerstört wegen Fabian und Fritz …« Die Worte kamen ihm nur schwer über die Lippen, und das Bild seiner weinenden, verzweifelten Mutter erschien vor seinem inneren Auge.

»Das kann ich mir vorstellen«, murmelte Henriette leise. »Mein Bruder ist auch nicht heimgekehrt.«

Schweigend legte Ole den Arm um sie, ließ zu, dass die Trauer auch ihn übermannte. Aber das war in Ordnung. Sie hatten beide gelitten und Menschen verloren, die ihnen am Herzen lagen. Doch sie hatten immer noch sich.

»Was ist mit dem Mann deiner Schwester?«

Henriette schüttelte matt den Kopf. »Robin ist verschollen, vermutlich tot.«

»Habt ihr Nachricht erhalten?«

»Nein, wir haben ihm geschrieben nach Sibylles Tod, aber niemals eine Antwort erhalten. Also haben wir versucht, herauszufinden, ob jemand von der Armee uns sagen kann, wo er ist. Aber auch dort bekamen wir keine Antworten. Amalia und ich haben uns bemüht, seine Familie ausfindig zu machen, und ihnen von ihrem kleinen Enkel erzählt, aber sie wollten nichts von Emil wissen, denn Robin hat die Familie scheinbar im Streit verlassen. Immerhin haben sie uns gesagt, dass sie von der Armee die Nachricht erhalten haben, dass Robin als verschollen gilt.«

Ole musste ein Schnauben unterdrücken, es war eine Ungeheuerlichkeit, dass Robins Eltern nichts von ihrem Enkel wissen wollten. »Das bedeutet, Emil wird bei euch bleiben?«

»Bei *uns,* Ole«, korrigierte sie ihn mit einem liebevollen Lächeln.

»Dein Vater könnte mich immer noch ablehnen als deinen Ehemann.«

»Das wird er nicht tun, da bin ich mir sicher. Wir haben miteinander gesprochen, und er hat sich entschuldigt, dass er mich an Eduard verschachert hat. Er wird dich akzeptieren, und wenn nicht, dann werde ich schon dafür sorgen.«

Ole lachte auf und drückte Henriette einen Kuss auf den schwarzen Haarschopf. »Weißt du überhaupt, wie sehr ich dich liebe, Henni?«

»Ich glaube schon.« Ihre Finger wanderten seine Brust hinauf, verhakten sich im Kragen seines Hemdes, und da war ein gieriges Flackern in ihren Augen. »Lass uns in die Hütte gehen«, hauchte sie ihm ins Ohr.

Ihr warmer Atem jagte einen Schauer über seinen Rücken, und zwischen zwei Küssen erhob Ole sich, stieß die Tür zur Hütte auf und zog Henriette mit hinein in die Finsternis.

Er zupfte unsicher an dem Anzug herum, den Henriettes beste Freundin Mareike eigens für ihn geschneidert hatte. Ole stand im Flur der Privatwohnung von Henriettes Familie und fühlte sich gar nicht wohl in seiner Haut. Immer wieder zog und zerrte er am feinen Stoff der Kleidung, sein Blick huschte unruhig umher, und er seufzte nun schon zum dritten Mal.

»Sie müssen nicht nervös sein, Großvater mag Ihren Fisch, er wird auch Sie mögen.«

Erschrocken drehte Ole sich um und begegnete dem Blick von Henriettes Tochter Julia, die er zuletzt als kleines Mädchen am Strand gesehen hatte. Ihre feuerroten Haare waren zu einem Kranz um den Kopf geflochten, sie trug ein zitronengelbes Kleid und darüber eine Schürze, die mit Soßentropfen und Essensresten bekleckert war.

»Danke schön«, sagte Ole dümmlich, und Julia kicherte hinter vorgehaltener Hand.

»Julia! Sei nicht so gemein zu ihm«, ertönte da die Stimme ihrer Schwester Christine, die soeben die Treppen heraufgelaufen kam.

Obwohl Christine in ihrer weißen Schwesternuniform und mit dem schwarzen Haar so völlig anders aussah als Julia, erkannte man doch sofort, dass die Mädchen Zwillinge waren.

»Bin ich gar nicht, aber schau dir den armen Mann doch an, er ist ganz nervös und …«

»Julia Maria Graff!« Henriette trat aus der Tür und stellte sich vor Ole, die Hände in die Hüften gestemmt und die Augenbrauen streng hochgezogen. »Solltest du nicht in der Schule sein?«

Julia machte eine wedelnde Handbewegung und verdrehte die Augen. »Wir haben immer noch nicht genug Lehrer, und außerdem bin ich sowieso viel lieber in der Küche.«

Henriette seufzte gequält. »Wie schön, dass du eine Passion gefunden hast, aber ich wäre dir trotzdem sehr verbunden, wenn du dich nicht über meinen … meinen …«

Julia kicherte erneut, aber zog eilig den Kopf ein, als ihre Mutter einen Schritt näher auf sie zutrat. »Entschuldigung, Mutter«, sagte sie und nickte Ole zu. »Sie schaffen das schon!« Mit diesen Worten wirbelte sie herum und lief die Treppe hinunter, bevor Henriette noch etwas sagen konnte.

Christine schüttelte nur den Kopf und warf ihrer Mutter einen langen Blick zu. »Ehrlich … ich kann da nichts dagegen machen, sie ist ein Dickkopf.«

»Ich weiß … hab trotzdem ein Auge auf sie, tust du das für mich, Christine?«

»Natürlich.« Christine verabschiedete sich ebenfalls und verschwand.

Ole konnte sich ein kleines Grinsen nicht verkneifen, als Henriette sich zu ihm umdrehte.

»Lach du nur!«, schimpfte sie. »Du wirst schon noch sehen, wie schwierig es ist, Hardi zu erziehen!«

Oles Herz machte einen kleinen Hüpfer, als er an seinen Sohn dachte und gemeinsam mit Henriette den Salon betrat. Der Knirps war fast zwei Jahre alt und spielte auf dem Teppich mit einer geschnitzten Holzfigur, die ihm Ole geschenkt hatte.

»Vati!«, rief Hardi und reckte die Arme nach ihm. Ole wollte schon zu seinem Sohn gehen, doch da entdeckte er Eberhart Hohnhold, der am Tisch saß.

»Gehen Sie nur zu Ihrem Sohn«, forderte dieser ihn jedoch auf, und Ole hob den Kleinen hoch.

Henriette hatte ihn sofort mitgenommen, damit er Hardi kennenlernte, und sein Sohn hatte schnell Vertrauen zu ihm gefasst. Dieser Besuch bei Eberhart Hohnhold war eher eine Formalie, und trotzdem war Ole furchtbar nervös.

»Setzen Sie sich doch.« Henriettes Vater zeigte auf den Stuhl an seiner linken Seite, und Ole tat wie geheißen. »Sie möchten also um die Hand meiner Tochter anhalten? Was lässt Sie glauben, Sie wären der Richtige für Henni? Davon abgesehen, dass Sie Hardis Vater sind.«

»Papa!«, ereiferte sich Henriette, doch Eberhart Hohnhold hob die Hand und schüttelte schweigend den Kopf.

Ole räusperte sich und übergab Hardi an Henriette, dann wandte er sich an ihren Vater. »Ich weiß, ich bin nur ein einfacher Fischer, und Ihre Tochter ist viel zu gut für mich, aber ich liebe Henriette von ganzem Herzen. Das ist die einzige Wahrheit, die ich kenne, Herr Hohnhold. Ich werde Henriette immer ehren und beschützen, alles tun, damit sie ein gutes Leben hat, und sie bei ihrer Arbeit in der *Villa Sommerwind* unterstützen. Ich werde auch ein guter Vater für Hardi sein, und natürlich auch für Julia und Christine. Und ich werde Henriette bei der Erziehung von Emil ebenso unterstützen.«

Schweigen breitete sich im Raum aus, und ein kalter Schauer lief Ole über den Rücken. Dann erhob Eberhart Hohnhold sich, und Henriette und Ole taten es ihm gleich.

»Nun denn …« Eberhart Hohnhold nahm Henriettes und Oles Hände und führte sie zusammen. »Ich habe nicht das Recht, meiner Tochter den Mann zu verwehren, den sie liebt. Immerhin ist sie eine erwachsene Frau und hat dieses Hotel während des Krieges am Leben gehalten. Ihre Trauerzeit als Witwe ist vorüber, und ich übergebe Henriette gerne in *deine* Hände, Ole.«

Ole zog scharf die Luft ein und lächelte Henriettes Vater dann erleichtert an. »Ich danke Ihnen. Sie werden es nicht bereuen.«

Henriette stieß einen winzigen Jubelschrei aus, ganz unpassend zu ihrer sonstigen Beherrschtheit, und drückte Ole ungeniert einen Kuss auf die Lippen.

»Dessen bin ich mir sicher«, hörte Ole noch Eberharts Stimme, da legte er schon die Arme um Henriette.

Ließ sich von diesem Glück einhüllen, von der piepsigen Stimme seines kleinen Sohnes und dem Geschmack von Früchten auf der Zunge, der für ihn auf ewig mit Henriette verbunden war.

KAPITEL 37

HENRIETTE

Timmendorfer Strand, Juli 1919

Ehrfürchtig strich Henriette über den weißen, mit Perlen besetzten Stoff und betrachtete sich im Spiegel. Wieder ein Hochzeitskleid, wieder ein Tag, der ihr Leben verändern sollte, aber dieses Mal zum Guten. Dieses Mal meinte das Schicksal es wirklich gut mit ihr.

»Du siehst bezaubernd aus«, sagte Mareike und klatschte vergnügt in die Hände. »Ich finde, das ist das beste Kleid, das ich jemals geschneidert habe.«

Henriette drehte sich zu ihrer Freundin um und sah die Tränen, die in Mareikes Augen glänzten.

»Nicht weinen«, schimpfte Henriette gespielt streng und winkte ihre Freundin zu sich. »Das hast du damals auch zu mir gesagt.«

Henriette zog ihre beste Freundin in eine innige Umarmung. Sie hatten so viel gemeinsam durchgestanden in diesen letzten Jahren, und Henriette wusste nicht, wo sie jetzt stünde, wenn Mareike nicht die ganze Zeit an ihrer Seite gewesen wäre.

Du brauchst eine beste Freundin in dieser Welt. Jemanden, der dich blind und ohne Worte versteht. Der dich in den Arm nimmt, wenn du weinst, und mit dir gemeinsam lacht, dich aber auch zurechtweist, wenn du dich schrecklich benimmst.

Die Worte ihrer Mutter zauberten wie immer ein Lächeln auf

Henriettes Gesicht, und sie drückte Mareike noch einmal an sich. »Ich danke dir, dass du immer an meiner Seite warst.«

Mareike löste sich von ihr und zog die Augenbrauen zusammen. »Wo sollte ich denn sonst sein? Ohne mich wärst du doch verloren!«

Henriette lachte auf und knuffte ihre Freundin in die Seite. »Das stimmt, du freches Ding.«

Mareike wollte gerade zu einer Antwort ansetzen, doch da schwang die Tür zu ihrem Zimmer auf, und Friederike Baltmund sowie Amalia traten ein.

»Henriette …« Friederike betrachtete sie eingehend und zog sie dann in ihre Arme. »Kind, du siehst zauberhaft aus, so strahlend und glücklich.«

Henriette hielt nur mit Mühe die Tränen zurück. Friederike war ebenso Teil ihrer Familie wie Mareike. Ohne diese starke und lebenslustige Frau, die wie eine Mutter für sie geworden war, wäre vieles schwieriger gewesen.

»Danke«, murmelte Henriette gerührt.

»Wenn das heute so weitergeht, dann brauchen wir aber viele Taschentücher«, meinte Amalia belustigt.

»Kann ja nicht jeder so ein Eisklotz sein wie du«, bemerkte Mareike schnippisch, doch sie grinste dabei.

»Ha!«, machte Amalia, und ein ironisches Lächeln kräuselte ihre Lippen. »Was hättet ihr nur gemacht ohne mich Eisklotz?«

Mareike verdrehte die Augen und ließ sich auf die Chaiselongue fallen. »Wir wären verloren gewesen«, antwortete sie theatralisch.

Henriette unterdrückte ein Kichern. Mareike und Amalia waren eine seltsame Kombination. Sie konnten nicht ohneeinander, aber auch nicht miteinander. Für einen außenstehenden Betrachter konnte es so wirken, als hassten sie sich, aber dem war gar nicht so. Es war nur ihre beste Art zu kommunizieren.

Henriette drehte sich wieder zum Spiegel und musterte sich eingehend. Mareike hatte ihre Haare zu einem eleganten Kranz geflochten, einige schwarze Haarsträhnen umrahmten locker ihr Gesicht. Sie berührte den kühlen Spiegel mit ihren Fingern und lauschte dem Klang ihres Herzens. Heute würde sie Ole heiraten. Den Mann, nach dem sie sich all die Jahre gesehnt hatte.

»Mutter!« Da wurde die Tür schon wieder aufgestoßen, und ein Windstoß fegte durchs Zimmer.

Henriette drehte sich mit einem Lächeln auf den Lippen um, als Julia ins Zimmer stürmte. Sie betrachtete ihre Mutter und grinste dann breit. »Du siehst wunderschön aus!«

»Und du bist wie ein Trupp Bauarbeiter, die irgendwo reinstürmen und Lärm machen«, murmelte Christine trocken, die hinter ihrer Schwester ins Zimmer trat.

Julia zog eine beleidigte Schnute und verschränkte die Arme vor der Brust. »Nicht jeder kann so besonnen sein wie du.«

»Mädchen!« Henriette ging zu ihren Töchtern und legte jeder eine Hand auf die Schulter. »Ich weiß, dass ihr grundverschieden seid und jede andere Träume und Wünsche hat, das ist auch gut so. Aber seid wenigstens heute lieb zueinander, ja?«

Julia und Christine tauschten einen Blick aus, lächelten ihre Mutter dann an und nickten. »In Ordnung«, erwiderte Julia und nahm die Hand ihrer Schwester. »Ich mag deine ruhige Art.«

»Bauarbeiter sind auch ganz nett«, entgegnete Christine grinsend.

Henriette verdrehte die Augen und strich noch einmal nervös über ihr Kleid. »Ich denke, es ist Zeit, oder?«

»In der Tat.« Amalia deutete auf die große Wanduhr. »Mädchen, geht hinunter und steigt schon in die Kutsche. Hopphopp.«

»Ja-haa«, erwiderte Julia gedehnt, zog ihre Schwester aber eilig mit aus dem Zimmer.

Henriette ging zum Fenster und schaute hinaus. Auf Timmendorf, diesen wunderschönen Ort, der ihr Zuhause geworden war. Der ihr Herz berührt hatte auf eine Art und Weise, die ihr immer noch fremd erschien. Sie verband so viel mit diesem Dorf, das sich in den letzten Jahren zu einem gefragten Kurort entwickelt hatte.

Trauer und Freude.

Schmerz und Glück.

Hoffnungslosigkeit und Zuversicht.

Ihr Leben war voller Gegensätze gewesen, und nun hatte sie das Gefühl, zum ersten Mal wirklich angekommen zu sein. Dass sie nun wusste, wohin ihr Weg sie führte.

»Wir gehen vor«, informierte Mareike sie leise und legte ihre Hand flüchtig auf Henriettes Schulter.

»Ja … ich komme gleich …« Die Tür fiel dumpf ins Schloss, und sie war noch einen Moment allein mit ihren Gedanken, die wie tausend Glühwürmchen durch ihren Kopf huschten.

»Meine kleine Henni …«, hörte sie da die Stimme ihres Vaters.

Sie drehte sich um, sie hatte gar nicht bemerkt, dass er eingetreten war. »Papa …«

Eberhart Hohnhold ging auf sie zu und umarmte seine Tochter liebevoll. »Ist es vermessen zu sagen, dass du noch schöner aussiehst als bei deiner ersten Hochzeit?«

Gerührt senkte Henriette den Blick, doch ihr Vater legte seine Hand unter ihr Kinn und hob ihren Kopf an. Schaute ihr in die Augen und lächelte sanft. »Manchmal sehe ich immer noch das Kind in dir, obwohl du eine erwachsene Frau bist …« Er zögerte kurz und strich ihr eine Haarsträhne aus dem Gesicht. »Deine Mutter wäre stolz auf dich.«

Diese Worte trieben ihr nun doch die Tränen in die Augen, und sie schniefte leise. Ihr Körper zitterte, als sie an ihre Mutter dachte.

»Nicht weinen, Henni.« Ihr Vater wischte die Tränen fort und küsste sie auf die Stirn. »Auch ich bin stolz auf alles, was du erreicht hast. Du hast dieses Hotel durch eine große Krise geführt, die Dachterrasse zu einem wunderschönen Ort gemacht, Kontakte geknüpft und mit deinen Ideen die *Villa Sommerwind* am Laufen gehalten. Du hast dich nicht unterkriegen lassen und bewiesen, dass eine Frau ein Hotel genauso gut führen kann wie ein Mann.«

Henriette konnte nichts erwidern, ihre Kehle war wie zugeschnürt, die Worte auf ihrer Zunge wie festgeklebt. Deswegen nickte sie nur unter Tränen und umarmte ihren Vater noch einmal. Dachte an all die Worte, die sie sich im Streit an den Kopf geworfen hatten, an all die Gemeinheiten, und wie dankbar sie war, dass sie nun wieder ein unzertrennliches Gespann waren.

Vögel zwitscherten in den Bäumen, und die goldenen Sonnenstrahlen brachen sich in den Buntglasfenstern der Kapelle. Die kleine Gemeinde saß draußen im Freien, und Henriette war schrecklich aufgeregt. Ole hielt ihre Hände und lächelte versonnen.

Er sah so stattlich aus in seinem dunkelblauen Anzug und mit den ordentlich gekämmten blonden Locken, die sich am Ende doch nicht richtig bändigen ließen. Sie wollte in seinen grünen Augen ertrinken und bis ans Ende ihrer Tage an seiner Seite verweilen.

Pastor Homburg räusperte sich und schenkte Henriette ein Lächeln. »Nun …« Er blickte kurz über die kleine Gemeinde und legte seine Hand auf die von Henriette und Ole.

»Wollen Sie, Herr Ole Bergmann, die hier anwesende Henriette Graff zu Ihrer Ehefrau nehmen, sie lieben und ehren, bis dass der Tod euch scheidet?«

»Ja, ich will«, antwortete Ole feierlich, doch ein schelmisches Grinsen schlich sich auf sein Gesicht.

»Wollen Sie, Frau Henriette Graff, den hier anwesenden Ole Bergmann zu Ihrem Ehemann nehmen, ihn lieben und ehren und ihm gehorchen, bis dass der Tod euch scheidet?«

Auf das Gehorchen kannst du gern verzichten, hallte Mareikes süffisante Stimme in ihren Gedanken wider, und sie musste ein Kichern unterdrücken. Hastig räusperte sie sich.

»Ja, ich will.«

»Dann erkläre ich Sie hiermit zu Mann und Frau. Sie dürfen die Braut jetzt küssen.«

Ole beugte sich zu Henriette, strich mit seinen Fingern über ihre Wange und legte seine Lippen auf ihre. Dieser Kuss fühlte sich wie ein Hauch Magie in Henriettes Herzen an, wie das Ende einer langen Reise. Oder vielleicht war es auch erst der Anfang von allem.

»Ich liebe dich, Henriette«, flüsterte Ole ihr ins Ohr, als er sich von ihr löste.

»Ich dich auch«, murmelte sie an seiner Brust und schloss für einige Sekunden die Augen, ließ zu, dass dieser Moment sie völlig einnahm, und ihr Herz schlug laut und unbezähmbar in ihrer Brust.

Es herrschte reges Treiben auf der Dachterrasse der *Villa Sommerwind.* Julia und Christine saßen zusammen mit Paul und Oles Eltern sowie Henriettes Vater und Amalia an einem Tisch. Die Mädchen lachten befreit, und Julia erzählte allen, wie heldenhaft Paul sich am Tag des Sturms benommen hatte. Der arme Knabe war schon rot wie eine Tomate, doch irgendwie war das auch niedlich, denn die beiden verband eine tiefe Freundschaft.

Christine war natürlich wieder mehr in Gedanken versunken als ihre Schwester, aber Henriette hatte begriffen, dass dies in

Ordnung war. Ihre Tochter würde in etwas mehr als einem Jahr ihre Ausbildung bei Herrn Marks zur Schwesternhelferin beginnen und ihm jetzt schon über die Schulter schauen bei seiner Arbeit in der Praxis. Ob Christine sich danach noch für ein Studium der Medizin entscheiden würde, das stand noch nicht fest. Aber Henriette würde sie bei diesem Wunsch unterstützen, wo immer ihr Weg sie auch hinführte.

Mareike, Friederike sowie Heinrich und Simon saßen an einem weiteren Tisch, gemeinsam mit Emil, der nun fast vier Jahre alt war. Der Knabe war ein lebenslustiges und kreatives Kerlchen, das sich für Bücher und Theater begeisterte. Gemeinsam mit ihrem Vater hatte Henriette beschlossen, dass, wenn diese Begeisterung ihn weiterhin begleitete, er in Hamburg bei Heinrich und Simon leben würde, um dort seiner Leidenschaft nachgehen und in der großen Stadt am Theater lernen zu können. Simons Mutter hatte sich begeistert gezeigt, dass ein Kind ihr Leben noch einmal durcheinanderwirbeln würde, und Emil schien jetzt schon begeistert von dieser geplanten Veränderung.

Henriette ließ ihren Blick weiterschweifen. Über Herrn Denker, der mit anderen Herren Zigarre rauchte. Ernst Damm, der fleißig Fotos schoss und nun nach Ende des Krieges neue Postkarten für die *Villa Sommerwind* anfertigen würde. Herrn Langbehn, der gemeinsam mit Eberhart über eine neue Zusammenarbeit sprach, jedoch nicht ohne Henriette vorher über all diese Pläne zu informieren. Sie hatte mit all diesen Menschen über die Jahre Kontakte geknüpft, ihre Eigenarten kennengelernt und diese harte Zeit überstanden.

»Du bist tief in Gedanken«, bemerkte Ole und stellte sich neben sie an die Balustrade der Dachterrasse.

Von hier oben sah die Welt winzig aus. Die Menschen schlenderten über die Promenade, liefen am Strand umher, und die Badekarren waren wieder in vollem Betrieb. Der Wind wehte die salzige Meeresluft zu Henriette herüber, und sie verschränkte die Finger mit denen von Ole, rückte näher an ihn heran und bettete ihren Kopf an seine Schulter.

»Ich bin glücklich«, antwortete sie leise.

»Wirklich?«

Henriette hob den Blick und sah Ole an, für einen Augenblick erschrocken von seinen Worten, doch dann schlich sich dieses freche Grinsen auf sein Gesicht, in das sie sich vom ersten Augenblick an verliebt hatte.

»Du Schuft!«, schimpfte sie lachend und versetzte ihm einen Klaps an die Schulter.

Ole legte seine Arme um sie und grinste. »Siehst du dort hinten? Da haben wir uns das erste Mal getroffen.« Er nahm ihre Hand und führte sie in Richtung des Niendorfer Strandes.

Dort, wo Fischernetze aufgestellt waren, die Luft herb schmeckte und kleine Boote über das seichte Wasser der Ostsee fuhren.

»Ja«, murmelte Henriette leise, »ich erinnere mich.«

Sie war traurig und verzweifelt gewesen, hatte sich verloren gefühlt in dieser neuen Welt. War wütend gewesen auf ihren Vater wegen Amalia, und ihr Herz hatte sich angefühlt, als würde es zerbrechen.

»Du sahst aus wie das traurigste Mädchen der Welt«, sagte Ole.

Henriette sah ihn an. »Wirklich?«

»Ja, ich habe mich in das traurigste Mädchen der Welt verliebt.« Er hauchte ihr einen Kuss auf die Wange. »Doch ich hoffe, nun ist dieses Mädchen zur glücklichsten Frau der Welt geworden.«

»Das bin ich, Ole«, erwiderte Henriette und strich durch seine störrischen Locken. »Zusammen mit dir.«

Ole hielt sie in seinen Armen, und gemeinsam schauten sie auf die stürmische Ostsee, auf diesen wundervollen Fleck auf der Erde. Ließen ihren Blick über Timmendorf schweifen, ihr Zuhause.

»Bitte kommen Sie doch alle mal zusammen!«, rief da Herr Damm und winkte Henriettes Familie und ihre Freunde zu sich. »Ich denke, diese Hochzeit ist doch ein schönes Erinnerungsfoto wert, oder nicht?«

»Da haben Sie recht, Herr Damm.« Eberhart ergriff Amalias Hand und führte sie mit einem galanten Lächeln zur Balustrade.

Julia und Christine folgten sowie Mareike, ihre Familie und Oles Eltern. Da huschte Elise plötzlich zu Henriette und übergab ihr Hardi, der seine Mutter schläfrig anblinzelte.

»Er ist vor einiger Zeit wach geworden nach seinem Mittagsschlaf, ich dachte, es wäre schön, wenn er bei seinen Eltern wäre«, erklärte Elise.

»Ich danke dir.« Henriette strich ihrem Sohn über die Wange, und Ole kitzelte den Knaben am Bauch, worauf er laut auflachte.

»Mama! Papa!«, rief er glucksend, und Henriette drückte Hardi an sich.

»Rücken Sie bitte alle noch ein Stück zusammen«, wies Herr Damm sie an. »Sehr gut! Und jetzt alle lächeln.«

Henriette spürte, wie Ole seine Hand auf ihre Schulter legte, und sie fühlte sich geborgen inmitten all dieser Menschen.

Ach Sibylle, ach Hermann … wie schön es doch wäre, wenn ihr das hier sehen könntet, wenn ihr bei uns wärt, dachte sie wehmütig.

Da fegte ein scharfer Windstoß über sie hinweg, ihr war, als flüsterte ihr jemand durch die Luft etwas zu. Als wären ihre Geschwister in diesem Augenblick bei ihr und sagten ihr, dass sie alles sehen konnten, dass sie immer bei ihr waren. Henriette lächelte für das Foto, hielt ihren Sohn im Arm und verschränkte ihre Finger mit Oles.

Siehst du mich, Mama? Ich bin meinen Weg gegangen, aber ich war nicht allein. Ich habe meinen Platz in dieser Welt gefunden.

Hier in Timmendorf bin ich zu Hause, bei den Menschen, die ich liebe.

Und die Sonne schien vom Himmel, die Wellen der Ostsee brachen am Strand, und der Wind antwortete mit der Stimme ihrer Mutter.

Ja, mein Kind. Das hast du wunderbar gemacht.

DANKSAGUNG

Diese Danksagung zu schreiben, fühlt sich immer noch an wie ein Traum. Zu wissen, dass diese Zeilen am Ende meines fertigen Buches stehen werden, ist unglaublich! Und natürlich gibt es einige Menschen, denen ich danken möchte, denn ohne sie hätte ich diesen Weg nicht gehen können, und dieses Buch wäre nicht das geworden, was ihr jetzt in der Hand haltet.

Zuallererst geht mein Dank an meinen großartigen Agenten Dirk Meynecke, der an mich und meine Projekte geglaubt hat, als ich es selbst fast nicht mehr konnte. Vielen Dank, dass Sie an meiner Seite sind, meine tausend Fragen beantworten und mir mit Rat und Tat zur Seite stehen – ich kann mir niemanden vorstellen, der meine Bücher und mich besser betreut!

Ein großer Dank gilt auch Christine Steffen-Reimann von der Verlagsgruppe Droemer Knaur: Vielen Dank für die liebevolle Betreuung meiner Manuskripte, das Eingehen auf meine weiteren Tausend Fragen und das wunderbare, ermutigende Feedback zu meinen Büchern – es war mir eine riesige Freude, mit Ihnen zusammenzuarbeiten, und ich bin Ihnen unendlich dankbar, dass Sie mir diese Chance gegeben haben und auf meine Projekte vertraut haben.

Meiner Lektorin Silvia Kuttny-Walser gebührt ebenfalls ein großer Dank, ohne sie wäre dieses Manuskript nicht so geworden, wie es jetzt ist. Ihre wertvollen Ratschläge haben den Text so viel besser gemacht, und die Zusammenarbeit mit ihr hat mir großes Vergnügen bereitet.

Dem ganzen Team von Droemer Knaur möchte ich für die tolle Betreuung danken.

Olga Krouk begleitet mich auf meinem Weg des Schreibens schon von Anfang an. Ich möchte dir für all die wichtigen Tipps, die Erklärungen und die Gespräche danken – auch dafür, dass du meine Ungeduld im Zaum gehalten hast ;-). Und nicht zuletzt für die wunderbare Freundschaft, die sich zwischen uns entwickelt hat, sowie für die vielen WhatsApp-Memos, die zu langen Podcasts wurden.

Kathi – ich hätte niemals gedacht, dass aus wenigen Sätzen minutenlange Sprachnachrichten und aus freundlichem Austausch eine großartige Freundschaft wird. Du hast Henni und Ole von Anfang an begleitet, mit ihnen gelitten und geliebt und mich für diese eine Szene im Buch ziemlich gehasst (es tut mir immer noch ein wenig leid, aber es stand so im Exposé, ich konnte gar nichts machen :D). Ich danke dir für deine Hilfe, das Testlesen und *Fangirlen*, für einfach jeden Moment mit dir, in dem wir über meine und deine Bücher sprechen, und für deine großartige Freundschaft, die mir die Welt bedeutet.

Nicole – vielen Dank fürs Testlesen, für deine Begeisterung und all die lieben Worte zu meinen Projekten!

Rebecca – wir kennen uns, seit wir beide mit Instagram und dem Schreiben begonnen haben, und du bist in dieser Zeit zu meinem Best Buddy, einem so wichtigen Menschen geworden, wie ich es mir niemals hatte vorstellen können. Danke für all die Sprachmemos, fürs gegenseitige Unterstützen und die wundervolle gemeinsame Stunde in München!

Kim – ich hätte mir nie erträumt, eine so wundervolle Buchnärrin in meiner Heimat zu finden, mit der mich so viel verbindet und mit der ich so viel Spaß haben kann. Vielen Dank für all unsere Buch-Shopping-Touren, die vielen Caramel macchiatos in einer gemütlichen Bäckerei zwischen all den Wörtern unserer Projekte! Für deine Vorfreude und Unterstützung und natürlich fürs Testlesen!

Meine liebsten Zwillinge Sharon und Stella, meine ältesten Freundinnen: Vielen Dank für die schönen Grafiken, Sharon! Fürs

Helfen, wenn's um Bildbearbeitung und Photoshop geht, und fürs Mit-mir-Freuen! Stella, vielen Dank für die wunderschöne Illustration zu einem meiner Projekte und deine Vorfreude.

Susanna – bester Agentur-Buddy ever, Katzenmama und gute Freundin! Ich bin unendlich dankbar, dich kennengelernt zu haben und mit dir über all die Ängste, Sorgen und Freuden zu sprechen, die uns im Autorinnenleben begleiten.

Saskia – für jedes liebe Wort, für jedes Mit-mir-Freuen und all deine lieben Worte und deine Unterstützung!

Meine Bloggercrew, die mir beim Cover Reveal geholfen hat, mich unterstützt hat und sich mit mir auf dieses Buch gefreut hat – vielen lieben Dank euch allen und auch für all eure schönen Posts. Vor allem Sophie (für die Fotos mit Merlin) und Mary (für das absolut geniale Reel).

Mama und Papa – für alles, was ihr mir auf meinem Weg mitgegeben habt, dass ihr mir immer Bücher geschenkt habt und meine Freude fürs Lesen und Schreiben gefördert habt. Danke, dass ihr beide immer da seid und allen möglichen Menschen voller Stolz erzählt habt, dass eure Tochter ein Buch veröffentlicht!

Und natürlich ein großer Dank an euch, liebe Leser:innen. Dass ihr Henni und Ole nach Timmendorfer Strand – meine geliebte Heimat – und in die *Villa Sommerwind* begleitet habt. Ich hoffe, ihr hattet eine wundervolle Zeit!

Last, but not least: Sascha. Dir ist dieses Buch gewidmet, weil ich mir niemanden vorstellen könnte, dem ich mein erstes Buch sonst widmen würde. Weil du jetzt schon über acht Jahre an meiner Seite bist und es sich wie eine kleine Ewigkeit anfühlt. Danke, dass du immer an mich geglaubt hast, dass du mich tröstest, wenn ich nicht mehr weiterweiß, und mich immer beruhigst, wenn die Aufregung mich übermannt. Danke, dass ich mit dir lachen kann und du jedem erzählst, wie stolz du auf mich bist. Ich liebe dich von ganzem Herzen.

Dramatisch & zauberhaft nostalgisch:
Föhr um 1900, ein alter Friesenhof –
und der Traum einer Kinderkrankenschwester

ANKE PETERSEN

SEHNSUCHT NACH DEM DÜNENHOF

Roman

Föhr um 1900: Kinderkrankenschwester Anni Nissen kümmert sich aufopferungsvoll um kleine Patienten, die sich auf der Insel erholen sollen. Als ihr Großvater überraschend stirbt und Anni seinen alten Friesenhof erbt, reift in ihr eine Idee: Das große Haus bei Nieblum mit seinem weitläufigen Garten und der Nähe zum Strand wäre ein wundervoller Ort für ein Erholungsheim. Die Bewohner des Ortes reichen Anni zahlreiche helfende Hände – und sie verliebt sich in den neu auf die Insel gezogenen Lehrer Martin. Doch gerade als alles perfekt scheint, ziehen über dem jungen Glück dunkle Wolken auf …

Der Auftakt zu der neuen Serie
von Bestsellerautorin Anke Petersen.

KNAUR

Wo das Glück
zu Hause ist:
Willkommen auf Norderney

EMMA JACOBSEN

DIE INSELSCHÄFERIN

Roman

Auf der Suche nach einer vorübergehenden Bleibe für sich und ihren Hund verschlägt es Ruth zu ihrer Freundin Nela nach Norderney. Nach einer zweijährigen Weltreise braucht sie einen Punkt, von dem aus sie sich endlich ein neues Leben aufbauen kann. Zwar erliegt Ruth rasch dem Charme der zauberhaften Nordsee-Insel, doch Nelas Geburtshaus ist definitiv nicht der richtige Ort für sie – Ruth will keine Kinder. Dumm nur, dass der attraktive Witwer Hanno nicht nur ihr Herz höherschlagen lässt, sondern auch zweifacher Vater ist. Ruth muss sich entscheiden: Will sie nur mit kleinem Einsatz spielen oder geht sie aufs Ganze?

Der neue charmante Wohlfühlroman
von der Autorin der erfolgreichen Inselhebamme

Begleiten Sie
die Familie Bruggmoser
durch Südtirols wechselhafte Geschichte

ANNA THALER

DAS LAND, VON DEM WIR TRÄUMEN

Roman

Der 1. Weltkrieg hat auch der Familie des Südtiroler Bauern Ludwig Bruggmoser tiefe Wunden geschlagen, denn zwei der vier Söhne sind gefallen. Als Ludwig den Vorgaben der neuen italienischen Regierung gemäß allzu bereitwillig den Namen der Familie in »Ponte« ändert, bringt er nicht nur seine Tochter Franziska gegen sich auf. Ludwig ahnt nicht, dass Franziska einen gefährlichen Weg beschritten hat: Weil sie kein Italienisch spricht und deshalb nicht als Lehrerin arbeiten darf, gründet sie eine verbotene Katakombenschule, wo sie Deutschunterricht gibt. Unterstützung erhält sie dabei überraschend vom Knecht ihres Vaters, Wilhelm Leidinger. Doch auch Wilhelm verbirgt ein Geheimnis – und die Verhältnisse in Südtirol spitzen sich unaufhaltsam zu ...

»Das Land, von dem wir träumen« ist der Auftakt der großen historischen Familiensaga »Die Südtirol-Saga«.